LE SAC
ET LA CENDRE

Tome I

HENRI TROYAT
de l'Académie française

LE SAC ET LA CENDRE

Tome I

FRANCE LOISIRS
123, boulevard de Grenelle, Paris

Édition du Club France Loisirs, Paris,
avec l'autorisation des éditions La Table Ronde

ISBN : 2-7242-1555-9

NORVÈGE
SUÈDE
FINLANDE
BALTIQUE
Arkhangelsk
Revel
St Petersbourg
Peterhof
Tsarkoïe Selo
Chavli
Novgorod
Vologda
Viatka
Perm
Pskov
Iaroslavl
Mitau
Riga
Tver
Kœnigsberg
Kovno
Vilna
Vitebsk
Moscou
Nijni Novgorod
Dantzig
PRUSSE
Grodno
Minsk
Toula
Riazan
Simbirsk
Samara
Kalisz
Lomza
Mohilev
Varsovie
Lodz
Radom
Orel
Orenbourg
Piotrkow
POLOGNE
Saratov
Volga
Lublin
Rovno
Koursk
Cracovie
Jitomir
Kiev
Bielgorod
Oural
Przemysl
Lvov
GALICIE
Dniepr
Don
Kharkov
Tsaritsyn
Novo Tcherkask
Odessa
Kherson
Rostov
Astrakhan
Pérékop
Tikhorietsk
ROUMANIE
Théodosie
Armavir
Simféropol
Stavropol
Sébastopol
Yalta
Ekaterinodar
Danube
Novorossisk
Kislovodsk
BULGARIE
CASPIENNE
MER NOIRE
Vladikavkaz
Koutaïs
Constantinople
Tiflis
Elizabethpol
GRÈCE
TURQUIE
PERSE

PREMIÈRE PARTIE

« J'ai cousu un sac sur ma peau et j'ai couvert ma chair de cendres. »

JOB, XVI, 16.

(1) Pour suivre plus facilement les déplacements militaires évoqués dans ce volume, se reporter à la carte placée p. 7.

I

Sur le seuil de la porte, Volodia Bourine se retourna brusquement, comme pour parler encore, mais son regard rencontra les yeux froids du valet de chambre. L'homme s'inclina et dit d'une voix déférente :

— Je regrette...

Un pas de femme traversa le silence. Des rires d'enfants retentirent au premier étage. La main du domestique pesait sur le bec-de-cane. Ses gants de fil blanc étaient trop larges et bâillaient autour du poignet velu.

Volodia haussa les épaules, huma l'air frais de la rue et descendit les trois marches tendues de verglas et saupoudrées de sable. Le battant se referma derrière lui avec un bruit mat. Quelques cristaux de neige se détachèrent des moulures et tombèrent, en tournoyant, dans le vide.

« Salaud ! » grommela Volodia, en remontant le col d'astrakan de son pardessus.

Le cocher battait la semelle devant le traîneau.

— Et maintenant, barine, où va-t-on ? demanda-t-il.

— A la banque.

— Quelle banque ?

— Chez Junker, sur le pont des Maréchaux.

Le cocher fouetta son cheval, les courroies grincèrent et le traîneau s'ébranla en rasant le trottoir. Volodia s'appuya aux coussins du siège et baissa les paupières. Il n'avait pas imaginé que sa visite chez les Danoff pût se terminer autrement. Les lettres qu'il avait écrites à Tania étaient toutes restées sans réponse. Sans doute le méprisait-elle pour son départ précipité à la veille de la guerre. Pourtant, il ne se sentait pas coupable. Eût-il mieux valu qu'il demeurât sur place pour subir la colère d'un mari trompé ? Des amis communs, en Norvège, avaient confirmé à Volodia que Michel Danoff s'était engagé, sur un coup de tête, dans le régiment des hussards d'Alexandra. Le fait seul qu'au lendemain de l'explication, Michel eût abandonné sa femme, ses enfants, ses affaires, pour rejoindre l'armée comme simple soldat, prouvait à quel point cet être primitif était attiré par les solutions extrêmes.

— Un fou, murmura Volodia. Il doit se repentir déjà. Il me hait. Il m'envie.

A ce moment, la figure du valet de chambre lui revint en mémoire, et il éprouva au cœur un pincement désagréable. Ce même homme, qui l'accueillait jadis avec des courbettes et des sourires, lui signifiait aujourd'hui que Tania ne tenait pas à le recevoir. Et, dans les yeux du larbin, se lisait une réprobation intolérable. Que savait-il ? Rien de précis, bien sûr. Mais il devinait. Il prenait le parti de madame. Il était de la maison. La pensée de cette humiliation inutile poussa une bouffée de sang au visage de Volodia :

— Je n'aurais pas dû y aller !

Il avait toujours cru qu'il serait éconduit, mais pas de cette façon-là : « Je regrette... ni demain ni après-demain... Madame a prié de ne plus la déranger... » Un fournisseur indélicat, un mendiant malchanceux n'auraient pas reçu d'autre réponse. Au lieu de se fâcher contre Tania, c'était sur le valet de chambre que Volodia concentrait sa haine. Une sale tête, glabre et fausse, avec des favoris pelucheux et des yeux de poisson

« Lui casser la gueule ! »

Il serra les poings. La colère lui donnait chaud. Peu à peu, il se calma, étendit ses jambes sous la couverture de laine. Le cocher se tourna vers lui :

— Vous avez lu les journaux, barine ? Ça ne va pas fort, autour de Varsovie.

Volodia ne répondit pas. Il regardait la ville et s'étonnait qu'en ce mois de novembre 1914 la guerre eût si légèrement modifié l'aspect des êtres et des choses. Les façades des maisons, propres et sages, semblaient contenir une grande provision de bonheur. Tous les magasins étaient ouverts. Et, d'une vitrine à l'autre, les manteaux de fourrure, les bijoux, les petits pains au cumin, les jouets d'enfants et les chapeaux de dames attestaient à leur manière la richesse et la santé du pays. La foule qui se pressait, nombreuse et lente, sur les trottoirs, était une foule du temps de paix. Certes, les uniformes étaient plus nombreux qu'autrefois. Mais on pouvait porter l'uniforme et rester à l'arrière. Parmi les civils même, il y avait beaucoup de jeunes gens en âge d'être mobilisés. Cette constatation réjouit Volodia comme une promesse de sécurité morale. Sans effort, il se sentait excusé, réhabilité, par la vue de tant de garçons disponibles.

Cette impression favorable se confirma à la banque. Quatre ou cinq clients attendaient devant la caisse, mais, lorsque Volodia voulut prendre son rang dans la file, un employé se précipita vers lui et le salua d'un sourire obséquieux :

— Ne vous donnez pas cette peine, monsieur Bourine. Fédor Fédorovitch sera si heureux de vous recevoir ! Il y a bien longtemps que nous n'avons eu le plaisir de votre visite !

Effectivement, Fédor Fédorovitch, fondé de pouvoir de la banque Junker, accueillit Volodia dans son bureau avec une amabilité réconfortante. Pour la première fois, depuis de nombreuses années, Volodia fut sensible à la politesse de ce petit homme au profil de marmotte. Subitement, il avait la conviction qu'il était apprécié de tous, et que son retour à Moscou remplissait de joie des centaines de personnes aussi dissemblables que l'employé, le cocher de fiacre ou le fondé de pouvoir. Or, plus que jamais, il avait besoin de se savoir aimé. Après trois mois de vie monotone en Norvège, sa soif de sympathie était devenue inextinguible, dévorante.

— Que pense-t-on de la guerre, en Norvège ? demanda Fédor Fédorovitch.

— Qu'elle se terminera bientôt. Ils sont de tout cœur avec les Alliés. Même les socialistes... Moi, je suppose qu'au printemps 1915 l'Allemagne sera démembrée.

Fédor Fédorovitch avança la moustache d'un air dubitatif, baissa la tête et dit d'une voix chétive :

— J'ai un fils qui est là-bas, dans les sapeurs.

— Ah ! oui ! marmonna Volodia.

Et il rougit un peu.

— Oui, il écrit que c'est dur.

— Quel âge ?

— Vingt-quatre ans.

Volodia se sentit soulagé.

— Moi, dit-il, en tant que fils unique, exempté du service militaire, je suis classé dans les territoriaux de la deuxième réserve. Feuillet bleu. Je... je ne suis pas encore mobilisable. A Christiania, le consul de Russie m'a donné des apaisements officiels à ce sujet...

Tout en parlant, il s'irritait contre lui-même. Quel besoin éprouvait-il d'expliquer sa conduite au fondé de pouvoir de la banque Junker ? Cet homme lui était à peine connu et ne méritait aucune confidence. Mais Volodia ne pouvait plus se taire. Avec une espèce de hâte bavarde, il exposait son cas et quêtait les approbations :

— Oui, croyez-moi, ce séjour n'a pas été drôle. J'avais très peu d'amis en Norvège. Et puis, la pensée constante de notre pays en guerre, de nos difficultés, de nos pertes...

La phrase sonnait faux. Volodia toussota nerveusement pour éclaircir sa voix.

— Vous vous étiez rendu en Norvège pour les affaires des Comptoirs Danoff, sans doute ? demanda Fédor Fédorovitch.

De nouveau, Volodia se troubla et son regard inquiet glissa sur le visage du fondé de pouvoir. Mais il était peu probable que Fédor Fédorovitch fût au courant de ses démêlés avec Michel. Sûrement, le secret avait été gardé avec soin. Volodia domina son inquiétude et dit :

— Oui, pour les affaires des Comptoirs Danoff.

— Quel dommage que Michel Alexandrovitch se soit cru obligé de quitter la direction des Comptoirs pour s'engager comme volontaire ! C'est un geste très noble, très patriotique, mais, commercialement, c'est une erreur. Ici, nous ne l'avons pas compris. Nous l'avons admiré, mais nous ne l'avons pas compris. Êtes-vous passé à leur siège social ?

— Non, pas encore, dit Volodia en détournant les yeux. Je viens d'arriver.

— Ce matin ?

— Il y a deux heures. Le temps de poser mes bagages, ma première visite a été pour vous. Je voudrais surtout avoir mon relevé de compte.

— Rien de plus facile, dit Fédor Fédorovitch.

— Il ne doit plus me rester grand-chose, reprit Volodia.

— L'argent va vite, soupira Fédor Fédorovitch.

Et il appuya sur un bouton de sonnette.

Lorsque Volodia se retrouva dans la rue, un sentiment bizarre de faiblesse et de dénuement encombrait sa poitrine. A travers ses calculs les plus pessimistes, il n'avait fait qu'entrevoir la gravité de la situation. Maintenant, il savait qu'il ne lui restait presque rien à la banque. Or, ayant perdu l'amitié de Michel, il ne devait plus songer à reprendre aux Comptoirs Danoff le travail lucratif et facile dont il avait bénéficié jusqu'à la déclaration de la guerre. Coûte que coûte, il lui faudrait donc chercher un autre emploi, solliciter des appuis, renouer des relations, intriguer, se défendre. Cette perspective était d'autant plus désagréable que Volodia s'était accoutumé, de longue date, à se décharger sur autrui du soin de veiller à son entretien. L'existence n'était supportable qu'à condition de n'avoir pas à se préoccuper des questions d'argent. Les trois quarts des hommes oubliaient de vivre pour gagner de quoi vivre. Volodia refusait de les comprendre et de les imiter. Son goût de l'oisiveté lui paraissait respectable. Il ne procédait pas d'un manque de courage, mais d'une attitude épicurienne devant la structure de la société. Chaque fois qu'il lui arrivait de réfléchir à ses embarras pécuniaires, Volodia haussait le débat sur le plan de la philosophie. Très vite, à ce jeu-là, les dates aliénaient leur réalité gênante, les additions fondaient une à une, et un va-et-vient d'idées générales remplaçait dans son esprit les menaces précises des chiffres.

Dans le traîneau qui le ramenait chez lui, il tenta donc, par habitude, de noyer ses ennuis dans une rêverie abstraite. Mais les ennuis résistaient. Il y avait Tania qui refusait de le recevoir. Il y avait ce compte en banque réduit à néant. Il y avait la querelle avec toutes ses conséquences. Il y avait la guerre. Volodia geignit un peu, du bout des lèvres, comme pour attirer l'attention d'un compagnon charitable. Le cocher cria :

— Tiens ! Voilà encore un convoi de blessés ! C'est le troisième que je vois depuis ce matin !

Des voitures d'ambulance défilèrent lentement. Les passants s'arrêtaient sur le trottoir.

— Que de souffrance là-dedans, sainte Mère de Dieu ! dit le cocher.

Il se signa. Volodia tendit le cou vers les automobiles qui patinaient sur la mince couche de neige. Trois infirmières suivaient le convoi, dans un traîneau découvert. Elles avaient des figures rougies par le froid. Elles parlaient et riaient gaiement. Lorsqu'elles eurent disparu au tournant de la rue, Volodia respira plus librement. Sans doute, dans quelques jours, serait-il moins sensible à ces manifestations banales de la guerre. Pour l'instant, il ne savait pas encore définir sa place, sa raison d'être, sa façon de parler, dans un monde qui avait évolué loin de lui. Il était en visite chez ses compatriotes.

Il retrouva avec plaisir son petit appartement surchauffé et douillet. Le valet de chambre avait déjà déballé les valises. Des piles de lettres s'amoncelaient sur la table de nuit. Volodia consulta les enveloppes d'un regard rapide, n'en ouvrit aucune et se jeta tout habillé sur le lit. Une lassitude épaisse engourdissait son esprit et son corps. Il contemplait fixement le tissu mauve et moiré des murs, les estampes japonaises dans leurs cadres de bambou, les coussins du sofa où étaient brodés des ibis roses et des oiseaux de paradis. Ce décor familier était empoisonné de souvenirs. Trop de visages féminins étaient à l'affût, derrière les meubles, dans les plis des rideaux, dans les tiroirs des tables. Quand il réfléchissait à sa vie, c'étaient des prénoms chantants qui jalonnaient le cours de son évocation : Hélène, Olga, Svétlana, Tania... Il serra les dents, comme pour s'empêcher de pleurer. La pensée de Tania le tourmentait encore. De toutes les lettres qu'il lui avait écrites, aucune ne le satisfaisait. Il résolut de lui envoyer une dernière missive d'explication. Couché sur le dos, les mains derrière la nuque, il en composa le texte à mi-voix. Avec insistance, avec douceur, il répéta, à l'usage d'une Tania imaginaire, les arguments, qui, selon lui, justifiaient sa conduite ; il la pria de considérer qu'il avait été très malheureux, loin d'elle, en Norvège, qu'il lui était resté fidèle, que son plus cher désir était de la revoir, et que rien ne s'opposait à cette rencontre délicieuse, puisque Michel était absent.

Ayant récité cette plaidoirie à plusieurs reprises, il se leva pour la rédiger. Mais, sur le papier, les phrases devenaient vulgaires. Un sens équivoque s'attachait à chaque mot. Volodia hésita longtemps avant de glisser le feuillet dans l'enveloppe. Ensuite, il appela son valet de chambre, Youri :

— Tu porteras cette lettre chez les Danoff, rue Skatertny. En passant, tu achèteras des roses.

— La corbeille habituelle ?

Volodia regarda Youri avec sévérité, fronça les sourcils et murmura :

— Oui, la corbeille habituelle.

— Je la remettrai avec votre lettre ?

— Bien sûr.

Youri prit la lettre et la fit sauter dans le creux de sa main :

— Y aura-t-il une réponse ?

— Je ne sais pas. Je ne pense pas, dit Volodia.

Il eut envie brusquement d'arracher la lettre des mains du valet de chambre. Sa tentative de réconciliation lui semblait misérable.

— Pendant votre absence, M. Sopianoff a téléphoné, dit Youri. Il sera au caveau de *La Sauterelle,* cet après-midi. Il vous attendra.

— Tu lui as donc dit que j'étais revenu ? demanda Volodia.

— Il téléphonait tous les jours, depuis une semaine. J'ai cru que c'était urgent...

— Rien n'est urgent, dit Volodia.

Et il retourna s'allonger sur le lit. Au bout d'une demi-heure environ, il se sentit plus calme, presque heureux, et résolut de changer de costume pour sortir. Après un court débat intérieur, il choisit, pour s'habiller, un complet neuf, couleur gris de fer, à raies bleues, une cravate de soie bleu clair, des chaussures à bouts pointus. La glace lui renvoyait l'image d'un homme séduisant, jeune, sûr de lui. Il avait un peu maigri en Norvège : les soucis, le changement de nourriture. Les os maxillaires saillaient sous la peau lisse de ses joues. Ses yeux verts avaient pris de la profondeur. Volodia cueillit de petits ciseaux courbes sur la table du cabinet de toilette et coupa les quelques poils qui poussaient hors de ses narines. Puis, il lustra au cosmétique sa moustache blonde et mince, écarta ses lèvres, examina ses dents en inclinant la tête. Comme toujours, cette contemplation lui procura un surcroît de force et de bonne humeur. Il jouissait de sa santé, de la finesse de son linge et de la couleur discrète de ses vêtements. S'étant changé de pied en cap, il parfuma le revers de son veston et fourra un mouchoir de soie dans sa poche. Au moment de quitter l'appartement, il se ravisa et passa un coup de chiffon sur son porte-cigarettes en or. Il avait oublié le compte en banque. Il se découvrait riche et inaltérable : « Je suis un type extraordinaire. Pas moyen de m'abattre. Au plus profond du désespoir, je tape du talon, et la vie recommence. »

Il répéta cette phrase en dévalant l'escalier de la maison : « La vie recommence, la vie recommence... »

Dans la rue, la morsure du vent lui fut agréable. Dédaignant les cochers, rangés en file, qui interpellaient les passants, il se dirigea d'un pas vif vers le centre de Moscou.

Le soir tombait, lorsqu'il arriva devant le caveau de *La Sauterelle.* A la porte, étaient placardées les affiches du nouveau spectacle. La lumière confidentielle des lampes de secours conduisit Volodia jusque dans la salle. Dans la pénombre, il distingua un groupe d'hommes, assis sur des bancs, qui discutaient à voix basse.

Le directeur, Thadée Kitine, feuilletait une brochure en bougonnant :

— Je vous assure, mon bon ami, il faut couper cette

réplique. Elle risque de nous faire emboîter. Et Prychkine ne la sent pas.

Sur la scène, quelques acteurs, parmi lesquels Volodia reconnut Lioubov et Prychkine, buvaient du thé en attendant de reprendre la répétition. Ruben Sopianoff écrasait de son poids le tabouret du piano. A ses côtés, se tenait une petite femme frisée, à la croupe forte et aux seins péremptoires. Il riait en lui parlant. Et, de temps en temps, ses doigts frappaient une touche, au hasard, sur le clavier.

— Eh ! Ruben ! dit Volodia. Je suis revenu.

Entendant la voix de son ami, Ruben Sopianoff se dressa d'un bond et descendit le maigre escalier qui menait au parterre.

— Enfin, te voilà ! hurlait-il. Sacré lâcheur ! Qu'est-ce qui t'a pris de partir pour la Norvège ? On devrait te faire passer devant le conseil de guerre !

— Ne restons pas ici, nous pourrions les gêner, dit Volodia.

Lioubov, à son tour, s'était avancée vers le bord de la scène. La main devant les yeux, pour se protéger des lumières de la rampe, elle cria :

— Volodia, vous êtes là ? J'aimerais vous voir.

— Plus tard, dit Ruben Sopianoff. Après la répétition. Venez nous retrouver chez *Georges*, à côté.

Et il entraîna Volodia hors du caveau.

Le cabaret *Georges* devait sa prospérité à la clientèle des acteurs et des familiers de *La Sauterelle*. Installés à une table en marbre, sous une panoplie de photographies dédicacées et de caricatures à la plume, Volodia et Ruben Sopianoff commandèrent deux verres de thé, avec du rhum et du citron. Ruben Sopianoff se frottait les mains. Sa bonne grande face charnue, aux narines larges, aux yeux vifs, rayonnait de joie.

— Maintenant, raconte, dit-il en allumant un petit cigare grumeleux et tordu.

— Que veux-tu que je te raconte ? prononça Volodia sur un ton prudent. Je suis parti pour affaires...

— Quelles affaires ?

— Des affaires personnelles.

— C'est bien ce que je pensais, dit Sopianoff. Lioubov prétend que tu t'es brouillé avec sa sœur et son beau-frère.

Volodia réprima un geste d'impatience.

— C'est une sottise ! grommela-t-il en avalant une lampée de thé.

Il se brûla la langue, et cette maladresse aggrava son mécontentement.

— J'espérais que la guerre aurait renouvelé vos sujets de conversation, dit-il encore.

— Puisque tu ne t'es pas brouillé avec les Danoff, tu vas reprendre ton travail aux Comptoirs ?

— Non.

— Pourquoi ?

Volodia voulut se fâcher, refuser de répondre. Puis il songea que, tôt ou tard, il lui faudrait produire une explication valable de sa mésentente avec Michel et Tania. Il soupira et dit d'une voix excédée :

— Nous ne nous sommes pas positivement querellés. Mais il y a entre nous un malentendu. Et... et il est difficile de dissiper ce malentendu, tant que Michel restera aux armées.

— Tu me rassures, dit Ruben Sopianoff. Je craignais tout autre chose.

— Quoi ?

— Une histoire de femmes...

Volodia se contraignit à rire. Ruben Sopianoff rit aussi, le ventre à l'aise, la tête renversée :

— On ne sait jamais, avec toi. En tout cas, Lioubov m'a promis d'intervenir auprès de sa sœur, si tu le jugeais nécessaire.

— Surtout qu'elle ne fasse rien, dit Volodia.

Il reprit sa respiration et ajouta :

— Je l'ai trouvée en beauté, Lioubov. Les spectacles marchent ?

— A plein rendement. Déjà, le petit capital que j'ai placé dans l'affaire commence à bourgeonner.

— Les recettes n'ont donc pas baissé depuis la guerre ?

— Au contraire. Nous refusons du monde tous les soirs. Plus les gens ont d'ennuis, plus ils cherchent à se distraire. A propos, si tu as besoin d'un appui au bureau de recrutement, je connais un garçon qui te tirera facilement d'embarras. C'est grâce à lui que je suis encore un affreux civil. Si Khoudenko et Stopper m'avaient écouté, ils auraient été mobilisés à Moscou pour la surveillance des haras ou dans un service d'archives.

— Ils sont au front ?

— Oui et non. Khoudenko croupit en première ligne. Mais Stopper a été blessé à la jambe, au mois de septembre. Rien de grave. Il est en traitement dans un hôpital, à Moscou. Tu devrais lui rendre visite.

Deux officiers entrèrent dans le cabaret et s'assirent non loin de Volodia et de Sopianoff. La présence des uniformes indisposait Volodia. Chaque fois qu'il en voyait un, il se sentait coupable. Sopianoff devina ses pensées et chuchota en se penchant vers lui :

— Ils sont aussi militaires que toi et moi. Je les connais. Ils travaillent dans un bureau d'intendance.

— Je devrais peut-être aussi travailler dans un bureau d'intendance, dit Volodia.

— A cause de l'uniforme ou à cause de la solde ?

Volodia se gratta le bout du nez. Au fond, il le savait bien, tout son malaise venait du fait qu'il n'avait pas encore déterminé son attitude en face de la guerre. Était-il pour ou contre la guerre ? Souhaitait-il la victoire à tout prix, ou condamnait-il cette boucherie au nom d'un idéal humanitaire ? Sûrement, les intellectuels avaient déjà pris position. Timidement, il demanda :

— Que pense-t-on de la guerre dans les milieux cultivés ? Qu'en pensent Kitine, Malinoff, Gorki, Alexis Tolstoï, Bloch ?

— Qu'est-ce que cela peut te faire ? Ils ne savent pas eux-mêmes ce qu'ils pensent. Ils changent d'avis d'un jour à l'autre. Malinoff est de plus en plus révolutionnaire, mais écrit des articles et des saynètes où il exalte la puissance de l'armée impériale. Kitine maudit la guerre, maudit le tsar, maudit les Alliés, maudit les Allemands, et fait des affaires d'or en montant des spectacles patriotiques. Gorki lui-même n'ose pas dire que toute guerre, quelle qu'elle soit, est inadmissible...

— Et toi ?

— Moi, je ne suis pas un intellectuel, dit Ruben Sopianoff. Donc, j'essaie de sauver ma peau sans chercher à comprendre. Et je te conseille fortement d'en faire autant.

Comme il avait parlé à haute voix, les officiers tournèrent la tête dans sa direction. Volodia eut honte et avala hâtivement le fond de son thé. Les officiers se levèrent. L'un d'eux portait la croix de Saint-Georges au revers de sa capote. Il considéra Volodia et Sopianoff en silence, jeta sa cigarette par terre et l'écrasa du talon.

— Pourquoi m'as-tu dit qu'ils travaillaient dans les bureaux ? demanda Volodia.

— Je ne sais pas, moi ! Il me semblait les connaître, dit Sopianoff en bâillant.

A ce moment, Thadée Kitine surgit dans l'encadrement de la porte. Derrière lui, venaient Lioubov et Prychkine.

— Nous avons interrompu la répétition, dit Thadée Kitine en s'asseyant à côté de Volodia. Lioubov n'était plus à son travail. Elle voulait vous voir.

— Je suis très flatté, dit Volodia.

— De quoi avez-vous parlé en notre absence ? demanda Lioubov, en appuyant sur Volodia un regard sans réserve.

— De tout, sauf de vous, ma jolie, répondit Ruben Sopianoff en lui baisant la main. Volodia voulait savoir ce que le pays pensait de la guerre.

— Qu'entendez-vous par « le pays » ? dit Thadée Kitine.

— Eh bien, mais... le peuple, murmura Volodia, après une courte hésitation.

— Mon portier, reprit Kitine, m'a dit hier : « Du moment que tous les Allemands nous attaquent, il faut que tous les Russes se lèvent pour les arrêter. »

— C'est la logique même, soupira Volodia.

— D'accord. Mais la question n'est pas là. Est-il permis de tuer ? Si oui, on peut tuer dans n'importe quelle circonstance, sans ordre supérieur et même par seul intérêt. Sinon, il n'existe pas d'autorité humaine capable de justifier le sang versé.

— Mais le droit de légitime défense... dit Prychkine.

— Là encore, s'écria Thadée Kitine, il faut distinguer.

Que défendons-nous ? L'intégrité de notre civilisation, ou la permanence du régime impérial ? Je suis contre notre régime, et pour notre civilisation. Je suis contre Nicolas II, et pour mon portier.

— Mais votre portier, lui, est pour Nicolas II, dit Volodia.

— Peut-être. Ce qui m'irrite, dit Thadée Kitine en épongeant son visage potelé et rose, c'est la fièvre slavophile qui s'est emparée de la Russie. Saint-Pétersbourg a beau s'appeler Pétrograd, par la volonté saugrenue de notre monarque bien-aimé, je refuse la guerre, sur le plan métaphysique et historique.

— Mais, sur le plan pratique, vous êtes bien obligé de reconnaître son existence, dit Volodia.

— On peut reconnaître l'existence d'une maladie sans élever cette maladie au rang de fléau sacré. On peut souffrir d'une maladie, composer avec elle, vivre avec elle, sans chanter ses louanges. Je ne chanterai jamais les louanges de la guerre...

Volodia écoutait Thadée Kitine avec une attention insatiable. Peu à peu, il sentait se préciser dans sa tête un groupement d'idées faciles et vigoureuses. Une opinion toute faite étayait son esprit d'un échafaudage grossier, mais solide. Certaines phrases l'enchantaient au point qu'il les répétait mentalement pour en conserver le souvenir : « Je refuse la guerre sur le plan métaphysique et historique, mais, sur le plan pratique, je suis bien obligé de reconnaître son existence... On peut reconnaître l'existence d'une maladie, sans élever cette maladie au rang de fléau sacré. »

Ces paroles, Volodia avait l'impression qu'il aurait pu, qu'il aurait dû, les prononcer lui-même. Elles exprimaient très exactement son attitude devant le désordre mondial. Car il avait une attitude. Il ne le savait pas encore, en arrivant à Moscou. A présent, le doute n'était plus permis. Partiellement guéri de ses hésitations, il se redressa un peu et une animation virile éclaira sa figure.

— Moi, disait Thadée Kitine, je suis un partisan de la non-violence, un émule de Tolstoï.

— Je suis comme vous, s'écria Volodia. Et j'estime

admirable que, loin de la Russie, mes opinions aient évolué dans le même sens que les vôtres. Vous ne pouvez pas imaginer combien vos paroles m'encouragent.

— C'est curieux, dit Thadée Kitine, vous êtes le premier que mes paroles encouragent. Généralement, on me traite de défaitiste.

— Vous n'êtes pas un défaitiste, nous ne sommes pas des défaitistes, dit Volodia précipitamment.

— Non, dit Prychkine, nous sommes des artistes, cela revient au même.

— Avez-vous revu Tania ? demanda Lioubov en adressant à Volodia un sourire ambigu.

Étonné par cette question, Volodia demeura un long moment sans répondre. Lioubov le regardait de près, les paupières clignées, les lèvres entrouvertes, avec une expression de gourmandise. Visiblement, elle s'amusait de son désarroi.

— Non, je n'ai pas revu Tania, dit Volodia avec effort. Vous savez qu'il y a entre nous un malentendu...

Lioubov joignit les mains, et ses prunelles étincelèrent :

— Je sais, je sais... Enfin, je suppose... C'est navrant... Ma sœur est absurde... Et son mari manque d'usages... Voulez-vous que j'intervienne ?...

— Non.

— Si vous m'expliquiez de quoi il s'agit...

— Non, répéta Volodia, et il serra ses poings au bord de la table.

— Mais pourquoi vous obstinez-vous ainsi ?

— Écoute, Lioubov, dit Prychkine avec onction, puisque M. Bourine refuse ton offre, il serait malséant d'insister.

— C'est dans son intérêt, susurra Lioubov.

Et elle croisa les jambes pour montrer ses chevilles.

Tout son joli visage, velouté et menu, au regard sombre, aux grasses lèvres de sang, signifiait le désir d'être remarquée. Volodia la devinait préoccupée constamment de roueries femelles, d'impostures amoureuses, de calculs fiévreux. Son époux, Prychkine, ne lui suffisait plus. Il lui fallait encore les aventures des autres. Celle de Volodia et de Tania en particulier. Pour l'embarrasser à son tour, Volodia demanda :

— Comment se fait-il que Kisiakoff ne soit pas parmi nous ?

Cependant, Lioubov ne parut nullement troublée par la question. Elle s'était réconciliée avec son premier mari. Elle répondit avec douceur :

— Il ne va pas tarder à venir. C'est un vrai père pour moi.

Volodia se leva en repoussant sa chaise.

— Je m'excuse. Je dois partir, dit-il.

Mais, une fois debout, la pensée de la soirée vide qui l'attendait le fit tressaillir de crainte.

— Où cours-tu ? Reste donc avec nous, on soupera après le spectacle, dit Sopianoff.

— Il fait le difficile, il ne veut pas de notre compagnie, minauda Lioubov.

Kitine regarda sa montre :

— Il va être l'heure de reprendre, mes enfants.

Volodia se rassit et murmura en se penchant vers Lioubov :

— Soyez gentille. Ne me parlez plus de Tania.

Après le spectacle, Volodia soupa chez *Georges,* avec Lioubov, Prychkine, Kitine et Sopianoff. Le voyage avait fatigué Volodia. La tête lourde, la nuque raide, il s'efforçait en vain de suivre la discussion. Ses paupières tombaient. Mais, pour rien au monde, il n'aurait accepté de quitter ces acteurs bavards, et de rentrer chez lui. Il lui paraissait évident que, loin d'eux, le froid, la solitude, allaient le saisir comme une maladie. Vers minuit, Kisiakoff vint se joindre au groupe. Volodia le revit sans déplaisir.

Le vin aidant, il ne savait plus exactement pourquoi il avait redouté et détesté cet homme massif, à la barbe noire et aux yeux cruels. Kisiakoff commanda du champagne. On but au succès du nouveau spectacle, à la victoire des armées alliées et au retour des amis.

Ensuite, Lioubov proposa un toast à la santé de Michel Danoff. Tous levèrent leurs coupes. Les doigts de Volodia tremblaient. Et, tandis qu'il vidait son verre, il lui semblait que les regards convergeaient sur lui et le clouaient à sa chaise. Dans le fond du cabaret, un *pianola* se mit à jouer une valse. Kisiakoff battait la mesure avec sa main volumineuse et velue. Tout à coup, cette main s'arrêta, changea de direction et se posa sur l'épaule de Volodia. Volodia frémit de répugnance et tourna vers Kisiakoff un visage inquiet. L'autre souriait dans sa barbe.

— Vous avez eu le regard de votre mère, dit-il.

A deux heures du matin, Lioubov et son mari prirent congé de leurs camarades. Ils furent suivis de près par Sopianoff, qui avait rendez-vous avec une chanteuse du restaurant *Strélnia.* Thadée Kitine demeura seul avec Volodia et Kisiakoff. Mais la conversation languissait. Les trois hommes buvaient leur champagne avec des mines sombres. Kitine grognait :

— Quelle époque ! Tout ce que je regarde me semble rouge. A cause du sang, vous comprenez ? Et on me demande de faire de l'art, des effets gracieux, des demi-teintes, du pastel. Ah ! qu'ils aillent au diable !

Il finit par se lever péniblement de table, chancela un peu et dit :

— Voulez-vous que je vous ramène chez vous ?

— Non, dit Volodia. Je n'ai pas sommeil.

Lorsque Thadée Kitine fut parti, Kisiakoff poussa un soupir de soulagement :

— Enfin seuls !

— Ils étaient gentils.

— Gentils, mais petits, dit Kisiakoff. Pas à notre taille. D'ailleurs, cet endroit est sinistre. Puisque vous n'avez pas sommeil, je vous emmène chez moi, à l'hôtel. On fera monter du champagne.

— Je ne veux pas aller chez vous.

Kisiakoff se renversa sur le dossier de sa chaise. Sa face de viande pâle, à la barbe noire, aux lèvres crues, trembla par saccades. Ses paupières lourdes serrèrent entre leurs bords un regard mince et net comme un trait d'encre. Il gronda :

— Ça recommence ?
— Quoi ? demanda Volodia.
— Nous ne serons donc jamais des amis ?
— Non.
— A cause de ta mère ?
— Je vous défends de me tutoyer, dit Volodia.

En même temps, il songea qu'il aurait dû se lever, quitter la salle, mais il avait encore peur de la solitude. L'ivresse, la lassitude, un vague dégoût romantique enveloppaient sa tête de vapeur. Le sang cognait sec dans ses genoux. Il fit un effort pour dominer sa faiblesse, tendit le cou, rencontra les prunelles fixes de Kisiakoff.

— A cause de ta mère ? répéta Kisiakoff.
— Si vous me dites encore « tu », je m'en vais, murmura Volodia.

Et il sentit avec rage que ce n'était pas du tout cela qu'il fallait dire, mais des paroles dignes et sobres qu'il ne savait plus assembler.

Devant lui, Kisiakoff, très sérieusement, s'inclinait, écartait les bras, comme pour une révérence de cour.

— Ça va, ça va, grommela Volodia.
— A cause de *votre* mère ? demanda Kisiakoff.
— Eh bien, oui, à cause de ma mère ! s'écria Volodia.
— Elle m'a rendu heureux, et je l'ai rendue heureuse, dit Kisiakoff.
— D'une drôle de façon !
— Elle fut mieux que ma femme légitime, et je suis sûr qu'en ce moment même, du haut du ciel, elle nous contemple et déplore votre emportement.

Il avait pointé un doigt vers le plafond.

Instinctivement, Volodia baissa la voix :

— Ne dites pas de sottises.
— Vous me connaissez mal. Si je vous jurais que vous êtes le seul être au monde à qui je souhaite du bien, vous ne le croiriez pas.
— Non.

Un serveur en blouse blanche, serrée à la taille, s'approcha de Kisiakoff :

— Encore une bouteille de champagne ?
— Ce n'est pas la peine, dit Kisiakoff. Nous partons.

Ayant payé les consommations, il appliqua sa main carrée sur le poignet de Volodia :

— Vous venez avec moi, bien sûr ?

Volodia voulut refuser, mais le monde oscillait et se décolorait autour de lui. Il perdait pied dans un vertige douceâtre. Le regard de Kisiakoff le soutenait au-dessus du néant comme un crochet. Il bredouilla :

— Je préfère rentrer... Laissez-moi...

Kisiakoff le prit par le bras et le poussa vers la sortie.

Lorsqu'ils arrivèrent à l'hôtel, toutes les fenêtres de l'immeuble étaient éteintes ; mais, au rez-de-chaussée, des bouffées de musique s'échappaient par la porte entrebâillée d'un *traktir*.

— Je vais demander à l'accordéoniste de monter dans ma chambre, dit Kisiakoff, il nous distraira.

Docile, Volodia le suivit dans le *traktir* bondé de gens et de fumée. Ses jambes le guidaient contre sa volonté. Son esprit ne travaillait plus. Il vit, comme à travers un rideau de gaze, Kisiakoff qui fendait la foule des consommateurs et s'avançait vers les musiciens, vêtus de blouses russes, chaussés de bottes.

Puis, sans transition, Volodia se trouva dans une chambre inconnue, tendue d'un papier ponceau, avec un lit à boules de cuivre et une armoire à glace. Sur la table, il y avait un seau à champagne, des coupes pleines. L'accordéoniste se tenait debout dans un coin. Et Kisiakoff disait :

— Buvons à notre amitié.

Volodia porta le verre à ses lèvres. Le vin pétillant lui glaça le palais. Sa torpeur un instant secouée, il eut l'impression qu'un peu de conscience lui revenait, qu'il se sentait mieux, qu'il pourrait bientôt comprendre et juger sa conduite. A ce moment, il s'aperçut que la manche de son pardessus était déchirée. Sans doute avait-il accroché une mauvaise ferraille en entrant dans le cabaret. Or, le manteau était neuf. Cette constatation accablait Volodia de dépit. Quel que fût son désir de s'élever au-dessus des contingences, il ne savait plus penser qu'à cet incident. Il dit :

— Mon pardessus...

— Ote-le, dit Kisiakoff.

Volodia retira son pardessus et le jeta sur le lit.

— Mon pardessus est déchiré, reprit-il.

— Fais-le réparer.

— Ce ne sera plus la même chose, dit Volodia.

Il était préoccupé. L'affaire du pardessus prenait des proportions gigantesques. On allait le gronder pour sa maladresse. On allait le punir. Mais qui allait le gronder, qui allait le punir ? Subitement, Volodia songea que personne au monde ne s'intéressait à son pardessus. Il pouvait rentrer en loques, nul ne s'aviserait de lui faire des remontrances. Il gémit :

— C'est affreux ! Personne pour me gronder, personne pour me punir...

Kisiakoff le considérait avec attention :

— Pourquoi dis-tu cela, mon pigeon ?

— Le pardessus déchiré... et personne, personne, bafouillait Volodia. Les autres ont quelqu'un qui les corrige, qui les console. Moi, personne !

— Crois-tu que j'aie quelqu'un, moi ? s'écria Kisiakoff. N'avais-je pas raison lorsque je te disais que nous étions faits pour nous entendre ? Frères par la solitude et par le malheur, unis dans le souvenir d'une femme admirable...

— Je te défends de prononcer son nom, dit Volodia.

— Olga Lvovna, soyez bénie entre toutes les femmes, dit Kisiakoff.

Volodia se boucha les oreilles. Mais, à travers le tampon de ses doigts, il entendait bourdonner la voix grave de Kisiakoff :

« Je me suis conduit comme un porc, à ton égard, Olga Lvovna. Pour que tu me pardonnes, je prendrai soin de ton fils, de ton fils débile et séduisant, de ton fils ivre et innocent, de ton fils que nul ne grondera pour son pardessus déchiré, de ton fils... »

Il s'interrompit et se tourna d'un bloc vers l'accordéoniste, qui restait debout dans son coin, les yeux ronds, la bouche ouverte.

— Qu'attends-tu pour jouer, imbécile ?

L'homme fit un sourire ahuri, cligna de l'œil. Et,

soudain, sa figure large et plate, à la barbiche rare, ne fut plus qu'un cri :

Je me rappelle, je me rappelle
Combien m'avait aimé ma mère...

Volodia dressa le menton :

— Pourquoi chante-t-il cela ?

Mais Kisiakoff ne l'écoutait pas. Il battait la mesure des deux bras et balançait son gros postérieur tendu dans un pantalon à rayures grises et noires.

— Pourquoi chante-t-il cela ? répéta Volodia.

— Pour que notre tristesse soit belle, dit Kisiakoff. Toutes les chansons où il s'agit d'une mère sont graves. C'est ainsi.

Plus d'une fois, plus d'une fois,
Elle m'avait dit, ma mère :
« Oh ! mon pauvre doux ami,
« Ne fréquente pas les voleurs,
« Sinon, prends garde, mon ami,
« Tu finiras dans les fers...

Les plaintes de l'accordéon remuaient dans le cœur de Volodia un désespoir commun et délicieux. La voix de l'homme, un peu rauque et tremblante, détaillait les mots de la chanson avec autant de soin que s'il se fût agi d'une poésie immortelle. Et vraiment, grâce au champagne, cette rengaine de forçat s'enrichissait d'une signification merveilleuse. Elle expliquait la solitude de Volodia, et son tourment amoureux, et le pardessus déchiré, et la neige tombant sur les chevaux de fiacre, et le refus de Tania, et la guerre lointaine, et les voitures d'ambulance qui transportaient leur cargaison de héros grelottants. Lorsque le chanteur se tut, Volodia chuchota :

— Dis-lui de chanter encore.

Kisiakoff remplit les verres, et l'accordéoniste chanta :

Comme une fleur embaumée
Répand alentour son parfum,

Ainsi la coupe pleine
Attend que tu la vides !

Tandis que Volodia buvait, Kisiakoff ouvrit un tiroir et en sortit un nécessaire de couture.

— Il appartenait à ta mère, dit-il.

Puis, il prit place sur le bord du lit, et, l'œil plissé, le souffle court, essaya d'enfiler une aiguille, qu'il tenait précautionneusement entre ses doigts épais. A plusieurs reprises, il manqua le chas, grogna une injure et suça le brin entre ses fortes lèvres sanguines :

— Saloperie... Ou alors, c'est moi qui ne vois plus clair...

— Que voulez-vous faire ?

— Recoudre ton pardessus.

Volodia ne sut que répondre et baissa la tête. Kisiakoff s'énervait, secouait sa barbe, soulevait ses larges épaules. Enfin, il trancha le fil d'un coup de dents, roula l'extrémité entre le pouce et l'index, et se remit à viser. L'accordéoniste en était à sa troisième chanson, lorsqu'il fut interrompu par un hurlement de victoire :

— Je l'ai eu !

Kisiakoff tournait vers Volodia sa face martelée, ridée, où perlaient des gouttes de sueur.

— Tu disais que personne ne s'occupait de toi, reprit-il. Eh bien, regarde, je te soigne comme une maman, avec le fil et les aiguilles de ta maman. Je peux même mettre les lunettes de ta maman sur le nez, si tu veux ; je les ai ici. Et te plairait-il que je te gronde ?

L'accordéoniste crut à une plaisanterie et partit d'un éclat de rire.

— Silence ! glapit Kisiakoff. De qui ris-tu, canaille ? D'un veuf et d'un orphelin ?

Il s'était dressé de toute sa taille et s'avançait, le poing haut, vers le malheureux. L'homme s'était plaqué contre le mur et hoquetait en battant des paupières :

— Nullement, Votre Noblesse.

— Ne m'appelle pas « Votre Noblesse ». Il n'y a pas d'autre noblesse ici que celle de la douleur.

— Très exactement, Votre Noblesse.

Kisiakoff laissa retomber sa main.

— Comment discuter avec des brutes pareilles ?

— Vous plairait-il d'entendre une autre chanson ?

Un joyeux marchand,
S'en allait à la foire,
Un joyeux marchand.
Un fameux gaillard...

Kisiakoff se rassit, attira le manteau sur ses genoux et planta l'aiguille dans l'étoffe. Tout en cousant, il fredonnait :

Un joyeux marchand,
Un fameux gaillard...

Volodia murmura :

— Je crois que je suis soûl.

On frappa à la porte.

— Qu'est-ce que c'est ? demanda Kisiakoff.

Derrière le battant, une voix humble répondit :

— C'est le directeur de l'hôtel. Vos voisins se plaignent. Ils voudraient dormir.

— Qui les en empêche ?

— Vous, estimé Ivan Ivanovitch. Il est trop tard pour jouer de l'accordéon dans les chambres.

— Dites-leur que, s'ils ne ferment pas leur gueule, je vais convoquer tout l'orchestre.

La voix du directeur devint plus ferme :

— Je pense que vous plaisantez, honorable Ivan Ivanovitch. Vous n'ignorez pas que le repos des locataires est sacré...

— Et ma tristesse, n'est-elle pas sacrée ?

— Si vous continuez, je me verrai obligé de prévenir la police.

Volodia plongea la main dans le seau à champagne, pêcha un glaçon et s'en frictionna le front violemment.

— Laissez partir l'accordéoniste, dit-il. Je l'ai assez entendu. Il me casse les oreilles. Il me fait mal.

Kisiakoff poussa un soupir rauque et cracha par terre.

— Soit, cria-t-il, en s'avançant vers la porte. Rassurez vos locataires. Il n'y aura plus de musique.

— Je vous remercie en leur nom.

Des pas s'éloignèrent dans le corridor.

— Alors, quoi ? Je m'en vais ? demanda l'accordéoniste.

— Va-t'en, dit Kisiakoff, et il lui fourra des billets de banque dans la main. Va-t'en, mais je t'ordonne de jouer comme un diable, en descendant l'escalier. Comme un diable, tu entends ?

— Exactement comme un diable, Votre Noblesse.

Lorsque l'accordéoniste se fut éclipsé, Kisiakoff revint à ses travaux de couture.

— Dans cinq minutes, il n'y paraîtra plus, dit-il. Tu ne sais pas coudre, toi ?

— Non.

— Je t'apprendrai. Un homme seul doit savoir coudre. Et tu es seul.

— Oui, je suis seul.

— Buvons à la solitude.

— Je ne peux plus boire, dit Volodia.

Il était sur le point de s'évanouir. Mais Kisiakoff lui colla de force le bord d'une coupe contre les lèvres. Et Volodia but, avec lenteur, avec écœurement. Un goût de pourriture entrait dans sa bouche. Il n'était, des pieds à la tête, qu'une pourriture. Personne encore ne s'en apercevait, à cause des cheveux joliment coiffés et des vêtements neufs. Mais, à l'intérieur, il n'y avait qu'un vieux marécage traversé de têtards lestes et de couleuvres. Rien que d'y penser, cela donnait le frisson. Comment pouvait-il vivre avec ce cloaque pestilentiel au centre de lui-même ? Il tremblait de tendresse et de répugnance à la seule vue de sa main tenant un verre. Il posa le verre et respira le creux de sa main. Sa propre odeur lui était insupportable. Il aurait voulu se quitter.

— Ça ne va pas, geignait-il.

— Qu'est-ce qui ne va pas ? demanda Kisiakoff. Le corps ou l'âme ?

— Les deux.

— Tu as des ennuis.

— Non.

— Quel genre d'ennuis ? Argent ? Femme ?

La voix de Kisiakoff pénétrait dans le crâne de Volodia comme un doigt crochu, furetait dans sa cervelle, dénouait des liens d'idées, grattait des croûtes de souvenirs. Un corps étranger alourdissait son front. Il secoua la tête, et la voix, le doigt, sortirent de lui.

Il dit :

— Oh ! la paix ! la paix !

Cependant, il suffoquait. Il ne pouvait plus vivre avec ce secret venimeux. Il fallait que cela crève. Il fallait que cela gicle et que cela éclabousse les murs ponceau, le visage barbu de Kisiakoff, la glace nue et froide de l'armoire. Alors, délivré, purifié, il serait un autre homme, avec une âme rose bordée de dentelles. Mais que dire, par où commencer ? Affolé, le cœur battant, il quêtait un conseil dans les yeux de Kisiakoff. Et, tout à coup, il lui sembla que la figure de Kisiakoff n'était pas une figure, mais un paysage, vu de loin, avec des montagnes, des broussailles sombres, des cavernes, et deux lacs noirs, symétriques, où se figeait le reflet immobile de la lune. Il murmura :

— Votre tête...

— Quoi, ma tête ?

— Elle a grandi.

— Argent ? Femme ? répéta Kisiakoff.

— Je suis un cochon, gémit Volodia.

— C'est donc qu'il s'agit d'une femme, dit Kisiakoff.

Et, attirant une chaise, il s'assit tout près de Volodia.

— Tu peux tout me dire, mon petit. Je comprends, j'absorbe, j'excuse. Un peu de courage. Nous sommes tous fautifs lorsqu'il s'agit des femmes. Mais ces fautes-là ne pèsent pas lourd dans la main de Dieu.

— C'est un secret, dit Volodia. Je n'ai pas le droit.

— Ne nomme donc personne. Je tâcherai de deviner. Est-ce la femme d'un ami ?

— D'où le savez-vous ? s'écria Volodia.

— Je ne le sais pas, dit Kisiakoff avec un sourire de propriétaire, je le suppose. Donc, c'est la femme d'un ami.

— Non.

— De ton ami d'enfance ?

— Non.

— S'agirait-il de Tania ?

Volodia regardait devant lui d'un air têtu et rancunier. La bouche de Kisiakoff frémissait bizarrement, luisante comme une limace, sous la moustache dépeignée. Toute sa figure exprimait une convoitise. Une dernière fois, Volodia songea qu'il n'avait aucune raison de se confier à cet homme et qu'il regretterait toujours les paroles qu'il allait prononcer. Brusquement, Kisiakoff cria :

— Mais parle donc, idiot !

Volodia tressaillit sans répondre.

— Tu as couché avec elle, et puis après ? La belle affaire !

— Mais..., mais c'est la femme de Michel, dit Volodia. Mon meilleur ami.

— Il faut bien que les meilleurs amis servent à quelque chose.

Une indignation sommaire traversa l'esprit de Volodia. Il n'espérait pas l'acquittement, mais l'injure. En l'excusant avec cette aisance, Kisiakoff réduisait son aventure tragique aux dimensions d'une furtive amourette.

— Vous parlez sans savoir, gronda Volodia. Nous étions comme des bêtes, derrière son dos. Nous nous cachions. Le soir, je dînais à leur table, en face de lui. Il plaisantait avec moi. Il était gentil, droit et propre. Oh ! c'est épouvantable d'être si propre...

Ayant lâché le premier aveu, il ne pouvait plus s'arrêter. Un flot de paroles, longtemps contenues, montait à ses lèvres, sortait de lui comme un vomissement. Il éprouvait à se vider ainsi une délectation amère. Il cherchait des mots violents et rares pour s'accuser davantage.

— Une canaille lubrique, un chien dévergondé n'auraient pas agi autrement. Et remarquez bien que je lui devais tout. Je travaillais aux Comptoirs Danoff. Il me payait, et moi je le trompais. Il m'aimait comme un frère, et moi je lui volais sa femme...

Kisiakoff écoutait avec contention. Soudain, il passa le bras autour des épaules de Volodia et le baisa sur la joue :

— C'est exact, tu es une canaille, une crapule. Raconte,

raconte, cela te soulagera. Elle lui a tout avoué, n'est-ce pas ?

— Oui. Lorsque j'ai appris ça, j'ai eu peur. Car je ne suis pas seulement un ingrat, je suis aussi un lâche. Vous ne le saviez pas ?

— Si, je le savais, dit Kisiakoff.

— J'ai tremblé toute une nuit. Il pouvait venir d'un instant à l'autre, me battre, me tuer. Je tenais à ma peau. Je me suis enfui... En Norvège, j'ai entendu dire que Michel s'était engagé comme simple soldat... Il n'était pas mobilisable. Il l'a fait à cause de moi, parce qu'il ne voulait plus supporter son déshonneur. Maintenant, il est là-bas, dans le froid, dans la boue, dans le danger...

— Et toi, tu bois du champagne.

— Et moi, je bois du champagne...

— Tu souhaites même sa mort.

— Ce n'est pas vrai ! hurla Volodia en relevant la tête.

Kisiakoff éclata de rire et se dressa lourdement sur ses jambes :

— Si, c'est vrai, mon alouette. Tu souhaites sa mort. Et tu as raison. Cela arrangerait tout. Plus de Michel. La voie libre. Tania dans ton lit.

— Elle refuse de me revoir.

— Elle changera d'avis, lorsqu'elle sera veuve.

— Je ne veux pas qu'elle soit veuve.

— Tu ne l'aimes donc pas ?

— J'aime Michel.

— Tu l'aimeras mieux quand il sera mort. As-tu songé à sa mort, la nuit ? On voit ça, quelquefois, en rêve. Une blessure à la tempe. Le sang coule avec de jolis glouglous de source. L'herbe est fraîche. Les oiseaux chantent...

Volodia jeta son visage dans ses mains. Des sanglots convulsifs ébranlaient sa poitrine.

— Non, gémit-il. Pas ça...

— Il faut prier Dieu pour qu'il donne la mort à Michel, reprit Kisiakoff. Veux-tu que je t'enseigne une prière ?

Une épouvante catégorique pénétrait le corps de Volodia. Il enfonça ses ongles dans la paume de sa main comme pour s'éveiller d'un songe. Mais c'était impossible. Kisiakoff, énorme, noir, massif, le dominait comme une montagne. Son ombre touffue écrasait Volodia. Il n'en sortirait plus jamais. Pourquoi avait-il parlé ? A présent, cet homme était le maître. Il savait tout. Il pouvait tout raconter. Un silence ensorcelé occupait la chambre. Des pas glissèrent dans le couloir. La musique lointaine d'un accordéon monta du *traktir,* traversa les fenêtres closes.

— Tu me plais, dit Kisiakoff. Tu me dégoûtes et tu me plais. Tu me plais, parce que tu me dégoûtes. Un sale petit homme. Je prendrai soin de toi. Je te rafistolerai, comme j'ai rafistolé ton manteau. Maternellement.

Une vague de colère déferla sur Volodia, le délogea, l'emporta. Il ne touchait plus terre. Il volait. Il entendit sa propre voix qui vociférait loin de lui :

— Je ne veux pas de votre compassion ! Je vous déteste ! Pourquoi m'avez-vous soûlé ? Pourquoi m'avez-vous obligé à tout dire ?

— Parce que ça m'amusait, répondit Kisiakoff en se versant une nouvelle coupe de champagne.

Volodia lui arracha la bouteille des mains :

— Ah ! ça vous amusait ? Moi je souffre, et toi tu t'amuses ! Et, demain, tu répéteras à tout le monde ce que je t'ai raconté ! Tu te moqueras de moi et d'elle avec les autres ! Tu organiseras le scandale ! Eh bien, non, n'y compte pas ! Tu en sais trop !

Ses doigts serraient le goulot de la bouteille. Il la brandit au-dessus de sa tête, comme une massue. Kisiakoff fit un pas en arrière, leva le coude, grommela drôlement :

— Eh ! tu deviens féroce !

Les yeux écarquillés, Volodia regardait intensément cette face livide, qui oscillait sur place, s'allongeait, se déformait, comme pour le narguer davantage. Une terreur subite s'empara de lui. De toutes ses forces, il cogna dans la masse blanc et noir. Mais la bouteille heurta la glace de l'armoire qui se fendit en deux avec un bruit net. Kisiakoff avait esquivé le coup et ceinturait Volodia des deux bras, par-derrière. Sur sa nuque, Volodia sentit une haleine chaude. La barbe de Kisiakoff lui chatouillait le cou. Une douleur violente lui barrait les reins. Il fléchit les genoux et balbutia :

— Laissez-moi.

Kisiakoff dénoua ses mains, et Volodia tomba par terre. La bouteille avait roulé sous le lit. Kisiakoff la ramassa et la remit sur la table. Il soufflait. Il s'épongeait le front.

— Pourquoi as-tu fait ça ! dit-il enfin.

— Parce que vous êtes le diable !

— Tu me flattes.

— Vous allez tout répéter.

— Mais non.

Le corps flasque, l'esprit troublé, Volodia gisait sur le sol et pleurait doucement.

— Personne ne saura rien, dit Kisiakoff. Et même, je t'apprendrai à être heureux. Seulement, il faut avoir confiance.

Il tendit la main à Volodia pour l'aider à se mettre debout.

— J'ai la tête qui tourne, dit Volodia.

— Ça passera.

— Je ne vous ai pas fait mal ?

— Personne ne peut me faire mal.

Tout en parlant, Kisiakoff découvrait son lit, retapait les oreillers.

— Couche-toi, dit-il.

Volodia se laissa choir sur une chaise :

— Il vaut mieux que je rentre.

— Non, tu dormiras ici. Retire tes souliers.

Claquant des dents, les doigts inertes, Volodia tentait vainement de dénouer ses lacets. Kisiakoff s'accroupit devant lui pour l'aider à se déchausser. Il bougonnait :

— Tu fais des nœuds trop compliqués. Là, ça y est. L'autre pied maintenant.

Après ce sursaut de colère, Volodia n'éprouvait plus qu'une plate béatitude. Quelque chose s'était terminé hors de son consentement. Un grand pas avait été fait vers le meilleur ou vers le pire. Il ne savait plus s'il devait être heureux ou se plaindre. Devant lui, à la hauteur de ses genoux, il voyait les cheveux noirs de Kisiakoff. Entre les mèches luisantes, on discernait la pâleur bleuâtre du crâne. Mais Volodia n'avait pas envie de frapper cet homme. Peut-être Kisiakoff était-il vraiment son ami ? Timidement, Volodia demanda :

— Vous me jurez, n'est-ce pas, que ?...

— Tout ce que tu voudras.

— Ce serait trop horrible si les autres savaient.

— Ote tes chaussettes.

Lorsque Volodia se fut allongé dans le lit, Kisiakoff borda les couvertures et alluma la lampe de chevet.

— Là, dit-il. Tu es bien. Tu as chaud. Tu n'es plus seul...

— Et vous, où allez-vous dormir ?

— Dans le fauteuil.

Volodia ferma les paupières. Sur un fond rouge, des étoiles tournoyèrent lentement. Une nausée lui gonfla les joues. Il eut un hoquet, rouvrit les yeux.

Kisiakoff était assis dans le fauteuil. La nuque droite, les mains sur les genoux, il scrutait le vide. Un sourire secret plissait ses lèvres. « J'aurais tout de même dû l'assommer », pensa Volodia. Tout à coup, Kisiakoff se mit à fredonner :

Plus d'une fois, plus d'une fois,
Elle m'avait dit, ma mère :
« *Oh ! mon pauvre doux ami,*
Ne fréquente pas les voleurs... »

— Tania ! Tania ! gémit Volodia.

Kisiakoff se leva et lui posa sur le front une main fraîche et moite.

— Tu la reverras, dit-il. Dors mon petit. Ta vieille maman est là qui te garde.

Il fit le signe de la croix au-dessus du lit et alla se rasseoir dans le fauteuil.

Quelques instants plus tard, la tête renversée, la bouche béante, il ronflait.

II

Un brouillard humide absorbait la tête de la colonne. Les sabots des chevaux sonnaient durement sur le sol gelé. Le tintement des gourmettes, le grincement des cuirs formaient une seule rumeur, longue et monotone, qui rejoignait l'horizon. De place en place, au bord de la route, surgissaient des bicoques toiturées de chaume, ou quelques maigres bouleaux aux troncs d'argent, cerclés d'écailles noires. Les paupières gonflées par l'insomnie, le volontaire Michel Danoff se dressait alors sur sa selle et cherchait du regard un signe de vie humaine dans ces maisons, derrière ces arbres. Mais nul paysan n'apparaissait aux seuils des demeures solitaires ni dans l'espace nivelé des champs. Ils avaient fui la bataille. Le décor était nul et sans voix. Seule bougeait, seule respirait dans le monde cette procession de dos gris, de lances droites, de fusils luisants. Partis la veille de Iéjov, les hussards d'Alexandra descendaient vers le sud à la rencontre des armées allemandes de Pologne. Le voisin de Michel Danoff sommeillait en laissant pendre la bride. Derrière lui, deux hussards discutaient paresseusement :

— Je voudrais m'arrêter pour referrer mon cheval. Il boite de l'antérieur gauche.

— Il tiendra bien jusqu'à ce soir. Si tu t'arrêtes, on t'engueulera.

— Et si mon cheval est blessé, à l'étape, on m'engueulera aussi.

— C'est la guerre !

— Regarde Fédotieff qui dort. Les jeunes ont beau faire, ils n'ont pas la résistance des anciens.

— On le réveille ? Un petit coup de crosse dans le dos.

— Laisse-le dormir, imbécile. Ça te gêne, qu'il dorme ?

Bercé par le murmure des voix familières, Michel Danoff ferma les yeux. Un moment, il lui sembla qu'il flottait sur une rivière noire, aux vagues égales. Il se sentait heureux. Il ne pensait à rien. Un cheval hennit. Michel souleva ses paupières. Un grondement rauque secouait les champs, vers la droite.

— C'est notre artillerie lourde, dit quelqu'un.

— Où sont-ils ?

— Ça vient de par là.

— Ou de par là.

Un maréchal des logis passa au trot, le long de la colonne :

— Serrez les rangs ! Serrez les rangs !

— Allons, bon ! grogna Fédotieff, le voisin de Michel, qui s'était réveillé et fourrageait dans ses poches. Je n'ai plus de tabac. Qui est-ce qui a du tabac ?

— Serrez les rangs !

De minces flocons de neige se détachaient du néant cendreux. Michel les regardait se poser un à un sur ses mains, sur la courroie craquelée de sa bride, et fondre aussitôt en petites flaques rondes. Son cheval chauvait des oreilles, comme pour chasser un essaim de mouches. Michel lui tapota l'encolure, et le cheval encensa de la tête pour le remercier. Fédotieff éclata de rire :

— Tu le soignes ? Tu as bien tort. Il paraît qu'à Koluzki on va mettre tous les hussards à pied et les enterrer dans des tranchées, comme de simples fantassins. L'infanterie ne sait pas faire son boulot. Alors, on appelle les hussards.

— Qu'est-ce que ça change ? dit Michel. A pied ou à cheval, pourvu qu'on se batte…

— Tu aimes te battre, toi ?

— Et toi ?

— Moi, j'ai la frousse avant et après. Mais pendant, ça va.

Michel tira une blague à tabac de sa poche et la tendit à Fédotieff :

— Tu disais que tu n'en avais plus...

Fédotieff s'empara de la blague et poussa un sifflement extasié :

— Du tabac de Monsieur !

Michel rougit et détourna la tête. Mentalement, il se jura de renoncer au tabac que Tania lui envoyait de Moscou. Bien qu'il ne répondît à ses longues lettres que par de courts billets d'information, elle s'obstinait à lui adresser des colis de vêtements et de vivres. Or, il ne voulait rien lui devoir. C'était pour rompre avec une existence intolérable qu'il s'était engagé dans l'armée. Reniant le passé, rejetant dans l'oubli sa femme, ses enfants, ses affaires, il souhaitait qu'aucun privilège ne le distinguât de ses compagnons. Comme Fédotieff lui rendait sa blague, après s'être copieusement servi, il grommela :

— Garde-la.

Fédotieff écarquilla ses yeux pâles, bordés de cils blonds.

— Tu me la donnes ?

— Oui.

— Et toi ?

— Je n'en ai pas besoin.

Fédotieff empocha la blague, réfléchit et demanda soudain :

— Pourquoi t'es-tu engagé ?

— Parce que j'avais envie de me battre

— C'est pas normal pour un Monsieur.

— Admettons que je ne sois pas un Monsieur comme les autres.

— Et ta femme, qu'est-ce qu'elle a dit ?

— Rien.

— Ce n'est pas non plus une femme comme les autres.

— Non.

— Et tu es heureux, comme ça, avec nous ?

— Très heureux.

Fédotieff gloussa de contentement :

— Tu me plais. Au début, quand tu es arrivé, on ne savait pas trop par quel bout te prendre. Un Monsieur qui a des affaires à Moscou. Le beau-frère du capitaine en second. Ça paraissait louche. Maintenant, on s'est habitué. Tu te débrouilles bien. Tu n'es pas fier...

— De quoi serais-je fier ? demanda Michel en souriant.

— De ton instruction, dit Fédotieff. Moi, je voulais avoir de l'instruction. Mais ça ne s'est pas trouvé. Mon père...

Le maréchal des logis reparut au flanc de la colonne et hurla :

— On ne parle pas dans les rangs !

Un éclatement d'obus couvrit sa voix. Dans le brouillard, à droite, palpitait la lueur rose d'un incendie.

— C'est-il qu'ils nous tirent dessus ? dit Fédotieff.

— Penses-tu ! dit Michel. Un coup mal dirigé, sans doute.

La canonnade se rapprochait. Des déflagrations sourdes faisaient tressaillir le sol. On entendait même, par instants, le crépitement mécanique des mitrailleuses. Les fumées des shrapnells s'arrondissaient en fleurs pâles au-dessus des arbres.

— Les artilleurs sont des salauds, dit Fédotieff. Russes comme Allemands, ils ne font pas la vraie guerre. Ils trichent.

— Silence ! glapit le maréchal des logis.

La colonne passa au trot.

Le soir tombait, lorsque le régiment pénétra dans un petit village boueux et triste. Les hussards mirent pied à terre. Quelques paysans furtifs, qui avaient la couleur morne de la glèbe, sortaient des maisons et se groupaient autour des officiers.

— Pour sûr qu'on va camper ici, dit Fédotieff. Si seulement ils nous donnaient une grange...

Effectivement, le deuxième escadron reçut une grange en partage. C'était une haute construction en planches disjointes, avec un toit moussu et des contreforts de fumier. Après la soupe, ayant pansé, abreuvé, nourri et entravé leurs chevaux, les hussards prirent possession de leur cantonnement. Le maréchal des logis Stépendieff actionna sa lampe de poche. Dans la lumière brutale, surgit une montagne de paille brillante, hirsute et, plus loin, une masse molle de foin. L'air sentait l'herbe moisie et la bouse de vache. Des rats détalèrent sur les poutres qui étayaient la toiture. Fédotieff appliqua une échelle contre le tas de paille, et l'escalade commença, dans l'obscurité où tremblait par instants la clarté ovale de l'ampoule.

— Viens par ici, criait Fédotieff en tendant la main à Michel, c'est confortable, comme dans un wagon-mou.

— Tchoubarytch, où es-tu ?

— J'ai glissé dans un trou. J'y reste.

— Y a-t-il encore de la place dans ton trou ?

— Oui, pour une jolie femme.

— Eh ! les gars, je me suis accroché à une saloperie de ferrure. Aidez-moi, orthodoxes !

Des ombres chancelantes foulaient la paille qui crissait et s'enfonçait sous leurs pas. Michel Danoff se rapprocha à tâtons de Fédotieff, dont les bras invisibles ramaient dans les ténèbres, déplaçaient de craquantes forêts.

— Couche-toi là, dit Fédotieff. Je vais arranger notre chambre. Les anges eux-mêmes en seront jaloux.

Il s'était accroupi à son tour et dénouait les gerbes de paille, les éparpillait en couverture sur le corps de Michel. Puis, il retira ses bottes et déroula les bandelettes qui enveloppaient ses pieds. Une odeur de sueur pourrie arriva au visage de Michel.

— Ouf ! ça fait du bien, soupirait Fédotieff en bougeant les orteils.

La lueur d'un briquet troua la pénombre.

— Enfants de putain ! hurla le maréchal des logis Stépendieff. J'ai défendu de fumer.

Le silence revint. Michel s'allongea sur le dos. A droite, à gauche, il devinait confusément des monceaux de paille qui remuaient, riaient ou grognaient des injures. Entre les planches, filtrait la lueur bleue et pure de la nuit. En bas, les chevaux bottaient, hennissaient en rêve. En haut, des rats couraient et piaillaient avec des voix d'enfants. De temps en temps, on entendait un coup de canon, lointain et pommé.

— Ce n'est pas chrétien de se battre même la nuit, dit Fédotieff.

Le froid et la fatigue engourdissaient Michel. Il déboutonna sa culotte, ferma les yeux, tenta de dormir. Mais le sommeil ne voulait pas de lui. L'oreille aux aguets, il écoutait le froissement des litières voisines, les respirations, les ronflements de ses camarades. A plusieurs reprises, l'image de Tania s'imposa devant lui, dans l'ombre, avec une précision hallucinante. Elle était telle qu'il l'avait vue pour la dernière fois, avec son beau visage faible, ses cheveux abondants, ses yeux bleus dilatés d'angoisse. Violemment, il la détesta, la refoula dans le néant. Alors, vinrent les enfants, et il sentit que son cœur se faisait lourd dans sa poitrine. Il les appela par leur nom, à voix basse :

— Serge, Boris...

Fédotieff se dressa d'un bond :

— Ah ! démons ! Il y a un rat qui me renifle les pieds...

Des rires s'élevèrent, et une botte de paille se mit en mouvement, vira sur place et se recoucha quelques pas plus loin.

Michel voulut tirer son portefeuille de sa poche pour regarder les photographies de ses deux fils. Mais il faisait trop sombre. On ne pouvait rien voir. Et cela valait mieux ainsi : « Je n'ai plus de femme. Je n'ai plus d'enfants. Je n'ai plus de maison. Je suis le volontaire Michel Danoff. »

Il soupira et se tourna sur le côté. Ses reins lui faisaient mal. Mais cette douleur était bonne. Là-bas, à Moscou, il y avait la honte, le mensonge, les larmes. Ici, tout était simple et brutal : « Si seulement je pouvais mourir au combat ! Est-ce que Volodia souhaite ma mort ? Si je ne meurs pas, la guerre finie, je le tuerai. »

Un galop de cheval traversa la nuit. Des cris retentirent aux abords de la grange. Puis, tout se tut. Et Michel comprit avec délices qu'il allait enfin s'endormir.

Vers quatre heures du matin, le maréchal des logis Stépendieff le réveilla en le secouant par l'épaule :

— Debout !

— Quoi ? Que se passe-t-il ?

— Action de reconnaissance. Le capitaine a demandé huit hommes. Fédotieff, lève-toi aussi. Gavriloff, canaille, ne te défile pas, je t'ai vu. Il m'en faut cinq encore...

Somnolents, titubants, les hussards rajustaient leurs uniformes et s'étiraient avec des bâillements cannibales.

— Brrr ! quel froid, mon nourricier !

— Justement que je rêvais du pays.

— Elle te fait cocu, Gavriloff. Vaut mieux ne pas rêver d'elle.

— Avec qui me ferait-elle cocu ? Tous les gars sont à la guerre.

— Avec le pope.

— Avec l'étalon.

— Avec la bougie.

— Vos gueules ! glapit Stépendieff. Laissez les autres dormir.

Une demi-heure plus tard, les hussards étaient massés devant la grange, dans la lueur avare et fraîche du petit jour. Le capitaine en second, Arapoff, les passa rapidement en revue.

Bien que servant sous les ordres de son beau-frère, Michel n'avait avec lui que des rapports officiels et distants. Craignant d'être accusé de favoritisme, Akim évitait de marquer de la bienveillance à l'égard du volontaire Danoff. D'ailleurs, leurs très rares conversations s'étaient toujours révélées décevantes. Akim devinait bien que Michel lui cachait la raison exacte de sa présence aux armées. Et Michel n'ignorait pas que Tania correspondait régulièrement avec son frère. Peut-être lui avait-elle avoué sa faute ? Cette situation trouble gênait les rapports des deux hommes et les contraignait à jouer une comédie qui ne les satisfaisait ni l'un ni l'autre. A plusieurs reprises, Michel avait même songé à demander un changement d'affectation. Cette fois encore, regardant Akim qui inspectait la tenue des hussards, il regretta de n'être pas pour lui un inconnu.

— Tu as de la paille plein les bottes, disait Akim, en tendant sa main gantée vers les pieds de Fédotieff. Retire-moi ça. Et toi, Gavriloff, qu'est-ce que c'est que cette déchirure à la manche ?

— J'ai accroché une ferraille, Votre Noblesse.

— Vous m'avez l'air de dormir debout, tous tant que vous êtes, dit Akim en fronçant les sourcils.

Il redressa sa petite taille et parut plus sec et plus dur encore, inhumain, sclérosé. Un reflet de métal passa dans ses prunelles étroites.

— En selle ! commanda-t-il. Direction ouest, sur Brjeziny.

La troupe se mit en marche dans le brouillard. Bientôt, sur un signe d'Akim, les chevaux quittèrent la route et prirent à travers champs. Michel essayait de percer du regard ce néant floconneux où oscillaient des silhouettes de fantômes. Les hommes somnolaient ou bavardaient à voix basse. Une odeur de pluie et de vase venait de la terre. Tout à coup, Akim cria :

— Danoff, viens ici.

Michel poussa son cheval et se trouva en tête du peloton, aux côtés d'Akim. Ils chevauchèrent botte à botte, un long moment, sans échanger une parole. Puis, Akim dit :

— J'ai reçu une lettre de Tania.

— Ah !

— Elle se plaint de n'avoir pas de tes nouvelles.

— Je lui écris quand j'ai le temps.

— C'est-à-dire le plus rarement possible ?

— Oui.

— Et des billets de quatre lignes ?

— Oui.

— Pour lui dire quoi ?

— Que je suis en vie.

— Heureusement, elle a un frère pour lui dire le reste.

— Qu'entendez-vous par « le reste » ?

— Tu peux me tutoyer lorsque nous sommes seuls. J'entends par « le reste »...

Akim s'arrêta, parut concentrer ses idées et prononça enfin d'une voix brève :

— Le reste, c'est que... que tu te conduis bien, que je veille sur toi, qu'elle n'a rien à craindre, que tu penses à elle.

— Je ne pense pas à elle.

— Et à quoi penses-tu ?

— A la guerre.

Le visage d'Akim se plissa dans une expression méfiante :

— Ça ne va pas, entre toi et ma sœur ?

— Pas très bien.

— Tu ne veux pas me dire les raisons ?

— Non.

— Je suis sûr qu'elle a tort.

— Je le crois aussi.

— Eh bien, c'est parfait. Ne parlons plus de cela. Excuse-moi. Mais cela me gênait. Il fallait que je te le dise. Voilà, c'est fait...

Il se lissa la moustache du revers de la main :

— Quel froid ! Nous ne devons pas être loin de Rogoff.

Des rails luisaient faiblement au sommet d'un remblai charbonneux. Un chemin étroit doublait la voie ferrée. Sur le ballast, brillaient des boîtes de conserves, des plats d'étain défoncés. Un cadavre de cheval, au ventre gonflé, aux jambes raides barra la route du peloton. Les montures des hussards s'écartèrent peureusement de la charogne. Plus loin, les champs étaient jonchés de vestiges sinistres : débris de caissons, châssis démantibulés, chariots éclatés et carcasses de cuisines roulantes. Les reliquats du naufrage flottaient dans la buée laiteuse du matin. Des corbeaux s'envolèrent en criant.

— Du matériel russe, dit Akim. Quatrième division de tirailleurs sibériens. Ils ont dû être pris sous le feu de l'ennemi.

— Tout de même, ils ont pu emmener leurs morts, dit quelqu'un derrière Michel.

— Non, il en reste un, sur la droite. Un tirailleur. Ah ! qu'est-ce qu'ils ont fait de lui, les sauvages !

Le cadavre reposait sagement sur le dos, les genoux ramenés au ventre, les bras ouverts. Sa face molle et jaune, maculée de terre et de sang caillé, était tournée vers le ciel. Les hussards se signèrent en passant devant lui. Ailleurs, un autre cadavre gisait, privé de jambes, contre le fût d'un poteau télégraphique. Le grondement de la canonnade se rapprochait par larges pulsations. Dans les intervalles des coups, on percevait un roulement continu, fait de hennissement, de bruits de fer et de voix humaines.

Sans doute étaient-ce les renforts allemands qui se dirigeaient vers la ville de Pétrokoff. Tout le pays était sillonné de troupes qui se regroupaient sur de nouvelles positions pour l'assaut final contre Lodz.

— Poussons jusqu'au prochain village, dit Akim.

Le maréchal des logis Stépendieff fit la grimace, comme si une poussière venait de lui entrer dans l'œil.

— Vous ne craignez pas que le village soit occupé, Votre Noblesse ?

— On verra bien. En route. Que Dieu nous assiste !

Les hussards pénétrèrent au pas dans la rue principale déserte. Ces maisons de bois, aux fenêtres closes, ne recelaient-elles pas des soldats ennemis à l'affût ? N'y avait-il pas des mitrailleuses derrière ces clôtures ébréchées ? Les chevaux eux-mêmes paraissaient inquiets et dressaient les oreilles, comme au seuil d'un piège. Une hostilité indicible émanait des objets, du ciel, du silence. D'étranges condamnations tombaient sur ce troupeau d'hommes qui approchaient des habitations, telle une meute de loups. Tout à coup, un chien aboya et Michel porta instinctivement la main à son fusil. Fédotieff rit nerveusement :

— Tu vas tirer sur un chien ?

Au bout de la rue, à hauteur du passage à niveau, quelqu'un agitait les bras, criait :

— Polonais, Russes, amis, amis...

C'était le garde-barrière, un vieillard cassé et barbu, vêtu d'un long touloupe en peau de mouton et coiffé d'une casquette à visière vernie. Il courut en boitillant vers les hussards.

— *Pan offizier, pan offizier,* grognait-il.

Et il prit dans ses mains l'étrier d'Akim.

— Quoi ? Qu'y a-t-il ? demanda Akim.

— Il ne faut pas avancer, dit le Polonais en clignant ses paupières flasques. Les Allemands sont à Koluzki. Ils sont à Pétrokoff. Ils sont partout.

— Occupe-toi de ce qui te regarde !

— Faites comme vous voulez, *pan offizier.* Je les ai vus passer par ici. Il en passera encore. Vous serez pris.

Akim rédigea un rapport au crayon sur une page de son

carnet, arracha le feuillet, le plia en quatre et le tendit à un jeune hussard en disant :

— Rebrousse chemin et tâche de retrouver les nôtres. Tu viendras me porter la réponse du commandant.

Il attendit que l'homme se fût éloigné et abaissa les regards sur la grille de son bracelet-montre. Puis, se penchant vers le Polonais, il demanda :

— Êtes-vous restés nombreux au village ?

— Quatre ou cinq personnes. Tous les autres ont fui. Les maisons sont vides. Il n'y a pas de quoi manger ni de quoi nourrir les bêtes. Vous devriez aller ailleurs...

Visiblement, il craignait que la présence des hussards ne soumît le village aux dangers d'un nouveau combat. Sa vieille face terreuse craquait de peur. Il se balançait d'une jambe sur l'autre et répétait servilement :

— Partez, partez, cela vaut mieux, *pan offizier*.

Akim l'écarta de la botte et dirigea son cheval vers une ferme, en bordure de la route. La ferme était vide. Les hussards mirent pied à terre dans la cour, et Akim envoya deux hommes, en éclaireurs, jusqu'au croisement. Michel desserra les sangles de sa selle.

— Ne dessanglez pas les chevaux, dit Akim. Nous pouvons être appelés à repartir d'une seconde à l'autre.

Comme il achevait ces paroles, des détonations éclatèrent au carrefour.

— En selle ! hurla Akim.

Le peloton déboucha au trot sur la route. Passé les dernières maisons du village, la plaine apparut, moutonneuse, brumeuse, marquée, çà et là, de flaques miroitantes et de sombres forêts. A une centaine de pas, au croisement de deux voies vicinales, une tache grise attira les regards de Michel. C'était un camion allemand, qui grondait sur place, à plein régime. Les deux hussards, envoyés en éclaireurs, tentaient d'atteindre les occupants de l'automobile à coups de lances. Mais les chevaux, effrayés par le bourdonnement du moteur, dansaient en tous sens et gênaient les mouvements des cavaliers. Les Allemands, de leur côté, tiraient à bout portant contre leurs adversaires, sans les toucher. Sans doute étaient-ils trop serrés sur leur siège et n'avaient-ils pas la possibilité d'épauler et de viser correctement. On eût dit la ronde de deux chiens fous devant une tortue retirée sous sa carapace.

Le temps d'un éclair, Michel songea au caractère symbolique de ce spectacle. Les lances archaïques pointées contre les engins modernes, les chevaux vivants caracolant devant les chevaux moteurs. N'était-ce pas là une figuration facile de la crise de croissance que traversait le monde ?

— Marche ! Marche ! criait Akim.

Le peloton s'élança ventre à terre vers le camion en panne. Mais, au dernier moment, le chauffeur réussit à démarrer et l'automobile partit violemment dans un nuage de fumée.

Ayant rejoint leurs deux camarades, les hussards ralentirent l'allure et commencèrent à tirailler dans la direction des fugitifs. Les balles claquaient sur la route, de part et d'autre du camion.

— Ne tirez pas sur les pneus, dit Michel en épaulant son fusil. C'est du caoutchouc plein ! Visez le moteur...

— On ne les aura pas comme ça, dit Akim. Il faut les rattraper.

Galopant aux côtés de ses compagnons, Michel éprouvait une bonne envie de rire. Cette aventure lui paraissait comique. Il s'agissait d'un jeu en marge de la guerre. Quelque chose d'enfantin et d'inoffensif dont on s'amuserait, plus tard, au bivouac. Il jeta un regard sur son beau-frère. Mais Akim semblait prendre cet exercice au sérieux. Une expression vexée tordait son petit visage jaune barré d'une moustache. Il avait dégainé son sabre. Le camion gagnait du terrain. Subitement, il s'immobilisa à l'orée du boqueteau, et des silhouettes nombreuses l'entourèrent.

— Les uhlans ! cria le maréchal des logis Stépendieff.

— Tu as la berlue ?

— Si, si, regardez bien, Votre Noblesse.

En effet, malgré le brouillard, on distinguait nettement les uniformes gris-vert, les casques vernis et les lances ornées de fanions. Ils venaient à la rencontre des hussards.

— Sept, huit, neuf... Ils sont au moins une vingtaine, grommela Stépendieff.

Akim arrêta son cheval et tira de l'étui ses jumelles Zeiss toutes neuves.

— Demi-tour, dit-il après un bref coup d'œil. Revenons au village. Nous organiserons une embuscade à l'entrée.

Tandis que les hussards tournaient bride, les Allemands se ruèrent au galop. Le bruit des sabots martelait le cœur de Michel. Un frisson joyeux parcourut son dos, comme la caresse du vent. Malgré lui, il songeait aux fêtes équestres d'Armavir : des gardiens tcherkess le poursuivaient pour lui ravir le chapeau de noix blondes qu'il tenait à la main. Les habitants de la ville l'acclamaient au passage. Tania l'attendait à la maison. Comment donc appelait-on son cheval ? Ah, oui ! Tatéma. Il n'avait pas changé d'âge, de visage, de destin. Il gagnerait la course. Autour de lui, galopaient des hommes aux faces grises, contractées par l'effort. Gavriloff rentrait la tête dans les épaules, comme s'il eût redouté une gifle. Fédotieff découvrait sa denture jaune dans un rictus craintif. Les pieds des chevaux rejetaient la route, brutalement, derrière eux. L'espace sifflait aux oreilles des fuyards. Un goût épais de gel et de sueur bourrait la bouche de Michel. Tout à coup, son pied gauche glissa. Il chancela sur sa selle, chercha l'étrier, le chaussa de nouveau avec soulagement.

« Comme ça, comme ça », répétait-il au rythme du galop.

Les poursuivants se rapprochaient à chaque foulée. Un officier les conduisait, sabre au clair, comme à la parade. « Sûrement, ils vont nous rattraper », pensa Michel. A ce moment, son cheval choppa du pied et changea d'allure.

— Éparpillez-vous ! hurla Akim. Point de ralliement à la ferme !

Éperonnant sa monture, Michel entra dans les terres labourées et se mit à galoper faiblement dans la direction du village. En même temps, il engageait la main dans la dragonne et tirait son sabre du fourreau. Un gros Allemand, au visage roux et vultueux, le rejoignit à bride abattue. Une allégresse violente, mêlée de terreur, envahit le cœur de Michel. Essoufflé, les joues en feu, il arrêta son cheval et glapit à pleins poumons :

— Hurrah !

La lance de l'Allemand glissa sur le ceinturon de Michel et les deux chevaux se heurtèrent flanc à flanc, d'une manière rude et maladroite. Michel aperçut, de tout près, comme à travers l'épaisseur d'une loupe, la tache rose et terrible d'une figure étrangère. L'homme haletait. Ses yeux étaient élargis par la haine. Il recula, cria une injure et lâcha sa lance pour empoigner un sabre. Michel para le coup et les lames grincèrent, acier contre acier. Le uhlan brandit encore son arme et tenta gauchement d'atteindre Michel à la poitrine. Mais le geste avait été trop court, et la pointe ne fit qu'érafler l'étoffe. Ce devait être un piètre escrimeur. On eût dit qu'il avait peur de frapper. « C'est moi le plus fort, songea Michel. Je le tuerai. » Comme s'il avait deviné sa pensée, le uhlan se tourna vers ses camarades qui poursuivaient les autres hussards et vociféra :

— *Hier ! Hier ! Ich hab' einen* (1) !

Son cheval se cabra et Michel vit monter vers le ciel une longue tête effarée, au chanfrein marqué d'écume et aux naseaux noirs.

A présent, contournant l'adversaire qui se protégeait par un moulinet meurtrier, Michel s'efforçait de recouvrer son calme. Il observait intensément le galon et le numéro sur l'uniforme allemand. La large nuque de l'ennemi était trempée de sueur. Sa mâchoire tremblait. Il grommelait :

— *Verdammte Sau* (2) !

Michel fit mine de lui porter un coup de pointe au flanc, et le uhlan abaissa son sabre pour la parade. Aussitôt Michel changea la direction de son geste, et, se dressant sur ses étriers, frappa l'homme à la tempe, un peu au-dessus de l'oreille. La lame entama la chair et s'enfonça dans l'os. L'Allemand, sur sa selle, bomba le torse. Son visage revêtit une expression indignée. Puis, il tomba sur l'encolure de son cheval et le sang gicla de sa tête, violemment. Sans réfléchir, Michel le sabra encore sur le cou, à la naissance des vertèbres. Mais le corps ne bougeait plus. Michel demeurait devant lui, les bras

(1) Par ici, par ici, j'en ai un !
(2) Maudit cochon !

ballants, l'âme vide. Une sensation d'horreur triste l'entourait. Ses doigts étaient crispés douloureusement sur la poignée de son sabre. Son épaule lui faisait mal. Il aspira une bouffée d'air comme pour se dessoûler et regarda dans la direction de la route.

Là-bas, à l'entrée du village, les uhlans avaient rattrapé les hussards. Allemands et Russes gesticulaient, sabraient, pointaient, paraient dans un corps à corps furieux. Les chevaux se cabraient, se cognaient, fous de terreur. Un bruit de ferraille, de cris et de hennissements venait de la cohue. Michel se dirigea au galop vers le lieu du combat. Rengainant son sabre, il dégagea sa lance et la tint en arrêt, visant le dos d'un uhlan qui s'escrimait contre Gavriloff. Ce dos était large et vert, avec une couture bien visible au centre. De tout l'élan de sa monture, Michel enfonça la lance entre les omoplates de l'Allemand. Le coup fut si rude que l'arme pénétra dans les chairs jusqu'au tiers de la hampe. Avec répulsion, Michel sentit dans sa main, à travers le bois, les sursauts convulsifs du blessé. Un poids d'homme, une vie d'homme, vibrèrent étrangement dans le creux de sa paume. Michel n'eut pas le temps d'arracher son arme et la laissa plantée dans la masse. Son cheval l'avait emporté loin de la mêlée. Tandis qu'il perdait du temps à le faire tourner, il vit, à l'autre bout du village, une formation de cavalerie qui arrivait sur lui au galop. Au premier coup d'œil, il reconnut l'uniforme des hussards d'Alexandra. Debout sur ses étriers, le cœur bondissant, il cria :

« Les nôtres ! Les nôtres viennent ! »

Sans doute les uhlans avaient-ils compris le danger, car, un à un, ils refusaient le combat et fuyaient en direction du boqueteau. Michel voulut se lancer à leurs trousses, mais son cheval, fourbu, galopait trop mollement.

Les hussards, épuisés par cette lutte incohérente, laissèrent partir les Allemands sans les poursuivre. Michel rejoignit ses compagnons au petit trot. Deux uhlans gisaient sur le sol. L'un, celui de Michel, avec sa lance dans le dos. Un autre, dont la tête, fendue par le milieu, était barbouillée de cervelle et de sang. Gavriloff avait eu la joue gauche arrachée. Elle pendait comme un lambeau d'étoffe rouge. Fédotieff prit délicatement le chiffon de chair entre ses gros doigts sales, le releva, le remit en place et noua un mouchoir autour du visage blessé.

— Tu as l'air d'avoir mal aux dents, dit-il.

Gavriloff, très pâle, les yeux mi-clos, rigolait :

— Oui... Oui... Comme si j'avais mal aux dents ! Akim avait reçu un coup de sabre sur l'avant-bras. Mais la plaie était superficielle. Il déplorait simplement que son uniforme fût déchiré et taché.

— Rien de grave, n'est-ce pas ? demanda Michel.

— Non. Et toi ?

— Rien.

— Illiouchkine s'est fait harponner dans les champs. Il faudra chercher son corps.

Le visage d'Akim était inexpressif. « Est-ce que tout cela lui serait égal ? » pensa Michel. Quant à lui, une affreuse lassitude relâchait ses membres. Il avait envie de dormir.

Les hussards qu'il avait aperçus à l'entrée du village arrivèrent enfin. Il s'agissait d'une mission de reconnaissance du 6e escadron.

— Pouviez pas venir plus tôt, tas de feignants ? cria Fédotieff. Il y aurait eu du travail pour tout le monde !

— N'avez-vous pas rencontré mon estafette ? demanda Akim, en s'approchant du lieutenant qui commandait le peloton.

— Mais non.

— Il a dû se faire pincer en route. Tant pis.

Deux hussards étaient partis pour ramasser le corps d'Illiouchkine. Les autres rentrèrent au village. Les chevaux allaient au pas. Personne ne parlait. Akim tenait à la main les papiers des trois uhlans tués au cours du combat. Au bout d'un moment, il appela Michel et lui demanda à brûle-pourpoint :

— Veux-tu voir leurs papiers ?

Michel acquiesça de la tête, et Akim lui tendit deux carnets à reliure de carton et un portefeuille en cuir, qui sentait la sueur et la savonnette. Dans le premier carnet, sur la page de garde, était collée la photographie d'une jeune femme assez jolie, potelée, souriante. Michel referma le carnet.

— Il vaut mieux ne pas savoir, dit-il. Reprends tout cela.

Akim reprit les papiers et les glissa dans la poche intérieure de son uniforme. Son visage n'avait pas bronché d'une ligne. « Non, il comprend tout, mais il fait semblant d'être impassible », songea Michel. Un voile ténu dansa devant ses yeux. Ses joues étaient brûlantes. Il voulut réagir contre cet accès de fièvre et cambra les reins, par discipline. Tout à coup, il s'aperçut que, depuis un moment, il pensait à la photographie de cette inconnue. Était-elle la fiancée, la femme, la maîtresse du mort ? Puis, il réfléchit à sa propre fin. Que trouverait-on sur son corps, si on fouillait ses poches ? Un portefeuille. Les portraits de ses enfants. De l'argent. Quelques lettres. Pourquoi n'avait-il pas été tué à la place de l'Allemand ? Pourquoi s'était-il défendu contre lui au lieu de se laisser abattre ? Qu'est-ce qui le retenait encore dans la vie ? Il sourit amèrement et murmura :

— L'habitude... l'habitude...

— Tu en fais une tête ! dit Akim.

— Je suis fatigué. Quelle heure est-il ?

— Midi. On va tâcher de se faire préparer un repas par le garde-barrière.

— Je n'ai pas faim, dit Michel.

Cette tuerie lui avait retiré le goût de manger et de boire. Il ne concevait pas qu'Akim pût s'intéresser encore à la nourriture. Pourtant, lorsque le garde-barrière eut avoué qu'il lui restait du gruau et de la vodka, il éprouva au ventre un plaisir condamnable. Assis dans la cour de la ferme, avec ses camarades, il déjeuna de bon appétit et vida quelques gobelets d'alcool. A peine restauré, il se sentit mieux. Il sortit sur la route et se posta à l'entrée du village: Le combat de la matinée lui paraissait lointain, suspect, à peine croyable. Il n'avait tué personne. Il n'était responsable de rien.

Vers trois heures de l'après-midi, un détachement russe.

qui remontait vers le nord, traversa le village. Les capotes grises de l'infanterie envahirent la rue centrale, comme une coulée de lave lente. Dans un bruit de gamelles et de bottes, les hommes aux visages terreux, aux regards fixes, marchaient l'un derrière l'autre sans échanger une parole. On eût dit que, frappés de stupeur, ils n'avaient plus d'intérêt commun avec les camarades qu'ils croisaient sur leur route. Sur un cheval efflanqué, couvert de boue, se tenait un officier à la mâchoire entourée de linges. Le fanion du bataillon se balançait à une baïonnette. Une cuisine roulante bringueballait de toutes ses tôles disjointes.

— Eh ! d'où venez-vous, les amis ? cria Michel.

Pour toute réponse, un soldat sortit des rangs et demanda :

— Donne-moi du tabac, frérot.

Il avait une pauvre face fripée, barbue, aux yeux vitrifiés par le consentement.

— Du tabac ? dit Michel. Attends, je crois bien que je n'en ai plus...

Tandis que Michel se fouillait, le soldat partit en boitillant. Derrière l'infanterie, défilèrent des canons, des caissons. Le poil des chevaux était raidi par la sueur et la pluie. Au bord du chemin, marchaient des servants aux pieds lourds, le manteau roulé sur l'épaule, la figure tapissée de poussière et de poudre. Une grasse rumeur, faite d'exclamations, de toux, de tintements, de grincements de roues, de martèlements de bottes, montait de cette cohue endiguée par les murs des maisons. Lorsqu'ils eurent disparu, le paysage s'affirma plus vaste et plus triste encore. Michel rentra dans la cour où ses camarades jouaient aux cartes.

Vers quatre heures, le messager d'Akim revint au village. Ordre de se replier sur Ouïazd.

— Mais qu'est-ce qu'on est venu foutre ici ? grognait Fédotieff.

— Faire tuer Illiouchkine et défigurer Gavriloff, dit quelqu'un.

— A cheval ! cria le maréchal des logis Stépendieff.

Le garde-barrière marcha quelque temps aux côtés de la colonne. Il agitait sa main jaune et sale comme une racine et répétait :

— Adieu, messieurs les hussards ! Adieu !

III

Comme Volodia l'avait prévu, la lettre et la corbeille de roses adressées à Tania demeurèrent sans réponse. Volodia n'en conçut d'ailleurs qu'une déception modérée. Ses aveux nocturnes à Kisiakoff l'avaient délivré d'une idée fixe. Tout en déplorant le caractère grotesque de cette confession dans une chambre d'hôtel, il ne regrettait pas de l'avoir faite. Aurait-il pu parler avec la franchise nécessaire si l'ivresse n'avait pas annihilé en lui les dernières pudeurs ? A présent, déchargé d'un secret harassant, il se sentait plus à l'aise pour vivre. Simplement, il évitait encore de rencontrer Kisiakoff, dont il redoutait les sarcasmes. Cet homme incompréhensible était capable de tous les crimes et de tous les dévouements. Lorsque Volodia l'avait quitté, au petit matin, Kisiakoff lui avait répété son offre d'intervenir auprès de Tania. Mais, à mesure que les jours passaient, Volodia pensait de moins en moins à son amour contrarié. Depuis deux semaines qu'il était revenu de Norvège, un travail d'assainissement, patient et sûr, s'opérait en lui. Détournant son attention des souvenirs qui l'accaparaient naguère, il retrouvait du goût à mille détails de l'existence, qui, la veille encore, lui paraissaient méprisables. Ce retour de force et de raison le rendait optimiste. Il suivait avec tendresse les progrès de sa propre convalescence. Comme un malade qui, après des semaines de soins, pose pour la première fois les pieds sur le sol et s'étonne de sa vigueur recouvrée, ainsi Volodia admirait sa nouvelle résistance devant la tentation du passé. A plusieurs reprises, il s'étonna d'avoir souffert si longtemps à cause d'une femme. Un soir, même, il osa ouvrir un tiroir où il conservait la photographie de Tania. La vue de ce visage familier, aux boucles claires, à la lèvre orgueilleuse, le laissa insensible. Or, autrefois, il ne pouvait contempler ce portrait sans éprouver une violente contraction dans la région du cœur. Par mesure de prudence, il répéta l'épreuve le lendemain, et avec le même succès. Le doute n'était plus possible : cette jolie figure, gravée en bistre sur un carton glacé, avait perdu tout pouvoir d'ensorcellement. Plate et fade, elle n'était plus qu'une relique parmi tant d'autres, un objet. Avec des mains qui ne tremblaient pas, Volodia prit la photographie et la déchira en deux sur toute sa longueur. Puis, il jeta les morceaux dans la corbeille à papiers et s'immobilisa pour écouter son cœur. Il n'y avait en lui aucune révolte, aucun regret. Eût-il lacéré une facture inutile que son comportement intérieur eût été le même. Il mettait de l'ordre dans ses affaires, dans sa vie, c'était bien. Le téléphone sonna au moment précis où il portait la main sur quelques lettres de Tania pour leur faire subir le sort de la photographie. Volodia entendit le pas de Youri qui s'approchait de l'appareil. Au bout d'un moment, Youri pénétra dans la chambre et dit :

— C'est Ivan Ivanovitch Kisiakoff qui vous demande.

Volodia tressaillit et murmura sans réfléchir :

— Réponds que je ne suis pas là.

Resté seul dans la pièce, il se reprocha cette lâcheté insigne. Tôt ou tard, il lui faudrait bien revoir Kisiakoff, lui parler, entendre ses conseils ou ses réprimandes. De nouveau, une vague de faiblesse le recouvrit. Craignant une rechute, il consulta sa montre et résolut de sortir. Mais pour aller où ? Il était trois heures de l'après-midi. Son oisiveté était impeccable. Du matin au soir, il n'avait rien à faire et personne à voir. D'ailleurs, la pensée de son maigre compte en banque lui interdisait les distractions coûteuses. Une fois de plus, il se promit de réfléchir à la situation et de chercher du travail auprès de ses amis. Puis, il se fit apporter son manteau, son chapeau, sa canne, et descendit dans la rue. Comme il tournait le coin de la maison, il se heurta à Ruben Sopianoff.

— Je venais te voir, s'écria Ruben Sopianoff en lui prenant le bras. Que fais-tu cet après-midi ?

— Rien d'urgent.

— Tu vas donc m'accompagner.

— Où ?

— J'ai promis de rendre visite à ce pauvre Stopper.

— A l'hôpital ?

— Bien sûr. Où veux-tu qu'il soit ? Sa jambe va mieux. Il pourra se lever dans une dizaine de jours...

Volodia devint morose et gourmé. Chaque fois qu'il était sur le point de dédaigner la guerre, il se trouvait un imbécile pour lui rappeler qu'elle battait son plein. L'idée de pénétrer, rose et bien portant, dans une salle peuplée de grabataires lui parut absurde. Quelle que fût sa force d'âme, il ne pouvait pas s'empêcher de reconnaître dans ces éclopés autant de reproches vivants. Il prononça avec fermeté :

— Je ne te suivrai pas.

— Pourquoi ?

— Parce que je n'en vois pas la nécessité.

— Mais Stopper est ton ami !

Avec surprise, Volodia se dit que Stopper était, en effet, son ami. Il l'avait oublié. Le seul fait que ce garçon eût été mobilisé et blessé l'éloignait, en quelque sorte, de Volodia. L'infortune de Stopper le rangeait dans la catégorie des héros. Or, Volodia détestait les héros. Puisqu'il ne pouvait pas être un héros, il fallait qu'il les détestât.

— Je n'aime pas les héros, dit-il. Je ne sais pas de quoi leur parler...

— Mais il n'est pas un héros ! s'écria Sopianoff. Il en a plein le dos de la guerre ! Il voudrait se faire réformer.

Cette affirmation détruisit les derniers scrupules de Volodia, et il se laissa emmener, en pestant un peu, jusqu'à l'hôpital auxiliaire où reposait son ami.

Dès le seuil de l'immeuble, une odeur d'iode et d'éther lui serra la gorge. L'infirmière, qui accueillait les visiteurs au pied d'un large escalier de marbre, avait un visage réprobateur qui déplut à Volodia. Derrière elle, ils gravirent quelques marches, traversèrent un palier meublé de banquettes en velours rouge et s'engagèrent dans un long corridor silencieux, peint en blanc et jalonné de crachoirs en émail. Une chaleur moite venait des murs. D'autres infirmières, aux coiffes propres, trottaient d'un pas menu dans les couloirs. L'une d'elles portait un bassin de lit à la main. Volodia la regarda du coin de l'œil. Elle était jeune et jolie. Elle lui sourit au passage. Mais, loin de le réconforter, ce sourire l'attrista. Il regrettait d'être venu. De tout temps, il avait redouté le spectacle de la déchéance, de la misère, de la maladie. Sa crainte de la contagion le reprit. Il demanda à l'infirmière qui les guidait :

— Vous n'avez que des blessés, ici ?

— Bien sûr.

— Je veux dire... pas de malades ?

— Non.

Derrière les portes numérotées, on entendait des bruits de voix et de toux viriles. L'infirmière poussa l'une de ces portes.

— C'est ici, dit-elle. Vous pouvez entrer.

Volodia et Ruben Sopianoff pénétrèrent dans une vaste salle blanche et nue, éclairée par trois fenêtres sans rideaux. Une dizaine de lits étaient disposés dans la pièce, et leurs masses candides se reflétaient dans les parquets cirés. Un faible remuement agitait les corps couchés sous les couvertures. Toutes les têtes se tournèrent vers les nouveaux venus. Avec répulsion, avec prudence, Volodia considérait cette collection d'hommes abîmés par les éclats de la guerre. Il notait au vol une face enveloppée de pansements, un bras raidi dans sa gouttière de plâtre, une manche vide, un regard de douleur et de résignation. Sa propre chance lui paraissait tout à coup inadmissible. Il se sentait fautif à cause de sa bonne santé. Ceux qui étaient là, déchirés dans leur chair, étonnés dans leur âme, ne pouvaient que le haïr pour sa belle prestance. Il était physiquement et moralement leur ennemi.

— Je ne vois pas Stopper, murmura-t-il.

— Mais si. Le troisième à droite. Viens donc...

Volodia eut de la peine à reconnaître son ami Stopper

dans ce personnage exsangue, aux lèvres minces, aux prunelles scintillantes de fièvre. Assis devant lui, comme devant un inconnu, il s'efforçait vainement de retrouver le ton de leurs conversations anciennes. En lui parlant, il éprouvait la même gêne que lorsqu'il s'adressait à un enfant ou à un homme de condition inférieure. Il ne savait plus le tutoyer. Il évitait de le regarder dans les yeux.

— Eh bien, dit-il avec une fausse gaieté, raconte. Où as-tu attrapé ce bobo ?

— Oh ! ce n'est rien, dit Stopper d'une voix enrouée. Devant Gumbinnen. Un éclat d'obus dans le tibia.

Volodia sut gré à son ami de ne pas raconter avec plus de détails les circonstances du combat et de la blessure. Mais Ruben Sopianoff insistait maladroitement :

— Il est modeste. Mais je sais par les infirmières qu'il s'est conduit comme un brave.

— On était tous surexcités. On ne savait plus ce qu'on faisait. J'ai suivi les autres...

— Oui, oui, dit Volodia précipitamment. La guerre est une chose affreuse. Historiquement, moralement, elle est inconcevable. Je la refuse. Bien sûr, il n'est pas question de nier son existence sur le plan pratique, tu comprends ?

— Non, dit Stopper.

— Je veux dire, reprit Volodia, que je suis contre ceux qui respectent la guerre, qui voient en elle une nécessité.

— Mais c'est une nécessité.

— Sur le plan actuel, oui, mais sur le plan philosophique, métaphysique... On peut reconnaître l'existence d'une maladie sans l'élever au rang de fléau sacré...

— Tu m'ennuies avec tes plans et tes fléaux, dit Stopper. Je suis trop fatigué. Pour moi, tout est plus simple : si un malfaiteur t'attaque, tu te défends.

— Pas toujours, dit Volodia.

— Tu te laisserais voler ?

— Il vaut mieux, quelquefois, se laisser voler un peu d'argent, mais conserver la vie. Et puis, on peut raisonner un malfaiteur, lui faire honte de ses procédés.

— Tu y crois, toi, à la douceur, à la persuasion ?

— Oui.

— Pas moi.

— Tu étais plus intelligent dans le civil.

— Oui, je crois que j'étais plus intelligent. Là-bas, on devient bête. Ce n'est pas désagréable, d'ailleurs.

Une grimace douloureuse allongea son visage. Il laissa tomber sa tête sur l'oreiller.

— Tu as mal ? demanda Volodia.

— Par moments. Mais ça passe.

— J'ai encore parlé de toi à qui tu sais, dit Ruben Sopianoff en touchant l'épaule du blessé. Il sera très facile de t'affecter à Moscou...

Stopper baissa ses paupières minces et mauves. Un peu de sueur perlait à son front.

— Qu'est-ce qu'ils penseront au régiment ? dit-il.

— La belle affaire !

— Je me suis fait des amis, là-bas. Il y avait un jeune Ukrainien, si drôle ! Je ne me rappelle plus son nom...

Il parut très affecté de cet oubli et se tut d'un air mécontent.

Volodia se demanda, un instant, s'il n'y avait pas eu substitution de personne, si ce blessé mélancolique était bien son ancien compagnon de plaisir, le joyeux, l'insouciant, le veule petit Stopper, instigateur des plus folles randonnées dans les boîtes de nuit et les maisons de jeu. Quelques semaines de guerre avaient tué dans cet être les dernières réserves de fantaisie. Il était pareil à tous les autres : usé, sage, souffreteux, simplifié...

— Ah ! dit Volodia, il est temps que tout cela finisse. Si Tolstoï et Jaurès n'étaient pas morts, peut-être n'aurions-nous pas eu la guerre.

Stopper ne répondit pas. Il cherchait encore le nom du jeune Ukrainien. Soudain, il s'écria :

— Ah ! oui, il s'appelait Lossenko !

Son voisin, un gros homme à la tête enturbannée de bandages, se tourna vers lui en riant :

— Racontez donc à vos amis comment ce Lossenko a fait son premier prisonnier.

— Je vous présente le lieutenant Mostoff, du 10e dragons de Novgorod, dit Stopper en désignant le blessé.

Volodia se leva de sa chaise, tendit la main au lieutenant Mostoff et voulut dire quelques mots de politesse, mais aucun son ne sortit de sa bouche, et il demeura debout, stupéfié, le regard dirigé vers le fond de la salle. La porte s'était ouverte, et une jeune femme, vêtue d'un manteau gris perle, s'avançait à petits pas vers les lits. En apercevant Volodia, elle marqua une seconde d'hésitation, mais se reprit aussitôt et s'approcha du premier blessé avec un sourire tranquille. Penchée au-dessus de cet inconnu, elle lui parlait à voix basse et lui remettait un paquet enveloppé dans du papier blanc. Cependant, Volodia ne la quittait pas des yeux. Il s'attendait si peu à rencontrer Tania dans cette chambre d'hôpital, que, pris au dépourvu, il ne savait plus dominer son émoi. Une onde tiède montait de ses reins à sa nuque. Le sang battait, en éventail, derrière ses oreilles. Violemment, il se contraignit à réfléchir : « Cela devait arriver un jour. Devant les autres, elle ne refusera pas de me serrer la main. Donc, rien à craindre de ce côté-là. Pour le reste, je suis guéri. J'ai déchiré sa photographie. » Le souvenir de la photographie déchirée lui rendit un peu de calme. Il se rassit au chevet de Stopper et aspira profondément l'air fade et chaud de la pièce. Cela sentait la fièvre, les médicaments, la peinture fraîche. Un écœurement le saisit et il porta un mouchoir à ses lèvres.

— Tiens, dit Stopper, voilà Tania Danoff ! C'est son jour. Elle vient tous les vendredis pour nous distribuer des friandises. Les friandises, on s'en fout, mais elle est si agréable à regarder !

— Oui, dit Volodia, elle est jolie.

Il lui sembla que Ruben Sopianoff l'examinait avec une curiosité abusive. Croisant les jambes et se renversant sur le dossier de sa chaise, il demanda :

— Bien entendu, tu savais qu'elle viendrait aujourd'hui ?

— Oui.

— C'est pour cela que tu m'as persuadé de t'accompagner à l'hôpital ?

— J'ai cru bien faire...

— Qui te l'a conseillé ?

— Mais... personne...

— Kisiakoff ?

— J'étais avec lui. Il t'a téléphoné : tu n'as pas répondu. Alors, il m'a dit...

— Je ne veux pas savoir ce qu'il t'a dit.

Ruben Sopianoff baissa la tête :

— Tu es fâché ?

— Mais non, mon cher. Cela m'est indifférent, dit Volodia. Seulement, j'aime qu'on me prévienne...

— Je ne comprends rien à vos histoires, dit Stopper.

Volodia se mit à rire, et son rire, aussitôt, lui parut insolent et raté :

— On ne te demande pas de comprendre. Laissons la guerre aux guerriers et la diplomatie aux diplomates.

Tania passait d'un lit à l'autre, et, à chaque blessé, elle offrait un petit paquet ficelé d'une faveur tricolore. A mesure qu'elle s'approchait de lui, Volodia sentait croître son impatience. Une soif subite lui tirait la bouche. Son cœur battait à coups rudes contre ses côtes. Brusquement, elle fut devant lui, droite et mince dans son paletot gris perle garni d'astrakan. Sous le chapeau aux lourdes plumes frisées, son visage rayonnait d'une lumière laiteuse. Ses yeux, d'un bleu lisse et fin comme la soie, exprimaient une tranquillité absolue. Autour des paupières, la peau était fragile, un peu plus sombre et plissée. Les lèvres courtes souriaient légèrement. Volodia respira le parfum vanillé de ces vêtements, de ce corps, et toute pensée sortit de sa tête.

— Bonjour, dit Tania en lui tendant la main. Vous avez fait bon voyage ?

— Excellent, je vous remercie, murmura-t-il d'une voix détimbrée.

Mais, déjà, Tania ne le regardait plus et s'asseyait au chevet de Stopper.

— Cette fois-ci, ce sont des chocolats, dit-elle en déposant un paquet sur la couverture. Aimez-vous les chocolats ?

— Vous le gâtez trop, Tatiana Constantinovna ! s'exclama Ruben Sopianoff. Il va finir par ne plus vouloir quitter l'hôpital.

Incapable de comprendre ce qu'on disait près de lui, Volodia luttait de toutes ses forces contre la honte. Il eût souhaité que Tania fût aussi bouleversée que lui par cette rencontre fortuite. Mais elle l'excluait de son cercle. Elle ignorait sa présence. Ses attitudes et ses intonations étaient si naturelles, qu'il était impossible de déceler en elle la moindre trace de désarroi. Pourtant, il ne l'aimait plus. Il avait déchiré sa photographie. Ne pas oublier cela Elle ne se doutait sûrement pas qu'il avait déchiré sa photographie. Elle se figurait qu'il la désirait encore. Un sursaut de haine l'anima contre cette jeune femme trop sûre de son charme. Il voulut crier des injures, fuir cette chambre d'éclopés et cet ange indigne, entouré de parfum. Mais ses jambes le soutenaient à peine.

— Avez-vous de bonnes nouvelles de votre mari ? demanda Stopper.

— Oui. Tout va bien. Je suis contente qu'il serve dans l'escadron de mon frère, dit Tania.

Elle avait rougi imperceptiblement et s'éventait avec un mouchoir :

— Il fait une chaleur, chez vous !

Puis, elle se leva. Volodia contemplait avidement un coin de peau mate entre les boucles des cheveux et le col du manteau. Toute son énergie se concentrait sur cette petite surface pâle et unie. En même temps, une sensation de douceur lui venait aux lèvres. Il se rappelait la chaleur de cette chair, son odeur, les baisers dont il l'écrasait autrefois. Il dénudait tout le corps en rêve. Il reprenait possession de son bien.

— Au revoir, dit Tania. A vendredi prochain. Aimez-vous les oranges ?

— Venez avec ou sans oranges, dit Stopper.

Ruben Sopianoff rit stupidement. Volodia frémit, comme tiré d'une hébétude agréable. Tania lui souriait d'un air vague et mondain, les yeux glacés, les lèvres closes. Il lui baisa la main et la regarda s'éloigner, grise et légère, entre les talus réguliers des lits blancs. Mais, lorsque la porte se fut refermée sur elle, il sembla à Volodia que quelque chose venait d'être tranché net dans son cœur. Il balbutia :

— Tu m'excuses, Ruben. Deux mots à lui dire et je reviens.

Et il traversa la chambre en courant. Au bout du couloir, il aperçut enfin la silhouette espérée :

— Tania ! Tania !

Elle se retourna, le toisa de la tête aux pieds, et son visage devint hostile.

— Que me voulez-vous ? demanda-t-elle.

Il reprit son souffle et chuchota :

— Je... je ne peux pas vous laisser partir ainsi... Il faut que je vous explique...

— Quoi ?

— Ma conduite. Lorsque j'ai quitté Moscou...

Elle fronça les sourcils, et les coins de sa bouche s'abaissèrent dans une moue méprisante :

— Je vous en prie ! J'ai mon opinion...

— Mais elle est fausse !

— Je ne le crois pas. D'ailleurs, quoi que vous disiez, vous ne changerez rien. Je ne veux plus vous revoir. Adieu !

Il la retint par le bras :

— Non, ne partez pas. Laissez-moi espérer...

— Je n'ai ni le droit ni l'envie de vous laisser espérer quoi que ce soit.

Une boule amère se formait dans la gorge de Volodia. Il comprit qu'il allait pleurer. Devant son regard, la figure de Tania oscillait, tel un reflet dans un ruisseau.

— Écoutez, dit-il, je ne peux pas me résoudre à cette séparation. Vous vous êtes peut-être détachée de moi. Mais moi, je ne vis que dans votre souvenir...

A ce moment, il se rappela la photographie déchirée, et un sentiment de duplicité le traversa comme un battement d'ailes. Mais ce passage fut si rapide qu'il n'altéra en rien la qualité de son émotion. Tout à coup, il s'écria :

— Tania ! Ce n'est pas possible ! Tu n'as pas pu oublier si vite !

A ces mots, il remarqua que les yeux de Tania changeaient de nuance. En penchant un peu la tête, il reçut son souffle au visage. Il fit une longue aspiration et baissa les paupières. Bien qu'elle n'eût pas répliqué à son cri, il savait avec certitude qu'elle était troublée. Cette conviction le remplissait d'orgueil et de tendresse.

Deux infirmières glissèrent à côté d'eux et saluèrent Tania d'un sourire.

— On n'est pas tranquille ici, dit Volodia. Je veux vous revoir.

— Cela me paraît difficile.

— *La Sauterelle* donne une représentation de gala au bénéfice de la Croix-Rouge. Vous y serez, sans doute ?

— Après-demain ? Oui, j'y serai.

— Merci, dit Volodia.

Elle haussa les épaules et posa la main sur la rampe de l'escalier. Volodia la regarda descendre les marches, dans l'espoir qu'elle se retournerait encore. Mais elle n'en fit rien. Décontenancé, il lissa ses cheveux du plat de la main, tira ses manchettes, consulta sa montre.

Lorsqu'il revint dans la salle, Ruben Sopianoff et Stopper mangeaient des chocolats.

— Alors, demanda Sopianoff, c'est arrangé ?

— Quoi ? dit Volodia sur un ton rogue.

— Vous êtes réconciliés ?

Volodia ne répondit pas et se fourra un chocolat dans la bouche.

Pendant toute la première partie du spectacle, Tania, assise aux côtés de son amie Eugénie Smirnoff, tenta vainement de s'intéresser aux allées et venues des acteurs sur la scène. Devant elle, au fond de la salle, dans un rectangle de lumière violente, les décors et les costumes alternaient comme les images d'un cauchemar. L'intérieur enfumé d'une isba cédait la place aux colonnes d'un temple grec, des montagnes de sucre pointu se substituaient au cabinet blanc et net d'un dentiste, une diligence bossue, en carton peint, s'ornait de têtes vivantes aux portières. Des gens s'agitaient, parlaient, chantaient. Lioubov, muée en Cléopâtre, avec le ventre nu et un serpent de caoutchouc vert autour du cou, envoyait des baisers au parterre. Prychkine, déguisé en Pierrot, jouait de la mandoline au sommet d'une cheminée, et, le long des gouttières, miaulaient des silhouettes de chats aux prunelles phosphorescentes.

Autour de Tania, bourdonnait un public élégant et obscur. Les épaules nues et les plastrons blancs, les chevelures abondantes et les crânes chauves l'enserraient de tous côtés comme une pâte amorphe. Elle était prise là-dedans et ne pouvait plus se dégager. Çà et là, elle reconnaissait un profil familier incrusté en rose sombre dans la nuit, ou le scintillement d'un diadème dont elle savait la provenance. Mais ces visages et ces parures ne suffisaient plus à retenir son attention. A quatre rangs devant elle, se trouvait Volodia Bourine. C'était vers lui que revenaient constamment ses yeux. A deux reprises, il avait tourné la tête, et leurs regards s'étaient croisés. Et, chaque fois, elle avait ressenti une défaillance très douce dans son cœur. Elle espérait qu'il la regarderait encore. Elle guettait ses moindres mouvements. Mais il demeurait immobile, par crainte de la compromettre sans doute, et elle lui savait gré de sa délicatesse, tout en déplorant qu'il fût si prudent. Comme le rideau se baissait sur une rumeur d'applaudissements et de rires, les serveurs s'élancèrent entre les tables et renouvelèrent promptement les consommations. Tania porta une coupe de champagne à ses lèvres et la vida d'un trait. Eugénie lui dit :

— C'est vraiment leur meilleur spectacle...

— Oui, dit Tania.

— Tu as l'air de t'ennuyer. Tu n'applaudis pas, tu ne ris pas.

— Je ne veux pas avoir l'air d'applaudir ma sœur.

— Si Michel l'avait vue en Cléopâtre, avec son ventre nu, il aurait crié au scandale !

Tania éprouva un petit choc et ferma les yeux, comme pour regrouper ses forces. Le nom de Michel, la pensée de Michel, la rejoignaient au moment où elle souhaitait oublier son existence. Quelque chose de lourd, de maussade et de respectable lui tombait sur les épaules, comme un manteau. Elle murmura :

— Oui, Michel n'aurait pas été content.

Les lumières s'éteignirent dans la salle, et le rideau se leva sur la vue d'un verger croulant de fruits rouges dans des feuillages verts. C'était le dernier tableau de la première partie. Tania ne doutait pas que Volodia profiterait de l'entracte pour s'approcher d'elle et solliciter à voix basse un autre rendez-vous. Il fallait, dès maintenant, qu'elle préparât sa réplique. Leur brève rencontre à l'hôpital avait suscité en elle un sentiment d'allégresse et d'insatisfaction. Longtemps, elle avait cru qu'il lui serait indifférent de se retrouver face à face avec Volodia. Or, elle avait surestimé ses forces. L'attirance qu'il avait toujours exercée sur elle demeurait intacte, malgré les griefs qu'elle nourrissait à son égard. Sans doute eût-elle été plus vaillante si Michel l'avait aidée dans son travail de renoncement. Mais aux longues lettres qu'elle écrivait à son mari, il ne répondait que par des billets laconiques. Elle avait l'impression que Michel n'appréciait pas suffisamment sa gentillesse et son obéissance. Pour un peu, elle l'eût accusé d'ingratitude. Jamais elle ne s'était sentie aussi profondément délaissée qu'aujourd'hui. Cependant, elle ne voulait pas céder à Volodia. La promesse que Michel avait obtenue d'elle était sacrée. Aucune prière, aucune menace ne pourraient plus la détourner de son devoir. Elle le dirait à Volodia. Elle lui dirait aussi qu'elle était malheureuse. Pourquoi était-il revenu ? Loin de lui, elle avait fini par s'habituer à la solitude et à l'honnêteté. Elle s'était composé une vie régulière, monotone, tout entière vouée à Michel, aux enfants. Elle soignait ses fils, envoyait des colis, visitait les hôpitaux, patronnait des ventes de charité, espérait la fin de la guerre et le retour de son mari. Maintenant, il lui semblait qu'elle ne saurait plus se contenter de cette routine bienfaisante. Elle avait peur d'elle-même. Ce tableau du verger était interminable. Qu'elle était donc pressée de rejoindre Volodia ! Mais elle ne prononcerait devant lui que des paroles de refus. Il serait désespéré. Était-ce là ce qu'elle désirait avec tant d'impatience ? Le voir balbutiant de rage et de chagrin, prêt à se couvrir de ridicule, en public, à cause d'elle. Non. Elle n'était pas si vulgairement perverse. Elle souhaitait autre chose. Mais quoi ? Les mains moites, la tête divagante, Tania respirait l'air de la salle avec dégoût. Elle avait mal au ventre. Son corset la serrait trop à la taille.

Un petit bouton déparait sa joue gauche. Sa robe du soir, en velours noir et lamé argent, était coupée en dépit du bon sens. Au moindre mouvement, un grand pli oblique se formait dans le dos. Mais cela n'avait pas d'importance. Elle ne voulait plaire à personne. Elle n'était venue à *La Sauterelle* que sur l'insistance de sa sœur. Tout de même, elle eût préféré être séduisante pour signifier à Volodia qu'il devait renoncer à elle. Quand les lampes se rallumèrent pour l'entracte, elle faillit pleurer.

— Allons dans le hall. Nous regarderons les toilettes, dit Eugénie.

Mais elle vit Volodia qui s'avançait entre les travées de bancs et de tables, s'inclinait devant des amis communs, baisait une main, tapotait une épaule ; et, de nouveau, une hâte fébrile s'empara de son corps. Elle ouvrait et refermait son éventail de nacre. Sa gorge était sèche. Enfin, elle chuchota :

— Eh bien, allons-y, dans ce hall, puisque tu y tiens !

Dans le hall du théâtre, la cohue et le bruit étaient tels que Tania voulut battre en retraite. Des messieurs en habits, des dames en robes décolletées, des officiers étincelants s'épanouissaient entre les quatre murs avec une suffisance rieuse. Tania détesta leur élégance et leur joie. Elle en avait le droit puisque son mari était à la guerre. Pendant que tous ceux-ci, bien nourris, normalement habillés, sûrs de leurs lendemains, échangeaient des propos aimables, Michel, taché de boue, transi de froid, risquait la mort au cours d'une embuscade nocturne. En cet instant même, les balles sifflaient à ses oreilles, les coups d'une mitrailleuse hachaient la terre autour de lui. Et, soudain... Non, elle refusait d'imaginer le pire. Sa figure était lourde sous le fard. A côté d'elle, un gros colonel rubicond éclata de rire :

— Mais non, mon cher, l'opération de Lodz ne peut pas se terminer par une victoire russe. Nos positions sur la Bzoura sont intenables. Que l'aile gauche allemande passe la Vistule, et tout notre système défensif, pris à revers, sera désorganisé...

— Moi, dit une jeune femme scintillante de bijoux, j'ai

entendu raconter que nos cosaques terrifiaient les Allemands ! Les charges de cavalerie...

— La cavalerie ne gagne pas les guerres, adorable princesse. De mon temps...

— N'est-ce pas, que Liouba Diaz était ravissante en Cléopâtre ?

Tania s'appuya au mur, et la fraîcheur de la cloison, sur ses épaules nues, lui fut agréable. Michel était responsable de son propre malheur. Personne ne l'obligeait à partir. Si : elle, elle seule... Pourquoi ne lui avait-il pas pardonné ? Elle lui aurait voué une telle gratitude pour le moindre signe de confiance ! Elle serait devenue sa servante, son esclave ! De lettre en lettre, elle espérait encore qu'il reviendrait à des sentiments plus humains. Elle était trop petite, trop débile, trop molle pour continuer à vivre dans le vide glacé où l'avait plongée son absence. Elle avait besoin de tendresse, de conseils, d'admiration. Ne le savait-il pas ? Ou faisait-il exprès d'entretenir sa détresse, par rancune, par méchanceté ? Volodia, lui, n'était pas méchant. Il était sensuel et faible, comme elle. Il comprenait tout. Il excusait tout. Elle le chercha des yeux, parmi la foule. Mais, déjà, quelques amis s'approchaient d'elle, et il fallait tendre la main, sourire.

— Votre mari va bien ?... Avez-vous de ses nouvelles ?... Le tableau de Cléopâtre était d'une audace !... Le public ne se plaindra pas... Il paraît que le comte Keller...

— La retraite d'Hindenburg est une manœuvre diabolique !

— Avez-vous lu le dernier article de Malinoff ?

Tania tendit les épaules et devina aussitôt que le faux pli s'allongeait dans le dos de sa robe. C'était agaçant. Dès demain, elle signalerait ce défaut à la couturière. Elle avait hâte soudain que l'entracte se terminât. Volodia se trouvait sûrement dans les coulisses. Elle ne le verrait pas. Quelle chance !

— Si nous rentrions dans la salle, dit-elle en se tournant vers Eugénie Smirnoff. On étouffe, ici...

Subitement, elle se tut et se sentit devenir pesante et douce. Volodia s'inclinait devant elle.

— Comment aimez-vous le spectacle ? dit-il. J'ai fait un tour dans les coulisses. Les acteurs sont inquiets. Ils craignent que le tableau de Cléopâtre...

Une sonnette retentit et Tania dit promptement :

— Voilà... il faut entrer...

Comme elle franchissait le seuil de la salle, Volodia chuchota :

— Entre deux tableaux, prétextez un malaise et revenez dans le hall. Je vous attendrai.

Tania ne répondit pas et se hâta de regagner sa place. Une douleur inconnue lui tirait le cœur par saccades. L'obscurité soudaine l'engloutit. Elle était seule. Elle tremblait. Eugénie Smirnoff consultait le programme :

— *Aubade villageoise.*

— Je ne me sens pas très bien, dit Tania. Je vais prendre l'air...

— Veux-tu que je sorte avec toi ?

— Non, non, quelle sottise !

Mais déjà, le rideau se levait sur un décor champêtre.

— Attends la fin du tableau, dit Eugénie.

Un homme chantait en s'accompagnant sur une balalaïka. Une paysanne, coiffée d'un fichu écarlate, dansait devant lui et poussait parfois de petits cris aigus. Des pluies de feuilles mortes tombaient des cintres. Tania serrait les mains l'une contre l'autre : « Je n'irai pas. Il ne faut pas que j'aille. D'ailleurs, j'ai un bouton sur la joue gauche... »

Tandis que le rideau baissait, elle se dressa et dit :

— Excuse-moi...

Elle s'éloigna rapidement, la tête haute, la démarche raide, avec, sur son visage, une expression fixe de somnambule. Le hall était vide. Sur le tapis rouge traînaient des programmes déchirés, des tortillons de papier argenté qui avaient servi à envelopper des bonbons. A travers les portes capitonnées, passaient des bouffées de musique et de voix. Tania porta la main à sa poitrine, comme pour l'empêcher de battre. Une silhouette sombre se détacha d'une colonne et s'avança vers elle.

— Merci d'être venue, dit Volodia.

Elle balbutia :

— C'est une folie ! On peut nous voir. Tout le monde nous connaît ici…

Il paraissait odieusement sûr de lui, inaltérable de vêtement et de figure :

— J'ai tout prévu. Nous allons sortir.

— Non.

— J'ai emprunté l'auto d'un ami pour ce soir. Elle attend devant la porte. Nous nous arrêterons dans une rue tranquille. Nous bavarderons quelques minutes, et je vous ramènerai au théâtre.

— Vous n'y pensez pas !

— Mais si, j'y pense…

Il souriait, le front penché, les yeux pleins de lumière verte. Puis, il cessa de sourire et dit d'une voix humble :

— Je vous en supplie, Tania. C'est la dernière grâce que je vous demanderai.

Une énorme pitié emplit le cœur de Tania. Elle plaignait Volodia, Michel, le monde entier. Elle était bonne.

— Décidez-vous, dit Volodia.

— Eh bien, allons, dit-elle.

En passant, elle prit au vestiaire son lourd manteau de vison et le jeta sur ses épaules, sans enfiler les manches. Volodia l'entraîna jusqu'à l'auto, s'installa à côté d'elle sur le siège arrière et recouvrit ses jambes avec un plaid. Le chauffeur ne tournait pas la tête. Il devait avoir reçu des consignes précises. La voiture démarra doucement, vira sur la droite et s'enfonça dans une petite rue paisible, matelassée de neige.

Au bout d'un moment, Volodia frappa à la vitre qui le séparait du conducteur, et la voiture ralentit, s'arrêta sous la clarté glauque d'un bec de gaz.

— Ici, nous serons bien pour parler, dit-il.

Dans la pénombre, ses yeux brillaient d'un éclat pur et cruel. Un reflet froid coulait sur sa longue joue soigneusement rasée, dessinait la courbe des lèvres un peu féminines, argentait les poils soyeux des moustaches. Il était beau. Il était fort. Il était sûr de vaincre. Tania éprouva à travers tout son corps un mouvement flasque et voluptueux de déroute. Ce n'était pas elle qui était assise auprès de Volodia, mais une autre femme, une inconnue. Les gestes et les mots de cette inconnue n'engageaient pas la responsabilité de Tania. Elle murmura :

— Eh bien, parlez vite. Que voulez-vous de moi ?

— L'impossible.

Elle le considéra avec surprise :

— Je ne vous comprends pas.

— Si, vous me comprenez. Ah ! Tania, je sais que tout est contre moi. Je sais que j'ai eu tort de vous aimer, tort de tromper Michel, tort de partir, tort d'essayer de vous revoir. Ma seule excuse est la passion insensée dont je souffre. Je ne peux plus me passer de vous. Je ne peux plus vivre sans vous...

Tandis qu'il parlait, une chaleur délicieuse s'insinuait dans les veines de Tania. Son cœur fondait, sucré et lourd. Elle manquait d'air. Elle était heureuse.

— Et après ? dit-elle faiblement. En admettant même que vous soyez sincère...

— Je suis sincère...

— Je ne peux plus rien pour vous.

— Pourquoi ?

— Parce qu'il y a Michel.

Il se redressa un peu et sa tête toucha le plafond de l'auto :

— Quoi Michel ! Vous êtes trop raisonnable. Soyons fous. Oublions les autres. Pensons à notre seul bonheur...

Le regard de Volodia exprimait une prière hargneuse. Elle humait son souffle brûlant, parfumé de tabac. Contre son genou, elle sentait un genou dur, osseux. « J'ai le droit de vivre, pensa-t-elle. Agir comme il me plaît. Choisir celui que je veux. Lui ou un autre. »

— Que faut-il que je fasse ? dit Volodia.

Tania ne sut que répondre, car elle se posait la même question, pour son compte personnel. Comme elle gardait le silence, il reprit d'une voix sourde :

— J'ai envie de toi. Je me rappelle tout. Mon corps me fait mal...

Il l'avait saisie aux poignets et l'attirait contre sa poitrine. Elle eut un arrêt de respiration, un court vertige, comme si une porte se fût ouverte devant elle, sur le vide. Fermant les yeux, elle crut basculer, tomba à pic d'une grande hauteur. Des doigts impatients pétrissaient ses épaules. Une bouche humide s'imprima sur la peau de son cou. Elle poussa un cri et souleva les paupières. Au contact de ces lèvres, une brusque répugnance la secouait jusqu'au ventre. Mille vieilles caresses lui revenaient en mémoire. Tout le passé surgissait dans sa tête, avec la chambre de Volodia, le lit défait, les mensonges à Michel, la honte, la chaleur, le bourdonnement de la rue et la sonnerie du téléphone. Ce n'était pas l'esprit, c'était le corps de Tania qui refusait son assentiment à une nouvelle tromperie. Une décision physique s'imposait à elle, en dehors de toute raison. Dégrisée, elle se jeta en arrière, rompit l'étreinte de ces mains quêteuses.

— Quoi ? Qu'as-tu ? demanda Volodia d'un ton sec.

Elle le dévisageait avec angoisse, avec colère, étonnée elle-même de l'avoir suivi aussi loin. Comment avait-elle pu croire qu'elle l'aimait encore ? Il lui faisait horreur. Elle abhorrait l'odeur de sa bouche, la forme de ses ongles, la couleur de sa peau. Tout son être se hérissait à l'idée de frôler cette jolie figure. Elle aurait voulu l'écraser à coups de poing, la griffer, la souiller. Puis, soudain, elle eut l'impression que sa conscience venait d'échapper à la glu et qu'elle montait, qu'elle planait, pure et seule, au-dessus des hommes. Elle était fière d'elle-même. Elle prononça d'une voix tremblante :

— Laissez-moi..., partez...

— Mais, Tania...

— De quel droit... ? Comment avez-vous osé... ? Après tout ce qu'il y a eu entre nous... ! Vous, vous n'avez... enfin aucun sens moral... N'essayez plus jamais de me revoir.

Il lui sembla que le visage de Volodia s'affaissait, se dégonflait dans l'ombre :

— Tu es folle !... Il y a quelques instants...

— Dites à ce chauffeur de me ramener au théâtre, immédiatement.

— Non, dit Volodia. Tu vas m'expliquer d'abord...

Il avait le souffle rauque. Des larmes brillaient aux coins de ses paupières. Tania se pencha et frappa à la vitre de séparation. Le chauffeur acquiesça de la tête, descendit de l'auto et remit son moteur en marche à la manivelle. Puis, il remonta sur son siège et la voiture démarra. Les façades des maisons glissèrent derrière le profil de Volodia. Il répétait lamentablement :

— Qu'ai-je fait ? Que me reproches-tu ?

Murée dans sa résolution, elle le contemplait avec dégoût et serrait ses jambes l'une contre l'autre. Il dit encore :

— Qu'est-ce que je vais devenir maintenant ?

Elle répondit du bout des lèvres :

— Faites comme Michel. Engagez-vous.

A ces mots, il tressaillit et la considéra d'un œil égaré :

— Quoi ?

L'auto s'arrêta devant l'entrée du théâtre. Un triomphal apaisement s'était fait autour de Tania. Comme elle posait la main sur la poignée de la portière, Volodia murmura de loin, sans presque remuer la bouche :

— Tout est fini, n'est-ce pas ?

— Tout est fini, Volodia.

Il poussa un soupir et ses épaules se voûtèrent.

— Vous ne retournez pas au théâtre ? demanda-t-elle.

Il fronça les sourcils :

— Quel théâtre ? Ah !... non, je ne pourrais pas...

Elle jeta un dernier regard à ce grand corps tassé devant elle, disloqué, vaincu.

— Adieu, dit-elle avec une intonation un peu emphatique.

Il ne bougea pas. Il l'examinait d'un air mauvais et bête, en découvrant ses dents. Elle sortit de la voiture et se dirigea vers le porche lumineux de *La Sauterelle.*

Ayant rendu son manteau au vestiaire, elle se mira dans une glace et se jugea belle et intimidante, malgré le bouton qui marquait sa joue gauche.

Dans le hall du théâtre, un homme en habit était assis sur une banquette et fumait en observant le sol entre ses pieds. Lorsque Tania passa devant lui, l'homme se dressa et la salua, une main sur le cœur. C'était Kisiakoff. Que faisait-il, tout seul, dans le hall ? Irritée par cette rencontre, Tania inclina sèchement le menton et pressa le pas, en ayant soin de se tenir droite, à cause de ce faux pli qui déformait sa robe, dans le dos.

IV

Volodia s'éveilla en sursaut et demeura longtemps immobile, regardant la nuit, écoutant le silence. Une lucidité fiévreuse le livrait corps et âme à l'attaque des souvenirs. Pour la centième fois, il revoyait un visage, percevait une voix sans les avoir appelés. La scène recommençait dans ses moindres détails. Et, à chaque reprise, les paroles et les gestes de Tania étaient plus nets et plus blessants. Après l'immense espoir qu'elle lui avait donné, son refus le plongeait dans une abominable tristesse. Il se demandait pourquoi il existait encore. Sa main aveugle rampa vers la table de nuit, palpa le marbre froid, atteignit le support de la lampe. La lumière jaillit, heureuse, rose, et tous les meubles surgirent, ponctuels et indestructibles, avec leur ombre posée devant eux comme un témoignage. Il fut accablé de vérité. Tout était vrai : les meubles et le refus de Tania. On ne pouvait pas plus nier le refus de Tania qu'on ne pouvait nier la présence des meubles. Derrière la porte de la chambre, Volodia entendit une toux grasse. Kisiakoff couchait sur le canapé du salon. Ayant appris la disgrâce de Volodia, il s'était offert spontanément à loger chez lui pour le soigner et le distraire. Or, Volodia redoutait, par-dessus tout, la solitude. Kisiakoff, se trouvant au courant des moindres détails de l'affaire, était un interlocuteur précieux. A lui seul, Volodia osait dire toutes les idées qui visitaient son esprit. Une inexplicable parenté d'opinions s'établissait ainsi entre les deux hommes. Ce n'était pas de l'amitié. Encore moins une estime réciproque. Quoi donc alors?

Volodia se recoucha sur le dos, essaya violemment de penser à autre chose. Mais son imagination ne lui obéissait plus et l'entraînait, à son insu, dans la direction défendue. Il ne voyait pas d'issue à son infortune. Incapable de vivre sans Tania, il ne savait que souffrir et se plaindre. Roulant la tête sur l'oreiller, il geignit un peu, les dents serrées, les yeux pleins de grosses larmes brûlantes. « Que faire ? » Sa dernière chance était la mort de Michel. Si Michel était tué, peut-être serait-elle trop heureuse d'épouser Volodia ? Il fallait que Michel fût tué. Et le plus vite possible. On tuait beaucoup depuis le début de cette guerre. Pourquoi les autres et pas Michel? « Il disparaîtra. J'en suis certain. Et moi... » Une sueur brusque lui sortit de la peau. Il frémit et regarda le fond de la pièce, où les ténèbres s'étaient réfugiées. Dans ce coin obscur, quelqu'un l'observait, le jugeait froidement. D'un geste téméraire, Volodia rejeta les couvertures et se leva. Les muscles de ses jambes fléchirent. Il chancela et se retint au montant du lit. Un chien aboya dans la rue. Un autre lui répondit. Volodia se retourna d'un bloc, comme si un ennemi se fût dressé subitement dans son dos. Sa mâchoire inférieure tomba et il resta la bouche béante, considérant les murs mauves, pavés d'estampes japonaises. Il allait devenir fou. C'était sûr. La porte du salon s'ouvrit en grinçant et Kisiakoff parut sur le seuil. Il était pieds nus. Sa chemise de nuit, bordée de soie rouge au col et aux poignets, dessinait la masse proéminente du ventre. Sur le tissu blanc, la barbe s'étalait largement et semblait encore plus noire. Il bâilla d'une manière confortable et féroce, clappa de la langue et se frotta les yeux :

— Tu t'es de nouveau réveillé, fiston? Elle ne te laisse pas en repos, la garce. Toujours à te pincer le cœur. On en parlera, on en parlera. Veux-tu manger quelque chose?

— Non.

— A ta guise. Moi, j'ai faim. Je passe à la cuisine et je reviens.

Il sortit en se dandinant, les dix doigts écartés à plat sur les reins, la tête penchée en avant, d'un air quêteur. Au bout d'un moment, il rentra dans la chambre, un grand verre de vodka dans la main gauche, un saucisson dans la main droite. Il mâchait violemment la nourriture et la faisait glisser d'une joue à l'autre avec un léger bruit de succion. Puis, il s'envoya une rasade d'alcool dans le gosier en levant le coude comme un joueur de trompette.

Une tache de transpiration marquait sa chemise à hauteur de l'aisselle. Ayant vidé le verre, il le tint encore contre sa bouche et souffla dedans pour en ternir les parois :

— Ta-ra-ta-ta !

Enfin, il déposa le verre et le saucisson sur le marbre de la table de nuit, secoua la barbe et dit :

— C'est du feu liquide !

Quelques gouttes de vodka tremblaient sur sa moustache. Il les aspira en rentrant ses lèvres. Volodia enfila sa robe de chambre et s'assit au bord du lit, les coudes aux genoux, le front bas. Devant lui, Kisiakoff se tapotait la panse avec contentement.

— Ce n'est plus possible, murmura Volodia. Je vais devenir fou.

— On croit toujours ça, dit Kisiakoff, et puis, au dernier moment, ça rate !

— Quoi ?

— La folie. Ne compte pas sur moi pour te guérir. Il faut que tu souffres...

Il s'arrêta pour se curer les dents avec l'ongle du pouce, fit un petit sifflement et poursuivit :

— Il faut que tu souffres. Ta souffrance est grande, belle, respectable. Je m'incline devant ta souffrance...

Ayant dit, il courba la tête et appuya sa barbe sur sa poitrine. La barbe se plia par le milieu.

— Je ne veux pas souffrir ! gronda Volodia. J'en ai assez de souffrir ! Arrange-toi pour me procurer Tania. Oh ! oui, arrange-toi. Donne-moi des conseils.

— Je t'ai aidé à rencontrer Tania, mon rouge soleil, dit Kisiakoff en se redressant avec un soupir. Je t'ai suggéré l'idée de cette promenade en auto. Je t'ai soufflé les paroles qu'on pouvait dire, les gestes qu'on pouvait oser. Tout devait réussir. Tout a manqué. Je suis à court d'invention. Crois-en mon expérience : il faut faire une croix sur cette affaire. C'est fini, c'est perdu... Elle nous a glissé entre les mains, la couleuvre. Elle file. Adieu, adieu...

Il remua les doigts dans l'air de la chambre, comme pour les débarrasser d'un papier collant.

— Tu te moques de mon chagrin ! s'écria Volodia.

— Puisse Dieu ne t'avoir pas entendu ! dit Kisiakoff en révulsant un peu les prunelles. Moi, me moquer de ton chagrin ? Mais je partage ton chagrin comme j'aurais partagé ta joie ! Si tu savais combien j'espérais ta victoire !

— Pourquoi ?

— Parce que je t'aime, mon enfant. Il me plaisait de t'imaginer dans cette chambre, avec une Tania consentante, palpitante. Elle est si jolie, avec son petit visage potelé et blond, ses lèvres soyeuses, ses yeux de lumière. Elle doit avoir les seins un peu lourds déjà, en forme de poire. Des fesses fermes et douces, marquées par les plis de la chemise. Un parfum...

— Tais-toi, dit Volodia. Tu me dégoûtes !

— Je te voyais la déshabillant, la caressant, la poussant sur ce lit. Et, au lieu d'elle, c'est moi qui me pavane en chemise devant toi !

Il se dandina un peu sur ses jambes écartées.

— Moi, avec ma barbe et ma bedaine ! reprit-il violemment. Moi, avec mon odeur de vieux cigare et de saucisson à l'ail. Moi, avec mes poils aux cuisses...

Ses yeux étincelaient de colère. Il s'éventait les mollets avec les pans de sa chemise.

— Moi, moi, rugit-il encore.

Puis, il se tut, renifla profondément et continua d'une voix plus basse :

— Tu ne gagnes pas au change.

Volodia ne répondit pas. Malgré lui, il évoquait l'image de Tania dans cette chambre, sur ce lit. Les paroles de Kisiakoff guidaient sa recherche. Il comprenait mieux les raisons de sa grande douleur. Rien de ce qu'il avait enduré auparavant n'était comparable aux tourments qu'il vivait depuis cette rupture. L'idée de la mort effleura son esprit sans l'émouvoir.

— Ah ! elle est irremplaçable, dit Kisiakoff en mordant dans le saucisson. Vous étiez faits l'un pour l'autre. Une erreur d'aiguillage, et vos deux existences sont gâchées à jamais. Chacun roule de son côté en pensant à l'autre. Solitude ! Solitude !

Un hoquet gonfla ses joues et il porta la main devant sa bouche.

— Remarque bien, dit-il encore, que je pourrais te proposer d'autres femmes. De jolies, de chaudes petites cailles. De petites suceuses. De petites gigoteuses.

Il bomba le ventre, et son visage prit une expression tragique au-dessus de la chemise de nuit qui était comme un socle blanc.

— Tu me croiras si tu voudras, s'écria-t-il, j'ai renoncé à mon projet ! Je me suis dit que tu valais mieux que ça. Elle ou personne. Ai-je eu raison ?

— Tu as eu raison.

— Bravo, dit Kisiakoff en claquant ses mains l'une contre l'autre. Je t'admire. Tu es grand, tu es propre, tu es antique dans ta douleur. Sais-tu qui tu me rappelles ?

— Non.

— Devine.

— Ma mère ?

— Non, dit Kisiakoff. Ton père.

Volodia haussa les épaules.

— Comment donc ! dit Kisiakoff. A Ekaterinodar, en 1892. J'étais fiancé à Lioubov. Mais cela ne m'empêchait pas de m'intéresser aux aventures des autres. Sais-tu pourquoi il s'est suicidé ?

— A cause d'une femme.

— C'est exact. Une femme. Une couturière. Jolie d'ailleurs. Et méchante comme la gale. Peu importe. Il ne pouvait plus vivre sans elle. Il était comme toi, obsédé, malheureux, solitaire. Je lui ai rendu visite, peu de jours avant son suicide. Nous avons eu une conversation...

Tout à coup, Kisiakoff s'arrêta de discourir et plissa le front d'un air soucieux.

— Qu'as-tu ? demanda Volodia.

— Je ne devrais pas te parler de ton père, dit Kisiakoff. Cela risque de t'impressionner.

— Quelle idée ! murmura Volodia. Continue.

— Tu ne m'en voudras pas ?

— Mais non.

Une lueur malicieuse passa dans les yeux de Kisiakoff et il posa sa main sur l'épaule de Volodia :

— C'est curieux, je songe à la discussion que j'ai eue, il y a vingt-deux ans, avec ton père, et il me semble...

— Quoi ?

— ... Il me semble que je la reprends mot pour mot avec toi. C'était par une nuit de décembre pareille à celle-ci, dans une chambre aux fenêtres closes, devant un lit défait. Ton père était assis sur le bord du matelas, les coudes aux genoux, comme toi. Il pleurait. Et moi, j'avais posé ma main sur son épaule. Cette même main, je la pose aujourd'hui sur l'épaule de son fils. Ainsi, exactement ainsi... Tout recommence...

Volodia regarda Kisiakoff avec inquiétude. La lampe de chevet éclairait par-dessous sa grosse tête livide, emboîtée dans la masse de la barbe. Deux rides pendaient en travers de ses joues. Les cavernes de ses yeux étaient profondes. Volodia eut la sensation qu'il était comme une bête prise au piège et qu'il ne pouvait plus s'enfuir. Mais il n'avait pas envie de s'enfuir. Tout en lui était engourdi, endormi.

— Oui, reprit Kisiakoff d'une voix grave, je lui parlais comme je te parle à toi. Et il me faisait les mêmes réponses que toi, car sa douleur était la tienne. Il ne voulait pas d'autre femme. Il voulait la femme qu'il avait choisie. Il crevait de désir...

Une horloge sonna dans l'entrée. Kisiakoff plongea la main dans sa barbe, leva les yeux au plafond et proféra majestueusement :

— Ce sera demain l'anniversaire de sa mort.

— Je le savais, dit Volodia.

— Tu y pensais, autrefois ?

— Jamais.

— Tu condamnais ton père ?

— Oui.

— Et maintenant ?

Volodia baissa les paupières. Il lui sembla qu'il descendait peu à peu dans un rêve.

— Maintenant, tu le comprends ? dit Kisiakoff.

— Comment... comment s'est-il tué, au juste ? balbutia Volodia. On m'a raconté...

— Une balle de revolver à la tempe, répondit Kisiakoff. C'est net et classique.

Il y eut un très long silence. Kisiakoff déboutonna le devant de sa chemise et se gratta la poitrine du bout des doigts, en bâillant. Puis, sans transition, son visage s'arrondit selon une expression d'angoisse maternelle. Il demanda :

— Pourquoi me questionnes-tu ainsi ?

— Pour rien... Je ne sais pas...

— Tu n'as tout de même pas l'intention de te tuer à cause de Tania ?

Volodia sursauta et son cœur s'arrêta de battre. Devant lui, Kisiakoff ouvrait les bras dans un geste de terreur solennelle. Toute sa vieille face barbue vibrait d'indignation :

— Tu ne vas pas faire ça, hein ?

— Non, dit Volodia.

— Tu me le jures ?

— Mais oui.

Kisiakoff se tordit les mains :

— Je suis sûr que tu mens !

— Je ne mens pas.

— Si, si, tu mens... Tu as pris ta décision... Tu as combiné ton affaire... Je te connais... La solution est tentante... Paf, et plus rien... Le noir... Le repos... Finies les souffrances, les attentes, les déceptions... C'était l'opinion de ton père...

A présent, il marchait de long en large dans sa chemise flottante. Ses pieds nus claquaient sur le plancher. Il respirait difficilement.

Bientôt, il parut oublier la présence de Volodia. En proie à une agitation extrême, il parlait et gesticulait comme s'il eût été seul.

— Eh ! je le comprends, cet enfant, disait-il. Que peut-il attendre de la vie ! Il a trompé son meilleur ami. Il n'a plus d'argent. La femme qu'il aime le repousse. Autour de lui, c'est la guerre, la pourriture, les soucis. Pourtant, il ne faut pas !... Philippe Savitch, je n'ai pas su te retenir au seuil de la mort, je retiendrai ton fils !

Il virevolta sur ses talons, heurta un fauteuil et grogna :

— Saleté !

Puis, il empoigna son verre sur la table de nuit et alla le remplir à la cuisine. Lorsqu'il revint, Volodia n'avait pas bougé.

— J'avais peur de te laisser, fût-ce une seconde, dit Kisiakoff. Je ne te quitterai plus.

Volodia fit un effort pour secouer la torpeur qui s'emparait de son cerveau. Il bredouilla :

— Ne crains rien. Je suis trop lâche pour me tuer.

— On dit ça, répliqua Kisiakoff, et puis, on surmonte sa lâcheté, et on se tue. Ton père aussi prétendait être lâche.

Il avala son verre de vodka et s'essuya les lèvres avec la manche :

— Il prétendait être lâche, et il s'est tué.

— Je n'ai rien de commun avec mon père.

— Si, tu lui ressembles, dit Kisiakoff avec lenteur. Et de plus en plus.

Subitement alarmé, Volodia comprit qu'il partageait devant lui-même l'appréhension de Kisiakoff. Le son de sa propre respiration l'inquiétait. L'idée lui vint qu'un homme inconnu habitait son corps. On devait tout redouter de cet homme-là. Ses mains se mirent à trembler.

— Tes mains tremblent, dit Kisiakoff. Veux-tu boire ?

— Non.

— Veux-tu dormir ?

— Pas encore. Reste près de moi. Parle.

— De quoi ?

— De mon père.

— Je ne te parlerai pas de ton père, dit Kisiakoff. Cela te fait du mal. Je le vois à tes yeux. Tes pauvres yeux de candidat au suicide. Tes pauvres yeux de vivant...

Volodia se leva, s'approcha de la glace et contempla son reflet en souriant avec tristesse.

— C'est vrai que j'ai une sale gueule, dit-il. Mais sois tranquille. Je ne suis pas fou. Je ne me tuerai pas.

— Tant mieux, tant mieux, dit Kisiakoff avec entrain.

Il se frottait les mains, et les doigts glissaient l'un sur l'autre comme de petites saucisses :

— Tout est préférable à la mort... Une existence grise, inutile, désespérée... Veux-tu que je t'apprenne un jeu ? Je le pratique souvent lorsque je doute de moi-même. Imagine que tu te trouves sur un bateau en perdition. Il n'y a plus qu'une place sur le canot que les marins ont mis à la mer. Et, derrière toi, se groupent ceux que tu aimes ou que tu crois aimer : Tania, Lioubov, Stopper, Sopianoff, Khoudenko, Michel, moi, les autres... Céderas-tu ton tour à quelqu'un, ou les laisseras-tu se noyer pour sauver ta peau ? Interroge ta conscience et réponds.

— C'est un jeu idiot, dit Volodia.

— Pas tant que ça. Commençons par moi. Épargnerais-tu ma vie aux dépens de la tienne ?

— Non, dit Volodia.

— Plouf ! s'exclama Kisiakoff avec un grand rire, et il fit mine de couler à pic en agitant les bras. Plus de Kisiakoff. Quelques petites bulles. C'est tout. Je doute que Stopper, Sopianoff, Khoudenko aient plus de chance que moi. Venons-en à Michel.

— Laisse Michel.

— Oui, qu'il crève, dit Kisiakoff en baissant le pouce vers le sol. Et Lioubov avec lui. Et tous les autres. Reste Tania.

Il cligna de l'œil :

— Si tu pouvais sauver Tania en te sacrifiant, le ferais-tu, petit salaud ?

— Va-t'en au diable, dit Volodia.

— Non, non. Je t'ai questionné. Réponds.

L'éclairage de la lampe donnait à Kisiakoff un aspect théâtral. On eût dit que des filets de sang coulaient sur la poitrine de sa chemise et enserraient ses poignets blancs. Dans la barbe luisaient de petits reflets bleuâtres, comme des grains de sel.

— Réfléchis bien, dit Kisiakoff. Pèse le pour et le contre.

Docile, Volodia tenta d'imaginer le bateau en perdition, les vagues énormes qui se brisaient sur le pont, et Tania, debout près de lui, les cheveux au vent, la face mordue de peur. Cette évocation fut si précise qu'il en éprouva une douleur dans la poitrine. Il n'aurait jamais cru qu'un simple jeu de l'esprit pût le plonger dans un pareil désarroi. Sans doute était-il épuisé par cette longue nuit d'insomnie ? Il ne savait plus contrôler ses nerfs. Avec répulsion, il devina, au plus profond de son être, la venue d'une réponse précise. Il se vit repoussant Tania, sautant dans la barque, horrifié, soulagé, vivant.

— Eh bien ? dit Kisiakoff. J'attends ta réponse.

Volodia fit la grimace. Un poids ignoble l'oppressait. Il se sentait écrasé, gluant.

— Tu ne lui as pas cédé ta place ? demanda Kisiakoff en souriant.

— Non, dit Volodia.

— L'aurais-tu cédée à Dieu ?

— Que veux-tu dire ? Dieu ne peut pas être en danger.

— Suppose que Dieu soit en danger, suppose qu'il te faille mourir pour sauver Dieu.

— Je refuserais, dit Volodia.

Il eut peur du silence qui suivit ses paroles. De nouveau, l'horloge tinta.

— Très bien, dit Kisiakoff.

— Tu vois, soupira Volodia, je ne vaux pas grand-chose. J'ai peur de la mort. Je ne me tuerai pas...

Kisiakoff croisa les mains sur son ventre et parut s'isoler dans la réflexion. En même temps, il se caressait la cheville droite avec la plante du pied gauche. Son genou allait et venait sous la chemise. Il déclara enfin :

— Ta réaction n'est pas aussi rassurante que tu l'imagines. Elle prouve simplement que tu préfères ta vie à celle des autres. Ce qui est normal. Mais l'adoration que tu as pour toi-même te rend très vulnérable. Tu te chéris si bien, que la moindre atteinte à ton propre bonheur risque de lui être mortelle. Tu ne te tuerais donc pas dans l'espoir de sauver quelqu'un, mais par désespoir de ne pouvoir te sauver toi-même. Tu ne te tuerais pas pour permettre à Tania de vivre, mais parce que tu ne saurais pas vivre sans Tania. Tu ne te tuerais pas par amour pour Tania, mais par amour de toi. N'ai-je pas raison, mon doux ami ?

— Peut-être. J'ai mal à la tête. Je ne veux plus réfléchir.

— Je réfléchis pour toi. Le suicide est un problème passionnant. Pourquoi se suicide-t-on ?

Volodia retira sa robe de chambre et se jeta en gémissant sur son lit. Il avait froid. Ses dents claquaient. Une névralgie lui perçait la joue gauche.

Kisiakoff éclata d'un rire gras et large :

— Je t'embête ? Tu souhaites dormir ?

— Non. Reste ici. Je vais fermer les yeux. Ça ira mieux, après...

— Pourquoi se suicide-t-on ? répéta Kisiakoff.

A travers une brume épaisse, Volodia entendit des cloches qui sonnaient. La voix de Kisiakoff s'éloignait par saccades :

— Pourquoi se suicide-t-on ? Pourquoi ? Pourquoi ?

Le sommeil recouvrit Volodia sans qu'il eût repris connaissance.

Lorsque Volodia rouvrit les yeux, sa chambre était vide. Quelqu'un avait éteint la lampe de chevet. La lumière d'un jour froid et blanc filtrait entre les rideaux. Derrière la cloison, résonnait le ronflement auguste de Kisiakoff. Sur la table de nuit, une pendulette gainée de cuir marquait huit heures.

Avant même que Volodia eût entièrement recouvré ses esprits, l'image du navire en perdition visita sa mémoire. Ce jeu absurde ne le laissait pas en repos. Sans cesse, il recommençait l'épreuve. Il chargeait sur le bateau symbolique des êtres chers et de lointains camarades d'enfance, des maîtresses, des amis, des inconnus, des personnages imaginaires et même la notion abstraite de Dieu. Il s'exhortait à l'héroïsme, au sacrifice. Mais, au moment de céder sa place, il reconnaissait, avec honte, avec rage, que les autres ne valaient rien et que lui seul méritait de rester en vie. Longtemps, étendu sur le dos, les mains croisées derrière la nuque, il essaya d'évoquer sa mort ou sa fuite. Sans l'insistance de Kisiakoff, il n'aurait jamais pensé à se suicider. Pourquoi Kisiakoff lui avait-il imposé cette idée saugrenue et malsaine ? Mécontent, fatigué, Volodia se leva et passa dans le cabinet de toilette. Comme il achevait de se raser, Kisiakoff vint le rejoindre. Volodia tourna vers lui sa face enduite de mousse de savon et demanda :

— Y a-t-il longtemps que tu connais ce jeu du navire en perdition ?

— Depuis ma plus tendre enfance, chère âme.

— Avais-tu posé la question à mon père ?

— Bien sûr.

— Qu'avait-il répondu ?

— La même chose que toi. Il ne voulait se sacrifier pour personne.

— Il s'est tout de même tué.

— Par égoïsme, non par altruisme. Il y a plusieurs sortes de suicides...

— Pourquoi me parles-tu toujours de suicide ?

— Pour t'en dégoûter, dit Kisiakoff.

Il versa de l'eau dans un verre et se frotta les dents avec la brosse, en secouant la tête latéralement. Puis, il se gargarisa, cracha dans la cuvette et se moucha dans ses doigts, une narine après l'autre. Enfin, ayant aspergé son visage d'eau tiède, glissé un peigne dans ses cheveux et dans sa barbe, il déclara :

— Me voici propre d'âme et de corps. Tu as tort de te raser, de te laver avec tant de soin. As-tu donc l'intention de sortir aujourd'hui, ou de recevoir des amis ?

— Non.

— Reste tel que tu es. Nous bouclerons les portes. Nous fermerons les volets. Nous passerons toute la journée tête à tête. Quand on est malheureux, il faut mariner dans son jus. Nous marinerons dans notre jus, comme des cochons.

Ils s'habillèrent, côte à côte, sans échanger une parole. Pendant le petit déjeuner, Volodia voulut lire les journaux, mais Kisiakoff les lui arracha des mains :

— Pas toi. Tu ne sais pas lire. Écoute. « La bataille se développe au sud-est de Pétrokoff. De ce côté, l'ennemi a réussi à concentrer des forces importantes, mais notre armée, résistant victorieusement à tous les assauts, se borne à amorcer un repli stratégique... A l'embouchure de l'Yser, les troupes françaises et belges ont débordé de

Nieuport et, par une brillante opération, occupé Saint-Georges... Compte rendu de la fête patronymique de l'Empereur, à Notre-Dame de Kazan... Déclaration de Goremykine... » Quoi encore ?

Il se tut et jeta sur Volodia un regard froid et raide comme une flèche.

— Ça t'intéresse ? demanda-t-il. As-tu l'impression d'appartenir à ce monde-là ?

Volodia soupira et repoussa sa tasse de café, sans répondre.

— Ton monde à toi, reprit Kisiakoff, ne s'étend pas au-delà des murs de cette chambre. La guerre, la politique, la patrie, les drapeaux, l'héroïsme, l'Histoire sont l'apanage des autres. Tu es un amoureux anachronique. Tu vis hors du temps et hors de l'espace. Quel est ton espoir ?

— Je n'en ai pas, dit Volodia.

— Que comptes-tu faire ?

— Rien.

— Et pourquoi vivre alors ?

— Par peur de mourir.

Kisiakoff avança une lippe soupçonneuse et fronça les sourcils :

— Qu'imagines-tu après la mort ?

— Rien, dit Volodia, zéro, le vide...

— Et tu préfères tes tourments actuels à ce zéro, à ce vide ?...

— Oh ! ne me tente pas, gémit Volodia.

— Te tenter ? s'écria Kisiakoff, et il bondit sur ses jambes. Qui parle de te tenter ? Nous discutons de la mort sur le plan métaphysique. Nous émettons des hypothèses. Nous jouons...

— C'est un jeu dangereux, dit Volodia.

Youri entra pour desservir la table. Kisiakoff avait ramassé les journaux et les lisait avec de petits rires. Volodia écoutait ces rires, le tintement des couverts, des assiettes, et il lui semblait que l'univers prenait une signification nouvelle. Les habitudes protectrices l'abandonnaient une à une, comme des écorces superposées qui se fanent et tombent. Les choses et les êtres surgissaient dans leur vérité jamais vue. A force de vivre auprès d'eux,

Volodia avait oublié de les connaître. Maintenant, leur dureté le blessait. Une hostilité primitive ornait ces objets, ces visages. Une femme se refusait à l'homme qu'elle aimait pour rester fidèle à celui qu'elle n'aimait pas. Des milliers de soldats se faisaient massacrer pour une cause qui n'était pas la leur. L'assassin arborait les insignes du héros. L'argent allait aux riches. L'Église bénissait les voleurs. Comme preuve de l'existence de Dieu, il y avait des prêtres ignares. Un savant mourait, écrasé par un tramway. La terre tournait. Les jours passaient. Dans la rue, les enfants jouaient aux boules de neige et espéraient la venue de Noël. Pourquoi n'était-il plus un de ces enfants ? Il tâcha de se rappeler les vêtements qu'il portait lorsqu'il était petit garçon, à Ekaterinodar, ses visites dans la maison des Arapoff, la figure de sa mère, de son père. Il murmura :

— As-tu des détails sur ses derniers moments ?

— Je te ferai remarquer, dit Kisiakoff, que c'est toi qui remets la question sur le tapis.

— J'aimerais savoir...

— Il s'est rasé de près, il a pris un bain, il a revêtu un costume neuf. En grand seigneur, tu comprends ? Sa dernière coquetterie. Puis...

Le téléphone sonna, et Kisiakoff eut un mouvement de colère.

— Réponds à ma place, dit Volodia.

Au lieu de répondre, Kisiakoff enroula le cordon du téléphone autour de sa main, et, d'une secousse violente, le tira, l'arracha du mur.

— Voilà comment je réponds, dit-il. Il ne faut pas qu'on nous dérange.

Volodia était devenu très pâle.

— Et si c'était Tania ? balbutia-t-il.

Kisiakoff haletait un peu, et les veines de son front s'étaient gonflées.

— Ne te fais donc plus d'illusions au sujet de Tania, dit-il.

— C'est vrai. Je suis stupide. Tu me parlais de mon père...

— Oui, ton père...

— Non, tais-toi, dit Volodia. J'en ai assez entendu.

Kisiakoff lui lança un rapide coup d'œil et décréta :

— Tu as raison. Veux-tu jouer aux cartes ?

Ils passèrent dans le salon. Au pied du canapé, reposait la valise de Kisiakoff. Il s'agenouilla pour l'ouvrir.

— Que cherches-tu ? demanda Volodia.

— Les cartes.

— J'en ai.

— Je préfère les miennes, dit Kisiakoff en soulevant le couvercle de la valise.

Sur un fond de chemises, de caleçons et de chaussettes, gisaient deux paquets de cartes et un pistolet automatique, noir et luisant. Volodia éprouva une brève commotion, et dit dans un souffle :

— Qu'est-ce que c'est que ce revolver ?

— C'est mon revolver.

— Pourquoi l'as-tu pris avec toi ?

— Je ne m'en sépare jamais, grommela Kisiakoff en se redressant. Une vieille habitude.

Ils s'assirent de part et d'autre d'un guéridon. Kisiakoff distribua les cartes. Mais Volodia ne pouvait pas s'intéresser au jeu. Constamment, son regard revenait à la valise ouverte. Comme on frappait à la porte, il sursauta, et son visage prit une expression terrifiée :

— Qu'est-ce que c'est ?

Youri parut sur le seuil. Il tenait à la main un plateau chargé de lettres.

— Jette ces lettres au panier, dit Volodia.

— Bravo ! s'écria Kisiakoff.

Youri fit une moue réprobatrice :

— Je venais également pour le menu...

— Donne-lui donc congé pour la journée, chuchota Kisiakoff en se penchant vers Volodia. Nous serons tranquilles.

— C'est ça, dit Volodia. Va-t'en pour la journée. Je ne veux plus te voir. Nous nous servirons nous-mêmes...

Il rit nerveusement.

Lorsque Youri eut quitté la pièce, Kisiakoff poussa un soupir de soulagement :

— Ouf ! Je n'aime pas sa gueule. Il a l'air d'un intellectuel raté, d'un espion. A toi de jouer.

Volodia rassembla ses cartes et considéra longuement l'éventail bariolé qui s'épanouissait dans sa main. De nouveau, un sentiment atroce d'ennui et d'inutilité lui crispa le cœur. Pourquoi jouait-il ? Et que ferait-il après cette partie ? Et à quoi emploierait-il la journée de demain ? Machinalement, il jetait les cartes sur la table, ramassait des prises, les tapotait du bout des doigts.

— Eh ! mais tu gagnes, dit Kisiakoff.

Volodia eut envie de pleurer et serra les mâchoires.

— Il est temps que je réagisse, reprit Kisiakoff. Toc, voilà pour ta dame. Et re-toc pour ton valet...

— J'en ai assez, dit Volodia en abattant son jeu.

Un rire silencieux fendit la barbe de Kisiakoff :

— Préfères-tu que je te dise l'avenir ?

— Non.

— Je sais tirer les cartes comme une vieille sorcière. Attends un peu.

Ayant battu les cartes, il les présenta à Volodia et ordonna brutalement :

— Coupe de la main gauche.

Volodia obéit. Sur sa figure, il sentait une haleine aigre et chaude. Son regard ne quittait plus les mains grasses, aux ongles sales, qui voletaient au-dessus du guéridon. Une hébétude désagréable le pénétrait jusqu'aux os. Kisiakoff disposait les cartes côte à côte, selon un dessin ovale, et murmurait :

— Pas mal... pas mal... Te voici... A ta droite, une reine de cœur... Nous savons ce que c'est... Un, deux, trois... A ta gauche...

Tout à coup, il s'interrompit et renversa la tête. Son regard, tourné vers l'intérieur, était impersonnel et froid, inhumain, effrayant.

— Que se passe-t-il ? demanda Volodia. Que vois-tu dans les cartes ?

— Rien d'intéressant, dit Kisiakoff. Je ne suis pas en forme. Un autre jour...

Il brouilla le jeu et se dressa pesamment sur ses jambes.

— Tu me caches quelque chose, dit Volodia d'une voix tremblante.

Kisiakoff haussa les épaules et se mit à marcher, de long en large, dans la chambre. Ses chaussures grinçaient à chaque pas. Enfin, il s'arrêta devant Volodia, tira une montre de la poche de son gilet, et dit :

— Tu m'excuses : je vais être obligé de partir.

— Comment ! s'écria Volodia. Tu m'avais proposé de passer la journée avec moi. Et maintenant...

Kisiakoff sourit d'une manière bizarre, les yeux plissés, le nez froncé :

— J'avais oublié un rendez-vous, mon pigeonneau. Mais je ne serai pas long. Vers quatre ou cinq heures de l'après-midi, tu me verras de nouveau à tes pieds.

— Tu ne déjeuneras même pas avec moi ?

— Hélas ! dit Kisiakoff, et il écarta les bras dans un geste impuissant.

Une panique subite s'empara de Volodia. Il ne voulait pas rester seul. Il hurla :

— Tu n'as pas le droit !

Kisiakoff abaissa sur lui un regard aigu et noir, gonfla le ventre, gronda :

— Pas de scandale. Tu n'es plus un enfant. Tu es un homme. Je sais que je peux te laisser seul.

Volodia serra les poings :

— Crapule ! Crapule ! grognait-il. Tu me paieras ça !...

Sans répondre, Kisiakoff se dirigea vers l'antichambre. Volodia l'entendit chausser ses galoches de caoutchouc, décrocher son manteau, son chapeau, sa canne. Lui-même demeurait sur place, immobile, privé de force et de raison. La porte d'entrée retomba avec un bruit sourd. Volodia courut à la fenêtre. Ayant soulevé le rideau de tulle, il vit bientôt la silhouette massive de Kisiakoff qui se détachait, comme celle d'un insecte obèse et noir, sur la blancheur duveteuse de la rue. Il s'éloignait à grands pas. Il fuyait la maison maudite. Lorsqu'il eut disparu, Volodia colla son front contre la vitre et resta un long moment à contempler la chute légère de la neige dans l'air gris. Ensuite, il s'écarta de la croisée et s'assit lourdement sur le canapé, devant la valise ouverte.

V

Vers la mi-janvier 1915, après un court séjour aux environs de Varsovie, le régiment des hussards d'Alexandra fut appelé pour renforcer les positions russes établies sur la rive droite de la Bzoura. Un système de tranchées longeait le cours de l'eau, depuis le confluent de la Bzoura avec la Vistule, jusqu'au hameau à demi détruit de Prjdenslavitsé. L'état-major du régiment s'était fixé à huit verstes en arrière, dans le village de Sliadoff. Dès le 18 janvier, trois escadrons de hussards, laissant leurs chevaux à Sliadoff, montèrent en ligne pour relever une formation de dragons qui tenait le secteur depuis deux semaines. Les hussards étaient humiliés de se voir privés de leurs montures et traités comme des fantassins. Mais la nouveauté de l'expérience les consola bientôt de cette avanie.

Les tranchées étaient bien profilées, suffisamment profondes, avec des parapets garnis de sacs de sable et percés de meurtrières. Leurs parois étaient soutenues par des treillages de branchages et de joncs. Çà et là, s'ouvraient des abris souterrains, sortes d'excavations carrées, aux flancs étayés de poutres et de planches, et au sol recouvert de paille. Des portes volées aux maisons détruites servaient indifféremment de tables et de lits pour les officiers. L'ordonnance d'Akim avait même pu lui procurer deux chaises et un gramophone. La grande affaire était d'aménager un poêle pour faire bouillir du thé. Tout l'escadron se passionnait pour l'installation du poêle. En effet, la roulante n'arrivait qu'à la tombée de la nuit, et, dans la journée, les hussards devaient se contenter de pain et de conserves. Pour combattre le froid et l'humidité, le seul remède connu était le « phlogiston », breuvage composé d'alcool légèrement additionné d'eau.

L'existence dans les tranchées s'organisa tant bien que mal, selon l'horaire de la canonnade. Les positions allemandes étaient situées de l'autre côté de l'eau, à cinq cents pas environ des positions russes. Par un accord tacite, les duels d'artillerie ne commençaient qu'à neuf heures du matin et se terminaient à six heures du soir. Avant neuf heures du matin, les guetteurs eux-mêmes s'interdisaient de tirer sur les silhouettes qui surgissaient parfois en terrain découvert.

Après quelques jours d'inaction et de sécurité relatives, les hussards en étaient venus à la conviction que la guerre moderne était une invention de fainéants. Pourtant, dans la nuit du 23 janvier, un bataillon du 313e régiment d'infanterie de Balachevsk traversa la Bzoura et s'élança à l'attaque du village Kamion, tenu par les Allemands. Pris sous le feu de l'ennemi, les assaillants ne purent dépasser les berges sablonneuses de la rivière et s'enterrèrent sur place, attendant des renforts ou un ordre de repli. La journée du lendemain se passa en état d'alerte. Les officiers, groupés autour de la cabine du téléphone, suivaient, heure après heure, les péripéties du combat. Arrêtés par les fils de fer barbelés, les fantassins du 313e réclamaient un secours urgent d'artillerie et des sapeurs avec des cisailles. Ils demandaient aussi de nouveaux officiers pour les encadrer, les leurs ayant été, pour la plupart, abattus. Akim était persuadé qu'une contre-attaque allemande allait se déclencher d'une minute à l'autre. Les hommes étaient nerveux, impatients.

« Qu'est-ce qu'on attend pour donner un coup de main aux copains ? disaient-ils. On est là à regarder. Et eux se font massacrer comme des sauterelles. »

Michel ayant sollicité d'Akim l'autorisation de rejoindre les Balachevtzy s'attira une réponse sévère :

« Je n'aime pas fabriquer des héros pour le plaisir ! »

Jusqu'à la venue de l'ombre, les canons gueulèrent de part et d'autre de la Bzoura, éventrant la terre, incendiant des bouquets d'arbres et des masures vides. Le téléphoniste ne transmettait que des nouvelles décourageantes : les Balachevtzy étaient à bout de résistance, désorganisés, affamés. Ils rampaient vers les lignes allemandes, mais n'osaient pas les attaquer à la baïonnette. D'ores et déjà, le bataillon était sacrifié, l'opération perdue. Michel et ses camarades se couchèrent avec le sentiment d'avoir été les complices involontaires d'une grande injustice.

Vers trois heures du matin, le maréchal des logis Stépendieff réveilla Michel en le secouant par l'épaule.

— Quoi ? Qu'est-ce que c'est ?

— Ton tour de garde, dit Stépendieff.

Michel grogna, bâilla et, autour de lui, des ombres remuèrent. L'abri sentait la terre glaise, l'herbe pourrie, la vermine. Par l'ouverture, tombait la lueur louche de la nuit.

— J'y vais, j'y vais.

Ayant bouclé son ceinturon et mis la main sur son fusil, il enjamba les corps affalés des dormeurs et se trouva debout, à l'air libre, somnolent, titubant, le visage hérissé de froid. Stépendieff le précéda dans la tranchée étroite, au fond jonché d'ordures et de débris de paille. Au premier tournant du boyau, un guetteur dressa dans la brume sa lourde silhouette bossue.

— Te v'là ! C'est pas trop tôt, bougonna-t-il. Toujours les mêmes qui font la grasse matinée.

Il descendit de sa niche en maugréant et frappa ses semelles contre le sol de boue qui rendit un son flasque.

— Ouvre l'œil, dit Stépendieff en poussant Michel vers la place vide. On attend toujours une contre-attaque. Les friandises sont là.

Et, du menton, il désignait un trou, à droite du créneau, d'où dépassaient les manches en bois des grenades.

— Fameuses grenades, dit le guetteur en s'éloignant. Faut qu'elles tombent sur la tête pour éclater.

Michel s'accouda au créneau, rentra le cou dans les épaules et regarda intensément la nuit. La canonnade s'était tue, de part et d'autre. Dans le ciel sombre et silencieux, roulaient les nuages aux longues barbes de gaze grise, déchiquetée. Le vent mordait la figure. Rien ne bougeait, et, cependant, l'oreille percevait une rumeur d'égouttement sinistre. Une fusée monta du côté allemand, s'épanouit, et, dans la lueur blafarde, surgit un paysage noir et blanc, dessiné à la plume. La rivière charriait des losanges de glace ramollie. Sur la berge opposée, un gribouillis de fils de fer barbelés harnachait les piquets plantés dans le sable. Plus loin, s'étalait une contrée plate, couleur jus de chique, avec, çà et là, des îlots de neige croûteuse, des veines de givre, de mystérieux encombrements poudrés de sel. De place en place, émergeaient le squelette calciné d'une maison, un mur borgne, une toiture qui ouvrait le bec. Une désolation épouvantable écrasait la terre. Michel avait l'impression d'être le seul homme vivant sur une planète endommagée. Le sommeil engluait ses paupières. Ses mains étaient des pierres sculptées, difficiles à soulever. Il entendit tousser, cracher, quelque part sur la gauche : le veilleur du poste voisin. Comment s'appelait-il ? Aucune importance. Comme Michel, ce camarade invisible n'était qu'un numéro, un œil, un fusil. L'essentiel était de ne pas réfléchir. Une nouvelle fusée péta dans le ciel et inonda le pays d'une clarté froide et hostile. Puis, elle descendit lentement, avec des afféteries de fleur qui se balance. Instinctivement, Michel porta ses regards vers le lieu où se tenaient les débris du bataillon russe lancé contre les tranchées allemandes. Mais il ne distinguait rien qui pût indiquer la présence des soldats dans cette étendue haillonneuse, piquée de chicots blanchâtres, crevée d'entonnoirs d'obus. Un coup de feu claqua, très loin, seul et net. Puis un autre. La fusillade crépita, s'éteignit, sans raison apparente. Des grappes de grenades éclatèrent. La terre trembla. Et les canons allemands s'éveillèrent à l'horizon. Leur objectif était l'aile gauche des positions russes, à l'extrémité est de la ligne par où avait dû s'effectuer le passage de l'infanterie. Là-bas, d'énormes coups de boutoir enfonçaient le sol. Dans le gouffre de la nuit, grelottaient soudain des arborescences de lumière violacée. La berge de la rivière s'allumait, palpitait par saccades, pulvérisée, livide. Des méduses de fumée se gonflaient au-dessus des sables. Le fracas des explosions vous entrait dans le corps par la plante des pieds. Tout le ventre en était soulevé pendant une fraction de seconde. Michel serra les dents sur une impression étrange de plaisir et de hâte. Il lui était pénible de demeurer au repos pendant que les Balachevtzy se faisaient hacher dans leurs retranchements de fortune. L'artillerie russe n'allait-elle pas riposter ? A peine avait-il formulé cette pensée, qu'un aboiement formidable ébranla l'air autour de lui. La batterie de Khmélevsk entrait en action.

— Bravo ! murmura Michel. Ainsi ! C'est très bien !... Sur leur gueule !... Sur leur gueule !...

Au-delà de la Bzoura, dans cette région lugubre, détestée, faite de suie et de neige sale, les obus russes frappaient avec précision. Côte à côte, hors de la glèbe remuée, fleurissaient des panaches de lueurs charbonneuses, des aigrettes de flammes, des plumages de vapeurs. Le village de Kamion avait des murailles sautillantes, comme des lamelles de mica. Autour des maisons, se développaient des éventails de nuées sombres, aux flancs prolifiques. Soudain, tel le vomissement effroyable d'un volcan, une gerbe de feu jaillit des bâtisses vers le ciel.

— Touché ! cria Michel.

Il imagina la joie des artilleurs russes. Sans doute avaient-ils visé un dépôt de munitions ? Une fournaise, rose saumon, haletait au centre de la nuit. Et le bruit croissait de minute en minute. Meuglant, miaulant, rotant, les bouches d'acier se répondaient d'un bord à l'autre de l'univers. A plusieurs reprises, Michel crut sentir le souffle lent d'un projectile qui passait au-dessus de lui. Il l'entendait fendre l'espace, descendre en vibrant, s'éloigner, et, là-bas, sur la rive opposée, éclatait un violent juron d'éclairs et de poussière.

Quelqu'un lui toucha l'épaule. Il se retourna. Akim se tenait devant lui.

— Un beau spectacle, dit Akim.

— Est-ce qu'on va les attaquer une bonne fois ?

— Pas nous.

— Et qui ?

— Je viens de chez les téléphonistes. Le 14e grenadiers de Géorgie se prépare à donner un coup de main aux Balachevtzy. L'attaque est prévue pour cette nuit. Nous n'interviendrons qu'en cas de nécessité absolue.

— Oh ! dit Michel, envoie-moi auprès d'eux comme agent de liaison.

— Tu espères te faire tuer ?

— Tôt ou tard...

Akim le regarda fixement et fit une moue méprisante :

— La guerre est autre chose qu'un mode de suicide honorable, dit-il. D'ailleurs...

Un crissement rapide l'interrompit, et il baissa la tête. Tout près, en arrière des lignes, un obus allemand aboutit dans un fracas de tôles et de terre. Une onde fade emplit la bouche de Michel. Le paysage se déplaça devant lui. Puis, ses oreilles se débouchèrent :

— Il n'est pas tombé loin, celui-là !

Akim avait tiré ses jumelles de l'étui et, collé à la meurtrière, observait la rive adverse :

— On doit les voir à la jumelle, dit-il. Pour l'instant, ils se regroupent avant de passer la Bzoura. Ce sont des braves...

Michel soupira et ferma ses paupières lasses. Une brusque envie le prit d'être parmi ces « braves », de risquer sa peau avec eux, de mourir, vite, vite, sans personne autour de lui pour l'écouter et le plaindre. Ce n'était pas l'amour de la patrie, la haine de l'Allemand, ou le désir d'une distinction qui le poussaient à désirer le combat. Ses raisons n'étaient guère respectables. Il le savait. Et il ne pouvait pas les exposer à Akim. Depuis la trahison de Tania, le sens de la vie lui échappait. Il n'avait plus aucun motif de préparer l'avenir. Or, une existence privée d'espoir n'était pas concevable. Le plus misérable des hommes se nourrissait de prévisions : « Demain » ; « Dans quelques jours » ; « Après ceci, je ferai cela... » Le temps portait, heure après heure, le dernier des soldats du 14e grenadiers de Géorgie. Chacun de ces inconnus comptait à son actif une fortune de convoitises et considérait la guerre comme un obstacle à la réalisation de ses vœux. Pour lui seul, la guerre n'était pas un empêchement, mais une fin en soi. Souvent, il s'était dit : « La guerre est arrivée à temps. » Qui d'autre, parmi cette armée innombrable, aurait pu, sans mentir, exprimer la même pensée ?

— Envoie-moi là-bas, dit-il encore.

Une fusée jaune éclaira le visage d'Akim, parcheminé, craquelé de rides minces, avec la moustache collée comme un morceau de bois au-dessus de la lèvre.

— Je n'en ai pas le droit, dit-il.

Le vent s'était accru. Les détonations sourdes bosselaient la terre, enflammaient le vide. Une odeur de soufre et d'étoffe pourrie arriva aux narines de Michel.

— J'ai l'impression que ça remue sur notre aile gauche, dit Akim. Sans doute sont-ce les grenadiers qui se préparent à passer...

Il tendit les jumelles à son beau-frère. Dans les verres grossissants, surgirent un coin de rivière nocturne, un ponton disloqué, fait de madriers et de planches, une berge au sable gris imbibé de neige. En retrait, sur le versant russe, un grouillement de larves déformait la ligne des tranchées.

— Oui, on dirait bien qu'ils s'agitent, murmura Michel. Qui est-ce qui les commande ?

— Je ne sais pas.

— Combien sont-ils ?

— Deux bataillons, je pense. Ils venaient d'être relevés. Au lieu de les envoyer au repos, on les a lancés dans la bagarre. Est-ce qu'ils sortent de leurs trous ?

— Pas encore.

Akim regarda sa montre :

— Ils ne vont pas tarder. Heureusement, les Allemands ont des fusées. Si nous devions compter sur les nôtres...

Une fusée rouge éclata dans le ciel, puis une fusée verte. Quelqu'un passa en courant dans les tranchées. Une voix cria :

— Les brancardiers !

— Pour qui ? demanda Akim.

L'homme ne répondit pas et continua de courir. Akim reprit ses jumelles et s'accouda au parapet.

Un éboulement de sacs bouchait le passage de la tranchée. Les grenadiers perdirent quelque temps à le franchir. Derrière eux retentissaient les jappements du caporal :

— Alors, quoi ? Faut une échelle ? Maniez-vous le cul, bandes d'enflés !

Le voisin de Nicolas Arapoff cracha de biais et dit :

— Parlera moins de l'autre côté de l'eau, celui-là.

Puis, il grimpa sur les sacs, vacilla, sauta dans le fond du boyau, d'une manière lourde et molle :

— On voit rien. C'est plein de boue par ici. Toujours les mêmes qui se font abîmer. On devait être relevés, et voilà...

— Vite ! vite ! marche ! hurlait le caporal.

— Marche ! marche ! poursuivit l'autre. Moi, je marche. Tous les grenadiers marchent. Mais pourquoi que les autres ils ne marchent pas ? Ces messieurs les dragons et les hussards vont nous regarder à la jumelle. C'est tout ce qu'ils savent faire...

Nicolas escalada à son tour l'amoncellement de sacs et de terre qui coupait la tranchée. Son cœur se serrait d'angoisse. Ses mains étaient inertes. En passant sous un portique en poutres, d'où pendaient des écheveaux de fils électriques, il tourna la tête. Par le trou carré d'un abri, on apercevait le visage cendreux du téléphoniste.

— Dis donc, cria Nicolas, les hussards d'Alexandra sont bien dans le secteur ?

— Oui.

— Où ça ?

— Tout au bout. Au confluent de la Vistule. C'est pas demain que tu leur diras bonjour !

Nicolas reprit sa marche, courbé en avant, l'épaule sciée par le poids du fusil. Il ne savait même pas s'il eût aimé embrasser son frère avant de monter à l'assaut. Akim ignorait la récente affectation de Nicolas au 14e grenadiers de Géorgie. S'il l'avait apprise, il l'aurait interprétée à sa façon. Il se serait figuré que Nicolas avait renoncé à ses idées révolutionnaires pour devenir un vaillant serviteur du régime. Or, plus que jamais Nicolas détestait le régime, et mieux que jamais il aimait son pays. C'était pour défendre ce pays qu'il s'était engagé dans l'armée, avec la certitude qu'après la victoire un mouvement populaire balaierait le tsar, ses ministres et ses partisans. Chaque chose en son temps. D'abord, repousser l'ennemi extérieur. Ensuite, s'attaquer à l'ennemi intérieur. Cette opération sur la Bzoura était actuellement plus importante que toutes les rêveries politiques de Zagouliaïeff, de Grünbaum ou de Lénine. A l'heure présente, Nicolas, en tant que simple grenadier, était plus nécessaire à la cause de la révolution que les grands pontifes de la lutte clandestine. Cette pensée lui faisait du bien. Il sourit et pressa le pas. Devant lui, se balançait le dos du grenadier Érivadzé. Cet Érivadzé avait un accent caucasien inimitable. Il savait des chansons et des légendes. Il dansait sur la pointe des pieds, au cantonnement. Pour l'instant, plié en deux, il grommelait des injures dans son dialecte.

— Avance ! lui cria Nicolas.

Érivadzé tourna vers lui sa face pointue, aux lourds sourcils de charbon.

— Quoi, avance ? J'ai mon pied dans un trou.

Il arracha son pied à deux mains hors de la gadoue gluante et poursuivit sa route en boitillant. Au carrefour de deux boyaux, un embouteillage se produisit, à cause des piquets de soutien qui étaient tombés en travers du passage. Dans l'ombre humide et venteuse, les soldats se heurtaient, sacraient, glissaient sur la vase du sol ou sur les caillebotis branlants. A la lueur spasmodique des explosions, surgissaient des amas de visages barbus et verts, des baïonnettes bordées d'argent, des yeux dilatés et attentifs qui n'appartenaient à personne.

— Où sommes-nous ?

— A Berlin !

— A Moscou !

— Chez ma tante !

— J'ai plein d'eau dans mes bottes.

— Ça te lavera les pieds.

— Marche ! Marche !

Titubants, aveugles, assourdis, les hommes progressaient en se dandinant dans les tranchées. A plusieurs reprises, devant eux, dans cet intestin puant et noir qui longeait la Bzoura, de gigantesques éclairs s'abattirent.

— Trop loin. Visent comme des cochons !

Brusquement, une explosion blanche fendit le vide de bas en haut devant la figure même de Nicolas. Une secousse métallique emplit sa tête. Ses dents sautèrent dans sa bouche. Soulevé, jeté de côté, étouffé de terre et de vapeur, il se crut perdu. Au bout de quelques instants, il s'aperçut qu'il continuait de marcher, comme un automate, sans avoir repris conscience. Et les autres marchaient aussi. Simplement, à hauteur du point de chute, la file des hommes s'incurvait un peu sur la gauche, pour éviter un enchevêtrement de formes maculées et brûlées qui faisaient déjà partie de la boue.

— Ils passent le ponton, dit Akim. Pourvu que l'artillerie allemande ne détruise pas l'ouvrage ! A côté ! A côté ! Oh ! celui-là ne les a pas manqués de beaucoup. Veux-tu les voir ?

Michel prit les jumelles à son tour. Un univers lointain vint, d'un seul choc, se coller à ses yeux, avec sa passerelle en charpie de bois que franchissaient des caravanes de limaces besogneuses. Des fontaines d'eau et de feu jaillissaient par instants autour du ponton. Aspergées, souffletées, les limaces chancelaient, hésitaient un peu. Puis, leur ligne obstinée se remettait en mouvement. Tout ce spectacle minutieux et inoffensif aurait pu tenir dans le creux de la main.

— Quand je pense, grommela Akim, que les socialistes russes voulaient nous faire croire à l'indifférence du peuple pour le souverain ! Dès que le danger approche, tous se regroupent autour du tsar et jurent de mourir pour lui.

Michel ne répondit pas. De tout temps, les conceptions politiques d'Akim lui avaient paru trop sommaires pour être discutées. Akim s'imaginait volontiers que la nation entière partageait sa foi dans la valeur divine de la monarchie et se battait pour les mêmes raisons que lui. Or, ce qu'il y avait de plus admirable dans la constitution de l'armée, c'était justement la diversité des opinions, des tempéraments, des âges, des races et des cultures qui la composaient. Chacun, au sein de cette masse, était mû par des motifs distincts, mais toutes les volontés contradictoires participaient au même résultat. Si Akim s'était trouvé sur le ponton, il aurait continué d'avancer sous la mitraille par amour du tsar et de son régiment. Si Michel avait collaboré à la même opération, il aurait puisé son courage dans le dégoût de vivre. Tel autre aurait vaincu la peur par la haine, tel autre par le désir d'une récompense, tel autre encore par esprit d'imitation ou par souci d'obéissance aux ordres supérieurs. En cet instant précis, Michel était certain qu'il n'y avait pas deux hommes au 14e grenadiers de Géorgie qui fussent d'accord sur les mobiles de leur héroïsme. Et c'était très bien ainsi. « Akim voit la guerre en officier de carrière. Moi, en mari trompé. Nous avons beau user des mêmes jumelles, le tableau sur lequel nous les mettons au point est différent de l'un à l'autre. Et si Fédotieff ou Stépendieff nous empruntaient les jumelles, ils verraient encore autre chose. »

— Je crois que les derniers éléments ont passé la rivière. Pertes insignifiantes, dit Akim. Tu peux garder les jumelles. Je vois presque aussi bien à l'œil nu.

Dans le champ rond des verres, le ponton n'était plus qu'une ligne intacte, mais une nuée de corpuscules maladroits se bousculaient sur la berge. Une dernière fusée éclairante monta dans le ciel. Lorsqu'elle se fut éteinte, l'ombre enveloppa la terre, et les canons se turent, comme pour reprendre haleine avant l'assaut final.

Derrière Michel, des hussards, réveillés par la canonnade, s'approchaient du parapet, tentaient d'apercevoir quelque chose en se hissant sur les banquettes de tir.

— Voulez-vous ne pas vous exposer, bande d'imbéciles ! hurla Akim.

— Croyez-vous qu'on les entendra crier : « Hourra ! », Votre Noblesse ? demanda un hussard.

— Peut-être.

— J'aimerais les entendre crier : « Hourra ! »

Il y eut un long silence, mouillé et noir. Quelqu'un trébucha dans la tranchée. Une voix extasiée murmura :

— Regardez la fusée !

Nicolas Arapoff regarda la fusée qui éclatait en météore sur le fond velouté de la nuit. Dans une clarté irréelle, la pente de sable se précisa violemment, glacée de neige, creusée de trous, raturée d'ornières. Protégés par le bord surélevé de la berge, les hommes s'étaient affalés dans un grand désordre de fusils et de vêtements.

— Qu'est-ce qu'on attend ?

— Ils ne tirent plus.

— Ils sont à douze cents pas de nous.

— Penses-tu ?

— V'là que j'ai envie de pisser !

— Ah ! ils sont vernis, les hussards !

Nicolas sentait le froid de la terre à travers le tissu de son uniforme. Son corps était devenu un cœur énorme qui battait. Dans ses yeux, se figeaient des larmes de fatigue Il scruta, autour de lui, ces faces tournées vers le sol, durcies et pâlies de peur. Tous attendaient et redoutaient le signal. Tous savaient que, d'une minute à l'autre, il leur faudrait risquer la mort, donner la mort. Pourtant, ils n'avaient pas des têtes de victimes, encore moins des têtes d'assassins. On leur avait commandé d'agir. Ils agiraient Comme des travailleurs.

Un sergent passa, courbé en deux, les genoux pliés. Il dit :

— Alors, frères, vous êtes prêts ? Pour la foi, le tsar et la patrie !

Sa voix résonnait drôlement dans le silence trop vaste. Nicolas songea : « Pour la patrie. Ni pour le tsar ni pour la foi. Mais pour la patrie. » Une émotion subite lui étreignit la gorge.

— En avant !

Tout au long de la berge, d'autres fantômes répétèrent :

« En avant ! » Il y eut un ridicule cliquetis de ferraille au bord de la rivière. Une écume noire se haussa vers le sommet de l'épaulement. Les pieds enfonçaient dans le sable. Les corps se cognaient. Les fusils servaient de bâtons. Qu'ils étaient donc pesants, irrésolus et maladroits, ces héros qui auraient dû voler vers la victoire ! Tout en gravissant la pente amorphe et froide, Nicolas voyait son voisin, enrhumé, déplumé, déprimé, un autre au petit visage de corne, embusqué derrière une barbe noire, un autre encore aux yeux globuleux, aux lèvres rongées de croûtes. Des faces nues, des poitrines, des bras, des cœurs, des ventres allaient s'offrir aux balles. « Pour la patrie, pour la patrie. »

— Dépêchez-vous, fils de chiennes !

— Allons ! Allons !

— Erivadzé, où es-tu ?

— Vos gueules !

— Pourvu que les nôtres ne se mettent pas à tirer...

Soudain, avant même de l'avoir prévu, Nicolas se trouva en plaine rase, dans une lueur d'au-delà qui ciselait toute chose avec férocité. Le talus s'était couvert d'hommes en marche. Au loin, on apercevait le flamboiement du village Kamion que cernaient les tranchées allemandes. L'ennemi ne tirait pas. Mais ce silence était bien la pire menace. Entraînés par leurs officiers, les grenadiers trottaient pesamment sur la terre détrempée. Les réseaux de fils de fer barbelés avaient été arrachés par l'artillerie. On cherchait les passes. Quelques balles sifflèrent. Mais nul ne fut touché.

— Ils ont peut-être foutu le camp ? dit le voisin de Nicolas.

— Raconte-le à ta grand-mère.

— Tout de même, c'est pas normal...

Ses paroles furent emportées par une détonation épouvantable.

Derrière Kamion, les batteries allemandes ouvraient le feu contre les assaillants. Un rideau d'explosions coupa le monde en deux. Cloués sur place, annihilés, stupides, les grenadiers n'avaient plus de jambes. Devant eux, les obus pulvérisaient le sol avec un fracas de tonnerre, et d'énormes débris sautaient dans la fumée. Nicolas sentit un fragment de métal rouge et hurlant qui lui frôlait l'oreille. Une odeur nourrissante lui bourra la gorge. Il laissa échapper son fusil, le ramassa, jeta un coup d'œil sur ce tohu-bohu d'homuncules pitoyables que le cyclone cernait de toutes parts. Quelqu'un glapit :

— Hourra !

Des voix faibles, mal assurées, puériles, répondirent :

— Hourra ! Hourra !

La troupe oscilla comme une gélatine. Il s'agissait de franchir le barrage d'artillerie. Après, tout irait mieux. Quelques pas encore.

Nicolas avait l'impression que chaque enjambée le rapprochait de la démence. Une pensée obtuse le commandait. « Pour la patrie... Tiens, un buisson roussi... Un piquet humide et noir... Une grosse pierre... Un casque allemand... Pour la patrie... » Tête basse, luttant de tout le corps contre l'ouragan, giflé de poussière, de chaleur, de pierrailles, Nicolas franchit encore quelques mètres et se sentit défaillir. La stridence des éclats lui cassait la nuque. Ses yeux, brûlés de fumée, pleuraient des larmes épaisses. Chaque détonation lui frappait le cœur comme un coup de poing.

— En avant, les gars ! Hourra ! Hourra !

Comme si un souffle l'eût soulevé, Nicolas, allégé, balancé, avança encore vers les nuées verticales. Soudain, il fut dedans. La terre quittait ses pieds et revenait se coller à ses bottes par saccades. L'air manquait à ses poumons. Dans une lueur de brasier, il entrevit des silhouettes gesticulantes. A sa gauche, le sergent fit un saut comique, de deux mètres de haut, le corps tordu en virgule. A sa droite, la tête d'Erivadzé émergea du néant, les prunelles en boules, le mufle barbouillé de confiture écarlate, et disparut, comme si quelqu'un l'avait emporté sous son bras. Nicolas bondit de côté et son talon heurta un cadavre tout noir, dont les vêtements fumaient tel un rôti. On ne distinguait plus le reste du bataillon. Qui était vivant ? Nicolas était-il vivant lui-même ?

« En avant ! En avant ! On les aura ! »

Nicolas se mit à courir comme un fou, droit devant lui.

A présent, il lui semblait discerner d'autres ombres à travers les rafales d'éclairs et les crachements de vapeurs. Ces ombres se cabraient, trébuchaient, repartaient, comme des damnés à la recherche d'une issue. Après une galopade harassante, il s'arrêta pour souffler et posa un genou à terre. Le barrage était dépassé. Les obus éclataient derrière son dos. Leur vacarme ne l'inquiétait plus, lui paraissait insane, inutile, risible. Des camarades le rejoignaient, flageolants, le fusil à la main, la face noire. Peu à peu, sur toute l'étendue de la plaine, la vague d'assaut se reformait, vaille que vaille. Des poitrines haletantes parlaient :

— C'est toi ?

— Oui, c'est moi !

— Qu'est-ce qu'on a dégusté !

— T'as vu Erivadzé ?

— Et le sergent !

— Il est monté, droit comme un cierge...

— On a bien perdu trente hommes dans cette saloperie !

— Est-ce qu'ils vont nous laisser souffler ?

Le voisin de Nicolas, un petit blondin au profil de fille, s'était assis dans la boue et vomissait entre ses jambes. Puis, il s'essuya la bouche avec sa manche et clappa de la langue.

— Ça va, Bréchkine ? demanda Nicolas.

— Ça va !

Un repli du sol cachait les tranchées ennemies. La canonnade s'était apaisée. Pourtant, les fusées éclairantes se balançaient toujours dans le ciel. Un caporal avait remplacé le sergent à la tête du groupe dont Nicolas faisait partie. Le lieutenant passa devant eux en clopinant. Il suçait son pouce, comme un bébé. Mais toute sa main ruisselait de sang. Il retira son doigt de la bouche et cria au caporal :

— Rassemble tes hommes. Ne restez pas là, les gars. En avant !...

— En avant !

— En avant !

— Hourra !

Avec une respiration rauque, toute l'escouade s'ébranla. En se retournant, Nicolas vit une autre vague d'assaut qui suivait, à vingt pas en arrière, ponctuée de faces farouches, hérissée de baïonnettes. Sur le fond rose ardent du village en flammes, se profilait la ligne sinueuse des tranchées allemandes. Un travail vermiculaire habitait cette bande de terre noire et bosselée. Des crânes ronds surgissaient et disparaissaient au ras du sol. Tout en courant, Nicolas croyait même entendre des ordres criés dans une langue étrangère. Une série d'éclairs brefs et parallèles couronna le retranchement. Et, aussitôt après, le crépitement des mitrailleuses doubla la pétarade classique des fusils. Un éventail de balles giclait autour des grenadiers. Nicolas devinait vaguement la chute de ses camarades. Deux spectres tombèrent côte à côte, silencieusement, comme se tenant par la main. Le caporal trébucha. Une voix sans visage râlait :

— Frères ! Frères ! Ne me laissez pas !

Et Nicolas s'entendit hurler en réponse :

— Ne t'en fais pas ! On te ramassera tout à l'heure !

— Ils vont se faire faucher jusqu'au dernier avant d'atteindre la tranchée, dit Akim.

En effet, aux abords de Kamion, les petits hommes n'avançaient plus, mais se traînaient, s'enlisaient dans la terre. On les voyait très distinctement, échelonnés en demi-cercle autour des positions allemandes. Des dents de feu jaillissaient vers eux et brisaient des noyaux de visages.

— Tout de même, ils progressent encore, dit Michel.

— S'ils avaient eu avec eux des officiers capables, la tranchée serait déjà prise, dit Akim.

Et il s'imagina à la tête de ces mêmes grenadiers, les exhortant du geste et de la voix : « Pour la foi, le tsar, la patrie, en avant, les gars ! » Tous le suivaient. Dressés d'un seul élan, unis par une même croyance, ils tombaient sur l'ennemi et l'exterminaient à la baïonnette.

— Ce sont les mitrailleuses qui font le plus de dégâts, dit Michel. On aurait dû envoyer quelques volontaires pour les neutraliser.

Il eût aimé être un de ces volontaires. Son indifférence à

l'égard de l'avenir le désignait tout naturellement pour les missions périlleuses.

— Je ne voudrais pas me trouver à leur place, dit un hussard en s'écartant du parapet. Se faire tuer comme ça, pour rien...

D'autres voix se répondaient, dans l'ombre :

— Tu connais quelqu'un au 14e grenadiers ?

— Non. Et toi ?

— Personne. Ce sont tous des Géorgiens.

— Penses-tu !

— Fédotieff est arrivé à faire bouillir de l'eau ! On va avoir du thé ! Quel type ! Bravo, Fédotieff !

— Regardez, regardez, ils approchent des tranchées.

— Je ne vois rien.

— Mais si ! Là, sur la gauche... Après les buissons...

Une salve sèche éclata à la figure de Nicolas. Il chancela un peu, asphyxié, brûlé, furieux. Puis, il se laissa tomber de tout son poids dans la tranchée, avec le sentiment que ce geste correspondait à la mort. Des grenades explosèrent. Jetées par qui ? Lorsque Nicolas se releva et regarda devant lui pour connaître les lieux, il ne vit qu'une fosse, envahie de fumée, où se démenaient des fragments de bras, des éclairs de baïonnettes et des gueules souillées de terre et de sang. A la porte d'un abri, un uniforme vert s'agitait, dressait les bras. Un diable sombre bondit vers ce pantin et le cloua au mur avec un cri énorme. « Pour la patrie, pour la patrie, tout pour la patrie et la révolution », répétait Nicolas en serrant son fusil dans ses mains. En même temps, il songeait bizarrement à l'agent de police qu'il avait tué, autrefois. Et il lui semblait qu'il n'y avait pas de solution de continuité entre ce meurtre ancien et le carnage d'aujourd'hui, qu'ils étaient aussi honorables et nécessaires l'un que l'autre.

— Où sont-ils, les salauds ? hurla quelqu'un.

— Dans les abris !

— Non, ils décampent !

— Au bout de la tranchée !...

— Ne les laissez pas sortir !...

Des soldats couraient, écrasant du talon les musettes abandonnées, butant contre des casques qui sonnaient comme des casseroles. Nicolas suivit le mouvement. Une lourde buée se balançait dans les ténèbres.

— Là, tiens. Un officier !

— Mais non, idiot, c'est un des nôtres !

Au fond d'un cirque élargi, matelassé de sacs blancs, une foule de grenadiers et d'Allemands piétinaient dans un nuage de cendre. On les eût dit occupés à une besogne fraternelle de terrassiers. Pourtant, des exclamations et des râles s'échappaient de ce bric-à-brac d'hommes et de fusils. Quand Nicolas parvint jusqu'à eux, la lutte était terminée. Un sergent, au visage fendillé de raies rouges et noires, brandissait dans sa main une baïonnette allemande.

— D'un côté c'est un couteau et de l'autre une scie ! criait-il avec une espèce de gaieté provocante.

Sur le sol, s'amoncelaient des corps mous dont quelques-uns remuaient encore.

Il y avait de plus en plus de monde dans le boyau. A croire que le barrage d'artillerie n'avait servi de rien. On se bousculait, on cherchait les derniers ennemis. De temps en temps, un éclatement de grenade sonnait dans la profondeur d'un abri, et des plaintes humaines prolongeaient ce gueulement de fer. Soudain, à une trentaine de mètres en retrait, une mitrailleuse cracha par intermittences. Elle prenait en enfilade une fraction de la tranchée. Devant Nicolas, un lieutenant agita son sabre et vociféra :

— La mitrailleuse ! En avant, les gars ! Faut l'encercler !

Puis, il s'agenouilla, se pencha en arrière par saccades, comme pour exécuter un mouvement de gymnastique. Nicolas s'arrêta pour l'aider à se relever. L'autre fit non, de la tête.

— Mais si, mais si, dit Nicolas. Il faut...

Un coup de fouet le cingla sur les hanches, puis un autre. Il se redressa, stupéfait, prêt à crier des injures. Une grande indignation faisait trembler ses mâchoires.

— Couchez-vous, glapit quelqu'un.

Un brouillard opaque passa devant les yeux de Nicolas. Il tomba lourdement sur le corps de l'officier. Sa bouche heurta une joue râpeuse. Il eut mal aux lèvres. Il gémit. Ensuite, il lui sembla qu'il s'endormait dans un lit chaud.

Au petit jour, il se confirma que l'assaut des grenadiers avait pleinement réussi. Les Russes avaient progressé de quatre verstes au-delà de la Bzoura. Une contre-attaque avait été repoussée. On parlait de cinq cents prisonniers, parmi lesquels une dizaine d'officiers supérieurs. Mais l'artillerie allemande continuait de pilonner les tranchées. Massés dans le boyau, les hussards écoutaient passer au-dessus de leurs têtes les fameuses « valises », destinées aux troupes de réserve, dans le village de Sliadoff. Lorsqu'elles éclataient, la terre violentée lâchait un gémissement profond. Michel, harassé par une nuit d'insomnie, s'était allongé sur un lit de planches, dans son abri. Pourtant, il ne pouvait pas dormir. Constamment, il pensait aux grenadiers de Géorgie et tentait d'imaginer leur combat. Il aurait voulu voir des blessés, les interroger. Mais on ne les évacuait pas encore et il était peu probable qu'ils fussent dirigés sur le secteur tenu par les hussards. Peu avant midi, Akim se montra au seuil de l'abri et cria d'une voix joyeuse :

— Ce soir, à onze heures, on nous relève.

— Tant mieux, dit Michel.

Et il tourna sa figure vers le mur de terre. Une fièvre étrange l'agitait. Sans doute avait-il pris froid, cette nuit. Maintenant, avec une exaltation maladive, il appelait à lui le visage de ses amis, de ses parents. Où étaient-ils, les plus aimés, comme ceux dont il se souciait à peine ? Nicolas s'était engagé dans l'armée, mais on ignorait son affectation. Mayoroff était mobilisé comme médecin. Stopper, Khoudenko, servaient dans les dragons ou dans l'artillerie, il ne le savait plus au juste. Nina était infirmière. Au souvenir de Nina, Michel éprouva une tristesse très douce. Elle l'avait aimé. Elle l'aimait encore, peut-être. Et il l'avait repoussée pour rester fidèle à une femme indigne. Trop tard. La seule joie à laquelle il pût prétendre était ce repos au fond d'un abri, tandis que les obus martelaient la surface des plaines. Dehors, quelqu'un chantait :

Marche ! En avant !
La trompette vous appelle,
Hussards noirs !

Michel se leva, s'accouda au chambranle qui encadrait l'orifice de l'abri. Le ciel était gris et vide au-dessus du parapet cabossé. Un téléphoniste parlait dans un cercle de hussards aux faces bleuies de barbe :

— Ils sont rentrés comme dans du beurre. Les Allemands n'en sont pas encore revenus. Paraît qu'il va y avoir une pluie de Saint-Georges et de Sainte-Anne pour les Géorgiens.

Une déflagration abrupte l'interrompit. Toute la tranchée sursauta, comme dérangée par un coup d'épaules. Lorsque les nuées se dissipèrent, le téléphoniste était assis par terre. Un filet de sang coulait de sa tempe. Il grommelait :

— Ah ! c'est malin ! c'est malin !

Puis, il pencha la tête sur la poitrine, comme en proie à une réflexion importante.

Nicolas reprit connaissance dans une voiture de la Croix-Rouge bondée de blessés gémissants. A travers les bâches mal nouées fluaient les rayons d'un crépuscule morne. On distinguait, dans la pénombre, un amas de corps horizontaux, de profils renversés et pâles. Une odeur de sueur et de pourriture émanait de cette cargaison. La tête de Nicolas touchait les bottes crottées d'un autre soldat. Il voulut se déplacer un peu et une douleur violente lui traversa la hanche.

— Ah ! c'est vrai, murmura-t-il, je suis blessé.

Les roues grinçaient. Les sabots des chevaux claquaient sur la route. A chaque cahot, répondait un concert de plaintes monotones. L'un des blessés, à demi fou de souffrance et de froid, grattait ses bandages en râlant :

— Arrêtez... Laissez-moi là... J'ai mal...

Quelqu'un toussa :

— Oh ! ma mère ! Sûrement, je n'ai plus une goutte de sang dans les veines.

Nicolas étendit la main, souleva un coin de la bâche. Il vit des sapins noirs et, au-dessus, un ciel gonflé de nuages ronds et plombés. Le grondement de la canonnade troublait à peine le silence du soir. Un oiseau traversa l'espace, avec des palpitations de chiffon calciné. Nicolas laissa retomber son bras et se sentit heureux de vivre.

VI

L'hôpital auxiliaire de Nasielsk, au nord-ouest de Varsovie, était établi dans une grande maison délabrée, que son propriétaire avait fait décorer dans le style pompéien. Les murs de la salle d'opération s'ornaient de fresques délavées qui représentaient des déesses. Au plafond, pendaient des nuages roses dessinés en trompe-l'œil. Et toutes les pièces étaient garnies de colonnettes, autour desquelles s'enroulaient des feuilles de vigne en toile cirée verte et brune. Nina Mayoroff détestait ce cadre prétentieux qui, lui semblait-il, faisait injure à la simple douleur des hommes.

— Quand nous en aurons le loisir, disait le docteur Siféroff, nous passerons tous les murs à la chaux et nous arracherons les feuillages en toile cirée.

Mais on avait à peine le temps de soigner les blessés dans ce petit hôpital volant, équipé avec des moyens de fortune. Le personnel comptait deux docteurs, une infirmière en chef, six infirmières et quatre ordonnances pour les gros travaux. Quarante lits de camp étaient disposés dans les chambres à colonnettes. Et, tous les jours, les blessés évacués vers l'arrière étaient remplacés par de nouveaux arrivants, hâves, affamés, couverts de boue et déchirés de plaies fétides. Or, les médicaments étaient rares. Malgré des appels réitérés au Comité de la Croix-Rouge, l'hôpital manquait de gaze, de morphine, de chloroforme, de coton. Une semaine sur deux, l'Intendance oubliait d'envoyer le ravitaillement. On vivait de colis personnels, de donations charitables, de quêtes effectuées chez les notables et les commerçants de la petite ville.

Nina avait été chargée par le docteur Siféroff de passer dans les maisons du voisinage pour rassembler de vieux chiffons, des chemises usées, des linges qui pourraient être utilisés à la confection des bandages. Cette besogne de mendiante l'avait occupée tout un matin. L'après-midi, au lieu d'assister le docteur dans la salle d'opération, elle avait lavé des pansements et aidé sœur Anne à diluer de l'iode avec de l'eau distillée, car l'iode même commençait à faire défaut. A neuf heures du soir, elle prit enfin son tour de garde, dans la petite chambre sans fenêtres, attenant à l'ancien salon de réception. Comme elle s'asseyait devant la table encombrée de registres et de fioles vides, un roulement de voitures la tira de sa torpeur. On amenait de nouveaux blessés. Derrière la porte, Nina entendit la voix irritée du docteur Siféroff :

— Mais où voulez-vous que je les mette ? Je n'ai que trois lits disponibles. Envoyez les autres à Plonsk : ils m'ont téléphoné ce matin pour m'annoncer qu'ils avaient de la place…

Le pas lourd des ordonnances résonna dans le corridor. Nina sortit de la pièce et se heurta au docteur Siféroff, décoiffé, la blouse maculée de taches brunes. C'était un homme jeune encore, à la figure rose et veloutée, dont les yeux exprimaient une bonté timide.

— Ils me rendront fou, dit-il. Venez m'aider. Sœur Anne se trouve déjà dans la salle d'opération.

Dans la cour sombre, où s'agitaient des lanternes et des visages, quelqu'un cria :

— Quel métier ! A Plonsk, ce sera la même réponse ! Un cheval hennit. Des grelots tintèrent.

Dans la salle d'opération, les trois nouveaux blessés reposaient sur leurs brancards, drapés de couvertures grises, Siféroff s'approcha du premier, dont la face disparaissait sous une écorce de pansements croûteux. Lentement, il défit les bandages, et un paquet de viande, couleur groseille, surgit à la lumière des lampes. Sur cette masse ronde, la forme du nez était à peine visible, et la bouche, privée de lèvres, n'était qu'un trou. Siféroff s'agenouilla, prit le poignet du blessé entre ses doigts et grommela :

— Mais il est mort ! Et depuis longtemps, je parie ! Ah ! les imbéciles ! Au suivant.

Le suivant était un tout jeune homme, sous-officier d'infanterie, dont un éclat d'obus avait déchiqueté les membres inférieurs. La fièvre vacillait dans ses prunelles. Tandis que Nina et sœur Anne déboutonnaient ses vêtements raidis de boue, il parlait avec volubilité :

— Vous croyez que je pourrai marcher encore ? Sinon, il faut me tuer tout de suite. Je préfère, vous comprenez, monsieur le docteur !

Il poussa un cri et grinça des dents, parce que Siféroff découvrait la plaie :

— Ne me touchez plus ! Je veux crever ! crever ! crever !

Malgré ses protestations, Siféroff lui administra une piqûre de morphine.

— Demain, nous n'aurons plus de morphine, chuchota sœur Anne.

Siféroff haussa les épaules :

— On verra bien !

Puis, il s'épongea le front avec son mouchoir et dit aux ordonnances :

— Emmenez-le. Sœur Nina, vous veillerez à ce qu'il s'endorme. Moi, je m'occupe du dernier...

Assise au chevet du blessé, Nina lui tenait la main et écoutait sa respiration sifflante. Une lueur de clair de lune tombait des lampes badigeonnées de vernis bleu. Dans un coin de la pièce, près d'une déesse à demi nue, qui soulevait ses voiles flottants, pendait une icône avec sa veilleuse en verre rouge. Entre les colonnettes gainées de feuillages, s'étirait la procession immobile des lits. Nina connaissait par cœur ces souffrances rangées côte à côte. Depuis le début de la guerre, elle avait assisté à un tel défilé de chairs meurtries et d'âmes malades, qu'elle aurait dû raisonnablement ne plus s'émouvoir de rien. Pourtant, chaque blessé nouveau qui était livré à ses soins provoquait en elle le même désespoir charitable que s'il avait été la première victime. Contrairement à ses collègues, elle ne pouvait s'habituer à cette interminable addition de détresses. Étonnée, fatiguée, elle dispensait autour d'elle des sourires, des gestes maternels, toute une aumône dont les autres paraissaient friands. Elle aurait voulu leur donner davantage encore, mais ils se contentaient de si peu ! Ils n'avaient pas l'air de savoir que leur martyre autorisait les pires exigences. Souvent, même, ils admettaient que la guerre était inévitable et déploraient simplement le manque de préparation et l'incurie des chefs. Mais Nina ne partageait pas leur soumission virile à la fatalité. Elle avait beau réfléchir, elle ne comprenait pas la nécessité de la guerre. Aucun motif de prestige historique, d'alliance idéologique ne pouvait expliquer cet abominable carnage, ces membres amputés, ces blessures grouillantes, ces esprits anéantis de peur. Une marée de cris et de sang refluait des frontières. Dieu s'était détourné des hommes. La volonté du mal avait frappé les rois. Nul ne se souciait des opprimés. On pensait aux armes avant de penser aux remèdes. Bientôt, pour sauver ces éclopés héroïques, il n'y aurait plus d'autre ressource que l'amour. Ah ! si l'amour avait suffi à purifier les abcès, à ressouder les os, à rendre le souffle aux lèvres blanches, Nina eût été sûre de sa propre mission. Car elle était dévorée d'amour, brûlée d'amour, comme d'une douce maladie. Le souvenir de ses parents, de son mari, de ses frères la tourmentait moins que la vision de tous les blessés, connus et inconnus, qui râlaient sur les champs de bataille. Elle avait la sensation étrange qu'après avoir appartenu à un petit groupe, elle appartenait enfin à l'humanité. Un cercle s'était brisé autour d'elle. Le monde était venu à elle, avec ses sanies, avec sa boue.

Elle ferma les yeux, envahie d'un petit vertige. Elle avait fréquemment, vers le soir, de ces longues rêveries, de ces chutes immobiles au-dedans d'elle-même. Les prêtres devaient connaître une extase analogue durant leurs prières et leurs jeûnes. Elle priait aussi, à sa façon, non devant les icônes, mais devant le visage des hommes. N'était-ce pas la même prière adressée au même Dieu ?

Elle regarda du côté de l'icône. La petite flamme rose de la veilleuse éclairait par saccades les dorures de l'image sainte et la poitrine ronde et dévoilée d'une robuste déesse. Le silence de la chambre était traversé de ronflements furtifs, de murmures enfantins prononcés en rêve. Une odeur de chloral et de chairs suantes piquait la gorge Aux vitres noires et nues coulait une buée d'argent.

— Mon Dieu, aidez-moi... aidez-moi à être suffisante, chuchota Nina en baissant la tête.

— Je m'appelle Makar, dit une voix sourde.

Elle sursauta. Le blessé dont elle tenait la main venait de s'éveiller et fixait sur elle un regard direct et hostile.

— Je savais votre nom, dit-elle. J'ai vu vos papiers au bureau.

— J'étais étudiant en chimie, reprit l'autre avec colère. Et maintenant, qu'est-ce que je suis ?

— Un soldat.

— Même pas. Un blessé. Et toute ma vie, si j'en réchappe, je resterai un blessé. Et pourquoi suis-je un blessé ? L'ai-je voulu ? Non. L'ai-je mérité ? Non. D'autres l'ont voulu et l'ont mérité pour moi...

Il retrouva son souffle et s'écria soudain :

— Personne n'a le droit de disposer de ma vie !

— Parlez plus bas, dit Nina, vos camarades dorment.

— Ils ont tort. Ils devraient m'écouter. C'est parce que tous les camarades dorment que la guerre est encore possible. C'est parce que toute la Russie dort que moi je souffre !

Il tapa du poing sur ses couvertures, et des sanglots nerveux secouèrent ses épaules :

— On raconte qu'à l'arrière les théâtres sont pleins, que le champagne coule à flots, que des hommes jeunes gagnent de l'argent pendant que nous crevons. Autrefois, je croyais que la justice et la raison gouvernaient le monde. Je ne m'occupais pas de politique. Mais maintenant que la politique se sert de mon corps, utilise mon corps comme une marchandise, je suis bien forcé de m'y intéresser un peu !

— Calmez-vous, dit Nina. Vous avez la fièvre. Je vais vous chercher un verre d'eau.

— Ce n'est pas un verre d'eau qui étanchera ma soif. Les massacres de Tannenberg, des Carpates, de Varsovie, on ne les oublie pas pour un verre d'eau. Qui est-ce qui nous commande ? Le grand-duc Nicolas nous envoie à la boucherie comme du bétail anonyme. Il se dit : « Ils sont nombreux, ils passeront, même sans canons et sans munitions... »

Il ne put achever, et sa nuque retomba sur l'oreiller avec un bruit mou. Une sueur visqueuse vernissait son visage. Ses lèvres retroussées découvraient des dents jaunes et blanches.

Nina posa sa main sur le front moite, et il lui sembla que, par cette main, tout le désespoir du blessé entrait dans son propre corps et s'y transformait en joie ineffable.

— Ne cherchez pas à comprendre la folie du monde, dit-elle. Subissez-la, acceptez-la comme une épreuve voulue par Dieu. La raison de tout cela nous échappe. Mais cette raison existe. Elle éclatera à nos yeux, le moment venu.

Makar roula sa tête sur l'oreiller, de droite à gauche :

— Vous parlez comme un prêtre. Je n'aime pas les prêtres. On va m'opérer demain, n'est-ce pas ?

— Oui.

— On me coupera la jambe ?

— Mais non. Je ne pense pas.

— Je ne veux plus vous ennuyer. Vous êtes fatiguée. Je vais essayer de dormir.

Une voix faible appela au fond de la pièce :

— Sœur Nina !

Nina se dirigea vers le dernier lit de la rangée, où reposait un cosaque à la figure éclaboussée de son et à la barbe blonde.

— Excusez, murmura l'homme. J'ai besoin...

— Je vais chercher le bassin, dit Nina.

Il battit des paupières, et sa bouche se plissa dans une grimace honteuse :

— Ce n'est pas ça. J'ai besoin d'un prêtre. Je vais mourir.

— Quelle idée !

— Si, si...

— Je n'irai pas vous chercher de prêtre, dit Nina avec une gaieté grondeuse.

Le cosaque parut désappointé, puis un sourire incrédule écarta ses lèvres :

— Vous croyez donc que je peux vivre ?

— Bien sûr.

— Le docteur l'a dit ?

— Ce soir encore, il me le répétait. Alors ? Je vais vous le chercher, ce bassin ?

Il réfléchit une seconde et chuchota piteusement :

— Oui.

Nina traversa la salle en marchant sur la pointe des pieds. A son passage, les feuillages vernis frémirent autour des colonnettes.

Dans le local de la pharmacie, le docteur Siféroff parlait avec sœur Anne. En apercevant Nina, Siféroff lui sourit d'un air las et affectueux :

— Rien de neuf, chez vous ?

Elle prit un bassin émaillé sur l'étagère :

— Non, mais le n° 37 a peur de mourir.

— Je crois, en effet, qu'il mourra, dit Siféroff.

Il soupira, remonta ses lunettes sur son front et frotta du bout des doigts ses yeux myopes rougis par l'insomnie.

Deux porteurs soulevèrent le brancard et se dirigèrent d'un pas pesant vers la maison toiturée de neige bleue. Au bord du perron, s'agitaient des infirmières coiffées de guimpes. Couché sur la civière, Nicolas voyait, au-dessus de sa tête, un ciel lisse, sombre et pur d'où tombait le froid. Des voix inconnues d'hommes et de femmes se croisaient dans la nuit. Les voix de femmes surtout lui serraient le cœur. Vivant dans les tranchées, il avait oublié leurs inflexions si douces. Subitement, quelqu'un cria :

— Je ne peux pas loger tout ce monde-là. Allez à Nasielsk !

— Nous en venons. Ils n'en ont pris que trois, répondit un conducteur.

— Je vais téléphoner à Siféroff.

— C'est inutile.

— Alors, quoi ?

— Préparez-leur des litières de paille.

— C'est un scandale !

— Pourquoi ? Ils ont l'habitude.

— Six encore, je vous dis, c'est mon dernier mot.

— Et les autres ?

— Allez voir à l'annexe. Je les préviendrai...

Nicolas était content de se trouver parmi ceux qu'on allait hospitaliser sans retard. Depuis des heures, on le véhiculait de porte en porte, comme une marchandise indésirable. Partout, les effectifs étaient au complet.

Une infirmière, vêtue d'une jaquette de cuir et portant le brassard de la Croix-Rouge sur la manche, précéda les brancardiers dans le couloir de la maison.

— Vous le placerez chez le docteur Okopianoff, dit-elle.

De nouveau, Nicolas éprouva un plaisir étrange à entendre une voix de femme parlant à ses côtés. Là où sonnaient des voix de femmes commençait le royaume de la sécurité et de la tendresse. L'infirmière était pourtant du genre hommasse, le visage carré et rougeaud, le regard brusque, la lèvre duvetée. Mais son contralto chantant démentait l'aspect rébarbatif de la veste de cuir et de la figure énergique. Elle poussa une porte et s'effaça pour laisser passer les brancardiers. Ils déposèrent Nicolas dans une pièce chaude, aux murs gris, fortement éclairée par plusieurs lampes à pétrole. Sur une table d'opération, était couché un homme nu au ventre proéminent. Un docteur en tablier blanc et plusieurs infirmières s'affairaient autour du patient. Sans tourner la tête, le docteur demanda :

— Un nouveau ?

— Oui.

— Qu'il attende cinq minutes. Je vais avoir fini.

Il se pencha sur le corps nu. Dans ses mains gantées de caoutchouc rouge luisait un instrument d'acier en forme de pince. Nicolas frissonna. Une odeur âcre lui meubla la bouche. Il murmura :

— Qu'est-ce qu'on lui fait ?

Au lieu de répondre, l'infirmière en veste de cuir tira un carnet de sa poche et demanda :

— Votre nom ?

Il dit machinalement :

— Nicolas Constantinovitch Arapoff, engagé volontaire au 14e grenadiers de Géorgie.

— Où avez-vous reçu votre blessure ?

— Devant le village de Kamion, secteur de la Bzoura. Une balle de mitrailleuse, je crois. Nous devions être relevés, et voilà qu'on nous dit...

Brusquement, il avait envie de raconter tout à cette femme, l'attaque, le barrage d'artillerie, le corps à corps dans les tranchées... Elle l'interrompit :

— Date de la blessure ?

— 25 janvier 1915, la nuit...

L'infirmière suça son crayon chimique et inscrivit quelques mots dans le calepin. Une petite trace d'encre violette marquait sa lèvre. Elle fronça les sourcils et s'écria :

— Vous avez bien dit que vous vous appelez Nicolas Constantinovitch Arapoff ?

— Oui.

— N'avez-vous pas une sœur dans la Croix-Rouge ?

— Si, Nina.

— Nina Constantinovna Mayoroff ?

— Oui.

— Vous l'avez vue ?

— Comment l'aurais-je vue ?

— Vous êtes bien passé par Nasielsk avant d'échouer ici ?

— Oui, mais ils n'ont pu prendre que trois blessés et je n'étais pas du nombre.

— Pourquoi n'avez-vous pas dit que votre sœur était infirmière à Nasielsk ?

— Elle est infirmière à Nasielsk ?

— Vous ne le saviez pas ?

La femme claqua des doigts et son visage se contracta dans une expression bourrue.

— C'est trop bête ! grommela-t-elle. J'ai été moi-même infirmière à Nasielsk avant d'être détachée ici. Je connais très bien votre sœur. Elle m'a parlé de vous...

Un flot de joie ranima Nicolas, et il se dressa sur les coudes :

— Est-ce loin d'ici, Nasielsk ?

— Ne vous énervez pas, dit l'infirmière, les hôpitaux de Plonsk et de Nasielsk sont distants de trente-six verstes environ. Il n'est pas question de vous transporter là-bas. Mais je vais m'occuper de vous. Nous verrons ce que nous pouvons faire.

— Merci, murmura Nicolas.

Et il se recoucha sur la civière, car ses forces l'abandonnaient.

— Alors, qu'attendez-vous pour le déshabiller ? demanda le docteur.

Nicolas sentit les doigts de l'infirmière qui déboutonnaient son uniforme, sa chemise, touchaient sa peau nue. Il eut honte. Il dit :

— Je vais le faire moi-même.

Mais, lorsqu'il voulut bouger ses mains, elles lui parurent faibles et inertes comme des gants bourrés de coton. Des conversations incohérentes se poursuivaient au-dessus de lui, dans cette région enviable où régnaient les hommes debout :

— C'est la hanche.

— Il faut le laver immédiatement.

— L'eau chaude, s'il vous plaît.

— Pas de signes gangreneux.

— Xénia, avez-vous préparé le thé pour les blessés ?

— Comme toujours, Avdotieff est en retard pour les cercueils.

Le contact de l'eau tiède sur son corps procura à Nicolas une impression de douleur luxueuse, de confortable agonie. Il balbutia :

— Vous direz, pour Nina...

— Oui... oui...

Quand Nicolas revint à lui, il gisait sur une litière de paille. Autour de lui, étaient couchés d'autres blessés aux visages inconnus. Il faisait grand jour. Des oiseaux pépiaient derrière les fenêtres, dont quelques vitres brisées avaient été remplacées par des panneaux de carton. Un gros poêle en fonte chauffait la pièce. L'infirmière en veste de cuir s'approcha de Nicolas et le salua d'un sourire Elle tenait à la main un gobelet en fer-blanc et des biscuits anglais.

— Buvez un peu de thé, dit-elle.

Et elle appliqua le bord du gobelet contre les lèvres de Nicolas. Il sentit un liquide chaud et parfumé qui coulait dans sa gorge.

— Doucement, doucement, dit l'infirmière. L'opération s'est très bien passée. Dans trois jours, un train de la Croix-Rouge vous emmènera vers l'arrière. Ah ! si nous n'avions que des blessés comme vous !

— Et Nina ? demanda Nicolas d'une voix mince.

— J'ai parlé au médecin en chef. Il s'est intéressé à votre cas. Dès que vous irez mieux, nous vous transporterons en civière jusqu'au bureau de l'hôpital. De là, vous téléphonerez à votre sœur...

Les yeux de Nicolas se mouillèrent de larmes.

— Quand pourrai-je téléphoner ?

— Cela dépend de vous. Demain, peut-être...

Le lendemain, des brancardiers portèrent Nicolas jusqu'au bureau du docteur et l'installèrent sur un canapé, à proximité du téléphone. Il fallut près d'une demi-heure pour obtenir la communication. Nicolas s'impatientait :

— Vous auriez dû lui téléphoner hier pour la prévenir !

— Mais c'est ce que j'ai fait, dit l'infirmière. Elle est au courant.

Soudain, une sonnerie grêle vibra dans la pièce. La peau de Nicolas frémit, comme saisie de froid. Une anxiété agréable accéléra les battements de son cœur. L'infirmière avait décroché l'écouteur et parlait en articulant chaque mot avec affectation :

— Oui... Ici, Plonsk... Je voudrais sœur Nina... Pour son frère... Oui... Elle est prévenue... Mais non, pas le docteur Siféroff... Sœur Nina... Elle est à côté ?... Ah ! c'est vous, Nina... Je vous passe votre frère...

Dans l'oreille de Nicolas, une abeille noire bourdonnait vite, vite. Il ne comprenait pas bien ce que disait Nina. Il répondait au hasard :

— Mais non, ce n'est pas grave... La hanche, oui... Deux mois de convalescence... Tu ne peux pas venir me voir?... Trop de travail?... Tu essaieras?... Oh! oui, essaie, je t'en prie...

Il reprit sa respiration, car il défaillait de joie.

— Ton mari va bien? dit-il enfin.

— Oui, répondit la voix lointaine et diminuée. J'ai de bonnes nouvelles de lui. Il est à un poste de secours, en première ligne. As-tu vu Akim et Michel?

— Non.

— Ils se trouvaient dans le même secteur que toi.

— C'est grand, un secteur, dit Nicolas. Et les parents?

— Ils sont en parfaite santé. La vie n'a guère changé à Ekaterinodar.

— Tant mieux.

— Oui, tant mieux. Écoute, Nicolas... Je voulais te dire...

Un grésillement dérangea la ligne. Nicolas gémit .

— Ne coupez pas! Je n'entends plus!

A travers des vagues sombres et crépitantes, une voix noyée chuchota :

— Te dire... je pense à toi... heureuse de te savoir en vie... fière... fière...

— Ne coupez pas! glapit Nicolas. Nina, Ninotchka!

Il lui semblait qu'on était en train de torturer Nina, de la tuer. Une sueur glacée inonda son visage :

— Nina...

Un grondement de flux et de reflux butait contre son tympan. Nina s'était diluée dans l'espace. Il attendit un moment encore; ensuite, il déposa l'écouteur et se recoucha, souriant et grave.

— Eh bien, dit l'infirmière. Vous avez pu parler à votre sœur! C'est une chance!

— Oui, c'est une chance, dit-il. Les autres n'ont pas cette chance. Il ne faut pas l'oublier.

Ses dents claquaient. Un frisson de fièvre le secoua. Derrière les fenêtres du bureau, des coups de marteau retentirent. Sans doute clouait-on un cercueil. Puis, s'éleva une mélopée funèbre à deux voix. Le ténor chantait faux. Nicolas avait envie de rire. Il prit la main de l'infirmière et la serra un peu.

— Comme il chante faux, cet homme, dit-il gaiement.

— Il fait ce qu'il peut, dit l'infirmière.

Nicolas lui cligna de l'œil d'un air complice et croisa les doigts sur son ventre. Quand les brancardiers vinrent le chercher pour le ramener dans la salle commune, il s'était déjà endormi.

Nina sortit du bureau de l'hôpital comme d'une chapelle consacrée. Cette conversation téléphonique lui semblait un encouragement divin. Au moment précis où le doute envahissait son âme, où son énergie l'abandonnait devant la recrudescence des misères humaines, Dieu lui envoyait un message de réconfort. Par des routes embrouillées, nouant et dénouant des fils invisibles, jouant avec les heures et les lieux, il dirigeait ce blessé fraternel vers une région où la voix de Nina pouvait l'atteindre et le consoler. Nicolas était en vie. Nicolas guérirait bientôt.

Tout en marchant dans le couloir de l'hôpital, Nina pressait ses deux mains contre son cœur, comme pour en réprimer les pulsations brutales. Elle avait presque honte de sa propre allégresse, dans cet asile de désolation. Cette fête intime, dont la violence l'étourdissait un peu, lui paraissait à la fois injuste et adorable. Heureuse au-delà de son espérance, elle eût aimé que tout le monde profitât de son exceptionnelle félicité. Sa gratitude envers Dieu se doublait d'un désir accru de sacrifice. Mais que pouvait-elle donner en échange de cette scandaleuse distinction ? Comment rembourser dignement le prix d'une telle faveur ? Elle entra dans la salle des blessés et aspira cet air chaud et fétide avec une crispation de reconnaissance. Ils étaient là, tous, geignants et perclus, laids et faibles, avec leurs pansements déformés et leurs douleurs mortelles. Leurs regards interrogeaient son visage. Elle ne voulut pas leur laisser lire dans ses yeux le moindre indice de contentement égoïste. Dominant son triomphe, elle demanda d'une manière habituelle :

— Personne n'a besoin de rien ?

— Je voudrais un peu de thé, sœur Nina.

— Pourriez-vous me tourner sur le côté gauche, sœur Nina ?

— Sœur Nina, ça saigne de nouveau. Tout le drap est taché.

Elle savait gré à ces hommes d'avoir besoin d'elle pour les besognes les plus petites et les plus sales. D'un lit à l'autre, elle palpait des corps endoloris, tendait des gobelets à des lèvres exsangues, distribuait des sourires, des plaisanteries et des remontrances. Et, constamment, dans sa tête, une voix douce répétait : « Ce n'est pas assez, Nina. Ce n'est pas assez. » Comme elle s'approchait du lit de Makar, l'homme leva vers elle un regard méfiant :

— On doit m'opérer tout à l'heure.

— Je sais, dit Nina. J'assisterai à l'opération.

— Oh ! je n'ai pas peur, grommela Makar, avec un rictus de défi. J'en ai vu d'autres...

Et il baissa les paupières, attentif au progrès d'un mal intérieur. Au bout d'un moment, les ordonnances vinrent le chercher pour le porter dans la salle d'opération. Tandis qu'on la déposait sur la civière, avec des gestes lents et précautionneux, il serrait les dents, gonflait les joues, comme prêt à éclater de douleur. Des gouttes de sueur perlaient à la racine de ses cheveux ras.

Dans la salle d'opération, le docteur Siféroff s'avança vers Nina et lui demanda à voix basse :

— Avez-vous pu parler à votre frère ?

— Oui, répondit-elle avec une hâte coupable.

— Parfait... parfait... Je suis content pour vous...

Il souriait d'une façon évasive et gentille, et continuait d'enfiler ses gants. Derrière lui, Makar était couché sur la table et respirait le masque de chloroforme que lui présentait sœur Anne :

— Aspirez mieux que ça... Profondément...

Lorsque l'homme se fut endormi, Siféroff se pencha sur lui et découvrit les plaies de la hanche. Des éclats d'obus avaient labouré la chair. On voyait l'os cassé, au fond d'une espèce de bouillie grasse et verdâtre, faite de débris de muscles et de fausses membranes arrachées. Une grosse poche purulente s'était formée dans une anfractuosité de la blessure. Le visage de Siféroff prit une expression studieuse et triste. Il demanda :

— Avons-nous reçu les drains ?

— Toujours pas, dit sœur Anne. Mais la gare nous annonce un colis de matériel pour demain ou après-demain. Ils seront peut-être dedans...

— Ce sera trop tard, dit Siféroff. La blessure est gravement infectée. Si nous ne drainons pas la plaie dès maintenant, il faudra renoncer à tout espoir. Et comment voulez-vous que je fasse un drainage si je n'ai pas de drains ?

Il eut un geste d'impatience :

— Toujours la même chose ! On nous envoie des blessés et pas de matériel. On nous demande des miracles...

Ses joues tremblaient de colère. Il s'écria soudain :

— Qu'avez-vous à me regarder ? Puisque je vous dis que je ne peux rien pour lui !

Nina considérait ce grand garçon jeune et nu, étendu sur la table. La tête et les mains, fortement hâlées, ne semblaient pas appartenir au même individu que le reste du corps très blanc. Un souffle régulier soulevait la poitrine où frisaient des poils roux. Au-dessus de l'homme assoupi se prononçait l'arrêt de mort. Et il n'en savait rien. Il continuait de dormir dans une confiance totale. Nicolas aurait pu être à sa place. Et un médecin l'aurait de même condamné, faute de drains ou de désinfectant. La certitude de sa propre impuissance épouvantait Nina. Après l'immense espoir que Dieu lui avait donné, elle retombait dans un dénuement extrême. Son regard rencontra le regard de Siféroff. Elle devina qu'il était accablé, comme elle, par cette nouvelle défaite de l'amour. Elle se sentit tout près de lui, mêlée à sa vie, à son âme. Elle fut lui. Un clignement nerveux agitait les paupières de Siféroff. Il respira l'air profondément.

— C'est bête, bête, murmura-t-il.

Il était inadmissible que Dieu les abandonnât. Violemment, Nina appelait en elle un secours, une lumière, une chance de salut. Elle exigeait l'impossible. Aux murs de la salle, les déesses roses et blondes, craquelées et poussiéreuses, contemplaient la scène avec l'indifférence de l'éternité.

— N'existe-t-il vraiment aucun autre moyen d'assainir la plaie ? demanda Nina.

Siféroff lui décocha un regard vif.

— Si... Il existe un moyen, dit-il enfin d'une voix étrange, un peu sourde, mal assurée.

Et brusquement, il releva le front. Une exaltation bouleversait son visage. On voyait jouer sous sa peau les os de ses mâchoires contractées. Il ordonna :

— Un verre d'eau. Vite. Versez-y n'importe quel désinfectant.

— Qu'allez-vous faire ? demanda Nina.

Sans répondre, il se rinça la bouche, cracha dans un seau, et, se penchant sur le corps, appliqua ses lèvres à l'endroit de la connexion purulente. Sœur Anne poussa un cri de terreur :

— Mais... Il est fou...

De la main, Siféroff lui fit signe de se taire.

Nina recula vers le fond de la pièce. Un surnaturel silence s'était fait dans son cœur. Elle regardait obstinément, stupidement, cet homme qui risquait sa vie pour sauver une autre vie. C'était elle qui, sans le savoir, lui avait dicté cette décision insensée. Avec ivresse, elle éprouvait sur sa langue ce goût de pourriture et de sang, cette menace de mort. L'esprit du sacrifice était entré dans la maison. « Il a compris. Il a risqué. Tant qu'on ne risque pas tout, on n'a rien risqué. Tant qu'on ne donne pas tout, on n'a rien donné. Comme c'est bien. Comme la vie est belle. Comme Nicolas mérite son repos ! » Des larmes coulaient sur ses joues.

Siféroff continuait de travailler, et ne redressait la tête que pour cracher dans le seau et se laver la bouche. A présent, il semblait à Nina qu'elle se tenait au haut d'une montagne abrupte. Un air rajeuni s'engouffrait dans ses poumons, vivifiait ses tissus, la gonflait tout entière comme une voile. Elle palpitait. Elle était heureuse. Elle fit le signe de la croix.

Lorsque Siféroff s'écarta du corps, sa figure et sa nuque

s'étaient colorées de sang rose. Un enthousiasme fébrile brillait dans ses yeux bleus.

— Cela suffira pour le moment, dit-il. S'il meurt, ce ne sera pas par notre faute. Êtes-vous satisfaite, sœur Nina ?

— Que Dieu vous protège ! répondit Nina en joignant les mains.

Il y eut entre eux un long silence, un instant de paix majestueuse. Puis, Siféroff reprit calmement :

— A présent, nous allons opérer notre homme...

Les jambes de Nina la soutenaient à peine. Elle avait envie de crier à Siféroff son admiration, sa tendresse. Mais elle ne savait que sourire et ravaler ses larmes. Il dit encore :

— Eh bien, eh bien, sœur Nina ! Qu'avez-vous ? Vous êtes toute pâle ! Préférez-vous que quelqu'un vous remplace auprès de moi ?

— Oh ! non, dit-elle avec une violence jalouse.

Les drains indispensables furent livrés le surlendemain de l'opération. Moins d'une semaine après l'intervention de Siféroff, Makar entrait en convalescence. Chaque nuit, Nina priait pour que le docteur échappât à la contagion. Lorsque tout danger fut écarté pour lui, elle se rendit à l'église de Nasielsk et brûla un cierge devant l'image de la Mère de Dieu.

A dater de ce jour, une émotion très douce accompagna ses moindres travaux. Le monde s'était éclairé devant elle. Et Siféroff, de son côté, paraissait plus heureux et plus actif qu'autrefois.

VII

— Je vous écoute, dit Tania en trempant sa plume dans l'encrier.

Marie Ossipovna fronça les sourcils, passa sa langue sur ses lèvres et prononça solennellement :

« *Mon cher fils...* »

Ne sachant pas écrire, elle devait dicter à sa belle-fille les lettres qu'elle destinait à Michel. La cérémonie recommençait exactement tous les lundis, à quatre heures précises, dans le boudoir de Tania. Bien que Marie Ossipovna ignorât les raisons véritables qui avaient déterminé son fils à partir pour l'armée, elle devinait qu'on la tenait à l'écart d'un secret probablement scandaleux, et ce manque de confiance aigrissait son humeur. De semaine en semaine, par des questions elliptiques, par des allusions insidieuses, elle tentait de provoquer un aveu de Tania. Tania redoutait ces tête-à-tête prolongés, où, sous prétexte de correspondance, la vieille femme s'ingéniait à confesser sa bru. Elle répéta :

« *Mon cher fils.*

— Mets : *Mon* très *cher fils,* dit Marie Ossipovna. Il faut qu'il se sente aimé par sa mère. Sinon, il pourrait se croire abandonné de tous. *Mon très cher fils, je suis heureuse de te savoir en bonne santé et content... Les Comptoirs Danoff souffrent de ton départ... Le fondé de pouvoir est une canaille...*

— Pourquoi dites-vous cela, maman ? demanda Tania.

Vous ne connaissez pas cet homme et vous n'avez rien à lui reprocher.

— Il est ici et mon fils est là-bas. Cela suffit.

— Mais Michel l'a voulu ainsi.

— En es-tu sûre ? grommela Marie Ossipovna en plissant les yeux. Moi, je n'ai plus confiance.

— En qui ?

— En personne.

— De toute façon, il est inutile d'agacer Michel en lui rapportant des soupçons que rien ne justifie. Il doit avoir assez de soucis personnels...

— Quels soucis personnels ? dit Marie Ossipovna avec précipitation.

— Eh bien, mais... les soucis de tout soldat, répliqua Tania en rougissant. Le froid, l'ennui, le danger...

Marie Ossipovna se leva du fauteuil et prit appui, lourdement, sur sa canne à pommeau d'or. Sa vieille figure, longue et fripée, couleur café au lait, fut agitée d'un tremblement à peine perceptible. Elle murmura :

— Es-tu sûre au moins qu'il ait un bon cheval ?

— Il le dit.

— C'est important. Quand l'homme a un bon cheval, il supporte même une mauvaise femme.

— Qu'est-ce que cela signifie ? s'écria Tania.

— C'est un proverbe de chez nous, dit Marie Ossipovna en souriant. Tu ne peux pas te fâcher contre un proverbe. N'écris donc rien au sujet du fondé de pouvoir, puisque tu t'intéresses à ce personnage...

— Mais je ne m'intéresse pas à ce personnage ! Je vous explique simplement...

— Que tu es nerveuse ! Je continue : *Ici, tout va bien. Je suis encore solide et surveille la maison quand ta femme a le dos tourné... Elle a souvent le dos tourné...*

— Cela non plus, je ne l'écrirai pas, dit Tania avec fermeté.

— Il faut tout de même que mon fils sache...

— Quoi ?

— Que tu sors souvent !

— Pour aller à l'hôpital, pour rendre visite à des amies...

— Tu risques de rapporter de mauvaises maladies de l'hôpital et de mauvais conseils de tes amies. Quand une femme a des enfants, elle ne va ni à l'hôpital ni chez des amies.

— Vous m'excuserez de ne pas partager votre opinion.

Marie Ossipovna mit son poing devant sa bouche pour étouffer un rire sournois. Ses épaules tressaillaient. Elle finit par dire :

— Eh bien, ne lui parlons pas du dos tourné. Mais, vraiment, je ne vois plus quoi lui raconter, à ce pauvre garçon. Conseille-moi, toi qui sais si bien ce qui lui fait plaisir.

Tania lança un regard irrité à sa belle-mère, réfléchit un instant et récita, d'une seule haleine :

— *J'aide Tania à tenir la maison et à élever tes enfants comme tu le souhaites.*

— Admirable ! dit Marie Ossipovna. Je n'aurais jamais trouvé cela.

— *La demeure, sans toi,* poursuivit Tania en écrivant, *me paraît bien vide. Si la voix de mes chers petits ne l'animait pas un peu, je dépérirais d'ennui. Surtout, n'hésite pas à me dire ce qui te manque... Notre seule raison d'être, ici, est de penser à toi...*

— Pourquoi dis-tu : Notre *seule raison d'être* ? C'est moi qui signerai cette lettre. Il faut donc écrire : Ma *seule raison d'être ici est de penser à toi.*

— Si vous voulez, soupira Tania. *Mon seul espoir est de te voir revenir bientôt.*

— Cette fois-ci, tu ne mets pas : *Notre* ? dit Marie Ossipovna.

— Ne me l'aviez-vous pas demandé ?

— Si. Tu es obéissante. Je te remercie.

— *Ne parle-t-on pas encore de permissions dans ton secteur ? Nicolas, dont la blessure est sans gravité, a été hospitalisé à Smolensk. Il a promis de venir à Moscou pour sa convalescence. Il s'installera chez nous. Tu devrais... tu devrais...*

— Eh ! te voilà arrêtée, dit Marie Ossipovna. Je vais t'aider. Il faut lui donner les dernières nouvelles de

Moscou. Ça l'amusera. Écris : *Il y a un mois environ, Volodia Bourine a tenté de se suicider...*

Tania déposa sa plume et la lumière quitta ses yeux.

— A quoi bon lui parler de cela ? dit-elle d'une voix mate.

— Pour le distraire, dit Marie Ossipovna. Je reprends : *Volodia Bourine a tenté de se suicider. Il s'est tiré une balle dans la tempe. Pendant plusieurs semaines, on a cru qu'il allait mourir. Mais, malheureusement, il est toujours en vie. Le docteur affirme qu'il restera borgne. C'est déjà une bonne chose.*

Elle frappa le parquet avec sa canne, et Tania sursauta comme délogée d'un rêve.

— Tu n'écris pas ? demanda Marie Ossipovna en s'approchant d'elle.

— Non.

— Pourquoi ?

— Parce que c'est inutile.

— Et moi, je veux que tu écrives, gronda la vieille femme avec une expression de jouissance haineuse. Si tu refuses, je m'adresserai à ma demoiselle de compagnie, ou au valet de chambre, ou au chauffeur. Tu préfères cela ?

Tania ne répondit pas. Ses doigts faibles jouaient avec le porte-plume. Elle s'appuya au dossier de la chaise.

— Tu préfères cela ? répéta Marie Ossipovna.

— Écoutez, maman, dit Tania en tâchant de paraître calme, je ne demande pas mieux que de raconter à Michel le suicide manqué de Volodia. Mais j'estime que cette nouvelle...

— S'il ne l'apprend pas par nous, il l'apprendra par quelqu'un d'autre. Et il nous en voudra de l'avoir laissé dans l'ignorance. Écris. Je l'ordonne.

— Soit. Mais ne comptez pas sur moi pour me servir des termes que vous avez employés.

— Ils te gênent ?

Tania regarda Marie Ossipovna droit dans les yeux, avec force. De toute évidence, la vieille femme ne savait rien, mais essayait encore de ruser, de provoquer des exclamations imprudentes, de rassembler les preuves dont elle avait besoin. Cette pensée apaisa les craintes de Tania.

— Vous n'avez aucune raison de détester Volodia, dit-elle. Vous n'avez pas le droit de déplorer qu'il soit encore en vie.

— Pourquoi ne vient-il plus te voir ?

— Cela ne vous concerne pas et ne me concerne pas davantage. Votre fils, pour des motifs que j'ignore, m'a priée de ne plus recevoir son ami. Je lui obéis. Je ne cherche pas à comprendre.

— Ils se sont donc querellés ?

— Probablement.

— Et tu n'es pour rien dans cette querelle ?

— Non, dit Tania, sur un ton assuré qui la surprit elle-même.

Mais elle était oppressée. Il lui semblait qu'elle n'aurait pas l'énergie de tenir son rôle jusqu'au bout. Elle souhaitait que sa belle-mère quittât le boudoir au plus vite.

Marie Ossipovna se mit à marcher de long en large dans la pièce. Elle grognait des paroles incohérentes en circassien. Toute sa face remuait comme une eau sombre sur laquelle passe un souffle de vent. Brusquement, elle s'arrêta et dit :

— Puisqu'ils se sont querellés, Michel sera content d'apprendre que Volodia est borgne.

— Je ne le pense pas, murmura Tania.

— C'est son ennemi.

— On peut avoir des ennemis sans désirer...

Marie Ossipovna l'interrompit avec violence :

— Et toi, tu es contente qu'il soit borgne ?

— Non.

— Si ton mari n'aime plus cet homme, tu devrais être contente qu'il soit borgne

— Je vous en prie, dit Tania, excédée, changez de conversation.

Une grimace de joie courroucée bouleversa la figure de Marie Ossipovna. Elle tapait le plancher avec sa canne et répétait, tressautant sur place, en cadence :

— Il est borgne, borgne, borgne !...

Puis elle se tut, redressa la taille avec majesté. Les

fanons de son cou se tendirent. Ses yeux noirs s'emplirent jusqu'aux bords d'un mépris glacé.

— Je sens, dit-elle enfin, qu'on me cache tout. On me tient à l'écart. Comme une étrangère. Mais tu ne me feras pas croire que Michel est parti pour le seul plaisir de se battre. Tu ne me feras pas croire qu'il a abandonné sa femme, ses enfants, ses affaires sans un regret. Tu ne me feras pas croire qu'il serait triste d'apprendre que Volodia est borgne. Je ne suis pas une bête. Allons, écris, qu'attends-tu ?

— Que vous soyez calme.

— Je suis calme. Si je n'étais pas calme...

Elle leva sa canne comme pour frapper quelqu'un.

Un flot de sang reflua au cœur de Tania. Cette fois encore, elle n'avait pas lâché prise. Marie Ossipovna sortait vaincue de la manœuvre inquisitoriale. La vieille femme ravalait sa rage. Ses vêtements noirs étaient trop larges pour elle, pendaient. Ses mâchoires étaient serrées. Elle se pencha au-dessus de Tania :

— Écris-lui les mensonges que tu as l'habitude de lui écrire. Écris que tout va bien, que tu l'attends avec impatience, que Volodia ne pense plus à toi...

— Si vous continuez, dit Tania, je vais être obligée de vous prier de sortir.

D'un geste vif, Marie Ossipovna saisit la feuille de papier sur la table et la déchira en morceaux.

— C'est bien, dit-elle, je m'en vais. Et je n'écrirai plus jamais à mon fils. Il me croira morte. Ce sera ta faute...

A ce moment, quelqu'un frappa à la porte. Heureuse de cette diversion, Tania se leva de sa chaise et cria :

— Entrez.

Les enfants revenaient de la promenade. Ils coururent vers leur mère avec des rires aigus. Ils étaient rouges, décoiffés. Serge tenait à la main une arbalète en bois blanc :

— C'est Tchass qui l'a construite. Mlle Fromont lui avait fait un dessin. Je suis Guillaume Tell. Et Boris est mon fils. Nous sommes Suisses tous les deux. Quand papa reviendra de la guerre, je lui montrerai comment je tire de l'arbalète.

Marie Ossipovna fit mine de cracher par-dessus son épaule et sortit de la pièce en cognant les pieds des meubles avec sa canne. Sur le seuil de la porte, elle se retourna et dit :

— J'enverrai un télégramme.

— Pour dire quoi ? demanda Tania.

— Que Volodia est borgne.

— Qui est borgne ? Qu'est-ce que c'est : un borgne ? questionna Boris en tiraillant la jupe de Tania.

— Asseyez-vous près de moi, dit Tania en s'installant dans la bergère, et apportez-moi du papier, un crayon. Nous allons dessiner ensemble. Que voulez-vous que je vous dessine ? Un bateau ?

— Oui, un bateau, dit Serge, et des marins dessus. Dans le ciel, tu feras un aéroplane. Et, dans l'eau, des poissons.

— Et un borgne, dit Boris en rattrapant sa salive au bord de la lèvre.

Serrés contre leur mère, les deux enfants épiaient le crayon qui traçait une ligne tremblante sur le papier à lettres couleur gris perle. Leur souffle tiède effleurait les mains de Tania. Un léger parfum de savon montait de leurs têtes penchées.

— Dessine des vagues plus hautes, dit Boris. Des vagues qui font peur.

Tania dessina une vague, en accent circonflexe, sur toute la largeur de la page et demanda :

— Tu as peur ?

— Oui, dit Boris avec gravité. C'est bien.

L'ombre envahissait la pièce, mais Tania ne voulait pas allumer les lampes. Blottie dans la bergère, entre ses deux garçons attentifs, elle éprouvait dans son corps un soulagement heureux. Par les vertus de cette chaleur, de ce crépuscule, de ce silence, elle oubliait peu à peu les raisons de son désarroi. Elle rejoignait l'âge de Serge et de Boris. Elle avait huit ans, quatre ans, et n'existait plus que pour un rêve de bateau à voiles. Lorsque Mlle Fromont vint chercher les enfants, Tania lui demanda de les laisser encore près d'elle.

— Mais il faut qu'ils se débarbouillent et se préparent avant le dîner, dit Mlle Fromont.

— Je vous les enverrai dans un quart d'heure, murmura Tania sur un ton fautif.

Après le départ de Mlle Fromont, elle alluma la lampe et se remit à dessiner avec application.

— Je vais prendre les crayons de couleur dans ma chambre, dit Serge. Il faut que les marins aient des nez rouges.

Il quitta la pièce en courant. Longtemps, Tania attendit son retour. Sans doute Mlle Fromont avait-elle happé le gamin au passage et ne le laissait-elle pas revenir. Tania était navrée de ce contretemps. Boris ne regardait plus le dessin et jouait avec les franges de la bergère.

— Va rejoindre ton frère, dit Tania.

— Encore un peu, dit Boris, en avançant ses grosses lèvres roses et luisantes. Je suis dans la forêt.

Il glissait ses doigts à travers les franges et soupirait : « Hou ! hou ! » d'une voix rauque.

— Tu entends le vent ? demanda-t-il. Tous les bandits se cachent.

La porte du boudoir était restée ouverte. Le valet de chambre surgit dans l'encadrement du chambranle.

— Une visite pour vous, barinia, dit-il. Ivan Ivanovitch Kisiakoff voudrait vous voir.

Tania eut un haut-le-corps et perdit momentanément la parole.

— Non, dit-elle enfin. Je suis... je suis occupée.

Le valet de chambre sortit à reculons comme un fantôme courtois. Mais il revint bientôt, le dos fléchi, la figure piteuse. Sûrement, Kisiakoff lui avait offert de l'argent.

— Eh bien ? dit Tania. Que se passe-t-il ?

— Ce monsieur insiste beaucoup. Il vous apporte des nouvelles de votre frère, Nicolas Constantinovitch.

— Quelles nouvelles ? s'écria Tania.

— Je ne sais pas. Il a l'air triste, barinia...

Le malaise de Tania croissait de seconde en seconde. Une peur panique l'étreignait, contre laquelle elle ne pouvait rien. Incapable de se raisonner, elle chuchota :

— C'est bon, dis-lui de venir.

Dès que Kisiakoff parut devant elle, Tania se sentit rassurée. Il souriait largement dans sa barbe, et son regard était malicieux. Courbant sa haute taille, il baisa la main de la jeune femme et se redressa avec un soupir.

— Vous avez des nouvelles de Nicolas ? dit-elle. J'ai reçu une lettre de lui avant-hier...

Kisiakoff secoua la tête et prononça avec componction :

— Je n'ai aucune nouvelle de votre frère.

— Mais vous avez dit... ?

— Prétexte ! répondit Kisiakoff en joignant les doigts au niveau de sa barbe. Innocent prétexte. Il fallait un prénom pour m'ouvrir votre porte. J'ai choisi celui-là.

— Vous ne venez donc pas pour me parler de Nicolas ? demanda Tania, suffoquée de colère.

— Hélas ! non !

— Et de qui donc ?

— De Volodia.

— Dans ce cas, faites-moi la grâce de vous retirer.

Boris s'était approché de sa mère et lui avait pris la main. Ses prunelles craintives examinaient Kisiakoff à la dérobée.

— Charmant bambin, dit Kisiakoff. C'est votre fils ?

— Oui, dit Tania. Et maintenant, laissez-moi.

Kisiakoff fourra un doigt dans sa bouche et le sortit brusquement avec un bruit de détonation :

— Boum !

L'enfant se mit à rire.

— Il ressemble à son père, dit Kisiakoff.

— Partez, dit Tania.

Mais Kisiakoff ne bougeait pas. Profitant du silence, il s'enracinait lourdement dans la pièce. Ses pieds devenaient de plomb. On ne pouvait plus remuer cette masse. Subitement, Tania eut l'impression qu'il était chez lui et que c'était elle l'intruse.

— Pauvre Volodia ! dit Kisiakoff. Je me demande parfois s'il n'eût pas été préférable pour lui de mourir. Un si joli garçon ! Et le voici défiguré pour le restant de ses jours... Oh ! il a été bien soigné... Mais tout de même... Si vous aviez vu sa plaie...

Une révolte violente et vague souleva Tania. Elle balbutia en détournant les yeux :

— A qui la faute ?

— Mais à vous, à vous seule, honorable Tatiana Constantinovna, dit Kisiakoff en effilant la pointe de sa barbe entre le pouce et l'index.

Il avait une voix chaude, veloutée, qui attaquait les mots avec précision. Tania frémit comme si l'on avait glissé un objet visqueux dans sa main. Du fond de sa gorge, montèrent des paroles faibles :

— Ce n'est pas vrai... Vous ne le pensez pas vous-même...

— Les faits sont là, reprit Kisiakoff. Ce jeune homme a tenté de se suicider par amour pour vous. Maintenant, il est borgne...

— Borgne ! Borgne ! répéta Boris.

— Oh ! la sensibilité exquise des enfants ! dit Kisiakoff en tapotant la joue du garçon.

— Va-t'en, Boris, murmura Tania. Il est l'heure de dîner. Ta nounou doit te laver les mains.

Boris fit la moue et tapa du pied.

— Veux-tu m'obéir ? s'écria Tania avec une irritation injuste.

Boris posa sur elle un regard étonné. Honteuse de son emportement, Tania le baisa sur le front et le poussa vers la porte en marmonnant :

— Va, mon petit, va... Je passerai te bénir et te border tout à l'heure...

Lorsqu'elle revint à Kisiakoff, il était assis dans la bergère, les jambes écartées, les mains sur les genoux.

— Qui pourrait remplacer une mère ? dit-il. Cette douceur, cette compréhension... Volodia n'a plus de mère...

Un vertige se leva du tapis bariolé, avança vers Tania, ses brumes et ses couleurs étagées en spirales.

— Où voulez-vous en venir ? demanda-t-elle.

— A ceci, dit Kisiakoff. Je sais par cœur les détails de votre liaison, de votre rupture, de votre rencontre à l'hôpital, de votre promenade en auto...

— Il a osé ?... dit-elle d'une voix serrée.

— On ose beaucoup lorsqu'on est malheureux. Oui, il a osé. Il s'est déboutonné devant moi. Il a baissé sa culotte. Et j'ai compris qu'il était vraiment à plaindre. Alors, comme je suis bon bougre, j'ai tenté de le secourir. Je me suis installé à son domicile pour qu'il ne soit pas seul. J'ai dédaigné ma propre vie pour orner la sienne. Mais une absence de quelques heures a suffi. Je rentre et je le trouve dans une mare de sang. Ah ! j'ai crié, j'ai tiré ma barbe, j'ai pleuré, j'ai cogné les murs avec mon poing. Pauvre Volodia ! Pendant quatre semaines, il a flotté aux frontières de la mort. A présent, il est sauvé, on l'a transporté chez lui...

Kisiakoff s'arrêta pour reprendre haleine. Ses narines se dilataient. Un éclair vibra dans ses prunelles noires et il cria soudain :

— C'était vous qu'il appelait dans son délire ! Vous, vous seule !...

Tania se sentit brusquement toute petite, nue et faible, sale de partout, et les pointes de ses seins se dressaient, devenaient douloureuses. Les événements la dépassaient, l'écrasaient de leur ombre rouge. Elle grelotta de pitié pour elle-même. Elle dit :

— Tout cela ne me concerne pas.

— Vous avez failli le tuer, répliqua Kisiakoff terriblement. Votre devoir est de l'aider à reprendre vie.

— Je ne veux pas.

— A cause de votre mari ?

Cette phrase perça Tania de part en part, comme la foudre. Comment tolérait-elle qu'un inconnu l'interpellât sur ce ton ? Où étaient sa fierté, sa dissimulation coutumières ? Nul n'avait le droit de fouiller ainsi dans son existence. La voix de Kisiakoff glissait à travers les vêtements, résonnait sur sa peau comme sur un tambour. Il la touchait avec ses paroles aux endroits les plus secrets et les plus chauds.

— Votre mari vous commande peut-être de rester fidèle, continua Kisiakoff. Mais Dieu vous commande de sauver celui que vous avez acculé à la mort. Obéirez-vous à votre mari ou à Dieu ? Négligerez-vous, par un vulgaire souci de dignité conjugale, la merveilleuse, la sainte charité qui nous incite à secourir notre prochain ? Préférez-vous la loi humaine à la loi divine ?

Il avait ouvert les bras dans un geste de prêtre. Son visage portait une expression de béatitude. Tania s'efforçait d'oublier la présence absolue de cet homme et de penser à Volodia, désespéré, blessé, la figure détruite. Mais aucune pitié ne sc développait en elle. Simplement, un peu de dégoût.

— Je ne l'aime plus, dit-elle, comme se parlant à elle-même.

Elle fut surprise d'entendre Kisiakoff qui lui répondait :

— Raison de plus pour le revoir. La pure charité s'adresse toujours à un être qui ne vous est rien. La belle affaire d'aider un amant ! N'importe quelle femelle est capable de cette abnégation élémentaire. La reconnaissance du bas-ventre ! Mais sacrifier son temps et sa douceur à quelqu'un qu'on n'aime pas, qu'on n'aime plus, voilà une tâche digne des âmes excellentes.

— Je ne veux pas revoir Volodia, dit Tania en écrasant ses mains l'une contre l'autre.

— Vous allez rendre visite aux blessés dans les hôpitaux, vous apportez des chocolats et des sourires à un quelconque Stopper, et lorsque je vous demande...

— N'insistez pas.

Il y eut un silence. Tania flottait, baignait dans la fatigue. Une foule l'enserrait. Des inconnus la bousculaient. Des cadavres se cognaient dans ses jambes. Elle mesura son impuissance, dressa le cou, tenta de réagir :

— Volodia est-il au courant de votre démarche ?

— Non.

— Vous agissez de votre propre chef ?

— Oui.

— Et vous vous imaginiez que j'allais vous suivre ?

— Je le crois encore.

— Pourquoi n'êtes-vous pas venu plus tôt ?

— Je pensais qu'il allait mourir. Votre présence lui aurait fait plus de mal que de bien.

— Et maintenant ?

— Maintenant, il est chez lui, couché, un œil en moins, l'âme à l'envers. Vous pouvez tout pour son salut.

Tania entendit le rire de Boris et de Serge dans le corridor, et un peu de force lui revint. Elle eût aimé appeler les enfants, les embrasser, les placer comme un rempart entre elle et cet homme, entre elle et la vie.

— Ce que vous me demandez est impossible, dit-elle.

Kisiakoff se leva hors de la bergère et considéra Tania avec un air de blâme.

— Pourtant, vous ne pouvez pas refuser, dit-il.

— Je suis libre.

— Non. Votre conscience vous domine. Interrogez votre conscience.

Il pencha la tête, comme pour appliquer son oreille contre la poitrine d'un malade.

Une gaieté subite, incompréhensible chatouillait Tania. Elle se sentit délivrée d'un charme.

— Faut-il que je me mette à genoux ? demanda Kisiakoff.

Tania ne répondit pas. Son propre calme l'étonnait, après les assauts du doute. Elle ne plaignait pas Volodia. Il était devenu pour elle un objet. Un petit rectangle de carton brillant, avec un nom dessus. On le plie, on le déchire. L'existence continue.

— Vous avez raison, dit Kisiakoff, il est inutile que je me mette à genoux. Vous êtes froide. Vous êtes ailleurs.

— Cela suffit, dit Tania. Partez.

— Je partirai. Mais ne croyez pas, pour autant, être débarrassée de moi. Car je m'obstinerai à travailler en vous. Mes dernières paroles sont déposées dans votre tête comme des œufs. Ils vont éclore.

— Ce que vous dites est bête, balbutia Tania.

Et elle se mit à rire. Il rit aussi, mais d'une manière affreuse, sans joie, presque cruellement. Ensuite, il reprit sa respiration et proclama du haut de sa défaite :

— Vous verrez ! Vous verrez ! D'ici deux ou trois jours, nous nous retrouverons au chevet de Volodia. Je sortirai de la chambre sur la pointe des pieds. Je vous laisserai seule avec lui. Et, lorsque vous le quitterez, vous serez une autre femme. Vous direz : « Merci, Ivan Ivanovitch, vous m'avez sauvée de l'orgueil, vous m'avez indiqué la voie de Dieu, je suis heureuse. »

Ses yeux étaient noyés d'une lumière dorée. Un frisson sinueux agitait sa bouche. Tout à coup, il tira de sa poche un petit objet en plomb, y appliqua ses lèvres et le jeta sur le guéridon.

— Qu'est-ce que c'est ? demanda Tania.

— Un souvenir.

Elle se pencha sur la tablette en laque et vit une balle de revolver, toute grise et aplatie. Un fourmillement inquiet remonta dans ses cuisses. Son cœur se glaça. Sa langue devint molle.

— Cette relique vous revient de droit, dit Kisiakoff. Prenez-en soin. Adieu.

Et il sortit de la pièce à grands pas.

Demeurée seule, Tania regarda la balle posée sur le guéridon. Puis, elle avança la main, toucha du doigt, peureusement, cette parcelle de métal froid. Elle avait mal dans la chair de son visage, à l'endroit de l'œil. « Ça m'est égal. Je ne l'aime pas. D'autres meurent à la guerre. Et lui ? A cause de quoi, mon Dieu ? Parce que j'ai refusé ? Parce qu'il n'a pas pu prendre son plaisir avec moi ? C'est laid. C'est secondaire. Dans l'auto, il me reniflait. Il ne pensait qu'à entrer dans moi. Je ne veux pas être simplement une femme. Je vaux mieux que mon corps. J'existe. »

Elle sentait dans son dos la bonne chambre tiède, la bergère, la lampe. D'un côté, ce projectile émoussé ; de l'autre, toute la maison, avec elle dedans, et les enfants, et les domestiques, et le souvenir de Michel. Aucune hésitation n'était possible. D'un mouvement décisif, elle saisit la petite balle et la lança dans un tiroir. Un choc sourd répondit à son geste. « Est-ce que cela a fait comme ça dans sa tête ? On lui a ouvert la tête. On a abîmé son visage. Il doit avoir des cicatrices. Un trou rose à la place de l'œil. Le beau Volodia ! c'est affreux ! »

Une répulsion suave remua ses entrailles. Des images de bouillie rouge palpitèrent dans son esprit. Sur le tapis brillaient les fragments de la lettre à Michel, que Marie Ossipovna avait déchirée. Tania les ramassa un à un, les jeta dans la corbeille à papier. « Je vais écrire à Michel. Lui dire tout. Il le faut. » Cette pensée lui fit du bien. Elle s'assit devant son secrétaire, trempa sa plume dans l'encrier et demeura un instant rêveuse.

— Madame est servie, dit le valet de chambre en passant la tête par l'entrebâillement de la porte.

Mais elle ne bougea pas. L'homme se retira et referma le battant avec précaution. Derrière la vitre, la nuit était noire et bleue. Les coups de feu, les agonies, les victoires, les défaites se situaient dehors. A l'intérieur, il n'arrivait rien. Tania n'avait pas voix au chapitre. Pourtant, elle existait autant que l'empereur, que les généraux, que Volodia, que Kisiakoff, que Michel. Pourquoi tout se jouait-il ailleurs ? Pourquoi fallait-il qu'elle subît toujours le contrecoup d'événements qu'elle n'avait pas désirés ? Pourquoi ne pouvait-elle pas refuser la guerre, par exemple ?

A l'heure présente, des milliers de femmes étaient assises, comme elle, devant une feuille de papier blanc. Elle était une femme parmi les autres. Elle faisait partie de la foule des épouses. Un acquiescement silencieux absorbait tout son être.

VIII

Nicolas tira les rideaux et regarda la cour matelassée de neige, où les enfants jouaient avec un saint-bernard. Le chien les renversait à tour de rôle et leur léchait la figure. Serge et Boris riaient, se débattaient, jetaient des boules de neige à la tête de l'animal. Alors, l'autre s'éloignait, de quelques pas, la langue pendante, le front plissé, et, soudain, revenait à la charge avec des jappements joyeux.

— Serge, Boris ! Cela suffit, cria la voix de Mlle Fromont. Vous allez être en nage !

Nicolas s'écarta de la fenêtre et continua de s'habiller en sifflotant. Une gaieté naïve allégeait son cœur. Il ne regrettait pas d'avoir accepté l'invitation de Tania. Nulle part ailleurs, il n'aurait trouvé ce calme, ce confort, cette affection qui devaient hâter sa convalescence. Arrivé la veille, il lui paraissait cependant qu'il habitait la maison depuis un temps lointain. Autrefois, le luxe de cette demeure lui était pénible. Il souffrait de l'élégance de Tania, de l'obséquiosité des domestiques, de la blancheur des nappes, de l'éclat des miroirs. Mais la guerre avait rapproché les classes. Michel combattait aux côtés des paysans et des ouvriers pour la défense du pays. Les pensées de Tania étaient celles de toutes les femmes russes. Il n'y avait plus de pauvres ni de riches, de révolutionnaires ni de conservateurs. Toutes les opinions divergentes s'étaient fondues en un seul espoir. C'était pourquoi, sans contredit, Nicolas se sentait à l'aise entre ces quatre murs. Après la boue et la neige des tranchées, après les hôpitaux bondés de moribonds, après les guenilles, le froid, le danger, l'angoisse, il appréciait avec ferveur la netteté et l'ordonnance du logis. Un monde heureux et propre accueillait ses premiers pas de rescapé. Il eût aimé pouvoir jouer dans la neige avec Serge, Boris et le saint-bernard. Mais sa blessure lui faisait mal encore. Il marchait en s'appuyant sur deux cannes. Les médecins estimaient qu'il garderait une légère claudication, car on avait été obligé de raccourcir sa jambe gauche. Ce n'était rien. La vie au grand air avait même, lui semblait-il, fortifié sa santé. Tendrement, il palpa le tissu rêche de sa vareuse. Le valet de chambre l'avait nettoyée, brossée. Elle était comme neuve. Il l'enfila, boucla son ceinturon et songea allégrement qu'il avait faim et qu'un petit déjeuner copieux l'attendait.

Dans la vaste salle à manger aux boiseries safran, Tania trônait devant un paysage de porcelaine, d'argenterie et de tartines diverses. Nicolas déposa ses cannes contre le mur et s'assit en face de sa sœur.

— Je te défends de parler, dit-elle. Tu vas manger, d'abord. Tu en as besoin. Si tu voyais ta figure ! Tes joues se touchent à l'intérieur.

— Je me porte à merveille.

— Mange.

— Laisse-moi lire les journaux, au moins.

— Quand tu auras mangé.

— Quelles nouvelles du front ? demanda Nicolas en mordant dans une tartine tapissée de caviar.

Tania éclata de rire :

— Tu es impossible ! On m'avait affirmé pourtant que les soldats étaient rompus à la discipline.

Elle prit les journaux et lut à haute voix, sur un ton didactique :

— « Physionomie générale du front aux derniers jours de février 1915. — Ramenant au nord de Varsovie une partie des effectifs qui opéraient sur le Niémen, entre Narew et la frontière, le commandement allemand a réuni une énorme armée autour de Prasnysz. En face de cette formidable concentration de forces, nos troupes tiennent victorieusement leurs positions retranchées. Une bataille de grande envergure se livre entre Prasnysz et la rivière Omulew. Nous occupons toujours la forteresse d'Ossovetz, malgré le pilonnage intensif de l'artillerie adverse. Dans les Carpates, en dépit d'un froid glacial et de l'abondance des neiges, la lutte continue avec des pertes sanglantes pour les Autrichiens... »

Tandis que Tania lisait les informations, Nicolas imaginait, derrière ces paroles abstraites, une plaine bouleversée et des corps saignants, tels qu'il les avait connus, tels qu'il les retrouverait dans quelques semaines. Les *effectifs* c'étaient lui, Michel, Akim, Erivadzé, le lieutenant tué à l'ennemi, le sergent décapité, le blondin qui vomissait en montant à l'assaut. Les *positions retranchées,* c'était ce boyau de boue et de neige, qui puait le sépulcre et que les obus allemands crevaient avec fracas. Les *opérations stratégiques,* c'étaient de petits hommes qui trottaient maladroitement sur une glèbe molle, la peur au ventre, la baïonnette en avant, dans l'illumination magique des fusées. Il eut l'impression que de la terre se ramassait sous ses ongles et qu'il recommençait à sentir mauvais. Violemment, il chassa loin de lui ces images noires.

Tania ne lisait plus et l'observait avec curiosité. Sans doute avait-elle remarqué, sur son visage, cette brusque désaffection à l'égard de la nappe damassée, des tartines de caviar et des tasses de thé. Elle devinait qu'il était ailleurs, avec les autres. Elle dit :

— Tu ne peux pas oublier ?

— C'est difficile, répondit Nicolas en souriant.

— Je regrette tellement que tu n'aies pas vu Michel !

— Je l'ai peut-être vu. Mais de loin. Un uniforme parmi les uniformes. Comment savoir ?

Il vida sa tasse de thé, en demanda une autre.

— Tu dois détester cette maison, cette aisance, ce luxe, après les horreurs que tu as vécues, murmura Tania.

— Non, je les comprends mieux, dit Nicolas. L'extérieur n'est rien. C'est l'intérieur qui compte. Et, à l'intérieur, quel que soit notre rang social, j'ai la conviction que nous sommes tous commandés par le même désir.

Il s'animait. Le sang colorait ses joues longues et creuses.

— L'union est faite, reprit-il. Chacun est soldat. Tous ont la même patrie. Plus tard, la guerre achevée, nous songerons aux réformes qui s'imposent.

— Alors, recommenceront les disputes, dit Tania.

— Non. Car nous aurons appris à nous connaître sur le champ de bataille. Jamais pareille occasion n'a été offerte de malaxer toutes les couches de la société, de frotter le paysan à l'ouvrier, l'ouvrier à l'instituteur, l'instituteur au bourgeois. Jamais, jamais... J'ai confiance, Tania. Pour la première fois, j'ai confiance.

— En la victoire de la Russie sur l'Allemagne ?

— En la victoire de la Russie sur l'Allemagne et de la Russie sur elle-même. Ces deux victoires sont inséparables. Manquer l'une, serait manquer l'autre.

— Plût au Ciel que tout le monde fût de ton avis !

— Mais tout le monde est de mon avis. Au régiment...

— Je faisais allusion à l'arrière.

— Je n'ai rencontré à l'arrière que des gens pour qui la guerre était une préoccupation essentielle.

— Parce que tu n'as vécu que dans des hôpitaux.

— S'il y en a qui pensent autrement. ils méritent d'être mobilisés séance tenante.

Tania songeait à Volodia, à son suicide manqué, à son amour inactuel et pitoyable. Elle se demanda si elle devait en parler à son frère. Un désir scandaleux la poussait à ouvrir la bouche. Avec le sentiment d'agir très mal, elle balbutia :

— Sais-tu que Volodia a tenté de se suicider ?

— Ah ! bah ? dit Nicolas. Et pourquoi donc ?

— Une histoire sentimentale, j'imagine.

Nicolas haussa les épaules.

— Il faut de tout pour faire un monde.

Il avala le fond de sa tasse de thé et se tamponna les lèvres avec sa serviette. Tania était contente. Cette condamnation de Volodia l'absolvait elle-même. Son frère lui donnait raison. Elle n'avait pas rendu visite à Volodia. Elle avait résisté à sa tentation et à l'ordre de Kisiakoff. Car Volodia était méprisable. On ne se suicidait pas par amour en période de guerre. On allait se faire tuer sur le front.

— Il a perdu un œil, dit-elle. Lui qui était si coquet !

— Tu l'as revu ?

— Non. Nous sommes en froid.

Elle rougit et ajouta rapidement :

— Ce sont des potins de l'arrière. Ils ne t'intéressent pas. Cet après-midi, Lioubov, Prychkine, Eugénie et Malinoff se réunissent chez moi pour te rencontrer. Tu seras là. J'espère ?

— Où veux-tu que j'aille avec mes pauvres jambes ? dit Nicolas.

Puis il toucha la nappe, les tasses, du bout des doigts.

— C'est joli, dit-il, c'est neuf.

Entre ses paupières rapprochées, brilla un regard triste qui émut Tania. Elle aurait voulu tout lui donner : la nappe, les tasses, la maison. Elle pensait à Michel, privé des joies les plus élémentaires. Elle se sentait coupable d'exister.

— Ah ! dit-elle. Quand tout cela finira-t-il ? Quand reviendrez-vous pour de bon ?

A ce moment, Serge et Boris firent irruption dans la pièce et coururent droit sur Nicolas pour l'embrasser.

— Mlle Fromont nous a permis de creuser une tranchée dans la cour, dit Serge. Il faut que tu viennes la voir.

— Oncle Nicolas a autre chose à faire que surveiller vos jeux, dit Tania.

— Rien qu'un petit peu. S'il ne vient pas tout de suite, le chien aura démoli la tranchée. Il est allemand. Nous le bombardons avec des boules de neige.

— Qui est le général parmi vous ? demanda Nicolas en bombant le torse.

— Moi, dit Serge.

— Et les troupes ?

— Lui.

Il désignait Boris qui suçait son pouce.

— C'est entendu, Excellence, dit Nicolas avec gravité. Je viendrai visiter vos positions avant la tombée de la nuit.

— Tu nous montreras aussi comment on monte à l'attaque.

— A vos ordres, Excellence.

Serge considérait son oncle avec ravissement. La joie et

la fierté éclairaient le visage de l'enfant. Ses joues étaient rosies par le froid. Son regard étincelait de hardiesse. Enfin, un homme compétent s'occupait à son instruction militaire ! Il se mit au garde-à-vous et proféra d'une voix tremblante :

— Nous t'attendons à notre poste de combat. En avant, marche !

Et il sortit en claquant ses talons sur le parquet. Boris le suivit, le dos rond, l'œil éteint.

— Boris se tient mal, dit Tania d'un ton soucieux. Il a toujours l'air de dormir.

— Il réfléchit, peut-être...

— A son âge, dit Tania, on ne réfléchit pas, on rêve.

— Je crois, dit Nicolas, que je suis comme lui. Je ne réfléchis pas, je rêve. Souvent, cela vaut mieux.

— Tu veux vraiment les voir jouer à la guerre ?

— Je préférerais les voir jouer à autre chose.

Il se leva en s'appuyant à la table, prit ses deux cannes et se dirigea vers la porte en traînant les pieds. Tania marchait derrière lui, attentive à ses moindres gestes. Elle éprouvait un malaise physique à le savoir blessé. Elle avait peur qu'il proposât, un jour, de lui montrer ses cicatrices.

Dans le corridor, le valet de chambre les rejoignit.

— Allez chercher le manteau et la casquette de Nicolas Constantinovitch, dit Tania. Nous sortons.

— C'est que, justement, j'apporte une lettre pour lui, dit le valet de chambre en présentant à Nicolas une enveloppe posée sur un plateau d'argent. On vient de me la remettre.

Nicolas décacheta l'enveloppe, ouvrit le feuillet, et son regard courut droit à la signature : « Zagouliaïeff. » Il frissonna. Tout le passé se dressait en lui, d'un seul bloc, à la lecture de ce nom. Quelque chose de lourd, de révolu, d'inutile s'installait de nouveau dans sa tête. Comment Zagouliaïeff avait-il obtenu son adresse ? Il parcourut le billet :

Comme tu le vois, je suis bien renseigné sur les déplacements des camarades. Bien que tu n'aies pas jugé utile de me donner signe de vie depuis ta blessure, j'ai retrouvé ta trace et je veux te parler. Rendez-vous, aujourd'hui, midi, au Musée Trétiakoff, premier étage, en face du tableau de Répine représentant Ivan le Terrible devant le cadavre de son fils. *Salutations.*

ZAGOULIAÏEFF.

Machinalement, Nicolas regarda sa montre. Il était dix heures.

— Rien de grave ? demanda Tania.

— Non, non. Un ami me fixe rendez-vous pour midi...

— Tu ne vas pas y aller !

— Il faut que j'y aille, dit Nicolas. Mais je veux savoir d'abord ce qui se passe dans nos tranchées. J'entends le chien qui aboie. La bataille doit faire rage.

Il rit sans entrain, le regard clair, les sourcils immobiles. Tania lui serra la main :

— Quel bon garçon, quel bon garçon tu es !

Le valet de chambre apporta la capote et la casquette de Nicolas. Il coiffa sa casquette, jeta la capote sur ses épaules.

— Je te laisse, dit Tania. Quand tu en auras assez d'arbitrer le conflit, monte me voir dans ma chambre.

— Tu as tort. C'est très important, murmura Nicolas. Il réfléchit un moment et ajouta :

— Plus important que tout le reste.

Quelques instants plus tard, comme Tania se trouvait dans son cabinet de toilette, dont les fenêtres donnaient sur la cour, elle vit, à travers les carreaux constellés de givre, son frère et ses enfants qui piétinaient dans la neige autour d'un grand trou. Nicolas, avec sa canne, traçait une ligne sur la couche blanche qui recouvrait le sol. En même temps, il parlait avec animation. Son haleine sortait en buée de sa bouche. Serge brandit son arbalète et courut délivrer le chien qu'on avait enfermé dans la niche. Il criait :

— Ça commence ! Ça commence !

Cependant, Mlle Fromont dérangea la fête. Elle apportait des cache-nez supplémentaires et des gants fourrés. Il y eut des protestations, des pleurnicheries. Boris se roulait par terre, Serge hurlait :

— Je les mettrai plus tard. Maintenant, on se bat !

— Passionnant ! s'écria Zagouliaïeff. Ils t'ont costumé. Ils ont fait de toi un héros. Ils vont te donner une petite croix pour te dédommager de ta blessure.

Ils étaient assis côte à côte, dans une salle de la galerie Trétiakoff. Les visiteurs étaient rares. Une lumière froide et calme baignait la surface vernie des tableaux.

— Ainsi, tu es content ? reprit Zagouliaïeff.

— Oui.

— Content de n'être plus que du matériel humain au service du tsar ?

— Je t'ai déjà dit, murmura Nicolas, que je ne me battais pas pour le tsar, mais pour la patrie. Quand la patrie sera délivrée de la menace extérieure, nous mettrons de l'ordre chez nous, nous chasserons le tsar…

— Il sera trop tard, dit Zagouliaïeff. La victoire le rendra populaire. Aidé par les Alliés, il se cramponnera comme une pieuvre à son trône. Il profitera de ton sacrifice pour affermir son autorité. Il flanquera en prison tous ceux qui oseront lever la tête. Toi le premier, toi le premier, Nicolas. C'est maintenant qu'il faut agir.

— Une révolution en temps de guerre est impossible, dit Nicolas.

— Pourquoi ?

— Parce que, privée brusquement de ses chefs, mêlée sans préparation à une aventure politique, l'armée se désorganisera sur toute l'étendue du front. Alors, l'ennemi envahira notre territoire.

— Nous signerons une paix séparée !

— Comment peux-tu parler de paix séparée, alors que nous avons donné notre parole aux Alliés ?

Zagouliaïeff éclata de rire et se renversa sur le dossier de la banquette. Le sang rougit ses larges oreilles écartées.

— Ta sollicitude à l'égard des Alliés m'enchante, dit-il. Occupe-toi un peu moins des Alliés et un peu plus de nous. D'ailleurs, es-tu bien sûr que les Alliés ne nous trahiraient pas si nous tombions dans le malheur ? Pas de sentiments en matière de politique. Tant que leurs intérêts matériels concordent, les nations marchent côte à côte et se jurent fidélité. Dès que leurs intérêts matériels commencent à diverger, les nations se séparent. Il ne s'agit pas d'idéal. Il s'agit de blé, de fer, de voies maritimes, d'hégémonie industrielle ou marchande. Crois-moi, si la France ou l'Angleterre recevaient de l'Allemagne des compensations suffisantes, elles nous laisseraient choir sans attendre la fin de la guerre. « Débrouillez-vous. Nous, on est payés... » Voilà la politique. Souviens-toi de François-Joseph, qui n'a été consolidé sur son trône que grâce à l'armée russe. Que penses-tu de sa gratitude à notre égard ? Il nous hait. Et il a raison. Est-ce qu'ils sont tous aussi bêtes que toi, au front ?

Nicolas fut sur le point de s'offenser, mais, très vite, il jugea ridicule ce début d'indignation bourgeoise. Entre Zagouliaïeff et lui, les mots avaient une valeur spéciale. Quelle que fût la nature de leurs dissentiments, une complicité obscure les liait l'un à l'autre.

Un gardien passa devant eux, les mains dans le dos, l'œil voilé. Nicolas attendit qu'il se fût éloigné et dit sans conviction :

— Le moral du soldat est admirable. Les officiers sont courageux. N'étaient le manque de munitions, la difficulté des transports, la désorganisation intérieure...

Zagouliaïeff l'interrompit avec violence :

— Pauvre imbécile ! Tu te figures donc réellement que votre héroïsme mérite d'être pris en considération ? L'avenir, ce n'est pas toi qui le forges, à l'avant ; c'est moi qui le prépare, à l'arrière. Que les armées russes avancent ou reculent, perdent une ville ou en gagnent une autre, cela n'a exactement aucune importance sur le plan de l'Histoire. Que des milliers d'hommes, vêtus comme toi, se fassent écharper ou reçoivent des médailles, c'est un jeu d'enfant en marge de la vie nationale. La guerre n'est rien. Elle modifiera peut-être la ligne des frontières. Quelques villages allemands deviendront russes, quelques villages russes deviendront allemands. Mais la révolution, elle, ne se bornera pas à déplacer des poteaux rayés d'un bord à l'autre de la route. Elle transformera la face du pays et peut-être du monde. Elle amorcera une ère nouvelle pour l'humanité. Le véritable événement historique, ce n'est pas la guerre, c'est la révolution. Les faits marquants de cette époque ne sont pas la traversée des Carpates ou la délivrance de Varsovie, mais les indices de mécontentement, de trahison, de fatigue, qui, un à un, commencent à se manifester. Les soldats, je me fous d'eux. S'ils sont assez sots pour se faire tuer, qu'ils persévèrent. C'est de l'intérieur que partira la vague.

Il se pencha vers Nicolas et continua de parler dans son oreille, avec une haleine chaude et courte :

— Chaque erreur du gouvernement amène de l'eau à mon moulin. Mes alliés, ce sont Raspoutine, l'impératrice, l'empereur, Soukhomlinoff, le grand-duc Nicolas. Tout le beau monde, quoi ! Je dois avouer qu'ils m'aident dans ma tâche, comme s'ils avaient reçu de moi des instructions précises. Parle-t-on beaucoup de Raspoutine parmi vous ?

— De temps en temps. Mais, en général, la politique ne nous intéresse pas.

— Elle vous intéressera. Elle viendra à vous, puisque vous ne voulez pas venir à elle. Elle aura le visage de la famine, de la honte, de la peur, de la maladie. Le peuple russe n'est pas encore assez malheureux. L'abcès n'est pas mûr. Mais il grossit à vue d'œil. Je le surveille. Miassoïedoff, employé au service des renseignements de la 10ᵉ armée, est convaincu d'intelligence avec l'ennemi. C'était un familier du ministre de la Guerre et de Mᵐᵉ Soukhomlinoff. Il expédiait aux Allemands des bulletins d'information sur les mouvements de nos troupes. Un bon point pour nous. L'ambassadeur de France obtient la grâce de Bourtzeff qui a traîné dans la boue l'empereur et l'impératrice. Un bon point pour nous. Mᵐᵉ Vyroubova, qui protège Raspoutine, est victime d'un accident de chemin de fer. Les mauvaises langues affirment que, seule de tous les voyageurs blessés, elle recevra une pension. Un bon point pour nous. On apprend que Raspoutine, par l'entremise de l'impératrice, fourre son gros nez dans les affaires militaires. On le dit vendu aux Allemands. Un bon point pour nous. Les réfugiés affluent dans les villes. Un bon point pour nous. Les prix montent. Un bon point pour nous.

Il s'arrêta un instant, comme pour lire l'effet de ses paroles sur la figure de Nicolas. Puis, son visage chafouin et douloureux se jeta en avant. Il gronda :

— Il faut que vous perdiez la guerre. Il faut qu'on vous tue par milliers, que vous soyez mal nourris, mal soignés, que les munitions manquent, que les épidémies vous déciment. Tu repartiras pour le front ?

— Oui.

— Tu peux nous être très utile, là-bas.

— De quelle façon ?

— En propageant les nouvelles honteuses de l'arrière, en distribuant des tracts, en sapant le moral de tes camarades...

— Ne compte pas sur moi, pour cette besogne, dit Nicolas.

— Mais tu n'as donc rien compris ? s'écria Zagouliaïeff. Autrefois, tu risquais ta vie pour tuer les valets du tsar, aujourd'hui, tu risques ta vie pour les protéger. Que se passe-t-il ? On t'a acheté ? Tu n'es plus avec nous ?

Nicolas gardait le silence. Alors, Zagouliaïeff changea de ton. Ses yeux devinrent fixes et liquoreux. Sa voix se nuança de tendresse.

— Je devine les motifs de ton hésitation, chuchota-t-il. Tu te dis : en travaillant pour la révolution, nous compromettons les chances de la victoire, nous faisons le jeu de l'ennemi, nous trahissons non pas le tsar, mais la Russie.

— Exactement, dit Nicolas.

— Quand tu raisonnes ainsi, reprit Zagouliaïeff, tu oublies simplement que, *même sans notre intervention,* la monarchie est perdue. Le trône s'écroule de lui-même. La pourriture est partout. Que tu le veuilles ou non, personne ne respecte plus la famille impériale. Les grands-ducs critiquent ouvertement la politique du tsar. Il y a dans tout cela une fatalité tragique. Une force qui nous déborde précipite le cours des événements. Puisque le tsar est condamné, mieux vaut en finir le plus vite possible. Si l'opération chirurgicale est rapide, notre pays guérira de sa maladie. Si nous laissons traîner les choses, la Russie, empoisonnée, périra en même temps que le tsar. Ce n'est plus une question de politique, mais d'hygiène.

Il semblait à Nicolas que quelque chose s'effritait, tombait en poussière au-dedans de lui-même. L'assurance de Zagouliaïeff était agaçante. On eût dit que cet homme n'était jamais seul. Derrière lui, veillaient des amis dévoués, aux faces grises, des historiens révolutionnaires, toute une foule obéissante. Il avait la vie profonde et lente de cette foule. Il était sûr de gagner.

Une dame, coiffée d'un grand chapeau fait de fleurs, de voiles et d'oiselets assassinés, s'était arrêtée devant le tableau de Répine. Elle tenait par la main une fillette aux longues tresses raides. Elle disait :

— Tu vois, c'est le tsar. Il a tué son fils dans un moment de colère. Maintenant, il le regrette. Regarde ses yeux.

— Oui, maman.

— Il a des yeux terribles. Ils sortent de la toile. Et le sang, tu vois le sang ?

— Oui, maman.

— Il coule. C'est admirable !

Elle passa au tableau suivant :

— Le retour du forçat. Toute la famille est là. L'homme entre. Ses proches sont gênés. Ils ne savent pas comment l'accueillir. Il y a eu un grand écrivain russe qui était forçat. Tu apprendras ça à l'école.

— Ne t'obstine pas, dit Zagouliaïeff en posant sa main froide et moite sur le poignet de Nicolas. En favorisant les desseins de tes chefs, tu luttes contre le courant historique. Tu nies l'enchaînement mécanique des faits. Tu perds ton temps.

Nicolas songea confusément que Zagouliaïeff avait raison, comme toujours, mais, dans les circonstances présentes, la logique était dépassée. Depuis que la guerre avait éclaté, l'intelligence ne servait plus à rien. On décidait avec sa peau, avec son sang, avec son cœur, avec son ventre, avec tout, sauf avec son cerveau.

— La patrie est au-dessus de tout, dit Nicolas. En s'appuyant sur la nation, en lui reconnaissant le droit d'exister et de se défendre, l'Internationale justifie mon attitude.

— L'Internationale est morte, dit Zagouliaïeff.

— Je fais la guerre, reprit Nicolas, en obéissant à mes convictions socialistes. Une nouvelle Internationale naîtra parmi les soldats russes vainqueurs des Allemands. Cette Internationale-là sera dure pour les hommes de ton espèce...

— La nôtre, dit Zagouliaïeff en souriant, sera pleine de mansuétude pour les égarés de ton genre. Songe, Nicolas, que tu es isolé. La majorité du peuple est avec moi.

— Aux armées...

— Je ne parle pas des armées. Je parle de l'intérieur. Les ouvriers, les intellectuels, les jeunes recrues qu'on instruit en hâte, avant de les envoyer à l'abattoir, pensent comme moi. Et ce n'est qu'un début.

— Je croyais, dit Nicolas, qu'au lendemain de la déclaration de guerre toute activité clandestine avait été suspendue.

— La lune de miel du peuple et du tsar n'a duré que cinq mois. C'est fini. Dès le 8 janvier, à Pétrograd, on a découvert deux imprimeries clandestines. Quelques jours plus tard, le gouvernement dispersait la Société d'Études économiques. Les socialistes révolutionnaires participent aux commissions des hôpitaux et des bibliothèques pour le service des blessés. Ils retardent l'expédition des échantillons de littérature monarchiste et glissent dans les colis des brochures hostiles au régime. Dans les usines, dans les ateliers, dans les couloirs de la Douma, nos groupes ont repris leur travail. Tu es à la traîne. Tu débarques d'un autre monde. Réveille-toi. Ouvre les yeux.

Nicolas baissa les regards vers ses bottes cirées.

— Ah ! tu as l'air malin, là-dedans ! dit Zagouliaïeff en touchant le tissu de l'uniforme.

Nicolas éprouva une impression intolérable d'injure et de délaissement. Jusqu'à ce jour, il avait vécu en masse, avec un pullulement de petites consciences obéissantes autour de lui. Des hommes lui sortaient de partout. Il était d'accord avec eux. Il se reflétait en eux. Et voici que, subitement, il était seul. Seul à faire la guerre. Seul à croire qu'il gagnerait la guerre. Tous étaient de l'autre côté. Avec Zagouliaïeff. C'était impossible. Il rêvait. Violemment, il redressa la tête et regarda Zagouliaïeff en plein visage.

— Tu ne m'as pas convaincu, dit-il. Je suis sûr que tu te trompes.

— Bourrique ! dit Zagouliaïeff.

La dame au chef emplumé revint sur ses pas et s'approcha de Zagouliaïeff.

— Je ne vois pas le gardien. Pouvez-vous m'indiquer où se trouve le portrait de Pouchkine ? C'est pour ma petite fille, n'est-ce pas ?

— Dans la première salle après l'escalier, dit Nicolas.

La dame remercia et s'éloigna rapidement en roulant des hanches. Les tresses de la fillette sautillaient comme des serpents sur son dos.

Nicolas fut attendri par le spectacle de ces visiteuses banales. En vérité, il était plus proche d'elles que de Zagouliaïeff. « Elles aiment la peinture. Elles sont fières de tout ce qui est russe. Je me bats pour défendre les toiles de maîtres, les livres, la musique, les paysages. Je me bats pour Pouchkine, pour Dostoïevsky, pour Gogol, pour Répine, pour Glinka, pour le Kremlin. » Une exaltation facile tremblotait dans son cœur. Cette première sortie l'avait affaibli. Il dérivait tout entier entre des falaises verticales de tableaux aux couleurs vives, aux cadres d'or. Un archidiacre, le tsar, la tsarine Sophie, Léon Tolstoï, des inconnus sans épaisseur, tenaient conseil dans le silence. Il frémit et se sentit devenir petit et nu devant cet aréopage solennel. L'odeur de la cire à parquets lui donnait la nausée.

— Il faut que je rentre, dit-il. La tête me tourne. Je suis fatigué.

— Soit, dit Zagouliaïeff. Mais nous nous reverrons.

— Bien sûr.

— Tu changeras d'avis.

— Non.

Dans l'escalier, il eut un vertige et crut qu'il allait tomber. Zagouliaïeff le maintenait fermement par le bras.

— Appuie-toi sur moi, disait-il.

La rue Lavrouchensky était ensevelie sous une neige légère. Des traîneaux noirs attendaient à la porte de la galerie Trétiakoff. Les cochers criaient :

— Par ici, barine, par ici ! Vous serez rendu en un clin d'œil !

Ils s'installèrent dans un traîneau.

— Rue Skatertny. Mais passe par la place Rouge, dit Nicolas au cocher.

— C'est un sacré détour, barine.

— Tant pis pour le détour.

Lorsque dans l'atmosphère gris-mauve, pailletée de froid, se détachèrent les créneaux et les coupoles du Kremlin, Nicolas eut un sourire étrange, regarda Zagouliaïeff, et murmura :

— Cela va mieux.

Après le déjeuner, Nicolas demanda à sa sœur la permission de se retirer dans sa chambre. Dès qu'il se fut étendu, tout habillé, il sombra dans un sommeil sans rêves. Mais, vers cinq heures, un bruit de voix et de rires interrompit son repos. Les invités étaient là. Ayant remis de l'ordre dans sa toilette, Nicolas descendit au salon. Aussitôt, il fut pris dans un tourbillon.

Une Lioubov inconnue, rafraîchissante, parfumée, s'abattit sur sa poitrine avec des roucoulements de colombe. Elle criait :

— Mon frère, mon petit frère, quelle joie de te revoir ! Tu sais, l'uniforme te va à ravir. C'est fou ce que tu es séduisant depuis que tu as un peu maigri ! Toutes les femmes de Moscou vont être éprises de toi. Moi la première ! Moi la première !

— Nicolas, ne reste pas debout, disait Tania.

Le mari de Lioubov poussait un fauteuil vers Nicolas et susurrait :

— Je m'appelle Prychkine. Je serais si heureux que vous veniez nous applaudir... ou nous siffler, héhé ! dans notre spectacle !

— Tu ne reconnais pas Eugénie Smirnoff ? demandait Tania. Mais si, vous vous êtes déjà rencontrés chez moi...

Et une créature potelée, au menton ravalé, au nez en mie de pain, souriait à Nicolas en montrant ses gencives roses :

— Tania était si inquiète à votre sujet ! Que de fois nous avons parlé de vous en ourlant des chemises pour nos chers soldats !

— Je te présente notre grand écrivain et notre bon ami, Arkady Grigorievitch Malinoff, dit Tania.

Nicolas serra la main d'un petit homme blafard, à la barbe blonde et aux yeux bleus. Cette figure ne lui était pas étrangère.

— Il me semble vous avoir déjà vu, dit-il.

— C'est probable, dit Malinoff. Je sors beaucoup. Fréquentiez-vous les milieux littéraires, avant la guerre ?

— Ma foi, non.

— Nicolas était un sauvage, proclama Tania avec fierté.

— Je le suis encore, dit Nicolas.

— Comme vous avez raison ! dit Malinoff en faisant une grimace de dépit supérieur. Notre meilleur ami, c'est encore nous-même. Savez-vous que je viens d'être nommé correspondant de guerre ?

— Comment ? s'écria Eugénie Smirnoff. Et je n'étais au courant de rien ?

Elle rougit violemment.

— Je l'ai appris ce matin même, ma chère, dit Malinoft. Dans une quinzaine de jours, je partirai pour une tournée d'information sur le front.

— Soyez prudent, Arkady, murmura Eugénie Smirnoff.

Puis, elle regarda Nicolas, se troubla et ajouta précipitamment :

— Enfin... dans la mesure du possible...

— Aurez-vous le droit de choisir les unités que vous visiterez ? demanda Tania.

— Je l'ignore, mais j'essaierai, répliqua Malinoff avec componction.

— Si vous pouviez vous rendre auprès des hussards d'Alexandra, vous verriez mon mari et mon frère Akim.

Malinoff tira un carnet et un crayon de sa poche, inscrivit quelques mots au vol, referma le carnet et prononça précieusement :

— Comptez sur moi, Tatiana Constantinovna. Je tenterai l'impossible pour satisfaire votre désir.

Puis, il se tourna vers Nicolas et lui sourit d'un air entendu :

— Les femmes s'imaginent qu'on obtient ce qu'on veut des autorités militaires. Vous avez été blessé sur la Bzoura, m'a-t-on raconté ?

— Oui.

— Eh bien ? Le moral des troupes ?

— Je ne peux vous parler que de mon régiment, dit Nicolas. Nous devions être relevés après quinze jours de tranchées, lorsque nous avons reçu l'ordre d'attaquer le village Kamion. Personne n'a protesté.

— Vous êtes monté à l'assaut ?

— Avec mes camarades, oui.

— Et... et vous avez pris les tranchées allemandes à la baïonnette ?...

— Oui...

Il y eut un silence. Le visage de Malinoff exprimait la réprobation.

— C'est affreux ! gémit Eugénie Smirnoff, dont les yeux s'emplirent de larmes.

Tania lui serra la main pour la réconforter.

— Nous devons nous incliner très bas, dit Malinoff, devant les braves soldats qui versent leur sang pour défendre la culture et le sol de la mère patrie. Si le gouvernement était aussi digne d'admiration que les troupes dont il dispose, les opérations tourneraient rapidement à notre avantage.

Nicolas considéra avec inquiétude ce petit homme propre, blond et péremptoire. Comment se faisait-il que Malinoff fût, lui aussi, hostile au gouvernement impérial ? Il n'était pourtant pas un révolutionnaire comme Zagouliaïeff. Du moins, il n'en avait pas l'air.

— Cette guerre est un crime, reprit Malinoff.

— Seriez-vous pour la paix séparée ? demanda Nicolas.

— Jamais de la vie ! s'écria Malinoff. Mais le changement de régime est le seul moyen d'éviter la paix séparée. Nous sommes conduits par des incapables. L'impéritie des pouvoirs publics était grave en temps normal, elle devient catastrophique en temps de guerre. Les civils ne méritaient peut-être pas autre chose qu'un Nicolas II, mais les soldats ont prouvé par leur héroïsme que ce chef n'est pas à leur taille. Ils veulent autre chose qu'un tsar débile, soumis à la double influence d'une femme nerveuse et d'un moine défroqué.

— Les soldats, dit Nicolas doucement, ne demandent pour l'instant que des munitions, du ravitaillement, des transports convenables.

Malinoff lui jeta un regard sévère :

— Vous n'allez pas prétendre qu'ils manquent à ce point de conscience politique ?

Nicolas était agacé d'entendre cet écrivain aux mains fines célébrer les vertus et les exigences des soldats.

— Je crois, dit-il, que les soldats, que vous aimez tant, vous sauraient gré d'employer votre énergie à des fins autres que politiques. Chacun sa besogne. Laissez-nous faire notre travail honnêtement. Et faites le vôtre de même. Nous avons juré de nous battre jusqu'au dernier pour défendre notre pays. Aidez-nous donc à nous battre, en nous envoyant régulièrement ce dont nous avons besoin, c'est-à-dire non des paroles de discorde, mais des fusils, des mitrailleuses, des canons, des obus, des grenades, du pain, des médicaments. Plus tard, lorsque nous aurons écrasé l'Allemagne, il sera temps de reprendre la discussion au point où nous l'avons interrompue avant la déclaration de la guerre.

— Vous accordez un sursis au tsarisme raspoutinien ?

— Ma foi, oui.

— Et vous estimez que le tsarisme raspoutinien mérite ce sursis ?

— Je choisis le moindre mal.

— Mais, mon pauvre ami, glapit Malinoff d'une voix aigre, vous signez votre arrêt de mort. Ce matériel que vous réclamez, vous ne l'obtiendrez jamais tant que les ministres actuels seront au pouvoir !

— On peut changer les ministres prévaricateurs et

renvoyer les mauvais généraux, sans pour cela renverser le tsar.

— Et si le tsar, ou plutôt la tsarine, refuse de les renvoyer ? Si Nicolas II est à ce point obnubilé par les rêveries de sa femme, qu'il préfère voir crever son peuple que de causer la moindre peine à son épouse, à Raspoutine, à toute la clique des illuminés et des espions ?

Devant ce déferlement de paroles, Nicolas ne trouvait plus d'arguments pour défendre sa thèse personnelle. Si les intellectuels et les bourgeois partageaient les idées des révolutionnaires, tout espoir de lutter contre leur mécontentement devenait illusoire. Il n'y avait qu'un point, en somme, sur lequel Zagouliaïeff et Malinoff ne fussent pas d'accord. Tous deux exigeaient l'abdication de Nicolas II et l'institution d'un régime républicain en Russie. Mais, pour Malinoff, ce bouleversement politique était la seule chance d'éviter une paix séparée, et, pour Zagouliaïeff, la seule chance de l'obtenir. Le premier souhaitait une révolution qui hâterait la victoire de l'armée russe, le second espérait une défaite russe qui hâterait la révolution. D'ailleurs ces êtres, si différents par leur nature et par leurs convictions profondes, prônaient-ils la même forme de révolution ? Non, la révolution de Zagouliaïeff n'était pas la révolution de Malinoff. La révolution de Zagouliaïeff était faite de sang, de violence, d'injustice et d'héroïsme populaire. La révolution de Malinoff était légale, avec des manchettes empesées, des discours, des motions, de belles barbes odorantes et des signatures sur du papier glacé. Il y avait là un malentendu tragique. La Russie entière vivait sur ce malentendu. Pour une erreur de vocabulaire, tout le destin du pays se trouvait engagé à faux. Et personne n'osait le comprendre et le dire.

— Écoutez, murmura Nicolas, il ne faut pas parler de la révolution à la légère. Une armée qui se bat ne peut pas continuer à se battre avec une révolution dans son dos. La révolution ne se fait pas avec des parlementaires, mais avec la rue...

— Nous avons des parlementaires qui sont amis de la rue, dit Malinoff. J'ai soupé dernièrement avec Kérensky. Cet homme m'a simplement bouleversé. Son éloquence, sa gentillesse, sa charité naturelle trouvent un écho dans le peuple comme dans les milieux cultivés. Il est tenace. Il est aimé. Il aboutira.

— A quoi ?

— A renverser le gouvernement actuel et à le remplacer par un autre gouvernement, qui exprimera la volonté populaire. A doter la Russie d'une constitution. A démocratiser toute la machine administrative. A octroyer les libertés qui s'imposent...

— En pleine guerre ?

— Sans doute. Kérensky voyage beaucoup. D'un bout à l'autre de la Russie, il propage l'espoir d'un renouveau possible.

— Pourvu qu'il n'arrive pas trop tôt en première ligne, dit Nicolas.

— Pourquoi ?

— Parce que, grâce à ses beaux discours, il aura tôt fait de démoraliser les soldats. Ils oublieront de se battre pour chercher au nom de quoi ils se battent. Ils ne penseront plus à l'Allemand qui est devant eux, mais au gouvernement qui est derrière eux. Ne forcez jamais une armée à regarder en arrière.

— C'est curieux, dit Malinoff, votre sœur m'avait affirmé que vous étiez socialiste.

— Mais je le suis plus que jamais ! gronda Nicolas. C'est vous qui ne voulez pas comprendre. Il ne s'agit pas d'une question de principe, mais d'opportunité. Le moment n'est pas venu de tenter une révolution. Voilà tout. Sachez attendre.

— Et c'est un soldat qui me tient ce langage ! dit Malinoff avec une moue vexée.

Il s'écarta de deux pas et heurta Eugénie Smirnoff qui l'avait écouté, béate et rose d'admiration.

— C'est étourdissant ! chuchota Eugénie Smirnoff. Je saisis tout en profondeur lorsque c'est vous qui l'expliquez.

— Moi, dit Tania, je suis de l'avis de mon frère. Pas de saut dans l'inconnu en période de guerre.

— Ni après, dit Prychkine.

— Ni après, reprit Tania. La Russie est un pays

tellement vaste, que seul un régime autoritaire peut en consacrer l'unité. Si chacun tire à hue et à dia, parle, fait des lois, c'est le désordre. Or, j'aime l'ordre.

— Parce que l'ordre présent vous est profitable, dit Malinoff, sans prendre la peine de dissimuler son acrimonie.

Les yeux de Tania se chargèrent d'orages et elle proféra d'une voix métallique :

— Cet ordre m'est tellement profitable que, grâce à lui, j'ai un mari, deux frères, une sœur et un beau-frère au front !

— Je devrais peut-être aussi me faire infirmière ! soupira Lioubov en battant des cils.

Nicolas saisit la main de Lioubov et la porta à ses lèvres :

— Reste telle que tu es. Exerce ton métier d'actrice. C'est ainsi que tu rendras les plus grands services au pays.

— En faisant rire les gens ?

— Mais oui, dit Nicolas. Pendant qu'ils rient, ils ne pensent pas à la politique. C'est déjà ça de gagné.

Il était sincère. Brusquement, de toute l'assemblée, Lioubov seule lui paraissait aimable. Et cela parce qu'elle ne se croyait pas obligée d'avoir des idées personnelles sur la situation. Parmi tous ces gens qui portaient des masques de circonstance, c'était la comédienne qui refusait de jouer un rôle.

— Tu excuseras la sortie de Malinoff, dit Tania en s'approchant de son frère. Il est très à gauche.

— Mais, moi aussi…

— Enfin, pas de la même façon. Et puis, lorsque Eugénie est là, il est toujours plus nerveux, plus bavard…

— Elle est sa maîtresse ?

— Tu l'ignorais ?

— Je ne sais lequel des deux je dois plaindre davantage, dit Nicolas.

Il avait une envie de partir, de rejoindre ses camarades souillés de vermine et de barbe, de ne plus réfléchir à rien d'autre qu'à l'organisation d'un abri, à la durée d'une étape, au moyen de survivre dans le remue-ménage d'un univers dément.

— Récitez-nous votre dernier poème, Arkady Grigorievitch, dit Tania.

— Prychkine le connaît mieux que moi, dit Malinoff. Allez-y, mon cher, je vous donne ma bénédiction.

Prychkine se plaça au centre du salon. Son joli visage pointu, coiffé d'une chevelure onduleuse et cuivrée, se figea dans l'extase. Seul un grain de beauté marron tremblait au coin de sa lèvre. Soudain, il s'écria :

Sang, sang, sang !
Un ange couronné de roses
Ouvre la bouche dans la nuit :
Sang, sang, sang !

Malinoff avait fermé les paupières, comme pour déguster en avare les accents de son propre génie.

Les canons roulent sur la route,
Et l'ange fouette les chevaux.
Humbles soldats, frères chétifs,
Vêtus de guenilles glaireuses,
Sang, sang, sang !
Mal nourris et rongés de poux,
La carabine sur l'épaule...
Sang, sang, sang !

— Les soldats ne sont pas armés de carabines, mais de fusils, murmura Nicolas.

Tania lui fit les gros yeux. Mais Malinoff n'avait rien entendu.

Le valet de chambre entra d'une démarche fautive et déposa sur la table un plateau avec des verres, une carafe de porto et des coupes de biscuits secs. Malinoff lui jeta un regard irrité, et l'homme se retira sur la pointe des pieds, comme un traître qui a raté son coup. Longtemps, la voix de Prychkine exalta les souffrances du petit soldat russe. Quand il prononçait le mot « sang », son visage se fronçait dans un rictus de férocité qui était comique.

Nicolas s'étonnait de plus en plus d'être assis dans ce salon confortable, qui fleurait le parfum des dames et la fumée des cigarettes. Un décalage brutal s'opérait entre lui et le décor. Le cœur lui manquait.

Sang ! Sang ! Sang !
Le général est gonflé de sang
Et du sang bout dans la gamelle...

« Dieu que c'est bête ! » chuchota Nicolas, en se renversant sur le dossier de sa chaise.

A travers la porte, il entendit le rire des enfants. Ils passaient en courant dans le corridor. Subitement, il y eut un silence, puis tout le monde parla à la fois :

— Admirable ! Cette coloration rouge ! Ce rythme qui est le rythme même du sang ! Qu'en pensez-vous, Nicolas Constantinovitch ?

Nicolas, tiré de sa rêverie, sentit qu'il fallait dire quelque chose d'aimable à l'auteur et à l'interprète. Mais il était trop fatigué pour formuler un compliment original. Il répéta machinalement :

— Les soldats ne sont pas armés de carabines, mais de fusils.

Tania était consternée.

— Je sais, dit Malinoff sur un ton hargneux. J'avais besoin du mot carabine pour accuser le rythme du morceau. C'est une licence poétique.

Il avala un verre de porto et s'essuya la bouche avec sa pochette.

A ce moment, Thadée Kitine fit irruption dans la pièce. Son visage fessu était bouleversé par l'allégresse. Avant même d'avoir salué Tania, il dit :

— Vous connaissez la nouvelle ?

— Quelle nouvelle ? demanda Malinoff.

— Après six mois de siège, nous nous sommes emparés de Przemysl : cent dix-sept mille soldats et deux mille six cents officiers autrichiens tombent entre nos mains. Demain matin, les journaux publieront le communiqué officiel...

Une joie sèche fouetta le cœur de Nicolas. Il se leva d'un bond, oubliant sa jambe malade, et dut se raccrocher à l'épaule de Tania qui se tenait près de lui.

— Quoi ? Quoi ? s'écria-t-il. C'est vrai ?

Il rejetait loin de lui Malinoff, Zagouliaïeff, Prychkine, le poème, le salon, le porto et les petits verres. Il exultait. Il avait envie d'embrasser quelqu'un. Au bout d'un moment, il se rassit et prononça d'une voix tremblante :

— Vous voyez bien que j'avais raison d'espérer !

Malinoff haussa les épaules et se versa un second verre de porto.

IX

Du fond de son fauteuil, Volodia grogna :

— Laisse ces cartes. Tu m'agaces avec tes réussites !

— C'est pour savoir, dit Kisiakoff.

— Ça ne m'amuse plus. Tu l'as fait dix fois.

— Et dix fois j'ai eu la bonne réponse. Ta vie changera, mon petit, à dater d'aujourd'hui, trois heures. Les cartes le disent. Et l'oculiste aussi.

Kisiakoff brouilla des deux mains le jeu étalé devant lui, sur la table. Puis, il tira une montre de son gousset et en fit claquer le couvercle avec satisfaction :

— Plus qu'une heure. Tu ne vas pas te préparer ?

— Je suis habillé.

— Tu pourrais changer de costume. Mettre une autre cravate. Un jour pareil ! Il me semble que si j'étais à ta place...

— Si tu étais à ma place, tu demanderais qu'on te foute la paix !

Kisiakoff se dressa sur ses jambes et éclata d'un rire volumineux. Des breloques dansaient sur son ventre. Il essuya une larme de joie avec son pouce.

— Mon petit faucon qui se fâche, dit-il. Ma parole, je suis plus impatient que toi de voir ta tête avec un œil de verre. L'oculiste prétend qu'il a exactement ce qu'il te faut. La couleur, la forme...

— Ça m'est égal.

— Tu préfères ton bandeau noir ? Avec ce bandeau noir tu as l'air d'un pirate malchanceux. Avec l'œil de verre, tu auras l'air de toi-même. Arraché à la mort, plus jeune et plus beau que jamais, Volodia Bourine reparaît dans le monde.

Volodia se pencha hors du fauteuil, saisit un coussin du canapé et le jeta à la figure de Kisiakoff.

— Manqué ! cria Kisiakoff en s'écartant d'un pas. Décidément, tu ne sais pas mieux viser les autres que toi-même !

Il ramassa le coussin, le tapota du plat de la main et le reposa sur le canapé :

— Ah ! si je n'étais pas là pour remettre de l'ordre dans ta maison, dans ta vie !

— Si tu n'étais pas là, hurla Volodia, je ne me serais pas suicidé !

— Ça recommence ? demanda Kisiakoff d'une voix menaçante. Je croyais t'avoir tout expliqué.

— Expliqué quoi ? Rien ne t'obligeait à me laisser seul après m'avoir parlé de mon père comme tu l'as fait.

Les traits de Kisiakoff se durcirent. Toute sa face fut de pierre. Il cria :

— Combien de fois faudra-t-il te répéter que je t'ai laissé seul pour courir chez Tania ? J'espérais la convaincre, t'apporter une bonne nouvelle. Mais madame n'était pas visible.

— Tu mens, dit Volodia avec sérénité.

— Peut-être, dit Kisiakoff. Je ne peux pas te forcer à me croire. Dieu lui-même ne me croit pas. En tout cas, je suis retourné chez Tania.

— Quand ?

— Il y a trois semaines. Lorsqu'on t'a transporté ici, de l'hôpital.

— Tu ne m'en as jamais rien dit.

— Je ne voulais pas te causer une peine inutile.

— Elle t'a reçu ?

— Oui.

— Et elle t'a promis de me revoir ?

— Non.

Volodia rectifia la position du bandeau noir sur son orbite vide. Chaque fois qu'il touchait la place de son œil, une petite répulsion lui parcourait la colonne vertébrale. Il frissonna, fit la grimace et demanda humblement :

— Était-elle affectée au moins de ma blessure ?

— Même pas, dit Kisiakoff, en avançant les lèvres, comme pour cracher une peau de raisin.

— C'est mieux ainsi, dit Volodia. Quand je pense que j'ai failli me tuer à cause de cette salope !...

— Tu vois bien !...

— Quoi ?

— Qu'il fallait ce choc pour te guérir d'elle. Tu as perdu un œil, mais tu as recouvré la raison. Une bonne affaire.

Volodia regarda Kisiakoff avec défiance :

— Je suis sûr que tu ne m'avais pas laissé seul pour courir chez Tania.

Kisiakoff réfléchit un moment et une expression hilare élargit son visage :

— En admettant même que je t'aie menti, de quoi te plains-tu ? Te voilà débarrassé d'elle.

— J'aurais pu me tuer pour de bon.

— Je savais que tu te manquerais.

— Ce n'est pas vrai ! Tu ne savais rien ! Tu espérais ma mort !

— Écoute, dit Kisiakoff, si tu te méfies encore de moi, je préfère m'en aller.

Volodia ouvrit la bouche pour répondre, mais détourna la tête et ne dit rien. Il demeurait persuadé que Kisiakoff avait souhaité sa mort, quelques semaines plus tôt, avec la même ardeur qu'il souhaitait aujourd'hui sa guérison. Cet homme se jouait de lui, s'amusait à le jeter par terre, à le relever, à le soigner, à le démoraliser, à le salir et à obtenir sa reconnaissance. De toute évidence, le suprême plaisir de Kisiakoff était d'agiter les créatures, d'imiter le destin, de se substituer à Dieu. Depuis que Volodia était tombé en son pouvoir, il se jugeait privé de toute volonté efficace. Il n'avait plus que des caprices. Il devenait femme.

— Je devrais, en effet, te mettre à la porte, dit-il.

— Parfait, dit Kisiakoff en boutonnant son veston. Je ne demande que ça. Seulement, si je m'en vais, ce sera pour toujours. Tu vivras sur tes économies. Tu seras seul. Tu te suicideras.

Il fit un pas, posa ses deux mains sur les épaules de Volodia et le questionna violemment :

— Y a-t-il beaucoup d'amis qui t'aient rendu visite pendant ta maladie ?

— Non.

— Tu n'intéresses plus personne. Tu n'appartiens pas au même monde, à la même époque que les autres. Moi seul suis capable de te supporter. En souvenir de ta mère. Uniquement en souvenir de ta mère !

Il renifla avec sentiment. Des fibrilles rouges striaient son nez.

— Adieu, dit-il enfin en tendant sa main à Volodia.

Volodia considéra la main ouverte, pendue devant lui dans le vide. Cette comédie l'irritait. Kisiakoff savait aussi bien que lui qu'il s'agissait d'une fausse sortie. La scène s'était renouvelée plus de vingt fois depuis le début de leur vie commune. Ces disputes rituelles n'aboutissaient à rien. Elles détendaient les nerfs, tout au plus. Elles faisaient passer le temps.

— Ingrat ! dit Kisiakoff en plongeant la main dans sa poche. Après ce que j'ai fait pour toi ! Ah ! tu me tords les entrailles ! Va mettre ton manteau, nous partons.

— Je n'irai pas chez l'oculiste, dit Volodia.

— Pourquoi ?

— Je me moque d'être beau ou laid, de porter un œil de verre ou un bandeau noir.

Il éprouvait un besoin sournois d'agacer Kisiakoff. Il se sentait veule, pâteux, exécrable. Sa vie était derrière lui, gâchée. Il n'aimait pas Tania. Il n'avait même plus le courage de mourir. On voulait lui enfoncer un œil de verre dans la tête. Pourquoi ? Pour amuser Kisiakoff ? Soudain, il eut envie de tirer la langue et que quelqu'un le giflât.

— Vas-tu m'obéir, oui ou non ? glapit Kisiakoff en abattant son poing sur la table.

Volodia tressaillit et rentra le cou dans les épaules. Il était content d'avoir fâché Kisiakoff. Une frayeur délicieuse lui traversa le corps, de haut en bas. Les muscles de sa bouche se tendirent. Il sourit sottement et murmura :

— Tu es furieux ?

— Oui, dit Kisiakoff. On ne fait pas attendre un docteur.

Au fond d'une grande boîte, sur un lit de coton, reposait une flottille d'yeux multicolores. Pressés côte à côte, comme des œufs d'émail blanc, avec l'iris peint au centre, ils observaient le plafond avec fixité. Il y avait quelque chose de maléfique dans cette accumulation de regards qui n'appartenaient à personne. On eût dit que les figures avaient disparu, englouties dans l'ouate, dissoutes dans l'atmosphère, et n'avaient laissé à leur place qu'une collection de prunelles exorbitées.

Volodia modela le nœud de sa cravate et se dirigea vers la glace que lui désignait le docteur. Depuis quelques secondes, un corps étranger, froid et dur, habitait sa chair, à droite, entre le sourcil et la pommette. Ses paupières lui faisaient mal, parce qu'on avait dû les retourner pour introduire l'œil artificiel dans l'orbite. Un frisson désagréable se communiquait à sa joue, à sa mâchoire.

— Eh bien, dit le docteur sur un ton triomphal. Qu'en pensez-vous ?

Dans le miroir carré, Volodia contemplait son visage mince et pâle. Une cicatrice creusait son front en étoile et poussait un sentier rose dans ses cheveux. Deux yeux, identiques de forme et de couleur, brillaient sous les arcades sourcilières. Mais l'un de ces yeux était vivant, l'autre était mort. Malgré l'habileté de l'exécution, on ne pouvait pas s'y tromper. Il y avait dans l'œil gauche une clarté, une joie, un mystère, que l'œil droit, bête et rond, ignorait totalement. L'œil gauche, c'était Volodia. L'œil droit, c'était n'importe qui. Toute la face de Volodia se trouvait ainsi divisée par le milieu, avec un côté qui affirmait son existence propre et l'autre qui participait à l'inertie opaque des choses.

Une peur brusque saisit le cœur de Volodia devant cette emprise de la matière sur une partie de lui-même. C'était comme si une fraction de son être fût devenue de pierre ou de verre contre sa volonté. Il s'avança encore vers la glace et considéra de près cet œil inanimé qui venait de prendre place dans sa figure. L'artiste avait achevé son travail avec soin. La coloration verte de l'iris, strié de bleu et de brun, était scrupuleusement conforme à l'original. Dans l'émail blanc bleuté de la sclérotique transparaissaient des veinules roses tracées d'une main légère. Le noir de la pupille suggérait l'idée de la profondeur. Mais cette excellence même était en quelque sorte terrifiante. Il semblait à Volodia qu'il eût préféré un caillou, un morceau de cuir, un bouchon de carafe, à ce globe oculaire qui prétendait restituer son regard. Il voulut expliquer son sentiment au docteur. Mais, avant même qu'il eût ouvert la bouche, le docteur déclarait d'une voix suave :

— C'est un Allemand russifié qui fabrique ces yeux artificiels. Je ne crains pas de dire que le vôtre est un pur chef-d'œuvre. Bien entendu, les premiers temps, vous éprouverez une petite gêne, à cause des restes encore sensibles de la cornée...

Volodia ferma les paupières, les rouvrit, et, devant lui, un homme mi-chair, mi-verre, esquissa un sourire sarcastique.

— Je vous conseille de ne porter l'œil que quelques heures par jour pour commencer, reprit le docteur. Avant de vous coucher vous le placerez dans un bain d'eau et vous laverez vos paupières...

— C'est idiot, grommela Volodia.

Il subissait une mauvaise envie de rire :

— J'enlèverai mon œil pour dormir. Comme les vieux leur râtelier. Ha ! ha !

— Ne plaisantez pas, dit le docteur d'un air offensé. Ces précautions sont nécessaires.

— Je veillerai à ce qu'il exécute correctement vos instructions, affirma Kisiakoff.

Dans la glace, à côté de son visage, Volodia vit surgir une barbe et un regard noirs. Un rictus silencieux distendait les joues velues de Kisiakoff.

— C'est parfait, parfait, répétait-il. Je dirai même que c'est mieux qu'avant. Est-il beau, le scélérat !

— Tu n'as pas le droit de te moquer, dit Volodia entre ses dents. Si je suis défiguré, c'est ta faute.

— Tu n'es pas défiguré, mon petit. Ton visage a pris du relief. Tel quel, aucune femme ne te résisterait.

— Je voudrais rester seul devant cette glace, dit Volodia.

— Pour quoi faire ? demanda le docteur inquiet.

— Pour m'habituer.

— Mais je vous en prie, prenez votre temps.

Et, tenant Kisiakoff par le bras, le docteur l'entraîna vers le fond de la salle. Volodia l'entendit qui chuchotait :

— Je vais vous prescrire des gouttes calmantes pour votre ami. Il est excessivement nerveux. Cela se comprend, après le choc qu'il a subi.

Tombant à travers les fenêtres dépolies, un jour calme baignait les murs crème, les armoires vitrées, le carrelage bleu et blanc. Une vague odeur d'iode et de camphre chatouillait la gorge. Aux parois pendaient des pancartes ophtalmologiques, avec de grosses lettres d'imprimerie disséminées sur le carton. Volodia fit quelques pas, comme pour oublier son reflet, puis revint à la glace et se planta devant elle, la tête en avant, les yeux écarquillés. Mais, cette fois-ci, il n'éprouva plus la même réaction de gêne et de colère. L'image de cet homme rafistolé, avec sa cicatrice rose et sa pupille artificielle, ne le choquait que très modérément. Il s'intéressait à ce nouvel aspect de lui-même. Peut-être Kisiakoff avait-il raison ? L'œil de verre conférait à la figure de Volodia un caractère d'étrangeté qui n'était point désagréable. De toute façon, cela valait mieux que le bandeau noir. On pouvait vivre, ainsi complété, séduire des femmes. En avait-il seulement le désir ?

S'étant assuré que Kisiakoff et le docteur ne le regardaient pas, Volodia se fit quelques mines dans le miroir. Il prit tour à tour une expression triste, amusée, furieuse. De toute la face, seul l'œil droit n'obéissait pas aux sentiments. Tel un cancre, cet œil-là ne comprenait rien, refusait de travailler, se pétrifiait dans une vie autonome. Mais ce désaccord entre l'iris émaillé et le reste de la physionomie était instructif. L'œil droit, immobile, était en quelque sorte le zéro parfait, à partir de quoi se mesurait l'activité des autres fragments du visage. « Il sera toujours là, au sommet de mon corps, pour me rappeler l'indifférence des choses », pensa Volodia. Cette idée lui plut. Brusquement, il éprouvait le besoin d'essayer le pouvoir de son œil artificiel sur des étrangers. Une curiosité enfantine l'agitait : « Qui remarquera et qui ne remarquera pas ? C'est un jeu. » Quelqu'un toussa derrière lui.

— Eh bien, demanda le docteur en s'approchant. Vous vous y faites ?

— Je te répète, s'écria Kisiakoff, que tu es irrésistible !

— On verra bien, dit Volodia.

Il redressa la taille et aspira l'air à pleins poumons. Au fond de lui, persistait l'impression bizarre qu'il avait reçu un cadeau.

— Si votre œil vous gêne, n'hésitez pas à revenir, dit encore le docteur. D'ailleurs, d'ici quelques mois, il est possible que l'émail ternisse. Nous remplacerons l'objet aussi souvent qu'il le faudra.

Volodia se mit à rire :

— Qui sait, je vous demanderai peut-être de varier les teintes, par coquetterie !

Le docteur l'observa avec méfiance et se contraignit à rire également, d'une voix grêle et fausse.

Dans la rue, Kisiakoff prit le bras de Volodia et le serra fortement contre sa hanche.

— Je suis content pour toi, dit-il. C'est une fête. Que faisons-nous ?

— Marchons un peu, répondit Volodia. Je veux voir si les passants remarquent.

— Quoi ?

— Mon œil.

— Tu es fou ?

— Ne parle plus. Laisse-moi me rendre compte...

Ils marchèrent longtemps sans échanger une parole. Les rues étaient pleines de monde. Une soudaine douceur s'était faite dans l'air, et la neige, sur les trottoirs, n'était plus qu'une boue café au lait mêlée de traces blanches. Dans le ciel d'un bleu-vert, tout neuf, dérivaient des nuages de voiles. Une teinte dorée glissait sur les toits luisants, animait les façades humides. Les roues des fiacres fendaient la vase de la chaussée avec un bruit continu de déglutition. Le corps penché en avant, les sourcils froncés, Volodia interrogeait un à un les visages des gens qui venaient à sa rencontre. Il espérait lire dans leurs regards les signes de la curiosité (« Tiens, il a un œil de verre ! »), ou de l'admiration (« Le beau garçon ! »), ou de la répugnance (« Quelque chose déplaît en lui ! »). Mais la plupart des passants ne lui marquaient pas le moindre intérêt. Pour attirer leur attention, Volodia n'hésitait pas à éclater de rire, ou à faire une grimace inattendue, ou à retirer son chapeau, comme devant une connaissance. A plusieurs reprises, il salua ainsi des étrangers qui lui répondirent d'un geste vague, sans témoigner de la moindre surprise.

— Laisse donc, disait Kisiakoff. Tu es ridicule.

Un peu plus loin, deux lycéennes chuchotèrent en les dépassant :

— Celui-là me conviendrait assez.

— Moi, il m'effraierait plutôt. Il est trop beau.

Volodia accéléra son allure et s'approcha d'un officier pour lui demander du feu. Puis, il entra dans un débit de tabac et parla au vendeur, de tout près, en clignant des paupières pour mieux éveiller ses soupçons. L'homme le servit avec amabilité sans paraître noter quoi que ce soit d'anormal dans la physionomie de son client. Ces épreuves, répétées avec succès, rassuraient graduellement Volodia sur ses chances de plaire.

— Alors, dit Kisiakoff en sortant de l'échoppe, te voilà calmé ?

— Ils ne remarquent rien, répondit Volodia en riant. C'est insensé !

Bien qu'il s'imposât encore de demeurer méfiant, une exaltation magnifique montait dans son cœur par étapes. Il respirait avec ivresse le monde retrouvé. Il se mêlait à la vie des autres.

— Promenons-nous encore, dit-il à Kisiakoff. Ce soir, tu m'offriras un souper fin dans un cabaret. Nous boirons un bon coup. Je ramènerai une fille à la maison.

A ces mots, Kisiakoff claqua ses mains l'une contre l'autre :

— Il est guéri ! Gloire à Dieu ! hurla-t-il.

Des passants se retournèrent.

— Ah ! fiston, reprit Kisiakoff. Tu verras comme je sais célébrer les bonnes nouvelles !

Il sautillait un peu en marchant « Comme il m'aime ! » pensa Volodia.

— Tu sais, dit Kisiakoff avec une gravité soudaine, si tu n'avais pas surmonté cette crise, je me serais coupé la barbe.

Étendu dans le noir, le front pétillant, la bouche amère, Volodia s'efforçait de lier l'un à l'autre les riches souvenirs de la nuit. Contre son flanc, il éprouvait la présence d'un corps chaud et mou, lisse, élastique. Ce corps avait un nom : Marina. Volodia l'avait pêchée dans un cabaret où elle dansait et disait des monologues vulgaires. Derrière le mur, dans le salon, Kisiakoff dormait avec une amie de Marina, une petite brune, pas vilaine, qui sentait fort. Les deux filles étaient complètement ivres lorsqu'ils les avaient amenées à la maison. Au cabaret déjà, elles prétendaient frotter les pointes de leurs seins avec un morceau de glace pour les rougir. Ici, elles avaient voulu souper toutes nues. C'était Kisiakoff qui avait fait la cuisine. Un renvoi d'alcool emplit la bouche de Volodia, et il se haussa un peu sur son oreiller. Marina faisait bien l'amour. Elle avait une jolie poitrine un peu lourde et des lèvres qui se tordaient dans le baiser comme des tronçons de serpent. Son ventre était tiède. Plusieurs fois, elle avait affirmé à Volodia qu'elle le trouvait beau. A rappeler ces paroles, Volodia goûtait un plaisir vaniteux qui l'étonnait lui-même. Il pensait à son œil de verre. Marina, comme les autres, n'avait rien remarqué. Si elle avait remarqué quelque chose, elle l'aurait dit. Elle n'était pas fille à se gêner pour si peu. De la main, Volodia flatta l'épaule ronde de la dormeuse. Marina poussa un grognement animal et ses jambes remuèrent sous les draps. Une odeur âcre et blonde frappa Volodia au visage. Le rayonnement d'une peau étrangère se rapprochait de lui. Une langue mal éveillée cherchait ses lèvres.

— Tu ne dors plus ? demanda-t-il.

— Si. Tu m'as fatiguée. Mais je t'embrasse en rêve.

Une chevelure de soie traîna sur la poitrine de Volodia, le chatouilla au niveau du cœur.

— C'est fou, ce que tu me plais ! reprit la voix sombre. Jamais un homme ne m'a plu comme ça. On se reverra ?

— Bien sûr.

— Ma copine est moins bien partagée avec le gros barbu.

— Qui sait ?

— Moi, je sais. Ce serait malin, si je tombais amoureuse pour de bon. Voilà que j'ai envie de pleurer !

Elle renifla deux ou trois fois, pour la forme, et se tut. Volodia l'attira contre lui, serra violemment ce fardeau fade et doux, rêche vers le centre. Dans l'ombre, il substituait le visage de Tania au visage de Marina. Cela ne changeait rien. Toutes les femmes se valaient. La vie était belle. Une pensée absurde le visita soudain et arrêta sa respiration : « Si Marina avait un œil de verre ! Tout à coup, comme ça. Moi, je suis sain, j'ai mes deux yeux, et j'apprends qu'elle a un œil de verre. » Un tremblement lui saisit la nuque. Sa chair se hérissa, devint moite de dégoût. « Je ne pourrais pas. Et elle, si elle savait que je suis estropié, raccommodé vaille que vaille, trouverait-elle encore le courage de me caresser ? N'aurait-elle pas horreur de moi, comme j'aurais eu horreur d'elle ? »

Il leva la main, toucha le globe d'émail dur à travers sa paupière baissée. Une irritation infime lui creusait l'orbite. Toute sa joue droite lui démangeait. Il crut qu'il allait s'évanouir. Il le souhaita. Mais sa conscience résistait encore. Comment avait-il osé être heureux à cause d'un œil de verre ? Sa félicité, quoi qu'il fît, reposait sur une supercherie. Il ne pouvait pas davantage se prétendre beau qu'un acteur qui joue le rôle d'un roi ne peut se prétendre roi, sous prétexte qu'il porte une couronne en carton lorsqu'il entre en scène. Comme l'acteur, il bénéficiait d'un mensonge, d'une illusion, d'une convention éphémère. Rien n'était vrai dans son personnage. « Un pauvre type qui essaie de se donner le change. » Ces paroles roulaient comme un tonnerre et se répercutaient dans des salles vides. Le ronflement de Kisiakoff traversait la cloison. Volodia évoqua la femmelette brune accrochée comme une sangsue au flanc gras et pâle de Kisiakoff. « Lui est vrai. Il est tel qu'il est. La petite garce sait ce qu'elle caresse, ce qu'elle embrasse. Pas de surprise. » Des images de vermisseaux blancs, de chiennes crevées, d'épluchutes molles comblaient sa tête comme une poubelle. Il était bourré d'ordures. Il étouffait de honte et d'aversion devant lui-même. Et Marina cherchait sa chaleur, promenait une main experte le long de ses cuisses, l'idiote. « Ah ! qu'elle cesse, qu'elle s'en aille, qu'elle me prive enfin de sa viande amoureuse ! Je ne veux rien que la solitude ! »

— Tu t'écartes, viens donc plus près, murmura la fille.

— Attends un peu, dit Volodia d'une voix sourde.

Et, dans l'ombre, il souleva d'un doigt sa paupière droite, tenta d'extraire l'œil en verre de sa cavité. Mais il était maladroit. Son index glissait sur le globe émaillé sans le décoller de l'orbite. Il haletait d'impatience.

— Que fais-tu ? demanda Marina. Je t'entends qui remue.

— Rien. Reste tranquille.

Enfin, un petit poids vif se détacha de son visage. L'air libre baigna la surface fourmillante de la plaie. Dans sa main, Volodia tenait l'œil artificiel, tout tiède encore et humide. Une nausée lui haussa le cœur.

— Quelle saleté ! dit-il.

— Quoi ?

Volodia se rapprocha de la fille et lui baisa le cou délicatement.

— Chéri ! gémit-elle. Tes lèvres sont douces.

— Tu m'aimes ?

— Comme une folle !

— Tu me juges à ton goût ?

— Quelle question ! Tu le sais bien.

— Je vais allumer la lampe.

— Pourquoi ?

— Pour m'amuser.

Il étendit le bras, chercha à tâtons le commutateur. Il grommelait :

— Allons, bon !... Je ne trouve pas le bouton...

Soudain, la lumière jaillit.

Volodia dressa la tête, ouvrit les paupières et dit :

— Regarde-moi, Marina.

Marina poussa un cri et se jeta sur le côté. Son visage sans fard était allongé par la peur. Ses lèvres tremblaient. Volodia faisait sauter l'œil artificiel dans le creux de sa paume comme une bille. Subitement, il se mit à crier :

— Je te plais encore ? Réponds ! Réponds donc, putain !

Mais elle ne répondait rien. Le regard dilaté, les narines frémissantes, elle tirait le drap vers elle, essayait, Dieu sait pourquoi ? de voiler ses seins ronds et ahuris. Volodia l'aurait tuée avec volupté. Il glapit encore :

— Putain ! Sale putain !

Un sanglot énorme le fendit comme un coup de hache. Il s'ouvrit, telle une cosse, éclata, s'effondra en larmes sur l'oreiller. Des hoquets violents lui déboîtaient les épaules. Le désespoir, l'humiliation, la fatigue, annihilaient ses restes de raison.

— Je suis perdu, perdu, bafouillait-il en mordant son poignet.

La porte vola contre le mur, et Kisiakoff parut sur le seuil. Sa chemise de nuit était marquée de rouge à lèvres en plusieurs endroits.

— Que se passe-t-il ?

Derrière lui, surgit la silhouette d'une petite femme nue, aux cheveux noirs dénoués.

Marina se leva d'un bond et courut se réfugier dans les bras de son amie.

— Que se passe-t-il ? reprit Kisiakoff en saisissant Marina par le coude.

Il la secouait comme une poupée de son et penchait sur elle un regard terrible. Soudain, il partit d'un éclat de rire qui fit sursauter les deux femmes.

— Quoi ? dit-il. Tu n'avais pas remarqué ? C'est à cause de son œil de verre ?

— Oui, balbutia Marina. Il ne m'avait rien dit. Et voilà qu'il allume. Et c'est un trou rouge...

— La belle affaire, répliqua Kisiakoff rondement. Ce n'est pas avec un œil qu'on fait l'amour.

Remise de sa première émotion, Marina souriait d'un air embarrassé. Elle s'était écartée de son amie et croisait les mains sur son nombril, méditativement.

— C'est une blessure de guerre, sans doute ? demanda-t-elle.

— Non. C'est une blessure d'amour.

— Ah ! oui ? dit Marina. Moi, j'avais cru, n'est-ce pas ?... étant donné l'époque...

— Ça va, ça va, gronda Kisiakoff. Mêle-toi de ce qui te regarde.

Volodia, affalé en travers du lit, continuait à pleurer d'une façon abondante et banale.

— Le pauvre, soupira Marina. Si jeune, si joli garçon ! Et maintenant...

— Quoi ? Il ne te plaît plus ? rugit Kisiakoff. Ça te dégoûterait de coucher encore avec lui ?

— Non. C'est pas ça...

— Eh bien ?

— Il faut que je m'habitue.

— Tu me préférerais moi avec mes deux yeux, ou lui avec un seul ?

— Vous me gênez.

— Ne te gêne donc pas, petite dinde. On n'en fait plus, des comme lui. Même avec un œil de verre. Sais-tu combien il coûte, son œil de verre ? Hein ? Cinq cents roubles, ma jolie. Ouais ! Et toi, tu joues la difficile. Cinq cents roubles !

Le visage de Marina exprima un respect automatique.

— Taisez-vous ! gémit Volodia.

— Allons, sois raisonnable, dit Kisiakoff en posant une main sur l'épaule de Marina. Va le consoler. Il en a besoin. Et que je n'entende plus parler de vous jusqu'à demain matin. J'ai à faire, moi aussi.

Il cligna de l'œil à la brunette, qui pouffa de rire dans son poing. Puis, il appliqua une claque sur les fesses nues de Marina :

— Va, va donc !

— Mais oui, va, grosse bête, dit la copine.

— Je voudrais bien t'y voir, dit Marina.

Elle s'avança jusqu'au lit, ouvrit les draps, se coucha contre Volodia qui demeurait immobile comme un cadavre.

— Et s'il ne veut plus ? demanda-t-elle.

— Il voudra, dit Kisiakoff. Attends un peu, je vais arranger les couvertures.

Il arrangea les couvertures, retapa un oreiller en bougonnant :

— Ah ! tu m'en donnes du souci, Volodia. Où as-tu mis ton œil, imbécile ?

— Là, sur la table de nuit, dit Marina.

— C'est bon. Ne le casse pas. Vous n'avez besoin de rien ? Pas de champagne ? Pas de tartines ? Je peux éteindre ?

Il s'arrêta un moment et contempla maternellement Volodia et Marina allongés côte à côte. Volodia, étendu sur le ventre, ne montrait pas son visage. Marina, soulevée sur un coude, lui chuchotait quelque chose à l'oreille.

— Sont-ils gentils ! dit Kisiakoff.

Il éteignit la lampe. Dans l'obscurité, sa voix résonna fortement :

— Je suis un vieux loup ! Hou ! hou ! Je cherche les brebis blanches !

Il heurta un meuble :

— Où sont les brebis blanches ? Ah ! j'en tiens une ! Miam !

Un rire chatouillé répondit à cette menace. La copine gloussait de joie :

— Oï ! Aïe ! Tu me fais mal, mon gros chéri.

Enfin, la porte se referma avec un miaulement sinistre. Volodia entendit encore des rires et la chute lourde de deux corps sur un sommier grinçant.

X

L'auto roulait lentement dans un paysage de boue grise, de vapeur et de jeunes feuillages. Le chauffeur sifflait une chanson monotone, ponctuée d'une fausse note à chaque cahot. Les épaules appuyées au dossier de la banquette, les mains sur les genoux, Malinoff tentait de dormir. Cette tournée d'information était plus fatigante qu'il ne l'avait d'abord supposé. En quelques jours, il avait vu tant de généraux, tant d'attachés de presse, tant de parcs d'artillerie, tant de cartes et tant de cantonnements, qu'il confondait les visages, les objets et les lieux en une seule matière indéfinissable. A travers ces expériences successives, la physionomie du conflit lui apparaissait très différente de tout ce qu'il avait imaginé à l'arrière. A la Stavka, quartier général du grand-duc Nicolas, il avait été reçu par le grand-duc en personne, dans le train qui servait de chancellerie. Le généralissime, sorte de colosse barbu, au visage taillé dans le bois, avait lu les récits de Malinoff sur la campagne de Mandchourie et s'était déclaré particulièrement heureux qu'un écrivain de talent consentît à renseigner le public sur le véritable aspect de la guerre. Malinoff, bien qu'il fût antimonarchiste, avait été touché, plus que de raison, par les éloges du grand-duc. Il se reprochait encore aujourd'hui l'espèce de respect servile qu'il avait éprouvé lors de sa visite à la Stavka. Après lui avoir serré la main, le grand-duc Nicolas l'avait convié à partager le déjeuner des officiers au wagon-restaurant. Contrairement aux prévisions de Malinoff, le repas avait été frugal. L'alcool était proscrit, conformément à l'édit de tempérance. Aux parois, pendaient des affiches bizarres. L'une d'elles interdisait d'échanger une poignée de main avec qui que ce fût, sous peine d'une amende de trente kopecks au profit des blessés. Une autre représentait le cosaque Krutchkoff tenant sur sa tête onze dragons allemands. Il y avait aussi de nombreuses cartes du front, piquées d'épingles à têtes multicolores. Malinoff avait demandé au grand-duc s'il ne verrait pas d'inconvénient à ce que des journaux publiassent les détails de cette installation sommaire. Et le grand-duc avait acquiescé, en riant, à sa requête. Durant tout le repas, d'ailleurs, le général en chef de l'armée russe s'était montré d'une humeur calme et joyeuse. Malinoff en avait conclu que les opérations militaires se déroulaient à l'avantage des Alliés. Mais, en sortant de table, un lieutenant-colonel lui avait appris que les Allemands concentraient leurs troupes pour lancer une offensive violente en direction de Riga, Dvinsk et Vilna, et que la situation des forces russes dans ce secteur pouvait devenir difficile.

A présent, lorsqu'il réfléchissait aux impressions qu'il avait rapportées de la Stavka, Malinoff comparait cette institution à un bureau d'ingénieurs. Là-bas, la guerre n'était encore qu'une abstraction, un jeu de chiffres, un calcul de probabilités. Ce n'étaient pas des soldats qui combattaient, mais des numéros d'unités, de petits rubans, des pattes de mouches. Ce n'étaient pas des villages qui flambaient, d'immenses espaces de terre russe qui tombaient aux mains de l'ennemi, mais des surfaces infimes, sur la carte, qui se couvraient de hachures bleues ou rouges. Et, sans doute, fallait-il qu'il en fût ainsi, car toute guerre eût été impossible si les dirigeants ne s'étaient élevés en pensée à des hauteurs suffisantes pour oublier qu'ils régnaient sur leurs semblables et non sur des fourmis. Cependant, à mesure qu'il descendait les degrés de l'échelle hiérarchique, passant de l'état-major d'armée à l'état-major de corps d'armée ou de division, Malinoff sentait que les hommes envahissaient le cadre impeccable tracé par le généralissime, inséraient leurs visages, leurs manies, leurs faiblesses, leurs peurs, leurs héroïsmes entre les chiffres, avalaient, digéraient les chiffres, et compromettaient tout, simplement parce qu'ils refusaient d'être des chiffres. Cette espèce de désagrégation de la consigne originelle durant son incarnation dans la masse vivante était un problème passionnant. Par principe et par tempérament, Malinoff était contre les généraux, contre les plans d'état-major, contre la stratégie sur le papier, et pour les exécutants modestes qui se faisaient tuer sans comprendre. Toutefois, depuis qu'il avait fréquenté des généraux, il reconnaissait que ces messieurs étaient pour la plupart instruits, affables, et ce correctif le gênait considérablement. Il ne savait plus condamner les chefs sans distinction, ni glorifier sans distinction les soldats. Pour les uns comme pour les autres, l'afflux des circonstances atténuantes troublait son jugement. Il aurait voulu pouvoir, comme Tolstoï, décréter que les vues admirables des capitaines étaient toujours contredites par les événements et que l'issue des plus grandes batailles dépendait de l'initiative personnelle d'un artilleur qui n'avait pas reçu l'ordre de cesser le feu ou d'une estafette qui s'était trompée de destination. Mais, à l'usage, cette opinion forte et primaire lui paraissait inacceptable. Or, il fallait, à tout prix, qu'il se fît une idée personnelle sur la question. Une idée qui surprît les lecteurs, par sa hardiesse, par sa nouveauté. A Moscou, on attendait avec impatience ses premières visions de la guerre. Il n'avait envoyé encore à la rédaction du journal qu'un compte rendu très bref de sa visite au grand-duc Nicolas. Il se réservait. Il espérait écrire des pages immortelles. Il méditait d'étonner le monde.

Le chauffeur fit une embardée pour éviter un caisson d'artillerie enlisé au bord de la route, et Malinoff sursauta, comme s'il eût échappé à un danger mortel. « Le bougre, songea-t-il gaiement, il ne sait pas qu'il transporte l'un des plus grands écrivains russes contemporains. » Cette pensée le ragaillardit. Il tira son carnet de notes et y inscrivit, à tout hasard : « Le caisson enlisé au bord de la route. Réflexion du chauffeur. » Le chauffeur n'avait rien dit. Mais Malinoff trouverait bien quelque chose à lui faire dire dans son article. Quelque chose de très russe, de très populaire... D'un doigt déférent, il feuilleta les pages du calepin, hachées d'une petite écriture rapide. Depuis son départ de la Stavka, il n'avait pas perdu son temps. Les détails piquants, les expressions savoureuses, les maximes philosophiques, moissonnées au hasard de ses déplacements, étaient consignés là en quelques mots décisifs. « Ce carnet vaut son pesant d'or », murmura-t-il. Une bouffée d'orgueil lui chauffa le visage, et il glissa le calepin dans sa poche. Ensuite, il voulut réfléchir au texte de son prochain papier. A la Stavka, le général Daniloff, maître de camp, et le lieutenant-général Kondzérovsky, chef de l'organisation administrative, l'avaient fermement incité à débuter dans ses récits de guerre par une vue d'ensemble sur la situation. Depuis, grâce aux laissez-passer et aux lettres de recommandation dont il avait eu soin de se munir tant à Moscou qu'à Pétrograd et au Grand Quartier général, Malinoff avait visité les états-majors du front des Carpates, de Galicie, de Pologne orientale. Il avait pris le thé avec le général Radko, Dmitrieff, s'était entretenu dix minutes avec le général Ivanoff, avait accompagné le général Dragomiroff jusqu'à des positions avancées. De ces démarches et de ces conversations, il aurait dû rapporter une connaissance détaillée des événements militaires. Mais on parlait de plus en plus d'une offensive austro-allemande entre la Vistule et les Beskides. Le moment était donc mal choisi pour brosser une fresque de l'armée nationale établie sur ses positions. Qu'un article optimiste parût en pleine retraite des troupes russes, et Malinoff serait couvert de ridicule. Il fallait éviter cela. Ne pas se compromettre. Écrire de façon à pouvoir être lu et compris quels que fussent les termes du communiqué. Peindre de brefs tableaux très vivants, très pittoresques, indépendants, en quelque sorte, des fluctuations de la guerre. Or, qu'est-ce qui demeurait actuel, d'un jour à l'autre, d'un lieu à l'autre ? La misère passive du troupier, les marches éreintantes, la boue des tranchées, les dernières paroles des mourants. « Attention : la censure n'aime pas beaucoup les mourants. Ne pas oublier la censure. » Ce chauffeur, obligeamment prêté par le général Opoukhtine, conduisait Malinoff vers un petit village de Pologne, en arrière des lignes, où s'était arrêté un train composé de wagons-bains à l'usage des soldats au repos. Pourquoi ne pas commencer le reportage par une description de ces héros couverts de crotte, qui se lavent à grande eau et rient de leur peau blanche retrouvée ? Personne n'avait encore parlé des wagons-bains dans les journaux. Il y avait là matière à une évocation saisissante. Quelque chose dans le genre du bain de vapeur des forçats dans *Souvenirs de la Maison des Morts*, de Dostoïevski. A travers la buée, surgiraient des faces couturées de blessures, des torses glorieux, des barbes noires et liquides. On pourrait les faire bavarder entre eux, ces hommes, leur faire dire, comme au chauffeur, des choses très russes, très populaires... Cette idée exaltait Malinoff au point qu'il décréta :

— Je le tiens, je le tiens, mon article !

Puis il toucha l'épaule du chauffeur :

— Est-ce loin encore ?

— Non, dit l'autre. Mais peut-être que le train a déjà foutu le camp.

— Pourquoi ?

— Dame, on est en pleine retraite.

— Qui te l'a dit ?

— Un téléphoniste. Les téléphonistes savent tout. C'est bien connu.

Malinoff eut un moment d'inquiétude, non point tant à cause de la retraite dont parlait le chauffeur, qu'à cause de son article sur les wagons-bains qui risquait d'être compromis.

— C'est gai, grommela-t-il.

— Oui, c'est gai, dit le chauffeur.

Et il se remit à siffloter sa chanson monotone.

— Que chantes-tu ? demanda Malinoff. Une chanson de ton village ?

— Non, de l'usine, dit le chauffeur avec orgueil. Je ne suis pas un paysan, moi. Toujours, je me suis occupé de mécanique. Mon père, déjà, s'occupait de mécanique.

— Il n'y a pas de honte à être paysan, reprit Malinoff avec un sourire amical.

— Si, gronda le chauffeur. Ce sont des illettrés, des bêtes. Ils se laissent mener. Ils ne comprennent rien.

— Et toi, qu'est-ce que tu comprends ?

Le chauffeur considéra Malinoff avec défiance, cracha par la portière et dit :

— Voilà ce que je comprends.

Visiblement, il ne voulait pas parler devant un étranger. Mais il avait des idées sur tout, sur la conduite de la guerre, sur la forme du gouvernement, sur le développement de l'industrie lourde. « C'est le type du soldat conscient », pensa Malinoff. Et, inexplicablement, il se sentit mal à l'aise.

La voiture longeait une forêt aux feuillages tendres, aux troncs humides. Une odeur de mousse entra par la fenêtre ouverte. Malinoff déplia un peu ses jambes engourdies et songea qu'il avait de la chance de n'être pas soldat. S'il avait été soldat, il aurait méprisé les correspondants de guerre. Pourtant, les hommes de troupe qu'il avait rencontrés au cours de son voyage lui avaient toujours marqué une grande déférence. A cause de son uniforme, peut-être. Avant de quitter Moscou, il s'était commandé un vêtement kaki, d'un tissu moelleux, dont la coupe rappelait celle des tenues d'officiers, mais sans insignes et sans épaulettes. Une casquette plate coiffait son crâne volumineux aux cheveux trop longs. Il portait des bottes et un étui à jumelle en cuir fauve. En fallait-il plus pour qu'un cosaque quelconque le prît pour un membre de l'état-major ? Le chauffeur, lui, ne s'y trompait pas.

— Comment se nomme cette région ? demanda Malinoff.

— Sais pas, dit le chauffeur. On m'a ordonné de suivre la route jusqu'à la voie du chemin de fer. Je la suis. Si le train n'est pas là, on retourne. Faut que je sois rentré à Bauské pour six heures.

— N'oublie pas que, demain, tu dois me conduire à Chavli.

— Demain, il fera jour.

« J'aurais peut-être dû lui offrir un pourboire », pensa Malinoff.

L'auto traversa un village vide, aux fenêtres béantes

comme des yeux morts. Derrière le village, apparut le ruban mince de la voie ferrée. Les rails s'en allaient d'une coulée luisante vers l'horizon. Très loin encore, un train attendait, figé dans la brume. Malinoff poussa un soupir de soulagement :

— Ils sont là !

— Pas pour longtemps, dit le chauffeur.

A quelque cinq cents pas du train, la voiture rattrapa une formation de dragons, qui trottaient dans la même direction. Le lieutenant qui commandait l'escadron s'approcha en caracolant de l'auto. C'était un jeune garçon, au visage pâle, froissé par la fatigue. Il menait ses hommes aux bains et semblait tout excité par la perspective de cette cérémonie inhabituelle. Lorsqu'il apprit que Malinoff était journaliste, il s'écria :

— Quelle chance ! Vous allez parler de nous dans les journaux ? Figurez-vous que j'ai un projet !

L'auto s'était arrêtée. Malinoff passa la tête par la portière :

— Quel projet ?

— Voici : j'ai su que le directeur du train-bains est un ancien officier des hussards. Il a quitté l'armée depuis longtemps, avec le grade de cornette, et a fait une belle carrière dans l'administration, puisqu'il est devenu « conseiller privé actuel ». Ayant repris du service depuis la guerre, il porte donc sur ses épaulettes les insignes de cornette, mais, d'après le tableau des hiérarchies, ses fonctions dans le civil l'apparentent officiellement à un général. J'ai prévenu mes hommes de rendre à ce cornette les mêmes honneurs qu'à un général. Il sera étonné.

— Et alors ?

— Et alors, en signe de reconnaissance, il nous donnera peut-être du savon et du linge de rechange.

Le lieutenant éclata de rire, frappa son cheval du plat de la main et alla rejoindre la tête de son escadron.

La voiture suivit les dragons, à distance. Lorsque Malinoff arriva devant le train, tout l'escadron s'était déjà placé face au convoi, dans un ordre impeccable. Un petit vieillard fragile, en uniforme de cornette, apparut sur le marchepied d'un wagon. Aussitôt, le lieutenant commanda :

— Garde à vous, sabre au clair, lance en main !

Les dragons présentèrent les armes au cornette, visiblement ahuri par cette marque de respect intempestive. Ayant redressé la taille, il dit d'une voix chevrotante :

— Bonjour, mes braves.

— Heureux de servir Votre Excellence ! hurlèrent les dragons.

Du coup, le directeur des bains parut chanceler de joie. Il était devenu très rouge. S'avançant rapidement vers le lieutenant, il lui serra la main avec effusion.

Malinoff exultait : ces bonnes gens écrivaient son article pour lui ! Tout y était : la gentillesse virile, l'émotion, la tradition ! Il nota quelques mots dans son calepin et descendit de voiture pour se présenter. Déjà, les dragons avaient mis pied à terre et se rangeaient en file devant les wagons frappés des aigles impériales. Chaque homme portait sous le bras une serviette roulée en tampon. Ils riaient et se bousculaient, hâves, barbus, exténués. Leurs capotes étaient maculées de boue.

« Les braves garçons ! murmura le directeur en secouant la main de Malinoff. Ils nous sont reconnaissants du moindre soulagement que nous apportons à leurs misères. Dites bien à vos lecteurs que nos trains-bains, organisés par Sa Majesté l'Impératrice, sillonnent toute la ligne du front. Mais nous ne sommes pas assez nombreux pour veiller à l'hygiène de l'armée. Entrez donc, je vais vous faire visiter notre installation. Il y a les étuves, les douches, la buanderie où le linge des soldats est blanchi à la vapeur, une section sanitaire pour soigner les petites blessures. Après le bain, nous distribuons aux hommes du thé chaud et des tartines. Nous faisons de notre mieux... »

Il prit Malinoff par le bras et l'entraîna vers le wagon. Le lieutenant leur emboîta le pas. Comme Malinoff se hissait sur le marchepied, il lui chuchota à l'oreille :

— J'ai obtenu ce que je voulais.

— C'est-à-dire ?

— Un morceau de savon et du linge de rechange pour chaque homme ! C'est une affaire !

Il riait comme un gamin qui a berné son monde. Ses yeux étaient brillants de fièvre. Malinoff remarqua qu'il portait un pansement à la main.

— Veuillez me suivre, monsieur Malinoff, dit le directeur.

Entre les parois du wagon où pénétra Malinoff, régnait une vapeur épaisse, suffocante. Des silhouettes d'hommes nus, aux corps blancs et aux faces rouges, se démenaient dans cette atmosphère opaque. Une odeur vigoureuse de sueur mâle, de savon et de bois mouillé piquait la gorge. La chaleur était telle que Malinoff dut dégrafer son col. A mesure que ses yeux s'habituaient à cette brume foisonnante, il distinguait un à un les détails de l'installation. Les tuyaux nickelés traversaient les nuages comme des flèches, les clefs luisantes des robinets sortaient d'une buée de naufrage, des pieds noirs s'écrasaient sur le caillebotis. Quelques soldats tenaient un baquet en bois de la main gauche, et s'aspergeaient de la main droite. D'autres se raclaient le ventre avec un torchon de tulle. D'autres encore se fouettaient les hanches avec des balais de bouleau. Des gueules hilares, ruisselantes, surgissaient à travers des draperies de brouillard rose. Un postérieur monumental se dandinait à quelques pas de Malinoff.

— Ah ! Ils sont heureux ! dit le directeur. On aura beaucoup de mal à les faire sortir.

Malinoff transpirait abondamment. Toute sa figure était devenue spongieuse. De l'eau lui coulait dans le cou. A ses oreilles, retentissaient des rires énormes, des gloussements, des bribes de chansons obscènes.

— Il faudra que j'édulcore tout cela pour mon article, pensa Malinoff.

— Ça fait du bien de suer ! cria quelqu'un. Ça change l'âme.

— Frotte-moi le dos, et je te caresserai le menton pour la peine !

— Eh ! les gars ! vous avez vu, Mitka a quatre orteils au lieu de cinq.

— Ça ne m'empêche pas de botter le cul à ceux qui m'embêtent.

— C'est toi qui sens mauvais comme ça, Sidoroff ?

— Non, c'est la locomotive.

Malinoff, étouffé, assourdi, fit deux pas en arrière.

— Eh bien, cela suffit, dit-il. Je les ai vus. Ils sont pleins d'entrain, ces gaillards !

— Voulez-vous visiter les douches ? demanda le directeur.

Après la visite aux douches et à la buanderie, Malinoff retrouva son chauffeur qui s'impatientait. Dans l'auto qui le ramenait vers Bauské, il prit encore quelques notes et composa même le plan de son article. Il était particulièrement satisfait de sa journée. Le lendemain, 2 mai, il se rendrait à Chavli, où devaient se concentrer, selon ses informations, les troupes russes de la 5e division de cavalerie, qui se retiraient devant l'ennemi. Les hussards d'Alexandra appartenant à cette 5e division, Malinoff se disait qu'il pourrait ainsi, avec un peu de chance, rencontrer le mari et le frère de Tania. Eugénie Smirnoff étant la meilleure amie de Tania, un pareil service ne serait pas perdu. Confortablement installé sur sa banquette, Malinoff pensait à Eugénie avec une extrême tendresse. Après de nombreuses ruptures, sa liaison avec la jeune femme s'était enfin établie dans la sérénité. Elle était sotte, peu cultivée et jalouse. Mais Malinoff appréciait l'admiration qu'elle nourrissait à son égard. De plus, elle était toujours libre lorsqu'il désirait la voir. Et elle le laissait travailler en paix lorsqu'il était possédé par le besoin d'écrire. Que pouvait-il souhaiter de mieux ? Avec bienveillance, il évoqua les larmes, les recommandations d'Eugénie Smirnoff à la gare. Puis, il songea au plaisir qu'il goûterait bientôt à la retrouver, toute tiède et consentante.

— Le temps se gâte, dit le chauffeur. Les gars qui sont allés aux étuves seront tout crottés en rentrant au cantonnement. A quoi ça sert, je vous le demande ?

Mais Malinoff ne répondit pas. Il n'avait pas envie de penser à la guerre.

Une pluie fine brouilla le paysage. L'herbe frémit au bord de la route. Malinoff ferma les paupières et s'assoupit, bercé par le ronronnement du moteur.

Le lendemain, à Chavli, Malinoff apprit que les hussards d'Alexandra se trouvaient encore de l'autre côté des marais de Tiroul, dont la traversée se révélait difficile. Cependant, le chauffeur refusait de continuer la route au-delà de Chavli. Il fallut que Malinoff le gratifiât d'un pourboire substantiel pour qu'il acceptât de rouler plus avant.

— C'est pas que j'aie peur, disait-il, mais, si j'abîme la voiture, je me ferai sonner par le général.

— Mes papiers sont en règle, répondit Malinoff. Le général m'a autorisé à m'avancer jusqu'aux premières lignes.

— Moi, il ne m'a pas autorisé, grogna le chauffeur. Alors ?

Malinoff doubla le pourboire.

En approchant des marais de Tiroul, il entendit les détonations des pièces d'artillerie et regretta d'avoir poussé si loin son souci de documentation. Un moment, même, il songea à rebrousser chemin. Mais il n'osait pas se dédire, à cause du chauffeur qui le tenait sans doute pour un homme courageux.

— Ça cogne fort, par là, dit-il d'un ton faussement amusé.

— Vous pensez ! dit le chauffeur. Toute la 5e division de cavalerie est acculée aux marais. Faut qu'ils les traversent coûte que coûte. Sans ça, les Allemands qui les poursuivent les mettront en lambeaux. Et comment la traverser, cette saleté ? Avec des planches, des poutres ?... J'ai parlé à des gars qui y étaient hier. Paraît que ça fend le cœur.

La pluie tombait, drue et froide, lorsque l'auto s'arrêta à proximité des marais. En contrebas de la route, s'étalait une immense nappe de liquide, glauque et croûteuse, que l'averse hérissait de bulles. De l'autre côté de l'eau, sous un rideau de hachures d'argent, s'agitait le troupeau sombre des hommes, des chevaux, des canons, des charrettes. Plus loin, derrière une forêt au feuillage rare, tonnait l'artillerie de l'ennemi. Quelques arbres flambaient comme des torches. Malinoff descendit de voiture et s'avança vers les roseaux. Alors, il aperçut, à une grande distance, sur la droite, un pont de fortune, fait de poutres et de vieilles barques. Près du bord, des soldats, dans l'eau jusqu'au ventre, rafistolaient cet ouvrage branlant. Et, sur la passerelle, interminablement, défilaient d'autres soldats, qui menaient leurs montures par la bride. Ces silhouettes noires, giflées par le vent et la pluie, trébuchaient, glissaient, gesticulaient comme des funambules. Un canon, qui s'était engagé à leur suite sur le ponton, s'abîma dans le marécage, soulevant des fontaines de boue verte. Une grappe de nains s'acharnaient autour de la pièce à demi enlisée. On entendait vaguement des cris, des jurons, toute une sourde rumeur de travail et de hâte.

— Il faut aller là-bas, dit Malinoff en remontant dans l'auto. Ils débarquent au croisement de la route.

Au débouché du ponton, une mêlée inextricable immobilisa la voiture. Aidées par les premières ombres du crépuscule, des vagues épaisses de cavaliers et de fantassins submergeaient la route. Dans un tohu-bohu d'uniformes sales, de casquettes et de fusils, les officiers passaient et repassaient, les yeux hors du visage, appelant leurs hommes, criant ordres et contrordres, secouant les bras. Des chevaux effrayés se cabraient parmi une cohue de têtes disparates. Un brouillard de voix dansait autour des canons aux roues hautes. Quelques fourgons éventrés laissaient crouler leurs entrailles de balluchons et de paperasses. Deux brancardiers marchaient avec précaution au bord du chemin, et il y avait sur leur civière une forme allongée, d'où pendait une main étonnamment blanche, aux doigts écartés, comme une étoile. Quelqu'un hurlait :

— Les servants de la 9e batterie, à vos pièces !

— Le 5e escadron est-il passé au complet ?

— Que foutez-vous tout seul ? Où est votre bataillon ?

— Sais pas, Votre Noblesse.

— Eh ! Attention, rangez-vous !

— Au diable les artilleurs, ils encombrent tout le passage !

Malinoff sauta hors de la voiture et s'approcha d'un maréchal des logis qui allumait une cigarette.

— Le 2e escadron des hussards d'Alexandra ? demanda-t-il.

L'homme le considéra avec stupeur et esquissa un geste vague :

— Cherchez par là.

Malinoff fit quelques pas dans la multitude. Désorienté, froissé de toutes parts, il questionnait des ombres barbues qui lui tournaient le dos sans répondre. Personne ne faisait attention à lui. La pluie coulait sur son visage. Il avait froid.

— Place ! Place !

Un peloton d'hommes à cheval bouscula Malinoff, et il dégringola dans le fossé. Son bel uniforme était taché de boue. Remontant la pente à quatre pattes, il se jura de repartir aussitôt. « Qu'elle aille au diable, avec son mari et son frère ! Je lui dirai que je ne les ai pas trouvés, voilà tout. » Mais, à ce moment, il aperçut un groupe d'officiers penchés sur une carte, que l'un d'eux protégeait contre la pluie avec le pan de son manteau. Malinoff courut vers eux.

— Messieurs les officiers, messieurs les officiers ! cria-t-il. Je suis journaliste. L'écrivain Malinoff. C'est pour un renseignement...

L'un des officiers tourna vers lui son visage fin et méchant :

— Quoi ? Quel renseignement ?

— Je cherche le capitaine en second Akim Constantinovitch Arapoff.

— C'est moi, dit l'officier avec humeur. Et alors ?

— Oh ! Quelle chance ! s'exclama Malinoff. Figurez-vous que depuis une demi-heure...

— Dépêchez-vous. Je n'ai pas le temps, dit Akim.

— Je viens de la part de votre sœur. Étant correspondant de guerre...

— Vous ne devriez pas être ici, dit Akim. Vous gênez tout le monde.

— Mais votre sœur...

La figure d'Akim prit une expression excédée :

— Dites-lui que tout va bien. Ou plutôt... attendez... Avez-vous un bout de papier ? Je vais lui écrire deux mots que vous lui transmettrez à votre retour.

Malinoff se fouilla rapidement et tira son calepin de la poche :

— C'est mon carnet de notes. Prenez la dernière page. Puis-je savoir également si Michel Alexandrovitch Danoff... ?

— Il doit être encore de l'autre côté de l'eau, dit Akim en griffonnant quelques lignes au crayon sur le feuillet blanc. Vous n'avez aucune chance de le voir avant la tombée de la nuit. Avez-vous rencontré mon frère Nicolas, à Moscou ?

— Oui, lorsque je suis parti, il s'apprêtait à rejoindre son régiment.

— Parfait, dit Akim, et maintenant décampez. Ce n'est pas un salon, ici !

— Pardon, monsieur, demanda un vieux lieutenant moustachu, aux paupières bouffies, vous rentrez à Moscou ?

— Oui, dit Malinoff.

— Me permettez-vous d'écrire aussi dans votre carnet. Vous arracherez la page et la ferez parvenir à ma femme. Je vous donnerai l'adresse.

— Mais comment donc ! dit Malinoff.

Akim tendit le carnet et le crayon au lieutenant, qui les saisit avec des mains fébriles.

— Elle est inquiète, disait-il. J'aurais voulu...

Un éclatement brutal emporta la fin de la phrase. Le cerveau de Malinoff sauta dans sa boîte crânienne. Ses mollets faiblirent.

— Qu'est-ce que c'est ? demanda-t-il.

— Leur artillerie nous a repérés, dit Akim. Il fallait s'y attendre.

Le lieutenant écrivait toujours. Malinoff avait hâte de lui reprendre le carnet et de partir.

— Vous... vous avez fini ? marmonna-t-il humblement.

— Une seconde encore, dit le lieutenant, imperturbable.

Derrière la forêt, palpitait un écran rouge. Un obus

explosa sur la berge, et toute la terre fut secouée d'une fondamentale protestation.

— Vite, vite, dit Malinoff. Il faut vraiment que je m'en aille.

Subitement, une clameur énorme le faucha, l'aplatit sur le sol, comme un pantin désossé. Lorsqu'il se releva, une fumée âcre flottait autour de lui et lui gonflait la bouche. Un goût de terre était sur ses lèvres. Des frissons convulsifs le parcouraient de la nuque aux talons. Les chevaux hennissaient, pris de panique. Malinoff heurta du pied un corps affalé dans la boue, dont la figure était vernie de sang rouge clair. Instinctivement, il dit :

— Pardon.

Des blessés invisibles hurlaient avec des voix de gorets, quelque part, sur la gauche. C'était là que l'obus avait frappé. Comme un fou, Malinoff se mit à crier :

— Monsieur Arapoff ! Monsieur Arapoff !

La silhouette d'Akim se dressa devant lui, brusque, nette, tel un épouvantail :

— Quoi ? Foutez le camp !

— Mais… mais mon carnet, gémit Malinoff en s'accrochant à son bras.

— Quel carnet ?

— Mon carnet de notes.

Le lieutenant moustachu passa en courant.

— Mon carnet ? répéta Malinoff.

— J'ai dû le laisser tomber, répondit le lieutenant en s'arrêtant une fraction de seconde. Vous le trouverez par là, du côté du fourgon.

Et il disparut dans la foule. Akim aussi avait disparu. Malinoff était seul au centre d'un remue-ménage d'hommes et de chevaux. Des explosions violentes soulevaient des geysers de poussière, à droite, à gauche. Des voix rauques vociféraient :

— Rassemblement ! Colonne par trois !

— Où est le colonel ?

— D'où que tu viens, toi ?

— Est-ce que je sais ? De par là !

— Appuyez sur la droite, sur la droite, bon sang !

Éperdu, les jambes tremblantes, le cœur malade, Malinoff se fraya un chemin, parmi des épaules et des ventres hostiles, jusqu'au fourgon dont lui avait parlé le lieutenant moustachu. Assis à croupetons dans la boue, il chercha le carnet. Ses mains palpaient la vase, retournaient des pierres, écartaient d'étranges ordures. Près de lui, des pieds se levaient, s'abaissaient, martelaient la terre molle. Une forêt de bottes l'enfermait de toutes parts. Il était pris dedans. Il suffoquait. Un soldat le repoussa avec sa crosse pour s'ouvrir un passage, et Malinoff tomba à genoux dans la gadoue. Les larmes lui jaillirent des yeux. Il s'accrocha au ceinturon d'un gros homme barbu et cria :

— Vous n'avez pas vu mon carnet ?

— Quoi ?

— Oui, un petit carnet à couverture bleue.

L'homme haussa les épaules et poursuivit sa route.

— Un petit carnet à couverture bleue ! hurla Malinoff. Tout était inscrit dedans. Pardon, monsieur l'officier, vous n'avez pas remarqué ?...

Personne ne répondait. Une armée de sourds coulait autour de lui. Et il était là, en perdition, avec ses mains faibles, son désespoir, sa prière inutile. Un sentiment d'injustice et d'impuissance écrasait son cœur. Il n'entendait plus le vacarme des déflagrations qui crevaient la terre. Il ne voyait plus les éclairs blanc et jaune qui jaillissaient jusqu'au ciel. Avec une obstination puérile, il psalmodiait :

— Ce n'est pas possible ! Il doit être quelque part ! Tout était inscrit dedans !

Soudain, il reconnut son chauffeur qui se penchait sur lui avec une face décentrée par la peur et la colère.

— Qu'est-ce qui vous prend ? gueula le chauffeur. Je vous cherche partout. Il faut partir. J'ai dû charger deux blessés dans la voiture, sans ça ils m'auraient mis en pièces.

— Je ne peux pas partir, dit Malinoff. Il faut que je retrouve le carnet.

— Vous en achèterez un autre. Allez, ouste !

Il prit Malinoff par le bras, le traîna vers l'auto à travers un désordre de mufles hagards. Dans un miroitement de flammes et de boue, la voiture démarra en pétaradant chichement. Un officier à cheval aboyait :

— Qu'est-ce que cela signifie ? Prenez la file !

Sur le siège arrière, reposaient, côte à côte, deux inconnus aux visages de cire. Malinoff, assis à côté du chauffeur, claquait des dents.

— Ah ! on s'en souviendra ! grommelait le chauffeur.

Malinoff avait baissé la tête. Son menton touchait sa poitrine. Durant tout le trajet, il ne prononça pas un mot.

XI

Sur toute l'étendue du front, l'offensive austro-allemande obligeait les troupes russes à une retraite coûteuse. Malgré le laconisme des communiqués officiels, nul n'ignorait que l'état-major était alarmé et ne savait plus à quel repli de terrain accrocher une ligne de résistance. Refoulée hors des Carpates, l'armée du groupe Sud-Ouest tentait de s'établir sur la rivière San, mais devait reculer encore devant une nouvelle pression de l'adversaire. La pauvreté du réseau ferré rendait difficile la moindre manœuvre de renforcement ou de contre-attaque. Les munitions manquaient. Les soldats étaient mal nourris, mal vêtus, privés d'armes. Le 3 juin, la ville de Przemysl, dont la conquête avait déchaîné un tel enthousiasme à l'arrière, était reprise par l'ennemi. Le 22 juin, c'était la ville de Lvow, symbole de la libération des Slaves autrichiens, qui tombait aux mains de l'envahisseur. Des émeutes éclataient à Kiev, à Odessa, à Kharkov. Pour apaiser le mécontentement populaire, le tsar révoquait le ministre de la guerre Soukhomlinoff et le remplaçait par le général Polivanoff. Mais cette manœuvre administrative ne changeait rien au cours des événements. Les blessés qui affluaient aux postes de secours parlaient de châtiment divin.

Après de multiples déplacements, l'hôpital où servait Nina s'était établi dans la petite bourgade galicienne de Zolkiew, aux environs de Rawa-Ruska. Quatre-vingts hommes étaient entassés là, dans une villa de plaisance, ombragée d'arbres centenaires. Tous réclamaient à grands cris qu'on les transportât ailleurs, car l'ennemi approchait, et la canonnade faisait trembler les assises de la maison. A plusieurs reprises même, des aéroplanes allemands avaient lâché des bombes et des fléchettes d'acier sur la ville, mais sans causer de dégâts sérieux. Cependant, les trains vers Varsovie étaient rares, et, malgré les appels réitérés du docteur Siféroff, la direction du Service de Santé n'envisageait pas encore l'évacuation des blessés vers l'arrière.

Le soir du 30 juin, après une journée épuisante, Nina reçut une lettre de son mari et se retira au jardin pour la lire en paix. Lorsque le docteur Siféroff vint la rejoindre, il la trouva assise sur un banc, le visage penché, les mains aux genoux.

— Bonnes nouvelles ? demanda-t-il en s'installant auprès d'elle.

Il avait une figure raidie par la fatigue. Ses yeux étaient petits et tristes. Des taches de sang souillaient son tablier blanc.

— Je ne sais ce que je dois penser, murmura Nina. Mon mari m'écrit qu'après de nombreuses démarches, il a obtenu d'être relevé de ses fonctions à l'avant et transféré à l'hôpital municipal d'Ekaterinodar.

Les lèvres de Siféroff s'entrouvrirent, mais il ne répondit rien.

— Il me dit qu'il est exténué, reprit Nina. Il a pris froid. Un point pulmonaire...

— Eh bien, dit Siféroff. Vous devez être contente. C'est un souci de moins pour vous.

— Ou de plus, dit Nina.

Il y eut un silence. Le vent inclina de grandes épaisseurs de feuillage au-dessus de leurs têtes. Sur le sable de l'allée, des taches de soleil pâle se déplacèrent. Nina n'osait pas lever son regard sur Siféroff. Elle se sentait faible et honteuse, depuis la réception de cette lettre. Il lui semblait qu'une mauvaise action venait subitement d'enlaidir sa vie.

— Qui le remplacera ? demanda Siféroff.

— Je l'ignore, dit Nina. Il me parle d'un jeune camarade d'Ekaterinodar qui voulait permuter avec lui...

Et, soudain, elle s'écria, les yeux pleins de larmes :

— Comment peut-il se résoudre à quitter ses blessés, à lâcher sa mission, à se réfugier dans un hôpital de l'arrière ?

— Puisqu'il est fatigué, dit Siféroff avec lenteur.

— Nous aussi, dit Nina, nous sommes fatigués !

— Ne vous demande-t-il pas de le rejoindre à Ekaterinodar ?

Le cœur de Nina battit rapidement et ses joues devinrent brûlantes.

— Si, chuchota-t-elle

— Vous auriez tort de refuser, dit Siféroff. Je vous fournirai les certificats nécessaires. Je hâterai les démarches. Il est absurde que vous demeuriez ici, puisque votre mari rentre à Ekaterinodar où sont également vos parents.

Nina tressaillit et courba les épaules. Elle regardait fixement le sol et retenait son souffle, en proie à un bouleversement qu'elle n'aurait pas cru possible quelques instants plus tôt.

— Tout cela me paraît facilement réalisable, continua Siféroff. Vos parents seront si heureux !...

Un spasme, qui ressemblait à l'étreinte de la peur, serra la poitrine de Nina. Elle balbutia :

— Ils n'ont pas besoin de moi. Ni mes parents ni mon mari...

Puis, elle jeta un coup d'œil rapide vers la bâtisse blanche de l'hôpital et soupira :

— Oh ! non, je ne partirai pas.

Quand elle réfléchissait à ses parents, à son mari, ils se révélaient lointains, abstraits et à peine aimables. La vie était ici, parmi ce sang et cette angoisse. Abandonner les blessés lui paraissait aussi monstrueux que de les tuer ou de cracher au visage du Christ. Elle ne concevait pas que Mayoroff eût déserté son poste, par lassitude ou par poltronnerie. Bien qu'elle ne l'eût jamais considéré comme un homme remarquable, cette preuve de lâcheté la remplissait d'indignation. Elle était devant lui comme devant un étranger décevant. L'idée même qu'elle portait le nom de Mayoroff lui semblait comique.

— Qu'allez-vous répondre à votre marı? demanda Siféroff.

— Il ne mérite pas de réponse, dit Nina.

La canonnade roulait à l'horizon. Le crépuscule abaissait les feuillages des arbres.

— Je vous remercie, Nina, dit Siféroff.

Leurs regards se heurtèrent. Une noble douceur baignait les yeux de Siféroff. Il avait l'air heureux et calme. Nina eut envie de lui baiser la main.

Soudain, il se mit à rire :

— Oui, oui, nous sommes tous les deux des maniaques du sacrifice. Et qui nous en saura gré ?

— Les blessés.

— En êtes-vous sûre ? Quand ils retourneront chez eux, amputés, affaiblis, incapables de travailler et de méditer sainement, croyez-vous qu'ils ne nous maudiront pas de les avoir sauvés de la mort ? Par moments, je me dis que ce n'est pas les agonisants qu'il faut plaindre, mais les éclopés qui, grâce à nos soins, restent en vie pour continuer de souffrir. Souvent, j'envie ceux qui s'en vont, ceux qui n'assisteront pas à la fin du spectacle...

Il arracha une feuille verte et la froissa dans sa main, nerveusement. Nina se sentit happée par un souvenir délicieux. Elle pensait à son père, à la roseraie rôtie de soleil, au bourdonnement des abeilles autour des arbres fruitiers. Se pouvait-il qu'il y eût encore, quelque part, des jeunes filles amoureuses qui cueillaient des fleurs dans les prés, des pâtisseries ouvertes, des enfants qui jouaient à cache-cache ?

— On parle de quatre millions de morts, dit Siféroff, et la boucherie se développe. Pourquoi ne signe-t-on pas la paix ? Ce ne serait pas une trahison. Il faudrait que le tsar expliquât aux Alliés l'état d'épuisement extrême de la Russie. Il faudrait qu'il leur avouât tout bonnement notre manque de préparation, notre absence de matériel, nos menaces intérieures. Envers qui l'empereur a-t-il les plus graves obligations ? Envers son peuple, ou envers les Alliés ? A qui a-t-il juré fidélité lors de son couronnement ? A la Russie, ou à la France et à l'Angleterre ?

Il essuya son visage avec un mouchoir sale. Ses mains tremblaient.

— Je sais bien, reprit-il. Ce que je dis est horrible. Je n'aurais jamais osé parler ainsi quelques mois plus tôt. Mais, devant l'absurdité de ce massacre, je ne peux plus me taire. Ils invoquent la retraite de 1812, ils comparent le grand-duc Nicolas à Koutousoff, ils proclament : « Les espaces russes absorberont et détruiront l'ennemi. » Des mots ! Des mots ! Et, pendant ce temps-là, on tue les meilleurs fils de la Russie. Regardez ce journal français que m'a prêté un officier...

Il tendit à Nina un vieux numéro du *Figaro,* avec un article encadré au crayon rouge :

« Les journalistes français encensent le grand-duc, pour qui le général Joffre a de l'estime, vantent la résistance et la bravoure du soldat russe, minimisent nos défaites, exaltent nos victoires. Pourquoi ? Ils n'ignorent pas pourtant que nos hommes se battent avec un fusil pour trois, sans soutien d'artillerie, et que les blessés meurent faute de médicaments ! Aujourd'hui, un sous-officier cosaque m'a dit, avant l'opération : " Je préfère mourir pour ne plus voir mourir les autres. " Moi aussi, je préférerais mourir pour ne plus voir mourir les autres ! »

Il se tut et regarda une procession de fourmis qui traversait l'allée de sable jaune.

— Ce qui me donne encore du courage, dit Nina, c'est la conviction que ma fatigue est aimable à Dieu. Que notre effort soit inutile selon la logique des hommes, c'est possible. Mais que Dieu nous sache gré de notre besogne, c'est certain. Lorsque ma souffrance et mon dégoût sont trop intenses, je sens poindre en moi une espèce de plaisir très pur. Ce plaisir-là, c'est Dieu qui me l'accorde. Je ne l'échangerais contre aucune satisfaction terrestre. Si je partais pour retrouver mon mari, mes parents, il me manquerait quelque chose. Il me manquerait de ne manquer de rien. Je serais malheureuse d'être heureuse. Vous me comprenez ?

— Oui, dit Siféroff.

Il observait toujours les fourmis. Il dit enfin :

— Ces fourmis s'agitent, vont, viennent, et je peux les

écraser avec mon pied... Accepter d'être une fourmi... Bénir le pied qui vous écrase... C'est difficile... Il y a des mois que je n'ai plus pensé à moi-même... Je ne sais même pas si j'existe... Je suis devenu une machine à tailler les chairs, à coudre les plaies...

— Pas pour tout le monde, murmura Nina.

Et elle se sentit rougir. Siféroff inclina la tête :

— Écoutez les oiseaux qui chantent, dit-il. Le bruit de la canonnade ne les effraie même plus.

Ils restèrent silencieux. Nina était frappée par la paix frémissante et verte qui émanait du jardin. Une langueur agréable, comme après une perte de sang, affaiblissait son corps. Le profil de Siféroff se découpait sur un fond de feuillages obscurs. D'un regard tendre, elle caressa cette joue un peu lourde et mal rasée, cette bouche expressive, ces paupières striées de plis bruns. Mille pensées indicibles se partageaient son attention. Elle était enfermée dans une joie incommunicable, personnelle, à laquelle Siféroff lui-même demeurait étranger. Elle désira remercier quelqu'un pour cet instant de plénitude. Un galop retentit aux abords de la grille. Siféroff se leva.

— Qu'est-ce que c'est encore ? dit-il avec lassitude.

Il y eut des bruits de voix dans le fond du jardin. Un cosaque au visage haletant, aux yeux bleus et vides, parut au tournant de l'allée. Il marchait en se dandinant un peu, comme un homme qui vient de parcourir une longue distance à cheval. Ayant salué Siféroff, il lui remit un pli et se figea dans un garde-à-vous rigide. Une petite araignée était tombée sur sa vareuse et rampait le long de l'épaulette. Nina regarda l'araignée avec amusement. Puis, elle regarda Siféroff. Il était devenu très pâle.

— C'est bon, dit-il. Tu peux partir. Le nécessaire sera fait.

Lorsque le cosaque se fut éloigné, Nina demanda rapidement :

— Un ordre de repli ?

— Oui, dit Siféroff, et qui ne souffre aucun retard. Le Quartier Général nous commande d'évacuer immédiatement l'hôpital et de nous acheminer vers Rovno. Un détachement de cosaques est déjà parti pour mettre le feu à Zolkiew.

— A-t-on prévu un train pour l'embarquement des blessés ?

— Pensez-vous ! Il faudra réquisitionner des charrettes.

Il fourra la dépêche dans la poche de sa blouse et se dirigea en courant vers la maison.

Deux heures plus tard, une dizaine de charrettes rustiques stationnaient devant la villa. Les ordonnances, rouges, suantes, poussaient à travers le jardin des brouettes pleines de linges, de fioles, d'instruments et de paperasses administratives. Les sœurs de charité trottaient d'une chambre à l'autre pour assembler les vêtements de leurs pensionnaires. Enfin, les brancardiers chargèrent les blessés sur des civières, et le transport commença. Nina marchait au côté d'un jeune artilleur à la face entourée de bandages, qui s'appuyait sur son épaule et geignait :

— Frères orthodoxes, laissez-nous mourir !

Lorsqu'on l'eut étendu dans une charrette, sur un lit de paille, il se mit à chanter d'une voix de tonnerre : « Combien Dieu est célèbre à Sion... » Nina le laissa pour retourner à l'hôpital. Elle courait à petits pas dans l'allée sablonneuse. Le ciel, au-dessus d'elle, était d'un bleu tiède et profond. Des moustiques dansaient à hauteur de ses joues. Comme elle arrivait au perron de la villa, deux ordonnances sortirent, portant avec précaution un jeune lieutenant qui venait d'être amputé des jambes. Il dormait encore, sous l'effet du chloroforme. Mais, subitement, un choc le réveilla et il dit d'une voix enfantine :

— Où allons-nous ?

— Nous partons, dit Nina. Laissez-vous faire.

— Mais je peux marcher...

Il voulut se dresser sur son séant, retomba en arrière, et de grosses larmes noyèrent ses yeux dilatés par l'épouvante.

— Oh ! c'est vrai, dit-il, c'est vrai. Pardonnez-moi !

Derrière lui, sur une autre civière, quelqu'un divaguait doucement :

— Vous comprenez, les copains, maintenant c'est fini.

On va nous donner un bain, une jolie femme et de la vodka. Et le tsar dira : plus de guerre...

Nina, la gorge serrée, les genoux faibles, se retenait de pleurer. Devant les charrettes, des protestations s'élevèrent :

— N'en mettez plus ici !

— On est trop nombreux !

— Il saigne et ça me coule dessus. C'est pas possible !

— Oh ! dit Nina, que faire ?

Siféroff s'approcha d'elle et cria :

— J'ai pu trouver deux charrettes supplémentaires. Continuez votre travail.

A neuf heures du soir, un officier cosaque arrêta son cheval devant la grille et demanda à parler au médecin de service. Dès que Siféroff se fut présenté à lui, l'officier se mit à hurler :

— Comment ! Vous êtes encore là ? C'est insensé ! J'ai ordre de brûler Zolkiew pour ne rien laisser derrière nous qui puisse être utilisé par l'ennemi. Combien vous reste-t-il encore de blessés à transporter ?

— Une dizaine.

— Eh bien, dépêchez-vous. Je ne peux pas attendre.

Il fouetta sa monture et repartit au galop. Bientôt, retentirent des éclatements de grenades, et un tourbillon de flammes monta en rugissant vers le ciel étoilé. Dans les rues, les cosaques chassaient à coups de nagaïkis les derniers habitants qui avaient refusé de quitter leurs maisons. Une cohue gesticulante et criarde dévalait la chaussée qui conduisait à l'hôpital. Les charrettes furent englouties instantanément dans le flot de la foule. Pris de peur, les chevaux hennissaient, ruaient dans leurs brancards. Les blessés geignaient, sacraient, crachaient des injures. Groupés autour des voitures, les ordonnances et les infirmières en interdisaient l'accès aux fuyards. Les yeux écarquillés d'horreur, la poitrine vide, Nina voyait couler devant elle ce fleuve de faces démolies. Des hommes, des femmes, des enfants, passaient en trottant, frôlaient son visage de leur odeur de cuir, de leur haleine de bétail. Parfois, un paysan à la figure ravagée de terreur, aux prunelles exorbitées, bêlait :

— Notre bienfaitrice, laisse-nous monter ! On se fera petit !

— Ce n'est pas possible, disait Nina d'une voix atone. Les blessés d'abord...

— On a brûlé notre maison ! piaillait une matrone échevelée, dont les vêtements en lambeaux attestaient qu'elle avait dû lutter contre les soldats. Tout est perdu ! Sois charitable petite sœur ! Sauve-nous !

Des marmots pleuraient. Leurs sanglots déchiraient le cœur de Nina. Un vieillard barbu et bossu, ayant contourné la deuxième charrette, tenta de se hisser sur le siège du conducteur. Le docteur Siféroff courut à lui, le tira en arrière, le frappa au visage. Ils roulèrent tous deux sur la route. On les sépara. L'homme s'enfuit en montrant le poing. Deux brancardiers essayaient de traverser le courant humain pour parvenir jusqu'au convoi. En apercevant le blessé qu'ils transportaient sur une civière, des femmes se mirent à crier :

— Salauds ! C'est à cause d'eux ! A cause des blessés ! Jetez-les à terre ! Reprenons nos charrettes ! Elles sont à nous, les charrettes !

— Vous n'avez pas honte ! glapit Siféroff en s'élançant au secours des brancardiers.

— Pourquoi ? Les Allemands ne leur feront rien, aux blessés...

— Ça sert à quoi, des blessés ?

— Les charrettes ! Rendez les charrettes !

— Avancez, voilà les cosaques !

Un bruit de galopade résonna au bout de la rue, et la foule se remit à courir stupidement, droit devant elle. De nouveau, dans le champ visuel de Nina, déferlèrent en se bousculant des chapelets de masques hideux, aux bouches noires, aux yeux de porcelaine. Accotée à la roue d'une voiture, la tête droite, les bras écartés, elle laissait se déverser sur elle ce torrent de hargne et de douleur. Toutes les injures, toutes les menaces, toutes les supplications s'adressaient à elle. Crucifiée devant la misère des hommes, elle en assumait l'entière responsabilité. Soudain, elle sentit un contact chaud et gluant sur sa main gauche. Du sang filtrait hors des planches disjointes de la charrette. Elle tressaillit. Son regard se voila.

— Canailles ! Antéchrist ! Buveurs de sang ! braillaient des voix discordantes.

Ces cris la souffletaient au visage.

— Mon Dieu ! balbutia-t-elle, ayez pitié d'eux et de nous. Tous nous sommes vos enfants, n'est-ce pas ?

L'incendie se rapprochait en grondant. Des grenades éclatèrent encore. Et une clarté féroce embrasa les faces en déroute.

Une immense clameur déchira la multitude :

— Sauve qui peut !

— Au secours !

— Vanka ! Monte sur mes épaules !

— Où est la petite ? Tu l'as perdue, imbécile ! Je t'avais dit de ne pas la lâcher. Maria ! Maria !

— Vite ! vite, les gars !

Une bouffée de chaleur roula jusqu'à la figure de Nina. L'odeur du bois brûlé emplit sa gorge comme un tampon. Dans le ciel, des toitures craquaient, vomissaient leurs trésors d'étincelles. Hors des fenêtres, s'échappaient des spirales de fumée rose. Un clocher, tout au bout de la ville, prit du ventre, creva par le milieu et s'abîma dans une explosion de poutrelles incandescentes. Les brancardiers chargeaient les ultimes blessés dans les charrettes. Leurs camarades, entassés à l'intérieur des voitures, criaient faiblement :

— Qu'est-ce qu'on attend pour partir ?

— On va rôtir comme des rats, si on reste encore !

— Eh ! docteur, docteur ! Donnez l'ordre !

Enfin, les derniers fugitifs, pliés en deux sous le poids des balluchons et des valises, défilèrent devant l'hôpital. Un Juif barbu, vêtu d'une redingote noire et coiffé d'une calotte de velours, poussait devant lui une voiture d'enfant pleine de vaisselle, de pendulettes et de livres. Parfois, un bouquin tombait sur la chaussée. Le Juif le ramassait, soufflait dessus et le remettait à sa place, en maugréant. Les cosaques arrivèrent au trot et s'arrêtèrent à hauteur des charrettes. Une expression de sauvagerie et de décision durcissait le visage des hommes. Ils tenaient des fouets à la main. De leurs poches sortaient des bouteilles et des pains qu'ils avaient dû voler dans les maisons vides. L'officier qui les commandait s'approcha de Siféroff :

— Vous pouvez vous mettre en marche. Je vais dégager le chemin devant vous.

Et le peloton s'éloigna dans un nuage de poussière. Le crépitement de l'incendie gagnait rapidement du terrain. Les flammes se communiquaient d'une maison à l'autre Bientôt, les arbres de l'hôpital commencèrent à flamber Les reptiles de feu s'enroulaient autour des troncs, tressaient des filigranes scintillants dans les branches. Les feuilles craquaient, s'envolaient en papillons radieux.

Nina songea au petit banc ombragé, dans l'allée de sable jaune, au chemin des fourmis, au bonheur calme qu'elle avait connu quelques instants plus tôt, et la tristesse de ne pouvoir retourner à cette place s'empara d'elle avec une acuité si poignante qu'elle oublia tout le reste. La voix de Siféroff la tira de sa rêverie :

— On part. Montez devant avec moi. Le conducteur s'est enfui. Nous mènerons l'attelage à tour de rôle.

Lorsque la charrette s'ébranla, une plainte atroce retentit derrière les épaules de Nina. Les blessés, secoués sur leurs lits de paille, râlaient de douleur :

— Laissez-nous ! Laissez-nous crever !

— Combien de verstes jusqu'à Rovno ? demanda Nina ?

— Cent verstes, dit Siféroff.

— Mon Dieu ! nous n'arriverons jamais. Ils seront tous morts avant !

— Je dois exécuter les ordres, prononça Siféroff avec colère.

Son visage, aux lueurs du brasier, était devenu impassible, inhumain. Dans ses yeux brillait une résolution tranquille.

— Pourquoi ? Pourquoi ? murmura Nina en se signant.

La charrette, bourrée de cris, s'engagea dans une rue transversale. D'autres charrettes suivaient, conduites par les sœurs de charité ou par les ordonnances, car tous les cochers réquisitionnés par Siféroff avaient déserté leur poste et s'étaient joints à la débandade de la population.

Les chevaux avançaient lentement entre les façades attaquées par les flammes. Un tunnel de clartés palpitantes aspirait cette procession de débris humains. Les fenêtres crachaient des éclats de vitre, des gerbes d'escarbilles et des flots de fumée ardente. Une chaleur de fournaise desséchait la peau. Nina respirait difficilement. Derrière elle, les hommes vagissaient à chaque tour de roue :

— Doucement !

— A boire !

— Donnez-nous de l'eau !

Elle crut que sa tête allait éclater de dégoût. Soudain, en se retournant, elle vit l'un des blessés qui s'était laissé choir hors de la charrette et demeurait étalé au milieu de la route, gesticulant et hurlant :

— Moi, je reste ! Moi, je suis content ici !

Aussitôt, Siféroff arrêta l'attelage, courut vers le blessé et le chargea sur son épaule. Nina n'aurait jamais supposé que le docteur fût capable d'un pareil effort. Tandis que Siféroff revenait, courbé en deux sous son fardeau, l'homme le frappait avec ses pieds ballants et glapissait d'une voix enragée :

— Pose-moi à terre ! Puisque je ne veux pas m'en aller ! Pose-moi donc, bourreau !

D'un mouvement de reins, Siféroff le jeta comme un colis sur le plateau de la voiture. Puis, il escalada son siège et reprit le fouet dans sa main. Il haletait. Des égratignures marquaient sa joue gauche. Nina voulut chercher un mouchoir dans sa poche pour étancher le sang sur la figure du docteur. Mais ses doigts rencontrèrent un papier rigide et elle frissonna. La lettre de son mari. Elle l'avait oubliée. Nerveusement, elle roula le feuillet en boule et le lança loin d'elle.

— Que Dieu nous aide ! dit Siféroff.

Il fouetta le cheval, et la charrette repartit en cahotant entre les façades couronnées de fumée et de flammes.

XII

Le maréchal des logis Stépendieff tira un papier de sa poche et le déplia entre ses gros doigts craquelés.

— Je t'écoute, dit Akim.

— Il y en a dix, proclama Stépendieff avec fierté.

— Cinq suffiront, dit Akim.

Stépendieff lut solennellement :

— Ivan Fédotieff, Serge Ignatieff, Michel Danoff…

— Quoi ?

— J'ai dit : Michel Danoff.

— Il a demandé ?

— Oui.

— C'est bon, continue.

Tandis que Stépendieff lisait à haute voix la liste des volontaires, Akim sentait naître en lui une impression désagréable de responsabilité et d'indécision.

Après s'être retirée à l'est, sur une ligne allant de Riga à Pinsk, l'armée russe tentait de désorganiser les mouvements de l'ennemi qui préparait une nouvelle offensive. Le 13 septembre 1915, les hussards d'Alexandra avaient reçu l'ordre d'attaquer, dès le lendemain matin, les renforts et les colonnes de ravitaillement allemands qui montaient de Boutchany sur Vidzy. Une action de diversion, exécutée par quelques volontaires sur les arrières de Boutchany, devait permettre au gros du régiment de surprendre l'adversaire à sa sortie du village. Lorsque Stépendieff eut fini de lire la liste, Akim dit :

— Parfait, tu m'enverras le volontaire Danoff.

— Il est en train d'étriller son cheval, dit Stépendieff.

— Envoie-le-moi tout de même, dit Akim, et il se plongea dans l'étude d'une carte en lambeaux étalée sur la table.

Dans la masure basse et sombre, deux ordonnances se disputaient autour du poêle, qui fumait abondamment. De la graisse grésillait dans une casserole. Un parfum de pain frais et de pommes de terre brûlées se mêlait à l'odeur un peu sure des vareuses qui séchaient, les manches écartées, sur un banc, devant le feu. Des poules caquetaient dans la cour. L'une d'elles s'avança jusqu'au pas de la porte, examina Akim avec sévérité et repartit en dodelinant du croupion. Michel pénétra dans la maison, et sa silhouette se détacha un instant, noire et trapue, sur le rectangle ensoleillé qu'encadrait le chambranle.

— Assieds-toi, dit Akim. J'ai à te parler.

Lorsque Michel se fut installé à côté de lui, sur le banc, Akim le regarda brutalement, en plein visage, et prononça à mi-voix :

— Pourquoi t'es-tu proposé comme volontaire pour demain ?

— Parce que la mission m'intéresse, dit Michel.

— Tu ne sais même pas de quoi il s'agit.

— Si j'ai bien compris, il s'agit surtout de risquer sa peau.

— Et tu tiens à risquer ta peau ?

— Oui.

— Pour quelle raison ?

— Pour des raisons personnelles.

Akim marqua une seconde d'hésitation et reprit avec vivacité :

— J'ai besoin de cinq hommes. Vous êtes dix. Je peux choisir sur la liste.

— J'insiste donc pour que tu retiennes mon nom, dit Michel avec un sourire. Il faut quelqu'un pour commander les cinq hommes. Il est normal que ce soit un engagé volontaire qui dirige de simples hussards.

— Nullement.

— Ah ! je croyais...

— Fédotieff, par exemple...

— Il ne sait pas lire une carte.

— Vous n'aurez pas à lire des cartes, s'écria Akim, mais à vous faire tuer !

— Encore mieux, dit Michel.

Akim se tourna brusquement vers les ordonnances :

— Qu'est-ce que vous foutez là, vous deux ? Sortez, immédiatement.

Après le départ des deux hommes, il se calma un peu et déboutonna le col de sa veste. Sur la table, il y avait un verre plein de bière pâle et tiède. Akim trempa ses lèvres dans la mousse blanche et reposa le verre sur un coin de la carte.

— L'intervention des cinq volontaires est-elle vraiment importante pour la réussite d'ensemble de l'opération ? demanda Michel.

— Très. Les mitrailleuses allemandes nous gênent...

— Donc, dit Michel, il faut que tu mettes toutes les chances de ton côté, que tu choisisses des hommes parfaitement décidés à risquer leur vie, et capables aussi d'initiatives personnelles. Je crois remplir ces conditions.

Le visage d'Akim devint petit et sec. Une lueur méchante glissa dans ses yeux.

— Ne t'imagine surtout pas que je t'admire, dit-il.

— Je ne cherche pas l'admiration.

— D'autres vont au combat par amour de la patrie. Leurs mobiles sont nobles. Ton héroïsme à toi est suspect.

— Quels que soient mes motifs, le résultat seul doit compter.

— Tu n'es qu'un désespéré.

— A la guerre, un désespéré qui veut se rendre utile vaut mieux que dix gaillards ménagers de leur sang. Si je n'étais pas ton beau-frère, tu n'hésiterais pas à me désigner d'emblée.

— C'est exact, dit Akim.

— Or, en tant qu'officier, tu n'as plus le droit de penser à nos relations personnelles. Le devoir te commande d'oublier mon nom. Je suis pour toi un hussard comme les autres. Emploie-moi donc selon mes capacités.

Akim fronça les sourcils et tapota le bord de la table, du bout des doigts, avec mécontentement. Il reconnaissait que Michel avait raison, en principe, mais le souvenir de Tania compliquait les données du problème. Elle lui avait écrit cent fois de veiller à ce que Michel ne s'exposât pas inutilement au danger. Et il avait accepté de jouer ce rôle de gardien. Mais, à présent, la comédie dépassait ses forces. On le transformait, lui, le capitaine Arapoff, en nourrice sèche, en bonne d'enfant. C'était grotesque. De nouveau, il regretta que Michel servît dans son escadron

— Eh bien ? dit Michel. J'attends ta décision.

Akim, distrait, réfléchissait encore. Il s'étonnait que Michel fût si profondément tributaire des autres, sensible aux événements du cœur, au charme des femmes, au choc des paroles, tout épanoui, déplié et vulnérable devant la vie. Quant à lui, rien d'humain ne pouvait l'atteindre Attentif à préserver sa tranquillité intérieure, il ne s'intéressait guère aux êtres qui l'entouraient, et s'efforçait de maintenir une distance rassurante entre son prochain et lui-même. Cette tactique d'isolement avait pour principal effet de le soustraire à mille soucis, qui, d'ordinaire, tiraillaient ses semblables. Retiré dans sa coquille, il n'offrait aux contacts du monde qu'une surface glissante, impeccable, sur laquelle rien ne mordait. Aujourd'hui, devant Michel, il s'appliquait à oublier toute passion pour devenir un juge froid. Après un accès de sollicitude imbécile, il reprenait de la hauteur. Il décidait en chef. Du bout des lèvres, il grommela :

— C'est entendu. Tu diras à Stépendieff que je prends les cinq premiers de la liste.

— Merci, dit Michel.

Akim lui jeta un coup d'œil brillant et vif comme un éclat de pierre :

— Pourquoi ? Parce que tu vas te faire tuer ?

Michel ne répondit pas. Akim l'examinait, cherchant à deviner l'association de ses idées. Il le sentait à la fois heureux et inquiet, condamné et triomphant. Une montagne de paroles inexprimables les séparait.

Dans la cour, Stépendieff se querellait avec un autre maréchal des logis pour une question de cantonnement et de fourrage :

— La grange était réservée pour le 5e escadron !

— Non, pour le 2e.

— Non, pour le 5e, vermine pourrissante ! Je te ferai voir ! On demandera au capitaine !

Un hussard aiguisait son sabre. L'acier de la lame grinçait gaiement contre la pierre. Quelqu'un hurla :

— Oh ! la belle fille !

— C'est la femme du garde forestier.

— Si tu crois que ça me gêne.

Un rire grêle s'éleva dans le soleil :

— Laissez-moi, diables que vous êtes !

— Tu ne regretteras pas, dit Michel en se levant.

Akim voulut répliquer, hésita, se troubla et fit signe à Michel de sortir.

Quel que fût son désir de calme, un malaise persistait en lui. Toute sa journée menaçait d'être gâchée par des scrupules de conscience. Il marchait de long en large dans la cabane. Des idées absurdes le traversaient, dont la brusquerie et la nouveauté lui coupaient le souffle. « Ai-je le droit d'envoyer Michel à la mort ? Lui ou un autre, d'ailleurs. Cela ne change rien. Ai-je le droit ? Oui, puisque je suis son chef. Non, puisque je suis un homme. Nier le problème chrétien. Oui, c'est cela. Car, si on pense à Dieu, tout est perdu. Pourtant, Jésus-Christ a répondu à Pilate : " Tu n'aurais aucun pouvoir sur moi s'il ne t'avait été donné d'en haut. " Dieu exige de moi que je fasse mon métier jusqu'au bout, sans faiblesse. »

Il était rare qu'Akim pensât aux enseignements de la Bible. Cette subite intrusion de l'inquiétude chrétienne dans sa propre existence le surprit. Il demeura un instant immobile, frappé de vertige devant lui-même. De douces larves entouraient son cœur.

— Qu'est-ce qui me prend ? grogna-t-il. C'est stupide. La chaleur, sans doute, et cette sacrée bière !

Il bomba le torse, raidit les épaules. Mais la gêne demeurait, là dans la poitrine, intolérable et suave. « S'il veut mourir, c'est son affaire. Et Tania ? Que dira Tania ? Mais que dirait la femme de Fédotieff ou de Gavriloff. Ni plus, ni moins. Des femmes. Des hommes. Dieu au-dessus. »

Une mouche bourdonnait à hauteur de ses yeux. Il

chassa la mouche. Il aurait voulu pouvoir, de même, chasser les craintes qui l'assaillaient de toutes parts. Être de nouveau solide et imperméable au centre des questions.

Il se rassit devant la carte, la tête dans les mains, le regard fixe.

Plus tard, il résolut de se rendre auprès du baron Korf, commandant les hussards d'Alexandra, pour se faire confirmer la mission des cinq volontaires. Confusément, il lui semblait qu'en agissant de la sorte il se déchargeait de sa responsabilité au détriment d'un officier supérieur. Couvert par l'autorité du colonel, il n'aurait plus rien à se reprocher.

Comme il l'avait supposé, le baron Korf insista sur la nécessité d'envoyer les cinq volontaires à l'endroit prévu. Le plan général de l'opération était le suivant : au matin du 14 septembre, les 3e, 4e, 5e et 6e escadrons des hussards d'Alexandra devaient se dissimuler dans la forêt qui bordait la route de Vidzy et attendre le passage des colonnes allemandes. Les 1er et 2e escadrons s'approcheraient de Boutchany où étaient cantonnées les réserves de l'ennemi. Dès que les volontaires auraient ouvert le feu sur les mitrailleuses qui défendaient l'entrée du village, ces deux escadrons se lanceraient à l'assaut et occuperaient les troupes de l'adversaire par une action de diversion aussi prolongée que possible. Simultanément, les quatre escadrons établis dans les bois, en lisière du chemin, attaqueraient le convoi, et, profitant de ce que le gros des forces allemandes serait engagé dans une bataille locale, disperseraient les formations en marche, accapareraient les fourgons de vivres et les voitures de munitions et se replieraient sur leurs positions primitives.

— La réussite de toute l'affaire, dit le baron Korf, dépend de la rapidité avec laquelle les cinq volontaires arriveront à neutraliser les mitrailleurs allemands. Si les deux escadrons ne peuvent pas s'emparer de Boutchany, ou, du moins, faire peser sur le village une menace suffisante, les Allemands enverront des renforts sur la route et notre manœuvre échouera lamentablement.

— Mes volontaires sont des hommes sûrs, dit Akim.

— Recommandez-leur de ne se découvrir qu'au dernier moment. Voici l'emplacement des mitrailleuses.

Il tendit à Akim un croquis approximatif et dit encore :

— Je vous souhaite bonne chance. Allez. Que Dieu vous bénisse !

Quand Akim rentra au village, il était apaisé et presque joyeux. La pensée de Michel ne le tourmentait plus L'opération du lendemain promettait d'être dangereuse et passionnante pour tout le monde. Quelques officiers étaient assemblés dans la cabane et mangeaient des boulettes de viande hachée avec des pommes de terre. Akim s'assit auprès d'eux. Les ordonnances apportèrent du cognac et des fruits pour le dessert. Comme c'était l'anniversaire d'un cornette, tout le monde but et chanta à sa santé.

Dehors, retentissait les voix rudes des hussards qui reconnaissaient leurs cantonnements. On relevait les sentinelles. Après le repas, Akim sortit sur le pas de la porte. La nuit était haute et bleue, piquée d'étoiles minuscules. Un immense consentement rayonnait du ciel. « J'ai bien fait d'accepter que Michel soit volontaire », songea Akim. Mais il n'aurait su dire pourquoi.

Ayant mis pied à terre, Michel et ses quatre compagnons attachèrent leurs chevaux aux arbres et s'avancèrent à plat ventre vers la lisière du bois. Au bas d'une pente d'herbe douce, on apercevait les toits de chaume du village. A quelque vingt pas des premières maisons, de part et d'autre de la route, se trouvaient les deux mitrailleuses indiquées sur le croquis. Mais des buissons épais et des monticules de cailloux les dissimulaient encore aux regards.

Il était six heures du matin. Des nuages d'un rose mourant se diluaient dans le ciel bleu. Un vent frais agitait les feuillages et creusait dans l'herbe de longs sillages sinueux et lustrés. Fédotieff se gratta la tête et demanda :

— Comment veux-tu que nous arrivions, sans être vus, jusqu'aux mitrailleuses ?

— L'herbe est haute, dit Ignatieff.

— Mais ils ont de bons yeux, les vautours !

— Voici ce que je propose, dit Michel. Ignatieff restera sur place pour garder les chevaux et faire la liaison. Fédotieff rampera à mes côtés. Gavriloff et Mouratoff à trente pas, sur notre gauche. C'est moi qui lancerai la première grenade.

— Espérons qu'elle éclatera, dit Gavriloff.

— Pourquoi qu'elle n'éclaterait pas, espèce de lampion ? s'écria Fédotieff. Ce sont des grenades allemandes. Je les ai vérifiées avant de partir.

Assis par terre, le dos accoté au tronc d'un bouleau, Mouratoff faisait sa prière. Il avait le visage chevalin, de teinte grise, dont la bouche s'effondrait dans un réseau de rides et de poils.

— Compris ? demanda Michel.

— Compris, dit Mouratoff.

Puis, il tira de sa poche une tablette de chocolat et croqua dedans, avec un air de souffrance.

Dans les profondeurs de la forêt retentirent des pas de chevaux et des bruits de voix étouffés par la distance et le feuillage. Les deux escadrons prenaient position à leur tour. Dépêché par Akim, un hussard écarta les branches des sapins et s'approcha de Michel, à quatre pattes :

— Nous sommes prêts, dit le hussard. Tu peux y aller.

— C'est bon, dit Michel.

Et, soudain, une terreur écrasante l'envahit. Il lui sembla que son sang s'arrêtait de couler dans ses veines. Au-delà de cette mer onduleuse et verte, c'était la mort. Il comprit qu'il n'avancerait pas. Son corps refusait de bouger. Une négation énorme venait de toute sa peau menacée.

— Alors, on y va ? demanda Fédotieff.

Au lieu de répondre, Michel considérait une coccinelle rouge à points noirs, qui se balançait sur la pointe d'une herbe. Subitement, sa peur l'abandonna. Il sentit qu'il n'avait pas plus d'importance dans l'ordre du monde que la coccinelle. Cette idée lui parut neuve et encourageante. Une brusque gaieté palpita dans son cœur.

— En avant ! les gars, murmura-t-il.

Et il se mit à ramper vers la route. Fédotieff rampait à côté de lui. Plus loin, sur la gauche, Mouratoff et Gavriloff suivaient le mouvement. De la terre montait une odeur sombre et humide. Entre les herbes hautes, Michel voyait luire parfois la joue rose de Fédotieff, ou une main, ou la tige d'une botte. Attentifs à ne pas signaler leur présence par le moindre remous de verdure, les hommes progressaient lentement, épousant du ventre, des cuisses, des avant-bras, la forme irrégulière du sol. Un nuage voila le soleil, et une ombre vaporeuse flotta sur la prairie. Des grives passèrent en se poursuivant, juste au-dessus de Michel. Puis, un papillon jaune vola lourdement et se posa sur un brin de chardon. Michel s'arrêta pour souffler un peu. La distance à parcourir pour atteindre la route était longue encore. Il s'écoulerait bien vingt minutes avant que les volontaires pussent lancer leurs grenades. « Vingt minutes de vie. Vingt minutes d'herbe de soleil, de vent frais et d'oiseaux dans le ciel. » Maintenant, Michel était sûr qu'il mourrait. L'univers ne lui paraissait aimable qu'à cause de cette mort prochaine. Mais la nature avait beau forcer ses avantages, lustrer ses couleurs et moduler ses voix, il ne laisserait pas entamer sa décision par le moindre regret. Une lettre de sa femme lui avait appris le suicide manqué de Volodia. Ce suicide ne changeait rien. Simplement, tout devenait plus embrouillé et plus sale. En avançant vers les mitrailleuses, Michel s'éloignait de ceux qui avaient empoisonné son âme. Devant lui, il y avait la mort correcte dans le grand soleil.

Il aspira une large bouffée d'air et continua de ramper en écartant les herbes, précautionneusement, devant son visage. Tout à coup, le souvenir de ses enfants le frappa. « Ne plus penser à eux. J'ai demandé la mort. Donc, ils ne comptent plus. Ni eux ni personne. Seulement moi. Ce volume de chair et d'esprit qui est moi. Moi et la mort. » Il prononçait : « La mort », et tout semblait facile. Il répéta, pour son plaisir : « La mort, la mort. » Vraiment, ce n'était rien qu'un mot.

Déjà, entre les touffes vertes, on distinguait le bord gris et croûteux de la route. Parmi les buissons, luisait le manchon d'une mitrailleuse. Encore une vingtaine de mètres. Le cœur crispé, la tête vide, Michel détacha une grenade de sa ceinture et serra la poignée en bois dans sa main droite. Fédotieff imita son geste. Les guetteurs allemands ne se doutaient de rien. Ils bavardaient avec insouciance. Au-dessus du nid de feuilles, se balançaient deux casques tendus de housses beiges. Quelqu'un rit aux éclats :

— *Unglaublich* (1) !

Encore dix pas. Une torpeur froide envahit Michel. Il se sentit bizarrement extrait du monde quotidien, placé sur une scène, obligé de jouer un rôle qu'il ne savait pas. « Pourvu que tout marche bien. Ce serait ridicule si je commettais une faute. Quelle faute ? » Ses doigts se raidissaient douloureusement sur le manche de la grenade. Un fourmillement de feu attaquait son poignet. Une corneille passa en croassant dans le ciel. Michel sursauta, comme s'il eût été découvert. Soudain, les casques allemands s'agitèrent. Une voix hurla, de l'autre côté de la route :

— *Achtung ! Hier ! Hier ! Hast du gesehen* (2) ?

Sans réfléchir, Michel se dressa sur les genoux et lança la grenade. Une explosion de flammes noires creva le paysage. D'autres explosions retentirent. Et, à travers la fumée, les mitrailleuses crépitèrent par saccades.

— Manqué ! glapit Michel, et il empoignait déjà une seconde grenade.

Un choc inattendu le jeta sur le sol. Dans un tournoiement de brouillard jaune et gris, il vit Fédotieff qui s'affalait à son tour. Une seule mitrailleuse était hors de combat. L'autre balayait la prairie. Pourquoi Gavriloff et Mouratoff ne faisaient-ils rien ? Étaient-ils tués, blessés ? Des Allemands en armes sortaient du village. Les deux escadrons de hussards dévalaient la pente au galop. Mais le terrain était trop mou. Les chevaux s'enfonçaient dans la glèbe marécageuse. Et la mitrailleuse tapait commodément sur cette troupe lente à se mouvoir. Des cavaliers basculaient hors de leurs selles. Des chevaux sans maître

(1) Incroyable !
(2) Attention ! Là ! Là ! As-tu vu ?

couraient follement dans tous les sens. Michel voulut se relever pour lancer une autre grenade. Son bras droit ne lui obéissait plus. Une matière inerte et volumineuse commençait au niveau de son épaule. Sa manche était pleine de sang. Il prit la grenade dans sa main gauche et, avec un effort qui le fit hurler, la projeta vers la mitrailleuse. La grenade tomba sans éclater. Michel roula pesamment dans l'herbe. Les hussards, dispersés, rebroussaient chemin, remontaient la côte vers le bois. L'attaque était manquée. Mais peut-être se reformaient-ils, peut-être allaient-ils revenir en lave ? Un cheval abandonné errait à quelques pas de Michel. Rompu, la bouche en feu, les yeux brûlés de poudre, Michel se traîna vers lui. Comme il approchait, l'animal pointa les oreilles et fit un écart. C'était une monture de l'escadron. Michel la reconnut, l'appela par son nom :

— Strélok, Strélok...

Strélok s'immobilisa, baissa la tête et hennit doucement. La mitrailleuse s'était tue. Quelques coups de feu isolés claquèrent encore. Michel se leva, plaça son pied dans l'étrier, enfourcha la bête, maladroitement, en s'aidant de la main gauche. A peine fut-il en selle que la mitrailleuse reprit son martèlement meurtrier :

— Va ! va ! cria Michel.

Le cheval partit au galop. Subitement, une barre de fer frappa Michel à la hauteur des reins. Toute sa vie lui remonta dans la bouche. Il rugit :

— Salauds !

Puis, il sentit qu'il devenait mou et sans forces. Il glissait hors de la selle. Il ne savait plus se retenir. Ce mouvement vers la mort était interminable et suave. « Il faut faire quelque chose. Mais quoi ? Voyons, voyons. Je tombe. C'est sûr. Et après ? » Tout son corps perdit l'équilibre, vira d'une façon grotesque, et il cogna le sol avec son épaule, violemment. Son pied droit était pris dans l'étrier. Il voulut le dégager, mais ne put y réussir. Les courroies étaient tordues. Et Strélok, épouvanté, courait toujours droit devant lui. Traîné à la renverse, Michel appela désespérément :

— Strélok, Strélok !

Des cailloux lui râpaient la joue. Des herbes lui giflaient les yeux. Il avait la bouche pleine de boue et de sang. Il suffoquait. Dans un rapprochement horrible, il voyait venir à lui, rapidement, toutes les menaces de la terre : les pierres, les trous, les vieilles racines. Il tâchait de les éviter par des torsions du corps qui le faisaient râler de souffrance. Sa jambe droite n'était plus qu'une tresse de nerfs à vif. Sa tête heurtait le sol par saccades. C'était Volodia qui lui tapait le crâne contre les murs. Et Michel ne pouvait pas se défendre. Sa cervelle sonnait comme une casserole attachée à la queue d'un chat. L'univers prenait une teinte rouge. Il perdit connaissance.

Lorsqu'il rouvrit les yeux, il était étendu à l'orée d'un boqueteau inconnu, fait de sapins et de bouleaux. Le cheval avait disparu. Dans le ciel sombre, brillaient les premières étoiles. Non loin de lui, reposaient d'autres corps immobiles, dont les genoux pointaient hors de l'herbe. Un silence lugubre encerclait le monde. Michel tenta de se soulever sur un coude, mais c'était impossible. Son dos était de bois, lourd et plat, encombrant. Une flaque de sang noir s'arrondissait autour de ses hanches. Un frisson courut à la surface du liquide. « Ça doit couler encore », songea Michel. Il ne souffrait pas de ses blessures. Seules les égratignures et les ecchymoses de son visage étaient irritantes. Il mourrait sans douleur. C'était bien.

Au-dessus de cette chair détruite et qui ne se révoltait plus, veillait encore un peu de conscience. Combien de temps verrait-il ces feuillages et ce ciel ? Une heure ? Deux heures ? Il ferma les paupières, et son corps descendit un escalier en sautant à chaque marche. Il retrouvait dans ses muscles les sensations de cette course absurde, où le cheval l'avait traîné, face à terre, comme un pantin. Puis, il réfléchit à l'attaque manquée, à ses camarades, à Tania, aux enfants. Mais aucune de ces pensées ne l'intéressait plus. Rien de vivant ne pouvait remuer son âme. Il avait franchi une frontière mystérieuse, au-delà de quoi tout prenait un autre sens, grave et serein. Il entrait dans l'éternité. Encore quelques gouttes de sang, et il ferait partie de la nature. Ce qui était important, capital, immuable, ce n'étaient ni les figures d'autrefois, ni la bataille perdue, ni cette douleur chaude et bête dans le dos, mais la forme des feuilles, la profondeur du ciel, l'odeur d'absinthe et de ciguë qui montait du sol. Par-delà les influences extérieures, par-delà les disgrâces physiques, il y avait l'enseignement merveilleux de la nuit. Michel ne voulait plus penser qu'à cette nuit. « Vite, vite. Tout est mensonge, sauf ce silence auquel je m'incorpore. Rien n'existe que le repos de Dieu. » Soudain, la marche de ses idées s'arrêta et il écouta des oiseaux qui s'éveillaient dans les branchages, échangeaient quelques pépiements timides, battaient des ailes. Le calme revint. Le vent apporta une douce rumeur de vallée, d'espaces habités et lointains. La lumière glacée et pâle de la Grande Ourse rayonnait dans le ciel.

Enhardi par cet éclairage nocturne, un souvenir s'imposait à l'esprit de Michel. Il se rappela qu'Akim avait été blessé, lui aussi, durant la guerre russo-japonaise. Son beau-frère lui avait raconté par le menu les circonstances de ce jeu solitaire contre la mort, dans une contrée désertique, neigeuse, inexorable, quelque part aux environs de Moukden. Il lui avait dit son angoisse devant l'emprise du froid sur sa chair sans défense. Ainsi, tous deux avaient été frappés dans le dos, abandonnés sans secours aux travaux d'une nature insensible, livrés sur un plateau aux magies de l'ombre et du silence. A quelques détails près, il semblait à Michel qu'il recommençait l'épreuve d'Akim. Mais Akim avait lutté pour demeurer en vie, coûte que coûte, malgré l'isolement, la douleur et le sang perdu. Lui, en revanche, n'aspirait qu'à se fondre au néant, le plus tôt possible. Quelqu'un dit :

— Oh ! j'ai mal ! Oh ! j'ai soif !

« C'est moi qui ai parlé, songea Michel avec amusement. Je parle sans le savoir. Bientôt, je ne parlerai plus. Le monde continuera sans moi. D'autres hommes viendront, pour bâtir d'autres maisons, aimer d'autres femmes et faire d'autres guerres. »

Il essaya d'étendre les jambes, et une bouche s'ouvrit dans son dos, cracha quelque chose d'épais et de chaud. Un fleuve bougeait sous lui. Son corps était une nacelle. Des matelots couraient sur son visage et hissaient des voiles. A la première brise, l'esquif allait partir en se dandinant un peu sur les flots.

« Parfait, parfait. La grand-voile, maintenant. A vos postes ! Larguez les amarres ! »

Il souriait. Une béatitude surnaturelle allégeait sa tête. Il entendit une musique très douce et chercha le nom de la mélodie. C'était l'ouverture d'un opéra connu. Il avait assisté à sa représentation avec Tania. Toutes les femmes étaient jolies. Une, deux, trois...

« Comment était-ce déjà ? »

Ah ! enfin une fraîcheur, un mouvement de l'air. Les voiles se gonflaient. Les berges du fleuve glissaient de part et d'autre du navire. Des gens agitaient leurs chapeaux :

« Adieu ! Adieu ! »

Un lièvre parut à la lisière du boqueteau et s'assit sur son derrière, les oreilles droites, le museau froncé, attentif. Michel regretta de ne l'avoir pas embarqué avec lui. « Tout ce que je laisse : des lièvres, des feuilles, de la mousse qui sent bon. Tant pis, je trouverai mieux là-bas. » Autour de lui, les cadavres étendus dans l'herbe avaient déjà appareillé vers des mers pures et phosphorescentes. Il était en retard. Il allait les rejoindre. Tous des hussards d'Alexandra. Tous des amis. Les cris de la foule se faisaient à peine distincts :

« Adieu ! Adieu... Dieu... Dieu... »

Une ombre passa devant les yeux de Michel. « Ça y est, songea-t-il, je suis parti, je suis mort. Comme c'est bien ! »

Plus tard, un bruit de pas lui fit rouvrir les paupières. Il fut étonné de se retrouver couché à la même place, dans la même mare de sang. Deux silhouettes noires se profilaient sur le fond bleu du ciel : des soldats allemands. Le reflet de la lune fouillait leurs figures barbues. Ils allaient d'un corps à l'autre, se baissaient, grognaient, retiraient les bottes des cadavres. Un hussard ayant remué faiblement, les Allemands le frappèrent à coups de baïonnette. « Ils achèvent les blessés, pensa Michel. C'est parfait. Ainsi.

tout sera fini plus vite. » De nouveau, une mélodie douce résonna dans ses oreilles. Le geste des Allemands ne le révoltait pas. La cruauté, la lâcheté, la douleur étaient des mots vides de sens. Les lois humaines n'avaient plus cours. Tout était régi par des ordonnances très supérieures qui s'exprimaient en musique. Cette musique venait des astres.

L'un des soldats avait disparu dans la forêt. L'autre piétinait, furetait encore entre les épaves. On eût dit qu'il cherchait des champignons. Il s'avança dans la direction de Michel. Sous le bras gauche, il portait une brassée de bottes. Sa main droite tenait un fusil lourd et long. « Je vais pousser un cri pour signaler ma présence et il me tuera », pensa Michel. Mais il ne poussa pas de cri et demeura immobile, les dents serrées, la langue sèche. A présent, il distinguait mieux le visage bas et carré de l'Allemand. Une barbe de paille rêche et luisante encadrait ses joues. Des sourcils de paille ombrageaient ses yeux. Il y avait sur cette figure mal éclairée une expression de haine et de peur qui déplut à Michel. « Qu'est-ce que cela fait ? Lui ou un autre. Puisque je veux mourir. » Cependant, sa main gauche, inconsciente, rampait dans l'herbe en quête d'une pierre. Il n'y avait pas de pierre. D'ailleurs, il n'avait pas besoin de pierre. Akim lui avait prêté un revolver pour l'expédition. Ce revolver était là, dans l'étui de cuir. Le prendre. En aurait-il la force ?

Avec des doigts faibles, Michel tâta le cuir de l'étui, dégagea le revolver et le posa sur sa cuisse. A travers la culotte de drap, le froid de l'acier le fit frissonner. Toute sa chair se rétracta. Brusquement, il n'avait plus envie de mourir. Une protestation animale le hérissait au seuil du néant. Quelqu'un, dans son ventre, battait les parois chaudes, appelait au secours.

Sans doute l'Allemand avait-il vu remuer Michel, car il lâcha ses bottes et empoigna son fusil à deux mains. Il devenait énorme. Sa silhouette bossue cachait le ciel. Les étoiles fuyaient derrière sa tête. La musique s'était tue. Il avait écrasé le miracle sous ses talons pesants. Prudemment, il approchait encore et on entendait la rumeur de ce corps, son souffle rauque, un grincement de cuir. Une nausée dilata les joues de Michel. Ses lèvres se mirent à trembler. Sa main gauche se referma sur la crosse du revolver.

— *Bist du verwundet* (1) ? dit l'homme.

Le son de cette voix étrangère se prolongea longtemps dans la nuit. Michel vit luire l'éclair oblique d'une baïonnette. Alors, il leva le bras, et, sans viser, tira droit devant lui, en pleine masse. Comme un mur qui s'effondre, l'Allemand chancela, se plia en deux et disparut dans l'herbe. Le ciel prit sa place avec toutes les étoiles.

Le premier visage que Michel aperçut à son réveil fut celui d'un major allemand. Cette face était jaunâtre et plissée comme du lait caillé au soleil. L'homme fumait un cigare. En s'approchant du lit où reposait Michel, il demanda :

— *Wie geht's* (2) ?

Michel le regarda sans comprendre. Il regrettait le boqueteau éclairé par la lueur argentée de la lune, le lièvre aux aguets, la plainte confidentielle du vent. Un mal cuisant irradiait de ses reins, de son épaule. Il chercha des yeux une icône dans cette pièce nue où bourdonnaient des mouches. Mais il n'y avait pas d'icône. Rien que des lits de camp aux couvertures brunes, des profils inconnus, des mots allemands, des fenêtres closes. Alors, il se sentit vraiment privé de sa patrie, abandonné de tous et peut-être de Dieu.

(1) Es-tu blessé ?
(2) Comment ça va ?

DEUXIÈME PARTIE

I

— Crois-tu qu'il vaille mieux ajouter un saucisson ou un paquet de bougies ? demanda Zénaïde Vassilievna Arapoff, en désignant la boîte de carton où elle avait accumulé toutes sortes de victuailles.

Son mari déposa le journal qu'il tenait à la main et se gratta le crâne du bout des doigts, méditativement.

— Je ne sais pas, moi, grommela-t-il enfin d'un air las.

— Tu es un homme, Constantin, tu devrais savoir, dit Zénaïde Vassilievna avec reproche.

— Je n'ai jamais été prisonnier.

— Ce n'est pas une raison. Tous les hommes connaissent ces choses sans avoir été prisonniers.

Constantin Kirillovitch hocha la tête et reprit son journal en maugréant :

— Essaie de mettre et le saucisson et les bougies.

— Ça ne rentre pas. Il faut choisir.

— Mets les bougies.

— Pourquoi pas le saucisson ?

— Tu as raison : mets le saucisson.

Zénaïde Vassilievna claqua de la langue en signe de mécontentement.

— Je ne comprends pas, dit-elle, que tu te désintéresses à ce point d'un paquet qui est destiné à ton gendre.

De nouveau, Constantin Kirillovitch écarta son journal et considéra sa femme avec une expression de tendresse et de pitié narquoises.

— Ma pauvre Zina, tu te donnes tant de mal...

— Il le faut bien.

— D'après mes renseignements, les prisonniers reçoivent un paquet sur cent qui leur sont envoyés. Tania expédie deux colis par semaine à son mari. Quand il reviendra, nous apprendrons, sans doute, qu'il n'en a pas touché un seul.

— Les colis qu'envoie Tania ne me regardent pas, dit Zénaïde Vassilievna avec hauteur. Je veux que Michel sache que nous pensons à lui, nous aussi. Voyons, mets-toi à sa place : si tu étais prisonnier et que tu reçoives un paquet de tes beaux-parents, que souhaiterais-tu y trouver ?

— Indiscutablement, du saucisson et des bougies, dit Constantin Kirillovitch.

Zénaïde Vassilievna réfléchit un moment et avança les lèvres dans une moue calculatrice :

— Je vais tout défaire et tâcher de ranger les objets autrement. Peut-être arriverai-je à caser le saucisson et les bougies ?

Et elle renversa le contenu de la boîte en carton sur la table. Puis, elle aspira l'air profondément et murmura :

— Quel malheur ! Ce garçon qui n'a jamais manqué de rien, et voici que je suis obligée de lui faire l'aumône.

— Ne te plains pas, Zina, dit Constantin Kirillovitch, pendant huit mois nous l'avons cru mort.

— C'est une honte ! Si l'organisation de la Croix-Rouge n'était pas...

— Ils font ce qu'ils peuvent.

— Évidemment, en tant que docteur, tu te crois obligé de les défendre. Mais ce sont des maladroits et des fainéants. Quand je pense que la pauvre Tania ne savait même pas si elle devait se mettre en deuil ou continuer à porter des couleurs... Et voilà... Un petit mot... « Nous vous avisons, etc. » Non, non, je trouve que la Croix-Rouge est très coupable. On devrait protester.

— Auprès de qui ?

Zénaïde Vassilievna ne répondit pas et se pencha au-dessus de la table avec une mine préoccupée.

— Allons, bon ! dit-elle enfin. J'avais oublié les sardines. Au lieu de rester assis à me regarder et à me critiquer, tu ferais mieux de m'aider un peu.

— Je ne sais pas faire les paquets.

— Excellente occasion pour apprendre.

— Je suis trop vieux. Et puis, c'est dimanche. Le jour du Seigneur, je me repose des fatigues de l'hôpital. N'oublie pas que tu as invité le mari de Nina pour le déjeuner.

— Il attendra. J'ai encore les paquets de Nina, de Nicolas et d'Akim à finir.

Elle avait parlé avec une rage contenue. Soudain, elle tourna vers Constantin Kirillovitch son vieux visage bouffi et pâle, et chuchota d'une voix brisée :

— Oh ! Constantin, n'est-il pas affreux que tous nos enfants soient loin, et tous en danger de mort ?

— N'exagère pas, Zina. Tu oublies Tania et Lioubov qui, ma foi, ne risquent rien.

— Oui, oui, mais les trois autres. Nous sommes assis là, tous les deux, dans la bonne maison qui les a vus naître et grandir, et eux... Ce n'est pas juste, Constantin... Tu ne peux pas penser autrement...

Des larmes troublaient son regard. Deux mèches grises pendaient sur ses oreilles. Le docteur se leva et enlaça les épaules de sa femme d'un bras pesant et protecteur. Lui-même était très ému et dut toussoter pour s'éclaircir la gorge avant de répondre :

— Toutes les familles russes en sont là. Ce n'est pas une consolation, bien sûr...

— Oh ! non.

— Que veux-tu, ma chère ? si tu aimes ce pays, cette ville, ce ciel et la langue que nous parlons, il faut admettre que tes fils prennent les armes pour les défendre. C'est dur, mais c'est nécessaire. Avec l'aide de Dieu, tôt ou tard, tout s'arrangera.

— Que disent les journaux ?

— Toujours la même chose. On se bat. L'offensive du général Broussiloff nous coûte cher, mais le succès en est certain. L'entrée en guerre de l'Italie et de la Roumanie ne simplifie pas le problème. En France, on semble content...

— Quand cela finira-t-il ?

Arapoff écarta ses bras et les laissa retomber sur ses hanches.

— Je crois, dit-il, que tu feras encore beaucoup de paquets avant le retour de tes enfants.

Et il alla se rasseoir dans son fauteuil, près de la fenêtre ouverte sur le jardin. Zénaïde Vassilievna reprit son travail, en soupirant. Arapoff l'observait, du coin de l'œil, tout en feignant de lire son journal. Le salon familier paraissait trop vaste pour elle. Il y avait aussi trop de guéridons dans tous les coins, trop de chaises, trop de tableaux. La bergère bouton d'or, boiteuse et confortable, était à son poste, et toutes les silhouettes découpées dans du papier noir et serties dans des cadres ovales, et le portrait enfumé de ce grand-oncle, qui avait été un ami du poète Joukovsky. Les rayons du soleil se reflétaient dans le parquet blond qui se gondolait par endroits. L'air sentait la cire d'abeille et les pommes aigres. Autrefois, il était juste que la maison fût abondamment meublée, puisque cinq enfants l'habitaient avec leurs parents. Mais aujourd'hui, cette grande installation était bien inutile. Elle rappelait une époque heureuse. Elle entretenait dans le cœur la dangereuse permanence des souvenirs. A chaque siège, s'appuyait un fantôme léger. Des prénoms chers flottaient dans le silence. Souvent, Arapoff se surprenait à tendre l'oreille, comme si, au premier étage, eût retenti le rire argentin de Tania, de Lioubov ou d'Akim. Il secoua le front pour se dégager d'une toile d'araignée invisible. Le journal frémissait entre ses mains. « Je me fais vieux, pensa-t-il. Vieux et sentimental. Quelle horreur ! »

Zénaïde Vassilievna redressa le buste et dit gaiement :

— Ça y est, j'ai pu faire entrer le saucisson et les bougies.

— Tu vois bien, répliqua Arapoff.

Et, Dieu sait pourquoi, ses yeux se mouillèrent de larmes. Une pesanteur désagréable s'était faite dans sa poitrine. Il étouffait doucement.

— Viens mettre ton doigt sur la ficelle pendant que je la noue, reprit Zénaïde Vassilievna.

Le docteur se leva, posa son index sur la ficelle, comme on le lui demandait. Il voyait de tout près la joue blanche et molle de sa femme, il respirait son parfum de savon aux violettes. Et son esprit dérivait, à une vitesse prodigieuse, vers le passé de joie, de lumière, de figures jeunes et de chuchotements amoureux. La ficelle glissa sur son ongle, et un nœud dur se forma brusquement sous son doigt. Zénaïde Vassilievna coupa aux ciseaux les deux brins qui pendaient.

— C'est fini, dit-elle.

— Oui, c'est fini.

— Tu as l'air triste.

— Mais non.

— Sais-tu que Nina a perdu la photographie que nous lui avions envoyée ? Elle en demande une autre de nous deux, si possible récente. Je ne comprends pas comment elle fait pour égarer toujours ses affaires.

— Son hôpital se déplace souvent, dit Arapoff avec effort.

— Ce n'est pas une raison. Petite fille, déjà, elle était négligente. Je suis sûre qu'Akim, lui, ne perd jamais rien. Apporte-moi donc une autre photographie. Je la mettrai dans le colis de Nina. Tu en trouveras dans le tiroir de mon secrétaire.

— A l'instant, dit Arapoff.

Mais il n'avait pas envie de bouger. Il restait là, dans la lumière du soleil, désemparé et malheureux. Le bourdonnement de la rue, le tintement des assiettes et des couverts qu'on disposait dans la salle à manger voisine, ne faisaient qu'accroître, inexplicablement, son désarroi. Zénaïde Vassilievna regarda son mari avec inquiétude. Le visage d'Arapoff, à la barbe déteinte, aux cheveux fins et gris, lui parut étranger soudain. Il serait ainsi sur son lit de mort. C'était sûr. Elle frissonna et dit rapidement :

— Tu ne te sens pas bien ?

Alors le visage se ramassa, tenta de sourire. Les rides s'animèrent un peu :

— J'y vais ! J'y vais ! Ah ! que tu aimes commander, ma chère !

En passant devant la bergère bouton d'or, il grommela, par habitude :

— Vraiment, il faudra réparer le pied de ce meuble vénérable. Rappelle-moi d'en parler à Guérassime.

— Oui, mon ami.

Déjà, il était dans le vestibule et gravissait l'escalier aux marches de bois grinçant. Dans le couloir du premier étage, il s'immobilisa pour souffler et ferma les yeux. Les chambres des enfants donnaient sur ce corridor sombre et frais, aux parois striées de lézardes. Chaque fois qu'il voyait ces portes closes, Arapoff éprouvait un pincement funèbre au niveau de la gorge. Toute la maison, avec ses compartiments vides, ses armoires inutiles, ses matelas silencieux, prenait appui sur ses épaules et l'empêchait de respirer. Condamné à la solitude et au souvenir, il portait sur son dos une lourde coquille de pierre.

Timidement, comme un voleur, il poussa un battant, glissa un regard rapide dans la pièce qui avait été celle de Tania et de Lioubov. Les murs roses, les rideaux de tulle, les lits jumeaux, étroits et plats, refusaient de vivre. Une négation tragique venait de ces objets consacrés par le temps. Tout était bien fini. A côté, les chambres de Nina, d'Akim, de Nicolas, étaient pétrifiées dans la même indifférence totale et propre. Le soleil et le murmure des feuillages s'arrêtaient au bord de ce néant. Sur la table d'Akim, traînait encore un porte-plume qu'il avait rongé en écrivant ses devoirs, lorsqu'il n'était qu'un élève du gymnase municipal. Des piles de livres poussiéreux encombraient un rayon de bois, au-dessus du divan où avait dormi Nicolas. Dans le grenier, s'amoncelaient des poupées aux jambes brisées et des malles pleines de vieilles robes douces. Toutes ces épaves, Arapoff les connaissait par cœur. Même si la maison brûlait jusqu'à la dernière poutre, jusqu'au dernier moellon, il ne serait pas débarrassé de ces meubles, de ces défroques, de ces jouets hors d'usage. Ils resteraient dans sa vie, aussi présents, aussi pesants qu'aujourd'hui. Quoi qu'il fît, où qu'il logeât, il y aurait désormais des couloirs frais et sombres, des chambres de jeunes filles aux papiers roses, et des greniers bourrés de poupées démantibulées et de jupes raidies de poussière, aux teintes affligeantes.

— C'est vraiment trop grand pour nous deux, maintenant, murmura-t-il sans conviction.

Le son de sa voix lui parut comique. Il eut envie de crier : « Tania, Nina, êtes-vous prêtes ? » Mais il se ressaisit aussitôt et eut honte de sa faiblesse. Qu'était-il venu faire dans ce corridor ? Impossible de le savoir. Subitement, sa mémoire le trahissait. Il avait parfois de ces absences éclatantes et brèves, qui le laissaient pantois, au bord du trou. « Voyons, voyons... Zina m'avait dit... Ah ! bien sûr, la photographie. » Il sourit dans le vide et se dirigea vers la dernière porte du couloir.

Lorsqu'il revint au salon, Mayoroff était assis en face de Zénaïde Vassilievna et lui parlait avec animation. En apercevant ce petit homme rose, moite et dodu, au regard bleu, aux lèvres pincées, Arapoff éprouva, comme à chaque rencontre, un sentiment d'impatience et de gêne.

— Heureux de vous voir, respectable Constantin Kirillovitch, dit Mayoroff en se levant prestement de sa chaise.

— Reste assis, mon bon, dit Arapoff en posant une main sur l'épaule de son gendre. J'apporte une photographie de nous deux pour ta femme. Elle a perdu l'autre

Mayoroff fit un sourire lisse et susurra :

— Je finirai par croire que Ninouche préfère les photographies aux modèles.

— Que veux-tu dire ? demanda Arapoff avec brusquerie.

— J'ai reçu une nouvelle lettre de Nina, hier, si on peut appeler lettre ce carré de papier barré de trois lignes d'écriture, dit Mayoroff en tirant de sa poche un feuillet chiffonné.

— Elle n'a guère le temps d'écrire, la pauvre, gémit Zénaïde Vassilievna.

— Permettez-moi de vous dire, belle-maman, rétorqua Mayoroff, qu'une femme qui honore son mari trouvera toujours le temps nécessaire pour lui écrire. Mais la guerre a bouleversé les mœurs de notre société. Chacun vit sa vie. Vous voyez le résultat...

Et il pointa un doigt vers son cœur, en inclinant la tête.

— Il n'a pas l'air de se porter trop mal, le résultat, dit Arapoff en riant.

Mayoroff pâlit légèrement et ses narines se gonflèrent :

— Ne plaisantez pas, cher Constantin Kirillovitch. L'heure est grave. Malgré mes appels réitérés, Nina refuse de revenir. Autrefois, elle me disait : « Peut-être. » Aujourd'hui, elle me dit : « Jamais. » Il faut agir.

— Agir ? Comment veux-tu agir ? marmonna Arapoff.

Le visage poupin de Mayoroff se plissa dans une expression de douleur et de volonté.

— Vous n'ignorez pas, prononça-t-il d'une voix tremblante, à quel mobile j'ai obéi en demandant mon affectation à Ekaterinodar. Malgré les satisfactions d'amour-propre que je goûtais à accomplir mon dur travail dans la zone des combats, mon devoir était de me fixer auprès de vous et de vous ramener votre fille. J'étais persuadé que, me sachant ici, elle tenterait l'impossible pour me rejoindre. C'est en pensant à Nina, et uniquement à elle, que j'ai accepté cette occasion de permuter avec un collègue. Vous me direz que je rends ici, à l'hôpital, plus de services que je n'en rendais là-bas...

— Mais oui, peut-être, dit Arapoff mollement.

— La question n'est pas là, déclara Mayoroff avec hauteur. Partout où je serai, je ferai ce qu'on exige de moi. Tel est mon culte de la patrie et de la médecine. On ne me changera pas. Mais que pensez-vous d'une épouse qui se promène avec son ambulance à travers toute la Russie, pendant que le mari, installé à Ekaterinodar, l'attend et la réclame ? Où est l'amour ? Où est l'obéissance ? Je dirai même : où est la raison ?

— C'est vrai, soupira Zénaïde Vassilievna. Nina est une exaltée.

— Dans certaines lettres, reprit Mayoroff, elle m'invite même à repartir pour le front. D'habitude, les femmes s'ingénient à retenir leurs maris trop téméraires, la mienne me pousse des deux mains vers le danger. La guerre, c'est très joli. Mais elle finira un jour. Il faut songer à l'avenir. Préparer sa carrière. Ce n'est pas dans la zone des combats que je m'assurerai une clientèle sérieuse pour plus tard. Nina ne veut pas le comprendre. Elle n'a aucun sens des réalités. Elle ne réfléchit même pas au ridicule de ma situation. Le docteur Mayoroff est à l'arrière, mais son épouse est en première ligne. Enfin, il y a des limites à tout, convenez-en ?

— J'en conviens, dit Arapoff en lissant sa barbe du plat de la main.

— Alors, aidez-moi.

— Comment ?

— Écrivez à Nina. Si elle n'obéit pas à son mari, elle obéira peut-être à son père. Adressez-lui une lettre digne et comminatoire. Dites-lui que vous êtes outré, que vous ordonnez, en tant que chef de famille, comme ceci et comme cela, enfin qu'il faut, que vous exigez...

Arapoff écoutait Mayoroff avec fatigue et déplaisir. Ce garçon lâche et oratoire, qui se poussait, arrondissait sa clientèle, flattait les amis influents et jouissait des petits biens de la vie, ne lui était décidément pas sympathique. Il y avait chez cet être trop d'astuce, trop de prudence, trop de servilité, pour qu'Arapoff pût l'estimer ou simplement le comprendre. Il n'avait pas approuvé le retour du jeune homme à Ekaterinodar. Il devinait que Nina avait été déçue par la sage manœuvre de son mari. Et il donnait secrètement raison à sa fille contre son gendre.

— Eh bien ? Vous ne pouvez pas refuser ? dit Mayoroff en glissant un regard sucré entre ses paupières épaisses et roses.

Arapoff ne savait que répondre.

— Tu sais, balbutia-t-il, les filles sont étranges... Quand elles ont une idée en tête...

Mayoroff porta les deux mains à ses tempes et s'exclama d'une voix flûtée :

— Comment, vous... vous le père de Nina ? Mais vous devriez être plus impatient que moi de la revoir !

— Eh ! bien sûr, je suis impatient, mais...

— Songez qu'à chaque seconde elle risque la mort, reprit Mayoroff. Les blessés apportent avec eux des maladies affreuses. La contagion est partout. Nina ne mange sûrement pas à sa faim. Elle travaille au-delà de ses forces. Elle use ses nerfs. Les avions allemands ne se gênent pas pour bombarder les hôpitaux. En cet instant même, peut-être...

— Tais-toi, murmura Zénaïde Vassilievna en se signant. Tout ce que tu dis est juste, mais tais-toi. Cela fait trop mal...

— Excusez-moi, belle-maman, bredouilla Mayoroff ; et il passa la langue sur ses lèvres. Je conçois que mes propos sont cruels, mais je ne reculerai devant rien pour convaincre Constantin Kirillovitch. Lui seul a assez d'autorité sur votre fille pour la forcer à revenir.

Un silence lourd s'installa entre les trois personnages. Zénaïde Vassilievna observait son mari d'une façon suppliante. Il avait suffi pour la bouleverser que Mayoroff évoquât les dangers courus par Nina. Maintenant, elle était entièrement gagnée aux résolutions de son gendre. Elle attendait que Constantin Kirillovitch se déclarât d'accord avec lui.

Arapoff était troublé par cette brusque coalition sentimentale. Sans doute était-il absurde que lui, le père de Nina, fût le seul à ne rien tenter pour la soustraire aux risques de la guerre. S'il suffisait vraiment qu'il écrivît une lettre à sa fille pour la déterminer à revenir, il n'avait pas le droit, moralement, de s'y refuser. A le voir ainsi, hésitant, partagé, on aurait pu croire qu'il n'aimait pas son enfant. Or, il aimait Nina autant et plus peut-être que ne l'aimaient les autres. Comme les autres, il souhaitait la retrouver au plus tôt. Mais il comprenait aussi que l'attitude de Nina était noble, et il ne se sentait pas le courage de la priver, égoïstement, de cette joie supérieure que procure l'accomplissement du devoir.

— Eh bien, Constantin, dit Zénaïde Vassilievna, que comptes-tu faire ?

Arapoff sursauta et considéra sa femme d'un air égaré.

— Je... je vais réfléchir...

Mayoroff proféra d'une voix suave :

— Il ne s'agit plus de réfléchir, très estimable Constantin Kirillovitch, mais d'écrire, et sans perdre de temps. Votre fils Nicolas a été blessé. N'exposez pas votre fille à un sort analogue, par négligence ou par entêtement. S'il arrivait quelque chose à Nina, vous en seriez le seul responsable, et ce remords vous poursuivrait jusqu'à vos derniers jours.

— Oh ! gémit Zénaïde Vassilievna, si ma petite Nina

était... et par notre faute... J'aimerais mieux mourir moi-même...

— Chaque jour passé en tergiversations augmente les risques et diminue les chances, dit Mayoroff.

Le visage de Zénaïde Vassilievna se déforma, devint laid et comique dans la douleur. Une expression mendiante arrondit ses prunelles. Sa bouche remua faiblement :

— Constantin, je t'en prie...

Arapoff baissa la tête.

— C'est bon, dit-il, j'écrirai.

— Quand ? demanda Zénaïde Vassilievna.

— Demain.

— Non, ce soir, ce soir, Constantin...

— Alors, ce soir... Vous êtes terribles !... Vous ne comprenez pas !...

Il fit une grimace et se pétrit le front des deux mains.

— Merci, Constantin, murmura Zénaïde Vassilievna.

— Moi aussi, je vous remercie, s'écria Mayoroff.

— Oh ! toi !..., dit le docteur en souriant d'une manière flétrie. Et il s'approcha de la fenêtre, comme pour se guérir de quelque chagrin par la contemplation du ciel et des feuillages. Zénaïde Vassilievna le rejoignit et chuchota :

— Je sais pourquoi tu hésitais, Constantin. Je ne t'en veux pas...

— Eh ! qu'as-tu pu comprendre ? grogna-t-il en haussant les épaules.

— Que tu étais fier de ta fille, répondit Zénaïde Vassilievna.

Une vague de joie inonda le cœur de Constantin Kirillovitch. Il n'était plus seul. Il regarda sa femme avec gratitude.

— En voilà une mouche, une mouche rusée, futée, dit-il tendrement.

Et il lui baisa la main. Puis, on passa à table. Durant le repas, Arapoff parla peu et mangea beaucoup. Mayoroff, en revanche, heureux d'avoir obtenu gain de cause, était d'une loquacité fatigante. Il pérorait sur la guerre, sur l'hôpital, sur ses clients particuliers, sur le retour prochain de « Ninouche ».

— Je lui préparerai son nid. Tout le monde nous enviera. Savez-vous que je suis au mieux avec le général commandant de place ? C'est moi qui le soigne, maintenant. Les relations, toujours les relations...

Il riait petitement et se frottait les mains. Constantin Kirillovitch évitait de lever les yeux sur lui.

Après le déjeuner, Arapoff ordonna au cocher d'atteler la calèche et se fit conduire hors de la ville, à la roseraie. Depuis quelques mois, il avait renvoyé le jardinier qui lui coûtait trop cher et négligeait sa besogne. Mais lui-même manquait de temps et d'énergie, et les mauvaises herbes piquaient les allées, les fleurs revenaient à l'état sauvage.

Lorsqu'il pénétra dans son jardin, il fut attristé, une fois de plus, par son aspect inculte et foisonnant. Le gazon de la pelouse rongeait le sable du chemin. Des gourmands, gras et luisants, pompaient la sève des rosiers. Les pucerons verts mangeaient les feuilles, attaquaient les pétales. Le désastre était partout. Arapoff prit un sécateur et coupa quelques drageons inutiles. Puis, il nettoya les feuilles des insectes qui les dévoraient. Un tiède soleil de septembre lui chauffait la nuque. Très vite, à bout de force et de patience, il alla se réfugier dans la cabane au toit de chaume, où, tant de fois, il avait bu le thé avec sa femme et ses enfants. La sueur ruisselait sur son visage. Le sang battait sous la peau de ses tempes. Il était découragé par la vanité évidente de ses travaux. « Ce jardin est trop grand pour moi. Comme la maison. Comme le monde. Je ne suis plus de taille. Encore un an ou deux, et la végétation aura tout envahi. Sitôt que l'homme vieillit et se fatigue, elle en profite, elle s'étale. Or, je vieillis, je me fatigue... »

Il sourit et regarda, au-delà des haies de feuillages, la vaste steppe jaunissante qui se prolongeait dans un ciel de brume. Ayant pris la résolution d'écrire à Nina, il se sentait mieux : « Je lui expliquerai. Elle comprendra. D'ailleurs, dans ma lettre, je n'ordonnerai rien, je suggérerai, je conseillerai. Tout est dans le style, dans le choix des mots... » Plus il observait l'horizon, et moins la guerre lui paraissait plausible. Il était inconcevable qu'un homme pût désirer la guerre après avoir contemplé le ciel. Car, dans le ciel, il y avait tant de bonté et tant d'intelligence, que l'âme de chacun aurait dû en être apaisée pour l'éternité. « C'est parce qu'ils oublient de regarder le ciel, songea-t-il. Il faudrait l'apprendre aux enfants, dès leur premier âge. Les mathématiques, l'histoire, la géographie, la littérature, la morale ne sont rien... Mais le ciel... » Un doux vertige lui saisit le cœur et il baissa les paupières. Ses idées s'embrouillaient. Le grésillement des insectes entrait dans sa tête. Une caille cria au loin. Une compagnie de perdrix s'envola avec un froufroutement allègre. Dans le verger voisin, quelqu'un aiguisait une serpe. « Voilà la vie, le bonheur, pensait Arapoff. Et eux se battent. » Il lui sembla subitement que tout le monde était dans l'erreur et que lui seul avait compris la volonté de Dieu. « Les hommes se fatiguent, luttent et ne prennent de l'existence que ce qu'elle offre de plus lourd et de plus cruel. Ils laissent de côté ce qu'elle a d'impondérable et de joyeux. Mais moi, je sais. Il faudra leur dire... »

Il examina ses mains. Les pucerons qu'il avait écrasés avaient déposé une trace verte sur ses vieux doigts ridés. Arapoff porta les doigts à ses narines. Ils sentaient la terre, le suc des plantes, le tabac. Ses ongles étaient noirs. Il réfléchit longtemps encore à son âge, à sa lassitude, au sort de ses enfants dispersés, menacés. Mais sa tristesse était calme. Comme si une réponse consolante lui était venue de quelqu'un de très haut placé. Le soleil déclinait. Une poudre d'or monta de la steppe. Arapoff reprit son sécateur et s'avança vers les rosiers, en clignant des yeux et en riant doucement, pour lui-même.

II

Dès qu'il entendit le bruit de la porte d'entrée et le pas de Kisiakoff dans le vestibule, Volodia glissa son livre sous l'oreiller et feignit de dormir. L'usage voulait que Kisiakoff, au retour de sa promenade matinale, surprît Volodia couché, assoupi, et le grondât pour sa paresse. Il devait être midi. Le meilleur moment de la journée. Ayant couru en ville, vu des gens, fureté dans les magasins, Kisiakoff rapportait un assortiment de ragots, que Volodia écoutait sans déplaisir. Lui-même ne quittait plus guère la chambre. Sommeillant très tard, lisant le reste du temps, ou disposant des patiences, il comptait sur son ami pour l'alimenter en nouvelles fraîches. C'était grâce à lui qu'il se maintenait encore en contact avec le monde extérieur. Si Kisiakoff n'avait pas existé, Volodia se serait totalement désintéressé de ses contemporains. Sa chambre était comme un îlot au cœur de la tempête. Là, recroquevillé dans sa solitude, ne souhaitant plus rien, craignant également et la mort et la vie, il se complaisait dans une inaction béate, dans un vague anéantissement de bête hivernante. Kisiakoff subvenait à ses besoins, payait le loyer, le domestique, la nourriture. Sur la demande de Volodia, il avait signifié à Stopper et à Ruben Sopianoff de ne plus déranger leur camarade souffrant de langueur. Il avait même poussé la prévenance jusqu'à faire changer le numéro de téléphone, pour que des importuns ne vinssent pas distraire Volodia dans ses méditations. Il avait aussi diminué les gages de Youri et renvoyé la cuisinière qui était curieuse et bavarde. Depuis ce jour, il préparait lui-même les repas.

Comme chaque matin, Volodia l'entendit chanter dans la cuisine en déballant ses paquets. Enfin, il entra dans la chambre et s'écria :

— Quoi ? Tu dors ? Sais-tu l'heure qu'il est ?

— Non.

— Midi vingt, et j'ai eu le temps de faire bien des courses et de voir bien des gens.

Un tablier de toile bleue, maculé de farine, ceignait son ventre rebondi. Il tenait une casserole à la main.

— Je t'ai préparé un fameux gâteau pour le dessert, dit-il.

— Je n'ai pas faim, grommela Volodia en bâillant. Et tu me gaves avec tes gâteaux.

— Plains-toi ! D'autres se pourlécheraient les babines, et toi tu te renfrognes. Ce n'est pas chrétien.

Depuis qu'il s'occupait de la cuisine, Kisiakoff s'était spécialisé dans la confection de gâteaux très lourds et très sucrés. Et, sous peine d'offense, Volodia était obligé de s'empiffrer avec cette pâte douce, garnie de crème et de fruits confits. Kisiakoff ne lui faisait grâce d'aucune recette. Entouré de manuels culinaires, combinant en alchimiste les indications de trente gastronomes différents, il essayait sur son ami toutes les innovations qui traversaient son esprit. Finalement, les repas se ramenaient à quelques hors-d'œuvre, suivis d'un défilé de pâtisseries indigestes. A ce régime, Volodia engraissait rapidement. Il avait dû, déjà, faire élargir par son tailleur la plupart de ses pantalons. Son visage devenait pesant et rose. Il avait souvent des lourdeurs d'estomac.

— Je ne mangerai pas de gâteaux aujourd'hui, dit-il.

— Et pourquoi, s'il te plaît ?

— Parce que j'ai mal au ventre.

— Je te donnerai un petit verre de liqueur digestive et tu goûteras mon gâteau ensuite. Justement, il est léger comme un soupir de vierge.

— Non.

Kisiakoff jeta sa casserole sur le lit et croisa les bras avec vigueur :

— Tu t'entêtes pour me faire enrager, mauvaise graine. Moi qui ai préparé la pâte dès hier soir ! Moi qui suis allé acheter des marrons glacés, ce matin, pour la garniture ! Et toute cette crème fraîche, cette cannelle, cette vanille...

Sa forte tête barbue tremblait d'indignation.

— Je suis trop bon, reprit-il.

— C'est moi qui suis trop bon en me prêtant à tes expériences.

— Tu rendras compte à Dieu de ces paroles, dit Kisiakoff gravement. Quant à moi, si tu dois me traiter avec cette ingratitude païenne, je préfère partir.

Il fit mine de dénouer son tablier. Mais il s'arrêta soudain et dit d'une voix tendre :

— Un tout petit morceau. Tu peux bien avaler un tout petit morceau, pour me faire plaisir ?

— D'accord, dit Volodia, mais je le couperai moi-même.

— Oui, ma consolation, tu le couperas toi-même. Et tu me diras franchement ce que tu en penses.

Volodia s'assit au centre du lit et se passa la main en peigne dans les cheveux :

— Que dit-on en ville ?

— Bien des choses, bien des choses. Je te raconterai tout si tu es sage, répondit Kisiakoff.

Il reprit sa casserole et sortit en se dandinant un peu, comme un ours. Volodia le suivit des yeux avec une sympathie mêlée de rancune. Il sentait que Kisiakoff était responsable de son abaissement, mais il savait aussi que la vie eût été inconcevable pour lui sans Kisiakoff à ses côtés. C'était un mal nécessaire. Il fallait accepter cet homme, et même le remercier d'être là. Un parfum de sucre brûlé et de cannelle s'infiltra par la porte restée ouverte. Volodia en éprouva un petit écœurement douillet. Il imagina Kisiakoff debout devant le fourneau, la face enflammée, une cuillère à la main, et Youri tournant dans la cuisine, avec un air réprobateur et gourmé. Cette vision l'amusa et il essaya de la résumer en quelques mots spirituels. Puis, il se leva et passa dans le cabinet de toilette pour se laver, s'habiller et enfiler une robe de chambre.

Lorsqu'il pénétra dans la salle à manger, Youri disposait

les couverts sur la nappe. Le visage du domestique était congelé dans le mépris. Un rictus de martyr plissait ses longues lèvres rasées.

— Ivan Ivanovitch en a-t-il encore pour longtemps ? demanda Volodia.

— On ne peut pas savoir, prononça Youri d'un ton contraint. Tout est sens dessus dessous dans la cuisine. C'est une écurie, passez-moi l'expression. Et Ivan Ivanovitch goûte avec son doigt.

Volodia se retint de sourire :

— Ne fais pas cette tête-là, Youri. Quand j'aurai de nouveau de l'argent, je t'augmenterai.

— Ce n'est pas une question d'augmentation, mais de manières, dit Youri.

Et il se retira sur la pointe des pieds, la tête rentrée dans les épaules et le dos hostile.

La voix de Kisiakoff retentit à la cantonade :

— Tu peux t'asseoir, Volodia. J'arrive.

Il vint, en effet, cramoisi, essoufflé, luisant. Des traces de farine marquaient sa barbe. Le feu du fourneau avait rougi ses yeux.

— Ce sera fameux, dit-il en s'installant sur sa chaise.

Et il glissa le coin de sa serviette entre son faux col et son cou.

Tout en grignotant les hors-d'œuvre, il buvait de nombreux verres de vodka et d'eau de fruits, alternativement. Dans chacun de ses mouvements, Volodia devinait une canaille et un homme fort. Constamment, on avait l'impression qu'il se préparait à renverser un obstacle ou à soulever quelque chose de très lourd pour étonner le monde. Rien qu'à le regarder manger, on comprenait qu'il n'avait peur de personne et ne se gênait de rien. C'était admirable et révoltant. Lorsqu'il eut avalé une poignée d'olives, quelques harengs, du saucisson, du jambon, des champignons et des piments truffés, Kisiakoff s'essuya la barbe et poussa un soupir de soulagement.

— Ouf ! Ça va, dit-il, en se signant la bouche. Je mourais de faim comme un nourrisson privé du sein maternel. Je n'ai pas perdu mon temps, ce matin. Pendant que tu dormais, marmotte, j'ai rendu visite à mes amis, au gouvernement de la place. On mobilise à tour de bras. Mais tu n'as rien à craindre. Étant donné ton infirmité, on ne t'inquiétera pas. Tu t'es crevé l'œil au bon moment, mon gros. Aurais-tu voulu te soustraire aux obligations militaires que tu n'aurais pas trouvé mieux !

— Qui te dit que je n'aurais pas préféré garder mon œil et être envoyé en première ligne ?

— Qui me le dit ? Mais, toi, mon séraphin. Toi, avec ta bonne tête bien nourrie, tes caprices de femmelette, ta répugnance aux coups, à la saleté et à l'inconfort.

— Je n'ai pas eu peur de me suicider.

— Ce n'est pas la même chose. On se suicide au moment que l'on a choisi, mais on se fait tuer au moment que choisissent les autres.

Volodia se rembrunit et jeta son couteau sur son assiette.

— La guerre me dégoûte, dit-il.

— Comme tu as raison ! Ceux-là mêmes qui chantaient la guerre commencent à se lasser. J'en ai vu plusieurs de ces héros en chambre. Ils laissent pendre le nez. Ils font pipi de frousse. C'est comique. Les succès du général Broussiloff ne changent rien. Voilà que nous devons aider les Roumains, maintenant. Or, nous n'avons plus d'hommes, plus de munitions, plus de ravitaillement. Les recrues sont instruites à la va-vite. Dans les tranchées, les soldats bouffent du pain gris, des lentilles, de la viande salée et des lièvres de Sibérie. Je t'assure que tu es mieux ici que là-bas.

— Ici ou là-bas, dit Volodia, l'ennui est partout le même. L'ennui n'est pas extérieur à l'homme, mais intérieur. As-tu des nouvelles de Michel ?

— Oui, par Lioubov, dit Kisiakoff en se fourrant trois olives dans la bouche.

Sa joue gauche devint pointue. Il mâchait la chair des olives avec précaution.

— Que dit-elle ? demanda Volodia.

— Toujours la même chose. Il est prisonnier. Remis de sa blessure. Il travaille.

— On les nourrit très mal, n'est-ce pas ?

Kisiakoff cracha les noyaux dans son assiette et pouffa de rire :

— Je ne pense pas qu'on leur serve des gâteaux chaque jour ! Oh ! il finira bien par mourir, ton Michel. Les Russes crèvent comme des mouches, dans les camps. La mauvaise alimentation, les maladies... Tu as encore ta chance !

— Quelle chance ?

— D'épouser Tania.

— Je n'y tiens pas.

— On dit ça ! Mais si cette jolie veuve, après avoir beaucoup pleuré, consentait à tourner vers toi un regard favorable...

Kisiakoff réunit ses doigts en bouquet et déposa un baiser sur le bout de ses ongles :

— Hein ? cochon ! Hein ? Hein ?

Volodia souleva une épaule et la laissa retomber d'aplomb.

— Eh bien, non, vraiment, dit-il d'une voix morne, c'est trop tard.

Il était sincère. Tania ne l'intéressait plus. Ni elle ni personne. Quelque chose s'était rompu en lui, comme un muscle qui claque. Certains mouvements de la pensée devenaient impossibles. La faculté de s'émouvoir, d'espérer, la faculté d'exister, en somme, étaient mortes. Il n'était plus qu'un paquet de chair énervée et sans âme. On avait mêlé un poison à l'air qu'il respirait.

— Je ne l'aime plus, dit-il. Rien ne m'amuse.

— Je vais tout de même chercher le gâteau, dit Kisiakoff.

Lorsqu'il fut sorti, Volodia continua de réfléchir, le front bas, le regard horizontal. Sa vie était manquée. Mais toutes les vies étaient manquées. Vivre, c'était accepter de manquer sa vie. Tandis qu'il récapitulait ses dernières journées, une nausée pourrie se levait en lui. Son lot, c'étaient les vitres grises, les murs monotones, les heures posées l'une sur l'autre comme des rondelles de feutre, les poignées de main molles, les cuisses ouvertes, l'odeur des gâteaux, les brûlures d'estomac, la clarté indifférente des neiges. Se pouvait-il que quelqu'un l'aimât encore ou enviât son genre d'existence ?

Il toucha du doigt son œil de verre, frais et lisse, puis l'œil vivant, qui trembla comme une bestiole peureuse sous la paupière : « Ah ! si je devenais en verre, des pieds à la tête, artificiel, insensible ! »

Youri entra dans la salle à manger, portant sur son plateau un énorme gâteau nappé de crème et hérissé de marrons glacés et de cerises confites. Kisiakoff marchait derrière lui et chantait :

Qui boira la coupe ?
Qui sera prospère ?
C'est notre cher Volodia !

— Qu'est-ce qui te prend ? grommela Volodia d'un air rogue.

— N'est-ce pas ton anniversaire ?

— Non. Je ne sais pas. Ça m'est égal.

— Le 17 octobre 1916. Tu me l'as dit toi-même. Quel âge as-tu ?

— Ça ne te regarde pas.

— Et moi qui t'avais préparé un cadeau !

Il plaça un petit paquet enveloppé de papier transparent sur l'assiette de Volodia et dit encore :

— Tu ne le mérites pas.

Une émotion absurde étreignit le cœur de Volodia. Il pensait aux anniversaires d'autrefois, aux cadeaux que lui faisait sa mère, aux soupers fins en compagnie de Michel et de Tania. Un goût salé emplit sa gorge.

— Tu ne me remercies pas ? demanda Kisiakoff.

— Merci, dit Volodia.

Et il dénoua le paquet. Dans un écrin de velours bleu, reposait un médaillon en or, au fermoir enrichi de rubis et de diamants.

— Ouvre le médaillon, ordonna Kisiakoff.

Volodia obéit, intrigué. Dans l'une des faces intérieures était encastrée la photographie de sa mère, maigre et triste, et, dans l'autre, la photographie de Kisiakoff. Éberlué, Volodia faillit éclater de rire. Mais Kisiakoff penchait vers lui une figure blême, bouleversée par la tendresse, et il se retint.

— C'est..., c'est très joli, dit-il.

— N'est-ce pas ? Tu pourras le porter sur toi, à même la peau. J'ai acheté une chaînette. Ainsi, tes deux anges gardiens ne te quitteront pas.

Il était difficile de savoir s'il plaisantait ou s'il était de bonne foi.

— Je t'ai apporté aussi un œil de rechange, dit Kisiakoff. Viens m'embrasser.

Volodia se dressa à demi et baisa Kisiakoff sur ses joues molles et piquantes. Une odeur de vanille montait de la barbe noire.

— Ah ! Mère céleste, reprit Kisiakoff, contemple ces deux hommes et fais descendre sur eux ta bénédiction.

Puis, il se moucha bruyamment, comme pour mettre un terme à cette crise de sensibilité. Il grognait :

— Voilà, hum... C'est fini... Assieds-toi... Voyons ce gâteau...

La pâte du gâteau était mal prise, et la crème trop sucrée, comme toujours. Mais Kisiakoff exultait :

— Ça, c'est de la cuisine ! Mange donc. Il faut réparer tes forces...

Et il déposa un second morceau sur l'assiette de Volodia.

— Je n'en veux plus, gémit Volodia. Je t'assure que je vais vomir.

— Sottise ! Les bonnes choses passent toujours. Il n'y a que l'ordure qui fatigue le foie.

Volodia engloutit le dernier fragment de gâteau avec une moue exténuée. Kisiakoff le considérait d'une manière gourmande, les yeux plissés, les lèvres entrouvertes sur ses dents jaunes, et répétait :

— Ça fait plaisir, ça fait plaisir ! A quoi vas-tu t'occuper maintenant ?

— A me reposer, dit Volodia.

— Très bien. Moi, je suis obligé de sortir.

— Encore ?

— Oui. J'ai une affaire en train.

— Quelle affaire ? demanda Volodia en se levant de table.

Kisiakoff lui pinça l'oreille :

— Petit curieux ! Mais tu n'es plus un enfant, à dater d'aujourd'hui. On peut tout te dire. Tu n'ignores pas que j'avais dépensé la majeure partie de ma fortune pour offrir à ta mère une existence digne d'elle...

Volodia sursauta et regarda Kisiakoff avec indignation :

— Tu veux dire que ma mère s'est ruinée et m'a ruiné pour toi !

— Anathème ! s'écria Kisiakoff en ouvrant les bras comme pour sauter dans le vide. Anathème ! Que le ciel s'écroule, si tu dois continuer à penser ainsi. Olga Lvovna, martyre aimée de Dieu, ferme-lui la bouche. Le jour de son anniversaire ! Avec notre médaillon dans sa poche ! Oh ! orthodoxe, ce n'est pas bien. Tu me blesses.

Volodia alluma une cigarette et poussa un jet de fumée vers le plafond. Kisiakoff, s'étant calmé, sourit et poursuivit d'une voix douce :

— D'ailleurs, tout cela n'a aucune importance. Ce sont de vieilles histoires que nous ne devrions plus évoquer. Les résultats seuls comptent. Et quels sont-ils, les résultats ? Tu me coûtes cher, très cher. Ma propriété de Mikhaïlo ne me rapporte rien. Il est temps de trouver une source de revenus honorable.

— Tu vas travailler ?

— Non, racheter une affaire. Une petite affaire qui roule toute seule. Je suis sur plusieurs pistes. On me parle notamment d'une typographie en état de marche, à Pétrograd. Pourquoi pas, hein ?... Je laisserais le directeur sur place. Ça ne te dit rien ?

— Si tu crois que c'est utile...

— Très utile, mon caneton.

Suivi de Kisiakoff, Volodia pénétra dans sa chambre et s'étendit tout de son long sur le lit.

— Veux-tu que je te rapporte des bonbons ? demanda Kisiakoff.

— Non.

— Quoi alors ?

— Rien.

— On pourrait demander à Marina de venir t'égayer un peu. Elle s'est habituée à toi. Elle n'est pas maladroite.

Il plissa un œil :

— C'est bon pour la santé. A moins que tu ne préfères changer ?

— Elle ou une autre..., murmura Volodia.

— Tu as raison. Optons pour Marina. Elle sera folle de joie. Surtout que son frère a été tué la semaine dernière, sur le front. Il faut la distraire, la pauvrette.

Il soupira de toute la poitrine, souffla dans sa barbe et dit encore :

— Ah ! quels temps, quels temps nous vivons, Seigneur miséricordieux !

Quand il fut parti, Volodia tira le livre qu'il avait caché sous son oreiller. C'était un roman traduit du français. Il en parcourut quelques pages et le laissa tomber avec lassitude. Derrière les vitres s'amoncelait un brouillard bleu et fade. De la lumière brillait aux fenêtres de la maison d'en face. Volodia eut envie de réfléchir à des choses graves et définitives. Mais son esprit ne lui obéissait pas. Couché sur le dos, il contemplait le plafond avec insistance. Au bout d'un moment, il sortit le médaillon de sa poche, regarda la photographie qui représentait sa mère, et se mit à pleurer.

III

Deux sentinelles allemandes surveillaient les trente prisonniers chargés de déblayer la route, rendue impraticable par les bourrasques de la veille. Avec un geste sec, Michel plantait sa pelle dans le tas de neige, jusqu'au manche, la retirait lentement, et un cube farineux se détachait des bords. Alors, d'un mouvement de reins, il jetait sur le remblai ce volume de poudre scintillante et fichait de nouveau le fer noir et humide dans la couche blanche qui recouvrait le sol. Cet exercice entretenait dans son corps une chaleur agréable. Il ne sentait plus le froid à travers ses vêtements minces et déchirés. Sa blessure même ne le faisait guère souffrir, malgré la violence de l'effort et la rigueur de la température. Après avoir souhaité périr, coûte que coûte, il s'émerveillait encore d'avoir été si facilement sauvé. Au cours de sa convalescence, dans un hôpital allemand voisin de la ligne de feu, il avait compris que l'existence était un dépôt sacré contre lequel toute tentative prématurée était illusoire. Il y avait une heure fixée pour la mort de chacun, et son tour n'était pas venu. Échappé par miracle à un néant qu'il appelait de tous ses vœux, il s'habituait graduellement à cette persistance en lui de la vigueur et de la pensée. Rien ne s'était amélioré pourtant dans le monde particulier auquel il refusait, naguère encore, d'appartenir. Aux soucis personnels que lui causaient la conduite de Tania, le sort de ses enfants, l'abandon de l'affaire, s'ajoutaient aujourd'hui les privations et les tristesses de son nouvel état. Mais, contre toute logique, il lui semblait qu'il était plus heureux à présent que jadis. S'il avait désiré mourir, c'était uniquement parce qu'il avait reconnu le caractère dérisoire et hideux de la vie, l'inutilité de cette agitation quotidienne, l'absurdité des injures morales qu'il endurait par la faute des autres. Or, voici qu'une erreur fondamentale lui sautait aux yeux dans le bilan qu'il croyait avoir établi avec toute l'impartialité nécessaire, et où les raisons de disparaître étaient infiniment plus nombreuses que les raisons de rester. Une hâte injuste lui avait fait attribuer un coefficient excessif aux désagréments de son destin et négliger des motifs de joie d'une importance capitale. Ces motifs de joie se révélaient à lui, un à un, au cours de sa captivité. Ils étaient tous, d'ailleurs, d'un caractère fort étrange. Comment expliquer, par exemple, que la vue de ces hommes noirs, gesticulant dans l'immensité blanche de la plaine, fût, à elle seule, une source de contentement? Comment expliquer que le parfum de la glèbe dénudée, mouillée et froide, suffît à compenser le souvenir des anciens mensonges? Comment expliquer que la joue enflée d'Ostap, ou les yeux chassieux de Pétroff, fissent pencher la balance en faveur de la vie?

Tout en travaillant dans cette épaisseur de brouillard gris et de neige éblouissante, Michel éprouvait l'impression bizarre de s'être ouvert à l'enseignement du monde. Telle une bête qui suffoque dans l'atmosphère raréfiée d'une cloche pneumatique et qu'on délivre soudain, il devinait que l'air pénétrait en lui jusqu'aux régions profondes de ses bronches, gonflait ses tissus pulmonaires fanés, réchauffait les vaisseaux les plus infimes de son être. Déplié, éveillé, il percevait avec une acuité délicieuse les moindres conseils de cette nature aux teintes sobres. Vivre! Vivre! Remuer les bras, les jambes. Aspirer à pleines narines ce ciel gelé, cette terre veuve. Prendre les arbres dans ses yeux. Combler son cœur du bruit métallique des pelles. Avait-il fallu vraiment qu'il fût privé de tout, affamé, enfermé, pour apprécier l'allégresse essentielle d'être un homme parmi les hommes, d'être un homme dans l'univers de Dieu? Un moment, il se demanda si ses compagnons partageaient cette béatitude.

Il aurait voulu pouvoir leur communiquer les raisons de sa foi. Interrompant sa besogne, il cria :

— Ça va, Ostap ?

— La pelle dit que oui, moi je dis que non, répondit Ostap en souriant faiblement.

Il avait un visage court et grêlé, que le froid transformait en une masse de chair violâtre. Des morves étincelantes pendaient dans sa moustache rousse.

— C'est tout de même plus agréable que de déterrer les troncs d'arbres pourris ou de casser les pierres, dit Michel.

— Ce serait plus agréable s'il n'y avait pas ces deux barbares, avec leurs fusils, dans notre dos.

— Oublie-les.

— Eux ne m'oublieront pas. Si je voulais foutre le camp, ils me tireraient comme un lièvre. Ils n'ont pas manqué Ostroliouboff, les salauds !

— Tu voudrais t'enfuir ?

— Dame, tout le monde voudrait s'enfuir.

— Pour retourner dans l'armée ?

— Oh ! l'armée ! dit Ostap avec une grimace de mépris. Pour revoir le pays, plutôt. Et tuer les poux à mon aise. Et bouffer autre chose que leur pain de crottin et de paille. Et...

Subitement, Michel songea que les motifs d'Ostap étaient secondaires et que, pour sa part, il ne souhaitait pas s'échapper. Il lui semblait qu'en trompant la surveillance des sentinelles, il eût enfreint les termes d'un contrat. Ayant été blessé et capturé, il avait perdu la partie. Il payait. C'était la règle du jeu. Il fallait toujours respecter la règle du jeu. Dans les affaires de la guerre aussi bien que dans les affaires commerciales. Ce sursaut d'honnêteté amusa Michel, comme un rappel inattendu du passé. « J'étais ainsi. Droit et simple. Ce qui se fait et ce qui ne se fait pas. Le débiteur incorrect, l'épouse infidèle, le parjure, l'évadé, méritent une égale répréhension parce qu'ils ont manqué à leur parole. N'est-ce pas là une vision un peu sommaire de l'existence ? Ne suis-je pas tout près de comprendre et d'excuser, sinon Tania, du moins d'autres tricheurs ? » Il secoua ses épaules, qui s'engourdissaient dans le froid, et reprit sa pelle.

— Remarque bien, dit Ostap, qu'on pourrait s'enfuir. Mais où veux-tu qu'on aille avec cette défroque ? Le lendemain même, on serait repris. C'est ça qui est grave.

— Oui, c'est ça qui est grave, dit Michel.

— Les gens d'ici nous détestent. On est pis que des bêtes, pour eux. Et, avec ça, comment se faire comprendre ? C'est même drôle que pas un Allemand ne sache parler le russe...

Il réfléchit un instant et ajouta :

— C'est honteux !

La sentinelle, qui les observait depuis un moment, s'approcha et glapit d'une voix enrouée :

— *Schnauze ! Mal feste ran* (1) !

— Ça va, ça va, grogna Ostap, on te l'enlèvera, ta neige.

Répondant au cri du soldat, toute la ligne des prisonniers accéléra instinctivement son travail. Les dos se haussaient et s'abaissaient à un rythme alerte. Les pelles allaient et venaient gaiement. Mais cette émulation factice dura cinq minutes à peine. Bientôt, une sage lenteur alourdit de nouveau les mouvements des captifs. La neige était une glu sucrée, où les instruments s'enlisaient à chaque geste, comme des cuillères. Un vent froid se leva, poussant devant lui une poudre brillante. Les haillons des hommes frissonnèrent, tel un plumage. Coiffés de bonnets de fourrure galeux, de casquettes déchirées et de passe-montagnes en tricot, vêtus de manteaux dont la doublure laineuse s'échappait en flocons, ou de capotes flottantes tapissées de boue, chaussés de bottes, de pantoufles de tille, de galoches tordues, ils paraissaient être une compagnie de mendiants. La diversité de leurs accoutrements était telle qu'il était difficile de les croire issus d'une même armée et d'un même pays. On eût dit que, par malice, ils avaient perfectionné leur misère, chacun dans un sens différent, transformant l'uniforme en habit personnel, gardant ceci, rejetant cela, ajustant à leur goût des loques vénérables, et sécrétant une carapace qui ne ressemblait à aucune autre, mais qui les contenait parce qu'elle était

(1) Ta gueule ! Et que ça saute !

bien à eux. La blancheur de la campagne accusait encore la laideur et la pauvreté de ce troupeau d'épouvantails humains. A voir ses compagnons hâves, vaincus et guenilleux, Michel se demandait quelle tête il pouvait bien avoir lui-même. Depuis son arrivée au camp, il n'avait pas eu l'occasion de se regarder dans une glace. Il ne connaissait sa figure que par le toucher. Promenant sa main sur son front, sur son nez, sur ses joues, il en évoquait approximativement la maigreur et la saleté. Une barbe raide et noire lui couvrait le bas de la face. Ses dents lui faisaient mal. Comme chaque jour, à l'approche de midi, sa fatigue devenait accablante, et un découragement maladif remplaçait la bonne humeur du matin. Mais cette crise quotidienne, qu'il attribuait à la faim et à la blessure, ne l'inquiétait pas. Il savait que, quelques heures plus tard, il retrouverait une énergie intacte. Même, il tâchait de travailler plus vite pour s'étourdir.

La pelle entrait dans la masse avec un bruit d'étoffe déchirée. La croûte blanche se fendillait, miroitait de mille étincelles bleu et jaune. Un vertige de diamants éclatait dans les yeux de Michel. Ses reins pliaient sous une ceinture de plomb. Violemment, il arracha un paquet de neige et le lança loin de lui, avec un « han ! » de désespoir. Une nausée, à goût d'œufs pourris et de choux, lui gonfla les lèvres. Il chancela. Il allait tomber. Autour de sa tête, virait avec lenteur un large disque d'albâtre, piqué, çà et là, d'arbres noirs et de petits hommes crasseux. Mais, maintenant, c'étaient les arbres qui travaillaient, et les hommes qui recevaient des corbeaux sur leurs branches.

— *Schnell ! Schnell !* hurla une voix désagréable. *Robotti, robotti* (1) !

Les corbeaux s'envolèrent. Comme un automate, Michel balança, projeta sa pelle dans un matelas de duvets et de perles. Et tout son corps accompagna le geste. Il avait pris son essor. Il planait au-dessus d'un paysage de glace. Des montagnes, des fleuves gelés, des forêts de givre, des maisons douillettes défilaient sous son ventre. Subitement, il atterrit dans une matière froide et blanche.

(1) Vite ! Vite ! Grouillez-vous !

La neige lui emplit la bouche d'une saveur de vide et de citron. Quelqu'un lui secouait l'épaule. « Ah ! oui la sentinelle, les Allemands. » Il se releva péniblement et frotta ses yeux encombrés de joyaux. Ostap lui tendait la pelle qu'il avait laissé échapper.

— *Schnell ! Schnell !... Los* (1).

— Oui... oui..., on a compris..., marmonna Michel.

Et il se remit à travailler, les dents serrées, les mains en feu. « Si mes employés me voyaient... » Comme il était sur le point de défaillir pour la seconde fois, un coup de sifflet retentit, strident et long, les prisonniers se redressèrent et une rumeur satisfaite monta de la route vers le ciel. C'était la pause.

— *Heringe fassen* (2) !...

Les hommes se rangeaient en ligne, s'ébrouaient, battaient la semelle, soufflaient dans leurs poings gourds. Puis, la procession se mettait en marche et défilait devant un tonneau, fiché dans la neige, au bord du chemin. Tour à tour, sous l'œil des deux sentinelles, les captifs plongeaient la main dans le fût et en tiraient un hareng salé. Les vétérans avaient une grosse habitude de cet exercice et savaient, sans ralentir leur allure, choisir, à tâtons, un poisson de taille. Les nouveaux, en revanche, attrapaient la première queue venue et soulevaient dans l'air une minuscule loque aux écailles d'argent. Des éclats de rire saluaient leur dépit. Les sentinelles elles-mêmes riaient.

En s'approchant du lieu de la distribution, Michel sentit l'odeur délicieuse de la marée et une salive abondante entoura ses gencives. Fourrant le bras dans la barrique, il empoigna un hareng, au juger. C'était une belle pièce, toute barbouillée de saumure rosâtre. Quelques pas plus loin, il la roula dans la neige pour la débarrasser des grains de sel et s'assit à croupetons aux côtés de ses camarades. Les hommes dévoraient leur pitance avec des mines sérieuses et bestiales. L'essentiel était de manger lentement, pour faire durer le plaisir. Michel broyait la chair du hareng, la réduisait en bouillie, la malaxait avec la langue

(1) Vite ! Vite ! Travaillez ! Travaillez !
(2) Aux harengs !

et la passait plusieurs fois d'une joue à l'autre, avant de l'avaler. Personne ne parlait. Après la dernière bouchée, on se rafraîchissait le palais avec un peu de neige propre. Ostap, installé auprès de Michel, tira de sa poche une petite boîte de métal, où il conservait ce qu'il appelait son tabac, c'est-à-dire des débris de feuilles mortes mêlées à des glands concassés. Ensuite, il glissa la main dans sa botte droite, qui était garnie de papiers journaux, à cause du froid, arracha un lambeau de gazette, l'incurva entre le pouce et l'index et l'emplit jusqu'aux bords avec cette poudre grisâtre. Un coup de langue, et une cigarette obèse, difforme, démesurée, fleurit entre ses doigts. Il l'alluma et aspira goulûment la fumée nauséabonde.

— Je t'envie de pouvoir fumer cette saleté, dit Michel.

— Moi aussi, je m'envie, dit Ostap. Mais j'aimerais mieux fumer les poils de ma barbe que rien du tout. C'est comme ça, mon fils. Chacun son péché. Sinon, Dieu n'est pas content. Comment te sens-tu ?

— Mieux. J'avais faim, sans doute.

— Fameux hors-d'œuvre ! Avec un peu de vodka par-devant et du *borsch* par-derrière, ça pourrait aller.

Sa lourde tête était posée sur ses épaules comme un pavé. Tout en lui était simple, lent et généreux. Avec ça, bavard comme une pie. Au camp, il empêchait les autres de dormir à force de raconter des histoires. Mais on l'aimait bien, parce qu'il était serviable. On disait de lui : « Si les Allemands n'avaient que des prisonniers comme Ostap, ils finiraient par apprécier les Russes. » Ce n'était pas vrai, bien sûr. Tout de même, il était évident que les soldats de garde marquaient un certain respect à Ostap, à cause de sa résistance et de son entrain.

— Oui, murmura Ostap, j'étais un cosaque et je ne suis rien. La vie est ainsi faite. Quand le malheur arrive, ouvre-lui la porte !

Il se leva, déboutonna sa culotte et pissa longuement. L'urine fumante creusait un entonnoir jaune dans la neige.

— Tu vois, dit-il, même avec de la pisse on peut faire quelque chose de joli.

De nouveau, Michel éprouva dans tout son être un afflux de bonheur incompréhensible et merveilleux.

Comme si, en quelques mots, Ostap lui avait donné une raison supplémentaire de vivre. Il regardait la tache dorée de l'urine dans la neige, et les traces de pas qui s'en allaient jusqu'au tonneau, et les silhouettes verdâtres des sentinelles, et il se sentait riche, soudain, d'une énorme consolation. Ostap reboutonnait sa culotte en se dandinant.

— Quoi qu'on t'envoie, ôte ton chapeau, dit-il. C'est écrit dans la Bible.

— En es-tu sûr ? demanda Michel en souriant.

— Si ça n'y est pas, ça devrait y être.

Il cligna de l'œil et poursuivit :

— Seulement, quand il s'agit de harengs, tu l'ôtes un tout petit peu, ton chapeau, juste ce qu'il faut pour ne pas offenser Dieu, mais lorsqu'on te sert du gruau, ou des concombres salés, tu te découvres bien, tu te plies en deux. Hé ! hé ! L'homme est gourmand ! Si tu es né cochon, c'est avec le groin que tu chercheras ta nourriture, si tu es né colombe, c'est avec le bec. Il n'y a rien à faire. Sacrés harengs ! Comme ils appellent la vodka ! Ils ne peuvent pas vivre sans vodka !

Il clappa de la langue et fit une grimace douloureuse. Les autres prisonniers s'étaient approchés et riaient de ses mines pleurardes.

— Chante quelque chose, Ostap.

— Il n'y a que les petits oiseaux qui chantent pour rien, dit Ostap. Donne-moi du kwass, et je te chanterai merci.

Pétroff, dont la bouche édentée n'était qu'un trou sous le gros paquet jaunâtre de la moustache, grogna soudain :

— Au lieu de faire le pitre, tu devrais aller demander aux gardiens s'il ne reste pas de harengs dans le tonneau.

— Pourquoi que t'y vas pas toi-même ?

— Ils t'aiment mieux que moi. C'est connu.

— Et s'il y en a encore, des harengs, pour qui seront-ils ?

— On les tirera au sort.

Ostap fronça les sourcils, logea sa langue dans sa joue gauche et se dirigea en cahotant vers les sentinelles. Michel le vit s'arrêter à deux pas des Allemands, hésiter, se tourner vers les camarades. Puis, il se mit à parler aux factionnaires, en agitant les mains et la tête d'une façon comique. Les deux soldats ne bronchaient pas d'une ligne. Soudain, l'un d'eux, un gros barbu, à la chair pâle et flasque, éclata, gueula des injures. Dominant les vociférations du gardien, on entendait la voix d'Ostap qui hurlait les seuls mots d'allemand qu'il devait connaître :

— *Bitte sehr... Heringe... Hunger* (1)...

La sentinelle renversa le tonneau d'un coup de crosse et piétina les derniers harengs, les écrasa, les enfonça à pleines bottes dans la neige :

— *Keine Reklamationen!... Schweinhunde!... Ich will dir schon Heringe geben* (2) !

Ostap revint vers ses compagnons, le dos voûté, les bras pendants.

— Il y en avait quatre encore, dit-il tristement.

Un sifflement aigu rassembla sur la route le long cortège des hommes consternés. Les pelles brillèrent de nouveau dans les mains nues. Des visages de grisaille se baissèrent vers la terre blanche.

— A des Français ou à des Anglais, dit Ostap, ils n'auraient pas osé refuser quatre harengs. Mais nous sommes des Russes. Alors, ils ne se gênent pas. Jamais personne ne s'est gêné avec les Russes. Faut croire qu'on est une race à part.

Il cracha, enfonça sa pelle dans la neige et poursuivit :

— C'est surtout, je pense, parce que nous n'avons pas la même façon de souffrir. Les étrangers ne savent pas que la souffrance, quand on la laisse entrer dans soi, bien à fond, c'est encore du plaisir qui entre. Ils sont trop malins. Ils réfléchissent. Même ce gros cochon qui a renversé le tonneau, eh bien, il réfléchit. Il se dit : « Voici et voilà. Comment donc? Des prisonniers? Et ils réclament? » Si on réfléchit, on devient méchant. Mais si on ne réfléchit pas, on donne des harengs même à un criminel, même au diable quand il a l'air malheureux. C'est comme ça, mon nourricier. Les Russes donneraient des harengs même au

(1) S'il vous plaît... Harengs... Faim...

(2) Pas de réclamations! Bande de cochons!... Je t'en donnerai des harengs!...

diable s'il avait l'air malheureux. Les Allemands n'en donneraient pas au Christ, s'il portait le même uniforme que nous. Tu comprends, maintenant ?

Michel ne répondit rien, car le soldat pâle et flasque, un territorial, s'était approché d'eux et les considérait avec colère. Enfin, l'homme s'éloigna en secouant ses bottes dans la neige. Il n'y avait pas de haine dans l'esprit de Michel pour cette brute bedonnante à la barbe d'étoupe et aux yeux cruels. « Je n'ai même pas envie de le tuer », songea-t-il avec surprise. Lui qui, jadis, ne pouvait supporter la moindre atteinte à sa dignité, acceptait sans révolte les humiliations que lui infligeaient quelques gardes-chiourme aux faces plates. Il se demanda si la guerre et la captivité n'avaient pas définitivement aboli dans son cœur l'orgueil du nom et de la race. Très vite, cependant, il reconnut que sa crainte était vaine. Car, derrière l'amour-propre apparent, temporel, pratique, existait un amour-propre second d'une valeur plus admirable. Cet amour-propre second ne se nourrissait pas des marques de respect que lui prodiguaient les autres, mais des marques de respect qu'il se prodiguait à lui-même. Ce n'était pas la pensée du « qu'en-dira-t-on » qui intéressait Michel, mais la pensée du « qu'en-dirai-je ». Ainsi, il importait peu que Michel fût couvert de loques, mêlé à une foule de captifs hagards, commandé, malmené par des soldats allemands ; sa fierté demeurait intacte.

Cette idée l'accompagna tout au long de l'après-midi, dans son travail. Ostap, à ses côtés, ne parlait plus, et semblait prendre un plaisir physique à déblayer la route. Ils avançaient à petits pas, entre les remparts de neige. Michel entendait le halètement régulier de ses compagnons. Les pelles raclaient la terre. Derrière l'équipe des prisonniers, s'allongeait une chaussée noire et luisante. Dans le ciel gris et bas volaient des corbeaux désœuvrés. Un train siffla, très loin, d'une manière horizontale, désespérée et douce. Et ce coup de sifflet mesura l'espace, lui donna sa vraie dimension. Michel eut peur de la distance qui le séparait de son pays, de son passé. Il lui paraissait inconcevable que cette captivité pût prendre fin et que les visages d'autrefois revinssent en cercle dans sa vie. La Russie était un pays de rêve ; ses enfants, sa femme, ses amis n'avaient existé que dans son imagination.

Dans un chemin secondaire, à mi-parcours entre Michel et l'horizon, une carriole roulait, trapue et maladroite. Qui conduisait cette carriole ? Un paysan allemand sans doute. Un homme libre, qui se hâtait de rentrer chez lui. Michel soupira. Son cœur se serrait à l'approche du soir. Avec l'ombre, venaient toujours les regrets, la fatigue. De mauvais désirs de solitude et de confort, de profils féminins et de linges propres, de table servie, de lampe allumée, montaient dans son corps, entraient dans son âme. Il souhaitait brusquement devenir ce paysan qui, à travers la plaine neigeuse, menait sa carriole vers une abondante et calme demeure. Oh ! si la liberté lui était rendue, il savait à présent qu'il ne gâcherait pas son temps en vaines disputes, en combats de prestige, en amitiés stériles. Non, fort de son expérience, il vivrait en avare, en gourmand, dégustant chaque seconde comme si elle dût être la dernière, obtenant des êtres et des choses l'essence même de ce qu'ils pouvaient lui donner, tirant son bonheur de tout ce qui respirait, de tout ce qui brillait dans le monde, qu'il s'agît d'une étoile ou d'une casserole, d'un enfant ou d'un grain de blé. Il tiendrait un compte exact de ses battements de cœur ; il ne dépenserait pas une seule pensée, un seul instant à la légère ; il étonnerait Dieu lui-même par son amour et sa compréhension de l'univers humain. Une joie de supplicié l'envahit, surnaturelle, démesurée. L'impatience faisait trembler ses membres. Il avait envie de jeter sa pelle, de courir, de tomber, de pleurer.

— Ah ! dit-il, je n'en peux plus.

— T'en fais pas, grommela Ostap, en s'essuyant le nez avec le revers de sa manche. C'est bientôt la fin.

La sentinelle porta un sifflet à ses lèvres. Instantanément, les hommes s'arrêtèrent de travailler.

— *Antreten ! Antreten ! Los* (1) !

Chargeant leurs pelles sur l'épaule, les prisonniers

(1) Rassemblement ! Rassemblement ! Grouillez-vous !

s'alignèrent et la colonne s'ébranla en direction du camp, par la route fraîchement déblayée où fondaient encore, çà et là, quelques galettes de neige sale.

Étendus côte à côte, les hommes bâillaient, se grattaient et cherchaient leurs poux, en attendant que s'éteignît l'unique chandelle qui leur était dévolue pour la soirée. Une eau musicale suintait à travers les planches disjointes de la baraque. Le baquet de nécessité dégageait une odeur violente d'ammoniaque et de poireaux. Autrefois, on autorisait les prisonniers à sortir, la nuit, sous la surveillance d'une sentinelle, pour aller satisfaire leurs besoins au fond de la cour. Mais, depuis quelques mois, le personnel du camp, composé exclusivement de territoriaux, avait subi des prélèvements au profit de l'armée active et, les quelques soldats du poste de garde suffisaient à peine pour assurer les tournées réglementaires dans les allées des sections. Ordre avait donc été donné de ne plus permettre aux captifs de quitter le dortoir, après le dernier appel, sous quelque prétexte que ce fût.

Couché sur sa paillasse bourrée de copeaux de bois, les mains sous la nuque, les jambes pliées, Michel écoutait, à travers un demi-sommeil, les bavardages, les remuements, les toux, les jurons qui émanaient de ce bétail fourbu. Il n'avait pas à tourner les yeux vers ses compagnons pour savoir les attitudes et les occupations de chacun. Dans ce décor, tremblotant de caverne, peuplé d'une vie confuse, dense et inintelligible, les gestes étaient lents, les paroles montaient comme des bulles dans la vase. Pétroff attrapait ses poux, l'un après l'autre, et les jetait sur le couvercle chauffé à blanc d'une boîte de conserve. A chaque grésillement, il grognait :

— En v'là un qui ne me fera plus souffrir. Venez voir, les gars, comme il est gros. C'est sûrement une femelle.

Un gringalet, dévoré de fièvre, chantonnait en se nettoyant les pieds avec un papier journal. Plus loin, quatre troglodytes jouaient aux osselets. Quelqu'un s'était accroupi sur le baquet. On l'entendait pousser, geindre. Des voix amicales l'encourageaient :

— Ça viendra. C'est le hareng qui ne passe pas. Demain, t'as qu'à te faire porter malade...

— Eh ! les copains, la chandelle va s'éteindre...

— Chante quelque chose, Ostap !

Ostap se tourna vers Michel et demanda :

— Tu veux aussi que je chante ?

— Mais oui.

Et Ostap chanta. Sa voix était fraîche, agréable :

Adieu, les parents,
Adieu, les amis,
Adieu, ma fiancée,
Ma chérie...

Les prisonniers reprirent en chœur le refrain. L'homme, sur son baquet, la culotte baissée, la face douloureuse, chantait avec les autres. Pétroff s'était arrêté de griller ses poux. Il battait la mesure. La mélodie, monotone et virile, résonnait sourdement entre les parois, crevait le plafond, montait vers le ciel étoilé. Un espoir immense, une gratitude désolée, gonflaient toutes les poitrines. Par la vertu des rythmes et des mots, l'impossible devenait vrai. La Russie se rapprochait, avec ses plaines, ses villages de bois, ses coupoles vertes et dorées, ses marchés en plein vent, ses paysannes à fichus rouges, ses bouleaux, ses accordéons et ses cloches dominicales. La Russie se rapprochait comme une marée, envahissait, digérait l'Allemagne. Cette bicoque puante n'était pas plantée dans une terre étrangère, mais dans la terre russe. Ces naufragés difformes n'étaient pas en prison, mais chez eux. Si la porte s'ouvrait, ce ne seraient plus des barbelés et des sentinelles que rencontreraient leurs regards, mais l'espace, l'espace blanc, l'espace russe où tintent des grelots.

Adieu, mes parents
Adieu, mes amis...

La flamme de la chandelle vacilla, s'éteignit. L'ombre engloutit un peuple de rescapés aux visages extatiques. Quelque temps encore, le chant bourdonna dans le noir. Puis, les hommes se turent. Ostap cria :

— Dormez bien, frères.

— Merci. Ostapouchka ! Merci, tu nous a retourné l'âme.

Dans l'obscurité murmurante, Michel sentit la main d'Ostap qui serrait la sienne.

— Encore un jour de passé, dit Ostap. Là-bas, au village, ils doivent déjà penser à la Noël. Et moi...

— Chez moi aussi, dit Michel, on doit penser à la Noël. J'ai des enfants, n'est-ce pas ?...

— Oui, oui, tu m'as déjà dit...

— Deux garçons : cinq ans et neuf ans...

— Comme ça, oui... Dieu les garde...

Subitement, Michel éprouvait le besoin de tout raconter à Ostap. Il fallait dire à cet homme comment était la maison, et à quoi jouaient les enfants, et où se trouvaient les bureaux de l'affaire.

— As-tu entendu parler des Comptoirs Danoff, Ostap ?

— Non.

— Tu aurais pu. Nous avons des succursales partout. A Moscou, à Astrakhan, à Stavropol, à Armavir, à Ekaterinodar...

— Et qu'est-ce que tu vendais là-dedans ?

— Du drap ! Mais quel drap ! Et à quel prix ! Écoute...

Michel bavardait avec hâte, avec plaisir, comme s'il se fût délivré d'un secret torturant. Il expliquait à Ostap les débuts de l'entreprise et son développement, la lutte contre les concurrents régionaux, les traquenards des fabricants, l'organisation des cantines pour les employés et son idée d'assurances mutuelles. Il citait pêle-mêle des chiffres, des métrages de drap, des noms de banquiers. Certes, il savait que son compagnon était incapable de le comprendre, et même de le croire ; cependant, l'essentiel, pour lui, n'était pas d'être compris et d'être cru, mais de pouvoir relater à quelqu'un ce qu'avaient été sa besogne et sa vie. Après avoir, pendant longtemps, dénigré son passé, par souci de renouvellement, il se passionnait aujourd'hui pour ces pauvres jeux de mémoire. Il retrouvait intacts, malgré les mois de guerre et de captivité, son intérêt pour les Comptoirs, son inquiétude au sujet de leur gestion, ses projets d'agrandissement, ses calculs, sa fièvre. Que signifiait cet engouement intempestif ? Était-ce l'absence de danger, la monotonie d'une existence régulière et lente, qui l'incitaient à reprendre goût aux tractations d'autrefois ?

— Je me demande ce qu'ils font sans moi. Sûrement, nous avons décroché de grosses commandes de l'Intendance. Mais c'est du paiement à six mois, sans escompte...

— Ah ! oui ? dit Ostap d'un air indécis.

— En temps normal, cela n'aurait pas eu de conséquences graves. Notre service à la clientèle courante aurait largement couvert ce manque à gagner. Mais la vente au détail a dû se ralentir partout. Ah ! j'aimerais savoir...

— Tous, on aimerait savoir...

— Figure-toi, qu'un jour, à Astrakhan...

Ostap approuvait par de petits murmures limoneux :

— Voyez-vous ça !... Quelle histoire !... Eh bien, c'était vraiment une grande affaire...

Michel était heureux qu'Ostap considérât les Comptoirs Danoff comme une grande affaire. Il devinait bien que son camarade forçait un peu son admiration pour lui complaire. Mais cela n'avait pas d'importance :

— Oui, mon bon, c'était une grande affaire, une belle affaire. Plus tard, quand je serai libéré, je créerai sûrement une succursale dans ton coin. Tu es d'où ?

— Des environs de Tcherkassy, par là...

— Excellente idée. Nous ne prospectons pas encore cette région. Je fonderai vraiment un établissement de vente à Tcherkassy. Et quel genre de marchandise aiment-ils, chez toi ?

— C'est-à-dire, pour les femmes, de la couleur, bien sûr, et, pour les hommes, du solide.

— Ça te paraîtra drôle, hein, d'acheter du drap chez Danoff, après avoir couché à côté de lui, sur les planches ? Je donnerai des instructions. On te fera des prix spéciaux. On te soignera...

Tout en parlant, Michel se jugeait ridicule, misérable, mais une gaieté enthousiaste le dominait. Toute sa chair palpitait d'allégresse.

— Tu verras, tu verras... Et puis, plus tard, tu viendras à Moscou, je te montrerai ma maison, mes enfants...

Il hésita un instant et ajouta avec effort :

— Ma femme...

Il y eut un silence.

— Oui, dit Ostap, lorsque la guerre sera finie, le bonheur fleurira pour tous. Mais quand finira-t-elle ? Paraît que ça tourne mal. Les nouveaux soldats ne veulent plus marcher. Ce sont des gamins ou des vieux. On leur tape dessus et ils reculent...

Il expulsa un soupir violent, et Michel entendit craquer la paillasse.

— Tu vas dormir ? demanda-t-il avec tristesse.

— Eh oui, croyant, je vais dormir. Qui dort ne pense pas. C'est écrit dans la Bible.

Bientôt, un ronflement nasal s'éleva en vibrant de la couche d'Ostap. Tout autour, dans les ténèbres froides, des respirations engorgées, des clapotis de salive, des toux, des raclements, travaillaient les corps assoupis. Une odeur de latrines, de sueurs fétides et de cuir occupait l'espace. Entre les planches du toit scintillaient des effilochures de lumière neigeuse. Le pas de la sentinelle se rapprocha, hésita devant la porte, et s'enfonça plus loin, dans la nuit. De nouveau, un train siffla. Un homme parlait en rêve. Puis, il se tut. Les yeux grands ouverts dans l'obscurité, Michel songeait à l'avenir.

IV

Le 15 décembre 1916, Akim apprenait simultanément sa nomination au grade de lieutenant-colonel (1) et la réception du manifeste impérial adressé aux armées de terre et de mer. Dès le lendemain matin, les chefs d'escadron donnaient lecture à leurs subordonnés de ce document qui affirmait la résolution du tsar de poursuivre la guerre jusqu'à la victoire finale, d'annexer Constantinople et d'accorder l'indépendance au futur État polonais. Après les discours pessimistes qui avaient marqué la dernière réunion de la Douma, Akim était heureux de cette mise au point officielle qui éclairait les troupes sur leur devoir et leurs chances de succès. Ces déclarations étaient d'autant plus nécessaires que, depuis quelques mois, les hussards d'Alexandra éprouvaient une crise collective de découragement. Le service monotone des tranchées déplaisait à ces cavaliers qui, loin de leurs chevaux, se jugeaient employés contrairement à leur compétence. De nouvelles instructions enjoignaient de verser dans d'autres formations les hommes privés de monture ou portés en surnombre sur les états. Déjà, quelques camarades avaient été mutés en vertu de cet ordre qui consacrait la faillite de la cavalerie dans la guerre moderne de position. Il était question, même, de diminuer le nombre des escadrons et de céder la plupart des chevaux à l'artillerie de campagne

(1) Le grade intermédiaire de commandant avait été supprimé en 1884 dans l'armée russe.

qui en avait besoin. Les officiers étaient maussades. La conscience de leur inutilité apparente, l'inaction où on les maintenait, les informations politiques que rapportaient les permissionnaires, concouraient à créer une psychose d'inquiétude et de mécontentement.

Il y avait dix jours environ que les hussards d'Alexandra tenaient cette berge de la Duna, entre Friedrichstadt et Jacobstadt. La rivière coulait en contrebas des tranchées. De l'autre côté de l'eau se trouvaient les positions allemandes, dont les canons se réveillaient parfois pour éventrer le paysage à grands coups de masse. La semaine passée, on avait craint une attaque aux gaz. Mais il s'agissait d'une fausse alerte. La veille, quatre hommes avaient été tués par un obus. Aucune opération n'était envisagée pour les jours à venir. Cependant, Akim redoutait toujours une tentative de percée dans son secteur. Il faisait déplacer fréquemment les mitrailleuses de l'escadron, pour déjouer les plans de l'ennemi. Comme la nuit tombait, il sortit de son abri, afin de vérifier si les hommes avaient bien exécuté ses consignes.

Dans le ciel bas et gris nageaient des loques de nuages jaunâtres. Au-delà du parapet de neige, une pente abrupte, hérissée de branchages noirs, menait à la rivière. Sur l'autre versant, la terre blanche était biffée par le zigzag des fils de fer barbelés, peignée de pistes étranges, soulevée d'épaulements boueux. Cette traînée de salissure indiquait la présence des hommes. Le silence n'était troublé que par le bourdonnement lointain d'un moteur et le cri funeste des corbeaux.

Le visage saisi par le froid, Akim longeait le boyau vaseux, marqué, de place en place, par des guetteurs aux formes lourdes derrière leurs boucliers de tir. Il se sentait las et fiévreux. Le plaisir que lui causait sa récente promotion n'était pas aussi vif qu'il l'avait prévu. Une tristesse louche persistait après les réactions initiales de l'orgueil. Et, en effet, pouvait-il se réjouir de son succès personnel, alors que l'armée, autour de lui, souffrait et se décomposait par fragments? Des menaces de désordre étaient dans l'air. Les journaux de l'arrière dont, de temps en temps, un numéro parvenait jusqu'aux premières lignes, parlaient de réformes nécessaires, de trahisons, de grèves, de famines locales. Tout allait mal, depuis que Michel avait été fait prisonnier. Oui, c'était vers cette époque-là, environ, que les premiers symptômes de fatigue étaient apparus dans les formations combattantes.

Quelle que fût sa volonté d'intransigeance, le lieutenant-colonel Arapoff ne savait pas s'habituer à l'absence de son beau-frère. Même la nouvelle inespérée de la guérison, de l'internement de Michel dans un camp, en Allemagne, alors que tous ses proches le croyaient mort, n'avait pas suffi à chasser l'obsession qui tourmentait Akim. La pensée de cette disparition, dont il était directement responsable, ne le quittait plus. Pour résister aux effets d'une tendresse affligeante, il devait se réfugier dans la dureté, dans l'injustice. Intentionnellement, il exagérait son respect du devoir, son insensibilité devant l'épuisement ou la douleur des autres. Il ne causait plus guère avec ses hommes, en dehors du service. Seules l'intéressaient des notions abstraites, telles que la patrie, l'honneur du régiment, l'avenir de la monarchie pravoslave. Enfermé dans son mutisme, isolé et sombre, actif et brutal, il semblait porter le deuil de lui-même.

Cette fois encore, passant devant un guetteur dont la silhouette lui rappelait Michel, il éprouva un choc au cœur et serra les mâchoires. Des flocons de neige mouillée tourbillonnèrent dans le crépuscule. Akim sentit un contact froid et glissant dans son cou. Le guetteur secoua les épaules. Un coup de feu claqua de l'autre côté de l'eau. Hors des abris sortaient des bruits de voix et de rires, des tintements de gamelles. Dans la forêt voisine, on entendait craquer des branches sèches. Sans doute, des hommes de corvée coupaient-ils du bois pour les piquets de réseaux barbelés ? Toujours la même chose. La sonnerie du téléphone, sonna, grêle, dans un trou surmonté de perches d'où pendaient des chevelures de fils noirs.

« Je prends le message... Pour la troisième batterie... Position nouvelle... »

Akim s'éloigna, en rasant de l'épaule un parapet gluant qui sentait la terre des morts. Tout au bout du boyau, il fut surpris de trouver les mitrailleurs installés à leur ancien poste, dans un nid de sacs et de tôles.

— Qu'est-ce que vous foutez là ? J'ai ordonné au cornette Vijivine de vous déplacer !

— Pardonnez, Votre Haute Noblesse, dit l'un des hommes, en tournant vers Akim un visage tapissé de barbe et de crasse, on ne nous a pas prévenus.

— Mais le cornette Vijivine...

— Il n'est pas venu nous voir de la soirée.

— C'est bon, dit Akim, d'un air confus et haineux. Restez ici en attendant mes instructions.

Depuis quelque temps, la moindre infraction à ses consignes le jetait dans des crises de colère froide. Il ne pouvait plus supporter la désobéissance, la négligence de ses subordonnés. Accélérant le pas, il se dirigea vers l'abri de Vijivine, qui était situé en retrait de la tranchée, dans un chemin de rocade. Tout en marchant il préparait les termes de sa semonce :

— Des incapables, des morveux, voilà ce qu'on nous envoie !... Un ordre est un ordre !... Oui !... Je n'ai pas l'habitude !... Vos excuses, cornette Vijivine, je ne veux pas les entendre !... Quand j'avais votre grade et que mon colonel...

Il haletait un peu. Une mauvaise grippe le maintenait, ces derniers jours, dans un état d'essoufflement désagréable. Il se racla la gorge, cracha dans la boue. Une balle siffla à ses oreilles. « Qu'est-ce qui les prend, ceux d'en face ? Ce n'est pas l'heure. » Baissant la tête, il s'avança jusqu'à la porte de l'abri. Une couverture en lambeaux masquait l'entrée. La lueur d'une lampe à pétrole bordait cette loque d'une frange de rayons orangés. De l'intérieur, parvenait une rumeur de voix. Vijivine avait dû inviter quelques officiers subalternes à partager avec lui une bouteille de « phlogiston ». Au lieu de pénétrer brusquement dans l'abri, comme il en avait formé le dessein, Akim s'appuya du dos à la paroi et retint sa respiration pour mieux entendre.

— Non, mes amis, disait Vijivine, quoi que nous fassions, cette guerre de tranchées est une absurdité. On a reproché à Kouropatkine d'avoir abandonné la guerre de manœuvre pour une guerre de position, en 1905, et on recommence la même erreur en 1916.

— C'est parce que nous ne sommes pas seuls à nous battre, dit un autre officier. Les Français nous imposent leur tactique. Vraisemblablement, la décision militaire viendra de l'Ouest...

— Tu me fais rire avec ton Ouest, s'écria Vijivine. Leur front, là-bas, a tout juste quatre cents kilomètres. Ils entassent des hommes, du matériel, des munitions sur ce faible espace. Ils vivent comme des princes, dans des galeries souterraines éclairées électriquement. Continuellement, des trains spéciaux leur amènent du ravitaillement, des médicaments, des obus. Les soldats sont relevés chaque quinzaine. Les permissionnaires sont nombreux. Tout est organisé, quoi ! Mais nous, nous tenons un front de plus de deux mille kilomètres, pour lequel nous manquons de fil de fer barbelé, de canons, de fusils. Et on veut nous soumettre à la tactique française. Quand j'ai appris que l'empereur prenait le commandement suprême de l'armée, en remplacement du grand-duc Nicolas, j'ai cru que tout allait changer, qu'on nous sortirait de nos trous, qu'on nous lancerait dans la bagarre. Penses-tu ! C'est comme la proclamation qu'on a lue ce matin. Des mots en l'air : « Nous resterons inébranlables dans notre confiance en la victoire. Dieu bénira nos armes. » Pour que Dieu bénisse nos armes, il faudrait que nous en eussions !

Il y eut des éclats de rire, des tintements de tasses et de verres. Une chaude indignation monta au visage d'Akim. Comment ces galopins pouvaient-ils se permettre de critiquer la proclamation impériale ? Il était évident que des paroles emphatiques ne changeraient rien à la situation. Mais, puisque le tsar avait voulu s'exprimer de la sorte, c'était que des raisons de haute politique l'y avaient obligé. Perdre confiance dans le tsar équivalait à perdre confiance dans la Russie.

— Remarque bien, reprit Vijivine, qu'il n'est pas tout à fait responsable.

Ce « il » outrageant, appliqué à la personne du monarque, fit sursauter Akim. Il pensa soulever la couverture qui masquait l'entrée de l'abri, mais se ravisa et serra les poings dans ses poches.

— C'est tout l'arrière qui est pourri, dit quelqu'un. Ils ne s'occupent que de politique. L' « Union des Zemstvos et des Villes » fourre son nez partout. Des politiciens enveloppent l'armée, se rendent en mission au front, rédigent des rapports, dénigrent tout et veulent tout rénover. Au lieu de fabriquer des canons, ils clament que nous n'en avons pas. Au lieu de nous donner du pain, ils annoncent que la troupe se meurt d'inanition. Au lieu de nous aider, ils nous expliquent pourquoi on ne nous aide pas. Bref, ils aggravent le mécontentement en le définissant dans leurs discours.

— Si le tsar avait de l'autorité, il balayerait tous ces bavards.

— Oui, mais voilà, il est marié, le pauvre !

— Moi, je respecte l'impératrice, dit une voix graillonneuse, qu'Akim reconnut pour être celle du lieutenant Staroff.

— Tous, nous la respectons, renchérit Vijivine. Mais nous avons du mérite. Si le quart de ce qu'on raconte au sujet de Raspoutine est vrai…

— C'est vrai, mon bon, dit Staroff sur un ton geignard. Je rentre de permission. J'ai rencontré pas mal de gens bien informés, à Pétrograd. Les monarchistes les plus convaincus sont atterrés par les fautes de l'empereur et de l'impératrice. Raspoutine les domine comme un sale diable barbu. Ils vivent dans les fumées du mysticisme. La recommandation du moine défroqué suffit à élever les êtres les plus abjects aux fonctions les plus hautes. Le banquier Manus, l'aide de camp de Sa Majesté, Rubinstein, le métropolite de Pétrograd, Pitirime, le ministre de l'Intérieur Protopopoff, le général Voeïkoff, le président du Conseil Sturmer sont des créatures de Raspoutine. Et l'empereur, chapitré par Alexandra Féodorovna, n'ose pas nettoyer ses écuries de tous les pourceaux qui s'y vautrent.

— Le tsar a renvoyé Sturmer, le mois dernier.

— Oui, parce que le tsar se trouvait à la Stavka, loin de son épouse. Mais, dès qu'elle a appris la disgrâce du premier protégé de Raspoutine, elle s'est rendue au quartier général avec ses enfants, afin de sauver au moins le second protégé : Protopopoff. Elle a remis au tsar une lettre comminatoire de Raspoutine. Et Protopopoff, cette canaille illuminée, est resté à son poste. Voilà, voilà, mon cher, comment on nous gouverne ! Pendant ce temps-là, on manque de pain dans les quartiers pauvres de Pétrograd. Les ouvriers protestent. Les nouvelles recrues refusent de partir pour le front. La guerre russo-japonaise a déclenché la révolution de 1905. Souhaitons que cette guerre-ci ne déclenche pas une révolution plus grave encore.

— Cela arrangerait bien les affaires de l'Allemagne, grommela Vijivine.

Akim ne pouvait toujours pas se résoudre à entrer dans l'abri. Sa colère était tombée, car l'inquiétude des jeunes officiers correspondait à ses propres sentiments. S'il n'était pas d'accord avec eux sur l'expression de leur pensée, il en approuvait, sans réserve, le fond. Un écœurement familier occupait sa poitrine. Il respira l'air pur de la nuit comme si ce souffle du ciel eût suffi à chasser les signes funestes qui se pressaient dans son cœur. De toutes ses forces, il implora ce décor de neige, nu et vide, ces nuages sombres, de lui venir en aide et de sauver son pays. Après une longue pause, Vijivine soupira et dit, sur un ton de gaieté pénible :

— Si tu nous jouais quelque chose, Serge. Ta dernière chanson…

Une guitare bourdonna. La voix de ténor de Serge Liavine s'éleva, juste et seule, dans la nuit :

Dans l'abri de boue et de glace,
Nous écoutons geindre le vent,
Et la chandelle jaune éclaire
Nos visages désabusés.
La guitare chante, ô mes frères,
Les braves hussards d'autrefois,
Leurs exploits et leurs chevauchées,
Leur bravoure et leur tradition.

Mais nous, leurs fils, que faisons-nous ?
Comme des rats, dans la tranchée,
Nous attendons que les obus
Nous déchirent et nous enterrent.
Ah ! rendez-nous le sabre courbe,
Et les chevaux, et les combats,
Rendez-nous ce qu'avaient nos pères,
La gloire, l'espace et les cris...
Dans l'abri de boue et de glace,
Nous écoutons geindre le vent,
Et la chandelle jaune éclaire
Nos visages désabusés...

La guitare se tut. Akim sentit qu'un goût âcre obstruait sa gorge. Stupidement ému, les muscles mous, la bouche entrouverte, il ne bougeait pas, attendait que se dissipât en lui cette tristesse débilitante. Enfin, dominant son trouble, il fit un pas, souleva la vieille couverture, et ses yeux clignèrent un moment dans la lueur huileuse de la lampe. Devant lui, dans la caverne basse, aux murs de terre, au sol de paille, cinq officiers étaient assis sur des caisses marbrées d'étiquettes. Une autre caisse supportait quelques bouteilles et des restes de viande froide dans des gamelles. Akim déboutonna sa capote, secoua son col mouillé de neige. Tous se dressèrent, d'un seul mouvement, à son entrée. Les visages des convives exprimaient un respect louable. Serge Liavine tenait encore sa guitare à la main. Il la déposa contre le mur, et les cordes vibrèrent longuement.

— J'aime beaucoup votre chanson, lieutenant Liavine, dit Akim.

— Oh ! vous savez, Votre Haute Noblesse, balbutia Liavine, c'est une amusette. On n'a pas grand-chose à faire dans les tranchées. Il faut bien tuer le temps, d'une manière ou d'une autre...

— A condition que le service n'en souffre pas, reprit Akim. Comment se fait-il, Vijivine, que vous n'ayez pas déplacé les mitrailleuses comme je vous l'avais ordonné ?

— Je comptais y aller maintenant, dit Vijivine. Ne m'aviez-vous pas dit huit heures ?

— Non : six heures.

— J'avais cru comprendre...

— Vous croyez toujours comprendre et vous ne comprenez rien, répliqua Akim d'une voix sèche. Si vous vous occupiez un peu moins de politique, vous seriez plus attentif à mes instructions. Mais ce qui se passe à l'arrière vous intéresse plus que ce qui se passe à l'avant.

Vijivine écoutait la réprimande au garde-à-vous, l'œil fixe, le menton dur. Akim chercha encore quelques paroles blessantes pour les ajouter à son discours, mais une brusque lassitude le prit, il plissa le front et gronda :

— Tous pareils... Allez immédiatement changer ces mitrailleuses de place... Et... et à l'avenir, n'est-ce pas ?... Enfin, que ce soit la dernière fois... Sinon...

Vijivine salua militairement et quitta l'abri, la tête basse.

— Eh bien, messieurs, dit Akim, offrez-moi donc un verre de « phlogiston » pour me réchauffer.

La mine embarrassée des jeunes gens amusait Akim. Sans doute craignaient-ils qu'il n'eût surpris leur conversation ? Liavine lui présentait une tasse pleine d'alcool jusqu'au bord. Staroff avançait une caisse et l'époussetait avec le pan de sa capote. Akim s'assit, but une lampée de « phlogiston » et demanda :

— Voyons, Staroff, vous êtes revenu de permission avant-hier, à ce qu'on m'a dit. Quelles nouvelles de Pétrograd ?

La figure de Staroff se noua dans une grimace déconfite et il battit des paupières.

— Oh ! murmura-t-il enfin, ce n'est pas très drôle, là-bas non plus. On... heu... enfin les gens trouvent que ça dure trop... Les ouvriers se plaignent d'être mal nourris...

— Oui, oui, dit Akim. Ils oublient que les Allemands eux aussi, sont mal nourris. Dans cette guerre, c'est celui qui acceptera le plus longtemps d'être mal nourri qui gagnera la partie. Le courage a changé de forme. Est-ce un bien ? Est-ce un mal ?

Personne ne répondit. Akim vida le fond de son verre :

— Connaissez-vous d'autres chansons, lieutenant Liavine ?

A ce moment, la couverture de l'entrée se souleva de biais et le maréchal des logis Stépendieff parut sur le seuil. Ses yeux bleus lui sortaient de la tête. Sa barbe abondante et rousse tremblait nerveusement. Il porta la main à sa casquette, bomba la poitrine et proféra d'une voix enrouée :

— Votre Haute Noblesse, je m'excuse de vous déranger... Ce sont les mitrailleurs qui m'ont dit que je vous trouverais probablement ici... Alors, j'ai cru de mon devoir...

— De quoi s'agit-il ?

Stépendieff ravala sa salive et chuchota :

— Boudenko, le jeune hussard qui a été incorporé le mois dernier à l'escadron...

— Eh bien ?

— Je... pour ainsi dire... je crois qu'il a déserté...

Akim se dressa d'un bond :

— Qu'est-ce que tu racontes ?

— Ce matin, il a dit à ses camarades qu'il allait donner un coup de main aux hommes de corvée, dans la forêt. Il s'est habillé. Il est parti. On ne l'a plus revu. Et, dans son abri, on a trouvé de drôles de papiers.

Le maréchal des logis tendit à Akim plusieurs feuillets polycopiés, à l'encre violette. Les pages étaient chiffonnées, maculées de boue.

— J'en ai découvert d'autres, un peu partout, dans les tranchées, dit Stépendieff. Qu'est-ce qu'il faut faire ?

Akim prit les papiers, s'approcha de la lampe, et lut :

« Prolétaires de tous les pays, unissez-vous.

« Camarades soldats, depuis deux ans le gouvernement tsariste vous contraint à une guerre injuste et qui ne vous concerne pas. Pour obéir aux capitalistes, aux fabricants de canons, aux propriétaires terriens, aux fournisseurs de l'Intendance, un despote vous accule à la ruine et à la mort. Assez de sang versé ! Vos ennemis ne sont pas les prolétaires autrichiens ou allemands, mais les chefs indignes de votre propre pays. Tendez la main à vos compagnons de travail, par-dessus les frontières. Fraternisez avec eux. Et reportez votre haine contre les responsables de tous vos maux. A bas le tsar et sa clique ! A bas l'absolutisme ! A bas la guerre impérialiste. Vive l'union des travailleurs libres du monde ! »

La feuille sale tremblait dans les mains d'Akim. Une fureur puissante faisait battre son sang. Il voulait frapper quelqu'un, crier quelque chose. Mais contre qui se retourner ?

— Les salauds ! Les salauds ! grommela-t-il en froissant la page dans son poing.

Il lui semblait que la vraie guerre allait commencer soudain. Un pressentiment macabre traversa son esprit. Des symboles détestés chancelèrent dans sa mémoire : les socialistes, les juifs, les espions allemands, les traîtres russes... Lentement, son regard parcourut le cercle de l'assistance et revint à Stépendieff, qui demeurait pétrifié sur le seuil de la porte.

— C'est une honte... une honte pour le régiment, dit Akim. Une honte pour nous, messieurs... Jamais, dans l'histoire glorieuse des hussards d'Alexandra, on n'a signalé la moindre désertion ni la moindre révolte. Je suis atterré !

Des larmes de rage lui piquaient les yeux. Il reprit sa respiration et cria soudain :

— Faites fouiller tous les abris ! Organisez une battue pour retrouver Boudenko ! Qu'on me rende compte personnellement du résultat des perquisitions ! Le commandant du régiment sera informé ! Des sanctions seront prises !

En sortant de l'abri, il se heurta à Vijivine qui revenait de faire sa ronde dans les tranchées.

— Les mitrailleurs sont déplacés, Votre Haute Noblesse, dit Vijivine.

— Je me fous des mitrailleurs ! hurla Akim.

Et il s'enfonça dans la nuit, pataugeant, hargneux, malade d'impuissance et de colère.

« Ça commence, ça commence », marmonnait-il en marchant.

Le « phlogiston » qu'il avait bu lui brûlait l'estomac. Ses pieds s'enlisaient dans la boue. Çà et là, on voyait luire faiblement les boucliers des guetteurs. Des diamants pendaient aux fils de fer barbelés, devant les tranchées.

Une odeur d'urine et de feuilles pourries lui signala qu'il passait devant la fosse d'aisances. Puis, la voix du téléphoniste résonna à ses oreilles :

« Je prends le message... Ordre au 4e escadron... »

Dans le ciel, une lueur lunaire s'arrondit et se dissipa aussitôt, usée par le flot des nuages. Quelques coups de feu claquèrent sur la rive opposée. A peine rentré dans son abri, Akim s'installa devant sa table pour rédiger un rapport.

La lune était sortie des nuages. Une lumière livide et diffuse coula sur le paysage, comme une nappe de lait. Entre les troncs des arbres, on distinguait nettement le bord opposé de la rivière et le boursouflement des fortifications allemandes. Un silence glacial pesait sur la petite île, d'où la patrouille que commandait Nicolas surveillait l'ennemi. Depuis deux heures environ, des pontonniers tentaient d'établir une passerelle entre la berge tenue par les Russes et cette languette de terre isolée au milieu de l'eau. Ils travaillaient avec une telle adresse qu'aucun bruit ne signalait leur présence. C'était à peine si les trois hommes, chargés de protéger leur besogne, entendaient parfois un craquement de bois sec, ou le choc d'un caillou tombant rondement dans les flots.

Le vent passait dans les ramures noires et en détachait de lourds papillons de neige. Il faisait froid. Les buissons avaient des griffes de cristal. Une phosphorescence verdâtre montait du sol gelé. Nicolas déposa son fusil contre le fût d'un aulne pour frotter l'une contre l'autre ses mains mortes. Sans doute, exécutait-il aujourd'hui sa dernière patrouille. Après-demain il serait dirigé sur Pétrograd pour y suivre des cours d'aspirant-mitrailleur. Les grosses pertes en officiers subies par l'armée russe incitaient, en effet, le haut commandement à prélever sur le front et dans la réserve tous les porteurs de diplômes universitaires pour les transformer, après quelques semaines d'instruction, en gradés authentiques. En vérité, Nicolas ne savait pas encore s'il devait se réjouir ou s'alarmer de cette marque de faveur. Habitué à ses compagnons de combat, il redoutait un peu le contact avec les milieux évolués de la capitale. Il lui semblait que là-bas, personne ne le comprenait et ne l'aimait comme en première ligne. Lors de son congé de convalescence, les propos de Zagouliaïeff et des amis de Tania l'avaient également déçu. Or, depuis cette lointaine visite à l'arrière, le défaitisme avait gagné du terrain. Selon les camarades qui rentraient de permission, beaucoup de gens sensés considéraient que la poursuite des hostilités était criminelle. On parlait de plus en plus de fraternisation, de paix séparée et de régime libéral. Zagouliaïeff avait-il raison ? Ne pouvait-on plus s'opposer à cette fatalité historique, qui voulait que la Russie perdît la guerre avant de se régénérer ? N'était-il plus possible d'être à la fois un patriote et un révolutionnaire ?

« On verra bien... Une fois là-bas, je saurai m'orienter... »

Ramassant un peu de neige, il en frotta son nez, ses pommettes, qui devenaient insensibles. Puis, il souffla dans ses mains, à travers les gants tricotés et troués par endroits. La lune s'était cachée, et une ombre touffue pendait entre les branches des aulnes. Au-dessus de la rivière flottait un brouillard ténu et bleuté. Sur l'autre berge, on voyait luire, de temps en temps, le feu d'une lampe de poche.

Subitement, Nicolas crut percevoir un bruit de rames qui frappaient l'eau en cadence, timidement. Ce babillement liquide se rapprochait de seconde en seconde. Scrutant la nuit, Nicolas discerna, loin, sur sa gauche, une barque qui, venant de la rive allemande, traversait avec lenteur le courant. Quelque chose de blanc palpitait au-dessus de l'embarcation. On eût dit un mouchoir, un pan de chemise. Selon toute vraisemblance, le canot accosterait à la pointe de l'île, dans le secteur où se tenait le grenadier Platoff. Pourquoi Platoff ne donnait-il pas l'alarme ? N'avait-il rien vu ? Avait-il ses raisons pour ne pas se démasquer encore ? Un instant, Nicolas songea à tirer un coup de feu pour prévenir ses compagnons. Mais, craignant de compromettre les projets de Platoff, il se ravisa, empoigna son fusil et courut dans la direction où se trouvait son camarade. Chemin faisant, il voulut alerter le second guetteur, qui avait pris position entre lui et Platoff, mais le guetteur n'était plus à son poste. Intrigué, Nicolas ralentit son allure et tendit l'oreille. On n'entendait plus le glissement des rames sur l'eau. Et Platoff ne signalait toujours pas sa présence. Écartant les branches avec précaution, Nicolas avança encore à travers la forêt muette. La neige étouffait le bruit de ses pas. Mais il lui semblait que sa respiration emplissait tout le décor d'une rumeur caverneuse. Entre les troncs des arbres, il distinguait maintenant une courte plage blanche, qu'un bouquet de buissons devait dissimuler aux veilleurs de la rive russe. A l'abri de ce rideau protecteur, Platoff et son camarade parlementaient avec deux soldats allemands. L'embarcation, amarrée à une pierre, portait un drapeau blanc au bout d'une perche.

Le cœur battant, Nicolas arma son fusil, sortit de la forêt et cria :

— Qu'est-ce qui vous prend tous les deux de babiller avec des Allemands ? Sautez-leur dessus et emmenez-les chez nous pour qu'on les interroge !

Platoff tourna vers Nicolas son visage bourru, à la mâchoire lourde, aux yeux chinois.

— Occupe-toi de ce qui te regarde, camarade, dit-il. Ils sont arrivés avec le drapeau blanc. Ils nous donnent des cigarettes. Si t'en veux, t'as qu'à venir aussi.

— Mais... mais vous êtes fous ! bégaya Nicolas. Il est défendu de fraterniser. Si le lieutenant...

— Le lieutenant, je lui crache dessus, et du haut d'un arbre encore. Allemands, Russes, on est tous des frères, tous des travailleurs.

— *Alle Menschen sind Brüder* (1), dit l'un des Allemands, en tendant la main vers Nicolas.

— S'ils ne décampent pas immédiatement, je tire, hurla Nicolas en épaulant son arme.

Émergeant des nuages, la lune éclaira violemment les hommes debout dans la neige.

A l'extrémité de la ligne de mire, Nicolas vit le soldat

(1) Tous les hommes sont frères.

allemand qui levait les bras. La capote gris-vert se fronçait sous les aisselles de l'homme, et ses mains épaisses étaient agitées d'un léger tremblement. Tout en visant cette cible facile, Nicolas s'intéressait aux boutons métalliques de l'uniforme, aux bottes courtes, à la casquette sans visière, inclinée sur l'oreille, au visage enfin, mince et blond, jeune encore, barbouillé de fatigue. Il n'aurait su dire pourquoi l'aspect de ce soldat maigrichon lui était pénible. Jamais encore, il n'avait éprouvé autant de répugnance à tuer quelqu'un. Sans doute les paroles banales de Platoff étaient-elles cause de son indécision : « On est tous des frères, tous des travailleurs... »

— Baisse ton fusil, baisse ton fusil, salaud ! dit Platoff d'une voix enrouée.

Mais Nicolas ne bougeait pas, incapable aussi bien de tirer que de reposer son arme. Souvent, il avait entendu parler de ces fraternisations comme d'un moyen de propagande ennemie en faveur de la paix séparée. Dans plusieurs secteurs, déjà, des soldats allemands isolés étaient sortis de leurs tranchées avec un drapeau blanc et avaient convié les Russes à les rejoindre sur un terrain neutre. On causait sans bien se comprendre, on échangeait des journaux, des cigarettes, des bouteilles d'eau-de-vie. Une fois rentrés dans leurs abris, les Russes expliquaient à leurs compagnons que les gens d'en face étaient généreux, compréhensifs et ne souhaitaient que l'entente entre les deux pays.

— Allez-vous-en ! dit Nicolas avec force. *Weg ! Weg ! Und du auch Hände hoch ! Weg* (1) !

Le second Allemand, un petit gros, encerclé dans une capote effrangée, leva les bras lui aussi.

— Écoute, tu n'es pas raisonnable, dit Platoff en se rapprochant de Nicolas avec lenteur.

Il souriait. Il paraissait conciliant, amusé, amical.

— Ils ne t'ont rien fait ces gars, reprit-il avec douceur.

Et soudain, d'une brusque détente, il appliqua un coup de poing à la tempe de Nicolas. Étourdi, la tête rompue de

(1) Va-t'en ! Va-t'en ! Et toi aussi, haut les mains ! Va-t'en !

lumière, Nicolas roula dans la neige. Aussitôt, Platoff lui arracha le fusil des mains. Les Allemands avaient baissé les bras et riaient en se balançant sur place.

— Si tu bouges, grommela Platoff, je te saigne comme un goret. Compris ?

Toute sa face était pincée de colère. Ses yeux obliques étincelaient froidement. A travers les dernières vibrations du choc, Nicolas reprenait possession d'un paysage blanchâtre et mouvant. Son crâne était douloureux. Un goût de fer empâtait sa bouche.

— Fumier, ricana Platoff. Il aurait vraiment tiré dessus. Sur des hommes avec un drapeau blanc. Sur des prolétaires. Les prolétaires n'ont pas de patrie. Ils ne veulent pas la guerre. Ce sont les capitalistes qui nous forcent à nous entre-tuer. Je croyais que tu étais avec nous, vermine immonde.

— Je suis avec vous, dit Nicolas faiblement.

— On ne peut pas être avec nous et avec les chefs.

— Ces hommes... ces hommes vous trompent, dit Nicolas, en désignant les Allemands. Ils ne viennent pas vous voir par amitié, mais pour vous démoraliser, pour affaiblir la discipline dans l'armée, pour préparer notre défaite...

— Ça va, ça va, dit Platoff en menaçant Nicolas avec la crosse de son fusil. Te donnes pas tant de mal, mouchard. Seulement, je te préviens : si tu nous dénonces...

— Je ne vous dénoncerai pas !

— Ah ! tu deviens raisonnable !

Platoff cracha dans la neige.

— On te rendra ton fusil lorsqu'ils seront partis, dit-il encore. Et il retourna vers les Allemands. Nicolas regardait avec dépit ces quatre hommes qui, au bout de la petite plage blanche, allumaient des cigarettes et bavardaient cordialement.

— *Russische*... pas ennemis, disait Platoff... *Nicht* boum boum contre vous... Social-démocrates...

— *Ia, ia,* répondait le petit gros à la capote effrangée.

Wir sind auch Sozial-Demokraten... Proletarier... Alle Völker sind Brüder (1).

Nicolas se souleva sur ses coudes.

— Bouge pas ! glapit Platoff.

Longtemps encore, Nicolas douta de sa lucidité : de part et d'autre de la rivière, ces tranchées ennemies, ces mitrailleuses braquées, ces canons attentifs, et, sur un îlot, entre les lignes, deux soldats russes et deux soldats allemands qui rigolaient, fumaient et se donnaient des bourrades dans les côtes. Ces êtres-là étaient sortis de la guerre. Cependant, derrière eux, la machine meurtrière continuait de tourner avec précision. Parfois, on entendait le coup de maillet d'un pontonnier sur un pieu, ou le claquement de l'eau que crevait la chute d'un corps lourd. L'Allemand blond dressa la taille et demanda :

— *Was ist das* (2) ?

— Ce sont nos pontonniers, dit Platoff... Comment t'expliquer, camarade ?... Oui... pour traverser la rivière...

Il plaça la main gauche horizontalement et simula avec les doigts de la main droite, le pas d'un piéton sur une passerelle.

— *Jawohl, jawohl,* dit l'Allemand... *Ich verstehe* (3)...

Une tristesse infinie écrasait l'esprit de Nicolas. Devant ces hommes qu'il n'osait pas blâmer avec une conviction suffisante, il se sentait inutile et vaincu. Il lui semblait que le peuple le dépassait, que les événements le débordaient, qu'il restait en arrière du flot, avec des opinions surannées et un courage sans emploi. Cramponné à un idéal révolu, il était pareil à ces vieillards qui ne savent pas vivre avec leur temps et se désolent au lieu d'agir.

Enfin, les deux Allemands regagnèrent leur barque. Le petit gros prit les avirons. Platoff et son camarade agitèrent leurs mains en signe d'adieu. L'embarcation s'éloignait de la rive, avec un murmure frileux. Les silhouettes

(1) Nous sommes aussi des social-démocrates... des prolétaires... Tous les peuples sont frères.

(2) Qu'est-ce que c'est ?

(3) Parfaitement, parfaitement... Je comprends.

grises se diluaient dans la nuit. Bientôt, seul fut visible, au-dessus de l'eau miroitante, le mouchoir qui dansait au bout de la perche. Lorsque le mouchoir blanc disparut à son tour, Platoff revint vers Nicolas et lui rendit son fusil en disant :

— T'as vu comment qu'on est, nous autres ? Pas des tigres. Des hommes.

V

Lorsque Volodia eut fini de s'habiller, Kisiakoff le pria de marcher, de long en large, dans la chambre. Ayant choisi lui-même toutes les pièces de la toilette, il voulait s'assurer de l'effet produit. Clignant les paupières en artiste, il répétait :

— Impeccable, impeccable !... Le public n'aura d'yeux que pour toi... Qui sait même si Tania...

— Rien ne prouve qu'elle sera là, dit Volodia en étouffant un bâillement derrière sa main. Moi, je ne pense pas qu'elle vienne...

— Elle ne peut pas manquer une conférence de Malinoff. Sa petite amie, Eugénie Smirnoff, en ferait une maladie.

— Ça va être ennuyeux, cette conférence ?

— Comme toutes les conférences.

— Alors, pourquoi y allons-nous ?

— Pour te montrer.

— A qui ?

— A Tania d'abord, à tout Moscou ensuite.

— Je t'ai déjà dit que cela m'agaçait de revoir Tania, murmura Volodia en pinçant le nœud de sa cravate devant la glace. Tania et moi, c'est fini, c'est mort.

— Ça peut renaître.

— Non. Sois gentil. Restons à la maison. On boira du thé. On jouera aux échecs...

Kisiakoff tripotait sa barbe avec impatience.

— Pas de caprices, Volodia, dit-il brusquement. Tu sais

que je n'aime pas ça. Il faut que j'aille à cette conférence, et tu m'accompagneras.

— Ça t'intéresse d'entendre Malinoff exposer les buts de guerre de la Russie et raconter des souvenirs sur son voyage au front ?

— J'ai besoin de me faire une opinion.

— Sur quoi ?

— Sur l'opinion des autres.

Volodia haussa les épaules et alla se porter devant la fenêtre, le dos tourné à Kisiakoff en signe de protestation. A dater du jour où Kisiakoff avait acheté cette imprimerie, à Pétrograd, une grande transformation s'était opérée en lui. Jadis, à part ses mystérieuses sorties du matin, il passait tout son temps à la maison, préparant des gâteaux, lisant des livres de cuisine, étalant des patiences. Volodia avait fini par s'habituer à cette présence encombrante. Kisiakoff était dans sa vie comme un balancier sûr et pesant. Il allait, il venait avec une régularité automatique. Il commandait au déroulement des minutes. Il donnait un sens à l'écoulement monotone du temps. Or, depuis deux mois, cette belle mécanique ne fonctionnait plus. Les horaires étaient compromis. Trop souvent, Kisiakoff quittait Moscou pour se rendre à Pétrograd, où il demeurait parfois plus de trois jours d'affilée. Et jamais il n'emmenait Volodia en voyage. A son retour même, il se montrait préoccupé, hargneux. Quelque chose d'indicible le tourmentait. Lorsque Volodia lui demandait des nouvelles de l'affaire, il éludait les questions ou se fâchait tout rouge. Volodia en arrivait à être jaloux de l'imprimerie.

— Eh bien, on s'en va ? demanda Kisiakoff en posant une main sur l'épaule de Volodia.

— Non, s'écria Volodia. Ce n'est pas juste. Je cède toujours. J'en ai assez de faire ce qui t'amuse, alors que toi...

— Quoi ?

— Alors que toi, tu me laisses seul, si souvent, pour t'occuper de ta sale typographie.

— De quoi vivrions-nous, blanc-bec, si je ne travaillais pas ?

— Tu n'as qu'a travailler à Moscou.

— On travaille où on peut !

— Puisque c'est ça, emmène-moi dans tes voyages. Je m'ennuie tout seul.

— Tu t'ennuies de moi ?

Kisiakoff paraissait ahuri, attendri par cette révélation. Sa face engraissait de contentement. Il glissa la langue d'un coin à l'autre de ses lèvres et bredouilla :

— Ma chevrette !

— Oh ! quelle vie ! gémit Volodia.

Et il se laissa choir sur le canapé.

— Volodia ! cria Kisiakoff. Tu vas froisser ton complet. Déjà ta cravate est toute dérangée. Et ton gilet se gondole. Lève-toi. Tire tes manchettes.

— Et moi, je n'ai pas envie de tirer mes manchettes, dit Volodia d'un air faux et insolent.

Kisiakoff baissa les paupières, comme pour se recueillir dans la douleur.

— Écoute, dit-il enfin. Je dois repartir dans quatre ou cinq jours pour Pétrograd. Tu m'accompagneras. Je te le promets. Et maintenant, viens. Nous allons être en retard.

Volodia se dressa sur ses jambes et se détendit, les bras en croix, la bouche ouverte.

— Ah ! tu es mon choléra perpétuel ! dit Kisiakoff en joignant les mains. Ce matin, j'ai découvert un poil blanc dans ma barbe. Le premier. Tu en es la cause.

— Donne-le-moi, je le mettrai dans le médaillon, dit Volodia.

Et il éclata de rire.

— Choléra ! choléra ! grommelait Kisiakoff en balançant la tête.

La conférence avait lieu dans le grand salon du fabricant moscovite Jeltoff, membre honoraire de la Société d'Études politiques, philosophiques et sociales. Des chaises de bois doré et des banquettes matelassées de velours rouges servaient de sièges à une assistance très parée, où dominait l'élément féminin. La table de l'orateur semblait un radeau chétif que baignaient des flots de chapeaux à plumes, de fourrures frémissantes et de voilettes tirées sur des profils secrets. Entre les murs de marbre jaune citron, s'encastraient, à intervalles réguliers, des glaces hautes et étroites, dont la profondeur doublait encore les dimensions de la pièce, le nombre des auditeurs et l'éclat des lustres à pendeloques. Çà et là, une statue d'albâtre humiliait, de son geste immobile et de sa nudité parfaite, un paquet de visages vivants. Des laquais en livrée bleue, à boutons de cuivre, se tenaient aux portes et dans l'encadrement des fenêtres. L'air sentait vaguement le parfum des dames soignées et le produit pour l'astiquage des bronzes.

La voix de Malinoff, un peu aigre et chevrotante, dominait difficilement le craquement des dossiers et le froissement des robes. Le sujet de son discours était sévère. Sur la demande de la Société d'Études politiques, philosophiques et sociales, il avait accepté d'exposer ses vues sur les buts de guerre de la Russie et les réformes qui s'imposaient pour la conclusion victorieuse des hostilités. Afin d'égayer un peu ces considérations abstraites, il relatait, de temps en temps, quelque souvenir personnel de ses visites au front. Plusieurs fois, les invités lui avaient coupé la parole par des applaudissements et des rires. Malinoff était content de son public et de lui-même. Prenant de l'assurance, il lisait son texte plus lentement qu'au début, s'arrêtait après les phrases décisives, changeait d'intonation comme un acteur chevronné.

Assise au dixième rang, entre Eugénie Smirnoff et le maître de maison, Tania regardait Malinoff avec une curiosité bienveillante. L'idée que ce petit homme à la barbiche blonde et au teint de papier fané fût l'amant d'Eugénie lui paraissait à la fois pitoyable et comique. Ce qu'il disait ne l'intéressait guère. Elle avait entendu cent fois, sous une autre forme, ces propos sur la nécessité d'un gouvernement populaire en Russie. Depuis quelques mois, on parlait ouvertement, et dans tous les milieux, de l'influence néfaste que l'entourage de l'empereur exerçait sur la conduite des affaires politiques. Personne ne se gênait plus pour critiquer la tsarine, assaillie jour et nuit d'inquiétudes mystiques, tremblant pour l'existence de son fils et tout entière soumise au pouvoir de Raspoutine. A la Douma, le député Milioukoff avait même osé dénoncer publiquement le trafic d'influence du moine défroqué, dont les protégés accédaient aux postes ministériels les plus enviables. Il avait exigé le renvoi immédiat du thaumaturge, l'épuration de la camarilla qui cernait le trône, la constitution d'un gouvernement libéral, en dehors de tout complot de palais. Bien que la diffusion de son discours eût été interdite par la censure, d'innombrables copies du texte circulaient à l'arrière et au front. Malinoff ne faisait que paraphraser les déclarations de son illustre devancier, en les accommodant de quelques remarques personnelles. Parfois, il donnait un coup de poing sur la table, et Eugénie Smirnoff sursautait, comme si elle eût été responsable de sa colère. Ses joues viraient au rose vif. Elle murmurait en se penchant vers Tania :

— Il est très en forme, aujourd'hui. Il empoigne.

Tania serrait les lèvres pour ne pas rire. Comment se faisait-il qu'Eugénie fût éprise de ce pantin prétentieux et chlorotique ? La renommée de Malinoff suffisait-elle à compenser, aux yeux de la jeune femme, ses imperfections physiques, son manque de caractère et son orgueil démesuré ? Depuis qu'elle s'était détachée de Volodia, Tania se sentait devenir incompréhensive et hostile envers toute personne amoureuse. Il lui semblait qu'elle dominait de haut ces jeux de la chair et de la vanité. La présence de Volodia et de Kisiakoff dans la salle ne pouvait que la rassurer sur son propre compte. Ils étaient assis à trois rangs derrière elle, sur la droite. Elle les avait vus entrer et avait répondu à leur salut, sans éprouver dans son cœur un autre sentiment que la contrariété. Sans doute Kisiakoff avait-il espéré l'émouvoir par cette rencontre inattendue. Volodia était habillé avec recherche, pommadé, frisé comme une poupée. La fixité limpide de son œil de verre, la petite cicatrice qui traversait son front ajoutaient encore à son charme. Mais Tania s'était évadée de l'ensorcellement. L'objet de son ancienne passion lui paraissait aujourd'hui parfaitement méprisable. Bien qu'il lui eût été facile de l'apercevoir en tournant légèrement la tête, elle préférait regarder Malinoff. Elle ne s'interrogeait même plus sur l'opinion de Volodia à son égard. Il lui importait peu qu'il la jugeât laide ou jolie, coquettement habillée ou attifée en dépit du bon sens. Comme Malinoff s'interrompait pour boire une gorgée d'eau, Eugénie chuchota :

— Il te regarde.

— Qui « il » ? demanda Tania avec majesté.

— Volodia.

— Ah ! oui ? Laisse-le me regarder, si ça l'amuse.

— Ça n'a pas l'air de l'amuser.

— Quelle tête fait-il ?

— Il paraît triste. Il se penche vers Kisiakoff. Il lui dit quelque chose à l'oreille. Sûrement, il lui parle de toi.

Sans que Tania lui eût confié le moindre détail sur sa liaison avec Volodia, Eugénie soupçonnait les motifs de leur inimité actuelle et ne perdait pas une occasion de prouver qu'elle était au courant de tout :

« Il a fini de parler. Il te regarde encore. Moi, rien qu'à voir son œil de verre, cela me glace. J'ai l'impression qu'on met une grenouille dans ma main. Et toi ?

— Non.

— Il te plaît, avec son œil de verre ?

— Je ne me le demande même pas.

— Que tu as de la chance ! soupira Eugénie. Si je pouvais être aussi indifférente envers Malinoff que toi envers Volodia, ma vie serait un paradis !

Elle se tamponna le bout du nez avec un mouchoir, comme pour cacher son émotion. Malinoff reprit ses papiers en main. Quelques dames dirent :

— Chut !... chut !... Silence !...

Et la voix du conférencier s'éleva de nouveau, grêle, métallique, forcée :

— Parvenus à ce point du drame russe, une question se pose : « Que faire ? Où aller ? Devons-nous continuer à soutenir une clique de traîtres, de prévaricateurs, d'espions et de faux mystiques, ou obtenir de l'empereur qu'il chasse ses mauvais conseillers et ne s'entoure plus que de personnalités en qui le peuple aura mis sa confiance ? Devons-nous laisser l'armée russe succomber par la faute des incapables qui nous dirigent, ou tenter une réforme pour accorder à nos soldats un gouvernement civil digne de leur vertu militaire ? Il ne s'agit pas d'une révolution sanglante, mais d'une révolution de palais. Nous ne sommes pas des insurgés dressés contre l'empereur. Mais, en quelque sorte, les insurgés de l'empereur. J'espère que vous saisirez la nuance...

Derrière Malinoff, un portrait de Nicolas II considérait la salle de ses yeux indifférents et vagues. Quand Tania clignait des paupières, les deux visages, celui du tsar et celui de l'orateur, venaient sur le même plan, et une mystérieuse ressemblance les unissait soudain. Ou plutôt, la figure de Malinoff paraissait être une caricature de l'effigie impériale. Tout ce qui était gracieux et noble dans la physionomie du souverain devenait petit et vulgaire dans la physionomie du conférencier. Mais la parenté était évidente. Par moments, on eût dit que c'était le monarque qui parlait et Malinoff qui se taisait dans un cadre d'or. Et le monarque se plaignait amèrement de son épouse, de ses ministres, de Raspoutine et de lui-même. Cette hallucination était si bizarre que Tania en éprouva un frisson de peur. Elle voulut faire partager son impression à Eugénie, mais la jeune femme, la voyant se pencher vers elle, mit un doigt sur ses lèvres pour lui recommander le silence. A présent, Malinoff abordait le problème des prisonniers.

— Il est avéré, clamait-il, que les captifs russes en Allemagne sont traités avec moins d'égards que les ressortissants des autres pays alliés. Mal nourris, mal logés, privés de nouvelles, de colis, de correspondance, ils font figure de parias auprès de leurs camarades français et anglais. A qui la faute ? Si les pouvoirs publics...

Chaque fois qu'on parlait de prisonniers, Tania se figeait dans une attention douloureuse. Depuis un an, elle n'avait reçu de Michel que cinq cartes postales jaunâtres, dont le texte bref était rédigé au crayon et effacé par endroits. Elle tentait vainement d'imaginer ses souffrances. Mais, au fond, elle était plutôt satisfaite qu'il fût interné dans un camp, en Allemagne. Ainsi, du moins, il ne courait plus aucun risque et reviendrait probablement sain et sauf. Les privations ne tuaient pas un homme, mais les balles, les baïonnettes... D'ailleurs, elle soignerait si bien Michel, à son retour, que, très vite, les souvenirs de cette guerre lui paraîtraient aussi invraisemblables que les lambeaux d'un songe. Mais, pour quand devait-elle espérer la paix et le bonheur ? Elle était fatiguée d'attendre. Tout allait mal, en Russie. Les gens étaient pessimistes, nerveux. On s'entretenait de moins en moins des opérations militaires, et de plus en plus des manœuvres politiques. Les noms des généraux étaient détrônés dans les conversations par les noms des ministres et des députés. Une crainte confuse étreignit Tania. Elle redoutait quelque chose d'indéfinissable et d'affreux. La figure de Malinoff et la figure de l'empereur jouaient à saute-mouton dans sa tête. Elle eut la sensation, subitement, que tous les auditeurs, installés dans cette salle de marbre et de glaces, étaient les passagers d'un navire en perdition. Un reflet tragique drapait leurs faces attentives. Des auréoles de martyrs flottaient au-dessus de leur front. Elle serra ses mains l'une contre l'autre, comme pour se prouver qu'elle était éveillée. Sans doute son malaise était-il dû à l'extrême chaleur qui régnait dans la pièce. Elle respirait difficilement. Et toujours, au fond d'elle-même, palpitait cette peur, cette horreur d'elle ne savait quoi. Soudain, une porte s'ouvrit, au fond de la galerie, et un petit homme hirsute et lunetté pénétra dans la salle en courant. Toutes les têtes se tournèrent vers lui, et des exclamations indignées montèrent de l'auditoire :

— Chut !... Asseyez-vous !... C'est insensé !...

Sans prendre garde aux protestations, le petit homme se fraya un chemin jusqu'à la table du conférencier.

— Quel sans-gêne ! s'écria Eugénie Smirnoff.

Mais, déjà, l'inconnu s'était penché vers Malinoff et lui parlait à l'oreille. Et, tout à coup, le visage de Malinoff se tordit dans une expression de joie ahurie. Sa barbiche tremblait. Le sang colorait ses joues faibles. Il tendit les bras pour demander le silence. Lorsque les derniers chuchotements se furent apaisés, il prononça d'une voix mince, cassée :

— Mesdames, messieurs, j'apprends à l'instant, par mon secrétaire particulier, une nouvelle qui me dispense d'achever mon discours.

Puis, il reprit sa respiration et cria, les yeux saillants, la bouche en as de carreau :

— Raspoutine a été assassiné !

Il y eut un moment de stupéfaction unanime Et, brusquement, toute l'assistance explosa en gestes fous, en interjections discordantes :

— Avez-vous des détails ?

— Où ? Quand ?

— Connaît-on le nom du justicier ?

— Merci, mon Dieu, merci !...

Des femmes s'étaient dressées et jetaient leurs mouchoirs en l'air. D'autres applaudissaient, trépignaient, ou se signaient en pleurant.

Quelqu'un hurla :

— Ce n'est pas possible !

— Mon information est absolument certaine, déclara Malinoff, les larmes aux yeux. Le meurtre a été commis vers six heures du matin, dans un palais de Pétrograd. Le corps a disparu. On ne connaît pas encore le nom de ceux que je me refuse à appeler des assassins. Mais on croit savoir qu'il s'agit de personnages très haut placés. La gratitude de la Russie entière leur est acquise. L'une des principales causes de notre cauchemar a cessé d'exister. Justice est faite.

Il s'épongeait le front avec son mouchoir et riait doucement en regardant la salle.

Devant lui, des gens s'embrassaient, se congratulaient pour la bonne nouvelle. Le maître de maison, grimpé sur une chaise, vociférait :

— Que personne ne sorte ! J'ai donné ordre d'amener du champagne ! Nous boirons tous à la santé de celui ou de ceux qui ont débarrassé notre patrie de ce vieux bouc malodorant et vicieux !

Kisiakoff était devenu blafard. Sa lourde main se perdait dans les poils de sa barbe. Ses yeux étaient vides comme ceux d'un cadavre. Il s'inclina enfin vers Volodia et murmura promptement :

— Reste ici. Je vais interroger le secrétaire de Malinoff...

Demeuré seul, Volodia se rassit sur sa chaise et croisa

les jambes, avec une indolence affectée. L'agitation de ces marionnettes lui semblait éminemment grotesque. Fallait-il tant se réjouir parce qu'un charlatan avait disparu de la surface du globe ? La vie changerait-elle parce qu'on avait retiré un pion de l'échiquier humain ? Demain, viendraient d'autres Raspoutine, barbus et terrifiants. Nul n'était irremplaçable. Le cours des événements était indépendant de la volonté de chacun. Volodia le savait bien, lui qui avait résolu de se tuer, et qui se trouvait présentement dans cette salle, avec cet œil de verre et cet esprit délabré. Du regard, il chercha Tania et la découvrit dans un groupe de femmes effervescentes. Il lui parut qu'elle avait changé, maigri, pendant ces derniers mois. Ce chapeau à plumes était trop grand pour elle. Il oscillait de façon ridicule tandis qu'elle parlait à ses bonnes amies. Sans doute était-elle bouleversée de joie, comme tout le monde, par la mort du fameux guérisseur. Autour de ce cadavre, c'était une farandole de dames parfumées et de messieurs à faux cols propres. Pauvre Tania, si exactement semblable à toutes ses compagnes, si fade, si usée, si nulle ! Comme il se sentait loin d'elle, délivré d'elle et de son souvenir ! La guerre, la politique, l'amour, tout lui était égal. Parmi cette assistance bourdonnante, il était comme un homme d'un autre siècle, ou d'une autre planète, incapable de partager les réactions de son entourage et tout juste bon à juger les êtres et les choses en spectateur narquois. Il bâilla d'ennui, consulta sa montre, décroisa les jambes. Kisiakoff ne revenait toujours pas. Des laquais apportaient des coupes de champagne sur des plateaux d'argent. Volodia prit un verre et le renifla avec délices. Une petite dame au menton velouté, au nez en trompette, s'avança vers lui et dit :

— A la santé de nos sauveurs !

— Si vous voulez, dit Volodia en souriant.

Et il vida sa coupe d'un trait.

A ce moment, Kisiakoff se dressa devant lui, opaque et noir, comme un tronc d'arbre.

— Alors ? demanda Volodia. C'est sûr ?

— Oui, c'est sûr, dit Kisiakoff d'une voix altérée.

— Et ça t'ennuie ?

— Non.
— Pourquoi fais-tu donc cette tête ?
— Parce que je réfléchis, dit Kisiakoff. L'événement est grave. Beaucoup plus grave que ne le croient tous ces imbéciles.

Les poils de sa barbe frémirent autour des lèvres. Ses sourcils se nouèrent en ligne épaisse :
— Nous partons cette nuit même pour Pétrograd.
— Quoi ? s'écria Volodia. Tu m'avais dit que nous n'irions pas là-bas avant quatre ou cinq jours...
— J'ai changé d'avis.
— A cause de Raspoutine ?
— Peut-être.
— Je ne vois pas le rapport entre ta typographie et...
— On ne te demande pas de voir quoi que ce soit, dit Kisiakoff, mais d'obéir. Nous partons cette nuit même. Tu m'aideras à faire les valises. Viens.

Volodia se leva docilement et suivit Kisiakoff qui traversait la salle, le cou tendu, les mains dans le dos, comme s'il eût traîné derrière lui un poids considérable. Sur le seuil de la porte, Kisiakoff se retourna et dit encore avec impatience :
— Viens, viens donc...

VI

En aval du pont Pétrovsky, sur la petite Névka, partiellement gelée, les glaçons, accumulés autour de la pile de pierres, laissaient apparaître entre leurs bords vitreux un trou large et hexagonal, entouré de traces de pas. Dans cette anfractuosité, coulait un flot noir, sinistre, pincé de longs frissonnements nerveux. On eût dit qu'un fouet frappait l'eau par-derrière, pour la faire avancer plus vite. De temps en temps, un remous plus violent creusait le liquide, et on entendait craquer la couche blanche, prête à céder sous son effort. Au-dessus de la rivière, stagnait une brume floconneuse, où la lueur des réverbères se diluait en auréoles roussâtres. De l'autre côté, sur l'île Kréstovsky, les arbres du parc Béloselsky haussaient dans le crépuscule des branches raidies de givre, des fantômes de sapins haillonneux. Il faisait froid. Une bise aigre sifflait au-dessus du pont. Kisiakoff tendit la main vers le trou dans la glace et dit :

— C'est là qu'ils l'ont jeté.

— Là ou ailleurs, dit Volodia, qu'est-ce que ça change ? Ça t'amuse de regarder ce trou ? Moi, je gèle. Partons.

Mais Kisiakoff ne bougeait pas. Accoudé au parapet, la tête rentrée dans les épaules, il considérait fixement cette brèche que traversait un courant actif. Pris entre le bonnet de loutre et la barbe, son visage n'était plus qu'un rectangle de peau livide où rayonnaient les yeux. Une haleine forte s'échappait en vapeur de ses lèvres entrouvertes. Il grommela encore :

— Ficelé dans un tapis, avec des chaînes autour, le corps percé de coups, défiguré, saignant..., et hop ! dans la flotte ! Oh ! c'est vraiment étrange !

C'était la veille que deux scaphandriers avaient repêché le cadavre de Raspoutine. Bien que la police ne laissât publier aucun détail sur le drame, les noms des justiciers étaient connus de tous : le prince Félix Youssoupoff, le député de la droite Pourichkévitch et le grand-duc Dimitri Pavlovitch avaient attiré le *staretz* dans un guet-apens et l'avaient abattu à coups de revolver, après avoir tenté de l'empoisonner. Ivre de rage et de chagrin, la tsarine exigeait un châtiment exemplaire pour les coupables. Mais les meurtriers étaient trop haut placés pour craindre autre chose que la disgrâce.

— Un prince, un grand-duc, un député, avec leurs mains blanches et leurs maladies nerveuses, reprit Kisiakoff, et, devant eux, cette force de la nature, ce bouffon énorme, aimé de Dieu. Sans doute a-t-il dû sortir de son rôle, oublier son texte, pour que Dieu l'ait abandonné. Il ne faut jamais sortir de son rôle, oublier son texte... Sinon, c'est le trou noir, la Néva qui coule, froide, froide...

Il frissonna et remonta le col de son pardessus. Le cocher qui avait conduit Volodia et Kisiakoff jusqu'au pont Pétrovsky descendit de son siège et s'approcha d'eux.

— Vous regardez ? dit-il d'une voix traînante.

— Oui, murmura Kisiakoff.

— Ça vaut la peine de regarder. Il n'y a pas à dire ! Quelle histoire ! Plus de Grichka Raspoutine. Il est parti en nous ordonnant de vivre longtemps. Bien sûr, un chien doit avoir une mort de chien. Tout de même, pour une fois qu'un moujik était parvenu jusqu'au tsar, ce n'est pas de chance !... Les barines ne l'ont pas permis... C'est normal... Et notre mère la tsarine pleure toutes les larmes de son corps. Paraît qu'elle garde la chemise de Raspoutine comme une relique... Ça ne m'étonnerait pas s'il ressuscitait...

— Retourne à ton traîneau au lieu de bavarder, dit Kisiakoff.

Le cocher s'éloigna. Kisiakoff se signa la poitrine.

— Ainsi, ainsi, dit-il en balançant la tête. Quel mauvais roman ! Rien ne manque. Des princes, des partisans, des femmes, une table servie, de la vaisselle plate, du champagne, des cristaux, du poison, quelqu'un de lourd et de barbu qu'on assassine, les verres brisés, des coups de feu, du sang partout, et ce cadavre enveloppé dans un tapis, emporté en voiture, jeté du haut d'un pont, et qui reparaît soudain, dénonciateur, terrible, sur un fond d'eau noire, encadré dans la glace et la neige.

Il se mit à rire sans desserrer les dents, les joues gonflées, le regard immobile.

— Qu'en penses-tu, Volodia ? demanda-t-il enfin.

— Rien. J'ai sommeil.

— Moi, je n'ai pas sommeil, ma petite miette. On ne peut plus avoir sommeil. Le temps du sommeil est passé. Le sang remue et chante. Rien ne souille plus. Tout est permis. Tue, vole, viole, mens, trahis, vomis sur les nappes !

Il ramassa une pierre et la jeta vers le trou. Mais la pierre tomba sur la glace.

— Dommage, dit Kisiakoff. Essaie, toi, Volodia.

Volodia, à son tour, prit un caillou et le lança violemment dans la direction de la brèche. L'eau, atteinte en plein centre, poussa un « floc » lugubre et engloutit le projectile.

— Tu entends ? dit Kisiakoff en levant un doigt. C'est tout ce qui reste. Une bulle. Et le courant continue, continue, pour les siècles des siècles. Grichka Raspoutine n'est plus qu'un morceau de viande. Il est parti trop tôt, le pauvre ! Ah ! comme il aurait été heureux de vivre les journées extravagantes qui se préparent. Mais cet imbécile de cocher a peut-être raison. Raspoutine n'est pas mort. Il se prolonge. Il subsiste ailleurs, multiplié à des millions d'exemplaires. Dans toi, dans moi, dans les riches, dans les pauvres...

Il frappa ses mains l'une contre l'autre :

— La vie est passionnante. Je voudrais ne jamais mourir.

Le vent chassait, le long du parapet, une mince poudre de neige. Son sifflement aigu perçait les oreilles. Des étincelles palpitèrent dans le liquide couleur d'encre qui gisait entre les glaçons. Trois hommes se rapprochaient, le dos rond, les mains dans les poches. Lorsqu'ils arrivèrent à hauteur de Kisiakoff, l'un d'eux dit :

— C'est ici !

— Brrr ! chuchota l'autre. Ils ont bien choisi leur endroit !

Ils s'éloignèrent.

— Je pourrais rester là des heures, dit Kisiakoff avec un étrange sourire.

— N'oublie pas que tu voulais encore passer à l'imprimerie, dit Volodia.

Kisiakoff fronça les sourcils :

— Oui, il le faut. Et pourtant....

Le cheval, derrière eux, hennit, secoua son harnais avec impatience. Au-dessus de la ville, vibrait une aurore artificielle, faite de mille feux décomposés par le brouillard. Du côté de l'école militaire Paul, des trompettes sonnèrent lointainement et se turent. Ensuite, les cloches de l'église de la Transfiguration, sur la Grande Spasskaïa, lancèrent dans la brume leur tintement monotone et grave, auquel d'autres cloches répondirent.

« Apaise l'âme de ton esclave décédé », fredonna Kisiakoff en imitant la voix caverneuse des prêtres.

Puis, il prit le bras de Volodia et se dirigea vers le traîneau, la tête basse, la barbe pendante, comme s'il se fût écarté d'une tombe.

Ayant laissé Volodia à l'hôtel du Brésil, où ils avaient retenu deux chambres, Kisiakoff se fit conduire à l'imprimerie, dans la rue Kharkov, près de l'hôpital Alexandre. Les ouvriers avaient déjà terminé leur journée. Seul le correcteur déambulait, traînant ses pantoufles, entre les casses. L'air sentait l'huile de lin, l'encre grasse, le caoutchouc brûlé. Sur le sol, gisaient les papiers chiffonnés et humides des épreuves. Au fond de la salle, des lampes juponnées de journaux versaient leur lumière dure sur deux machines aux claviers obliques, ponctués de touches blanches et noires. L'affaire était petite et travaillait surtout pour l'impression des brochures populaires, des cartes de visite et des catalogues.

En apercevant Kisiakoff, le correcteur s'approcha de lui et demanda :

— Vous avez le texte ?

— Pas encore.

— J'ai le temps d'aller manger un morceau, en face ?

— Oui.

L'homme, un petit bossu, à la figure intelligente et rusée, toucha sa casquette du bout des doigts et se dirigea vers la porte en clopinant. Resté seul, Kisiakoff fit le tour de l'atelier, examina les formes, ramassa quelques lambeaux d'épreuves, donna un coup d'œil aux rotatives et finit par rentrer au bureau. Un poêle en fonte chauffait cette pièce vitrée, que meublaient une table et quatre chaises en bois blanc. Une colline de mégots débordait hors d'une assiette à motifs rouges et bleus. Dans un coin, s'amoncelaient des piles d'agendas aux couvertures en couleur. Ces couvertures représentaient une paysanne russe, potelée, rieuse, coiffée du *kokochnick* national, et tenant à la main le numéro de la nouvelle année : 1917. Kisiakoff tira un crayon de sa poche et dessina des moustaches au-dessus des lèvres de la paysanne. Il s'appliquait, renforçait le trait, faisait friser les pointes. Puis, il éclata de rire et secoua la tête, heureux de sa plaisanterie.

« Il faut si peu, si peu ! » grommelait-il en s'essuyant les paupières avec le revers de la main.

La porte s'ouvrit en grinçant, et un homme de haute taille, mince, imberbe, pénétra promptement dans le bureau. Il était vêtu d'un manteau court, qui lui descendait aux genoux, et coiffé d'une étrange casquette en laine verte, dont les oreillons se nouaient par des rubans sous la mâchoire. Son nez et ses joues étaient rougis de froid. Il arracha ses gants et présenta ses mains à la chaleur du poêle.

— Vous êtes exact, estimable monsieur Rébiatoff, dit Kisiakoff avec un salut. Je vous félicite.

— L'ouvrier est-il là ? demanda Rébiatoff en remuant ses doigts au-dessus de la plaque de fonte.

— Non. Mais je vais le chercher.

— Attendez un peu. Il faut que je vous explique. Nous avons pu arrêter à temps la distribution du dernier manifeste que vous avez imprimé.

— Celui qui dénonçait les intrigues de Raspoutine et la dépravation de la famille impériale ?

— Exactement.

— Dommage, soupira Kisiakoff. Je l'aimais bien, ce manifeste. Était-il nécessaire de sacrifier tout ce papier ?

— Absolument. En apprenant la mort de Raspoutine, les soldats auraient cru que les événements évoluaient selon notre désir.

— Quel mal y aurait-il eu à cela ?

— Il ne faut pas que le mécontentement des masses se relâche. Prenant le contre-pied de ce que nous comptions leur dire hier, nous leur expliquons aujourd'hui que l'assassinat de Raspoutine est une misérable manœuvre de diversion, tentée par les monarchistes pour sauver coûte que coûte un régime abhorré de tous.

Rébiatoff s'arrêta et considéra Kisiakoff en plein front, d'une manière victorieuse. Le visage de Rébiatoff était d'une finesse et d'une sensibilité féminines, mais ses yeux très limpides, froids, mobiles, exprimaient l'assurance et la cruauté. Parfois, un tic rapide lui plissait les lèvres : on eût dit que sa salive devenait amère, qu'il avait de la répugnance à l'avaler.

— C'est habile, dit Kisiakoff après un silence.

— C'est indispensable, reprit Rébiatoff avec volubilité. D'autant plus indispensable que c'est la vérité. Qui est-ce qui a fomenté le complot ? Des familiers du tsar. Et pourquoi ? Pour préserver la réputation du tsar, à son insu. Mais ils connaissent mal notre despote en miniature. Cet avertissement, qui aurait dû l'inciter à la sagesse, le raidit dans une attitude intransigeante qui lui coûtera cher. Déjà, on peut prévoir que Raspoutine mort sera plus puissant que Raspoutine vivant. Par respect pour la mémoire du saint homme, on maintiendra en place ses plus infimes protégés. On se fera un rempart, avec des amis sûrs, contre les grands-ducs et les députés libéraux.

Il dénoua les lacets de ses oreillons et jeta sa casquette

sur une chaise. Sa chevelure apparut, blonde, mêlée de poils blancs. Toute la figure en fut comme illuminée, adoucie.

— Lisez, dit-il en tendant à Kisiakoff quelques feuillets couverts d'une écriture grasse et noire.

« Prolétaires de tous les pays, unissez-vous », lut Kisiakoff à mi-voix. « Le meurtre de Raspoutine est la dernière secousse de l'hydre impériale. Par cette exécution sanglante, quelques partisans pourris de l'autocratie ont tenté de sauver le trône. Mais l'ouvrier, le paysan, le soldat, ne se laisseront pas impressionner par cette mise en scène grossière... »

Tout en lisant, Kisiakoff revoyait le trou noir, dans la glace de la Néva, les écharpes de brume qui traînaient sur les rives, et la neige glissant en poudre sur le parapet. Repliant les feuillets, il demanda :

— C'est vous qui avez rédigé ce tract ?

— Non.

— Et qui ?

— Vous êtes trop curieux.

Kisiakoff éclata de rire et se laissa tomber de tout son poids sur une chaise :

— Il se méfie de moi ! C'est impayable ! Depuis le temps que je travaille pour vous !...

— C'est la première fois qu'on vous charge d'une besogne importante. Estimez-vous heureux.

— Et avant ? s'écria Kisiakoff en croisant les bras sur sa poitrine. Les renseignements, les filatures, ce n'était pas important ?

— Non.

— Vous me mettiez à l'épreuve ?

— Exactement.

— Mais vous n'avez rien trouvé à me reprocher ?

— Rien de précis...

— Comment, rien de précis ? C'est le troisième tract que je vais imprimer pour vous en moins de deux mois. Avez-vous eu des ennuis avec les autres ?

— Pas jusqu'à présent.

— Mon ouvrier est exemplaire. Quant à moi..

Il leva les yeux au plafond et joignit ses doigts sous sa barbe.

Rébiatoff marchait de long en large dans la pièce. Ses galoches, qu'il n'avait pas pris la peine de retirer laissaient des traces humides sur le parquet poussiéreux. Subitement, il se planta devant Kisiakoff et demanda d'une voix brève :

— Où avez-vous trouvé l'argent nécessaire pour acheter cette imprimerie ?

Kisiakoff fit retomber ses mains sur ses cuisses et avança la tête :

— Je vous ai déjà dit que j'avais des économies, mon pigeon.

— Vérification faite, vous ne possédiez pas la somme suffisante en banque.

— Parce que je garde mon argent par-devers moi. C'est plus sûr.

— Et cette affaire vous rapporte ?

— De quoi vivre, tout juste.

Les lèvres de Rébiatoff se tordirent comme des lanières.

— Nos camarades de Moscou ne vous aiment pas, dit-il.

— Ils vous ont transmis un rapport sur mon compte ?

— Oui.

— Dernièrement ?

— Avant-hier.

— Défavorable ?

— Plutôt.

— Que leur ai-je fait ?

— Ils ne formulent aucun grief particulier. C'est une simple opinion.

— Que vous partagez ?

— Pas encore.

— Qu'attendez-vous ?

— D'avoir des preuves.

— Et, dans l'expectative, vous travaillez tout de même avec moi ? dit Kisiakoff avec une moue d'émerveillement comique. C'est courageux. Mes compliments. Savez-vous que vous prenez des risques considérables ? Si j'étais un agent double, si je communiquais vos tracts aux gens de l'Okhrana, si je méditais votre perte... Méfiez-vous !

— Je me méfie, dit Rébiatoff en faisant craquer les articulations de ses doigts. Mais je suppose que vous tenez à votre peau. Or, vous n'ignorez pas le sort que nous réservons aux traîtres.

— Que cette conversation est donc désagréable ! gémit Kisiakoff ; et il se balança sur sa chaise. « Ne me menacez pas, cela m'humilie. On ne me tue pas aussi facilement qu'un… qu'un Raspoutine. »

Il plissa les yeux et s'écria soudain :

— Voulez-vous que je vous dise ce qui déroute vos amis de Moscou ? Ils ne peuvent pas me pardonner d'être un homme pratique et non un idéaliste. Ils aimeraient qu'à chaque réunion je prône les vertus de la révolution, que je cite Marx ou tout au moins Lénine, que je m'enflamme, que je pérore que j'explose… Je suis un homme calme…

— Vous n'approuvez pas nos idées ?

— Non.

— Cependant, vous travaillez avec nous. Pourquoi ?

— Par intérêt.

— Nous ne vous payons pas.

— Ce n'est pas de cet intérêt-là que je parle.

— Et de quel intérêt ?

— De l'intérêt qu'a tout individu à choisir le parti du vainqueur.

— Nous ne sommes pas vainqueurs.

— Vous le serez. Le régime s'écroulera. C'est sûr comme deux fois deux font quatre. Dans ces conditions, il vaut mieux être du côté des démolisseurs que du côté des démolis. J'ai horreur des ruines dont je ne suis pas responsable. Voyez combien je suis logique ! On ne doit pas se méfier d'un homme logique. Si j'étais un exalté, un sentimental, un penseur, vous pourriez redouter un revirement dans mon attitude. Mais avec un monsieur qui se moque de vos idées et n'agit que par intérêt, vous n'avez rien à craindre. Je m'étonne que vos amis de Moscou et vous-même, qui êtes intelligents, n'ayez pas encore compris quelle sécurité vous offrait mon manque total de conviction révolutionnaire.

Le visage de Rébiatoff se détendit dans un sourire méprisant.

— Quelle est donc votre théorie politique ? demanda-t-il. Vous n'êtes ni pour le tsar ni pour nous.

— Je suis pour moi, dit Kisiakoff en plaçant sa main ouverte sur sa poitrine.

Rébiatoff haussa les épaules :

— Après tout, dit-il, votre avis m'indiffère. L'essentiel est que vous accomplissiez ponctuellement le travail dont nous vous avons chargé.

— Voilà enfin une parole sensée ! s'exclama Kisiakoff.

— Mais je vous préviens : au moindre doute...

— Je sais, je sais... Six balles dans la peau..., la corde au cou... Ah ! que la jeunesse est donc soupçonneuse !... Je viens à eux, la tête nue, la poitrine offerte, et voilà. Ce n'est pas bien...

— Trêve de singeries, dit Rébiatoff.

— Mère céleste ! De nouveau, il use de paroles acerbes. Ne peut-on être révolutionnaire tout en restant poli ?

— Étant donné les services que peut nous rendre votre imprimerie, reprit Rébiatoff, les camarades estiment que vous devriez vous établir ici.

— Pour quoi faire ? Moscou n'est pas loin. J'arrive dès qu'on m'appelle. Cette fois-ci, même, je n'ai pas attendu votre convocation pour prendre le train. Je savais que vous auriez besoin de moi. D'ailleurs, en mon absence, vous pouvez toujours compter sur le correcteur. Il est mon homme de confiance. C'est lui qui fait marcher la maison, qui tient les comptes...

— Ce n'est pas suffisant. Qu'est-ce qui vous retient à Moscou ?

— La vie y est moins chère. Je loge chez un ami...

— Ce sont des questions secondaires.

— Pour vous, peut-être...

— Ne m'interrompez pas ! Après les fêtes, vous partirez pour Ekaterinodar, afin de rencontrer l'imprimeur Kreuz. Vous le connaissez ?

— J'en ai entendu parler.

— Vous mettrez donc au point avec lui un programme de publications clandestines pour le gouvernement du Kouban.

— Mais c'est une mission de confiance, mon cher ! dit Kisiakoff en levant les sourcils.

— Comme vous êtes originaire d'Ekaterinodar et que vous possédez une propriété aux environs de la ville, votre présence là-bas ne pourra pas éveiller de soupçons.

— Je l'espère.

— Dès que vous vous serez mis d'accord avec Kreuz sur l'impression des tracts, vous viendrez vous fixer ici. D'ailleurs, je vous donnerai des indications complémentaires avant votre départ. Pour ce qui est de la nouvelle proclamation sur Raspoutine, dans trois jours, un camion de la Croix-Rouge passera en prendre livraison. Vous délivrerez le paquet au chauffeur. Il collecte, soi-disant, des cadeaux de Noël pour les blessés.

— Charmant subterfuge, dit Kisiakoff. Est-ce tout ?

— Bien entendu, les formes seront détruites aussitôt après le tirage, ainsi que les épreuves.

— Bien entendu.

— Le papier vous sera remboursé, comme d'habitude. Je vous conseille de condamner la porte et d'éteindre les lumières inutiles dès le début du travail.

— Je n'y manquerai pas.

— Si nous continuons à être satisfaits de vous, nous oublierons que vous ne partagez pas nos idées.

— Sinon ?

— Allez chercher le correcteur. Je veux lui expliquer moi-même la mise en pages que je souhaite.

Kisiakoff se leva en poussant un soupir laborieux. La chaleur du poêle avait enflammé sa figure. Ses yeux étaient injectés de sang. Il grogna :

— Savez-vous qu'il m'est extrêmement pénible, sympathique monsieur Rébiatoff, de travailler dans ces conditions ? Votre défiance systématique me prive de tout courage. Quoi que je fasse, je me sens surveillé, jugé. A mon âge et dans ma situation, la chose est doublement incompréhensible. Je me demande parfois si nous ne ferions pas mieux de nous séparer.

— Ne l'espérez pas.

— Pourquoi ?

— Parce que cette séparation ne se produirait pas à votre avantage. Vous en savez trop long.

— Je ne sais rien, balbutia Kisiakoff ; et la chair de son visage se creusa de mille petites rides serviles. Rien. Presque rien.

— Trop cependant pour nous quitter.

— Ainsi, le seul fait que je vous aie offert mes services me lie à vous jusqu'à la mort ?

— En quelque sorte.

Kisiakoff se planta le petit doigt dans l'oreille et l'agita frénétiquement en faisant la grimace.

— Vous le regrettez ? demanda Rébiatoff.

— Oh ! non, dit Kisiakoff. Je ne regrette jamais rien. Tout ce que la vie me donne, je l'absorbe, je l'engouffre, le bon et le mauvais, pêle-mêle. Je suis un gros mangeur de sensations. Un goinfre. Un sale goinfre !

Il ricana, retira son doigt de l'oreille et fit sauter la croûte de cire jaune qui marquait son ongle. De lourdes larmes perlaient dans son œil droit.

Rébiatoff s'était approché des agendas déposés en piles dans un coin et regardait la jolie paysanne aux lèvres surmontées d'une moustache.

— C'est moi qui lui ai fait une moustache, en vous attendant, dit Kisiakoff. Voulez-vous une gomme pour l'effacer ?

Il était trois heures du matin lorsque Kisiakoff regagna sa chambre, à l'hôtel du Brésil. Par la porte de communication, demeurée entrouverte, il entendait la respiration de Volodia, qui dormait dans la pièce voisine. Craignant de le réveiller, il se déshabilla à tâtons, dans le noir, et se coucha sans se laver. Sa fatigue était extrême. Une odeur d'encre persistait dans ses narines. Il baissa les paupières, et, aussitôt, il lui sembla qu'un flot noir, chargé de glaçons, se refermait sur son corps. Il s'enfonçait de tout son poids dans un abîme d'eau clapotante. Des bulles sinistres, comme des yeux, montaient en se dandinant le long de ses hanches. Ficelé dans un tapis, il ne pouvait plus remuer les bras. Il suffoquait, la bouche pleine de feuilles mortes, d'écailles de poisson et d'ordures filandreuses. Dans ses oreilles, à travers les épaisseurs liquides, tintaient des rires argentins qui venaient de la berge :

« Un chien doit avoir une mort de chien... Ils ont bien choisi leur endroit... »

Violemment, Kisiakoff tenta d'appeler au secours, mais une matière fade repoussait sa langue contre son palais. Après des efforts affreux, une voix enfantine, chevrotante, s'échappa pourtant de ses lèvres :

« Secours... Secours..., frérots... »

Il s'éveilla, trempé de sueur, les mâchoires douloureuses, le ventre lourd. Assis sur son séant, dans l'ombre, il lui paraissait, maintenant, qu'un noyé était affalé dans le fauteuil, près de la fenêtre. Un noyé bouffi, barbu, dégoulinant d'eau, barbouillé de vase. Des ruisselets noirs coulaient hors de lui, sur la carpette. Quelques coquillages visqueux étaient pris dans ses moustaches. Sa panse rebondie tressaillait sous l'effet des déflagrations gazeuses. Une odeur de poisson et de chair putréfiée venait de ce coin. Kisiakoff se dressa, alluma la lampe. Le fauteuil était vide. Il se mit à rire silencieusement :

« Rien..., rien..., et moi je m'affole... »

Puis, il se signa, signa aussi son oreiller, sa couverture, éteignit la lumière et se rendormit aisément.

Le lendemain matin, à sept heures, il était debout et s'habillait en hâte. Volodia sommeillait encore lorsqu'il quitta la chambre sur la pointe des pieds. Dans la rue, l'air gris et glacé du petit jour acheva de le ragaillardir. Il marchait rapidement sur le trottoir tapissé de neige brune. Des files de ménagères, aux visages assoupis, consternés, emmitouflés de châles, s'allongeaient à la porte des magasins. Le pain, la viande, le sucre commençaient à manquer. Dépassant ces rangées de femmes piétinantes, Kisiakoff entendait le murmure monotone des protestations :

— Tout ça, c'est parce qu'on fait travailler des prisonniers autrichiens dans les mines de charbon. Vous pensez bien que ces gens-là n'ont pas intérêt à tirer du charbon pour nous. Et sans charbon, comment vivre ?

— Dites plutôt que c'est la faute des grèves ?

— Dans les restaurants chers, on a tout ce qu'on veut !

— Mais les grèves...

— C'est pas Raspoutine qu'on aurait dû tuer...

— Et qui donc, ma commère ?

Des colonnes grises de soldats débouchèrent d'une rue transversale. Un aspirant les commandait. Ils passèrent fortement, dans un bruit de bottes, d'étoffe et de fer. Lorsqu'ils eurent disparu, la chaussée fut morne et sans voix. Kisiakoff se dirigea vers une petite église écrasée de neige. A l'entrée, dans le rougeoiement d'une lampe à carreaux de couleur, se tenait le vendeur de cierges et d'hosties. Son comptoir de bois poli était encombré de soucoupes pour les oboles. L'homme avait un facies de chèvre, à la barbiche grisâtre, aux yeux saillants. Il serra la main de Kisiakoff, jeta un regard circulaire et demanda :

— Alors ?

— Voici le tract que j'ai imprimé hier soir, dit Kisiakoff à mi-voix. Il sera livré après-demain.

— Combien d'exemplaires ?

— Vingt mille pour commencer.

— Et le tract précédent ?

— Annulé. Il ne partira pas. Je peux toujours compter sur votre discrétion ? Si vous faisiez arrêter qui que ce soit du groupe...

— Nous n'avons aucun intérêt à les arrêter, dit l'homme, sèchement. Il est beaucoup plus important pour nous de savoir avant même la distribution des tracts, quel est leur contenu, sur quels thèmes généraux se fonde la propagande, et comment on peut neutraliser l'effet de ce poison dans l'esprit de la population et de l'armée.

— Parfait, parfait. Je voulais vous signaler également que je partirai dans quelques jours pour rencontrer l'imprimeur Kreuz, d'Ekaterinodar.

— Je vous indiquerai donc le nom de la personne à renseigner sur place. Est-ce tout ?

— Oui.

— Voici.

L'homme à la barbiche de chèvre tira une enveloppe jaune de sa poche, et Kisiakoff la prit en murmurant :

— Je ne vérifie pas. Donnez-moi un cierge.

Puis, il s'avança vers un icône de la Sainte Vierge, planta son cierge parmi d'autres, sur un large plateau de cuivre, hérissé de bobèches, s'agenouilla, se signa et se mit à prier.

VII

Ayant été affecté, avec le grade d'aspirant, à l'école d'officiers mitrailleurs d'Oranienbaum, près de Pétrograd, Nicolas s'habituait mal à n'être plus un simple soldat. Il logeait chez l'habitant, était servi par une ordonnance et prenait ses repas au mess. Ses camarades d'étude étaient des lieutenants, des capitaines venus de toutes les régions de la Russie. Leur instruction était hâtivement poussée, car il s'agissait de former, en quatre semaines, des chefs spécialistes capables de tenir en main une section de mitrailleurs inexpérimentés. Après les examens, chaque gradé devait recevoir sa feuille de route et partir pour une destination inconnue. La pensée de la feuille de route obsédait tout le monde, à Oranienbaum. La plupart des officiers souhaitaient être dirigés sur le front du Caucase, où l'activité était moindre qu'ailleurs. Durant les cours pratiques, même, des discussions s'engageaient sur les avantages respectifs de tel ou tel secteur.

Assis sur le parquet ciré, dans la grande salle de classe surchauffée, Nicolas démontait méthodiquement, pour la troisième fois, une mitrailleuse Maxim, courte sur pattes. A ses côtés, un lieutenant de la division sauvage examinait la spirale d'acier d'une Schwarzlozé, toute barbouillée de graisse noire, dont le percuteur se balançait au bout de la tige, comme une tête de serpent. Plus loin, deux hommes, accroupis, devant une Hotchkiss, s'essuyaient les doigts sur la boîte du talon arrière et bavardaient entre eux à voix basse :

— Ce qu'il te faudrait, c'est être nommé à Pétrograd, dans un régiment de la garde.

— Ton oncle Kaïdanoff est bien placé.

— Nous sommes en froid avec lui. Mais si je demandais à ma mère...

— Les canailles ! murmura le lieutenant de la division sauvage. J'ai l'impression que la plupart de ces messieurs n'apprennent le maniement de la mitrailleuse que pour avoir une excuse de ne pas s'en servir.

— Il en est toujours ainsi lorsqu'une guerre se prolonge, dit Nicolas. Les meilleurs sont tués. Ceux qui restent n'aspirent qu'à sauver leur peau.

— Comment peut-on penser à sa peau lorsque la patrie est en danger ? Moi, il me semble que je n'ai pas de peau, que je ne suis plus qu'une patrie des pieds à la tête. C'est tellement plus simple !

Nicolas sourit imperceptiblement :

— Puis-je vous demander votre nom ?

— Artzéboucheff.

— Arapoff.

Le lieutenant instructeur se rapprocha. C'était un mince jeune homme, aux cils très longs, aux lèvres duvetées.

— Vous n'avez plus que dix minutes pour remonter vos mitrailleuses, messieurs. Cet après-midi, quartier libre.

Puis il se pencha sur Nicolas :

— Demain, je vous interrogerai sur les neuf premiers cas d'enrayement des Maxim, avec croquis explicatifs et moyens de dépannage. Vous êtes prévenu.

Il cligna de l'œil et s'éloigna en sifflotant. Une courroie, garnie de cartouches en bois de couleur violette, était posée en travers de son épaule. Ses culottes de cheval *galliffet* avaient l'air d'être découpées dans du carton.

Nicolas, ayant achevé de remonter sa mitrailleuse, engagea la bande et pressa la détente. La manivelle claquait, les cartouches factices tombaient à gauche, régulièrement. Ce jeu inoffensif l'amusa quelques secondes. Ensuite, il ramassa un petit bouquin plat à reliure de toile noire, ouvert à ses côtés, et relut rapidement les dix-neuf cas d'enrayement de la Maxim. « Le neuvième cas d'enrayement consiste en une déviation de la cartouche... C'est enfantin... Il suffit de soulever un peu la bande... »

Derrière les vitres givrées de la salle, un ouragan de neige rasait les rivages du golfe de Finlande. Les bouleaux du parc tordaient leurs branches dans le tourbillon. Ce soir, Nicolas avait rendez-vous avec Zagouliaïeff, à Pétrograd. Il n'aurait su dire pourquoi cette rencontre l'inquiétait. Écoutant la plainte du vent, regardant ces visages studieux, penchés sur des machines meurtrières, il sentait naître en lui une appréhension symbolique. Au front, tout était facile. On se battait sans réfléchir, on obéissait aux ordres, on essayait de survivre et de vaincre. Mais, ici, la pensée reprenait ses droits. Plus que jamais, Nicolas se méfiait de la pensée. Il aurait souhaité que personne, autour de lui, ne pensât. Comme les mitrailleuses étaient simples ! Dix-neuf cas d'enrayement. Combien y avait-il de cas d'enrayement pour l'esprit ? Son esprit, à lui, était enrayé, sans conteste, et il eût été incapable de préciser les raisons et la date de l'accident. Peut-être fallait-il en chercher l'origine dans cette nuit de décembre où il avait vu deux soldats russes et deux soldats allemands fumant des cigarettes sur une plage blanche ?

La sonnerie de la cloche coupa net ses méditations, et il se hâta vers la sortie, avec ses camarades qui parlaient fort et faisaient sonner leurs éperons.

Dans le mess aux murs nus et ruisselants de buée, des ampoules électriques versaient une lueur malade sur un prodigieux assortiment de figures et d'uniformes. Il y avait là des officiers aux bourgerons framboise, des Caucasiens glabres, chamarrés d'argent, des lieutenants de la garde, des cornettes roses et blonds, assis coude à coude devant les longues tables aux nappes tachées de sauce rousse. Une fumée épaisse, qui sentait la carotte et l'oignon, planait au-dessus des convives. Le tintement des fourchettes et des assiettes se mêlait au bruit continu des conversations. Nicolas et Artzéboucheff s'installèrent sur deux chaises, côte à côte, et jetèrent le prix du dîner au soldat de service, qui s'affairait autour d'eux avec des courbettes. En face, un gros capitaine, mal rasé, vêtu d'une veste de treillis maculée de goudron, clamait, en tapant du poing sur sa cuisse :

— Et moi, je vous dis qu'ils ont eu raison d'exécuter Raspoutine ! Les révolutionnaires tablaient sur Raspoutine comme sur un motif permanent de scandale pour la famille impériale. Le motif a disparu...

— Mais le scandale demeure, répliqua son voisin, petit, portant monocle et moustache de soie blonde. Protopopoff est plus fort que jamais. Il paraît qu'il a des visions mystiques et qu'il explique à la tsarine que le saint homme parle par sa bouche...

— Je ne permettrai pas, hurla le capitaine, de laisser raconter de pareilles ignominies !

— C'est la vérité !

— La vérité, c'est que les monarchistes eux-mêmes s'ingénient à salir l'empereur. Dans l'intérêt de la monarchie, bien entendu. Mais vous ne comprenez donc pas, bougres d'idiots, qu'une révolution de palais est toujours le prélude d'une révolution populaire ? Vous ne comprenez pas qu'en sapant le prestige du tsar, c'est votre propre prestige que vous compromettez ? Vous ne comprenez pas que vous faites le jeu de l'Allemagne en colportant des propos de cet ordre ?

— Je comprends, cher monsieur, que vous êtes un esprit arrêté...

— J'ai été blessé, moi ! glapit le capitaine.

Et il dégrafa son bourgeron, montra une cicatrice sur sa poitrine velue.

— Reboutonnez-vous, vous êtes ridicule, dit le lieutenant à monocle.

— Ah ! je suis ridicule ? Mufle ! Vermine ! Pourriture libérale !

De tous côtés, des officiers accouraient vers lui :

— Messieurs ?... Que faites-vous ?... Un peu de tenue !... Au mess des officiers !... L'honneur de l'uniforme !...

Le capitaine se leva et quitta la salle en bougonnant. D'une main tremblante, le lieutenant glissa une cigarette dans sa bouche.

— On se demande si nous vivons encore dans un pays

civilisé, murmura-t-il. Je suis sûr qu'en France ou en Angleterre une pareille discussion serait impossible. Artzéboucheff tortillait sa longue moustache noire. Il finit par dire :

— Vous plairait-il de vous en aller, monsieur le lieutenant ? Votre vue me coupe l'appétit.

Le lieutenant brisa sa cigarette en deux, la jeta et tourna le dos à la table.

— Mangeons en paix, dit Artzéboucheff à Nicolas. Je ne vous demanderai pas ce que vous pensez de Raspoutine.

— Ni moi ce que vous pensez de la mitrailleuse Hotchkiss, dit Nicolas.

Ils rirent tous deux, faiblement, par politesse. Mais l'un et l'autre se méfiaient. Jusqu'à la fin du repas, ils n'échangèrent pas une parole.

Ayant bu un verre de thé brûlant en guise de dessert, Nicolas se leva et se dirigea vers la porte. Artzéboucheff le rattrapa, comme il était sur le point de sortir.

— Vous allez à Pétrograd ? demanda-t-il.

— Oui.

— Rapportez-moi donc une bonne carte du front. On n'en trouve pas ici.

— Volontiers, dit Nicolas.

Puis, il passa chez lui pour changer de tenue avant de prendre le train.

Il fallait un peu moins d'une heure pour se rendre d'Oranienbaum à Pétrograd. Lorsque Nicolas descendit de son wagon, gare de la Baltique, il fut surpris de voir qu'une neige scintillante recouvrait les longs quais de bois. La bourrasque avait soufflé tout le matin, poussant sa poudre givrée jusque sous les auvents. Les voyageurs, harcelés par la brise aigre et blanche, se hâtaient clopin-clopant, bousculant les porteurs et cognant leurs valises contre les piliers. A la sortie, près des hangars de pierre jaunâtre qui bordaient le canal Obvodny, des files de traîneaux attendaient, et les cochers, cramoisis, poudrés à frimas, hurlaient à qui mieux mieux :

— Par ici, par ici, barine !... Je vous charge, vous et les

bagages, pour n'importe où... et pas cher... Où irez-vous à pied par ce temps de païen ?...

Dédaignant l'appel des cochers, Nicolas se dirigea vers la station du tramway. La neige avait fondu en boue chocolat autour des rails luisants. A l'intérieur du wagon, régnait une atmosphère tiède, puissante, animale. Hommes et femmes, serrés en bloc, avaient sur leur visage la même expression de fatigue et d'acceptation. Un petit vieux, à la face grêlée, coiffé d'une casquette de cuir, mordait dans son quignon de pain et mâchait chaque bouchée, en roulant des yeux craintifs. Sa voisine, une toute jeune fille, enroulée dans un châle aubergine, lisait un livre. Un énorme ouvrier rubicond, bedonnant, vêtu d'une veste fourrée, parlait à l'oreille d'un lycéen boutonneux. Bientôt, le wagon se mit en marche, sonnant et vacillant, dans un vague éclairage polaire. Avec la pointe de l'ongle, Nicolas gratta le givre de la vitre et colla son œil à ce hublot transparent. Derrière la fenêtre, défilait le Pétrograd de la guerre, avec ses hautes maisons sales qui fumaient, ses agents de police en capote noire, ses théories de femmes bossues, indigentes, grelottantes, devant les boulangeries et les boucheries. Au-dessus de ces files de dos misérables, éclataient des enseignes aux couleurs vives, représentant des pains dorés, des montagnes de sucre, des bœufs gras et roses, au regard fraternel. Dans le tramway, les conversations allaient bon train, ponctuées par le tintement de la clochette.

— Eh ! oui, commère, disait une petite vieille aux dents rares et au profil de rongeur, le sucre a beau avoir augmenté de quatre kopecks, vous n'en trouverez pas, à moins de faire la queue. Par un temps pareil, il vaut presque mieux aller boire son thé dans la tombe !

— C'est comme le beurre, dit la jeune fille en refermant son livre. Le médecin m'a prescrit du beurre...

— A l'heure qu'il est, il faut prendre un épicier comme médecin, si on ne veut pas mourir d'inanition, grogna le lycéen.

— Tout ça à cause de cette sacrée neige qui bloque les transports ! s'écria le petit vieux à casquette de cuir. Quand la clémence du Seigneur nous sera-t-elle rendue ?

L'ouvrier à la veste fourrée éclata de rire et se claqua les cuisses des deux mains :

— La neige ! La neige ! Elle a bon dos, la neige ! Dites plutôt qu'on est gouverné par des buveurs de sang qui s'en mettent jusque-là. Ça les amuse de voir que le peuple souffre. Dans les restaurants, on mange de tout, du pain blanc, de la viande, des friandises, des fruits gros comme ça ! Les hauts fonctionnaires sont dodus comme des rats d'égout. Et le prolétaire est maigre comme une épingle.

— Tu n'as pas l'air d'une épingle, compère, dit la vieille édentée, en ricanant. Sûrement tu es un haut fonctionnaire !

— Je suis ouvrier chez Poutiloff, sale souris, répondit l'homme. Et je ne me laisserai pas insulter par une infâme réactionnaire. Nous autres...

— Ce sont vos grèves qui sont cause de tout ! dit le vieillard. Qui ne travaille pas ne mange guère.

— Nos grèves, s'écria l'ouvrier, sont les manifestations conscientes d'un juste mécontentement !

Il regarda l'uniforme de Nicolas et se tut.

— Oh ! de toute façon il est temps que ça change, soupira la jeune fille en rouvrant son livre.

Nicolas écoutait ces propos avec une attention douloureuse. Longtemps privé de tout contact avec la population civile, il lui semblait que chaque parole prononcée dans le tramway était riche de conséquences. Mieux que les journaux, ces voyageurs épuisés, divisés, le renseignaient sur le mécontentement de l'arrière. Il eût souhaité gagner leur entière sympathie, mais sa tenue d'aspirant créait une gêne dans l'assistance. On se méfiait de lui. Parce qu'il faisait partie des cadres de l'armée. Aux yeux de ces braves gens, il représentait l'ordre impérial, la force aveugle. Il était difficile de leur expliquer à quel point ils se trompaient sur son compte.

Le tramway s'arrêta, place Znamenskaïa, et Nicolas quitta à regret le wagon bourré de douce chaleur humaine. Devant lui, après ce petit peuple perclus, se dressait, comme une réponse d'airain, la statue monumentale d'Alexandre III, écrasant de son poids un cheval à la croupe large et aux naseaux cerclés de givre. La perspective Nevsky prolongeait jusqu'à l'horizon un couloir de brume bleuâtre où dansaient des flocons de neige. Nicolas regarda sa montre. Comme il était en avance, il résolut de marcher à pied jusqu'à la place du Palais, où Zagouliaïeff lui avait fixé rendez-vous pour quatre heures.

Bien qu'il fît jour encore, les vitrines des magasins, sur la perspective Nevsky, étaient éclairées à l'électricité. Après le pont Anitchkoff, des devantures de jouets, de fleurs, de fourrures, de gâteaux, de bijoux, canalisaient le mouvement d'une foule élégante. Succédant aux châles pisseux et aux vestes loqueteuses du tramway, des cols de vison, des manteaux de chinchilla, des voilettes à grains de beauté, des chapeaux melons, des gants beurre frais, des toques emplumées, accompagnaient Nicolas dans sa promenade. A plusieurs reprises, il dut s'arrêter au garde-à-vous pour saluer le passage de quelque général gaîné d'étoffe gris poivre, avec des galons rouges et des joues de coton. Çà et là, au coin des rues transversales, était placardé l'ordre d'appel sous les drapeaux de la classe 1918. A côté, d'autres affiches annonçaient la seconde émission de l'emprunt de guerre 1916. Des gamins frileux vendaient le *Courrier de la Bourse* et criaient les titres : « L'Amérique à la veille d'entrer en guerre !... L'ambassadeur d'Amérique à Berlin est rappelé !... Communiqué officiel sur l'arrestation de onze ouvriers du Comité central d'industrie militaire !... »

Nul ne leur prêtait attention. Les automobiles et les traîneaux particuliers, attelés de trotteurs, glissaient sur la chaussée noirâtre. Les dames se hâtaient à petits pas, la taille cambrée, le profil tendu. Les messieurs songeaient aux cours de la Bourse. Dans les maisons de thé, les cuillères d'argent tournaient dans les tasses de porcelaine et le chocolat brûlant ruisselait aux flancs des gâteaux. Et, aux croisements des rues, des agents de police, gonflés de zèle, arrosés de médailles, la nuque épaisse, l'œil en bille, levaient une main gantée de cuir crème, symbole de leur toute-puissance.

Tout au bout de la perspective, derrière les branchages givrés du square, le bâtiment de l'Amirauté, à la façade jaune clair, barrée de piliers blancs, haussait vers le ciel sa flèche d'or pointue que terminait une girouette en forme de navire. A droite, sur la place du Palais, le Palais d'Hiver, brun, renfrogné, surchargé d'ornements baroques et de statues, faisait face à la colonne d'Alexandre, en granit rose, constellée de neige et sommée d'un ange en bronze qui tenait une croix à la main. Et tout cela, colonne de granit, effigies d'airain, grilles de fer forgé, marches de marbre, flèches dorées, affirmait d'une manière péremptoire la suprématie de l'ordre et de la tradition sur les autres tendances humaines. Officiel, orgueilleux et glacé, le Pétrograd impérial dominait l'aspirant Arapoff de sa masse de pierre. La permanence, l'injustice de cette architecture étaient directement perceptibles à Nicolas. Il devinait, derrière ce décor autoritaire, une nuée de fonctionnaires abrutis de respect. Il entendait tourner les vieux rouages, grincer les plumes sur le papier, claquer les talons, craquer les échines. Il respirait l'odeur de pommade et d'encre sèche qui se dégageait des bureaux. La Russie entière, malheureuse, admirable, avec ses millions d'habitants illettrés, ses champs, ses rivières, ses troupeaux, ses légendes, était soumise, corps et âme, aux directives de quelques automates. Cependant, il semblait à Nicolas que, jour après jour, un fossé tragique se creusait entre le peuple vivant et les constructions hautaines. Peuple et constructions n'étaient plus du même pays, du même temps. Après avoir si longtemps existé bord à bord, ils se séparaient, refusaient de se reconnaître. La Russie était coupée en deux. D'un côté, le granit, la fonte, les parquets cirés, les uniformes, le protocole et l'histoire des ancêtres. De l'autre, toute la nation.

La neige se remit à tomber, indifférente, conciliante, sur les chapeaux des passants, sur le front des statues, sur les toits des palais. Il fallait que la révolution fût comme cette neige légère, qu'elle humiliât les tours, nivelât les escaliers, unifiât les visages, recouvrît hommes et choses d'une égale bénédiction. Mais n'était-ce pas trop exiger d'elle ?

De nouveau, Nicolas regarda sa montre. Comme il relevait la tête, il vit Zagouliaïeff, debout devant lui, les mains dans les poches, la figure pincée de froid. C'était leur première rencontre depuis l'arrivée de Nicolas à Pétrograd. Ils s'examinèrent longtemps en silence.

— Tu n'as pas trop changé, dit Zagouliaïeff.

— Pourquoi aurais-je changé ?

— On dit que vous ne mangez pas à votre faim dans les tranchées.

— On s'arrange toujours.

— Es-tu content d'être ici ?

— Je me le demande encore.

— Pourquoi ?

— Allons ailleurs, dit Nicolas. Ce n'est pas un lieu pour parler.

— Je connais un *traktir,* à dix minutes d'ici. Viens. Nous serons tranquilles.

Lorsqu'ils se furent attablés dans un cabaret de cochers, aux voûtes basses, aux murs ornés de plats pyrogravés, Zagouliaïeff posa sa main sur le poignet de Nicolas et demanda soudainement :

— As-tu compris, enfin ?

— Quoi ?

— Que la révolution est pour demain.

— On le dit depuis si longtemps...

— Je croyais que ton retour à l'arrière t'aurait ouvert les yeux. Le peuple est à bout. Les aristocrates sont à bout. Les députés sont à bout. Le tsar est à bout. Ils ne peuvent plus se supporter les uns les autres. Depuis le meurtre de Raspoutine, l'empereur et l'impératrice, raidis dans la méfiance, vivent isolés au centre du pays. Ils décèlent des ennemis partout. Ils ne voient plus de salut que dans ce Protopopoff, qui évoque l'esprit de Raspoutine devant les tables tournantes et préconise une politique de réaction à outrance. Ils songent à faire canoniser leur Grichka martyr. Devant cette toquée de grand style et ce potentat déficient, les monarchistes alarmés songent à demander l'abdication de Nicolas II et à le remplacer par le tsarevitch Alexis, avec le grand-duc Michel comme régent.

— Pour l'instant, dit Nicolas, il ne s'agirait donc que d'un conflit entre l'empereur et les défenseurs naturels, attitrés, de l'autocratie.

— Mon cher, dit Zagouliaïeff, en faisant glisser sa cigarette d'un coup de langue vers la commissure de ses lèvres, dans un pays prospère, sain, paisible, les complots de palais peuvent se limiter aux murs du palais. Ni vus ni connus, quelques messieurs très honorables assassinent, ou emprisonnent, ou exilent le monarque en exercice. Et, le lendemain, le bon peuple se réveille avec un autre nom à bénir et une autre effigie à coller à la droite de l'icône familiale. C'est ainsi que le parti des grands-ducs envisage les événements. Nos libéraux bourgeois, nos mencheviks, eux, espèrent, à la faveur de ce bouleversement, instituer un régime parlementaire qui mènera la Russie à la victoire, aux côtés des Alliés. Mais ce sont là, de part et d'autre, des vues utopiques, romanesques, qui ne tiennent pas compte de l'épuisement des masses et de leur hâte d'en finir. Dès que l'édifice impérial recevra son premier coup, que ce soit d'en haut ou d'en bas, de droite ou de gauche, ce sera la ruée : nous n'en laisserons rien.

— Mais la guerre ?...

— Nous nous moquons de la guerre. Elle se terminera en queue de poisson. On signera une paix quelconque. Toi qui reviens du front, toi qui te trouves maintenant dans une école militaire, as-tu l'impression que les hommes soient prêts à combattre jusqu'au dernier pour le tsar ?

Nicolas songea, une fois de plus, à ses deux compagnons qui fumaient des cigarettes avec les soldats allemands, à l'algarade entre les officiers dans la salle du mess, à d'autres incidents du même ordre, et il murmura tristement :

— Non... Je crois que ce n'est plus la même chose... L'état d'esprit a changé... Les hommes ont changé...

— Écoute-moi bien, dit Zagouliaïeff. Même si nous voulions, aujourd'hui, nous opposer à la révolution, il serait trop tard. La machine est en marche. Rien ne l'arrêtera plus. Pour toi, il n'y a que deux partis possibles. Ou être avec ceux qui fraternisent à l'avant et préparent l'émeute à l'arrière. Ou être avec ceux qui se dévouent totalement à l'empereur et sont décidés à exterminer le peuple au moindre signe de rébellion. Il arrive un moment dans l'Histoire où les nuances de sentiments deviennent inadmissibles. Les positions intermédiaires, les réserves, les mélanges de couleur, les « oui, mais », les « à condition que », les « si, toutefois », n'ont plus cours aux époques violentes. On travaille grossièrement, à grands coups de hache. On ne s'embarrasse plus de détails. On fait voler les copeaux. Deux blocs. Pour. Contre. Blanc. Rouge. Choisis.

— Ce n'est pas si facile, dit Nicolas.

— Si on t'obligeait demain, en tant que soldat, à tirer sur la foule en révolte, contre qui tournerais-tu ton arme ? Contre les émeutiers ou contre tes chefs ?

Nicolas ne répondit pas et baissa la tête.

— Ah ! ce ne sera pas très beau, reprit Zagouliaïeff. On se salira les mains. On pataugera dans le sang et la cervelle. On tuera dix innocents pour un coupable. Mais après...

— Après ?

— Après, il n'y aura plus de riches ni de pauvres, d'esclaves ni de maîtres, d'imbéciles ni de génies. Tout sera ramené au même dénominateur. Nous organiserons un bonheur officiel, populaire, permanent...

Il se mit à rire.

— Voici que je rêve, dit-il, moi aussi. Occupons-nous, d'abord, de démolir. On songera plus tard à la reconstruction.

Il porta un verre de kwass à ses lèvres et le but à longs traits, les yeux clos. Nicolas le considérait avec une sympathie nouvelle. Zagouliaïeff avait très bien délimité le problème. La poussée des événements était telle, que toute tentative de diversion se révélait illusoire. On ne pouvait plus avancer contre ce courant formidable de chairs et d'âmes. On devait le suivre et en prévenir, çà et là, les débordements. Ce n'était pas sans regret que Nicolas acceptait de se laisser convaincre. Il souffrait d'abandonner son projet d'une révolution pacifique, dans une Russie débarrassée de l'ennemi allemand. Il croyait encore que, sur le plan de la dialectique pure, c'était lui qui avait raison. Mais la vie se moquait de la dialectique. Et il fallait être avec la vie, avec les jours qui passent, gris et froids, les gens qui grelottent dans les queues, les soldats qui lèvent la crosse et les officiers qui refusent de partir pour le front. Le plus grand nombre avait toujours gain de cause. Se détacher du plus grand nombre, c'était sortir de la communauté humaine, se dissocier du pays, s'exclure de la réalité au profit d'un idéal stérile. Deux cochers buvaient de la vodka à une table, près de la porte. Sûrement, ils se plaignaient de leur sort, espéraient, eux aussi, la fin de la guerre et de la disette.

— Arrange-toi pour n'être pas renvoyé au front, après ton examen, dit Zagouliaïeff.

— Pourquoi ?

— Parce que nous aurons besoin d'officiers mitrailleurs à Pétrograd, avant peu.

Comme la guerre paraissait lointaine et insigne soudain ! Le vrai péril n'était plus à l'avant, mais à l'arrière.

— Bientôt, on pourra devenir un héros à Pétrograd aussi bien que sur la Duna, dit encore Zagouliaïeff. Et il vaut mieux être un héros du peuple qu'un héros du tsar.

Les deux cochers se levèrent et se dirigèrent vers la porte, en se tenant par le bras.

— Je t'admire, dit Nicolas. Tu ne dévies pas d'une ligne. Tu ne te poses pas de questions. Tu répugnes aux subtilités intellectuelles. Au fond, tu es un despote.

— Bien sûr, dit Zagouliaïeff.

Son visage, dans la chaleur du cabaret, se marbrait de taches rouges. Ses yeux luisaient de malice. Le kwass mouillait ses longues lèvres pendantes. Nicolas réfléchit qu'ayant érigé en dogme la toute-puissance de l'idée révolutionnaire maximaliste, Zagouliaïeff en était venu à un rétrécissement psychologique tel, que rien d'autre ne comptait pour lui. Dévoué absolument à la réalisation d'un programme, il avait perdu, très certainement, le sens du bien et du mal, et le contact direct avec ses semblables. Il ne voyait plus que par genres, par quantités, par dates, d'une façon historique et froide. Il admettait la fraude, le mensonge, la cruauté, comme des moyens normaux pour la prise du pouvoir. Il était un de ces monstres nécessaires, sans qui les pensées les plus généreuses ne peuvent recevoir leur consécration dans l'immédiat.

— A quoi songes-tu ? demanda Zagouliaïeff.

— A toi, dit Nicolas. Tu es un homme fatal. Une idée-force. Tu me fais peur.

— Parce que je m'obstine, dit Zagouliaïeff en écrasant sa cigarette dans son verre vide.

— Est-ce pour la rentrée de la Douma, le 14 février, que tu prévois un soulèvement ?

— Je n'en sais rien, dit Zagouliaïeff. Il faut un bon prétexte. J'espère beaucoup que le tsar nous aidera.

Lorsqu'ils sortirent du cabaret, la nuit était tombée. La lueur des becs de gaz palpitait derrière un brouillard lilas sombre. Ils grimpèrent dans un tramway bondé de monde. Le courant électrique s'arrêtait par saccades, à l'intérieur des wagons. Les voitures étaient sales, usées. Devant la gare de la Baltique, des mendiants interpellaient les passants furtifs. Le train que devait prendre Nicolas était déjà loin. Le suivant ne partait que dans une demi-heure. Nicolas et Zagouliaïeff marchaient de long en large sur le quai obscur. Parfois, le sifflement d'une locomotive déchirait l'air, comme une plainte humaine. Une angoisse mortelle étreignait le cœur de Nicolas. Il regardait les voyageurs qui attendaient par petits groupes, transis, somnolents, au bord des rails, les lampes faibles, le ciel opaque. Une impression de pauvreté et de tristesse ineffables se dégageait du monde.

— Quel pays sans espoir ! dit Nicolas.

Un soldat qui passait le salua d'un geste automatique. Nicolas oublia de répondre militairement, sourit, se troubla, murmura :

— Bonjour, camarade.

VIII

La lampe à pétrole fumait. Quelques miettes de pain noir ponctuaient la nappe. La sauce de l'ananas se figeait dans les assiettes ébréchées. Et, dans les verres à grosses côtes, brillait encore un reste de vodka. Au-delà du rond lumineux commençait une région obscure, encombrée de meubles en tapisserie, de coussins anémiques, de chaises bancales et de tapis roulés. Un poêle de faïence blanche ronflait, à petit bruit, au fond de la pièce. Comme la maison n'avait pas été chauffée depuis longtemps, l'humidité ruisselait sur les murs, dont le papier saumon se décollait par endroits. Des toiles d'araignée, vastes et souples comme des filets de pêche, pendaient au plafond. On entendait gémir la toiture, sous le poids de la neige qui fondait. Parfois, aussi, c'étaient les gouttières gelées dont les articulations craquaient subitement. Derrière les vitres noires, le vent ululait avec des modulations d'animal blessé. Un volet claqua, puis revint en grinçant à sa position primitive.

— Je ne comprends toujours pas pourquoi tu as voulu te réfugier dans ce trou, dit Volodia en se tamponnant les lèvres avec une serviette mince qui sentait le moisi.

Congestionné par un repas abondant, Kisiakoff avait déboutonné le haut de son pantalon, et digérait, le ventre à l'aise, les jambes écartées, le dos appuyé aux capitons d'un fauteuil en velours vert galeux.

— Quand tu auras mon âge, dit-il d'une voix empâtée, tu sauras que tout homme possède un port d'attache, auquel il retourne avec délices, dès que ses travaux le permettent. J'ai vécu à Mikhaïlo les plus belles années de ma vie. Chacun des objets qui t'entourent, et que tu juges sales et laids, représente pour moi un souvenir, une relique. Ce fauteuil...

Il remua son derrière sur le coussin du siège, pour mieux attirer l'attention de Volodia.

— Ce fauteuil où se prélasse présentement mon gros cul, ta sainte mère l'occupait pendant nos affectueuses veillées, en tête à tête. A cette table où nous avons mangé, j'ai, chaque jour, chrétiennement mangé avec elle. C'étaient ses mains, dignes d'un meilleur emploi, qui arrangeaient la mèche de cette lampe. Et, lorsque les volets claquaient, c'était elle qui sursautait comme tu viens de le faire.

Volodia tenta d'imaginer sa mère, maigre, faible, nerveuse, trottant à pas menus dans la grande maison. Rétrospectivement, il la devinait terrifiée et subjuguée à la fois par cet homme grossier aux rires éclatants, par la galopade des rats le long des couloirs, par les portes qui s'ouvraient en geignant sur de vastes chambres désertes, par la chanson du vent, par la plainte de la pluie, par toutes les rumeurs, par toutes les senteurs de cette bâtisse délabrée, où glissaient des domestiques suspects. Il la plaignait. Il se reprochait de l'avoir méconnue. Maintenant, il lui semblait qu'il aurait su la comprendre et la consoler. Mais il était trop tard. Tout ce qu'il pouvait faire était de s'attendrir un peu à l'évocation de cette existence monotone.

— Tout à l'heure, dit Kisiakoff, je te montrerai notre chambre nuptiale. Je coucherai seul, cette nuit, dans le lit où je couchais avec elle, et où elle est morte. Je m'étendrai de tout mon poids sur son souvenir. Et elle m'en saura gré.

Il pressa la racine de son nez entre le pouce et l'index, comme pour refouler un afflux de larmes, renifla copieusement et dit encore :

— Son âme n'a pas laissé les lieux de notre amour.

Irrité par cet excès de lyrisme, Volodia grommela entre ses dents :

— Tu oublies que Lioubov a vécu ici avant ma mère, et en qualité de femme légitime !

— Que je perde ma croix de baptême si je pense encore à cette charmante putain ! s'écria Kisiakoff. Lioubov a traversé cette maison comme un papillon, ta mère y a pris racine comme une fleur. Le papillon s'envole. Mais la fleur...

Il dressa son pouce verticalement, tel un bâtonnet, et acheva d'une voix triomphale :

— La fleur reste...

— Pourquoi Lioubov t'a-t-elle quitté ? demanda Volodia.

— Sait-on pourquoi une femme quitte un homme ? dit Kisiakoff. Elles ont une cervelle grosse comme un clou de girofle. Elles ne réfléchissent pas. Le premier pantalon qui passe, hop ! les voilà qui font des rêves : « Et pourquoi suis-je avec celui-ci et pas avec celui-là ? Et est-ce que celui-là n'a pas un menton plus séduisant que celui-ci ? » Voilà toute l'histoire. Remarque bien qu'elle a eu raison de partir. Elle est heureuse avec Prychkine. Ils se disputent comme des chiffonniers. Ils se battent. Ils s'adorent. Que souhaiter de plus ? Mais notre chère Olga Lvovna — que le royaume des cieux lui soit acquis — était d'une tout autre étoffe. Nulle ne la remplacera. Serviable, grave, sévère, jalouse et avare ! Hi ! hi ! Oh ! si avare !

Une goutte limpide lui pendait au nez, qu'il essuya rapidement avec sa serviette.

— Sans doute me juges-tu sentimental, romantique ? reprit-il. Que veux-tu ? je suis ainsi. La vieille école. On ne devrait jamais déplorer la mort d'un être cher. Que ce soit en paradis ou en enfer, les âmes sont mieux que sur la terre. Surtout à notre époque. Imagines-tu ta mère dans cette période de grèves, de guerre, d'insécurité sociale ? Moi pas. Elle en aurait fait une maladie !

Il se leva et alla s'appuyer contre le poêle de faïence, les mains sur les fesses, les épaules rondes. Comme il était sorti du cercle lumineux de la lampe, on distinguait mal l'expression de son visage.

— Ne penses-tu pas, dit Volodia, que tu exagères un peu l'importance des troubles qui se préparent ? Tu finiras par me faire croire que nous sommes à la veille d'un cataclysme.

— Mais nous sommes à la veille d'un cataclysme, répliqua Kisiakoff. Et nul ne l'ignore, sauf toi. C'est d'ailleurs passionnant les cataclysmes. Sais-tu ce que m'a dit mon vieux filou d'intendant, ce matin, après m'avoir présenté les comptes ? « L'assassinat de Raspoutine est un mauvais présage. Il a annoncé que, s'il mourait, le tsar, la tsarine et leur fils mourraient dans les six mois. Un homme comme ça ne peut pas se tromper. » Voilà ce que m'a dit l'intendant, un moujik encrassé. Et ceci encore, qui est plus curieux : « Raspoutine était un vase impur qui renfermait tous les vices du peuple russe. Puisque ce vase s'est brisé, le contenu épouvantable s'en répandra sur toute la Russie. »

— C'est de la mauvaise littérature, dit Volodia.

— Non, mon cher. Car, déjà, nous voyons l'effet de cette mort. Je devine, je sens tous les vices de Raspoutine qui rampent comme des vers de terre hors du vase brisé. Ils grimpent les escaliers, ils entrent dans les chambres, ils se fourrent dans les lits. Qu'il s'agisse de palais, de taudis, de casernes, d'isbas, de monastères ou d'usines, aucun obstacle n'arrête leur progression. Partout, dans les âmes les plus paisibles, s'insinue le désir du mal. Une fumée de sang éveille les têtes engourdies. La Russie entière gronde et montre les dents. Je ne la reconnais plus, ma bienfaisante patrie d'esclaves. Tout cela est d'ailleurs dans l'ordre. Le troisième règne est sur le point d'arriver.

— Quel troisième règne ?

— Le règne du Saint-Esprit.

Volodia se mit à rire et se versa un nouveau verre de vodka :

— Que vient faire le Saint-Esprit dans cette aventure ?

— Ne bois pas. Écoute-moi, dit Kisiakoff d'une voix sépulcrale. Au premier cycle de l'humanité, correspond l'Ancien Testament, le Testament du Père. Il prônait une morale primitive, pratique, brutale, avec des listes de châtiments corporels à l'appui. Le second cycle de l'humanité, qui a commencé à la naissance de Jésus et se terminera peut-être demain, est dominé par le Nouveau

Testament, le Testament du Fils. Ce testament-là parle, comme tu le sais, d'égalité, de charité, de pardon et de récompense dans le royaume des cieux. Un seul des membres de la Sainte-Trinité n'a pas encore donné aux hommes son testament personnel.

— Le Saint-Esprit ?

— Parfaitement. Le Troisième Testament, le Testament du Saint-Esprit, nous l'attendons encore. Mais il viendra. Demain. Après-demain. Bientôt. Dans le Troisième Testament, il ne sera plus question ni de bien ni de mal. Tout sera permis. Rien ne sera sacré. Liberté totale. L'homme devient une matière pour l'homme. C'est le retour à l'état de matière. C'est l'effondrement dans l'anonymat. Tu n'es plus qu'un coefficient de résistance, un poids, un volume parmi d'autres. Tu existes comme un marron dans une hotte de marrons. Gloire aux marrons ! Voilà ce que sera le Troisième Testament.

Il était revenu dans la lumière de la lampe. Un sourire d'orgueil était épandu sur sa face, d'une oreille à l'autre. Ses lèvres mauves luisaient dans les poils de sa barbe.

— Je crois que tu es complètement fou, dit Volodia avec tranquillité.

— On l'a prétendu de tous les prophètes.

— Tu te prends pour un prophète ?

— Par moments, murmura Kisiakoff en fronçant les sourcils, il me semble que je comprends des choses que les autres ne comprennent pas.

Il y eut une longue pause, pendant laquelle Volodia entendit s'effriter les bûches dans le poêle de faïence blanche. La porte s'ouvrit en miaulant. Une paysanne crochue, osseuse, la femme de l'intendant, venait desservir la table.

— Va-t'en, cria Kisiakoff. Qui t'a permis de nous déranger, sorcière ? Tu te présenteras quand je t'appellerai.

La servante disparut sans dire un mot, et tira sur elle le lourd battant de bois brun.

Kisiakoff se frotta le visage à deux mains, comme pour se laver.

— Tu as raison, dit-il enfin, ne parlons plus de cela.

Cette vieille maison a une odeur qui me remue et m'exalte.

Il se rassit dans le fauteuil vert et inclina le front d'un air accablé. Le vent poussa un hurlement aigu, et des branches gémirent dans la cour. La flamme de la lampe baissa. Les toiles d'araignée, au plafond, palpitèrent comme de la fumée.

— Cette bicoque est sinistre, dit Volodia. Pourquoi ne la vends-tu pas ?

Kisiakoff releva la tête et dirigea sur Volodia un regard pesant et raide comme un jet de plomb.

— Elle fait partie de l'héritage que j'ai l'intention de te laisser, dit-il.

Volodia tressaillit et décroisa les jambes :

— Quoi ?

— Oui, Volodia, reprit Kisiakoff avec componction ; il est temps que je t'instruise de mes projets. Tu as perdu ton père et ta mère. Tu es seul au monde. Moi, j'ai vécu longtemps avec ta maman. Nous avons failli procréer un enfant. Mais il s'agissait d'une grossesse nerveuse. Je sais que la sainte femme a toujours souhaité avoir un fils de moi. Je te demande donc, en son nom et au mien, d'être ce fils.

— Pardon, murmura Volodia, éberlué, je ne comprends pas très bien.

— Qu'est-ce que tu ne comprends pas ? gronda Kisiakoff en avançant la barbe d'une façon menaçante. Je parle clairement, il me semble. Je veux que tu corriges en quelque sorte l'humiliation que m'a causée la grossesse nerveuse de ta mère. Je veux que tu sois ce fils que j'attendais d'elle et que je n'ai pas eu. Je veux t'adopter légalement. Je veux pouvoir dire : « J'ai un fils. »

Volodia éclata de rire et se renversa sur le dossier de sa chaise :

— Et je m'appellerais Kisiakoff, comme toi ?

— Bien sûr.

— C'est trop drôle !

Il hoquetait de joie.

— Tu as fini ? dit Kisiakoff dont le regard était devenu vindicatif. Je te défends de te moquer de moi.

— Tu n'as rien à me défendre, tu n'es pas mon père.

— Pourquoi ne serais-je pas ton père ?

— Parce que je n'en éprouve pas le besoin.

— Tu as honte de moi ?

— Mais non.

— Tu ne m'aimes pas ?

— Je ne me le suis jamais demandé.

— Alors quoi ? hurla Kisiakoff, en déchirant son faux col à deux mains. Je te dégoûte, je te fais peur ?

— Rien de tout cela, répondit Volodia, et il souriait avec méchanceté. Simplement, je me trouve bien comme je suis.

— Tu es fier de t'appeler Bourine ?

— Pas précisément.

— Qu'est-ce que c'est que Bourine ? Bourine ! Bourine ! Ça sonne comme un grelot de cheval ! Bourine ! Bourine ! C'est affreux ! Je détesterais m'appeler Bourine.

Il tordit ses lèvres et fit mine de cracher entre ses pieds.

— Tandis que Kisiakoff ! dit Volodia en clappant de la langue.

— Je t'interdis de prononcer mon nom avec ironie, brailla Kisiakoff. Tu n'es qu'un morveux. Et je te moucherai. Que faut-il donc te dire, petite vipère, pour te convaincre ? Tu ne peux pas refuser de me faire plaisir après tous les sacrifices que j'ai consentis pour toi. Ne t'ai-je pas recueilli, soigné, habillé, choyé, comme un père ! N'ai-je pas subvenu, comme un père, à tes moindres désirs ?

— Si.

— Alors, pourquoi ne pas reconnaître en droit ce qui existe en fait ? Serais-tu ingrat ! Aurais-tu peur de l'opinion publique ?

— Il est certain que cette adoption indignerait pas mal de gens. Un homme mûr qui adopte un autre homme mûr paraît toujours suspect à son entourage. On se moquerait de nous. On raconterait des horreurs.

— Ce sont de mauvaises raisons, dit Kisiakoff. Pour moi, tu es encore un enfant, qui a besoin d'affection, de protection, de conseils...

Il avança la main, comme pour caresser les cheveux d'un

bambin imaginaire, et Volodia, instinctivement, recula sa tête.

— Un enfant, bredouilla Kisiakoff. Mon fils que j'ai élevé, qui atteint l'âge d'homme, et qui bientôt soutiendra et éclairera ma vieillesse.

Sa voix hésitait, voilée et faible. Les traits de son visage se relâchaient dans une expression d'hébétude. Quelques gouttes de sueur perlaient à son front plissé.

— Qu'importe le ricanement des imbéciles, dit-il encore, si cette adoption correspond à nos vœux. Leurs railleries fouetteront notre amour. Ce sera même très bien. Nous deux, la main dans la main, et tous les autres qui rotent et qui crachent...

Volodia éprouvait du mal à garder son sérieux. Ce décor étrange, délabré, secoué par le vent, cet éclairage irréel, cette proposition saugrenue, tout concourait à lui faire croire qu'il participait à un songe. Il ne pensait même pas à la réponse que Kisiakoff attendait de lui. Il était comme au théâtre. Il s'amusait. Il allait applaudir ou siffler les acteurs.

— Eh bien, dit Kisiakoff, avec une tristesse augurale, que décides-tu ?

— Tu plaisantes ? Ce n'est pas vrai ? Tu n'envisages pas de...

— Si.

— Mais c'est absurde !

— Tu refuses ? C'est ton dernier mot ?

Les prunelles de Kisiakoff s'élargirent. Une lueur trouble commença à se mouvoir au fond de ses yeux dormants. Puis, la lueur s'immobilisa, devint aiguë, métallique. Volodia fut saisi d'une gêne brusque, comme si des pinces s'étaient refermées sur son cœur, à un point vital. Il balbutia :

— Laisse-moi réfléchir.

— C'est maintenant que j'exige de savoir.

Volodia baissa les paupières pour se soustraire au commandement de ce mufle mou, que la clarté de la lampe sculptait comme une pomme de terre.

— Veux-tu que je te dise ce qui te fait hésiter encore ? reprit Kisiakoff. Tu crains les autres. Tu ne te demandes pas ce que pensera ta mère qui est au ciel, ni ce que pensera Dieu, mais ce que penseront Tania, Michel, Eugénie, Lioubov, toutes ces crottes avariées, tous ces zéros avec un peu de chair autour ! Tu n'as pas le courage de braver leurs rires, de te hausser au-dessus d'eux, par une décision insensée ! Tu en es encore à vivre selon la volonté de tes semblables, et non selon ta propre volonté ! Tu mérites qu'on te botte le cul et qu'on te renvoie dans ta niche ! Et c'est ce que je ferai. Si tu n'acceptes pas, je te laisse tomber, je te coupe les subsides, je m'en vais. Qu'un autre t'entretienne !

— Il s'agirait donc d'un marché ? dit Volodia.

— Oui, puisque tu n'entends pas un autre langage.

Subitement, par un mouvement de l'âme, si bizarre, si peu attendu, que Volodia crut défaillir, toute sa conception du monde tourna dans le vide, comme une aile de moulin. L'offre grotesque de Kisiakoff occupa seule l'horizon de son esprit. Elle lui donnait l'occasion de s'abaisser encore, d'être mieux qu'autrefois un objet de sarcasmes pour le premier venu. Tout compte fait, cette bouffonnerie était bien dans la ligne de son personnage. Le suicide manqué, l'œil artificiel, la cohabitation avec l'ancien amant de sa mère, et, maintenant, ce changement de nom qui ferait de lui un descendant légal de Kisiakoff. Il y avait, dans cet enchaînement logique, une perfection, une nécessité qui enchantaient Volodia. Pourquoi rester à mi-chemin ? Il fallait dégringoler les derniers échelons, s'enfoncer dans la boue, se planter sur la tête un chapeau à sonnettes et tirer la langue aux passants. La déficience de toutes ses facultés supérieures lui procurait une grande allégresse. Ce qui se formait en lui échappait à l'emprise de l'intelligence. C'était une jubilation intérieure, presque physique, devant le burlesque de sa situation. Un ricanement convulsif, involontaire, montait vers sa bouche. Il dit :

— Après tout, pourquoi pas ?...

Et, aussitôt, il lui sembla que toutes les issues se fermaient autour de lui avec un claquement sec. Un cercle magique l'isola comme d'un souple coup de fouet. Il entendait battre son cœur dans sa poitrine, et l'irrégularité des pulsations l'étonna. Devant lui, la face de Kisiakoff se gonflait dans une grimace hilare, qui faisait saillir les pommettes et fronçait la pointe du nez. La barbe noire bâilla sur un cri rouge et rauque :

— Tu es d'accord, fiston ?

— Mais oui, dit Volodia avec un sourire niais. Je me demande même comment nous n'y avons pas pensé plus tôt.

Tout son corps devenait faible. Il éprouvait dans l'épaisseur de sa chair une impression de dépossession, de déliement total. Il eut peur. C'était bon. Kisiakoff frottait l'une contre l'autre ses mains grasses et velues.

— J'en étais sûr, dit-il.

Des larmes brouillaient son regard. Il les laissa couler un moment et les rattrapa avec la pointe de la langue sur sa moustache.

— Tu vois mes larmes ? reprit-il. Ce sont des larmes de joie. Viens embrasser ton père.

Volodia s'avança vers Kisiakoff et le baisa sur les deux joues, avec répulsion. Une odeur de bouc et de cuir l'enveloppa. Kisiakoff le serrait dans ses bras, lui tapotait l'épaule. Enfin, il s'écarta de Volodia avec un soupir, et dit :

— Appelle-moi « papa ».

Volodia haussa les épaules :

— Pour quoi faire ?

— Ne suis-je pas ton papa désormais ?

— Si.

— Alors, appelle-moi papa.

Une anxiété surhumaine éclatait dans les yeux de Kisiakoff. Volodia se sentit sondé jusqu'aux reins par ce regard perçant. Du bout des lèvres, avec la conviction d'être profondément, admirablement ridicule, il murmura :

— Papa !

— Ha ! rugit Kisiakoff, comme si une balle l'eût frappé au cœur.

Son visage était livide. Les poils de sa barbe tremblaient.

— Tu es content ? demanda Volodia.

— Je suis comblé. Maintenant, il y a deux Kisiakoff sur terre. Deux Kisiakoff dans la même chambre. Kisiakoff et Kisiakoff. Un et un font deux. « Je vous présente mon fils... Mais oui... Vous ne saviez pas ? » Les formalités seront très rapides. A vrai dire, je m'étais renseigné avant ton acceptation. Tu es orphelin, je n'ai pas d'enfants. Pas de protestations en perspective. Et devines-tu quelle récompense je te réserve ?

— Non.

— L'imprimerie.

— Eh bien ?

— Je la fais passer à ton nom. Tu en seras le propriétaire. Nous modifierons l'acte de vente en conséquence.

— Mais je n'ai pas envie de m'occuper de l'imprimerie, dit Volodia.

— Tu ne t'en occuperas pas. Tu encaisseras les bénéfices. C'est tout. Et lorsque je ne serai plus là pour t'aider, tu pourras toujours revendre l'affaire.

Il exultait. Soudain, il devint sérieux et frappa la paume de sa main gauche avec l'index de sa main droite :

— Demain, je ferai atteler la calèche et tu rendras visite aux parents de Tania, à Ekaterinodar, pour leur annoncer la nouvelle.

— Est-ce vraiment nécessaire ?

— Il faudra bien commencer un jour. Le plus tôt sera le mieux.

— Ils sont peut-être au courant de ma brouille avec Michel ?

— Je doute fort que Tania leur ait raconté quoi que ce soit à ce sujet. Elle n'est pas folle ! Donne-moi la main.

— Qu'allons-nous faire ?

— Nous prosterner devant l'icône.

Volodia ne bougeait pas. Il était en train de se demander s'il avait accepté l'offre de Kisiakoff par crainte de manquer d'argent ou par désir d'améliorer sa propre déchéance. La seconde hypothèse paraissait la seule valable. Il se régalait devant lui-même. Il se jugeait horrible et cocasse à souhait.

Kisiakoff le prit par le bras et le mena devant l'icône, qui se trouvait dans un coin de la pièce. Contre la vitre noire de la fenêtre, des flocons de neige se collaient, jetaient un regard blanc dans la chambre et fondaient lentement. Le vent sifflait sous les portes. Des lambeaux de journaux frémirent sur le siège d'un canapé.

— Mère céleste, s'écria Kisiakoff, voici deux hommes qu'aucun lien naturel n'a unis, et qui sont cependant plus proches l'un de l'autre que s'ils étaient d'un même sang. Pour répondre au vœu d'Olga Lvovna, qui est assise à ta droite, un nom unique couronnera désormais nos deux têtes : Kisiakoff père et fils. Ne l'oublie pas, Vierge sainte, lorsque tu dispenseras aux hommes tes instructions et tes bienfaits. Kisiakoff père et fils...

— Ça va..., ça suffit, dit Volodia.

— Signe-toi, mécréant, chuchota Kisiakoff.

Ils se signèrent. Puis, ils revinrent vers la table, encombrée par les restes du repas. Kisiakoff se versa un verre de vodka, l'éleva devant son nez, le huma et dit :

— A ta santé, fiston.

— A la tienne, dit Volodia.

Kisiakoff vida son gobelet d'un coup sec. Volodia observa qu'un ondulement hideux déformait son visage. Les lèvres se refermèrent, devinrent épaisses, dans le volume noir de la barbe.

— Maintenant, dit Kisiakoff, le médaillon que tu portes sur ta poitrine aura un sens indéniable. C'est dans cet espoir que je l'avais acheté.

Le poêle de faïence se refroidissait. Une fraîcheur humide pénétrait le dos de Volodia. Il frissonna.

— Je voudrais me coucher, dit-il.

— Fort bien, dit Kisiakoff. Embrasse donc ton père et monte dans ta chambre. Moi, je resterai ici quelque temps encore.

— Pour quoi faire ?

— Pour réfléchir, pour prier, pour pleurer de joie, soupira Kisiakoff. Je te l'ai déjà dit : je suis de la vieille école. Un rien me bouleverse...

Volodia embrassa Kisiakoff, empoigna une lampe à pétrole qui était posée par terre, contre le pied de la table, l'alluma, ouvrit la porte et s'engagea dans l'escalier qui menait aux chambres. Tandis qu'il gravissait les marches sonores, une ombre le suivait sur le mur, déviée, anguleuse. On eût dit qu'il traînait derrière lui sa propre caricature, découpée dans du papier noir. Arrivé au palier du premier étage, il s'arrêta pour reprendre sa respiration. Le vent sifflait toujours avec rage, avec monotonie. La maison, assaillie de neige, protestait humblement.

IX

Après la visite des salles, Constantin Kirillovitch Arapoff quitta l'hôpital dans un sentiment d'euphorie lumineuse. La bonne nouvelle qu'il avait reçue ce matin l'incitait à juger le monde entier avec indulgence. Tout en marchant le long du couloir blanc, bordé de portes numérotées, il lui semblait que le linoléum était mieux lavé que la veille, que l'odeur du phénol n'était point désagréable, et que la tenue des infirmières qu'il croisait sur son chemin ne laissait rien à désirer. Rencontrant Mayoroff dans le vestibule, il lui fit un salut amical de la main et demanda :

— Tu restes encore ?

— Oui, dit Mayoroff. J'ai cet ulcère à l'estomac que je voudrais surveiller de près.

— Parfait, parfait, dit Arapoff. Toujours consciencieux et infatigable. Mes compliments.

Il regardait Mayoroff avec sympathie. Le petit bonhomme suiffeux et douceâtre bénéficiait, lui aussi, de cet éclairage optimiste qui embellissait l'univers. Arapoff se reprocha d'avoir été trop souvent injuste envers son gendre.

— Si tu as un moment de libre, passe nous voir, dit-il encore. Ne nous oublie pas...

Puis, il traversa le jardin de l'hôpital, enseveli sous la neige et le silence, tourna dans la rue, et se mêla au flot clairsemé des piétons. Il marchait à longues enjambées alertes. Des passants le reconnaissaient, le saluaient aimablement. Et Arapoff était touché par ces marques de courtoisie. Sans contredit, tous les habitants de la ville étaient animés des meilleures intentions à son égard. S'ils avaient pu savoir les raisons de sa joie, ils l'eussent partagée avec entrain. Mais, voilà, ils ne savaient pas. Ils se hâtaient de rentrer chez eux, avec des mines préoccupées, comme si ce jour eût été comparable aux autres. Et on ne pouvait pas les arrêter, leur expliquer. Arapoff était impatient de retrouver sa femme pour parler avec elle de l'événement. Ils en avaient déjà discuté abondamment durant le déjeuner. Mais sans en exprimer, semblait-il, toutes les vertus consolatrices. Dans une lettre très affectueuse, reçue ce matin même, Nicolas leur annonçait qu'il avait subi brillamment ses examens d'officier mitrailleur et était maintenu comme instructeur, dans les cadres de l'école, avec l'emploi de chef adjoint de la section des mitrailleurs. Cela signifiait qu'il restait à Oranienbaum, qu'il ne retournerait pas au front, qu'il était sauvé. Cela signifiait que, pour lui du moins, la guerre était finie. Zénaïde Vassilievna avait pleuré de joie en lisant la lettre. Lui-même avait dû se moucher à plusieurs reprises pour dominer son émotion. Et, durant toute la journée, devant les malades, devant les confrères, il avait arboré un sourire de satisfaction coupable.

En approchant de son logis, Arapoff se délectait par avance de la bonne soirée qu'il allait passer avec sa femme, relisant la missive de Nicolas, commentant le récit de l'examen, parlant des enfants, de l'avenir, avec tendresse et circonspection. Des gamins jouaient devant sa maison. Une boule de neige vint s'écraser aux pieds du docteur. Arapoff se pencha, ramassa les débris, les modela entre ses doigts et lança le projectile de l'autre côté de la rue. Un garçon, rouge et niais, le fils de la voisine, reçut la boule de neige en pleine figure. Ses camarades éclatèrent de rire :

— Bien visé ! Bien visé !

Arapoff se mit à rire, lui aussi, et poussa la grille d'entrée. Les marches du perron étaient glissantes de givre. Il les gravit précautionneusement : « Ce serait trop bête de me casser le cou, un jour pareil ! »

Dans l'antichambre, il respira voluptueusement l'odeur familière de cire d'abeille et de bois brûlé. Déjà, il voulait appeler sa femme pour ne pas perdre une minute de cette intimité si violemment espérée, mais il avisa un manteau et un chapeau d'homme pendus aux patères du vestibule, et, aussitôt, son visage se rembrunit.

— Qui est là ? demanda-t-il à la servante, qui accourait pour le débarrasser de son pardessus.

— Un M. Bourine, dit la fille.

— Bourine ? Tu es sûre ?

— Oui. Un grand. Avec des yeux tout drôles. Il est dans le salon, auprès de madame.

Constantin Kirillovitch éprouva une déception rapide. Cette visite dérangeait ses projets. Toute la soirée était compromise. Il claqua des doigts avec irritation.

— C'est bon ! dit-il. Je vais le voir.

Mais il demeurait sur place, têtu, mécontent, la lèvre lourde. Pourquoi Volodia était-il venu ? Il était peu probable qu'il apportât des nouvelles de Moscou. Dans ses lettres, Tania ne parlait qu'à mots couverts de son soupirant de jadis. Plus d'une fois, elle avait même laissé entendre qu'elle était brouillée avec lui. Le récit qu'elle avait fait du suicide manqué de Volodia était d'une ironie significative. Quelle attitude fallait-il prendre devant ce garçon dont Arapoff ignorait les torts ? Si seulement Tania avait été moins secrète ! Mais elle préférait garder pour elle toutes ses histoires sentimentales, et on ne savait plus comment accueillir les gens qui venaient vous trouver de sa part !

— Ah ! ces filles, grommela Arapoff. Qui nous délivrera des filles ?

Puis, il poussa la porte du salon et s'écria valeureusement :

— Volodia ! Quelle surprise !

Devant lui se dressait un grand gaillard, blond et rose, un peu bouffi, au sourire craintif. Instinctivement, Arapoff regardait le personnage à la hauteur des yeux. Il vit la cicatrice, la prunelle de verre émaillé, et un sentiment de pitié étreignit son cœur. « Comment Tania peut-elle être si cruelle en parlant de lui ? » Il fit un effort sur lui-même et ajouta gaiement :

— Tu n'as pas trop changé, malgré les années !

— C'est ce que je lui disais à l'instant, murmura Zénaïde Vassilievna. Je crois même qu'il a meilleure mine qu'autrefois. Il est plus fort, plus...

— Oui, j'ai engraissé, dit Volodia avec un ricanement désagréable. Et on m'a mis du verre dans la tête. Mais à part ça...

— Ce sont des peccadilles ! dit Arapoff avec vivacité.

— Comment trouvez-vous mon œil artificiel ? reprit Volodia. Pas mal, hein ?

Arapoff se troubla :

— Excellent... Très..., enfin très bien imité...

— Il coûte cinq cents roubles, dit Volodia.

— Il les vaut bien, soupira Zénaïde Vassilievna, qui semblait au supplice.

— Voulez-vous que je le retire, pour que vous puissiez le voir de plus près ? demanda Volodia en portant deux doigts à ses paupières.

Il y avait sur son visage une expression veule et narquoise, qui déplut à Arapoff. Il songea que le choc opératoire avait probablement dérangé l'esprit de Volodia, et il en fut peiné.

— Laisse donc, dit-il brièvement.

— Cela vous répugne ? Vous, un docteur ? s'exclama Volodia. Je n'aurais pas cru. Partout, on m'affirme que cet œil détachable ajoute encore à mon charme personnel. N'est-ce pas votre avis ?

— Si, dit Zénaïde Vassilievna, en avalant difficilement une gorgée de salive.

— J'en étais sûr, dit Volodia. Tania vous a-t-elle écrit les raisons de mon suicide manqué ?

— Ma foi non, répondit Arapoff en s'asseyant, et j'avoue que je ne tiens pas à les savoir.

— Pourquoi ?

— Parce qu'elles ne regardent que toi, proféra Arapoff d'une voix ferme.

De plus en plus, l'attitude de Volodia lui paraissait révélatrice d'un déséquilibre mental. Il avait du mal à reconnaître dans cet individu vulgaire, aigri, lymphatique, sournois, le beau jeune homme, bavard et fier, qu'il avait si souvent reçu à la maison.

— Volodia est ici pour quelques jours, dit Zénaïde Vassilievna, afin de détourner la conversation. Il habite à Mikhaïlo, avec Ivan Ivanovitch Kisiakoff.

— Oui, dit Volodia. Nous sommes devenus des amis inséparables.

Il voulut conclure : « Je suis même son fils adoptif. » Mais il se retint, saisi d'une timidité absurde, et serra les lèvres. Il le dirait plus tard. Il avait le temps.

— Eh bien, reprit Arapoff, tu arrives un jour faste. Je présume que Zénaïde Vassilievna t'a mis au courant de la bonne nouvelle...

— Au sujet de Nicolas ?

— Oui.

— Je suis content pour lui et pour vous, dit Volodia. Cette guerre est idiote. Tous les motifs pour la refuser sont respectables. Moi, j'ai mon œil de verre, lui ses mitrailleuses. C'est parfait...

Arapoff redressa la taille et son regard se durcit.

— Je pense, dit-il, que Nicolas n'a accepté ce poste que dans l'idée de rendre service au pays. Il a prouvé amplement que le danger ne l'effrayait pas.

— Moi non plus, le danger ne m'effraie pas, dit Volodia. Seulement, voilà, j'ai un œil de verre.

Et il partit d'un éclat de rire strident. Ses épaules sautillaient. Sa bouche était tirée en largeur. Il était laid. Subitement, il se calma et dit :

— Je ne vous ai pas questionné à propos de Nina.

— Pour elle aussi, nous avons bon espoir, dit Zénaïde Vassilievna. Son père a tellement insisté auprès d'elle qu'elle a fini par nous promettre d'entreprendre les démarches nécessaires à son retour.

— Tout le monde revient ! s'écria Volodia. C'est admirable ! Bientôt, il ne restera plus à l'avant que les illettrés ! Et vive la Russie !

Les paroles de Volodia marquaient une volonté si évidente d'irriter ses interlocuteurs, qu'Arapoff préféra ne pas lui répondre. Après un court silence, il dit simplement :

— Tu parais être un ennemi acharné de la guerre.

— Je ne suis ennemi de rien, car tout m'est égal, dit Volodia. Mais je trouve qu'il est bête de se faire tuer lorsqu'on a envie de vivre.

— C'est la théorie des bolcheviks.

— Je ne suis pas bolchevik.

— Tu devrais l'être. Ils ont besoin d'hommes dans ton genre, de défaitistes. J'ai l'impression d'ailleurs qu'ils ont subi un échec sérieux. On prévoyait des troubles décisifs à Pétrograd, pour la rentrée de la Douma, le 14 février. Le général Khabaloff avait massé des troupes dans la capitale. Eh bien ! as-tu lu les journaux, ce matin ? Il n'y a rien eu. Quelques manifestations d'ouvriers et d'étudiants. Un point c'est tout. Je crois que cela finira par s'arranger, tant bien que mal. Évidemment, le tsar est très coupable. Depuis les grands-ducs qui lui écrivent pour protester contre l'influence de certains personnages suspects, jusqu'au dernier soldat du front qui se sent incompris, tout le monde a perdu confiance. Mais l'empereur ne peut pas désavouer, du jour au lendemain, sa conduite. Peu à peu, il se réconciliera avec la Douma. On formera un gouvernement convenable. Et les querelles seront vite oubliées...

La veille encore, Constantin Kirillovitch n'aurait probablement pas tenu ce langage. Mais, aujourd'hui, il voulait se convaincre et convaincre les autres que l'avenir n'était plus menaçant. La nomination de son fils aîné comme instructeur dans une école militaire d'Oranienbaum l'inclinait à une bienveillance généralisée. Par désir de conserver sa joie intacte, il niait délibérément toutes les raisons de craindre une révolution à brève échéance. Il lui semblait même que, sa bonne humeur se communiquant de couche en couche à la Russie entière, les derniers motifs de discorde entre le pouvoir et les masses avaient soudainement disparu.

— Vois-tu, dit-il encore, les gens s'affolent pour un rien. Nous traversons une crise, c'est entendu. Mais quel pays n'a pas traversé de crise ?

Volodia se rappela les paroles violentes que Kisiakoff

avait prononcées la veille, au sujet du cataclysme qui guettait la Russie. Il murmura :

— Beaucoup de personnes bien informées envisagent une débâcle pour les semaines à venir.

— Je les connais, tes personnes bien informées, dit Constantin Kirillovitch. Il s'agit d'Ivan Ivanovitch Kisiakoff.

— Lui et d'autres.

Arapoff fit un geste vague de la main :

— Laisse-les donc croasser, ces oiseaux de mauvais augure. J'ai ma petite idée sur la question. Si tu nous offrais du thé, Zina...

— Mais oui, mon ami, dit Zénaïde Vassilievna.

Cependant, Volodia ne pouvait se résoudre à cette diversion. La sérénité du docteur lui paraissait injurieuse pour lui-même. Un désir insolite le tourmentait de détruire ce bel équilibre, de compromettre cette félicité. Il dit :

— Ivan Ivanovitch Kisiakoff m'a montré les journaux, ce matin. Les comptes rendus de la première séance, à la Douma, ne sont pas encourageants. Les articles sont grossièrement censurés. Et les quelques phrases qui surnagent laissent deviner que la situation est de plus en plus tendue entre les représentants du peuple et les pouvoirs publics. Je crois bien que vous êtes aujourd'hui le seul homme dans toute la Russie à ne pas redouter l'avenir. Certainement, Zénaïde Vassilievna est plus inquiète que vous.

— Une mère est toujours inquiète, dit Constantin Kirillovtich. En temps de paix, en temps de guerre, la nuit, le jour. Il lui semble constamment que ses enfants ne peuvent se passer d'elle. Moi non plus, d'ailleurs, je ne suis pas tranquille. Il faut une bonne nouvelle comme celle que nous avons reçue aujourd'hui pour nous rendre un peu de courage. Alors, pendant quelques heures, nous sourions, nous remercions le Seigneur. Mais ça ne dure pas...

Cet aveu de faiblesse réjouit Volodia, comme une victoire personnelle. Puis, il eut honte de sa méchanceté. Il contemplait le vieux visage doux et fripé de Constantin

Kirillovitch, sa barbe grisonnante, ses yeux troubles derrière les lunettes à monture d'or, et il avait envie de demander pardon.

— Tu ne peux pas comprendre, dit Zénaïde Vassilievna, parce que tu n'as pas d'enfants. Mais songe que nous sommes là, tous les deux, Constantin Kirillovitch et moi, fatigués, recroquevillés, et nos fils et nos filles se déplacent, très loin, tombent, se relèvent, sont heureux, malheureux, amoureux, malades, blessés... Sans cesse, il faut regarder à droite, à gauche : « Que pense Akim ? Et comment va Tania ? Et Lioubov s'entend-elle toujours avec son mari ? Et Nina ne s'expose-t-elle pas plus que de raison ? Et Michel a-t-il bien reçu nos colis ? Et Nicolas n'a-t-il pas des fréquentations dangereuses ? »

— Ce qui fait, dit Arapoff en riant, que nous avons beau être cloués sur place, nous sommes plus agités que nos enfants qui sautent d'une ville à l'autre comme des pucerons. Et c'est très bien ainsi. Je mourrais d'ennui si je n'avais à me préoccuper de personne, comme toi, par exemple.

Volodia songea qu'il n'avait à se préoccuper de personne, en effet, et qu'il mourait d'ennui. Un vide lugubre se fit dans son cœur. Il regardait le salon qu'éclairait faiblement un lustre à pendeloques ébréchées. Les silhouettes noires, dans leurs cadres ovales, le portrait enfumé du grand-oncle, la bergère bouton d'or, les coussins du canapé, lui semblaient être autant de témoins à charge. Ce même décor l'avait connu jeune, moqueur, insolent et sûr de sa réussite. Ainsi, dans ces lieux inchangés, sa disgrâce physique et morale devenait plus sensible encore. Une accusation silencieuse émanait des meubles : « Qu'as-tu fait de ta chance ? » Cette petite phrase tourbillonna dans l'esprit de Volodia comme une feuille morte. Sur un guéridon, trônait une photographie de Lioubov en costume Louis XV. Volodia s'imposa de l'observer fixement pour oublier tout le reste.

— J'aime bien cette photographie, dit Zénaïde Vassilievna. Elle est toute récente. Lioubov me l'a envoyée avant de partir pour cette tournée, au profit des blessés...

— Elle est partie pour une tournée ? demanda Volodia sur un ton évasif.

— Comment ? s'exclama Arapoff. Tu lis les journaux et tu ne le sais pas. La troupe de *La Sauterelle* s'est scindée en deux. Une fraction est restée à Moscou, l'autre a entrepris un long voyage, de ville en ville, pour jouer devant les blessés. Lioubov nous a écrit qu'elle serait à Pskov vers la fin février. De là, il est possible qu'on la dirige, elle et ses camarades, sur le Grand Quartier général. Elle jouerait devant l'empereur, à Mohilev. Tu te rends compte ?

Son visage rayonnait d'orgueil :

— Ma fille jouant devant l'empereur. Lioubov ! Cette petite sotte qui ne savait même pas réciter correctement une fable de Kryloff. Je ne peux pas y croire !

— A sa place, dit Zénaïde Vassilievna, je n'oserais pas ouvrir la bouche...

— Peut-être viendra-t-elle juqu'ici ? dit Arapoff d'un air rêveur. Ce serait..., ce serait...

Il ne trouvait plus ses mots. Sa barbe tremblait d'émotion. Il finit par s'écrier d'une voix rauque :

— Alors, Zina, et ce thé ?... Le succès de tes enfants te fait oublier tes devoirs d'hôtesse !

Zénaïde Vassilievna, comme prise en faute, fit une moue confuse et vieillotte, s'anima un peu, appela :

— Nastassia ! Nastassia !

La porte s'entrebâilla sur la face chafouine de la servante.

— Sers du thé, Nastassia, dit Zénaïde Vassilievna. Nous serons quatre.

— Trois, dit Arapoff.

— Non, quatre, reprit Zénaïde Vassilievna avec autorité. J'attends encore quelqu'un.

— Qui ?

— Le père Diodore.

A ces mots, Constantin Kirillovitch devint très rouge et se tira le lobe de l'oreille en signe de mécontentement.

— Parfaitement, dit Zénaïde Vassilievna, il m'a annoncé sa visite. Et j'en suis très heureuse.

— Il ne lâche pas prise, le père Diodore, grogna Arapoff.

— Non.

— Moi non plus, d'ailleurs.

— De quoi s'agit-il ? demanda Volodia.

— Oh ! rien d'intéressant, dit Constantin Kirillovitch.

— Si ! Si ! s'écria Zénaïde Vassilievna, je veux que Volodia le sache. Je raconterai tout, pour te faire honte. Devine ce qu'il s'est mis en tête, à son âge ?

— Vous m'effrayez !

— Il y a de quoi ! Après la photographie, les timbres-poste et la pyrogravure, Constantin Kirillovitch a été pris d'une nouvelle marotte : les fours crématoires. Sous prétexte de progrès et d'hygiène, mon mari prétend se faire incinérer. Il a écrit en Allemagne, juste avant la guerre, pour qu'on lui envoie des catalogues, des prospectus. Il a marqué ce vœu dans son testament. Et, maintenant, il vient de fonder un groupe des amis de l'incinération, à Ekaterinodar.

— En tant que médecin, dit Arapoff, je suis obligé de reconnaître que les cadavres humains sont des foyers d'infection. Les morts confiés à la terre empoisonnent les vivants. Tandis qu'avec le système de l'incinération...

— Et la religion, y as-tu pensé, malheureux ? dit Zénaïde Vassilievna. C'est un scandale. Toute la ville en parle. Dès que le père Diodore a appris la propagande que menait mon mari en faveur de ces pratiques monstrueuses, il est venu me trouver. Il m'a adjurée de le faire renoncer à son sacrilège. Mais le père Diodore connaît mal Constantin Kirillovitch. Il n'y a personne de plus têtu que lui. Avec ça, toujours de grands mots : la science, le progrès...

— Que veux-tu, Zina, dit Arapoff d'un air moqueur, j'essaie de vivre avec mon temps. En Suisse, en Italie, en Allemagne, la crémation est d'un usage courant. Et ce sont des pays profondément religieux. En France, même, il y a déjà trente ans qu'un crématorium a été mis en service. Et nous, rien. Les premiers chrétiens ont condamné l'incinération pour réagir contre les rites des Grecs païens. Mais nous ne sommes pas les premiers chrétiens. Nous sommes même, peut-être, les derniers chrétiens. Il est bon de croire aux dogmes essentiels de l'Église, mais non à des coutumes qui avaient leur utilité il y a vingt siècles et qui sont dépassées aujourd'hui. L'homme découvre, se perfectionne, va de l'avant. Je l'ai déjà expliqué au père Diodore. Il aura beau venir prendre le thé tous les jours à la maison, il ne me fera pas changer d'avis.

— Ils sont déjà quinze à faire partie de sa société amicale d'incinération, dit Zénaïde Vassilievna. C'est du propre !

Elle paraissait sincèrement indignée. Volodia l'envia de pouvoir se passionner pour un motif aussi dérisoire. Tandis qu'elle poursuivait ses lamentations et ses invectives, il regardait vivre, devant lui, ces deux personnages unis, vieillissants et, somme toute, heureux. Et il lui semblait, à les voir ainsi, simples et bons, occupés de leurs enfants, de leurs querelles, de leurs projets, que l'existence avait sa raison d'être et que l'homme n'était pas une manifestation absurde et condamnable de la nature. L'ingénuité, la paix de cette maison le baignaient comme une eau lénifiante. Il se laissait imprégner par cette douceur ancienne. Il mesurait son erreur. Car il avait choisi l'autre route. Quoi qu'il fît, désormais, il serait un étranger dans ces murs.

Un parfum de petits pains chauds glissa dans le salon. Des pas coururent dans la pièce voisine. La porte vitrée s'ouvrit à deux battants :

— C'est servi, madame.

— Laisse-moi vivre à ma guise, Zina, dit Arapoff en posant un baiser sur les cheveux de sa femme. Tant que l'homme s'intéresse à quelque chose, que ce soit à l'élevage des chevaux, à la capture des papillons ou à la construction des fours crématoires, il est aimé de Dieu.

Ils passèrent à table. Le père Diodore arriva sur ces entrefaites. C'était un prêtre d'une cinquantaine d'années, massif, rougeaud, avec de longs cheveux gris et lisses tombant sur les épaules, et une barbe de forme rectangulaire, retroussée au bout. Une élégante soutane lilas descendait jusqu'à la pointe de ses bottes. Après avoir béni ses hôtes et demandé des nouvelles de leurs enfants, il fit une courte prière et porta le verre de thé à ses lèvres.

— Attention, mon père, vous allez vous brûler, dit Constantin Kirillovitch d'un ton malicieux.

— Ces brûlures-là ne sont pas une offense à Dieu, dit le prêtre avec un regard significatif.

Puis il sourit et demanda :

— Comment se portent vos malades, honorable Constantin Kirillovitch ?

— Je trouve qu'ils vont bien, et eux trouvent qu'ils vont mal.

— Hé ! hé ! dit le père Diodore en tiraillant sa barbe. Vous êtes un plaisantin... Toujours la repartie, l'anecdote... On ne vous changera pas...

— Non. On ne me changera pas.

— Pourquoi dites-vous qu'on ne vous changera pas ?

— C'est vous, mon père, qui avez dit qu'on ne me changera pas.

— Mais vous l'avez répété avec un air...

— Avec quel air ?

— Avec l'air de quelqu'un qui a une idée dans la tête.

Arapoff avala quelques miettes de gâteau dans le creux de sa main, remua les doigts et murmura en clignant de l'œil :

— C'est exact. J'ai une idée dans la tête.

— Je la connais, dit le père Diodore sévèrement. C'est une mauvaise idée.

— Tu vois, Constantin ! soupira Zénaïde Vassilievna, en tournant le robinet du samovar pour emplir une seconde fois le verre du père Diodore.

— Malheur à celui par qui le scandale arrive dans le monde, dit le prêtre.

Et il agita furieusement sa cuillère dans le thé. Deux ou trois gouttes tombèrent sur la nappe. Le père Diodore les étancha avec son pouce.

— Puis-je parler devant votre invité ? reprit-il.

— Mais oui. Il est au courant de tout, dit Arapoff.

— Vous n'en avez pas fait un de vos adeptes, j'imagine ?

— Pas encore.

Le père Diodore retroussa ses manches, s'appuya des deux coudes sur la table et s'écria d'une voix profonde :

— Constantin Kirillovitch, une fois de plus, je vous prie de renoncer à votre propagande criminelle. Un homme aussi respectable que vous n'a pas le droit de donner le mauvais exemple. Si des chrétiens de votre qualité s'écartent de l'Église, que nous restera-t-il ?

— Je ne m'écarte pas de l'Église, dit Arapoff. La Bible n'a pas condamné expressément la crémation des corps.

— Vous savez que la religion orthodoxe s'y oppose.

Arapoff se gratta la nuque :

— Bien sûr, bien sûr, mais je ne désespère pas de voir le clergé revenir sur ses décisions. La science a fait des progrès. Voici mon raisonnement...

Longtemps, Constantin Kirillovitch et le père Diodore débattirent la question, avec abondance, avec emphase. Volodia les écoutait sans ennui. Il se sentait bien dans cette famille quiète et banale. Les souvenirs de Mikhaïlo, de Kisiakoff, de la guerre, s'arrêtaient à la grille du jardin.

— Et moi, j'estime, s'écriait Arapoff, que la science et la piété ne sont pas incompatibles !

— « Tu es poussière et tu retourneras en poussière », est-il dit dans la Genèse ! répliquait le père Diodore en dressant un doigt osseux.

— Rien n'interdit d'enterrer les cendres.

— Job déclare : « Souvenez-vous, je vous prie, que vous m'avez fait comme un vase d'argile et que vous me réduirez en poussière. »

— C'est-à-dire en cendres.

— Non lisons dans l'Ecclésiaste : « Que la poussière rentre en la terre d'où elle avait été tirée, et que l'esprit retourne à Dieu qui l'avait donné. »

— La crémation n'empêche pas l'esprit de retourner à Dieu.

— Si ! glapit le père Diodore.

— Pourquoi ?

— Parce que c'est comme ça.

Le visage du père Diodore était devenu écarlate. Ses yeux étincelaient comme des gouttes d'acier. Zénaïde

Vassilievna se signa rapidement, les larmes aux paupières, le menton branlant.

— Reine céleste, protégez-nous ! chuchota-t-elle. Constantin ! Ne t'obstine pas.

— Versez-moi encore un peu de thé, dit le père Diodore d'une voix haletante.

Et il avança son verre.

Constantin Kirillovitch alluma une cigarette, jeta l'allumette sur la soucoupe, sans l'éteindre.

— C'est propre, c'est net, marmonnait-il en regardant la petite flamme dansante.

— L'homme n'est pas une allumette ! rétorqua le père.

— Si, avec une âme en plus. Un écrivain français, qui s'appelait Pascal, a dit : « L'homme est un roseau pensant. »

— Les Français sont libres de dire des sottises. Cela ne nous intéresse pas, gronda Diodore. Et votre Pascal n'avait sans doute aucune religion. Mais moi, je vous répète...

La nuit était tombée derrière les vitres. Une brume opaque épongeait la lueur verte des réverbères. Volodia consulta sa montre-bracelet.

— Il est temps que je parte, dit-il.

Zénaïde Vassilievna l'accompagna jusqu'à la porte d'entrée. Dans le vestibule, elle gémit encore :

— Tu vois comme il est, sur ses vieux jours ! Quand il a une manie, rien ne l'en fera démordre ! Le père Diodore s'est fâché. Et il a eu raison...

Des éclats de voix arrivaient de la salle à manger, traversant les battants de bois plein. Volodia sourit et baisa la main potelée de Zénaïde Vassilievna. Il lui semblait qu'il quittait des êtres d'un autre âge, qui vivaient selon des lois surannées, ou des enfants, dont les jeux ne le concernaient plus. Au moment de refermer la grille du jardin, il se retourna, contempla longuement cette maison à deux étages, à la façade de pierre ocre, écaillée par endroits, aux fenêtres lumineuses, au toit matelassé de neige. Un ciel bleu, piqué d'étoiles minuscules, dominait les tilleuls décharnés et noueux. Une impression d'ordre, de propreté, de tranquillité honnête se dégageait de la vieille demeure. La cheminée fumait. On entendait sonner des casseroles du côté des communs. Une âcre sensation de tristesse et de solitude emplit Volodia jusqu'aux lèvres. Il releva son col, sortit dans la rue et marcha rapidement vers le centre de la ville.

Kisiakoff lui avait donné rendez-vous dans un restaurant. Volodia étant en retard d'une heure, et, lorsqu'il entra dans la salle, il vit avec soulagement que son ami avait commencé à manger sans l'attendre.

— Te voilà enfin ! s'écria Kisiakoff en lui désignant une chaise. Eh bien, raconte. Quelles ont été leurs réactions ?

— A quel propos ?

— Tu leur as bien dit que je t'avais adopté ?

— Je n'ai pas osé, murmura Volodia en dépliant sa serviette.

X

La serrure de l'armoire à pharmacie était fracturée. Des traces de pas boueux marquaient le carrelage. Le docteur Siféroff se baissa et appliqua une feuille de papier transparent sur les empreintes.

— Nous voilà transformés en détectives, sœur Nina, dit-il en se relevant. Vraiment, nous aurons fait tous les métiers.

— Qu'ont-ils volé ? demanda Nina.

— De la morphine, comme toujours. Et on ne découvrira pas les coupables. Ils doivent écouler la marchandise en ville. Cette guerre aura du moins servi à révéler aux soldats les vertus abrutissantes de la drogue. L'empereur a interdit la vente des alcools dans l'armée, mais nos hommes ont remplacé la vodka par les stupéfiants. J'ai entendu dire que, quand un homme tombe dans les tranchées, ses camarades fouillent aussitôt le cadavre dans l'espoir de trouver un peu d'opium ou de morphine. Qu'adviendra-t-il de notre pauvre Russie lorsque cette troupe d'intoxiqués et de pervertis regagnera ses foyers ? Il referma la porte de l'armoire, toucha du doigt la serrure arrachée.

— Heureusement, il ne nous restait plus beaucoup de morphine, dit Nina.

— De quoi soulager cinq ou six malheureux, environ. C'était toujours ça. Maintenant, nous n'avons plus rien. Il poussa un soupir et sourit avec mélancolie :

— Tant pis. Nous travaillerons quand même. J'ai fait partir votre demande de mutation avec un avis favorable.

— Vous auriez dû attendre encore un peu, dit Nina en baissant la tête.

— Pourquoi ?

— Vous savez bien que je retournerai à Ekaterinodar contre mon gré. J'espère beaucoup qu'on refusera, ou qu'on laissera traîner les papiers pendant des mois dans les bureaux.

— Je l'espère aussi, dit Siféroff.

Et son front se colora violemment.

Nina surveillait les moindres jeux de ce visage, chaque froncement de sourcil, chaque contraction maxillaire, et un trouble subtil s'emparait d'elle, à son insu. Subitement, elle fut pénétrée par une conviction intime de victoire. Malgré les nouvelles déplorables du front et de l'arrière, malgré les menaces de défaite et de débâcle, elle se jugeait scandaleusement exaucée. Elle murmura :

— Personne ne peut comprendre.

Comme s'il eût redouté les suites de la conversation, Siféroff cambra la taille, ajusta ses lunettes sur son nez et dit :

— Je vais jusqu'à la poste. Nous nous retrouverons au réfectoire. Il paraît que leur poisson est fameux.

Elle demanda gaiement.

— Vous avez faim ?

— Une faim de loup !

Cette phrase banale réjouit Nina, comme l'annonce d'un rare bonheur. Elle était satisfaite que Siféroff eût faim et aimât le poisson. En vérité, elle eût souhaité préparer elle-même le repas et qu'il la félicitât sur ses talents de cuisinière.

— Je suis contente, dit-elle.

Il lui jeta un regard étrange, balbutia quelques mots d'excuse et quitta la pièce à grands pas.

Nina acheva de ranger la pharmacie et sortit à son tour dans le petit jardin de neige boueuse qui s'étendait devant l'hôpital. Il faisait doux. Le dégel avait commencé plus tôt que l'année dernière. Dans le ciel vaporeux s'étiraient des traînées de brume rose et bleu. Une odeur de terre humide et de sève emplit Nina jusqu'au vertige. Un convoi de soldats traversait la ville. On les entendait chanter, très loin, avec de grosses voix de velours. Nina reconnut la mélodie :

Soldats, soldats mes petits compères,
Où sont donc vos femmes ?
Des canons chargés jusqu'à la gueule,
Voilà ce que sont nos femmes...

Elle battait la mesure avec son pied. Dans sa poitrine, se gonflait un sentiment de jeune gratitude. Elle ne désirait que s'abandonner davantage au charme de ce chant, s'anéantir, se fondre en lui.

Un bourdonnement méthodique la tira de sa rêverie. Renversant la tête, elle vit un aéroplane qui se séparait du zénith, tel un fragment de soleil. Les soldats s'étaient tus. Quelques détonations claquèrent, comme des cosses qui éclatent. Puis des ordres retentirent, criés d'une voix terrifiante. Les toits des maisons parurent se crisper sur leurs couvées d'hommes et de meubles fragiles. L'oiseau métallique descendait, couvrait la terre entière de son grondement rapide. Une aile brillante glissa au-dessus de Nina, ainsi qu'une faux. Quelque chose de noir s'en détacha, et un fracas énorme éventra le sol. La maison trembla, frappée d'une foudre blanche. Des vitres brisées tintèrent en pluie de cristal. Un cheval hennit tragiquement dans les écuries. Une odeur de soufre et de brûlé chargea la bouche de Nina. D'autres explosions la soulevèrent, comme un coup d'épaule entre les jambes. Une poussière rose montait d'un amas de briques arrachées au mur.

Quelqu'un hurlait :

— Les blessés ! Les blessés !

Sœur Anne passa devant Nina, la coiffe défaite, le visage maculé de taches noires. Nina la suivit en courant. Dans les salles, régnait un désordre affreux. Les déflagrations avaient pulvérisé les carreaux, défoncé les portes. Parmi les plâtras et les débris de verre, les blessés, dressés dans leurs lits, gesticulaient et vociféraient, comme une troupe de déments. Atterrés, clignotants, rapiécés, tordus, sordides, ils déchiraient leurs pansements, suppliaient qu'on les délivrât de l'enfer :

— Sortez-nous de là !

— Ils vont bombarder encore !

— Pour l'amour du Christ, sœurette, appelez les brancardiers !

Un homme avait déroulé les bandages de sa figure et glapissait, en soufflant une écume de bulles roses :

— Passez-moi un fusil, que je le descende ! Savent pas viser, les copains ! Passez-moi un fusil !

Tout le bas de sa face se couvrit d'une mousse de sang, et il retomba sur son oreiller, en geignant d'une voix monotone :

— Un fusil... Un fusil...

Sœur Anne et Nina couraient d'une couche à l'autre et réconfortaient tant bien que mal les éclopés en révolte :

— L'aéroplane est loin... Il n'y a plus rien à craindre... Taisez-vous, sinon votre température va monter...

Peu à peu, les clameurs s'apaisaient, les corps reprenaient des poses de souffrance tranquille. Un gémissement enfantin, des sanglots, des toux rauques accompagnaient ce retour à la quiétude. L'icône qui ornait un angle de la pièce s'était détachée pendant le bombardement. Nina monta sur un escabeau pour la remettre en place.

A ce moment, elle entendit des pas précipités dans le corridor. Une ordonnance entra en trébuchant, le visage blême et comme dévié par la peur. Il cria :

— Le docteur a été touché !

— Quel docteur ? demanda Nina.

— Le docteur Siféroff. Il sortait de la poste lorsque la bombe est tombée. On l'a transporté dans la salle d'opération.

Nina descendit lentement de l'escabeau et s'appuya au mur. Elle était très calme. Simplement, il lui semblait éprouver une contraction douloureuse à la hauteur du diaphragme. Ses mains devenaient froides. L'image de la chambre se dédoublait devant ses yeux. Elle dit :

— J'y vais.

— Oui, allez-y, dit sœur Anne. Je reste avec ceux-ci.

Dans le couloir, Nina s'appliqua machinalement à ne poser ses pieds que sur les dalles rouges, qui marquaient, à intervalles réguliers, le carrelage blanc. Elle marchait sans hâte, dominée par une lucidité extraordinaire. Un crépitement de paroles occupait son esprit : « Il va mourir, peut-être... Il va mourir... Et moi ?... »

La petite salle d'opération était pleine de monde : des infirmières, des médecins. Là aussi, les portes avaient été sorties de leurs gonds, les vitres cassées. Des débris de bouteilles, des flaques de liqueurs médicinales souillaient le sol et dégageaient une âcre odeur de désinfectant. Les morceaux de verre craquaient sous les pas de Nina, tandis qu'elle s'avançait vers la table. Entre les silhouettes de deux sœurs de charité, elle aperçut la figure de Siféroff. Un profil pâle, indifférent, aux yeux clos, flottait à la surface du rêve. On l'avait endormi. Il ne sentait plus rien.

— Qu'a-t-il au juste ? demanda Nina.

— C'est affreux ! Un éclat lui a perforé le ventre, dit une infirmière. Tout le bassin est fracassé. Les intestins doivent être en loques. Le docteur Andréïeff estime qu'il n'y a pas d'espoir.

— Que la paix soit avec lui ! dit Nina.

Elle voyait la nuque cramoisie du docteur Andréïeff penchée sur le corps du blessé. Elle entendait sa respiration un peu sifflante :

— Passez-moi les pinces.

Quelqu'un passa les pinces.

— Vérifiez le pouls... Encore un peu de gaze, sœur Irène... Là, là... Écartez-vous, bon Dieu...

Près de la table, il y avait un seau, plein d'eau rougie, où nageaient des tampons d'ouate ensanglantés. Nina recula vers la porte. Seule, au fond de la pièce, elle se mit à prier. Mais les mêmes mots revenaient toujours à ses lèvres :

« Mon Dieu, faites que tout s'arrange... Même si c'est impossible, même si ce ne doit pas être..., faites que tout s'arrange... »

Ses genoux tremblaient. Elle vacilla et se retint au chambranle. Là-bas, au milieu de la chambre, les fantômes blancs s'agitèrent. Des instruments d'acier tombèrent en tintant dans une cuvette. Une voix dit :

— Parfait... ainsi..., parfait, parfait...

« Il est peut-être sauvé », pensa Nina, et une joie fulgurante lui traversa le corps. Mais, déjà, la voix poursuivait, monotone :

— C'est tout ce qu'on peut faire... Ah ! quel malheur !...

Et Nina reprit sa prière.

Après l'opération, on transporta Siféroff dans la mansarde qu'il occupait au troisième étage de l'hôpital. Nina obtint du docteur Andréïeff de rester seule auprès du blessé pour veiller ses derniers instants. Assise au chevet du lit, elle serrait la main gauche de Siféroff dans les siennes. Elle s'émerveillait de ce poids de chair tiède qui, pour quelques heures encore, vivait entre ses doigts. Elle jouissait en avare de cette ultime palpitation. De temps en temps, le docteur Andréïeff, ou une infirmière, venait aux nouvelles. Vers cinq heures de l'après-midi, Siféroff reprit connaissance et demanda d'une voix faible qu'on allumât une lampe, sur sa table. Nina lui obéit, et une lumière pauvre inonda la petite pièce aux murs nus, au bureau encombré de paperasses. Le visage de Siféroff était vieilli par la lutte. Il se retenait de crier. Au coin de ses lèvres, perlait une mousse grisâtre.

— Je vous remercie, Nina, murmura-t-il. C'est bien que vous soyez seule avec moi. Je suis plus calme ainsi. Mais qui vous remplace auprès des blessés ?

— Sœur Anne.

— Il ne faut pas... Il ne faut pas qu'on désorganise le service, à cause de cette sottise... De toute façon, je n'en ai plus pour longtemps...

— Ne dites pas cela, s'écria Nina. Le docteur Andréïeff...

Il fit un sourire las et remua sa main débile et blanche :

— Ne vous donnez pas la peine... Je sais... J'ai compris...

Puis, il ferma les yeux.

— Si on avait un peu de morphine ! balbutia Nina. Ces misérables qui ont tout emporté...

— Cela va très bien sans morphine, dit Siféroff. Très bien. Il suffit de penser à autre chose...

Il n'avait pas ouvert les paupières pour parler et sa voix glissait entre ses lèvres, tel un liquide qui coulerait sans effort.

— Voulez-vous un peu d'eau fraîche ?... Un peu de glace ?...

Il balança la tête, de droite à gauche, comme pour essayer de dire non. Nina ne pouvait s'habituer à l'idée que cet homme déchiré, douloureux, fût le même qui, quelques heures plus tôt, debout devant elle, dans la pharmacie, annonçait joyeusement : « Il paraît que leur poisson est fameux. » Ces paroles résonnaient encore dans sa mémoire, comme s'il les eût prononcées à l'instant, et, cependant, il était là, brisé, perdant la vie par une grosse blessure bourrée d'ouate. « Il paraît que leur poisson est fameux. » Était-il possible que la torture succédât aussi rapidement à une félicité sans mélange ? Il lui semblait que quelque chose lui échappait dans l'enchaînement des faits. « Il paraît que leur poisson est fameux. »

Elle crut qu'elle avait proféré ces mots à haute voix, car, subitement, il souleva les paupières et la regarda d'une manière affectueuse et désespérée.

— Vous avez mal ? demanda-t-elle en se penchant vers lui.

— Non... C'est..., ce n'est rien... Restez près de moi...

— Mais je n'ai pas l'intention de m'en aller, dit Nina en s'efforçant de sourire.

De nouveau, la porte s'ouvrit et le docteur Andréïeff parut sur le seuil.

— État stationnaire, dit Nina.

Le docteur Andréïeff ausculta le blessé et se retira en hochant la tête. Après son départ, Siféroff chuchota :

— Tournez la clef dans la serrure, Nina... Qu'on ne me dérange plus...

— Mais il faut qu'on suive de près l'évolution du mal...

— Ce n'est plus nécessaire.

Nina se leva et ferma la porte à double tour. Lorsqu'elle se retourna, elle vit que la figure de Siféroff était démolie par une souffrance atroce. Les prunelles injectées de sang, les veines du cou tendues à craquer, il happait l'air, voracement, devant lui. La sueur coulait sur son front, sur ses joues. Comme Nina s'approchait du lit, il se domina et dit d'une voix creuse :

— C'est le ventre... Par moments... Comme si tout brûlait... Ensuite, ça passe...

Elle lui essuya le visage avec un mouchoir. Puis elle tendit un verre d'eau à ses lèvres. Il but une gorgée, frémit à petites secousses et éloigna la main de Nina :

— Non..., plus d'eau..., rien....

Au bout d'un moment, elle pensa qu'il s'était assoupi, rompu de fatique, et se rassit à son chevet. Contre toute évidence, elle ne voulait pas admettre qu'il fût sur le point de mourir. Il était trop bon, trop courageux, trop aimé de tous, trop indispensable à tous, pour disparaître aussi injustement. Un miracle allait se produire dans cette petite chambre mansardée et sale. Le miracle qu'il méritait, qu'elle méritait.

Elle tendit l'oreille, comme pour écouter l'approche d'un pas. Mais nul ne venait. La nuit était silencieuse et noire autour de l'hôpital. Aux étages inférieurs, des rangées de soldats défaillaient, mouraient comme celui-ci. Elle eût volontiers donné toutes ces existences pour obtenir une rémission de peine en faveur de Siféroff. Oui, elle en était arrivée à ce degré d'égoïsme et de révolte. « Lui. Lui seul. Il vaut mieux que tous les autres. Dieu le sait. Alors, pourquoi ? »

Avec anxiété, elle interrogeait cette face livide, à la bouche grise, aux paupières de plomb. Le cercle de la vie se rétrécissait à chaque battement des artères. Déjà, ce corps ne rayonnait plus comme un corps d'homme. Les frontières de la chair étaient envahies de glace. Seul le centre vibrait encore, brassait un peu de sang chaud, de douleur, de conscience.

La plainte d'un accordéon retentit dans la cour. Une auto fit sonner sa trompe. Le courant électrique palpita dans l'ampoule, s'éteignit, se ralluma. A force de regarder toujours le même point, Nina éprouvait comme un durcissement du globe oculaire. Les muscles de son visage lui faisaient mal. Ses dents étaient soudées par l'attention. Tout à coup, il lui sembla que les pommettes de Siféroff se dessinaient, tels des galets, sous la peau tendue. Les lèvres du blessé, collées par un liséré d'écume, s'entrouvrirent Il dit :

— Nina..., Nina..., je voudrais vous expliquer... C'est difficile... Vous savez tout ce que vous avez été pour moi... Mieux qu'une camarade...

— Je sais, dit Nina.

— Je n'osais pas vous avouer... Je n'avais pas le droit.. Votre vie était faite...

— Oh ! s'écria-t-elle avec violence, j'aurais divorcé, je me serais enfuie, je vous aurais suivi partout. Pourquoi n'avez-vous rien dit ?

— Il ne fallait pas... Votre mari... Et puis, dans cette grande misère, comment aurais-je pu songer à moi, à nous ?... Maintenant que je vais mourir, c'est plus facile.. Cette demande pour votre retour à Ekaterinodar, je suis heureux d'avoir eu le temps de la signer, de l'envoyer... Nina, vous m'avez aimé, n'est-ce pas ?

— Vous avez été et vous resterez ce que j'ai de plus cher au monde, murmura Nina.

Deux taches rouges marbrèrent le visage de Siféroff, à hauteur des joues, et disparurent soudainement. Il haleta :

— Merci... Comme c'est bien !... Comme c'est bon !... Merci !...

Ses prunelles exprimaient une prière intolérable de douceur et d'humilité. Devinant sa pensée, Nina se pencha vers lui et posa ses lèvres sur cette bouche sèche qui sentait la fièvre et l'éther. Elle savait que c'était le premier et le dernier baiser qu'elle échangeait avec lui ; elle savait qu'après ce baiser, il n'y aurait que le vide et le souvenir. Une allégresse frénétique se mêlait à son désespoir. Comblée et appauvrie dans la même seconde, elle acceptait cette nouvelle épreuve comme le symbole de son grave destin. Une surnaturelle malice lui interdisait les contentements de la terre. Elle était faite pour les passions désincarnées, pour la solitude fondamentale, pour la prière, pour la nuit. Un flot de larmes emplissait sa gorge. Ses yeux ne voyaient plus la chambre que derrière une trame de rayons brumeux. Son horrible chagrin s'accrochait à deux petits mots si simples : « Trop tard. » Elle ne pouvait pas en trouver d'autres. Tout le malheur de l'espèce humaine tenait dans ces deux mots. Elle voulut les crier à la face du monde, à la face de Dieu. Mais seule une plainte étouffée, animale, glissa sur sa langue.

— Calmez-vous, Nina, ma chérie, chuchota Siféroff. Je vous assure que tout est mieux ainsi... Si j'avais vécu, ou bien je ne vous aurais rien dit, ou bien nous aurions été coupables... Dieu a tout prévu, tout dénoué... Je ne regrette rien... Je suis heureux...

Sa figure exsangue reprit un moment son expression ancienne de candeur et de gentillesse. Elle comprit qu'il lui donnait ce suprême regard et qu'elle n'aurait plus rien de lui en ce monde. Il articula encore péniblement :

— Nina, ma chérie... Retirez votre coiffe d'infirmière...

— Pourquoi ?

— Avant de partir, je voudrais voir votre visage de femme.

D'un geste prompt, Nina enleva les épingles qui maintenaient sa coiffe blanche et secoua la tête.

— Si jeune..., si... si jolie, dit Siféroff avec tristesse.

Elle pensa se jeter à ses pieds, lui demander pardon de vivre, d'être jeune, d'être jolie. Mais, soudain, elle devina qu'il ne la voyait plus. Une contraction automatique avait transformé sa physionomie en un masque étranger, cireux, barbouillé de sueur et de salive. Ses yeux s'arrondirent, vitreux et attentifs. La détente de tous les muscles fut perceptible sous la couverture de laine brune. Ses mâchoires décrochées laissèrent échapper un bruit de barbotement grotesque. Nina hurla :

— Non !... Non !...

Et, brusquement, une grande paix se fit en elle. Elle ne souffrait plus. Elle écouta longtemps ce râle engorgé, difficile. Sa main, posée sur la poitrine de Siféroff, recevait les battements ralentis et presque insensibles du cœur. Puis, il lui sembla que la couverture se creusait devant elle. Ses doigts palpaient une matière inerte. Il n'y avait plus qu'un seul être vivant dans la pièce. L'autre était parti pour toujours.

— C'est incroyable, dit-elle à haute voix.

Et elle eut peur. Déjà, entre ses paumes, la main de

Siféroff devenait froide. Elle songea que, si elle tardait encore, elle ne pourrait plus replier ces membres raidis. Or, elle voulait être seule à laver, à habiller le corps pour son dernier repos.

« Il est à moi, à moi », grommelait-elle, comme si elle se fût défendue contre quelque usurpateur qui prétendait la priver de son bien.

Dans une hâte fébrile, elle rejeta les couvertures, déboutonna la longue chemise de nuit, la tira par les manches. Les bras du cadavre obéirent au mouvement. L'homme était couché nu devant elle, un paquet de pansements ensanglantés sur le ventre. Nina faisait connaissance avec cette forme de chair qu'elle avait aimée, et qu'elle découvrait pour la première fois. Elle contemplait les jambes un peu courtes et velues, les pointes des seins violâtres, le dessin régulier des côtes, le sexe brun et plissé. Un grain de beauté marron marquait l'épaule de Siféroff. A son cou, pendait une petite croix de baptême en or fin. Nina la toucha d'un doigt rapide, puis elle caressa les poils blonds et frisés de la poitrine. Toute cette peau avait la chasteté terrible de la mort.

« Il m'aime, il m'aime », répétait Nina machinalement.

Enfin, elle se signa, ferma les paupières du défunt et trempa une éponge dans une cuvette d'eau qui était placée sur la table de toilette. Elle allait et venait dans la pièce, avec un affairement maternel, ouvrait l'armoire, haussait les épaules devant le désordre du linge étendu pêle-mêle sur les rayons. Elle avait envie de gronder Siféroff pour sa négligence. Un homme seul, c'est toujours maladroit, inadapté.

« Je rangerai ses affaires. »

Ayant lavé le corps, elle lui passa une chemise kaki, toute propre, croisa les mains glacées sur une petite icône, épingla les décorations de Siféroff sur sa poitrine.

A présent, Siféroff reposait devant elle, tendu tout de son long, le profil renversé, les yeux clos, les lèvres serrées dans une expression de mansuétude et de science. Un vide solennel l'entourait. Il n'appartenait plus à personne. Nina, exclue du mystère, se tenait à distance respectable du lit. Elle ne pensait à rien. Elle n'évoquait pas la longue vie qui l'attendait et qui ne serait plus désormais qu'un perpétuel combat contre le souvenir. Elle ne tentait pas d'imaginer les chemins ascendants que parcourait cette âme, qui avait quitté la terre après tant de besogne et tant de souffrance. Simplement hébétée, annulée, incapable de la moindre réaction, elle s'étonnait d'exister encore.

Des pas se rapprochaient dans le corridor. La poignée de la porte pivota en claquant sans que le battant se décollât du chambranle.

— La porte est fermée à clef. Ouvrez, sœur Nina ! dit la voix du docteur Andréïeff.

Alors, elle se retourna, furieuse, enflammée de sang et de larmes, et cria :

— N'entrez pas !... Je vous défends d'entrer !... Personne !...

XI

De retour à Pétrograd, Kisiakoff et Volodia s'installèrent de nouveau dans les deux pièces basses et sombres de l'hôtel du Brésil. Malgré l'insistance de Volodia, qui s'ennuyait dans ce décor sinistre, Kisiakoff prétextait des affaires urgentes et refusait de partir pour Moscou. Depuis quelques jours, il semblait nerveux, agité, lisait les gazettes de la première à la dernière page et ne mangeait plus avec le même appétit qu'autrefois. Souvent, il disparaissait pour un après-midi entier, et Volodia, seul et désœuvré, somnolait, feuilletait un livre, fumait jusqu'à la nausée dans sa petite chambre où traînaient des valises ouvertes. Très vite, d'ailleurs, il fallut abandonner tout espoir de déplacement, car des bourrasques de neige et de fortes gelées empêchaient la circulation des trains. Dans les dépôts de locomotives, les tubes de chaudière avaient éclaté sous l'effet du froid, mettant hors de service plus de mille machines. Le ravitaillement de la capitale se trouvait ainsi directement menacé. Dans les rues, de grand matin, ou même en pleine nuit, malgré le vent, chaussées de bottes de feutre, emmitouflées dans de vieux châles de laine, les ménagères stationnaient en files murmurantes devant les boutiques closes.

Le mercredi 22 février, le lock-out avait été prononcé dans les ateliers Poutiloff. Les ouvriers en chômage couraient d'une usine à l'autre et organisaient des meetings en vue d'une grève générale de protestation. Dès le lendemain, 23 février, une multitude affamée envahissait les quartiers pauvres en hurlant : « Du pain, du pain ! » Des drapeaux rouges flottaient au-dessus des cortèges qui dévalaient sur la perspective Nevsky. Les manifestants saccageaient, çà et là, quelques boulangeries, arrêtaient les tramways, arrachaient les manivelles des mains des wattmen consentants. Les agents de police, débordés, faisaient usage, parfois, de leurs revolvers. La foule jetait contre eux des pierres et des blocs de glace enlevés à la chaussée. Mais il y avait peu de victimes. Place Znamenskaïa, au pied du monument d'Alexandre III, impassible sur son cheval, une réunion houleuse s'installait aux cris de : « Vive la République !... A bas la police !... » Des cosaques souriants surveillaient sans bouger cette explosion de haine populaire. A vrai dire, ce n'étaient plus les terribles cosaques d'autrefois, spécialistes du maintien de l'ordre en toute occasion, mais de jeunes recrues, fraîchement débarquées de leur village, plus paysans que soldats, abrutis par la triste vie des casernes, et soucieux avant tout de n'être pas envoyés au front. Le tsar était reparti pour le Grand Quartier général, et les ministres siégeaient en permanence. Malgré les conseils de modération que lui adressait la Douma, le ministre de l'Intérieur, Protopopoff, se faisait fort de noyer l'insurrection dans le sang. De leur côté, les révolutionnaires formaient des comités d'action pour la prise éventuelle du pouvoir. Toutes ces nouvelles, Volodia les apprenait par Kisiakoff, qui rentrait essoufflé, surexcité, de ses longues promenades à travers la ville.

— Je ne comprends pas, disait Kisiakoff, que tu puisses rester cloîtré dans ta chambre, pendant que de pareils événements se déroulent à quelques pas de toi. Moi, je ne tiens plus en place. Je veux tout voir, tout entendre. Je souhaiterais avoir dix corps, dix paires de jambes, vingt paires d'yeux à ma disposition. Demain, nous sortirons ensemble.

— Je n'y tiens pas, dit Volodia. J'aime mieux que tu me racontes...

— Tu as peur de recevoir un mauvais coup ?

— J'ai peur de m'ennuyer.

— Je te promets que tu ne t'ennuieras pas, dit Kisiakoff avec un grand rire.

— Qu'en sais-tu ?

— Une intuition, répondit Kisiakoff en imitant de la main le mouvement d'une aile. Quelque chose me dit que bientôt commencera l'épreuve de force entre le gouvernement impérial et le peuple. Protopopoff a, paraît-il, exigé du général Khabaloff qu'il fasse installer des mitrailleuses dans les greniers des maisons. Ce sera un spectacle instructif.

Il tira un journal de sa poche et le consulta rapidement :

— Voyons... voyons... Le soir, si tout se passe bien, nous devrions aller au théâtre. Samedi 25 février, ce sera la première du *Bal masqué* de Lermontoff, dans la mise en scène de Meyerhold. Tout indiqué, non ? La fatalité mystique mène les hommes... On trouvera sûrement des billets chez les revendeurs. Bal masqué dans la rue, bal masqué sur la scène. Nous comparerons. A moins que tu ne préfères un peu de musique ? Le violoniste Enesco se produira au théâtre Marie. La musique adoucit les mœurs...

Il chiffonna le journal et le jeta en boule sur le lit :

— D'accord ?

— Si tu veux, dit Volodia.

— Tu as répondu comme un fils à son père, dit Kisiakoff avec une soudaine gravité.

Le lendemain, après un déjeuner confortable, servi à l'étage, Kisiakoff s'arma d'une canne ferrée, d'un revolver, conseilla à Volodia de se vêtir chaudement, et tous deux descendirent dans le hall de l'hôtel. Le directeur de l'établissement prenait l'air sur le pas de la porte. En apercevant ses clients, il dit :

— Bonne promenade !

— Nous l'espérons, dit Kisiakoff.

— N'allez pas dans le quartier de Vyborg, reprit l'homme. Les manifestants y ont attaqué des postes de police. Une proclamation du commandement militaire menace d'envoyer au front les grévistes récalcitrants. Ça sent la poudre.

— J'aime ça, dit Kisiakoff.

Et, saluant le directeur, il entraîna Volodia dans la rue.

L'hôtel du Brésil était situé rue de Voronej, à proximité du canal Obvodny. Un brouillard jaune et mou étouffait les contours de la ville. Des monceaux de neige sale encombraient les trottoirs. Les magasins étaient fermés, et, au-dessus des contrevents, brillaient des enseignes de craquelins blonds, de gâteaux couronnés de crème. Le long du canal, des soldats en capotes grises se chauffaient autour d'un brasero. Devant leurs fusils disposés en faisceaux, se tenait un officier du régiment Sémenovsky, à cheval. Le courant ayant dégelé en son milieu, une vapeur montait des eaux noires et entourait d'un nuage allégorique les épaulettes d'or, les gants blancs et la casquette à bord bleuté du cavalier immobile. Il avait posé la main sur l'étui entrebâillé de son revolver. Les reflets fauves du ciel conféraient à sa figure un aspect safrané et précieux.

— Eh bien ? dit Volodia. Tout cela m'a l'air fort rassurant. Les soldats et les officiers sont à leurs postes. Les ménagères font la queue. Tu m'as dérangé pour rien.

A l'entrée du pont, un barrage de policiers, vêtus de tuniques noires, arrêtait tous les passants qui se dirigeaient vers le centre. Deux ou trois personnes durent rebrousser chemin, en maugréant. Mais Kisiakoff s'approcha d'un inspecteur, à la poitrine harnachée de médailles blanches, qui pendaient comme de petites langues, et lui montra un papier maculé de cachets. L'inspecteur salua militairement, et Kisiakoff s'engagea sur le pont désert, suivi de Volodia qui murmurait :

— Qu'est-ce que c'est que ce papier ?

— J'avais pris mes précautions, dit Kisiakoff.

— Tu es donc bien avec les autorités ? demanda Volodia.

— Je suis bien avec tout le monde, fiston !

Rue Ligovskaïa, une automobile blindée les dépassa, massive, aveugle, sonnant de toutes ses tôles. Instinctivement, quelques piétons se garaient sous les portes cochères.

— Sainte Mère ! s'écria une vieille en fichu, pourvu qu'ils ne se mettent pas à tirer !

— Pourquoi veux-tu qu'ils tirent ? demanda Kisiakoff.

— On ne sait pas. Lorsque les hommes ont des fusils, ils tirent. Il paraît qu'on va faire sauter le pont Troïtsky. Si seulement ils nous donnaient du pain !

— Quand le tsar s'en ira, il y aura du pain pour tout le monde, dit un étudiant en brandissant le poing dans la direction du camion.

Place Znamenskaïa, derrière le monument mastoc d'Alexandre III, près de la grille en fer de l'église, s'était groupé un détachement du régiment de Volhynie. Les capotes des soldats étaient ajustées avec soin ; leurs buffleteries étaient neuves ; un aspirant les commandait, mince, raide, portant pince-nez et moustache. De rares flocons de neige se posaient avec lenteur sur le galon jaune et la boutonnière noire de son col. Il dévisageait la foule avec mépris. Autour de lui, se pressait une cohue où les messieurs en chapeau melon et les dames en pelisse coudoyaient quelques ouvriers enveloppés dans des manteaux galeux. Sur la perspective Nevsky, des automobiles roulant à plein gaz éclaboussaient les passants d'une bouillie de neige brune.

— Ce n'est pas encore ça, dit Kisiakoff. L'étincelle n'a pas jailli. Tout sommeille.

Et il poussa Volodia vers la porte vitrée d'un café. Le bruit et le mouvement de la rue s'étouffèrent subitement dans le crépuscule paisible du sous-sol. Autour des tables de marbre, un public nombreux murmurait, tournait des cuillères, remuait les pieds. L'air sentait le tabac et le sirop. Des garçons équilibristes naviguaient entre les consommateurs, avec leurs plateaux métalliques chargés de verres qui faisaient un son de clochettes. Volodia et Kisiakoff s'installèrent à l'ombre d'un palmier en pot et commandèrent du thé avec du rhum et des craquelins.

— Ici, on trouve de tout, dit Kisiakoff. Pas besoin de faire la queue.

Près de lui, une jeune femme seule, coiffée d'un chapeau vert pistache garni de roses en étoffe, buvait une tasse de chocolat fumant. Son visage était pâle, maladif, et l'éclat de ses yeux semblait ravivé par la cocaïne. Elle releva la tête. De petites moustaches de chocolat dominaient ses lèvres. Elle sourit d'un air las à ses voisins et soupira :

— Quelle journée ! Depuis que les tramways sont arrêtés, on est obligé de faire des verstes et des verstes, pour trois fois rien. Je suis éreintée.

— Peut-on vous offrir une autre tasse de chocolat, mademoiselle ? demanda Kisiakoff, en plissant les paupières sur un regard liquoreux.

— Laisse-la, dit Volodia.

— Mais volontiers, dit la fille.

Et elle rapprocha sa chaise. Les pieds du siège grincèrent en glissant sur le sol carrelé et Volodia, agacé, fit la grimace.

— Garçon ! un chocolat, cria Kisiakoff.

— Il fait si froid ! murmura la fille. En voilà une idée d'organiser des émeutes au mois de février !

Un gros monsieur, à col de velours et à favoris couleur d'ambre, se mêla à la conversation.

— Il ne s'agit pas d'une émeute, mademoiselle, mais d'une démonstration. Les juifs mènent la danse. Seulement, ça ne durera pas. La police est sûre. Pétrograd est grand. Et puis, jamais Moscou ne nous trahira. Moscou est la ville patriotique par excellence. Savez-vous qu'on va y convoquer un congrès de la droite ? Mais toutes ces histoires vous ennuient. Et vous avez raison. Puis-je vous offrir une autre tasse de chocolat ?

— Ces messieurs m'en ont déjà offert une.

— Eh bien, cela fera deux, dit le gros homme à favoris, en esquissant un salut courtois à l'adresse de Kisiakoff.

A ce moment, la porte d'entrée s'ouvrit à deux battants, et quelqu'un hurla :

— Barricadez-vous, ils arrivent !

Il y eut un bref tumulte parmi les consommateurs. Les garçons couraient vers l'escalier en agitant leurs serviettes. Des cris discordants se répercutaient entre les murs de marbre du café :

— De quoi s'agit-il ?

— Expliquez-vous !

— Ils cassent les carreaux !

— Ce n'est pas vrai !

— Restez en place !

Kisiakoff s'était dressé d'un bond, en renversant son verre de thé sur la table.

— C'est le moment, dit-il. Suis-moi.

Sur la perspective Nevsky, les automobiles et les traîneaux avaient disparu. Des groupes de piétons flottaient sur les trottoirs, sur la chaussée, avec des faces indécises, où la curiosité le disputait à la peur. Les maisons regardaient le vide de leurs fenêtres troubles et fixes comme des yeux de poisson. Quelques boutiquiers accrochaient rapidement des volets de bois à leurs devantures. Du côté du Conseil de la Noblesse, on entendait les coups de trompe des voitures que les agents de police refoulaient vers des rues latérales.

— Alors quoi ? Qu'est-ce qu'on fait ? demanda Volodia.

— On s'oriente, dit Kisiakoff en serrant sa canne dans son poing. Monte donc sur une borne pour voir s'ils viennent vraiment par ici ?

— Qui ?

— Les manifestants, parbleu ! Allons, monte, empoté.

Volodia monta sur une borne et s'appuya de la main à l'épaule de Kisiakoff. Devant lui, s'étalait à perte de vue un couloir de brume et de neige, où tourbillonnaient des touffes de passants. Les pardessus élégants, les cols de castor et les chapeaux melons avaient cédé la place aux casquettes et aux écharpes de laine tricotée. Les rails luisants du tramway embrochaient d'une droite ligne ce remuement grisâtre de taupes. Très loin, miroitaient les vitres d'une auto. Subitement, derrière la tourelle de l'hôtel de ville, partant de la cathédrale de Kazan, un flot noir et compact déboucha, tourna dans la perspective Nevsky, et se mit à couler profusément, poussant devant lui une écume rose de mains et de visages. A son approche, les badauds se dispersaient, s'envolaient comme des graines. On eût dit que le souffle de cette multitude en marche chassait les miettes, nettoyait la nappe avant le repas. Maintenant, Volodia, dressé sur la pointe des pieds, distinguait les figures innombrables qui oscillaient telles des médailles, dans le tas. Çà et là, des drapeaux rouges étaient piqués dans le pelage indistinct du peuple, comme des banderilles dans le corps d'un monstre puissant. Une voix caverneuse meuglait :

« Ho-ouoh ! Ho-ouoh ! »

Peu à peu, Volodia comprit que cette plainte, hurlée par des milliers de bouches, signifiait : autocratie. On criait : « A bas l'autocratie ! »

— Ils arrivent, dit Volodia.

Et il descendit de la borne.

Le propriétaire d'un luxueux magasin d'alimentation déménageait hâtivement son étalage, avec l'aide des commis. Derrière la vitre limpide de la devanture, Volodia voyait disparaître, un à un, les ananas ventrus de Singapour, aux feuilles bleuâtres, les saumons huileux, les éperlans fumés de la Baltique. Le visage du patron était mou, livide. Il houspillait ses vendeurs en tabliers blancs. Lorsque tout fut fini, il s'épongea le front, fourra un grain de raisin dans sa bouche et plongea dans les ténèbres de l'arrière-boutique.

Déjà, les premiers rangs du cortège parvenaient à la hauteur de Volodia et de Kisiakoff, dans une rumeur de bottes et de voix enrouées. Une haleine tiède, qui puait l'homme en sueur, le cuir, le poisson pourri, emplit la rue. Accoté au mur froid d'un immeuble, Volodia sentait glisser sur son corps cette colonne massive qui avançait tel un piston dans un cylindre bien graissé. Le premier drapeau rouge passa, solidement fiché dans un cercle de manifestants aux profils de silex. Derrière lui, marchaient des ouvriers en casquettes, aux barbes charbonneuses, des étudiants aux joues caves, des femmes enfarinées de haine, des soldats dodus, blondasses, débraillés, des gosses haillonneux, qui sautaient à cloche-pied et agitaient leurs mains souples comme des nageoires.

« A bas l'autocratie ! A bas l'auto-cra-tie ! Du pain ! Du pain ! »

Cette clameur énorme se répercutait entre les façades et dans les galeries du bazar couvert. Quelques gamins lançaient des boules de neige contre les blasons dorés des fournisseurs impériaux. Hors de la brume, une lueur jaunâtre, diffuse, coulait sur les figures qui tressautaient au rythme de la procession. Les yeux montaient, descendaient. Les lèvres gercées gueulaient en mesure :

« A bas le tsar !... Mort à la police !... »

Kisiakoff saisit le bras de Volodia et le poussa en avant, de toutes ses forces, comme s'il l'eût jeté à l'eau.

— Qu'est-ce qui te prend ? s'écria Volodia.

— Allons avec eux.

— Mais je ne veux pas !

— Pourquoi ?

— Je ne sais même pas ce qu'ils vont faire.

— Eux non plus, c'est ça qui est drôle, dit Kisiakoff.

Et il se mit à hurler, la barbe fendue en deux, les prunelles saillantes :

— A bas le tsar ! A bas la guerre !

Le courant sombre les emporta sans un remous. Autour d'eux, palpitaient des drapeaux rouges taillés dans une pauvre étoffe transparente, délavée. Des visages inconnus les enserraient de toutes parts, comme de gros fruits de chair fade. Ils étaient pris dans cette avalanche de faces anonymes, dépossédés de leurs noms propres, livrés à la volonté de tous.

— Des marrons dans une hotte ! disait Kisiakoff. Tu te rappelles, Volodia ? Le Troisième Testament ! Le Testament du Saint-Esprit !

— Qu'est-ce que tu chantes avec ton Saint-Esprit, dit un lycéen, en tirant Kisiakoff par la manche. Tous les popes sont des valets du tsar. Il n'y a pas de Dieu.

— Il n'y a peut-être pas de Dieu, mais il y a sûrement un Saint-Esprit.

— Le Saint-Esprit, c'est l'Esprit du peuple, rugit l'étudiant.

— C'est ainsi que je l'entends, camarade, dit Kisiakoff.

Et il lui serra la main en riant.

Dans un petit square frileux, aux arbres effeuillés, la statue de Catherine II contemplait avec indignation ce déferlement d'un peuple en révolte contre les autorités. Sa crinoline en fonte était pailletée de givre. Une pèlerine de neige lui couvrait les épaules.

— T'en reviens pas, la vieille, de ce qui se passe chez toi ! dit le lycéen.

— Et si elle répondait « non », en remuant la tête, hein ? Que feriez-vous ? demanda Kisiakoff.

— Je lui trousserais les jupes, et je l'enfilerais, dit un ouvrier maigrichon, aux joues grêlées comme une écumoire.

— Les jupes sont en fonte, et, par-dessous, ça ne vaut guère mieux. Tu te ferais mal, camarade !

Il y eut des rires. Un gamin piailla :

« Oï... Catherine ! »

Puis, tout le monde se remit à crier :

« Du pain ! A bas l'autocratie ! Du pain !... »

Volodia glissa sur un rail du tramway et se rattrapa à l'épaule de Kisiakoff.

— Pourquoi qu'il crie pas, celui-là, dit l'ouvrier en désignant Volodia.

— Il est fatigué.

— On est tous fatigués !

Volodia gonfla les poumons et glapit :

« Du pain ! A bas l'autocratie ! »

Et, tout à coup, il se jugea profondément ridicule. Comment tous ces gens ne comprenaient-ils pas qu'ils perdaient leur temps à brailler de la sorte ? Qu'espéraient-ils obtenir ? Ignoraient-ils qu'une charge de cavalerie eût suffi à les disperser ? Volodia ne les plaignait pas, ne les aimait pas. Ils étaient laids, sales, stupides. Ils méritaient qu'on les raccompagnât à coups de fouet dans leurs cavernes. Jamais encore, il ne s'était senti aussi différent de ceux qui se prétendaient ses semblables. Se pouvait-il que Kisiakoff goûtât du plaisir à suivre ce cortège de cancres, de va-nu-pieds, d'illettrés, de déserteurs et d'apaches ? Brusquement, Volodia heurta du nez le dos de l'homme qui marchait devant lui. Le mouvement s'était arrêté. Une rumeur sourde parcourut la foule, à hauteur d'oreille :

— Les cosaques... les cosaques...

— Que se passe-t-il ? demanda Volodia.

— Les cosaques du palais Anitchkoff, dit Kisiakoff en remontant sur son front sa toque d'astrakan noir.

La masse des manifestants devenait molle, hésitante, s'en allait, çà et là, par grumeaux. Des vides apparurent entre les groupes. Les drapeaux rouges rentrèrent leur langue. Les cris se turent. De la porte cochère du palais Anitchkoff sortait une patrouille de cosaques, officier en tête.

Comme sous l'effet d'une coulée de citron, la cohue grouillante des émeutiers se ratatina en bandes sombres de part et d'autre de la chaussée. Une route blanche s'ouvrait, où les cavaliers s'engagèrent de front. Un brouhaha lointain venait de la queue du cortège. Là-bas, on ne savait rien encore. On marchait. La vie était belle. L'officier, carré et lourd, telle une dalle, se dressa sur ses étriers, se tourna vers ses hommes et tira son épée du fourreau. Derrière lui, toutes les lames jaillirent, et leur reflet s'éteignit verticalement sur les capotes grises.

— Comme à la porte de Narva, en 1905, avec le pope Gapone, dit Kisiakoff. La comédie recommence. Et pourtant...

Le poitrail bombé, l'œil fixe, l'épée au creux de l'épaule, les cosaques attendaient. Un silence angoissant sortait de la foule. Toutes les figures étaient détraquées par l'attention. Soudain, une jeune fille se détacha de l'attroupement et courut à petits pas chancelants vers l'officier. Elle était chaussée de hautes bottines en cuir jaune. Son fichu de laine, noué sous le menton, lui faisait un visage ovale et lisse comme un œuf. Elle tenait à la main un bouquet de roses ficelées d'une faveur rouge. Mille regards implorants la poussaient dans le dos, la soutenaient sous les aisselles, lui traçaient un chemin. Elle avançait ainsi, comme une messagère. Cependant, les cœurs oubliaient de battre. Un cercle solennel entourait chaque seconde. Et Volodia lui-même ne pouvait se défendre contre l'anxiété.

— Ils vont la sabrer, la jeter par terre, dit-il.

La jeune fille s'était arrêtée, fine, droite, et tendait le bouquet à bout de bras. Pendant un long moment, l'officier demeura immobile, comme collé à la lame d'acier de son épée. Puis la lame trembla un peu, le corps s'anima. L'épaulette d'argent jeta un éclair bref. Et l'officier, inclinant la tête, prit le bouquet dans sa main gantée de cuir blanc.

Un hurlement victorieux éventra l'assistance. Dilatée de joie, la multitude avait envahi la chaussée et cernait les cosaques. Séparés les uns des autres, ils se balançaient, de place en place, comme des épouvantails dans un champ de blé. Des mains se haussaient vers eux, les touchaient, caressaient leurs chevaux, palpaient leurs étriers. Et eux, riaient gauchement, répondaient aux saluts, enfournaient dans les poches de leurs capotes les cigarettes que leur offraient des femmes aux regards ivres.

« Vive l'armée ! A bas la guerre ! A bas l'Allemagne ! A bas Protopopoff ! »

Les drapeaux se déployaient de nouveau, palpitaient, chiffonnés et minces. L'officier avait noué la faveur rouge à son épaulette et glissé le bouquet de roses dans la tige de sa botte. Il cria un commandement, et ses hommes, bousculant les piétons, se massèrent derrière lui, en ordre de route. Le cortège se reforma, épaissi, ragaillardi, autour du peloton. Tous se mirent en marche vers le pont Anitchkoff et ses coursiers d'airain. Kisiakoff avait pris le bras de Volodia et cheminait sur le trottoir, tout près d'un cosaque au visage ahuri. Le cosaque rigolait doucement :

— Quelle histoire ! Monsieur l'officier et la demoiselle ! Vrai, alors !

— Tu n'en reviens pas, hein, camarade ? dit Kisiakoff. Les temps ont changé. En 1905, on sabrait la foule. Aujourd'hui, on se laisse fleurir par elle.

— Si ça rate, qu'est-ce qu'il prendra, notre officier ! grommela le cosaque. Sûrement, il passera en conseil de guerre.

— Ça ne peut pas rater.

— Pourquoi ?

— Parce qu'ils sont tous comme lui dans l'armée. Pour le peuple. Contre le tsar.

Le cosaque se rembrunit :

— Faut pas dire des choses comme ça. Moi, je ne suis pas contre le tsar.

— Et contre qui ?

— Contre la guerre. Je ne veux pas aller à la guerre. Deux frères tués, ça donne le droit de vivre, non ?

Son cheval lâcha une belle bordée de crottin blond et fumant. Volodia murmura :

— Ça suffit comme ça, rentrons.

Mais Kisiakoff, au lieu de répondre, lui saisit la main et la broya entre ses doigts gantés :

— Tu vas rester. Jusqu'au bout. Et m'obéir...

Un coup de feu l'interrompit. De l'autre côté du pont Anitchkoff, quelques gendarmes tentaient de s'opposer à la progression de la foule. Mais la foule n'avait plus peur des gendarmes, puisqu'elle avait les cosaques avec elle. De toutes parts, des voix criaient :

« Laissez passer les cosaques ! Qu'ils aillent devant ! Ils sont armés ! Ils chasseront les gendarmes ! »

Élastique, docile, la cohue se creusa en zigzag, et les cosaques avancèrent au trot jusqu'à la tête de la procession. Maintenant, on les voyait de dos, comme une sorte de tampon gris, molletonné, placé en avant du peuple, pour amortir le choc. Volodia se haussa en s'accrochant à une colonne en fer, sous le balcon du restaurant Palkine. Du côté de la perspective Liteïny, il aperçu des gendarmes à cheval, rangés en ligne, qui épaulaient leurs fusils contre les cosaques. Depuis quelques instants, une sensation glaciale, pétillante, remontait le bras de Volodia et se communiquait à son cœur. Une vilaine petite peur lui hérissait la peau. Il regrettait d'être venu. Il voulait fuir. Et, cependant, il ne pouvait détacher son regard de ce lointain où se préparait peut-être la mort. Avec un roulement d'avalanche, le peloton de cosaques s'était mis en branle et fonçait droit devant lui. Les croupes soyeuses des chevaux dansaient dans la lumière. Les queues, taillées en balais, fouettaient l'air gaiement. On voyait luire les lames des épées. Quelques détonations hachèrent le silence. Il y eut de la fumée, des cris. Puis les cosaques tournèrent bride. Les gendarmes avaient disparu. Un chant mugissant monta de la terre :

— Tu ne peux avoir qu'un repos, celui de la tombe.
Chaque jour tu verseras tes impôts en retard.
Le tsar vampire suce et vide tes veines,
Le tsar vampire boit le sang du peuple...

« En avant ! En avant ! Vive l'armée ! La voie est libre ! »

Le fleuve humain prit de la vitesse, charriant des figures joyeuses et des voiles rouges. Grondant, ondulant, il se déversa enfin dans le bassin en pierre de la place Znamenskaïa. Autour de l'énorme monument d'Alexandre III, le flot tourbillonnait comme à la base d'un récif. Une giration mystérieuse faisait virer les faces et les drapeaux devant le cheval trapu, que le monarque, les poings sur les hanches, écrasait de son poids total. Les étendards se rangeaient autour de la statue. Bientôt, l'effigie du tsar émergea d'un faisceau d'étamines pourpre. On eût dit qu'une lessive ensanglantée séchait symboliquement à ses pieds. Un manifestant, aidé par ses compagnons, escalada le socle gelé, enlaça d'un bras la jambe du coursier impérial et cria :

— Camarades, l'immonde gouvernement du tsar...

— Écoutez..., écoutez..., disait-on dans l'assistance. C'est important...

L'orateur se présentait nu-tête, malgré le froid. Son pardessus était déboutonné. Tout son aspect, miséreux, vulnérable, contrastait avec la carapace d'airain du potentat. Kisiakoff s'exclama rondement :

— Eh ! mais c'est Zagouliaïeff.

— Chut ! Chut ! Écoutez donc au lieu de parler...

— L'heure des explications finales a sonné, braillait Zagouliaïeff, d'une voix mince qui partait en fumée. Le peuple exige... La volonté du peuple...

Les cosaques s'étaient dispersés dans les rues transversales. Subitement, un cri de femme sauta hors de la foule, comme un poisson hors de l'eau :

— Les gendarmes !

— Quels gendarmes ?

— Où ça ?

Des figures s'agitaient, délabrées, inquiètes.

— Si ! Si ! Ils viennent de la Ligovka. Ils sabrent. Ils fouettent.

— Mais non.

— La berlue !...

— Camarades, continuait Zagouliaïeff, nous ne pouvons plus tolérer...

Effectivement, débouchant de la Ligovka, Volodia vit accourir quelques personnes, courbées en deux, avec des visages nus à la place du ventre. Derrière les fuyards, galopait un gendarme gonflé comme un pain blanc. Il sautait sur sa selle et agitait son sabre. Des cosaques l'escortaient, au trot. C'étaient des Sibériens, montés sur de petits chevaux au poil raide. Telles des volailles effarouchées, les manifestants se dispersaient en gloussant. Ces piétons lamentables glissaient dans la neige, se relevaient à quatre pattes, rentraient dans les maisons, comme des taches d'eau dans le sable. Des ouvriers ramassaient en hâte des pierres gelées, des fragments de glace, et les jetaient contre la troupe avant de se sauver. Autour du socle, demeurait un seul drapeau rouge, entouré d'hommes armés de bûches et de marteaux. Zagouliaïeff, collé à la jambe de la statue, pérorait toujours. L'officier des gendarmes arriva en trombe vers le piédestal, frappa dans le tas avec le plat de son sabre, arracha l'étendard et tourna bride. Les cosaques ne l'avaient pas suivi. Comme il s'apprêtait à les rejoindre, une bûche, lancée avec adresse, l'atteignit à la tempe. Il chancela, perdit l'équilibre, et sa monture s'arrêta. En un clin d'œil, il fut encerclé, tiré à bas de sa selle. Son corps de noyé s'abîma dans l'épaisseur noire du groupe. Des poings se dressaient, s'abaissaient, avec une violence mécanique. Kisiakoff se mit à courir vers le lieu du combat. Volodia le suivit en criant :

— Reste ici ! C'est idiot de t'exposer ! Qu'est-ce que ça peut nous faire ?

Il croyait que Kisiakoff voulait raisonner la foule et sauver le gendarme. Lorsqu'ils parvinrent à l'endroit du rassemblement, l'officier ne bougeait presque plus. Étendu sur le dos, ses cheveux rares ébouriffés en touffes, le col déchiré, les épaulettes arrachées, les moustaches lustrées de sang, il roulait de gros yeux terrifiés et tentait de protéger sa tête avec son bras. Une salive sanguinolente filtrait entre ses dents. Un ouvrier lui bourrait les flancs à coups de botte. Un autre, agenouillé devant lui, détachait l'étui du revolver. Une femme, aux lèvres larges et roses comme une plaque d'eczéma, lui crachait à la face, se mouchait dans les doigts au-dessus de lui. Tous criaient :

— Salaud ! Traître ! Bourreau du peuple ! Sangsue !

— Qu'avez-vous à lui faire des caresses ! hurla Kisiakoff. Il faut l'achever !

Volodia le regarda avec stupeur. Il ne reconnaissait plus sa figure. Une haine bestiale bouleversait les traits de Kisiakoff, tordait sa bouche, allumait ses prunelles. Un colosse, au petit visage d'idiot, leva son gourdin et frappa le gendarme sur le crâne, avec une force telle que Volodia entendit craquer les os. Le corps eut un soubresaut et s'immobilisa. La tempe fendue saignait. Le nez devenait pâle.

— Encore ! Encore ! hoquetait la femme. Il respire, la canaille !

Kisiakoff, la figure inondée de joie, la barbe en bataille, fit un pas en arrière et grogna :

— Quelle brute ! Quelle admirable brute !

— Eh hop ! Et hop ! répétait le colosse, en continuant de cogner comme un sourd.

Les cosaques, de l'autre côté de la place, considéraient le spectacle avec intérêt. Zagouliaïeff clamait :

— Ne vous laissez pas impressionner, camarades, par les dernières menaces de l'ordre impérial. Ce ne sont pas quelques misérables pharaons (1), vendus au régime, qui feront reculer toute une nation assoiffée de justice et de liberté. La glorieuse armée russe est de notre côté...

Un écœurement sinistre étouffait Volodia. Il observait avec tristesse cette masse de chair et de vêtements souillés. Des masques de colère entouraient le cadavre. On lui donnait encore quelques coups de pied, pour la forme. On grondait :

— Il a son compte ! Fumier ! Charogne !

Mais les voix sonnaient faux. Kisiakoff rajustait le col de son manteau avec des mains fébriles.

— C'est fini, marmonnait-il, d'un air égaré et heureux. Comme c'est vite fait, hein ? de tuer un homme. Et nous

(1) Terme populaire pour désigner les agents de police en Russie.

avons souffert plus que lui. Que Dieu apaise son âme et la nôtre. Tu es tout pâle, Volodia. Ça ne va pas ?

Comme il achevait ces paroles, un bruit de grêle martela l'espace. Les policiers tiraient du haut des toits, avec les mitrailleuses qu'ils avaient dû installer la veille. Les balles claquaient sur les pierres. De petits jets de plâtre volaient en poussière hors des murs éraflés. Les manifestants s'éparpillaient follement, se garaient derrière les réverbères et les kiosques. Certains, désorientés, éperdus, virevoltaient sur place, bondissaient comme si le sol eût été incandescent sous leurs semelles. Un lycéen s'abattit non loin de Kisiakoff, et une fontaine rouge gicla de sa gorge. Un ouvrier rampait sur le ventre et griffait le pavé en beuglant. Une fille courait en tenant son poignet gauche dans sa main droite.

— Au secours ! Sauve qui peut ! Les crapules ! Mort aux pharaons ! Olga, où es-tu ? Olga ! Olga-a !

Dans une tempête de cris stridents, de gestes saccadés, de regards éperdus, la foule, fouettée à mort, se déchirait en lambeaux. Sur son socle de granit, Alexandre III, les poings sur les hanches, la tête penchée, dominait la débâcle. Un projectile égaré frappa la statue, dont le corps de fonte résonna d'une protestation solennelle. Kisiakoff avait pris la main de Volodia, et tous deux galopaient, côte à côte, sous les rafales capricantes des mitrailleuses. Arrivés à l'angle de la rue Pouchkine, ils s'arrêtèrent, essoufflés. Un groupe de manifestants était réfugié là, à l'abri des coups de feu. Du côté de l'église Znamenskaïa, retentissait encore une fusillade intense. Un ouvrier, livide, pointu, haillonneux, grognait entre ses dents :

— Ils le paieront cher !

Volodia se sentit tout barbouillé de frousse, humide, malade, avec une petite âme timorée. Il en voulait aux hommes de l'obliger à vivre des événements trop grands pour lui. Plus que jamais, il souhaitait s'enfermer dans une chambre, enfouir sa tête sous un oreiller et dormir. Sa lâcheté lui était douce. Kisiakoff lui tapota la joue du bout des doigts :

— Pauvre fiston ! dit-il. Ce soir, nous irons au concert. Cela te changera les idées.

La salle du théâtre Marie était à demi pleine. De nombreux musiciens manquaient à l'orchestre. Cependant, Enesco remporta un triomphe. Après qu'il eut exécuté une fantaisie de Saint-Saëns, le public éclata en applaudissements forcenés. A travers le battement des mains, Volodia croyait entendre crépiter les mitrailleuses. Derrière ces remparts de velours, de cristaux, de dorures, il imaginait le vaste labyrinthe en pierre de Pétrograd avec ses canaux coupés de ponts blancs, ses magasins fermés, ses patrouilles de cosaques. Et il lui paraissait surprenant que ces deux mondes pussent exister côte à côte. Ici, la tiédeur et le luxe d'une salle officielle, la langueur des violons, le visage soigné des femmes ; là-bas, le sang, la violence, la mort.

Dans les couloirs, selon les prescriptions de l'étiquette, des sentinelles en uniforme de parade se tenaient figées raides, devant les loges vides de la Cour.

— Regarde bien, dit Kisiakoff, nous assistons peut-être à la dernière soirée du régime.

Lorsqu'ils sortirent, la place du théâtre Marie, ordinairement si animée, était déserte. La plupart des réverbères n'avaient pas été allumés. La police gardait les ponts. Au coin des avenues, des groupes de soldats battaient la semelle devant les braseros. Le reflet du feu dessinait d'un trait rouge le contour de leurs visages tranchants, saupoudrait d'étincelles leurs capotes couvertes de givre. Des pelotons de cosaques, enveloppés de vapeurs blondes et d'odeurs de cuir, erraient, de-ci de-là, dans la neige. La fusillade s'était calmée. Mais cette grande paix du ciel et de la terre était plus effrayante encore que le bruit des combats.

XII

Bien qu'administrativement rattachée à l'École militaire d'Oranienbaum, la section des élèves mitrailleurs, où Nicolas Arapoff avait été affecté comme instructeur adjoint, se trouvait cantonnée à deux kilomètres de cette ville, dans la bourgade finnoise de Martychkino, sur la route de Peterhof. On concentrait là des réservistes de toutes provenances, et, après quatre semaines d'études, ils étaient dirigés par groupes sur différents régiments du front. Cependant, la plupart des hommes incorporés au détachement de Nicolas étaient des paysans à peine évolués et incapables de comprendre le maniement des armes automatiques. Découragés par avance, les chefs considéraient leur emploi comme une sinécure, ne croyaient pas à la valeur de leur enseignement et laissaient aux sergents le soin de veiller à la discipline. La majeure partie des officiers chargés de cours logeait, soit à Oranienbaum, soit même à Pétrograd. Seuls Nicolas et le lieutenant Artzéboucheff habitaient à proximité de la caserne.

Le lundi 27 février, Nicolas fut éveillé de bonne heure par la lumière du soleil qui embrasait les carreaux givrés de sa chambre. A peine eut-il ouvert les yeux que les préoccupations de la veille se refermèrent sur lui comme des griffes. Au pied de son lit, traînaient encore les journaux du dimanche. Il les ramassa et lut pour la dixième fois : « A la Douma, le président Rodzianko a fait la déclaration suivante : “ Les troubles qui ont éclaté à

Pétrograd et dans d'autres centres, à cause de la désorganisation des approvisionnements, menacent, vous le savez, de prendre un caractère tout à fait indésirable, et inadmissible en ces heures difficiles de guerre..." »

Décidément, ce qu'on imprimait dans les gazettes n'avait plus aucun intérêt. Les vrais renseignements se colportaient de bouche en bouche. Dimanche soir, un ami d'Artzébouchef était venu de Pétrograd avec des nouvelles fraîches. Selon lui, la capitale était transformée en un vaste camp retranché. On avait arrêté une centaine de personnes, dont le Comité bolchevik de Pétrograd. Le général Khaboloff avait fait placarder des affiches annonçant que la force armée serait employée à fond contre les rebelles. Cependant, la foule envahissait les rues, et des orateurs se juchaient sur les socles des monuments pour réclamer le pain, la justice et la liberté. Les policiers les mitraillaient du haut des toits. Quelques groupes de cosaques se rangeaient sous le drapeau rouge. La 4e compagnie du régiment Pavlovsky, l'un des plus fiers ornements de la tradition tsariste, s'insurgeait à son tour et criblait de balles les détachements de deux autres régiments de la garde. L'incohérence de cette émeute prouvait bien qu'elle n'avait pas été préparée et qu'elle prenait au dépourvu aussi bien les défenseurs de l'ordre que ses adversaires. C'était une manifestation de haine absolument sincère et non concertée, une protestation sortie du ventre de la nation. Pour la première fois dans l'histoire de l'Empire, une conscience collective s'élevait au-dessus du troupeau. La matière brisait le moule. On en avait assez de crever de faim, de se battre pour Constantinople ou l'Alsace-Lorraine, de payer des impôts qui ne servaient à rien et de se livrer, corps et âme, à une clique d'incapables. Assailli de lumière, l'homme russe prétendait juger les chefs et assumer la responsabilité de son propre destin. La beauté, la générosité de cet éveil populaire étaient indéniables. Et cela précisément parce qu'il n'était pas le fait de quelques meneurs, et ne correspondait à aucune politique définie. Les professeurs, les juristes, les députés de gauche, les conspirateurs professionnels étaient débordés par le mouvcment. Des musiciens attaquaient la grande symphonie avant que le chef d'orchestre eût frappé sur son pupitre. Zagouliaïeff lui-même devait être effrayé par cette désobéissance unanime. Mais, après la révolte, viendrait sans doute la révolution. Après les troubles spontanés, l'organisation des troubles. Des politiciens, des diplomates, des comités divers tenteraient d'utiliser à des fins personnelles un soulèvement qui se bornait à exprimer les aspirations primitives du pays. Il semblait à Nicolas que le danger le plus grave n'était pas dans les mitrailleuses des policiers, mais dans les projets de ceux qui, sans participer directement à la mutinerie, envisageaient déjà les modalités de son exploitation. Sans aucun doute, les députés de la droite, à la Douma, espéraient faire triompher l'idée d'une monarchie constitutionnelle à la mode anglaise, tandis que les partis socialistes méditaient de remettre tous les pouvoirs au prolétariat et de partager les terres, mais les mencheviks souhaitaient poursuivre la guerre et les bolcheviks ne voyaient de salut que dans la conclusion d'une paix séparée. A cela s'ajoutaient les ambitions individuelles, les rivalités de couloir, les haines de caste, l'activité des espions allemands et des plénipotentiaires alliés. Chacun pour sa part n'attendait que l'occasion de prendre la direction de cette grande force déchaînée dans le vide. Les masses russes pourraient-elles résister à ces manœuvres de captations ? Une rupture aussi totale avec un passé millénaire, des coutumes sacrées, des légendes glorieuses, ne révélait-elle pas, chez le peuple, une inquiétante prédisposition à servir d'objet aux expériences sociales ? Après avoir répudié ses maîtres et son histoire, la nation saurait-elle trouver sa voie sans être obligée d'implorer une aide extérieure ? Ne se laisserait-elle pas soumettre à quelque despote nouveau, sous le seul prétexte qu'il portait une casquette au lieu d'une couronne ? Les paroles de l'exilé Tchaadaeff hantaient encore la mémoire de Nicolas : « La Russie flotte dans le vide, hors de l'espace et hors du temps. Elle n'appartient à aucune famille ; elle est restée en dehors du mouvement de la civilisation européenne. Les Russes appartiennent au nombre de ces nations qui, dirait-on, existent seulement pour donner à l'humanité une leçon terrible. Cette leçon, sans doute ne sera pas perdue, mais peut-on prévoir les épreuves réservées à la Russie avant qu'elle remplisse sa destinée pour se retrouver au sein de l'humanité ? » Nicolas ne voulait pas se rallier aux craintes prophétiques de Tchaadaeff. Il avait besoin de croire que, par une sorte de miracle, le moujik russe, inculte, borné, paresseux, avait reçu en partage une clairvoyance politique capable de le mener de la mutilation des idoles à la création d'un ordre admirable. Il souhaitait de toutes ses forces que le courant, déclenché depuis deux ou trois jours, n'eût pas un sens négatif, mais positif, qu'il correspondît, non seulement à la nécessité de renverser quelque chose d'ancien, mais d'établir quelque chose de neuf. Car il ne suffisait pas d'être *contre* un certain passé ; il fallait encore être *pour* un certain avenir. Il ne suffisait pas de démolir ; il fallait aussi remplacer. N'appelait-on pas le peuple à la seule œuvre de destruction pour le congédier dès qu'il s'agirait de bâtir la société future ? Ne se servait-on pas de lui comme d'un ouvrier tout juste bon à déplacer des pierres ? Comment le savoir ?

Enfermé dans ses rêveries, Nicolas n'entendit pas que la porte de sa chambre s'ouvrait avec un miaulement. Son ordonnance se dressa devant lui, avec un visage rose et tranquille. Dans sa main gauche l'homme tenait les bottes de Nicolas, astiquées, luisantes, et, dans sa main droite, un petit plateau de métal, chargé d'une théière fumante et d'une tasse en émail bleu. Ses doigts étaient barbouillés de cirage. Une virgule de pommade noire marquait le bout de son nez. Cet excès de zèle amusa Nicolas et il éclata de rire :

— Tu n'as pas assez de mes bottes, Nikita ! Il faut aussi que tu te cires la figure !

— Quand on regarde de près, le malheur arrive, dit Nikita, en s'essuyant le nez avec le revers de sa manche.

Derrière lui, le bonnet à la main, se tenait le sergent-chef Néliépoff, en capote grise boutonnée jusqu'au cou.

— Des papiers urgents de la direction de l'École, dit-il en claquant les talons.

— Pourquoi me les apportes-tu à moi ? demanda Nicolas.

— Le chef du détachement est malade, retenu à Pétrograd.

— Et les autres officiers ?

— Personne n'est venu. Il n'y a que vous et le lieutenant Artzéboucheff à la caserne. Mais le lieutenant Artzéboucheff est déjà sorti. Je l'ai cherché partout sans résultat, sauf votre respect. Alors, j'ai pensé que vous pourriez, à sa place...

— C'est gai, dit Nicolas en décachetant le pli d'un coup d'ongle.

Il s'agissait d'instructions secrètes, signées du colonel commandant l'École, à Oranienbaum. Le colonel ordonnait d'interrompre immédiatement les classes et les exercices, de consigner les hommes à la caserne, et de mettre en état les fusils et les mitrailleuses entreposés à l'armurerie. Les officiers devaient demeurer en permanence auprès de leurs pelotons et se tenir en contact, par téléphone, avec la direction de l'École.

— Voyons, murmura Nicolas, en refermant le papier, tu dis bien qu'aucun officier n'est venu ?

— Aucun.

— Comment cela se fait-il ?

— Ces messieurs sont peut-être immobilisés à Pétrograd, où il y a des troubles. Ne passe pas qui veut.

— Mais ceux qui logent à Oranienbaum ?

— A Oranienbaum aussi, il y a des troubles. Hier, les soldats livraient leurs mitrailleuses à des ouvriers. Les officiers sont intervenus. On tire des coups de feu dans les rues. C'est un véritable scandale, passez-moi le mot.

Ayant congédié le sergent-chef et Nikita, Nicolas se leva d'un bond et plongea sa figure dans une cuvette d'eau glacée. La lettre de l'École et les paroles de Néliépoff avaient achevé de le réveiller. Il réfléchissait froidement à la responsabilité nouvelle qui, du jour au lendemain, lui tombait sur les épaules. C'était par crainte de se compromettre que ses collègues n'avaient pas rejoint leur poste, ce matin. Tous, plus tard, prétexteraient des maladies diplomatiques, des deuils de famille ou des difficultés de transport. Mais lui, que pouvait-il dire ou faire pour se soustraire aux ordres de ses chefs ?

« Les salauds ! Les faux frères ! » grommelait-il en s'habillant.

Comme il bouclait son baudrier, le lieutenant Artzéboucheff entra dans sa chambre. Nicolas lui tendit le message de la direction, sans ajouter un mot. Artzéboucheff lut le papier avec attention, en tortillant sa longue moustache noire. Sur son visage basané s'installait une expression triste et consentante.

— C'était à prévoir, dit-il enfin. Vous n'ignorez pas que nous sommes les deux seuls officiers du détachement. Nos camarades ont préféré se tenir à l'écart de l'affaire. Ce sont des malins. La nuit dernière, le général Khabaloff a demandé, paraît-il, un renfort de mitrailleurs. Qui sait si demain, ou ce soir, on ne nous commandera pas de partir.

— Pour Pétrograd ?

— Pas pour le front, bien sûr.

Nicolas se sentit pâlir, et quelque chose de froid se coucha sur son cœur.

— Ils nous demanderont donc de... de tirer contre le peuple ? balbutia-t-il.

— Certainement.

— Mais c'est impossible !

— Pourquoi ? dit Artzéboucheff avec un soupir. D'autres l'ont fait avant nous. L'armée est tenue d'obéir, quels que soient les ordres. Comment refuser ?...

— Donc..., vous... vous iriez ? reprit Nicolas d'une voix haletante.

— La mort dans l'âme...

— Vous accepteriez de diriger le tir contre des ouvriers, des femmes, des gosses sans défense ?

— La discipline militaire...

— Il ne s'agit plus de discipline militaire, s'écria Nicolas, mais d'humanité, d'honnêteté, de conscience...

Artzéboucheff se versa du thé dans le verre à dents, le sucra et l'avala en fermant les paupières. Il maintenait la cuillère avec le doigt contre le bord.

— Écoutez, Arapoff, dit-il enfin, je crois qu'il faut envisager ce problème d'un point de vue pratique. Nous sommes des officiers. Nous avons prêté serment au tsar. Or, une fraction du peuple est en révolte ouverte contre le régime. La fusillade de Pétrograd devient d'heure en heure plus terrible. Des agitateurs, probablement à la solde de l'étranger, encouragent les mutins. Notre devoir est d'aider au rétablissement de l'ordre. Il n'est pas question de massacrer des innocents, mais de lutter contre des hommes qui troublent la sécurité nationale. Nous n'aurons pas en face de nous de pauvres bougres désarmés, mais les soldats de la révolution, en civil.

— Nous aurons en face de nous des Russes, dit Nicolas. Cela suffit pour que je renonce à leur tirer dessus.

— Savez-vous de quel nom on traite un officier qui refuse d'aller au combat ? dit Artzéboucheff, sur un ton d'irritation contenue.

— Cela m'est égal.

La figure d'Artzéboucheff se crispa de dégoût.

— Vous êtes un déserteur, un déserteur ! glapit-il soudain, en remuant les bras.

Nicolas reçut ces paroles en pleine figure, comme une gifle. Une lumière blanche, étincelante, tremblait devant ses yeux. Il proféra dans un souffle :

— Je vous défends d'employer ce terme à mon égard. J'ai été blessé en première ligne. Je n'ai pas déserté devant l'ennemi.

— L'ennemi russe est plus à craindre que l'ennemi allemand, répliqua Artzéboucheff. Quoi qu'il en soit, je suis l'officier le plus haut en grade dans ce détachement. Si, contrairement aux instructions reçues, vous refusez de conduire les hommes à Pétrograd, je vous ferai mettre aux arrêts et j'avertirai la direction de l'École. Considérez-vous, dès à présent, non comme mon camarade, mais comme mon subordonné.

Son visage brun, aux moustaches grasses et noires comme des sangsues, aux yeux minces enfoncés sous d'épais paquets de sourcils, était tout vibrant de courroux.

— Estimez-vous heureux, dit-il encore, que je ne téléphone pas dès à présent au colonel pour le renseigner sur votre état d'esprit.

— Faites-le, dit Nicolas. Qui vous en empêche ?

— J'espère que vous reviendrez sur votre décision insensée.

Il avait posé sa main gantée sur la poignée de la porte.

— Bien entendu, dit-il, devant les hommes, et jusqu'à nouvel ordre, je vous traiterai comme si cette discussion n'avait pas eu lieu.

— Je vous remercie.

— Ne me remerciez pas, dit Artzéboucheff. Ce n'est pas pour vous que je le ferai. Mais pour eux. Je ne veux pas qu'ils aient à rougir inutilement de leur instructeur.

Et il sortit de la pièce en faisant sonner ses éperons.

Nicolas s'assit sur une chaise, enfouit sa tête dans ses mains et réfléchit aux paroles de son camarade. Il lui semblait qu'à la suite de ce dialogue, les chances de la révolution avaient baissé d'un seul coup. Sans doute, la majorité des officiers partageait-elle les opinions d'Artzéboucheff ? Liés par leur serment de fidélité au tsar, ces gaillards-là ne faibliraient pas au moment de mitrailler la foule. Et les soldats, pour la plupart, obéiraient à leurs consignes par crainte de mesures disciplinaires en cas d'insubordination. Les forces en présence étaient par trop inégales. Les ouvriers seraient écrasés sans merci. Cependant, même si l'insurrection devait échouer dans le sang, même si la sagesse consistait à se rallier aux vues d'Artzéboucheff, Nicolas ne pouvait pas se résoudre à marcher contre le peuple. Une protestation physique s'élevait en lui à la pensée de cette ignominie. Il préférait trahir l'empereur que trahir la nation. Il voulait être un homme avant d'être un chef. La perspective même du châtiment, de la dégradation, de la prison, n'entamait pas cette merveilleuse évidence. Depuis qu'il avait pris cette résolution, une gaieté fébrile s'était emparée de son cœur. Soulagé de mille scrupules, il se sentait en paix avec lui-même, heureux et lucide comme si le monde entier eût approuvé tacitement sa conduite. Il souriait à sa turne en désordre, au soleil jaune sur les vitres dentelées de givre, au parfum du thé chaud et des bottes cirées.

Lorsqu'il sortit, le froid vif, la blancheur pure des neiges, les couleurs mordorées du ciel achevèrent mystérieusement de le rasséréner. Au détachement, l'homme de garde se précipita devant lui, poussa la porte de la première chambre et cria : « Fixe ! »

Au centre de la pièce, ronflait un petit poêle de fonte aux flancs rouges. Une odeur de peau malpropre, de graisse d'armes et de tabac mijotait dans cette chaleur douce. Assis sur leurs lits, la vareuse déboutonnée, les pieds nus, quelques hommes astiquaient les culasses de leurs fusils démontés. En apercevant Nicolas, ils se levèrent paresseusement.

— Repos, dit Nicolas. Que faites-vous ?

— Le lieutenant Artzéboucheff nous a ordonné de nettoyer nos fusils. Alors, on les nettoie. Mais le sergent-major a distribué si peu d'huile qu'on ne peut rien faire de propre.

— Je le lui dirai. Continuez. Après, vous descendrez dans les salles de classe pour réviser les mitrailleuses.

Ayant inspecté les chambrées une à une, Nicolas se rendit au bureau de la chancellerie.

Debout devant la fenêtre, le sergent-chef Néliépoff se curait les ongles avec une épingle. Assis à une table, près du poêle, le secrétaire écrivait dans un gros registre relié en toile noire. Sa plume grinçait. Il tirait la langue. Le lieutenant Artzéboucheff était au téléphone. L'écouteur collé à l'oreille, le front plissé, il répétait.

— Mais non, je ne coupe pas..., je reste en ligne..., oui..., dépêchez-vous...

Comme Nicolas s'approchait de lui, il le toisa d'un regard glacial et murmura :

— Ah ! vous voilà ! Je suis en communication avec la direction de l'École.

Nicolas frémit de crainte : Artzéboucheff n'avait-il pas appelé Oranienbaum pour le dénoncer, contrairement à sa promesse ? Le dos faible, il s'appuya au mur, ferma les yeux, attendit. Subitement, le lieutenant s'écria :

— Oui... J'écoute... Ici l'adjoint du commandant... Le commandant est souffrant, retenu à Pétrograd... Oui... Tout à fait déplorable... Je prends le message... Dictez... « Le colonel commandant l'École ordonne qu'immédiatement..., parés pour le combat..., tenue de campagne..., mitrailleuses en état..., approvisionnement complet en cartouches... Attendre sans s'absenter un appel d'urgence... » Parfait... Je relis.

Nicolas poussa un soupir de soulagement. Ce n'était pas encore l'ordre d'embarquement, mais un appel préliminaire d'alerte. Quelques heures s'écouleraient sans doute avant qu'on enjoignît au détachement de se mettre en marche. Comment employer ce sursis ?

Artzéboucheff avait accroché le récepteur et demeurait immobile, pensif. Puis, il tendit un papier au sergent-chef, et dit d'une voix brève :

— Faites exécuter ces instructions. Vous avez entendu ? Tenue de campagne. Équipement complet. Toutes les munitions et toutes les mitrailleuses. Que les hommes soient prêts à partir au premier appel. Allez !

Néliépoff prit le papier d'une main tremblante. Son visage était décomposé par la peur.

— Alors, comme ça, Votre Noblesse, on nous enverra nous aussi, dans la rue, contre le peuple !...

— Eh bien ? Vous n'êtes pas en sucre ! Un ordre est un ordre. Ne perdez pas de temps.

Néliépoff salua et sortit en courant sur ses bottes pesantes.

— Je vais me mettre en tenue, dit Artzéboucheff. Vous venez, Arapoff ?

— Non... Enfin..., je veux d'abord..., oui..., écrire une lettre...

— Je vous conseille de vous dépêcher. On peut rappeler dans quelques minutes. Il faut que vous soyez prêt.

Il appuya sur ces derniers mots et les accompagna d'un regard significatif.

— Je serai prêt, dit Nicolas avec un sourire.

— Bravo, dit Artzéboucheff, je vois que vous avez compris. Vous ne regretterez pas...

Resté seul avec le scribe, Nicolas marcha de long en large dans la chambre, les mains derrière le dos, la tête penchée.

— Va me chercher à l'armurerie l'état des mitrailleuses hors d'usage, dit-il enfin. C'est urgent.

Le secrétaire se gratta la tête :

— J'avais une liste à finir, pour la paie...

— Elle attendra. File. Il n'y a pas une minute à perdre.

Lorsque l'homme fut parti, Nicolas s'approcha du

téléphone, tira un canif de sa poche et trancha les deux fils fins et tordus. Ensuite, précautionneusement, il glissa les brins entre l'appareil et le mur, près de l'isolateur. Le travail avait été proprement exécuté. On ne remarquait rien d'anormal, à première vue. Le cœur de Nicolas battait violemment dans sa poitrine. La peur et le dégoût lui tapissaient la bouche d'une saveur pourrie. Le scribe revint, tenant entre deux doigts, avec respect, un état calligraphié en double exemplaire. Nicolas prit les feuillets, les parcourut d'un air compétent et les rendit au soldat en disant :

— C'est tout ce que je voulais savoir. Je vais me préparer. Si l'École téléphone de nouveau, préviens-moi en même temps que le lieutenant Artzéboucheff.

Jusqu'au soir, les hommes demeurèrent consignés dans les chambres, en tenue de campagne, avec leurs armes et leurs sacs. Artzéboucheff ne quittait plus le bureau de la chancellerie, dans l'expectative d'un nouveau message. Nicolas, désœuvré, flânait dans les couloirs de la caserne. D'une seconde à l'autre, il s'attendait à ce qu'on découvrît sa supercherie. Il suffisait qu'Artzéboucheff tentât d'appeler l'École pour remarquer que l'appareil ne fonctionnait plus et que les fils en avaient été sectionnés. Aussitôt, ses soupçons tomberaient sur Nicolas. Il le ferait arrêter et téléphonerait d'un restaurant ou d'une maison particulière pour signaler son cas à la direction. La manœuvre de Nicolas n'aurait donc servi qu'à retarder de quelques heures l'envoi à Pétrograd des élèves mitrailleurs destinés à massacrer la foule. Mais, dans les conjonctures présentes, gagner du temps, si peu que ce fût, c'était sauver des vies humaines, désorganiser les plans de l'adversaire et travailler pour le salut de la révolution. En passant devant les portes des pièces, Nicolas entendait des bribes de conversations, des tintements de gamelles, des chocs de crosses, des crissements de baguettes. Quelqu'un chantait :

Il n'y a rien de pis que vivre au monde
En servant comme mitrailleur !

— Ta gueule, Féraponte, on ne chante pas un jour pareil !

— Tu crois vraiment qu'ils nous enverront là-bas ?

— C'est pas pour des prunes qu'on nous fait nettoyer les fusils et les mitraillettes !

— Les ouvriers ont de la chance. Ils peuvent se mettre en grève. Mais nous ! Essaie voir de refuser ! Ah ! saleté de vie !

— On peut toujours faire semblant de tirer. Viser ailleurs !

— Où que tu vises, avec une mitrailleuse, tu descends quelqu'un. Je te le dis, c'est la mort du peuple. Dieu crache sur la Russie du haut de ses nuages. Accepte donc le crachat, essuie-le avec la manche et remercie en saluant bien bas.

Nicolas appuya son front à la fenêtre du couloir. Le soir tombait, orange et gris, barbouillé de brume. A cinq heures, le soldat de garde apparut au bout du corridor. En le voyant s'avancer vers lui, Nicolas pensa instantanément qu'il était envoyé par Artzéboucheff. Ses mains devinrent moites, et ses joues flambèrent. Le moment de l'explication était venu.

— Eh bien ? dit-il d'une voix atone.

— Il y a un homme qui vous demande devant la caserne.

— Quel homme ?

— Je ne sais pas. Un petit avec de grandes oreilles.

Immédiatement, Nicolas songea à Zagouliaïeff et se jeta comme un fou dans l'escalier aux vieilles marches de bois craquant.

C'était Zagouliaïeff, en effet, qui se tenait devant le poste de garde et bavardait avec le factionnaire. Nicolas le fit entrer dans la cour, et ils s'assirent sur un banc de pierre, près du magasin de l'armurier. Ayant inspecté les environs d'un regard circulaire, Nicolas murmura soudain :

— Je n'en peux plus d'être sans nouvelles ! Que se passe-t-il, là-bas ? Raconte.

Zagouliaïeff éclata de rire :

— Ne t'emballe pas, frère. Les affaires sont bonnes. Nos ouvriers se battent comme des lions. Nous avons pillé des dépôts d'armes, réquisitionné des voitures.

— Mais l'armée ?

— La nôtre augmente d'heure en heure, et la leur diminue à vue d'œil.

— C'est-à-dire ?

— C'est-à-dire que les soldats répugnent à marcher contre le peuple et se massent de notre côté.

— Quels soldats ?

— Eh bien, ceux du régiment de la garde Volhinsky, par exemple, déclara Zagouliaïeff, avec un air de fausse modestie. Ça ne te dit rien ?

— Ce n'est pas possible ! balbutia Nicolas.

— Ils ont refusé d'obéir, tué deux officiers, mis à sac l'Arsenal, et les voici dans nos rangs, sous le drapeau rouge. Pour ne pas être en reste, les régiments de la garde Préobrajensky et Litovsky ont suivi leur exemple cet après-midi. Ajoute à cela le régiment de Moscou, qui, au lieu de tirer sur la foule, fraternise avec elle et l'aide à libérer les détenus politiques de la prison de Vyborg. Ah ! un détail : j'allais oublier de te dire que la forteresse Pierre et Paul est entre nos mains.

Abasourdi, tremblant de joie, Nicolas ne savait que répéter :

— Incroyable ! Incroyable !

Tout à coup, il se ressaisit et demanda :

— Mais les officiers ? Tu ne vas pas m'annoncer que les officiers, eux aussi... ?

— Non, dit Zagouliaïeff, pour l'instant, ils se cachent ou se font tuer à leur poste. Mais ils finiront par comprendre. Les policiers à leur tour comprendront. Sais-tu qu'un télégramme du tsar est arrivé, à minuit, ordonnant la dissolution de la Douma ?

— La Douma est dissoute ?

— Penses-tu ! Les députés eux-mêmes n'obéissent plus au tsar. Ils continuent à siéger, comme si de rien n'était.

Le palais de Tauride est devenue le centre de ralliement de tous les révolutionnaires. Et le respectable président Rodzianko a, paraît-il, envoyé une dépêche à l'empereur pour l'inviter à abdiquer d'urgence.

— L'empereur n'acceptera jamais. Il expédiera des troupes prélevées sur le front pour nettoyer la ville.

— Les troupes du front ne sont pas plus sûres que celles de la capitale, dit Zagouliaïeff. Avez-vous reçu l'ordre de partir pour Pétrograd ?

— Non. Seulement un avis de nous tenir prêts.

— Parfait. Quel est l'état d'esprit des hommes ?

— Il leur déplaît de combattre leurs frères.

— Qu'as-tu fait ?

— J'ai coupé les fils du téléphone.

— Je ne t'aurais pas cru si astucieux, dit Zagouliaïeff. Mes compliments. Nous allons emmener tout ce monde, avec armes et bagages.

— Pas si vite, dit Nicolas. Je ne suis pas certain qu'ils m'obéiront. Le lieutenant Artzéboucheff s'opposera au départ.

— Nous le ferons coffrer, ton Artzéboucheff. Je suis déjà passé dans pas mal de casernes. A Oranienbaum, à Péterhof, les troupes se mutinent aussi. Il y a des escarmouches entre les régiments fidèles à la monarchie et ceux qui se rangent de notre côté. Tout le pays remue. On ne peut plus attendre. Laisse-moi parler à tes hommes.

Nicolas hésitait encore, car il craignait de tout compromettre en brusquant les événements. Il se trouvait engagé dans une entreprise nouvelle et passionnante, où l'autorité des chefs, n'ayant plus cours, était remplacée par la bonne volonté des hommes. Dans cette vacance remarquable de la légalité, l'exécution d'une consigne ne dépendait plus du grade hiérarchique de celui qui l'avait donnée, mais de l'humeur de ceux qui la recevaient. Subitement, il ne fallait plus compter avec un nombre de poitrines, de fusils et de mitrailleuses, mais avec la compréhension, la fatigue, la peur ou l'enthousiasme de chacun. C'était cela, en somme, la révolution : la reconnaissance de la dignité humaine dans le dernier des tâcherons. On ne pouvait plus commander, on devait convaincre. Certes, les victoires étaient plus belles, du seul fait qu'elles étaient remportées, non par un troupeau obtus, mais par des êtres conscients du sacrifice qu'on exigeait d'eux. Mais l'absence de discipline rendait difficile l'élaboration du moindre projet. « Nous croiront-ils ? Ne préféreront-ils pas rester au chaud dans leur caserne et attendre des instructions venues de leurs vrais supérieurs ? Sont-ils mûrs pour la liberté de penser et d'agir ? » Ces questions tourmentaient Nicolas, tandis qu'il traversait la cour en compagnie de Zagouliaïeff. La nuit était venue, entre-temps, bleue, vaste et froide. Les fenêtres de la caserne s'étaient allumées, et leur reflet, jaune et rectangulaire, se découpait nettement sur la neige.

— Écoute, dit Nicolas, tout compte fait, je ne suis pas tranquille.

— On ne te demande pas d'être tranquille, dit Zagou liaïeff. Rassemble tous les hommes dans un local approprié et...

— C'est impossible. Il faudrait prendre un peloton après l'autre.

— T'occupe pas de ça. On verra sur place.

Quand Nicolas et Zagouliaïeff pénétrèrent dans la chambrée du premier peloton, tous les soldats se levèrent. Ils étaient en tenue de combat, mais leurs visages bien nourris exprimaient l'appréhension et la lassitude.

— Faites venir vos camarades des chambrées voisines, dit Nicolas d'une voix détimbrée. Ceux qui ne pourront pas entrer se masseront dans le couloir.

Il monta sur une table et tendit la main à Zagouliaïeff, qui se hissa à ses côtés. Bientôt, la pièce fut pleine de soldats éberlués, murmurants, timides. Quelques-uns se tenaient debout sur les lits, ou assis sur le bord des fenêtres. Dans le corridor, se pressait la foule de ceux qui n'avaient pu trouver de place à l'intérieur. Nicolas voyait, étalé en contrebas, ce terrain de figures rudes, aux cheveux ras, aux yeux incompréhensifs. Et son cœur défaillait d'angoisse. « Tous ces inconnus. Avec chacun sa petite idée, sa petite frousse, sa petite ambition personnelle. Quel langage aura raison de leur passivité ? »

Brusquement, bombant la poitrine, il cria :

— Camarades ! voici un homme qui arrive de Pétrograd avec des nouvelles sûres. J'ai pensé qu'il vous serait agréable de savoir ce qui se passe là-bas.

A ces mots, les soldats se regardèrent avec stupéfaction, et certains baissèrent la tête. C'était la première fois que Nicolas les traitait de camarades. Ils se méfiaient. Ils ne savaient que répondre. Au bout d'un moment, quelques voix isolées sortirent de la foule.

— Oui… oui… Il n'a qu'à parler… On est là à attendre… On a le droit d'être renseignés, tout de même.

— Parfaitement, vous en avez le droit, camarades ! hurla Zagouliaïeff, car le sort du pays est entre vos mains. Depuis trois jours, le gouvernement du tsar, avec l'aide de la gendarmerie et de la police, massacre sans pitié vos frères ouvriers, parce qu'ils ne veulent pas mourir de faim et continuer à fabriquer des armes pour une guerre inutile et maudite. Aurez-vous la cruauté, l'inconscience, la lâcheté d'obéir aux ordres de quelques officiers tarés, et d'ouvrir le feu sur le peuple, ou imiterez-vous les vaillants régiments Pavlovsky, Volhinsky, Préobrajensky, Litovsky et tant d'autres, qui ont déjà passé du côté de l'insurrection ? C'est pour vous poser cette question que je suis venu jusqu'à vous.

— Les régiments de la garde ont renoncé à tirer ? demanda quelqu'un.

— Oui, camarades, dans un magnifique élan, rompant avec la discipline, emprisonnant ou chassant leurs chefs, ils ont refusé d'être les artisans d'un crime abominable. Dans les premières heures de la matinée…

Tandis que Zagouliaïeff parlait, Nicolas observait avec anxiété les visages de l'auditoire. Une attention collective durcissait les regards, plissait les fronts, comme chez un groupe d'élèves studieux. Lorsque l'orateur annonçait une nouvelle étonnante ou employait un mot compliqué, une vague ondulation parcourait tous ces corps en capotes grises, et des figures se balançaient un peu comme de grosses fleurs. De toute évidence, les hommes étaient subjugués par l'éloquence du tribun. Mais accepteraient-ils de le suivre ? Comme Zagouliaïeff reprenait sa respiration, des exclamations s'élevèrent :

— C'est très joli, mais si les émeutiers sont vaincus, toi, le civil, qui causes si bien, tu fileras, comme une anguille, et nous autres, on passera devant le Conseil de guerre.

— Y a pas à dire, c'est risqué, grommela un petit soldat qui mâchait des graines de tournesol avec une expression bovine.

— Pourquoi risqué ? demanda un autre. Si la garde est du côté des révolutionnaires, il n'y a rien à craindre.

— Es-tu sûr qu'on te dise la vérité ?

— Comment savoir ?

— Peut-être que tout ça c'est des mensonges. Peut-être que les ouvriers se battent seuls. Et ils ont besoin de nos mitrailleuses. Je n'ai rien contre les ouvriers, mais...

Tout à coup, un remue-ménage violent se produisit du côté de la porte, et le lieutenant Artzéboucheff pénétra dans la pièce en bousculant quelques troufions effarés. Son visage était livide et lourd, comme celui d'un blessé. Sa mâchoire inférieure tremblait. Il y avait dans son regard une lueur de haine froide.

— Fixe ! hurla-t-il.

Et, instinctivement, les mitrailleurs se mirent au garde-à-vous.

— Que signifie ce rassemblement ? reprit Artzéboucheff d'une voix rauque. Que fait ce civil dans la chambrée ? Qu'y faites-vous vous-même, grimpé sur une table et présidant le meeting, aspirant Arapoff ? Je viens de découvrir que les fils du téléphone avaient été coupés. Le coupable m'est connu. Son châtiment sera exemplaire. D'ailleurs, cette manœuvre indigne n'aura servi à rien. Une estafette m'a apporté les ordres de l'École. Nous devons partir sur-le-champ. Que tous s'habillent et descendent dans la cour en rangs. Aspirant, vous êtes arrêté. Quant au civil, conduisez-le immédiatement au poste de garde...

Personne ne bougeait. Zagouliaïeff, les bras croisés sur sa poitrine, considérait le lieutenant avec ironie. Une stupeur majestueuse engourdissait Nicolas. Il sentait confusément que les quelques secondes à venir décideraient de son destin.

— Avez-vous entendu ? rugit le lieutenant Artzéboucheff en tapant du pied.

Un silence hostile lui répondit. « Nous avons gagné la partie », pensa Nicolas. Une joie désordonnée sonnait dans son corps. Il avait chaud. Il transpirait d'impatience. Il dit d'une voix calme :

— Camarades, le lieutenant Artzéboucheff prétend vous envoyer contre le peuple. Il croit que vous êtes encore des soldats de l'ancien régime, c'est-à-dire des chiens bien dressés. Mais vous avez un cœur, une âme. Vous êtes des révolutionnaires conscients. Vous n'accepterez pas d'assassiner vos frères, sous prétexte que leurs idées déplaisent au gouvernement impérial. Saisissez-vous de cet officier réactionnaire et restons entre nous...

— Sergent ! aboya Artzéboucheff.

— Il n'y a plus de sergents, plus d'aspirants, plus de lieutenants, dit Nicolas. Il n'y a que des camarades.

Artzéboucheff avait fait un bond en arrière et tirait son revolver de l'étui :

— Traître ! Parjure !

Son visage était labouré de fureur. Ses yeux lui sortaient de la tête. Il brandit son arme, mais un colosse au nez plat lui assena un coup de poing sur la nuque, et la balle, déviée, alla se loger dans le plafond. Deux soldats maintenaient Artzéboucheff en lui tordant les bras, derrière le dos :

— Où qu'on le met ?

— Quel vampire !

— Il mériterait qu'on lui casse les reins !

— Arrache-lui les épaulettes, la peau partira avec !

La bave aux lèvres, Artzéboucheff se débattait et râlait sur un ton plaintif :

— Salauds ! Canailles ! Ça, un aspirant ? Un officier ? Douze balles dans la peau !

— Enfermez-le au poste de garde, dit Nicolas.

Tard dans la nuit, d'autres détachements de soldats mutinés, venant d'Oranienbaum, arrivèrent à la caserne.

La cour était pleine de monde. Sous la lueur calme et bleue de la lune, la multitude des hommes gris, en capotes et sacs de campagne, grouillait sur place comme un panier d'écrevisses vivantes. Des coups de feu partaient vers le ciel impassible, accompagnés de longs rires niais et de chansons obscènes Des voix mâles gueulaient :

— Alors, quoi ? Qu'est-ce qu'on attend ? Ils les auront tous fusillés si on lambine encore !

— Attelez les chevaux ! Où sont les voiturettes ?

— C'est l'homme de garde qui a les clefs.

— Non, c'est le sergent-chef.

— Il se cache, la canaille !

Zagouliaïeff, sa mission accomplie, était parti, en avant, pour Péterhof. Nicolas, aidé d'un sergent-major balbutiant, obséquieux, affolé, surveillait l'embarquement des mitrailleuses sur les traîneaux. Des soldats tiraient hors des écuries les petits chevaux poilus et piaffants, les conduisaient vers les timons, vérifiaient les attelages :

« Excuse de t'éveiller en pleine nuit, petite sœur ! Mais c'est la révolution ! »

Des bruits de bottes se répercutaient dans les escaliers sonores. Toutes les fenêtres de la caserne étaient allumées.

— Il faudrait dresser un état des mitrailleuses sorties, bredouillait le sergent-major. C'est du matériel qui nous a été prêté par l'École. Autrement, ce ne sera pas régulier.

Un petit rouquin à la casquette tordue, à la lippe de voyou, s'approcha de Nicolas et cria soudain :

— Eh ! les gars ! Il y a là un aspirant, un buveur de sang, une sangsue capitaliste !

— Tais-toi, vieille bûche, répondit un homme du détachement. C'est notre instructeur. Il est pour le peuple. Il a coupé les fils du téléphone.

— Qu'il s'accroche donc un ruban rouge à l'épaulette, s'il veut pas qu'on l'assomme.

— Oui, oui, un ruban rouge !

Nicolas prit un chiffon rouge que lui tendait le soldat et le fixa rapidement à son uniforme :

— Suis-je des vôtres, maintenant ?

Le sergent-major courait, avec son calepin, d'un traîneau à l'autre et répétait :

— Ne bousculez pas trop la Colt... Attention à la Hotchkiss, on vient de la réparer... Quel malheur !... Quand le colonel apprendra !... Voyons un peu...

— N'oubliez pas les bandes, glapit Nicolas. Il faut en fourrer le plus possible dans les sacs.

A coups de crosse, les soldats brisaient les caisses de munitions, plongeaient leurs mains dans le fouillis des cartouches luisantes. On eût dit une troupe de brigands pillant un trésor légendaire. Les bandes de mitrailleuses se croisaient sur leurs poitrines et sur leurs dos. Bardés de cuivre, alourdis de plomb, ils criaient d'un air farouche en se dandinant dans la neige.

— En route ! En route ! Sur Piter (1) ! Mort à la police ! Hourra !

— Et on a un officier avec nous !

— Amenez-lui un cheval !

— Ils en feront une gueule, les pharaons, lorsqu'ils verront qu'un aspirant à cheval nous commande !

— Pourquoi lui faut-il un cheval, à votre aspirant ? C'est un homme comme nous, les gars. Si nous marchons à pied, il doit marcher à pied. La règle révolutionnaire...

— A cheval, il verra plus loin. Il pourra dire où nous allons, ce qui se passe par-devant, tu comprends, tête de lard ?

— Un cheval ! Un cheval !

Deux hommes amenèrent un cheval par la bride, et Nicolas se mit en selle, maladroitement.

— Merci, camarades, cria-t-il. Je serai digne de votre confiance.

— Hourra !

De nouveau, des coups de feu partirent en claquant vers le ciel. Des vitres brisées tintèrent. Les chevaux hennirent de peur.

— Nous devrions au moins éteindre l'électricité avant de partir, disait le sergent-major.

Avec la lenteur d'une coulée de lave, la foule des soldats

(1) Nom populaire de Pétrograd.

sortait de la cour et débordait sur la chaussée. D'autres détachements, venus d'Oranienbaum, encombraient la route. Ce fut avec peine que les hommes de Nicolas purent s'insérer dans cette masse compacte, qui roulait en désordre vers Pétrograd.

Nicolas chevauchait au centre de la cohue. Pressé de toutes parts, il dominait un flot continu de dos, de visages, de bonnets de fourrure et de baïonnettes. A perte de vue, sous la clarté de la lune, miroitait et se tordait cet énorme serpent aux écailles de chair et de fer. Les pas craquaient sur les routes gelées, les fusils cliquetaient, les traîneaux grinçaient, des rires et des cris ponctuaient le tumulte. Et tous ces bruits divers se fondaient, à la longue, en une sorte de sifflement grave et haletant, qui semblait venir de la neige. Parfois, les feux des cigarettes éclairaient des bribes de figures humaines. Çà et là, de ce fleuve confus, surgissaient un bout de nez, un œil, une moustache qui, aussitôt, retournaient au néant. Dans l'exaltation de sa propre victoire, Nicolas se demandait, par moments, s'il était éveillé, si ce déroulement fantasmagorique n'était pas l'indice d'un songe. Était-ce bien lui qui dérivait comme un bouchon porté par le courant d'une armée en révolte ? Ces êtres rudes qui l'entouraient étaient-ils vivants, ou s'évanouiraient-ils comme un mirage aux premiers rayons du soleil ? Sous ce ciel pur et froid, la marche vers la capitale prenait une valeur mystique. On pensait à un peuple frappé d'illumination, et qui se met en route, nuitamment, vers le lieu de la bonne nouvelle. En vérité, nulle étoile ne guidait ces pèlerins nombreux, mais la lueur vague des incendies. Ce n'était pas un enfant divin qu'ils trouveraient au terme de leur course, mais des larmes, du fiel et de la cendre. Et, cependant, leur foi, leur élan, étaient les mêmes que s'ils se fussent avancés vers une calme révélation. Un chant cahoteux monta vers la lune :

On nous a fourrés dans un wagon
Pour nous expédier à Oranienbaum.
Nous étudions la mitrailleuse.
Même d'ici, nous effrayons l'ennemi...

Ivre de joie, Nicolas chantait avec ses hommes. De hauts sapins aux barbes blanches se détachaient, immobiles et pensifs, sur l'écran bleu de la nuit. Le vent se leva. Une poussière neigeuse voltigea dans l'air. En tête de la colonne, flottait un drapeau en loques, d'un rouge noirâtre, comme le sang caillé.

A Péterhof, dans le parc aux statues frileuses, d'autres soldats se joignirent au mouvement.

— Suivez-nous ! Suivez-nous !

— De quelle unité ?

— 3e régiment de réserve.

— Il y a des junkers et des officiers embusqués dans les jardins !

Dans le quartier du Nouveau-Péterhof, retentissaient encore les aboiements des mitrailleuses hystériques. De petites villas bourgeoises, argentées par la clarté du ciel, se recroquevillaient dans l'angoisse. Des bâtiments officiels, empesés de neige, digéraient leurs provisions de paperasse et de poussière. Les guérites étaient veuves de sentinelles. Dans la cour d'une caserne, parmi le tremblotement fantastique des lampions et des phares, quelques larves humaines chargeaient des caisses sur les chariots aux roues hautes. Des chevaux aux têtes faraudes piaffaient, tiraient sur leurs traits. Les canons sortaient, en cahotant, brillaient d'une longue larme bleue à la lueur de la lune. Leurs gueules noires s'orientaient dans le vide, demandaient à parler soudain. Derrière eux, bringuebalaient des caissons chargés d'obus, s'agitaient des ballets de canonniers rigolards, aux faces taillées dans l'étoupe. Tout cela, canons, caissons, chevaux et hommes grossissait la procession, comme un affluent se jette dans une large rivière.

Dans les allées aristocratiques, aux bosquets de givre fin, la foule noire dévalait avec un grondement de cuir et d'acier. On glissait sur la glace mince des étangs, on trébuchait contre des racines ossifiées.

— Avec nous ! Avec nous !

— Le Ier régiment de mitrailleurs est sorti des casernes pour nous rejoindre !

— Hourra !

Nicolas, transi de froid, rompu de fatigue, n'avait plus la

force de réfléchir. Il ne savait pas depuis combien de temps il avait quitté Martychkino, ni s'il arriverait un jour à Pétrograd. Mais il sentait avec certitude qu'il vivait les heures les plus exaltantes et les plus utiles de son existence.

— Deuxième mitrailleur !

— Stélna s'est soulevé !

— Cela fait huit mille hommes !

— Et vous avez vu les canons ?

— Sur Piter ! Sur Piter ! A bas la guerre !

Le dôme de Saint-Isaac était comme une bulle de savon dans le ciel obscur. Nicolas s'enfonçait à travers un pays de dentelles scintillantes, d'aigrettes de sel, de vapeurs de perle ; il nageait dans l'irréel et l'imputrescible ; il donnait son âme à un mirage nocturne, noir et blanc, où les hommes eux-mêmes avaient l'air d'une forêt en marche.

— Avec nous !

— En avant !

— Qu'est-ce que t'es ? Bolchevik ?

— Non.

— Menchevik, alors ?

— Non plus. J'en ai marre !

— C'est pas un parti, ça !

— Non. C'est toute la Russie.

— Avec nous ! En avant !

Comme on approchait de Ligovo, les lueurs d'un incendie léchèrent la base du ciel, du côté de la capitale.

— C'est Piter qui flambe ! On a dû allumer des feux de joie à l'Amirauté, ou à l'Arsenal.

— Vite, les gars. Dans deux heures, on sera rendus !

— J'ai plus de pieds !

— Marche sur les mains !

Venu on ne savait d'où, le bourdonnement limpide d'une balalaïka ranima le courage des hommes Des voix chantèrent :

Notre mitrailleuse fait un fameux chambard,
Que le bras en tremble pendant des heures.
Adieu, adieu, mon joli pays,
Et mon village, au bord de la rivière...

Les flammes baissèrent à l'horizon.

« Oh ! c'est éteint. On a dû griller quelques pharaons, et c'est tout. »

Nicolas, épuisé, pencha la tête et somnola pendant quelques minutes, bercé par le pas de sa monture. Lorsqu'il rouvrit les paupières, un spectacle nouveau s'offrit à son regard. Une phosphorescence diffuse envahissait l'espace, vers l'orient. Dans cette réverbération verdâtre, se dessinaient les abords dentelés de Pétrograd, les squelettes des chantiers, avec leurs grues noires et minces comme des potences, les cheminées de l'usine Poutiloff serrées, telles les colonnes d'un temple dont on eût arraché le fronton. Les risées de l'aube couraient dans le vide sombre du ciel, éveillaient de petits nuages aux nageoires mordorées. Des bancs d'écailles palpitantes dérivaient vers les abîmes ténébreux de l'ouest. Les lacs de la nuit se libéraient de toutes les présences suspectes. Une hésitation frissonnante, un vacillement de nuances ennemies, préludaient à la naissance royale du jour. L'air entier vibrait dans un crescendo de flûtes et de trompettes aigres. Subitement, touché par la flèche incandescente d'un rayon, un toit grésilla, s'enflamma telle une torche. Un glacis d'or en fusion embrasa quelques façades. Le dôme d'une église étincela comme une cymbale sonore. Çà et là, des gaines d'ombre flasque glissaient sur les volumes de pierre et se ratatinaient mollement à leur base. Des massifs de granit, des fenêtres pures comme des roubles d'argent, des arbres en fer forgé, harnachés de gemmes, resplendissaient dans une vapeur pourpre. C'était le début de tout, la création du monde, le chaud salut de la révolution. Tous les hommes sont frères ! La vie commence ! Comme une détonation de lumière, le soleil, longtemps contenu, bondit tout à coup dans le ciel. Et un long cri de joie s'échappa de la foule :

« Le soleil ! La ville ! On arrive ! »

Dans cette lueur neuve et rouge, Nicolas, stupéfait, voyait marcher autour de lui un immense troupeau d'hommes aux visages sanglants, aux capotes couleur framboise, aux baïonnettes de rubis. La neige qu'ils foulaient était imbibée de reflets vineux. Leur haleine même était rose. Et devant eux, au loin, tirée du crépuscule, bloc par bloc, étage par étage, dure, givrée, géométrique, la cité impériale se vêtait de rayons écarlates pour les recevoir.

XIII

« Laisse-moi faire ! » s'écria Nicolas, en écartant d'un coup d'épaule le soldat qui venait d'installer la mitrailleuse en position de tir.

Et il saisit solidement la poignée froide de la Maxim. Devant lui, à l'extrémité de la rue, non loin des bâtiments de l'usine Poutiloff, les capotes sombres des policiers barbotaient comme des mouches dans une mare de crème. Des coups de fusil, isolés et naïfs, égratignèrent la neige. Protégé par l'angle d'une maison aux volets fermés, aux soupiraux masqués de planches, Nicolas tournait méthodiquement la vis de pointage. Les hommes de son détachement s'étaient dispersés dans les encoignures des portes, dans les avenues transversales, dans les jardins avoisinants. Ils attendaient le signal. Nicolas pressa sur la détente, et la mitrailleuse trépigna de fureur, hurla par saccades. La machine avalait sa bande de cartouches avec rapidité. L'un après l'autre, les tubes de cuivre entraient dans la boîte comme aspirés goulûment vers l'intérieur, et les douilles vides tombaient sur le sol en se retournant. Le canon s'échauffait. Dans le fracas d'un feu rapide, Nicolas voyait tressauter, au bout de son regard, quelques bicoques rongées de gale, des silhouettes noires, gesticulantes, une palissade aux affiches loqueteuses, un réverbère, un pan de ciel. Cette danse verticale des êtres et des choses fatiguait ses yeux. Les secousses de la Maxim ébranlaient tout son corps de l'épaule au talon. Il grommelait :

« Trop court… Là… Ça va mieux. »

Les policiers détalaient, se collaient aux façades des maisons, s'effondraient en tournoyant sur eux-mêmes, avec des mouvements affaiblis de toupies. Lorsque la route fut libre, Nicolas cessa le tir, et les soldats émergèrent de leurs cachettes. Mais, à peine se furent-ils avancés de quelques pas, qu'un crépitement sec fendit l'air en bandes horizontales. Une mitrailleuse, desservie par les policiers, balayait l'espace devant elle. D'où venaient les coups ? De ce grenier ? De cette lucarne ? Tandis que ses hommes fuyaient de tous côtés, Nicolas braqua sa Maxim sur la fenêtre suspecte, et une averse de plomb déchiqueta les vitres, les linteaux, les murs de bois pourri. Avec rage, avec volupté, il sentait vibrer jusqu'au fond de lui-même cette mécanique à donner la mort. Une odeur de graisse brûlée et de poudre le prenait à la gorge. Ses dents soudées lui faisaient mal. Enfin, il arrêta le feu. La mitrailleuse ennemie s'était tue depuis longtemps. La rue, après ce vacarme et cette agitation, s'étendait, silencieuse, comme frappée à mort par les balles. De nouveau, timidement, pliés en deux, le fusil à la main, la face vernie de peur, les soldats s'aventuraient hors de leurs repaires. Nicolas les vit progresser avec lenteur vers le refuge des policiers. Ils allaient vérifier la victoire. Subitement, une clameur emplit l'air ensoleillé :

« Hourra ! »

Aussitôt, de toutes parts, les portes, les cours, les monceaux de neige vomirent une multitude informe qui criait et chantait. Nicolas, abandonnant la mitrailleuse aux soins du sergent-chef Néliépoff, courut jusqu'au potager, où il avait attaché son cheval. Lorsqu'il reprit sa place dans le cortège, il lui sembla que le nombre des hommes avait encore augmenté. Le torrent des bonnets et des casquettes moutonnait en désordre dans la clarté glaciale du matin. Arrivé à hauteur de la petite maison d'où les agents avaient mitraillé la troupe, Nicolas aperçut quelques soldats rieurs qui déshabillaient les cadavres. Les policiers, étendus dans la boue, la face maculée de sang, la barbe raide, n'avaient déjà plus de manteau, plus de bottes, plus de chaussettes. Les pieds nus et sales, d'une chair grise, dressaient dans l'air leurs orteils velus. Un peu plus loin, un « pharaon », dont l'oreille déchiquetée saignait à flots sur sa capote noire, se laissait emmener par deux mitrailleurs, en gémissant :

« Me tuez pas... J'ai pas tiré... J'ai pas tiré, camarades... Je vous jure... »

Nicolas fut tout surpris d'entendre que cet inconnu parlait russe. Tandis qu'il dirigeait le feu de sa mitrailleuse contre les policiers, il ne lui était pas venu à l'idée qu'il exterminait des compatriotes. Inconsciemment, il les assimilait à l'ennemi allemand ou autrichien. Il les rejetait vers une autre race, vers un autre pays détesté. Or, voici que cet homme employait la même langue que lui pour se plaindre. Il avait l'accent traînant de Toula. Comment était-ce possible ?

Une pitié trouble affaiblit Nicolas, ralentit ses pensées. Ce policier geignard lui gâchait sa joie. Violemment, il refusa de le voir, de l'écouter, talonna son cheval, emplit ses poumons d'un air jeune.

Le faubourg de Poutiloff défilait de part et d'autre de la cohorte, avec ses baraques rapiécées, ses cheminées d'usine qui ne fumaient plus, ses longues palissades aux affiches soulevées de cloques. Comme le détachement approchait de la porte de Narva, Nicolas frémit, effleuré par un souvenir fatidique. Il se trouvait à cette même place, quelque douze ans plus tôt, avec le même soleil, la même neige sur les toits. Une foule dense l'entourait, comme à présent, mais ce n'étaient pas des soldats en armes, c'étaient des ouvriers, des femmes, des enfants, conduits par le pope Gapone pour remettre à l'empereur une respectueuse supplique. Devant l'arc triomphal aux chevaux de bronze sombre, les cosaques avaient tiré sur le peuple. Aujourd'hui, les abords du monument étaient déserts. Nul ne s'opposait plus à l'entrée de Nicolas dans la ville. Le tsar n'avait pour le servir qu'un régiment de statues immobiles et sans voix.

Au-delà du canal, sur la perspective Narvsky, une nuée d'ouvriers accueillit les soldats en chantant. Lorsque les deux masses ne furent plus séparées que par une trentaine de pas, elles s'effrangèrent soudain, se disloquèrent sur les bords, essaimèrent des vestes noires et des capotes grises qui couraient les unes vers les autres. Des hommes en uniforme embrassaient des hommes en habit de travail. Les drapeaux rouges de l'armée s'unissaient aux drapeaux rouges du peuple. Les deux flots contraires se mariaient dans un remous de visages victorieux.

— Vive l'armée !

— Vive la révolution !

— A bas la guerre !

— Hourra !

Un orateur, grimpé sur les épaules de ses compagnons, glapit :

« Camarades, nous saluons fraternellement votre entrée dans la ville. Les derniers défenseurs de l'autocratie ne résisteront pas à votre élan héroïque… Joignant l'effort de toutes les mains calleuses, nous obtiendrons la fin de la guerre, la journée de huit heures et la distribution gratuite aux paysans des terres du tsar et des propriétaires fonciers… »

Un petit orchestre de cuivres, dissimulé dans la foule, entonna *La Marseillaise.* Le tribun chavira, sombra dans une houle de poings nus et de baïonnettes. Une allégresse nerveuse déformait les figures. Des cris rudes fendaient les poitrines. Quelqu'un lança une poignée de tracts, qui retomba en neige sur les têtes. Nicolas saisit au vol un papillon de papier marqué de lettres grasses : « L'heure décisive a sonné… La révolution… Élisez vos soviets… Soldats et ouvriers… »

Sans qu'aucun ordre eût retenti, mais tout naturellement, par une décision spontanée, unanime, l'armée grise se remit en marche. Les ouvriers s'écartèrent pour laisser la voie libre aux soldats. Répondant à l'appel du peuple, au vœu des historiens présents et futurs, et, peut-être, au conseil de Dieu, Nicolas entrait dans Pétrograd. En cas de défaite, la mort. En cas de victoire, l'oubli. Chacun le savait. Mais nul ne songeait à rebrousser chemin. Les mains glacées serraient fortement les crosses des fusils. Les pieds endoloris martelaient la terre. Les visages, las, livides, souillés de barbe et de suie, étaient tendus au cran d'arrêt.

« Gauche, droite ! Gauche, droite !… »

Le long du canal Obvodny, des spectateurs de plus en plus nombreux se massaient au passage du cortège. Les uns se taisaient, craintifs, baissaient les yeux devant les étendards de la révolution. D'autres hurlaient de joie et sautaient sur place comme des chèvres. Un portier en touloupe arrachait précipitamment les parties bleues et blanches d'un drapeau russe, les fourrait dans sa poche, et tendait entre ses deux mains la bande rouge horizontale. D'autres l'imitaient, sur le parcours. Çà et là, aux fenêtres, pendaient des linges écarlates, étroits et fripés. Les soldats criaient gaiement :

« Encore un drapeau !... Et là !... Et au coin de la rue !... T'as vu ?... Tous, tous ils sont avec nous, les frères !... »

De temps en temps, un homme quittait les rangs, courait vers le trottoir, et on ne le voyait plus. Qu'était-il devenu, le bougre ? Avait-il repéré un *traktir* ouvert, ou un ami, ou ne fille au sourire avenant ? Devant un petit restaurant à la façade basse, quelques femmes entouraient une marmite fumante. Les soldats plongeaient la main dans la marmite, au passage, tiraient un fragment de viande bouillie, un quignon de pain trempé, ou un légume mou.

— Servez-vous, les braves ! Vous devez avoir faim !

— Pour sûr qu'on a faim !

— T'as pas un peu de vodka, mémère ?

— La révolution, ça ne nourrit pas !

— Non, mais ça réchauffe !

Des étudiants aux brassards rouges sortirent, en délégation, d'une porte cochère et s'avancèrent vers la troupe. L'un d'eux posa la main sur l'étrier de Nicolas et marcha quelque temps à ses côtés. Il avait un visage de nourrisson, potelé et lisse. Les armes impériales scintillaient sur le fond noir de ses épaulettes carrées.

— Qui êtes-vous, d'où venez-vous ? demanda-t-il.

— D'Oranienbaum ! De Martychkino ! De Péterhof ! De Strélna ! répondirent des voix orgueilleuses.

— Parfait, dit l'étudiant d'un air sérieux. Dans ces conditions, je vous conseille d'aller à l'Institut technologique, où il y a une cantine pour les soldats. Puis, il faudra que vous vous rendiez au palais de Tauride, pour prendre les ordres.

— Quels ordres ? s'écria un mitrailleur, qui cheminait, tête nue, sans ceinturon, le fusil en bandoulière. On n'a d'ordres à recevoir de personne.

— C'est la Douma impériale qui siège au palais de Tauride, dit un autre. Il faut les éventrer, et non prendre leurs ordres.

— Vous êtes mal renseignés, camarades, dit l'étudiant. La Douma est devenue le centre de l'insurrection. La Douma est avec nous. Le Soviet des ouvriers et soldats est en contact permanent avec les députés favorables à notre cause.

— Depuis quand ?

— Depuis hier déjà !

— Ah ! ça change !

— C'est un piège !

— Mais non !

— Mais si !

— Où se trouve le Soviet ?

— Au palais de Tauride.

— Non, à la gare de Finlande.

— De toute façon, dit Nicolas, il faut que les hommes mangent d'abord. Êtes-vous bien sûr, monsieur l'étudiant, qu'une cantine fonctionne à l'Institut technologique ?

— J'en reviens. Mais vous aurez peut-être du mal à passer. Le régiment Sémenovsky continue à se battre contre nous. Ils occupent la perspective Zagorodny. Pas moyen de les déloger.

— Et le régiment Ismaïlovsky ?

— Il a déposé les armes !

— Hourra !

— Alors qu'est-ce qu'on fait ?

— Au palais de Tauride !

— Non. Bouffons d'abord à l'Institut technologique !

— Allons à la gare de Finlande !

— Prenons l'Amirauté !

— Bonne chance ! cria l'étudiant, et il fit deux pas en arrière.

Autour de Nicolas retentissait un concert de propositions discordantes. Sa faim était telle qu'il craignait de perdre connaissance. Des éblouissements rapides supprimaient par instants le paysage, devant ses yeux. Il lui semblait éprouver le tremblement de la mitrailleuse dans son épaule. A sa gauche, marchait le gaillard au nez plat, qui avait frappé Artzéboucheff. L'homme mangeait un quartier de pain humide.

— Passe-m'en un bout, camarade, dit Nicolas.

Ayant mâché quelques bouchées de mie aigre, à l'odeur de soupe, il se sentit mieux. Le cortège traversait un pont. Sur la glace sale qui encombrait les bords de l'eau, reposait un amoncellement d'oiseaux dorés, de couronnes détruites. C'étaient les emblèmes impériaux, arrachés aux magasins des fournisseurs de la Cour. Frappés à mort, les aigles bicéphales gisaient pêle-mêle avec des boîtes de conserve, des torchons et de vieux souliers. Un gamin d'une quinzaine d'années, à la face blême, creuse, courait sur le trottoir et tendait à Nicolas une aile en bois argenté :

— Prends-la, camarade ! Tu la feras cuire ! Ils ne sont pas si coriaces qu'ils en ont l'air, les poulets du tsar !

Nicolas essaya de rire. Mais ses lèvres gercées lui faisaient mal. Les cris du gamin se perdirent dans le bruit des bottes et des capotes grises en mouvement. Sur la perspective Ismaïlovsky, un groupe d'étudiants avait enfoncé la devanture d'un antiquaire. Des sabres courbes, des pistolets damasquinés, de longs fusils à pierre aux crosses incrustées de nacre jonchaient le sol.

— Prenez ! Prenez ! Ça peut toujours servir à descendre un pharaon !

A côté, quelques hommes lestes dévalisaient un débit de tabac.

— Frères, ne faites pas ça ! cria un vieux sergent qui marchait derrière Nicolas.

— C'est pour vous qu'on le fait, camarades, dit l'un des voleurs en chargeant un sac sur son épaule. Ainsi, vous aurez de quoi fumer après la bagarre.

— Ah ! oui ? Eh bien, attends. On va vous donner un coup de main.

— Défense de quitter les rangs ! glapit Nicolas.

— Il se prend pour un général !

— A bas les généraux !

— Non, non, il a raison. Restez ! Pas de pillage ! La discipline révolutionnaire...

Nicolas ferma les yeux pour ramasser son courage. Le plus terrible n'était pas de chevaucher ainsi, malgré la fatigue et la faim, mais de sentir que la multitude qui l'entourait se composait de personnages divers et indépendants, dont aucun n'était tenu de lui obéir. Saurait-il leur interdire le vol, l'injustice, la lâcheté, par respect d'une révolution idéale ? Déjà, il lui semblait que la belle unité de cette armée se fractionnait, s'altérait, échappait à son amour, à sa vigilance. Des points d'appui lui manquaient. Des îlots hostiles partaient à la dérive. Il réagit de toutes ses forces contre l'abattement : « Quand ils auront mangé, tout ira mieux. Il n'y a pas de révolution sans éclats de boue. Ignorer le détail. Voir les choses en grand. Historiquement. »

Excluant toute pensée de son esprit, Nicolas se dressa sur ses étriers pour observer ce qui se passait au bout de la rue. Les soldats des premiers rangs s'étaient arrêtés, bloqués par un embouteillage de voitures automobiles et de traîneaux pavoisés de loques rouges. Du côté de la place de la Trinité, près du monument de Koutouzoff, retentissaient des coups de feu et des cris. Des nuages de fumée montaient vers le ciel. Nicolas descendit de cheval et se fraya péniblement un chemin jusqu'aux abords de l'incendie. C'était un commissariat de police qui flambait. Une foule triomphante d'ouvriers et de cosaques était massée, en demi-cercle, devant la maison. Sur la chaussée de neige boueuse, reposaient des dossiers aux couvertures bleues, des tiroirs arrachés, des chaises cassées, des nappes souillées d'encre.

« Ils sont cinq ou six enfermés dans le grenier, les canailles ! dit un ouvrier barbu, en prenant Nicolas par le bras. Toute la nuit, ils ont tiré avec la mitrailleuse. Ils ne veulent pas se rendre. Alors, on a mis le feu à leur baraque. Maintenant, ils se tiennent tranquilles. Ils n'ont plus de munitions. »

A travers les fenêtres démantelées, sortait une fumée rousse que les flammes traversaient parfois d'un vif coup de langue. La toiture de zinc suait sa neige et craquait sourdement. Soudain, à la lucarne du dernier étage, apparut une tête d'homme, aux moustaches touffues, aux yeux fous. Des deux mains, le policier avait saisi le châssis et se penchait en avant, dans un cadre de vitres brisées, aspirait l'air d'une manière goulue. Nicolas vit nettement la bande rouge de son épaulette. Des nuées bleuâtres flottaient autour de lui, qui semblaient jaillir de son dos.

« En voilà un ! Ne le manquez pas ! Salaud ! Antéchrist ! »

Quelques cosaques épaulèrent leurs fusils. Des coups de feu claquèrent, arrachant des fragments de bois aux linteaux, des crachats de poussière aux murailles. Le tour de la lucarne fut criblé de balles. La tête bascula en arrière, comme si le pharaon se fût jeté à la renverse, dans un puits.

— Il est touché !

— Non. Il va chercher son fusil !

— Elle est increvable, cette engeance !

Un vieux monsieur à lorgnons, pauvrement vêtu, la barbiche rare, le dos voûté, s'approcha de Nicolas et lui toucha le coude :

— Excusez-moi, monsieur l'aspirant, mais ne pourriez-vous leur dire que les pharaons ne sont pas tous des monstres ? Il faudrait distinguer. Beaucoup se trouvent être des moujiks, qui ont fait trois ou quatre ans de service militaire, comme soldats, et ne reçoivent que vingt roubles par mois pour maintenir l'ordre. Les vrais criminels...

Il fut interrompu par une clameur assourdissante. Le toit était devenu violet sombre et crevait en vomissements des gerbes d'étincelles. A l'intérieur, l'escalier s'éboulait dans un bruit d'avalanche.

« Hourra ! »

Des gamins dansaient devant les cosaques, qui avaient abaissé leurs fusils. Une femme au chignon défait courut chercher un bout de bois enflammé, près de la porte, et le jeta sur le tas des dossiers. Une odeur âcre de carton rôti piquait la gorge de Nicolas. Des pétales noirs s'échappaient des papiers qui brûlaient en se recroquevillant.

Nicolas regardait ces tranches épaisses, comme des gâteaux feuilletés, où serpentaient des lézards de feu.

— Il était inutile de détruire les dossiers, dit-il.

— Que veux-tu qu'on en fasse ? grogna un cosaque qui l'avait entendu. Nous n'avons pas besoin de ces vieilleries, camarade ! Le passé est mort ! Vive l'avenir !

Le petit monsieur à lorgnons tira Nicolas par la manche :

— Ne vous alarmez pas au sujet des dossiers du commissariat : c'est peu de chose. Mais regardez par là, du côté du Palais de Justice.

— Eh bien ?

— Cette fumée dans le ciel, c'est le Greffe du Tribunal qui flambe. Les manifestants y ont mis le feu. Toutes les Archives sont perdues. Hier, pendant l'incendie, j'ai vu des malheureux qui essayaient de rechercher leurs dossiers dans les flammes. Il y avait là des titres de propriété, des reconnaissances de dettes...

— Pourquoi ? Pourquoi ont-ils fait ça ? s'écria Nicolas.

Une rage impuissante l'agitait. Il aurait voulu expliquer à ces gens l'absurdité de leur conduite, leur donner les consignes ascétiques de la véritable révolution, les faire vivre selon son cœur. Mais pourquoi l'aurait-on écouté, lui plutôt qu'un autre ? Il n'avait aucun titre à la confiance de ses concitoyens. Même, il devait s'estimer heureux que, malgré ses insignes d'aspirant, les soldats acceptassent de lui obéir. De toute façon, il était trop tard. Le fleuve avait brisé les barrières, charriant pêle-mêle les héros et les assassins, les imbéciles et les génies, les purs et les traîtres. On ne pouvait que suivre le mouvement. Avec colère, Nicolas se tourna vers le petit vieux et cria :

— Laissez-moi avec vos histoires ! Allez-vous-en !

L'inconnu le considéra avec tristesse, hocha la tête et murmura :

— Je voulais vous renseigner, simplement.

— Je ne tiens pas à être renseigné ! Partez ! Mais partez donc !

A ce moment, des exclamations indignées s'élevèrent dans l'assistance :

— Sur le toit !... Un pharaon !... Il s'enfuit... Mais non, ce n'est pas lui... Si... si... Derrière la cheminée...

A deux maisons du commissariat, sur un toit glacé de neige, une faible silhouette noire se déplaçait en remuant les bras.

— Vas-y, Mitka. Montre si t'es un bon tireur.

Mitka, un jeune cosaque courtaud, au visage basané et dur comme de la corne, se mit à rire :

— En trois coups, je vous le démolis.

— Raconte-le à ta grand-mère.

— En trois coups, j'ai dit. Un pour voir. L'autre pour viser. Le dernier pour descendre.

— Ne parle pas tant, il foutra le camp.

Mitka épaula son fusil, coucha la joue sur la crosse, visa longuement. Le premier coup de feu se perdit dans l'air. Le second claqua contre la cheminée.

— Plus qu'un, Mitka.

— Je sais, je sais. Me gênez pas, bande de corbeaux !

Là-bas, la silhouette se pliait en deux, se redressait, faisait des signaux incompréhensibles. Une détonation sèche étourdit l'espace. Le bonhomme vacilla un peu, glissa comme un rat sur la pente de la toiture, rebondit contre la gouttière, et un cri de joie salua la chute écartelée du corps dans le vide.

— Touché !

— Bravo, Mitka.

— J'avais dit trois coups. J'aurais pu le faire en un, sans cette maudite fumée.

Des gamins s'étaient précipités au pas de course pour voir le cadavre du policier sur la chaussée. Ils revinrent avec des mines soucieuses.

— Alors quoi, les gosses ?

— C'était pas un pharaon.

— Et qui donc ?

— Un ramoneur.

Mitka se gratta la nuque :

— Qu'est-ce qu'il foutait aussi, sur le toit, un jour de révolution ! C'est pas régulier !

Nicolas, tremblant d'indignation, cria :

— Je vous demande de vous disperser. Le détachement

que je commande se rend à l'Institut technologique. Vous encombrez le chemin.

— Ça va ! Ça va ! On n'a plus rien à faire ici. On déménage. Te fâche pas, frérot. Tout le monde peut se tromper.

Le front bas, Nicolas revint vers ses hommes, enfourcha son cheval, et la colonne se remit en mouvement. Les voitures qui bouchaient le passage avaient disparu. Mais le tas de dossiers brûlait toujours devant le commissariat, et la ligne des soldats s'incurvait un peu sur la gauche, pour éviter la fumée. Nicolas les entendait rigoler dans son dos :

— Toutes les injustices impériales qui flambent !

— C'est comme ça, compère, quand le peuple se soulève, il nettoie tout. Il veut s'asseoir sur de la terre propre.

— Paraît qu'ils ont ouvert les prisons.

— C'est aussi une bonne chose. Les ennemis du tsar y étaient enfermés, à vivre de pain et d'eau. Maintenant, ce sont les affameurs du peuple qui les remplaceront dans les cellules.

A partir de la rue de la Première-Rota, le détachement dut ralentir son allure, car la circulation devenait intense Les hommes marchaient en colonne par deux, pour laisser la voie libre à des camions automobiles hérissés de baïonnettes et de drapeaux rouges. Sur les ailes des voitures, dont le vernis étincelait au soleil, des veilleurs étaient allongés, à plat ventre, le fusil à la main, dans une pose cambrée de sirènes. Des cavaliers les suivaient, montés sur des bidets de fiacre ou sur de puissants roussins de labour. Il y avait même quelques étudiants, à brassards écarlates, qui se dandinaient sur des chevaux réquisitionnés dans un cirque, avec leur harnachement complet de selles cloutées et de brides à franges d'or. Les chiens aboyaient autour de la cavalcade. Des mitrailleuses crépitaient au loin. Une fumée asphyxiante cachait, par instants, la lumière du ciel.

Un convoi d'autos particulières dépassa Nicolas. On les avait raflées à droite, à gauche, dans les administrations, dans les garages, en pleine rue, et, maintenant, des soldats les conduisaient, le mégot aux lèvres, la casquette tirée sur l'oreille. Puis, un groupe d'agents défila sous les huées. Ils étaient ficelés des épaules aux hanches et marqués à la craie sur le dos, comme du bétail. Des cosaques en armes les encadraient. Les ouvriers, massés au bord du trottoir, crachaient au visage des « pharaons » et leur lançaient des pierres. Et eux, graves, pesants, tels des suppliciés, regardaient droit devant eux, comme pour chercher une issue à ce couloir de poings et de cris. Nicolas raidissait toutes ses forces pour s'interdire de juger les excès de la révolution. Il aurait voulu pouvoir, sinon les approuver, du moins les ignorer ou les excuser en bloc. Mais il sentait que chaque pas accompli dans la ville compromettait un peu plus l'admirable exaltation qu'il avait éprouvée durant son voyage nocturne. Devant les bâtiments d'un gymnase, il avisa, parmi la foule, deux forçats vêtus de camisoles grises. Un carreau jaune était cousu dans leur dos. Sans doute venaient-ils d'être libérés, car ils se déshabillaient en hâte au milieu d'un cercle de badauds. Leurs faces bestiales, couturées de cicatrices, exprimaient une terreur intense. Ils jetaient des clins d'yeux inquiets à leurs voisins en se déculottant. Un lycéen leur présentait une capote militaire toute neuve et criait :

— N'ayez pas honte, camarades ! Tous les opprimés, tous les offensés sont nos frères !

— Pourquoi vous avait-on enfermés ? demanda quelqu'un.

— Pour nos opinions politiques, mon pigeon, répondit l'un des forçats en enfilant la capote sur sa chemise en haillons.

— Avec ça, dit une vieille femme, ils ont peut-être tué père et mère.

— Tais-toi, corneille ! hurla le lycéen. Suppôt de l'autocratie ! Vermine tsariste ! Sinon on t'enlève ta pelisse pour la leur donner !

La foule éclata de rire, et la vieille femme s'éloigna en trottinant. Un peu plus loin, trois officiers allemands, aux uniformes gris-vert, marchaient rapidement, tête baissée, sans regarder personne. Selon toute vraisemblance, ils se trouvaient internés, provisoirement, dans l'une des prisons dont les révolutionnaires avaient ouvert les portes. Un étudiant les accompagnait et leur parlait de près avec une mine obséquieuse.

— Où les mènes-tu, camarade ? demanda un matelot à veste de cuir qui, du haut d'une borne, surveillait la circulation.

— A la légation de Suède, dit l'étudiant. Là-bas, ils seront en sécurité.

— Bonne chance !

Quelques passants protestèrent :

— Mais ce sont des Allemands !

— Il ne faut pas les laisser partir !

— On est en guerre !

— L'armée russe prend les prisonniers allemands sous sa protection ! gueula le matelot en brandissant son fusil.

Et, Dieu sait pourquoi, il tira en l'air. Nicolas observa la tache verdâtre des uniformes ennemis qui se faufilaient dans l'épaisseur de la cohue. De nouveau, il éprouva la nécessité intérieure de se révolter, d'intervenir. Puis, une lassitude triste le recouvrit. Il se jugeait étrangement faible, vaincu, inutile. Le bruit de milliers de pas sur la neige emplissait sa tête comme un murmure patient. En se retournant sur sa selle, il vit la longue file d'hommes gris qui le suivait. Et il se sentit seul au monde.

Depuis deux jours, l'imprimerie de la rue Kharkov travaillait sans relâche au tirage des proclamations. Des typographes bénévoles s'étaient joints aux ouvriers habituels de l'établissement. Dans le bureau, siégeaient des journalistes, des membres du parti, des soldats. La plupart de ces gens étaient inconnus à Kisiakoff, mais il les voyait sans déplaisir s'installer chez lui, commander ses employés et circuler entre les machines. Plus le désordre était grand, et plus il se trouvait heureux. Les informations contradictoires, les visages suspects, les coups de téléphone, les tracts déchirés, les disputes, les chansons, les crachats sur le parquet, toute cette vaste incohérence l'emplissait de joie. Haletant, radieux, la barbe dépeignée, il courait d'une pièce à l'autre, se heurtait à des étrangers qui lui demandaient ce qu'il faisait là, se précipitait vers la fenêtre à la moindre détonation, grimpait sur une chaise pour embrasser le spectacle des ateliers, sautait à pieds joints parmi les monceaux de paperasses, prenait des notes au crayon sur ses manchettes et répétait : « Ça marche !... Ça marche... » Parfois, il sortait sur le pas de la porte, qu'ombrageait un grand drapeau rouge, et interpellait les passants. Le matin même, il avait sollicité du Soviet un camion avec des hommes en armes pour opérer l'arrestation d'un agent de l'Okhrana dont il assurait connaître l'adresse. On lui avait promis de satisfaire à sa demande. Mais il était près de midi, et la voiture annoncée ne se montrait toujours pas.

« Qu'est-ce qu'ils font, bon Dieu ? » grognait Kisiakoff en tournant le remontoir de sa montre.

A midi et quart, arrivèrent deux ouvriers, membres du Soviet, installés dans une Mercedes aux vitres brisées. Ils apportaient des nouvelles de la Douma. Selon eux, la physionomie du palais de Tauride (1) était plus confuse que jamais. Dans l'aile droite du bâtiment s'était groupé le Comité provisoire des députés de la Douma, hostiles au régime tsariste, mais partisans, somme toute, d'un libéralisme bourgeois modéré. Dans l'aile gauche, s'était cantonné le Soviet des ouvriers et soldats de Pétrograd, formé la veille, à raison d'un représentant élu pour mille ouvriers ou pour mille soldats. Le chiffre des délégués atteignait déjà près de deux mille hommes, syndicalistes, intellectuels, petits employés, militaires de la garnison en révolte. Il n'y avait pas assez de chaises pour asseoir cette multitude avide de paroles. La réunion commençait de devenir un chaos inutile. Seul le Comité exécutif du Soviet pouvait encore exercer un semblant d'autorité sur cette assemblée disparate. Ce Comité exécutif, présidé par le vieux député social-démocrate Tchkéidzé, s'était adjoint des membres du parti bolchevik, tels que Staline, Molotoff, Stantchenko, Kozlovsky. Il siégeait en permanence, contresignait des ordres d'arrestation, nommait des

(1) Siège de la Douma.

commissions, rédigeait des manifestes. Sa rivalité avec le Comité provisoire de la Douma se révélait d'heure en heure plus violente. Mais aucune de ces deux organisations n'était assez forte pour assumer, sans l'appui de l'autre, la charge du pouvoir. Des pourparlers étaient en cours pour la constitution du premier gouvernement de la Russie révolutionnaire.

Kisiakoff, qui avait suivi les deux membres du Soviet dans le bureau, demanda d'une voix sourde :

— Vous croyez donc qu'un accord interviendra entre le Comité de la Douma et le Comité du Soviet ?

— Il faudra bien qu'ils s'entendent un jour, dit un ouvrier. Seulement, les bourgeois, avec Rodzianko et Milioukoff, veulent maintenir le régime en proclamant un autre empereur, et, nous autres, nous exigeons la fin de la guerre et l'établissement d'une république sociale. Ça fait une sacrée différence ! Comme nous sommes les plus nombreux, nous finirons par avoir raison. Je vous apporte un nouveau texte, rédigé par Soukhanoff.

— Donnez-le directement à l'atelier. Je le verrai plus tard sur épreuves, dit Kisiakoff, car il entendait corner dans la rue.

Le camion venait d'arriver. Une dizaine de soldats en armes étaient parqués, côte à côte, dans la caisse arrière. Kisiakoff jeta l'adresse au chauffeur et se hissa sur la plate-forme, en soufflant avec effort.

— Alors, comme ça, camarade, dit le caporal qui commandait la patrouille, on va encore arrêter un traître ?

— Oui, un agent de l'Okhrana, Probosséloff. Il est vendeur de cierges à l'église. Un petit vieux, avec une barbiche de chèvre. Vous le reconnaîtrez facilement.

— Se cacher derrière les icônes pour trahir le peuple, ce n'est pas bien, dit le caporal en fronçant avec gravité son visage violet de froid. On devrait toujours se méfier de ces croqueurs d'hosties.

Le camion roulait vite en tressautant sur les ornières de neige. Les joues des soldats vibraient au rythme des cahots. Ils avaient des regards hébétés de fatigue. Derrière leurs têtes, défilaient des façades de maisons peureuses, aux volets clos. Dans la rue, passaient des groupes d'ouvriers enrubannés de faveurs rouges. Quelquefois, ils hurlaient :

— Hourra ! Vive l'armée révolutionnaire !

— Hourra ! répondaient les soldats du camion, d'une voix lasse, enrouée.

Kisiakoff criait avec eux.

Le camion s'arrêta enfin devant une petite église, aux dômes bleuâtres, accroupie dans la neige d'un jardin.

— C'est ici, dit Kisiakoff.

Les soldats descendirent un à un, lourdement, dans un bruit de ferraille.

— Vous venez avec nous, camarade ? demanda le caporal.

— Non, dit Kisiakoff. Cela donnerait l'éveil. J'attendrai ici.

En groupe compact, les hommes franchirent la grille et s'immobilisèrent au centre du jardin. Kisiakoff les vit discuter avec animation. Ils ne paraissaient pas d'accord. Ils rechignaient devant l'ouvrage. Enfin, cinq d'entre eux se dirigèrent vers le bâtiment de l'administration. Les cinq autres retirèrent leurs bonnets et pénétrèrent dans l'église. Kisiakoff poussa un profond soupir et croisa ses mains sur son ventre. Il lui semblait soudain que toute la révolution se ramenait à cet événement infime : la « liquidation » d'un témoin gênant. Un claquement gras retentit dans sa gorge, comme le début d'un rire. Plus la foule envahissait sa vie, plus il sentait se confirmer en lui la merveilleuse possibilité d'être seul. Plus on parlait autour de lui d'équité et de liberté sociale, plus il devinait proche l'instant de la bestialité. Kisiakoff était aimable à Dieu, il le savait depuis longtemps. Mais jamais, comme en cette minute, il n'avait éprouvé l'encouragement que Dieu réservait à ses moindres pensées. Quoi qu'il fît, désormais, Dieu ne pourrait se passer de lui, se retrancher de lui. Dieu était à sa merci, hypnotisé, subjugué par sa façon de tenir la scène. Quelques secondes encore, et on allait tirer le bonhomme à la barbiche de chèvre hors de sa niche de cierges et d'hosties, le traîner vers une cour obscure, le juger, le fusiller. Et Kisiakoff aurait une mort sur la conscience. Il s'avança vers la grille. Des femmes s'étaient massées aux abords du jardin. Elles marmonnaient :

— Paraît qu'on perquisitionne à l'église !

— Quelle horreur ! Ils ne respectent rien !

— C'est sûrement le père Pimène qu'ils vont arrêter, ces barbares !

— Ou le sacristain. C'est un ivrogne.

— Ils se soucient bien des ivrognes, commère. Eux-mêmes sont des ivrognes...

Enfin, les soldats reparurent, poussant devant eux un gros bonhomme chauve aux yeux épouvantés.

— Le vendeur de cierges s'est enfui ce matin, à l'aube, dit le caporal. On a pris le comptable. Il pourra toujours nous renseigner.

Kisiakoff haussa les épaules avec intolérance. Sa déception était telle qu'il eût crié des injures.

— Êtes-vous sûr au moins qu'il se soit enfui ? demanda-t-il.

L'épouse du comptable suivait la procession en sanglotant comme une chienne.

— Vas-tu te taire, putain ? hurla l'un des soldats en la menaçant de sa crosse.

Kisiakoff plissa les yeux, attendit le choc. Mais le soldat baissa son fusil et glissa une main sous la jupe de la matrone en rigolant :

— J'ai les doigts gelés. Laisse-moi les réchauffer un peu sous tes plumes, ma colombe !

La femme chancela, tomba dans la neige, se releva et détala en gloussant vers la maison.

— Messieurs, camarades, balbutiait le comptable, il s'agit d'une erreur... Je me suis toujours tenu à l'écart...

La sueur ruisselait de son visage fessu. Il puait la peur.

— Alors, on l'emmène ? demanda le caporal en se tournant vers Kisiakoff.

Un prêtre en soutane noire parut sur le parvis de l'église. Sa croix pectorale, touchée par le soleil, lança un rayon. Il cria :

— Cette arrestation est illégale. Je m'oppose formellement à...

— Ta gueule, vieille barbe ! glapit le caporal. Rentre dans ta tanière, si tu ne veux pas qu'on t'embarque aussi !

A ce moment, d'une manière tout à fait inattendue, les cloches de l'église se mirent à sonner. Instinctivement, quelques soldats se signèrent.

— Relâchez cet homme, dit Kisiakoff. Il ne peut nous être d'aucune utilité.

Étendu tout habillé sur son lit, Volodia tournait les pages d'un livre, sans parvenir à s'intéresser au texte, qu'il avait l'impression de connaître par cœur, bien qu'il le lût pour la première fois. A ses côtés, sur une chaise cannée, se trouvaient un grand verre de thé et une assiette de biscuits. De temps en temps, sans détacher les yeux du volume, il allongeait la main, atteignait en tâtonnant le verre de thé, et buvait une gorgée d'infusion tiède, parfumée au citron. Vers midi et demi, il se leva en bâillant et s'approcha de la fenêtre. Kisiakoff rentrerait-il pour le déjeuner ? Les affaires de l'imprimerie et de la révolution ne lui laissaient plus de loisirs, et il ne se montrait guère qu'aux heures des repas. Il était éminemment comique de penser que Kisiakoff s'affirmait soudain comme l'ennemi du tsarisme et l'allié de l'émeute. Sans doute avait-il quelque intérêt pécuniaire à prendre ouvertement parti pour une cause plutôt que pour une autre ? Un homme de son intelligence ne pouvait décemment ajouter foi aux mensonges de la politique. Mais peut-être voyait-il, dans les désordres de la rue, une réponse secrète à ses désordres intérieurs ? Peut-être ne recherchait-il pas un contentement spirituel, mais un contentement physique dans le spectacle de cet effondrement hideux des emblèmes ? Plus il réfléchissait à la question, plus il semblait à Volodia que l'adhésion de Kisiakoff au soulèvement populaire était, en effet, d'ordre sensuel, et non logique ou moral. Quelle que fût d'ailleurs la nature de cette passion, Volodia la jugeait de haut, comme un dangereux enfantillage. Il ne blâmait pas Kisiakoff pour ses idées, ou pour son appétit. Simplement, il était incapable de partager la joie des révolutionnaires, comme il eût été incapable de partager l'indignation des monarchistes. Ce remue-ménage, ces arrestations, ces tueries, au nom d'un principe, le dégoûtaient. Il estimait ridicule que des hommes mûrs prissent les armes pour défendre des allégories, des titres de chansons, des noms propres ou un fragment d'histoire. S'échauffer, s'embrigader, risquer sa vie pour une opinion était une sottise inexcusable à ses yeux. Car toutes les opinions étaient fausses. Sous n'importe quel gouvernement, il y aurait des riches et des pauvres, des savants et des imbéciles, des athlètes et des bossus. A quoi bon tenter de réformer le monde ? L'existence était une épreuve longue et monotone, dont il fallait s'ingénier à tirer parti avec malice. Les compensations à cet immense ennui, on devait les chercher en soi. Volodia s'était organisé mille petits plaisirs égoïstes, tels que laisser une jambe s'endormir et la dégourdir en remuant les orteils, se ronger les ongles, faire des taches d'encre sur les draps, ou tirer les poils de son nez. Le corps était un jouet que Dieu avait donné à l'âme pour qu'elle s'en amusât. Pourquoi les autres ne pouvaient-ils pas l'imiter ? Enroulé sur lui-même, muré dans son odeur, ficelé dans ses limites de chair et de cheveux, il se jugeait comblé dans sa parfaite et ronde solitude. Les événements extérieurs déferlaient sur lui sans l'atteindre. Des êtres négligeables couraient en tous sens sur sa carapace, comme des fourmis sur une statue. Il ne les sentait pas, tout entier tourné vers le centre. Sans projets, sans soucis, sans élans, sans rancunes, il trouvait ses seules délices à coïncider exactement avec lui-même, à n'être que lui-même : un lâche, un fainéant, un voluptueux, un méchant, un homme à l'œil de verre.

Il regarda la rue, par la fenêtre. Des ouvriers et des soldats se groupaient devant la porte close d'une boulangerie. Une auto, portant un drapeau rouge, était arrêtée au carrefour. Tout cela se passait dans un autre temps, dans un autre lieu, derrière une vitre. Il y avait toujours une vitre entre Volodia et le reste de l'univers. Kisiakoff l'avait compris, et c'était pourquoi Volodia supportait sa présence.

Se détournant de la croisée, Volodia examina ses mains. Et aussitôt, elles lui parurent énormes, accidentées, passionnantes. Piquées de petits poils blonds, pigmentées de taches rosâtres, soulevées de veines chaudes, elles constituaient, à elles seules, une patrie. Une mouche d'hiver, paresseuse, pesante, qui évoluait autour de la suspension, se posa sur son pouce. Il suffisait que Volodia le voulût, et cette mouche devenait plus importante qu'un soldat dans Pétrograd, qu'un général dans son bureau, que l'empereur lui-même en conseil des ministres. Il n'existait pas de valeurs fixes. Tout dépendait des conventions préalables. Avec intérêt, avec amour, Volodia suivait les mouvements de la mouche sur son doigt. Il observait sa grosse tête globuleuse, ses pattes finement velues, ses ailes transparentes, rabattues sur le corselet. Mise en confiance, la mouche allongeait sa trompe, tâtait la peau de la main. Volodia se sentit chatouillé et eut envie de rire. La révolution n'était rien en comparaison de cette mouche insolente. Il souffla sur la mouche, et la mouche s'envola. Une allégresse puérile emplit le ventre de Volodia. Il riait intérieurement, comme après une bonne farce. Où était la mouche ? Il la chercha et la vit collée à la vitre. Regardait-elle la rue ? Se disait-elle que ces ouvriers et ces soldats étaient d'étranges insectes, d'une nature inconnue, dont rien de sensé n'expliquait l'agitation ? Était-elle fière d'être une grande mouche, devant ces petits hommes remuants, privés de cervelle ? Volodia songea qu'il était de tout cœur avec la grande mouche contre les petits hommes. Il aurait voulu se faire naturaliser mouche, passer d'un règne à l'autre, déclarer à son entourage . « Excusez-moi. Je ne suis pas des vôtres. Vos affaires ne me concernent pas. » Au moment précis où il formait cette réflexion, des coups de feu éclatèrent, et Volodia se rejeta dans la chambre. Puis il entendit le grondement bourru d'un camion. La mouche avait disparu.

En revenant à la fenêtre, Volodia vit que les soldats s'étaient dispersés en chaîne dans la rue et tiraient en visant les toits. Un frisson désagréable lui parcourut le visage. Il s'avoua voluptueusement qu'il avait peur et courut se coucher. Maintenant, il regardait le plafond craquelé et laissait palpiter son cœur à larges saccades. Une débandade de morceaux flasques, d'écharpes gazeuses se faisait dans son corps. Il essaya de claquer des dents pour améliorer sa panique. Mais c'était difficile. Il geignit :

« Oh ! j'ai peur... Oh ! c'est affreux !... »

Subitement, la fusillade se tut, et des pas précipités retentirent dans le corridor. Des voix s'interpellaient d'une chambre à l'autre :

— Mais c'est insensé !

— De quel droit ?

— On est à la merci de leur bon vouloir !

— On n'a jamais vu ça !

— Ils sont au premier étage...

Quelqu'un frappa à la porte, Volodia se dressa sur son séant et demanda :

— Qu'est-ce que c'est ? Je dormais...

— Ici, le directeur de l'hôtel. Excusez-moi de vous déranger, monsieur Bourine, mais les soldats perquisitionnent. Ils disent qu'on a tiré sur eux des fenêtres de l'hôtel.

Volodia se leva et ouvrit la porte. Dans le couloir, un groupe de clients entourait le directeur, dont la calvitie luisait comme une lampe.

— Du calme... du calme, bégayait-il. Ils seront très corrects. Ils me l'ont promis. Rentrez chez vous. Oh ! je les entends qui montent l'escalier !... Rentrez chez vous, pour l'amour du Ciel !... Et surtout n'ayez pas l'air d'être indignés !... Heu... Dans les circonstances présentes...

Volodia réintégra sa chambre et s'assit au bord du lit, les mains sur les genoux, la tête pendante. Il regrettait la mouche, le silence. Il eût voulu pouvoir expliquer à ces soldats qu'il n'appartenait pas à la même espèce que le reste de l'humanité. Des bruits de bottes blessèrent ses oreilles. Un poing cognait au battant :

— Ouvrez, citoyen-camarade. C'est pour la perquisition.

Avant que Volodia eût bougé de sa place, le bec-de-cane pivota violemment et deux soldats pénétrèrent dans la pièce. Ils étaient légèrement éméchés. Leurs visages exprimaient une fierté béate. Aussitôt, ils se mirent à fouiller la chambre, ouvrant l'armoire, les valises, bousculant les piles de linge et retournant les poches des vestons. L'un d'eux, un gringalet aux moustaches blondes, s'approcha de la table de toilette et prit le flacon d'eau de Cologne dans sa main noire. Sans doute pensait-il trouver de la vodka. Il renifla au goulot, reposa la bouteille et grogna :

— Cochonnerie !

— Pas d'armes ? demanda l'autre, un grand sec, la lèvre déformée par une cicatrice.

— Non, dit Volodia.

Le gringalet saisit sur la table un coupe-papier en forme de poignard :

— Et ça, qu'est-ce que c'est ?

— Un coupe-papier.

— Pour quoi faire ?

— Pour ouvrir les lettres.

— Quelles lettres ?

— Celles que je reçois.

— Hum ! Ça m'a tout l'air d'un couteau. Confisqué. Et il empocha le coupe-papier, d'un air menaçant :

— Voyons les tiroirs, maintenant...

Tandis que les soldats vidaient les tiroirs sur le tapis, Volodia sentait croître en lui une terreur grotesque. Certes, il n'avait rien à se reprocher. Mais ces hommes étaient-ils accessibles à la raison ? Ne fallait-il pas leur proposer de l'argent, ou un verre d'alcool, pour les amadouer un peu ? Il murmura :

— Vous devez avoir froid !

— Sûr qu'on a froid ! On ne reste pas toute la journée à se chauffer dans une chambre, nous autres ! On travaille à la victoire du prolétariat.

— Eh bien, si je peux vous offrir...

Un cri de surprise lui coupa la parole. Le gringalet avait découvert la boîte de métal dans laquelle Volodia rangeait ses yeux de rechange.

— Des ycux, des yeux de poupée ! disait-il.

Un flot de sang sauta aux joues de Volodia :

— Oui, j'ai été blessé... Je porte un œil artificiel...

— Ça doit valoir cher, ces bijoux-là !

— Assez.

— Et tu en as toute une série ? Un seul te suffirait.

— C'est-à-dire que…

— Les bourgeois, ça ne sait pas dans quoi mettre son argent, reprit l'autre en donnant un coup de crosse au montant du lit.

— Prenez-les si vous voulez, dit Volodia. Mais à quoi vous serviront-ils ?

— C'est joli. On jouera aux osselets avec ! répliqua le soldat en fourrant la boîte dans la poche de sa capote.

Volodia suait à grosses gouttes. Longtemps encore, les deux hommes fouinèrent dans la chambre. Puis, ils sortirent en traînant les pieds.

Resté seul, Volodia poussa un soupir de soulagement et glissa un doigt dans son faux col mouillé de transpiration. Cette incursion des révolutionnaires dans sa vie se soldait par des pertes insignes : le coupe-papier, les yeux de verre. Il pouvait retourner à son univers personnel. Où était la mouche ? Que pensait la mouche ? « Ils ont tout fouillé et ils n'ont pas remarqué la mouche ! » Elle se trouvait pourtant bien en vue, sur une moulure de la cloison. Comme Volodia s'approchait d'elle, à pas de loup, un vacarme sauvage glaça le sang dans ses veines. Cela venait du fond de l'hôtel, incontestablement. Des bottes tapaient contre un battant de bois sonore. Des voix criaient :

« Ouvre ! Ouvre, salaud ! »

Volodia se glissa hors de sa chambre et vit quatre ou cinq soldats, massés à l'extrémité du couloir, devant une porte close. Le directeur de l'hôtel apparut sur le palier, joignit les mains sous son menton gras et courut à petites enjambées fléchissantes dans la direction du groupe. Volodia l'arrêta au passage :

— Que se passe-t-il ?

— C'est épouvantable ! balbutia le directeur. Le colonel Stassoff habite là… Il est en permission… Je suis sûr que c'est lui qui a tiré de sa fenêtre sur les soldats… Maintenant, il s'est barricadé… Ils vont… ils vont enfoncer la porte… le tuer… Que faire ?…

Au bout du corridor, tendu de papier violet et éclairé par un œil-de-bœuf aux croisillons doublés de neige, les capotes grises s'agitaient frénétiquement. Des coups de crosse firent voler les premières planches du vantail. La porte hoquetait, secouée sur ses gonds. Les gars hurlaient :

— Ouvre, salaud ! C'est toi qui as tiré ! On le sait ! Ouvre !

— Faut le prendre vivant !

— On l'emmènera à la Douma !

— Ouvre !

Soudain, une voix énorme éclata, domina le tumulte :

Dieu protège le tsar !
Règne pour notre gloire,
Règne pour terrifier l'ennemi,
O notre tsar orthodoxe !

C'était le colonel qui chantait. Il chantait faux, avec violence, avec exaltation, comme un homme ivre. Puis, il se tut. Un coup de feu retentit, seul et sec.

— Fumier ! cria un soldat. Il s'est brûlé la cervelle.

La porte s'effondra enfin, et les hommes s'engouffrèrent dans la pièce. Une fumée bleuâtre flottait dans l'encadrement du chambranle. Volodia posa une main sur son cœur, comme s'il eût été sur le point de défaillir. Les muscles de ses jambes tremblaient. Une mauvaise nausée lui desserra les dents. Il voulut s'enfuir, mais il n'avait pas la force de bouger. Bientôt, les soldats reparurent, traînant par les pieds le cadavre du colonel. Il était en tenue de parade, avec toutes ses décorations épinglées sur la poitrine. Ses bras retournés glissaient sur le tapis, derrière le corps. Sa tête ovale, grise, barbue, était ficelée de sang frais. Ses yeux bien ouverts regardaient le plafond avec intelligence. Volodia rentra précipitamment dans sa chambre, se jeta sur son lit et se contraignit à gémir :

Qu'ils me laissent tous en paix, avec leurs histoires ! J'en ai assez ! assez !

Les soldats passèrent devant sa porte. Il les entendit haleter, trébucher, jurer, comme des portefaix. La voix du directeur psalmodiait :

— Aïe ! Aïe ! Quel malheur !... Et le tapis qui est entièrement taché !... Attention aux marches !...

Les bottes sonnèrent dans l'escalier. Une femme sanglotait, à l'étage supérieur. Puis, par degrés, le silence revint dans la maison, comme une eau qui monte. Volodia regarda le mur. La mouche n'avait pas bougé

S'étant restauré avec ses hommes à la cantine de l'Institut technologique, Nicolas les laissa sur place et partit pour le palais de Tauride, avec un peloton d'une dizaine de mitrailleurs. Chaque nouveau détachement qui passait à la cause révolutionnaire envoyait ainsi des délégués auprès du Soviet, afin de signaler sa présence dans la ville et d'obtenir des instructions. A mesure qu'on approchait du bâtiment de la Douma, la foule devenait plus dense. Les soldats marchaient le long du trottoir, pour réserver une voie libre aux autos. A plusieurs reprises, Nicolas crut que son cheval allait être blessé par le garde-boue d'une limousine lancée à toute allure sur la chaussée clapotante de vase. Dans la rue Potemkine, un robuste camion, taché de crotte, progressait avec lenteur parmi les piétons. Dans la caisse de planches, le dos tourné à la cabine du chauffeur, entre deux ouvriers armés de revolvers, un prêtre se tenait assis sur un banc. Un capuchon de soie noire lui cachait le haut de la face. On ne distinguait que ses moustaches et sa barbe, soyeuses, argentées, qui tremblaient à chaque cahot. Les pans de sa pelisse bâillaient sur une large plaque sertie dc pierres précieuses. Autour de lui, on hurlait :

— Hourra ! Tue-le ! Vieux chien galeux ! Retire-lui sa fourrure !

— Qui est-ce ! demanda Nicolas.

— Le métropolite de Pétrograd ! Le protégé de Raspoutine ! Le chouchou de l'impératrice ! répondirent des voix diverses.

— Pitirime ?

— Lui-même ! En personne ! C'est amusant ! En restant

sur le trottoir, on voit passer tous les gros bonnets du régime que les camarades conduisent au palais de Tauride.

— Jamais je n'aurais eu l'occasion de saluer leurs sales gueules, sans la révolution. Ah ! ils n'en mènent pas large, les buveurs de sang. Ils grelottent sous leurs poils, comme des chiens malades.

— Pitirime ! Pitirime ! A mort !

— Hou !

Le métropolite porta une main veineuse et blanche à sa bouche.

— Il va dégueuler !

— Non, il se signe !

— Ça revient au même !

Un brusque soubresaut ébranla le camion, qui pétarada, prit de la vitesse, et disparut dans un remous de têtes et de bras. Le cheval de Nicolas, effrayé par le bruit, caracolait, secouait l'encolure. Les sons cuivrés d'un orchestre traversaient les clameurs du public. On jouait *La Marseillaise,* quelque part, en plein vent. Nicolas tourna dans la rue Chpalernaïa. Entre le palais de Tauride et la grande tour rouge et noir du Château-d'Eau, tout l'espace était occupé par une multitude immobile et grondante, fleurie de drapeaux pointus. Comme des graines diverses, mêlées dans une même cuvette, les capotes militaires et les vêtements civils formaient une seule masse, mouchetée de gris et de noir. Parfois, des automobiles aux glaces étincelantes s'enfonçaient dans cette matière amorphe, en cornant. Des soldats, montés sur le marchepied des voitures, vociféraient :

— Laissez passer ! Délégués à la Douma ! Place ! Place !

Des gamins escaladaient les lampadaires, avec des mouvements élastiques de singes. Debout sur le toit d'une auto, un petit homme à la barbe aiguë et raide, tel un chausse-pied, lançait des poignées de tracts à la ronde. Les carrés blancs tombaient sur la mer houleuse des casquettes. Des mains les happaient au vol, comme une manne céleste. Un gros camion, en faisant marche arrière, avait démoli un coin de la grille. Le chauffeur se querellait avec une sentinelle bégayante de rage. Un vendeur de tabac offrait sur son éventaire des paquets de cigarettes aux couvertures barbouillées d'encre rouge.

Achetez les cigarettes révolutionnaires ! criait-il. Les premières cigarettes du nouveau régime !

Il avait dû passer la nuit à peinturlurer les articles de sa collection. Tout le monde savait que, sous cette enveloppe pourpre, se cachaient les mêmes cigarettes qu'autrefois. Mais beaucoup de gens se laissaient tenter par l'originalité de la présentation. Une femme, au visage de pomme pourrie, brandissait à bout de bras des ruisseaux de rubans rouges.

— Qui n'a pas son ruban rouge ? piaillait-elle d'une voix haut perchée. Le ruban rouge du patriote révolutionnaire ! Vous n'en trouverez pas à l'intérieur ! Voici le vrai, le seul ruban rouge du patriote révolutionnaire !

Au-dessus de cet océan bouillonnant, bourdonnant, sifflant, flottait, comme un immense gâteau jaunâtre et maussade, la coupole chauve du palais. Forçant les grilles en fonte du square, la vague populaire battait ce récif inlassablement. Les haies d'épines blanches et d'acacias aux ramilles d'argent craquaient sous la poussée de la foule. L'entrée principale était condamnée. Nicolas et ses hommes durent se tailler un passage jusqu'à la cour, où d'autres portes étaient gardées par des sentinelles du régiment Préobrajensky. Débordés par la horde des visiteurs, les factionnaires tentaient de les contenir en croisant leurs fusils :

— On n'entre pas comme ça, camarade. Ton laissez-passer ?

— Quel laissez-passer ? Nous sommes une délégation d'ouvriers de l'usine Tréougolnik.

— Et nous, une délégation des étudiants en médecine.

— Je suis un journaliste accrédité.

— Accrédité ? grognait le soldat de garde. Qu'est-ce que ça veut dire : accrédité ?

— Tu ne sais pas ? Toi ? Un factionnaire rouge ? Accrédité..., heu..., ça veut dire indispensable à la révolution...

— C'est bon, entre, camarade !

— Moi, je suis avec lui... Sa... sa secrétaire, susurrait une petite étudiante au regard de biche.

— Non, pas de secrétaire. Seulement les accrédités. Si on laisse tout le monde, les députés ne pourront plus faire un geste. C'est déjà plein de soldats, à l'intérieur.

— Délégation de régiments en révolte de Martychkino, Péterhof, Oranienbaum et Strélna, cria Nicolas.

Les sentinelles s'effacèrent.

« Hourra ! » hurla la foule.

Et, profitant du mouvement, une bonne centaine de personnes se ruèrent, à la suite de Nicolas, dans le hall.

Succédant à la lumière froide et claire de la rue, les pénombres du vestibule donnaient le vertige. Une cohue consistante absorba instantanément Nicolas et ses hommes, les poussa en tourbillon vers un escalier, puis dans une rotonde sonore. Là, des paquets de soldats stagnaient coude à coude, frappés de stupeur, devant les hauts murs roses. Quelques cosaques cassaient les glaces des vitrines tournantes, où étaient exposées les photographies des membres de la Douma impériale. D'autres touchaient de leurs doigts crasseux le marbre luisant des colonnes, renversaient la tête pour admirer, bouche bée, les lustres de bronze, les peintures du plafond, les sculptures des corniches. Dans la salle des séances, dominant le fauteuil présidentiel, trônait un énorme cadre doré, vide, hideux, d'où les manifestants avaient arraché, à coups de baïonnettes, le portrait de Nicolas II, par Répine. On voyait encore les croisillons de bois blanc qui supportaient la toile. L'aigle bicéphale de la tribune avait été décloué, lui aussi, et seule une tache claire, sur le chêne ciré, indiquait le contour des ailes aux plumes raides. Un doux soleil traversait les rideaux de soie jaune soufre que voilaient les croisées attiques. Des pièces d'étoffe crème gainaient les chaînes des lustres. Sur des gradins disposés en demi-cercle, s'étageaient les pupitres et les sièges garnis de moleskine bleu fer.

Dans la salle Catherine, quelques troupiers, accotés aux pilastres, mâchaient des harengs, des tranches de pain, et roulaient des cigarettes dans du papier au chiffre de l'ancienne Douma. Une odeur puissante de pieds sales, de cuir mouillé et de mauvais tabac écrasait l'assistance, comme un couvercle. Sur les parquets souillés de boue jaune, glissaient des courants d'air qui pinçaient les chevilles. Tout le monde parlait à la fois, s'agitait, s'ébrouait, mais nul ne savait à quel effet se tenait cette réunion violente. De nouveau, Nicolas fut effaré par l'inqualifiable désordre qui présidait aux destinées de la révolution. Il lui semblait impossible qu'une pensée directrice pût, un jour, dominer ce troupeau d'ilotes, ivres de leur liberté nouvelle et incapables d'en concevoir les limites. Submergés par des millions de moujiks illettrés, les chefs des partis renonçaient à endiguer la marée. Quelqu'un criait, debout sur une table, au milieu de la foule. En se dressant sur la pointe des pieds, Nicolas découvrit enfin l'orateur, un homme doux et rose, grisonnant et gracieux, vêtu d'un veston noir et d'un pantalon rayé. Son pince-nez brillait par saccades. Les mots roulaient hors de sa bouche, régulièrement, comme des billes :

— L'autorité suprême est entre les mains du Comité provisoire de la Douma. A lui seul, il faut obéir, et à aucune autre institution, car un pouvoir double est dangereux et menaçant... Camarades soldats, choisissez pour vous commander les officiers qui obéissent à la Douma...

— Qui est-ce ? demanda Nicolas à son voisin, un soldat clignotant, au visage mangé de furoncles.

A la poitrine du soldat pendait une médaille d'argent : « Pour Dieu, le Tsar et la Patrie », mais une faveur rouge servait de ruban à la décoration. Il cracha les écales de tournesol qui lui gonflaient la bouche et grogna :

— Hein ? Tu dis, camarade ?

— Qui est-ce ? répéta Nicolas en plaçant ses mains en cornet devant ses lèvres.

— Milioukoff, un membre de la Douma.

— Y a-t-il longtemps qu'il parle ?

— Est-ce qu'on sait ? On entre, on sort, il est toujours sur la table.

— Qu'a-t-il dit ?

— Qu'il aime bien le peuple et que le peuple vaincra.

— C'est tout ?

— Oh ! pour le reste...

Le soldat n'acheva pas et agita la main à hauteur de sa tempe d'un air méfiant.

— C'est un monsieur, reprit-il. Un professeur. Un bourgeois...

Cependant, autour de lui, d'autres soldats beuglaient, en réponse à l'orateur :

— C'est juste !... On a compris !... D'accord !...

Qu'avaient-ils compris ? Et avec quoi étaient-ils d'accord ? Sans doute ne le savaient-ils pas eux-mêmes. Nicolas songea qu'il suffisait peut-être d'une intonation heureuse, d'un mot surprenant, d'une attitude inspirée, pour retourner l'âme du peuple. Il n'avait jamais supposé l'ampleur de l'aventure dans laquelle se lançaient les révolutionnaires en libérant ces petites gens habituées à une oppression ancestrale. Comme un apprenti sorcier, il tremblait devant cette force sans nom, sans mesure, sans âge, jaillie du sol et des pierres, impatiente de se répandre en tous sens, pour le meilleur et pour le pire, et dont nul encore n'était à même d'utiliser le formidable élan.

Milioukoff était descendu de la table, et un bonhomme insignifiant, vêtu d'une redingote, le remplaça. Ses cheveux étaient coupés ras. Sa lèvre inférieure pendait en triangle. Des tics bouleversaient son visage blafard et glabre, comme celui d'un acteur. Subitement, il cria d'une voix métallique :

— Camarades, c'est votre ami qui vous parle... Votre ami de toujours... Kérensky... Votre ami... Oui..., moi, Kérensky, je me lève devant vous comme un frère, et je vous adjure de croire aux paroles de Milioukoff... L'union seule peut sauver la Douma et la révolution... Il ne faut pas que deux blocs antagonistes se dressent au sommet de la pyramide révolutionnaire... Le Comité provisoire de la Douma et le Comité exécutif du Soviet, quoi qu'on en dise, combattent pour une même victoire... La preuve en est, que, moi qui vous parle, moi, Kérensky, je fais partie, à la fois de ces deux institutions... Je suis le trait d'union, vous comprenez, l'arche d'alliance...

Il se tamponna la figure avec un mouchoir blanc et révulsa les yeux, comme s'il était sur le point de s'évanouir. Profitant de cette pause, les soldats glapirent docilement :

— Hourra !

Kérensky avança la main droite vers son public, pour réclamer le silence, et posa la main gauche sur son cœur :

— Merci, camarades. Au milieu des tâches harassantes qui chargent mes épaules, vos cris unanimes sont le seul encouragement dont j'aie besoin pour tenir jusqu'au bout..

— Ce qu'il parle bien, dit le petit soldat travaillé de furoncles. Les mots coulent, coulent... On resterait des heures à l'entendre.

Nicolas chercha du regard les mitrailleurs qui l'avaient accompagné dans la salle. Il les vit dispersés dans le public, la bouche ronde, les yeux écarquillés, tels des enfants devant les marionnettes.

Un officier bedonnant, aux épaulettes voilées de mouchoirs rouges, bondit sur la table, au côté de Kérensky, et vociféra en brandissant les deux poings comme s'il soulevait des haltères :

— Camarades, je vous demande de rejoindre vos formations et de vous grouper en ordre devant le palais de Tauride. Ensuite, les troupes traverseront la capitale, comme à la parade. Cet effort est nécessaire pour que le peuple puisse admirer son armée, et les suppôts de l'autocratie craindre le nombre et la discipline des vaillants soldats rouges. Voici mes suggestions...

Sans attendre la fin du discours, Nicolas fit signe à ses hommes et se dirigea péniblement vers la sortie. Dans les couloirs régnait un tohu-bohu de têtes et de colis. De gros pains de huit kilos, des paquets de sucre, de thé, gisaient sur des tables et par terre, pêle-mêle avec des bandes de mitrailleuses et des amas de cartouches luisantes. La neige qu'entraînaient les pieds des visiteurs maculait les parquets. L'odeur des fourrures de mouton mouillées complétait celle du tabac et des bottes enduites de goudron. Des sonneries de téléphone grelottaient derrière les murs, et les machines à écrire cliquetaient comme des crécelles. Une foule de gens affairés flottait là, ahurie, émue, ponctuée de rouge, heureuse sans trop savoir pourquoi.

Quelques soldats poussaient devant eux des caisses grinçantes, roulaient des tonneaux de harengs, traînaient des sacs de farine, dont de fins ruisseaux blancs, échappés aux coins de la toile, marquaient le sillage sur le plancher. Des étudiants les suivaient, portant sur l'épaule des piles de dossiers aux chemises multicolores :

— Où les met-on ?

— Qu'est-ce que c'est ?

— Archives de la police.

— Au Soviet.

— Non, chez Kérensky...

Un peu plus loin, une patrouille d'ouvriers armés conduisait vers les bureaux des prisonniers civils aux faces sacrifiées. Qui étaient-ils, ces inconnus, qui passaient, tête basse, l'échine tremblante ? Des ministres déchus, des généraux déguisés, des agents provocateurs ? Sheglovitoff, Sturmer, l'amiral Girs étaient arrêtés. Les pièces secondaires craquaient sous le poids des gendarmes qu'on y avait entassés en vrac. Nicolas avisa un appariteur, aux favoris grisonnants, aux yeux rougeâtres et tristes, qui marchait en rasant les murs. Il s'approcha de lui et demanda :

— Le Comité exécutif du Soviet ?

L'homme sursauta comme si on lui eût appliqué la pointe d'une baïonnette sur la poitrine. Son regard devint trouble. Il murmura :

— Je ne le sais pas, monsieur l'aspirant, pardon, camarade... J'étais appariteur à l'ancienne Douma... Alors, j'aurais pu vous informer... Mais maintenant...

De grosses larmes sortirent de ses paupières et coulèrent le long de son nez boursouflé de fibrilles violettes. Il hoqueta :

— Vrai..., actuellement, avec ce qui se passe...

Puis, il se moucha et partit en trottinant pour se fondre dans la mêlée.

Au buffet, où Nicolas échoua, en désespoir de cause, nul ne fut en mesure de le renseigner. Bien qu'il n'y eût plus rien à boire ni à manger, les soldats demeuraient là, immobiles, émerveillés, serrés côte à côte dans une puanteur fraternelle. Le restaurateur se désolait parce que toutes ses cuillères en argent avaient disparu. Un groupe d'officiers parlaient à voix basse dans l'encoignure d'une fenêtre. En s'avançant vers eux, Nicolas entendit facilement leur conversation.

— Il s'agit d'une crise, messieurs, et rien de plus, disait un lieutenant cosaque. Le général Ivanoff marche déjà sur Pétrograd, avec deux brigades prélevées sur le front, et deux bataillons de chevaliers de Saint-Georges.

— Où se trouvent-ils ? demanda un capitaine congestionné, aux moustaches noires et raides comme une brosse à graisse.

— Le 171e doit être à une heure d'ici.

— Et l'empereur lui-même ?

— Il partira pour Tsarskoïé-Sélo rejoindre la famille impériale, et, de là, il dirigera les mouvements de police qui lui rendront sa capitale.

— En somme, vous estimez, reprit le capitaine, que la révolution sera étouffée dans les quarante-huit heures ?

Une onde glacée recouvrit les épaules de Nicolas. Si ces hommes disaient vrai, si le tsar avait envoyé des troupes fraîches et bien encadrées contre les révolutionnaires, quel châtiment attendrait au réveil les ouvriers et les soldats qui avaient osé renier leurs maîtres ? La répression serait automatique. On broierait les dernières résistances dans des mares de cervelle et de sang. On précipiterait dans les cachots, dans les bagnes sibériens, ou sous le feu des pelotons d'exécution, les plus ardents défenseurs de la liberté. Et nul ne s'en doutait parmi les braves gars qui s'assemblaient comme des moutons grisâtres sous les lambris du palais de Tauride. Nul ne s'en doutait parmi les orateurs qui clamaient, du haut d'une table, leur foi en l'avenir et leur haine du passé. Nul ne s'en doutait même, peut-être, au Comité exécutif. Il fallait prévenir à tout prix cette immonde boucherie. Entourer la capitale d'un cordon de protection. Nommer des officiers sûrs aux postes de commande. Tout à coup, pour cela seulement qu'elle était menacée, la révolution devenait plus chère à Nicolas que sa propre vie. Il avait oublié le pillage des magasins, le commissariat incendié, les bagnards évadés, les prisonniers allemands se réfugiant à la légation de Suède. Il ne pensait qu'à la masse immense, anonyme, des émeutiers qui fêtaient leur victoire au moment précis où elle risquait de se transformer en défaite. Une tendresse épaisse étouffait son cœur. Il regardait amoureusement la foule des soldats. Il avait envie de les sauver, de mourir pour eux, d'être utile. Faisant un pas, il salua les officiers et demanda brièvement :

— Le Comité exécutif du Soviet ?

— Vous voulez parler de la Commission militaire, sans doute ?

— Non, j'ai bien dit : le Comité exécutif.

— Le Soviet siège dans la treizième chambre, dit le capitaine. Mais on vous refoulera C'est déjà bondé de monde.

— Merci, dit Nicolas.

Et, oubliant ses mitrailleurs, il se rua en courant dans le corridor. Mais, devant la porte de la treizième chambre, il dut encore discuter avec la sentinelle, qui exigeait un mandat. Nicolas invoqua l'urgence, parla de complot contre la révolution, montra les petites mitrailleuses brodées sur ses épaulettes, son ruban rouge, se fâcha, cria Enfin, le factionnaire, de guerre lasse, le laissa passer. Dès qu'il pénétra dans la grande pièce bourdonnante des voix s'élevèrent pour protester :

— Qu'est-ce que c'est ?

— On n'entre pas !

— Nous sommes en séance !

— Impossible de travailler dans ces conditions !

Derrière l'écran d'une fumée âcre et bleue, Nicolas aperçut quelques députés, mal rasés, chiffonnés, nerveux, cramponnés au disque d'une nappe verte. D'autres députés, des ouvriers, des soldats étaient installés autour d'eux, sur des bancs, par terre, sur le bord des fenêtres. L'ensemble formait une sorte d'éponge monstrueuse, un madrépore de têtes superposées, qui n'avaient pas de centre et oscillaient selon la volonté des courants sous-marins. Les barbes des uns servaient de cheveux aux autres. Les yeux, les mains n'appartenaient à personne en particulier. Les bouches s'ouvraient par-ci par-là, comme les pores d'une même bête. Et c'était la même voix qui sortait, tantôt à droite, tantôt à gauche, tantôt en bas, tantôt en haut, sous une moustache, entre des lèvres nues, ou par le trou d'un massif pileux. Après un moment de stupéfaction, Nicolas reconnut cependant la pomme d'Adam saillante et la barbiche grise de l'un des députés. C'était Tchkéidzé, le leader des mencheviks de Géorgie, président du Comité exécutif. Ce fut vers lui que Nicolas se tourna pour crier :

— Camarade, je m'excuse de troubler votre réunion, mais j'arrive de Martychkino, avec un détachement de mitrailleurs. Des troupes de Péterhof, d'Oranienbaum, de Strélna nous accompagnent. Nous voulons savoir quelles sont vos instructions, ce que nous devons faire...

Tchkéidzé déboutonna sa pelisse et se renversa sur le dossier de son fauteuil. Il paraissait exténué.

— Que faire ? Que faire ? grommela-t-il d'une voix râpeuse. Reposez-vous. Et voilà.

— J'ai entendu dire, reprit Nicolas, que le général Ivanoff marche sur Pétrograd et...

— En effet, dit Tchkéidzé avec un sourire oblique, le 171e régiment vient d'arriver à la gare Nicolas pour écraser l'insurrection. Mais, à peine débarqué, il a mis la crosse en l'air et s'est dispersé. Quant aux cavaliers de Saint-Georges, tout me porte à croire que leur train s'arrêtera en route. Les communications ferroviaires sont coupées. Rassurez-vous donc, camarade, et passez à la Commission militaire, si vous désirez offrir vos services pour le maintien de l'ordre.

— Mais...

— Vous voyez, camarade, dit un autre député, vous nous avez dérangés pour rien. Et c'est ainsi que les questions les plus graves demeurent en suspens. Quand résoudrons-nous le problème des imprimeries ?

— Quels sont les derniers mots du procès-verbal ?

— Avant de continuer, il faut savoir si tous les membres sont présents.

— Je crains que non.

— Dois-je procéder à l'appel nominatif ?

— Attendez, Ivan Sémionovitch, je propose une autre solution...

Sa crainte tombée, Nicolas se retrouvait les mains vides, le cœur lourd, comme un bon ouvrier privé de ses outils. Personne ne s'occupait de lui. Une force centrifuge le rejetait hors du débat où il avait prétendu s'introduire. La marche nocturne, les centaines de mitrailleuses amenées à pied d'œuvre, la fusillade près des usines, sa lassitude, ses élans, rien de tout cela ne comptait devant l'urgence des problèmes qui se discutaient autour de la table. Comment avait-il pu s'imaginer être quelqu'un de nécessaire à la cause ? Il éprouvait de la honte et de la tristesse. De temps en temps, des hommes entraient, portant des piles de dossiers qu'ils déchargeaient par terre, avec des soupirs de débardeurs. Un monsieur, en pelisse et chapeau melon, déposa une valise sur la nappe verte. On le félicita. Il s'agissait de deux millions de roubles trouvés dans la caisse d'un ministère. A la vue de cette valise, Nicolas, instinctivement, battit en retraite. Il n'avait plus rien à faire ici. Son rôle était terminé. Le devant de la scène appartenait maintenant à des messieurs en pelisse et chapeau melon, qui apportaient deux millions de roubles dans une valise.

Le soir tombait. Dans le couloir, des visages bleus et fatigués nageaient comme de grosses méduses fluorescentes. Devant la porte de la onzième chambre, Nicolas se heurta à Zagouliaïeff qui sortait de séance. Lui aussi paraissait rompu, sale, surexcité. Le bord de ses paupières était rouge. Des croûtes de sang marquaient ses lèvres, aux commissures.

— Ah ! voilà notre héros, dit-il d'une voix atone. Tu fais ta visite de courtoisie au peuple roi ? Il n'est pas beau, le peuple roi. Il ne sait pas vivre. Il crache sur les parquets, déchire les tableaux...

— Ce n'est pas cela qui me gêne, dit Nicolas.

— Et quoi donc ?

— J'ai l'impression que rien de tout cela n'est sérieux. Je rêvais d'une révolution, et je vois un chaos. J'espérais un ordre nouveau, et je découvre le désordre. On tire, on pille, on harangue, on signe des mandats d'arrestation, on brûle les archives, on rafle des automobiles. Et puis ? Où cela nous mènera-t-il ?

Zagouliaïeff baissa ses paupières lasses et alluma une cigarette, sans plaisir, machinalement.

— Il ne faut pas avoir peur, dit-il en soufflant la fumée au plafond. Les événements se déroulent selon les prévisions classiques.

— Tu trouves ?

— Parfaitement. Première étape : les masses, enfiévrées par leur succès, brisent tout, souillent tout, égorgent, volent et se croient maîtresses de la situation. Deuxième étape : comme elles sont incapables de gouverner, et qu'il importe tout de même que le ravitaillement arrive aux villes, que les téléphones fonctionnent, que l'argent roule, que les tribunaux jugent et que les ordures soient enlevées, on se tourne vers les spécialistes de l'ancien régime.

— Vers la Douma ?

— Eh oui !

— Était-ce la peine de verser ce sang, d'arracher ces emblèmes, pour en venir à reconnaître l'autorité d'un Rodzianko, d'un Milioukoff ?

— Tu oublies la troisième étape, dit Zagouliaïeff, en secouant la cendre de sa cigarette sur le parquet. Les députés de la Douma, quel que soit leur amour du peuple, ne pourront pas satisfaire le peuple et seront remplacés.

— Pourquoi ?

— Parce que ce sont des idéologues incorrigibles, dit Zagouliaïeff avec violence. Parce que ces écrivains, ces philosophes, ces doctrinaires, ces prophètes de la révolution, affectent de trouver des révélations nationales dans les isbas grouillantes d'illettrés, dans les usines bourrées d'analphabètes, parce qu'ils proclament la supériorité morale du moujik et applaudissent à ses bégaiements politiques, parce qu'ils ont toujours l'air de lui demander pardon pour leur instruction personnelle, leur bibliothèque et leur col de fourrure !

Une exaltation nerveuse le possédait. Nicolas le devinait échauffé par les discussions précédentes, travaillé par un trop-plein de paroles. Zagouliaïeff poursuivait, la voix saccadée :

— Ils me font rire, les Milioukoff et autres Rodzianko !

Cette attitude d'extase devant l'homme russe naturel, à la Tolstoï, devant les chaussures d'écorce, le foulard de couleur et la barbe à poux, ce fétichisme de l'imbécillité ne peut mener qu'à la défaite. Ce n'est pas en traitant le prolétaire en paysan d'opéra, évadé de *La Vie pour le tsar*, que ces messieurs les libéraux-bourgeois institueront un ordre valable. Vivant sur une illusion littéraire, ils seront écrasés par la réalité de la rue. Durant cette courte lune de miel, nous autres, les techniciens, les hommes froids, nous organiserons nos équipes.

— Qu'entends-tu par « nous autres » ?

— Eh bien, mais les bolcheviks. Eux seuls connaissent les masses et sauront les utiliser. Au moment choisi, ils prendront le pouvoir.

— Pour donner le bonheur au peuple ?

— Pour constituer un État fort.

— Mais le bonheur du peuple ?

— Il lui sera donné par surcroît.

— Quand ?

— Quand il ne le réclamera plus.

Nicolas inclina le front vers le parquet souillé de boue. Il vit, à ses pieds, des lambeaux de journaux, des cartouches vides, des mégots écrasés.

— Tout ce sang, tout ce sang russe, murmura-t-il. Fais-tu partie du Soviet ?

— Bien sûr. Et tu en feras partie, toi aussi. Je m'arrangerai pour que tu sois élu par tes soldats. Ils te doivent bien ça.

— Oh ! la reconnaissance...

— Où coucheras-tu, cette nuit ? demanda Zagouliaïeff.

— Je ne sais pas. A l'Institut technologique, peut-être.

— J'ai une chambre. Viens avec moi.

Les corridors s'allongeaient, tristes et nus, dans la lueur des lampes électriques. La salle de séances était silencieuse. Quelques soldats dormaient, çà et là, sur des sacs de farine. D'autres s'étaient installés dans des fauteuils, le fusil serré entre les jambes. La soie des sièges était lacérée, maculée de goudron. Près de la porte des waters, des hommes de garde, pétrifiés d'admiration, échangeaient leurs impressions à voix basse :

— T'as vu les cabinets ? Quelle merveille ! C'est clair, c'est chaud.

— J'y passerais bien la nuit avec une petite femme !

— Dire que ces cochons de députés avaient ça pour eux tout seuls ! Le peuple aussi a le droit de pisser dans de la porcelaine !

Zagouliaïeff toucha le bras de Nicolas :

— Tu as entendu ?

— Oui.

— C'est la meilleure définition qu'on puisse donner de la première étape révolutionnaire, dit Zagouliaïeff.

Et il se mit à rire, en toussant et crachant, comme un diable farceur.

XIV

Pour la première fois, depuis près d'un an, la direction du camp avait affiché un bulletin d'information, rédigé en russe, à la porte de la baraque centrale. Ce bulletin annonçait, en termes catégoriques, les nouvelles de la révolution en Russie, de la constitution d'un gouvernement provisoire, soi-disant hostile à la poursuite de la guerre, et de l'abdication probable de Nicolas II, qui avait quitté le Grand Quartier général pour rencontrer des représentants de la Douma. Parmi les prisonniers, le communiqué était commenté avec fièvre. Les uns croyaient qu'il s'agissait d'une campagne de mensonges, dirigée par les Allemands pour abattre le moral des captifs. Mais beaucoup de leurs camarades estimaient que, dans l'état d'épuisement de la Russie, un pareil bouleversement n'avait rien d'invraisemblable. Certains se réjouissaient de la chute imminente du tsarisme et supputaient les avantages personnels qu'il retireraient de la distribution des terres aux paysans. D'autres, en revanche, n'arrivaient pas à concevoir que la Russie pût exister sans un empereur, béni de Dieu, à la tête du peuple.

Le jour de l'affichage, les prisonniers travaillèrent mal, discutant, ronchonnant, se querellant à propos de vétilles. Au retour de la corvée, dans la baraque de Michel, un meeting s'organisa spontanément, dès la fermeture des portes. Tour à tour, les soldats escaladaient la table pour exposer leur point de vue sur la question. Michel, pour sa part, refusa de prendre la parole. Assis sur sa paillasse, la tête penchée, les mains aux genoux, il entendait les vociférations de ses compagnons, sans songer à les approuver ou à les contredire. Tout en reconnaissant qu'il y avait peut-être quelque exagération dans la manière dont les Allemands présentaient les faits, il demeurait persuadé qu'une véritable révolution avait balayé la Russie. Les détails que quelques prisonniers récents avaient rapportés sur l'état d'esprit des troupes et de l'arrière, le précédent significatif des émeutes de 1905, en pleine guerre russo-japonaise, tout concourait à rendre plausible une pareille éventualité. Depuis longtemps, Michel avait noté des indices de faiblesse dans la structure du régime impérial. Les défaites, les scandales de la cour aidaient les chefs de l'opposotion libérale à détacher le peuple de la monarchie. A la déclaration de la guerre ni les masses ni l'empereur ni le gouvernement, n'étaient préparés à la lutte. Il était fatal qu'une rupture s'opérât entre ces trois éléments, dont chacun accusait les autres de l'avoir trahi. Mais quel était le vrai visage de cette révolution, dont quelques lignes, grossièrement polycopiées, portaient la nouvelle aux prisonniers de l'Allemagne ? Était-elle pacifique ou sanguinaire, raisonnable ou bestiale, rapide ou lente ? Que fallait-il craindre et que fallait-il espérer, derrière le grillage des mots ?

Avec douleur, avec passion, Michel tentait d'imaginer l'aspect de cette lame de fond, qui submergeait les palais et noyait les couronnes. Bien qu'il manquât de renseignements exacts, il détestait l'action de ce peuple inculte et iconoclaste, qui piétinait ses élites sans discernement, reniait son Dieu et sa patrie, pactisait avec l'ennemi et prétendait improviser en hâte de nouvelles raisons de vivre. Comment Tania et les enfants se comportaient-ils dans la tourmente ? Comment se comportaient les Comptoirs Danoff, dont quelques directeurs irresponsables assumaient la gestion ? N'était-il pas absurde qu'il lui fût impossible de protéger sa famille et ses biens ? Au moment où sa présence eût été le plus indispensable à la tête de la maison, à la tête de l'affaire, il se trouvait en pays ennemi, claquemuré dans une baraque puante, avec, pour toute consolation, le droit de se plaindre à voix basse.

A la faveur de ce cataclysme national, Michel était obligé de reconnaître que ses préoccupations essentielles n'avaient pas changé. Malgré ses efforts, il n'avait pas su se séparer de l'homme qu'il avait été avant la trahison de Tania. Les Comptoirs Danoff, la maison de la rue Skatertny, les enfants, Tania elle-même, tenaient à sa chair mieux que cette défroque de captif, avec les lettres K. G. sur le dos. Il obéissait encore à cette tradition. Il existait encore pour ces intérêts d'un autre monde. Devant ce concours de menaces, Tania redevenait son épouse. Il ne pensait pas à elle par amour, mais par devoir. Il ne désirait pas la revoir pour lui pardonner, mais pour la sauver. Il ne songeait ni au passé ni à l'avenir, mais au présent. Et le présent était redoutable : une jeune femme seule, avec deux petits garçons, dans un logis trop vaste, trop riche, bourré de domestiques envieux, entouré d'une foule d'ouvriers débauchés et de soldats ivres.

Michel frémit d'appréhension et serra l'une contre l'autre ses mains désarmées. « Mais non, j'exagère, je m'affole et j'ai tort. Il est probable que le changement de régime s'est effectué dans le calme, sans effusion de sang... » La veille, Ostap avait voulu l'associer à un projet d'évasion. Michel regrettait, maintenant, d'avoir refusé son offre. Du regard, il chercha son ami dans la masse des prisonniers qui ondulait à la lueur pâle d'une chandelle. Debout sur une table, dominant ses compagnons, un soldat vêtu de guenilles boueuses, le menton hérissé de chaume, clamait en tapant du poing droit sa paume gauche ouverte :

— Je vous répète, camarades, que nous traversons des heures historiques. L'effondrement du régime tsariste marquera la fin de la guerre.

— Mais comment tu vois ça ? demanda une voix timide. Du jour au lendemain, plus de tsar. Ce n'est pas possible.

— Pourquoi ne serait-ce pas possible ?

— Parce qu'on a vécu tout le temps avec le tsar comme un père au-dessus de nous. Et demain, qui est-ce qui sera au-dessus de nous, s'il n'y a plus de tsar ?

— Le Soviet des ouvriers et des soldats.

— Sans couronne ?

— Bien sûr !

— Ce n'est pas bien. Il faut une couronne à la Russie.

— Elle nous a menés dans la merde et le sang, ta couronne ! Grâce aux nouveaux chefs élus, la paix reviendra en Europe. Dans quelques semaines, nous rentrerons chez nous, et nos frères nous accueilleront comme des héros et des martyrs. On distribuera les terres, les maisons. Chacun aura son logis propre et son champ à cultiver. Les riches qui ont bu notre sang iront cuver en prison le souvenir de leur ancienne splendeur. Les pauvres rouleront en automobile. Et tout le monde sera heureux.

— Qui est-ce qui les distribuera, les terres, les maisons ? cria quelqu'un.

— Des représentants du peuple, répondit l'orateur. Tout est prévu. Le parti bolchevik a déjà établi le plan de la répartition. Tant pour un tel et tant pour un tel. Andriouchka aura une ferme. Et Avrossi un château. Et les vaches...

— Pourquoi qu'Andriouchka aura la ferme et pas le château ?

— Je dis ça sans savoir. Mais chacun sera servi également.

— Parle-nous des vaches. Il y en a une centaine près de chez moi qui appartiennent à un gros salaud de propriétaire moscovite. Il ne vient jamais au pays. A quoi ça lui sert ?

— Ton cas est simple. Tu dis cent vaches ? Et vous êtes combien de paysans au village ?

— Deux cents.

— Hum. Eh bien, chacun aura une demi-vache.

— Comment ça, une demi-vache ? glapit l'interrupteur. Qu'est-ce que tu veux que je fasse avec une demi-vache ?

— C'est de l'arithmétique.

— Je ne veux pas d'arithmétique, je veux des vaches !

Il y eut un clapotement de rires dans l'assemblée.

Des têtes coupées oscillèrent aux lisières de l'ombre :

— Hé ! Hé ! va te faire foutre avec tes vaches ! Qu'on nous laisse rentrer et ce sera déjà bien beau !

— Vous aurez les vaches, camarades, hurla le soldat debout sur la table, j'en fais le serment. Nous devrions, sans perdre de temps, élire un soviet des prisonniers, préparer nos revendications...

— Qu'on nous donne à bouffer !

— Qu'on ouvre les portes !

— Qu'on nous serve de jolies petites femmes sur des plateaux !

— Que le Gefreiter Wirt vienne nous chatouiller les pieds, tous les matins !

— Oh ! Makar, tu me feras mourir de rire !

— On aurait tout de même pu ne pas toucher au tsar ! reprit la voix plaintive.

Les cris résonnaient violemment entre les parois de planches. La flammes de la chandelle palpita. On eût dit que l'excitation de ces hommes rendait leur odeur plus forte. Michel se rapprocha du cercle des auditeurs et frappa l'épaule d'Ostap, qui se tenait au dernier rang, les mains dans les poches, une cigarette en papier journal coincée entre les lèvres.

— Viens par ici, Ostap, dit-il, j'ai à te parler.

Ostap s'était chargé de préparer la fuite. Par l'intermédiaire d'un territorial alsacien, il avait troqué la croix de baptême en or de Michel contre deux vêtements civils usagés, un morceau de lard, une lampe de poche et une boussole. Le tout provenait d'un tailleur polonais de la ville, chez qui l'Alsacien prenait ses repas, le dimanche. Il était convenu que le paquet serait dissimulé au fond d'un arbre creux, dans la petite forêt qui bordait la carrière. Sur ce point, il fallait se fier à l'honnêteté du tailleur et du territorial. Aucun contrôle n'était possible. Et Michel craignait fort d'avoir été berné. Pour comble de malchance, le jour choisi pour l'évasion, les deux prisonniers ne furent pas dirigés sur la carrière, avec leurs camarades, mais détachés, avec trois autres hommes de la baraque, sous la surveillance d'un soldat, pour une corvée de ravitaillement. En les éloignant de cette carrière, les autorités allemandes compliquaient la tâche des captifs, car, à supposer qu'ils voulussent tromper coûte que coûte la vigilance du gardien, ils devraient, maintenant, suivre un long chemin en terrain découvert avant de pouvoir se réfugier dans les bois. Sagement, Ostap conseillait de remettre l'opération au lendemain. Mais Michel n'acceptait pas d'attendre. Chaque heure perdue aggravait, lui semblait-il, les risques que couraient Tania et ses enfants. Après avoir si longtemps refusé de s'évader, par respect des règles du jeu, il ne pouvait plus concevoir de passer une nuit supplémentaire dans les baraquements. En cas d'échec, les représailles étaient supportables : quelques jours de cellule, avec du pain K. K. et de l'eau pour toute nourriture. Peut-être aussi l'exposition au poteau. Ce n'était rien. Toute sa peau brûlait d'impatience. Il se sentait à la fois décidé et nerveux, comme à la veille d'un combat. Devant son insistance, Ostap résolut de lui confier la direction de la manœuvre.

Il était cinq heures du soir, lorsque les hommes de corvée reprirent le chemin du camp. Ils tiraient et poussaient une grande charrette à bras, bourrée de rutabagas pourris. Le soldat allemand piétinait derrière eux, l'arme à la bretelle, les mains dans les poches. Attelés aux brancards, côte à côte, Michel et Ostap s'ingéniaient à marcher le plus lentement possible, dans l'espoir que la venue du crépuscule faciliterait leur dessein. Au sommet d'une petite côte, le prisonnier Miatine, qui était du complot, alerta le Landssturmer en lui désignant la roue droite, dont la goupille avait sauté. Il y eut un arrêt : toute l'équipe se mit à la réparation, avec des gestes maladroits qui exaspéraient la sentinelle. Au moment de repartir, Ostap empoigna son brancard d'un mouvement trop brusque, et une partie des rutabagas roula dans la boue. Les joues pleines de sang violet, la bouche déviée de colère, l'Allemand crachait des injures et agitait son fusil :

— *Herrgott, donnerwetter, nochmal, passt doch auf* (1).

Cependant, le dos rond, l'œil piteux, les hommes ramassaient les rutabagas, un à un, et les replaçaient dans la charrette. L'ombre s'épaississait rapidement. Un brouillard gris montait de la campagne.

(1) Tonnerre de Dieu ! Faites donc attention !

— *Los! Los!* criait le soldat. *Wir werden viel zu spät heimkommen* (1)!

Lorsque le chargement fut effectué, Michel et Ostap reprirent les brancards, et la voiture s'ébranla en cahotant dans les ornières. Le ciel était d'un gris touffu de cendres. Les lointains se diluaient en vapeurs. De petites lumières s'allumaient à la surface de la terre, se groupaient, formaient des constellations. Michel cligna de l'œil à Ostap. Devant eux, à cinquante pas, il y avait un bouquet de bouleaux et de sapins. Au-delà, le chemin bifurquait sur la gauche, pour mener au camp. La carrière était à deux kilomètres environ, sur la droite, Ostap inclina la tête. Il avait compris. Derrière son dos, Michel entendait le halètement des camarades qui poussaient la charrette. Le soldat sifflotait. Ses bottes claquaient gaiement dans la boue. Encore trente pas. Le vent froid s'éveilla avec un soupir, accourut à travers l'espace, dispersa des gouttes de pluie. Des flaques noires et longues frissonnaient dans les crevasses. Un ruisseau, gonflé par la fonte des neiges, roulait en glougloutant dans le lit du fossé. Déjà, les bouleaux dénudés, les sapins aux branches funèbres, imposaient leur masse dans le crépuscule.

— Un, deux, trois, dit Michel.

Et, glissant l'épaule sous le brancard de gauche, il se releva subitement, tandis qu'Ostap imprimait une violente secousse au brancard de droite. Avec un craquement douloureux, la charrette chavira dans le caniveau. Les rutabagas croulaient en avalanche.

— *Jetzt haben wir den Schlammassel! Feste dran zusammenlesen* (2)!

Le soldat s'égosillait, gesticulait, lourd et verdâtre, dans sa capote trop large aux pans effrangés. Les hommes se bousculaient en rigolant, pour ramasser les légumes épars. Quelqu'un battit un briquet. Au-delà du point lumineux, la nuit devint plus sombre. Michel et Ostap franchirent d'un bond le fossé et s'enfoncèrent, à quatre pattes, entre

(1) Grouillez-vous! Grouillez-vous! Nous allons rentrer beaucoup trop tard!

(2) Nous voilà bien emmouscaillés! Vite, ramassez-moi ça!

les troncs des arbres. Derrière le boqueteau, s'étendaient des champs de vase et d'herbe rare. Ils commencèrent à courir pesamment sur cette terre meuble, qui collait aux semelles comme de la glu. Lorsqu'ils furent à cinquante pas environ de la route, ils entendirent les cris de l'Allemand :

— *Halt ! Zurück ! Oder ich schiesse* (1) !

Puis des coups de feu claquèrent chichement dans l'ombre.

— Ouf ! grogna Ostap. Maintenant, il ne nous aura plus. Merci à toi, Mère Céleste !

Il galopait rondement, les coudes au corps, la tête rentrée dans les épaules.

— Il va donner l'alerte au camp, dit Michel. Si nous n'atteignons pas la forêt avant dix minutes, tout est perdu.

— Nous l'atteindrons, nous l'atteindrons... Si la terre était moins molle... Oh ! ma cheville...

— Vite, vite...

Les yeux durcis par l'effort, la face cuite de sueur, le cœur battant, Michel accéléra son allure. La fatigue et la faim lui soulevaient les entrailles. Il avait l'impression que, d'une seconde à l'autre, il allait trébucher, défaillir et perdre la raison. Devant son regard, sautaient la ligne blanchâtre de la carrière, et, un peu plus loin, la fourrure sombre de la forêt. La distance qui le séparait du but était infranchissable. Ses talons plongeaient dans la gadoue, avec un bruit flasque de succion. Ses genoux fléchissaient drôlement, comme s'il eût couru sur les jambes d'un autre. Derrière lui, il croyait entendre des coups de feu, une rumeur de ferraille. Mais peut-être était-ce le sang qui cognait contre son tympan. Ostap cria :

— Courage ! Le plus dur est fait...

Titubant, aveuglé, la bouche amère, la poitrine vide, Michel avança, avança encore, levant les pieds, foulant le sol, happant l'air à pleines lèvres, comme un aliment. Enfin, les premières branches de la forêt se tendirent vers eux, telles des rames secourables vers un groupe de naufragés. Ils entrèrent dans cet abri, comme on se hisse à bord d'un navire sauveteur.

(1) Halte ! Revenez ! Ou je tire !

— C'est pas tout, geignait Ostap. Faut encore trouver les vêtements dans le tronc creux. Si ce salaud de tailleur a menti, il ne nous restera plus qu'à retourner au camp. Christ, aie pitié des chrétiens. Ou alors, à quoi bon la croyance ?

Sous le manteau serré des sapins, la nuit était totale, résineuse et froide. A tâtons, glissant sur les aiguilles de pin, écartant les ramures piquantes, les deux compagnons se dirigèrent vers une clairière qu'ils connaissaient bien pour y avoir travaillé tout l'été. Une lueur trouble, brumeuse, baignait le cercle des arbres, figés, côte à côte, dans la méditation. Les sapins laissaient pendre jusqu'au sol leurs longues manches obliques de magiciens. Les bouleaux balançaient dans le noir leurs squelettes scintillants et graciles. Un vieux hêtre, à la tête coupée, aux bras mutilés, se tenait en avant de tous, dans une pose de protestation tragique. Un trou aux lèvres retroussées s'ouvrait en losange à son flanc. Michel plongea sa main dans le tronc creux. Ses doigts tremblants, endoloris, palpèrent un matelas de feuilles pourries, d'immondices gluantes. Une odeur de fumier montait de l'excavation. Rien. Le cœur cessait de battre. Un voile de mort dansait devant les yeux.

— Oh ! ce n'est pas possible !... Le salaud !... Le salaud !...

Subitement, ses ongles rencontrèrent un morceau d'étoffe, accrochèrent une ficelle. Un éclair de joie l'éblouit. « Merci, mon Dieu ! » Le colis était là, bien en place. Le tailleur n'avait pas menti. Le territorial alsacien était un brave homme.

— Ostap ! Les vêtements ! Je les ai ! Aide-moi !

Enfonçant le bras jusqu'à l'épaule dans la crevasse, Michel extirpa péniblement un gros paquet noué par le milieu avec une cordelette en papier. Il fit sauter la cordelette. Deux vestes en loques. Deux pantalons rapiécés. Des défroques d'épouvantails. Mais cela n'avait pas d'importance. Ostap se frottait les mains :

— Avec la nourriture du camp, pas de danger qu'ils nous soient trop étroits ! Celui-ci a l'air un peu grand pour moi. Prends-le. Il t'ira comme un gant !

Hâtivement, ils se déshabillèrent, enfilèrent, vaille que vaille, les costumes civils, et enfouirent leurs uniformes dans le tronc creux. Ils se regardaient, surpris de la métamorphose. Deux vagabonds en guenilles au milieu de la forêt.

— Quand je te vois comme ça, j'ai envie de te faire l'aumône, dit Ostap en riant.

Michel envia son calme.

— Ils vont sûrement venir, dit-il. Nous devrions nous cacher, laisser passer tranquillement la patrouille. Après, nous sortirons sur la route.

— Penses-tu qu'ils se dérangeront pour nous !

— Il vaut mieux. C'est plus prudent.

En effet, très loin encore, on percevait un craquement cadencé, une rumeur suspecte, humaine

— Ce sont eux, murmura Michel

— Mais non. C'est une bête quelconque. Ne t'affole pas.

— Grimpons dans un arbre. Je serai plus tranquille.

Après quelques hésitations, Michel choisit un chêne robuste, un peu en retrait de la clairière. L'escalade fut laborieuse. Ostap s'établit enfin sur une maîtresse branche, le dos accoté au tronc, les jambes pendantes. Michel s'installa à califourchon sur la branche voisine. Au-dessous d'eux, un lacis de ramures nues masquait partiellement le sol. Au-dessus d'eux, s'étalait un ciel sombre, où nageait la lueur vague de la lune.

— Je ne m'étais pas trompé, chuchota Michel. Ils arrivent...

Le bruit des pieds sur la terre et des bras écartant les souches devenait si distinct qu'Ostap acquiesça de la tête. Ravalant son souffle, Michel écoutait grandir et s'affirmer cette menace née de la nuit. Collé à la masse de l'arbre, il souhaitait participer à son indifférence et se vêtir de son écorce pour l'éternité. La patrouille approchait toujours, avec des tintements d'acier, des toux étouffées, des gargouillements de paroles étrangères. Combien étaient-ils : quatre, cinq ? Bientôt, ils débouchèrent dans la clairière imbibée de vapeur grise. A travers les branches entrecroisées, on devinait, en contrebas, leurs silhouettes trapues, leurs fusils luisants. Michel reconnut la voix du Gefreiter Wirt :

— *Verdammte Russki! Wo stecken nur die Schweine* (1) !

Les soldats furetaient entre les arbres, donnaient de petits coups de crosse, sans conviction, dans les fourrés. Les moindres chocs se répercutaient dans le corps de Michel. Une angoisse pétrifiante durcissait sa chair. Son cœur battait dans sa gorge. Il enfonçait ses ongles dans le bois de la branche, comme pour résister à une force invisible qui désirait le tirer de là, le jeter à terre, parmi les bottes et les rires. Une bête tapie dans son repaire, avec, autour d'elle, l'odeur et le froissement de la chasse. « Pourvu que les hommes armés n'aient pas l'idée de lever la tête ! Pourvu qu'ils s'en aillent, qu'ils m'oublient, qu'ils me pardonnent ! Comment prier pour obtenir cela ? »

— *Saukerle* (2) !

Un à un, les poursuivants disparaissaient dans l'épaisseur des bois. Lorsque le dernier d'entre eux eut été absorbé par les taillis, Michel ouvrit la bouche pour respirer, et ses muscles se relâchèrent. Il regarda Ostap. Ostap souriait. Ostap était heureux. Il ressemblait à un drôle d'oiseau, accroupi sur son perchoir, les griffes jointes à hauteur du ventre, le dos rond. De sa poche, il sortit un morceau de lard et le tendit à Michel. Ils mangèrent silencieusement, voracement. Une pluie fine descendit du ciel. Michel ne doutait plus du succès de l'évasion. Dans une heure environ, la patrouille retournerait au camp. On n'entreprendrait pas de nouvelles recherches avant l'aube. Les fugitifs auraient donc toute une nuit devant eux pour gagner le large. Michel avait appris l'allemand, pendant sa captivité. Il se ferait passer pour un paysan silésien d'origine polonaise. La frontière de la Pologne était à une quinzaine de kilomètres au nord. Une fois en Pologne, les deux compagnons seraient définitivement sauvés. En effet, Michel comptait beaucoup de clients, de fournisseurs et d'obligés dans les

(1) Sacrés Russes ! Où sont-ils donc fourrés, les cochons !
(2) Salauds !

petites villes industrielles de la région de Kalicz. On pouvait atteindre Kalicz en deux jours de marche. Éviter Festenberg, se ravitailler à Grabow, chez ce tisseur juif qui était débiteur des Comptoirs Danoff pour quelques milliers de roubles... Là, il obtiendrait aussi des vêtements convenables, des renseignements, de l'argent. Tout devenait facile. Le lard avait un goût délicieux de noisette. La pluie était douce sur la figure. Un faible vent agita les branches. Et Michel eut l'impression qu'il planait.

— Ils sont partis, dit-il à voix basse. Dans une heure ou deux, nous pourrons descendre.

— Je n'ai plus envie de descendre, dit Ostap. On est si bien en haut. Comme de vrais corbeaux qui claquent du bec.

Il gloussa de contentement, s'essuya la bouche avec sa manche et faillit perdre l'équilibre :

— Hé ! Sûrement, j'ai trop bu. Je chancelle.

— Pourquoi t'es-tu décidé à fuir ? demanda Michel. Si les Allemands disaient vrai, si le gouvernement provisoire était contre la guerre, on nous aurait tous libérés bientôt.

— Les Allemands ne disent jamais vrai, murmura Ostap. Ce sont des menteurs. Même si la guerre finissait, ils nous laisseraient dans les camps. J'ai besoin de rentrer chez moi. Le cœur me démange. Et toi ?

— Moi aussi, le cœur me démange. Je suis inquiet...

— A cause de la révolution ?

— Oui.

— Il ne faut pas.

— Tu en parles à ton aise, dit Michel. Dans ton village, tu ne crains rien. Mais, à Moscou, étant donné la situation que j'occupais avant la guerre, Dieu sait ce que sont devenus ma femme, mes enfants, mes affaires ?

— Les révolutionnaires ne sont pas tous des bandits.

— Non. Mais à la faveur de chaque révolution, il y a des bandits qui se glissent parmi les révolutionnaires. On pille, on enferme, on tue à tort et à travers. Il faut que je revienne pour défendre ma famille, mes comptoirs...

— Plus l'homme s'élève, et plus il est visible, dit Ostap avec un soupir. Plus le caillou brille, et plus on le remarque de loin.

— Que penses-tu de la révolution, Ostap ?

— Comment répondre ? Je ne l'ai pas vue. Je crois qu'elle doit être belle et laide à la fois, comme tout ce que font les mortels. Belle de la tête et laide des mains. Une figure d'ange, des yeux d'ange, des lèvres d'ange, mais des mains noires d'assassin. La tête ne sait pas ce que font les mains. La tête médite haut et juste, les mains travaillent bas et brutalement. C'est le malheur de l'homme. Mais on ne peut pas se passer des mains, comme on ne peut pas se passer de la tête.

— Dès qu'on leur offre la liberté, les hommes en abusent, dit Michel. Dès qu'ils voient un peu de sang, ils en demandent à pleins seaux. Je suis sûr qu'il n'y a rien de plus terrible au monde que les hommes. Il est difficile de les éclairer jusqu'au fond. Toujours, il reste un petit coin d'ombre où le rayon de la conscience ne pénètre pas. Par exemple, je suis assis à côté de toi, sur cette branche ; tu es mon ami, mais j'ignore ce que tu penses, quelle est ta vie, si tu éprouves vraiment de la sympathie pour moi. Dans d'autres circonstances, tu serais peut-être entré dans ma maison pour la piller, pour insulter ma femme, pour m'arrêter, pour me tuer...

— C'est possible, dit Ostap en se grattant la nuque. Tout est possible. On peut tirer de l'homme de mauvaises odeurs et de belles paroles. La même main donne l'aumône et le coup de couteau.

— Aux jours de révolte, tout ce qui est trouble en l'homme remonte à la surface.

— Oui, mais cela ne dure pas. Une fois qu'il a commis le crime, il se calme. C'est comme si on lui avait extrait une épine de la peau. Il souffrait. Ça le gênait. Et voilà, il l'a fait. Ouf ! Maintenant, il regrette et il est heureux, il se traite de monstre et il sourit. Il sait que c'était nécessaire. L'homme n'est pas méchant. Il a des accès de méchanceté. Ça le prend, et ça le lâche. Maintenant, ça l'a pris. Demain, ça le lâchera. Et tous, de nouveau, nous nous aimerons comme des oiseaux du Bon Dieu. Et la vie coulera, et les arbres fleuriront, malgré tous les innocents qui sont morts, au front et à l'arrière, dans les champs et dans les villes. Quand tu as le cœur inquiet, il faut penser aux arbres qui fleurissent, quoi qu'il arrive. On nous aurait tués dans cette forêt, ça n'aurait pas empêché les feuilles de revenir au printemps ! Si Dieu trouvait que les hommes avaient tort, il empêcherait les feuilles de revenir.

La pluie redoubla de violence. Des ruisselets glacés coulaient sur le visage et dans le dos de Michel. Un oiseau vola lourdement d'une branche à l'autre. Toute la forêt murmurait, gorgée d'eau, caressée de brises nocturnes. Au-dessous de Michel, un grand mystère se composait, avec les battements d'ailes, les craquements de brindilles, les froissements de fourrures et de plumages, la palpitation des mousses avides, et la mort de feuilles jaunes, poignardées par l'averse. Une vie obscure, essentielle, unissait l'écorce humide des arbres, le ventre tiède des animaux et la terre traversée de galeries secrètes. Les hommes n'avaient plus d'importance. Ils étaient la partie infime d'un grand tout. Dieu était bon.

— Maintenant, nous pourrions descendre, dit Michel.

— Attendons encore, dit Ostap.

— Pourquoi ?

— Parce que l'heure est douce. Il faut la laisser couler en toi comme dans un verre.

Dans l'ombre, Michel distinguait confusément la face d'Ostap, courte et lourde, ridée de petits plis concentriques. Tout en lui était rond et solide, jovial et sain. Jamais Ostap n'avait parlé à Michel de sa femme, de ses parents. On eût dit qu'il n'avait pas de logis, pas d'affections et pas d'obligations précises en ce monde. Il vivait selon le rythme des saisons, d'une manière sage et lente, pratique et optimiste. Il s'accommodait de n'importe qui, de n'importe quoi, ne désirait pas grand-chose. Rien ne lui appartenait en propre, si ce n'était l'univers entier. Il n'avait pas d'amis particuliers ; mais tous les hommes et toutes les bêtes, et toutes les plantes, étaient ses amis. Les Allemands qui le cherchaient, même, étaient ses amis. Et si, un jour, il était dépouillé, trompé, égorgé, le coupable serait encore son ami.

— Tu es un drôle de bougre, dit Michel. Tu ne hais personne. Et pourtant, tu as fait la guerre, tu as tiré contre l'ennemi.

— Le chasseur aime bien le lièvre qu'il vient d'abattre. J'embrasse toujours, derrière les oreilles, le lièvre que j'ai tué. Ainsi, il ne peut pas m'en vouloir. C'est la loi. On tue en aimant. On aime en tuant. La terre boit le sang, et Dieu fait pousser les feuilles.

— Peut-être as-tu raison. Les gens instruits compliquent le problème...

— Écoute ! chuchota Ostap. Je crois que c'est un renard qui passe. Tout se cache autour de lui. Il cherche pâture.

Ils se turent, attentifs au silence de la forêt.

— Il ne trouve rien, le pauvre, reprit Ostap. Pas même un oisillon tombé du nid. Qui est le plus à plaindre, l'oisillon ou le renard ? L'un a peur. L'autre a faim. Tous deux veulent vivre.

La pluie s'était arrêtée. Les ramures s'égouttaient sur la terre poreuse. Dans le ciel sombre, voguaient de grands radeaux de nuages, aux bords ébréchés. Une étoile brilla.

— La patrouille a dû rentrer au camp, dit Michel. Il faut partir.

Il enlaça le tronc de l'arbre. Ses mains glissantes s'égratignaient à l'écorce. Ses genoux serraient le fût rude, hérissé de souches qui déchiraient les pantalons. Lorsque ses pieds touchèrent le sol, il lui parut qu'il émergeait d'un rêve, que rien de ce qui s'était dit là-haut n'était vrai, et qu'Ostap eût tenu un autre langage s'il n'avait pas été assis sur une branche, comme un oiseau. Lourdement, Ostap se laissa choir près de lui, à quatre pattes. Puis, il se releva, épousseta ses genoux, se signa, et dit :

— Conduis-nous, ma petite graine !

Ils se mirent en marche dans la direction de la route. La forêt les prit, les enveloppa, nombreuse et sombre. Souvent, ils s'arrêtaient, prêtaient l'oreille à quelque bruit insolite. Mais le doute n'était plus possible. Ils étaient seuls parmi les arbres. Toute la terre était à eux. Lorsqu'ils débouchèrent sur le chemin, la lune sortit des nuages, et une barbe d'argent couronna les sillons noirs. Devant eux, la voie, large et plate, s'étirait d'une seule coulée vers l'horizon.

— C'est gai, une route ! dit Ostap. Cela parle d'indépendance, de visages nouveaux. Cela vous tire par le ventre, comme une corde.

Ils avançaient, côte à côte, joyeux et libres, le cœur en paix. Leurs pas légers s'entendaient à peine. Il semblait à Michel que, depuis des siècles, il ne lui avait pas été donné de cheminer ainsi, sur une route ouverte, de laisser pendre les bras, de respirer la nuit. Après des mois de travaux forcés, de surveillance tracassière, de repos en commun, il ne pouvait s'habituer à l'idée qu'il dépendait de lui d'aller à droite ou à gauche, de ramasser une pierre ou de s'asseoir sur un talus. Des larmes d'allégresse lui montaient aux yeux. Il prit la main d'Ostap et la serra fortement. Ostap se mit à rire :

— C'est bon, hein ? Ça vous soûle comme de l'eau-de-vie !

La lune entra dans les nuages. Une nuit épaisse avala le pays. Subitement, Ostap s'immobilisa et décocha un coup de coude à Michel.

— Il y a quelqu'un devant nous, chuchota-t-il.

— Où ?

— Près du poteau télégraphique. Une ombre.

— C'est peut-être un paysan ?

— Coupons à travers champs.

Sortie du néant, une voix gutturale cria :

— *Halt ! Wer da* (1) ?

Quelque chose de dur raya le cœur de Michel, comme un trait d'ongle. Ses genoux faiblirent, le quittèrent. L'air s'échappa de ses poumons.

— *Hierher, sofort* (2) ! reprit la voix menaçante.

Et on entendit claquer la culasse d'un fusil.

La lune usait les nuages. Une buée mercurielle nimba le contour des choses. Michel et Ostap franchirent le fossé et s'élancèrent, au pas de course, à travers champs. Une détonation brisa la vitre du silence. Puis, une autre. Michel courait toujours. Tout à coup, il s'aperçut qu'il était seul. Ostap était couché, à dix foulées derrière lui, la

(1) Halte ! Qui va là ?
(2) Ici, tout de suite.

face dans un sillon, les bras tordus. On voyait bien son large crâne aux cheveux luisants.

— Eh ! Ostap ! hurla Michel.

Le corps eut un sursaut de cheval abattu. Ostap se dressa sur les coudes. La tache pâle de son visage se posa sur la terre, comme un gros navet. Il gémit :

— Va-t'en ! Ne m'attends pas ! Va-t'en !

Et il retomba sur son ombre. Michel lui tourna le dos, fit encore deux enjambées dans la glèbe spongieuse, et s'arrêta. Il ne pouvait plus fuir. Inexplicablement, la blessure d'Ostap devenait sa propre blessure. Toute sa volonté coulait hors de lui, comme dans une effusion de sang. Vide et calme, il revint sur ses pas, s'accroupit auprès de son camarade.

— Qu'as-tu ? Je t'aiderai. Viens. Viens avec moi, dit-il.

Il haletait. Il secouait cette masse de chair sans paroles. Il se fâchait contre ce mort.

— *Warte mal* (1) !

Les bottes se rapprochaient. Michel leva les yeux et vit deux soldats allemands qui accouraient vers lui, avec des figures déformées par l'effort. Le Gefreiter Wirt les suivait à faible distance, le revolver au point, le lorgnon brillant.

— Ostap ! Ostap ! dit encore Michel.

Un liquide chaud mouillait sa main. Il l'essuya contre son pantalon, se dressa, murmura, comme se parlant à lui-même :

— Oh ! je suis fatigué.

— *Na ! da haben wir euch, ihr Schweinhunde* (2) ! glapit le Gefreiter Wirt.

Michel baissa la tête. Quelqu'un lui ligotait les poignets derrière le dos. Des injures éclataient à ses oreilles. Il se laissa ramener au camp, sans protester.

Tania s'éveilla en sursaut. Il lui semblait qu'on avait sonné à la porte d'entrée. Depuis quelque temps, elle

(1) Attends un peu !
(2) Eh bien, on vous a quand même eus, sales cochons !

nourrissait un espoir absurde, douloureux. Elle ne pouvait s'empêcher de croire qu'une nuit, tandis qu'elle serait couchée, un carillon autoritaire ébranlerait les murs de la maison. Aussitôt, elle bondirait hors de son lit, passerait une robe de chambre, dévalerait l'escalier, ouvrirait le lourd battant de chêne clair, et, devant elle, sur un fond de façades endormies, se tiendrait Michel, maigre, souillé de barbe, et les yeux dilués de larmes. Ce rêve était si improbable qu'elle ne le confiait à personne. Mais, quoi qu'elle fît, elle demeurait soumise à son obsession.

Cette fois encore, elle se leva, descendit jusqu'au vestibule, sur la pointe des pieds, tira la porte. A la place du visiteur nocturne, elle ne vit que la rue vide, aux fenêtres éteintes, aux trottoirs bordés de talus neigeux. Le froid de l'extérieur la fit frissonner. Elle s'irritait d'avoir ajouté foi à une illusion puérile. Qu'elle devait avoir l'air sotte, debout, à demi dévêtue, devant ce fantôme !

Déçue, fâchée, elle se retenait de pleurer. « Je suis folle d'être descendue. Ce n'est pas bien. C'est même inquiétant. Sûrement, je ne suis pas dans mon état normal. » Pourtant, elle aurait juré avoir entendu le timbre de l'entrée, à travers son sommeil. Peut-être, s'agissait-il d'un coup de feu ? Elle écouta encore. La ville, énorme, massive, silencieuse, enfermait en soi des ténèbres comprimées, des repos nombreux. Cette révolution n'avait pas bouleversé Moscou comme elle avait fait de Pétrograd. A l'annonce des événements qui se déroulaient dans la capitale, les troupes moscovites avaient fraternisé d'emblée avec les ouvriers. A part quelques escarmouches, quelques pillages de magasins et quelques réquisitions de voitures, le changement de régime s'était opéré sans heurts. Cependant, Tania n'était pas tranquille. Cette première secousse lui paraissait être le prélude d'une transformation plus vaste et plus redoutable. L'accession au pouvoir des représentants du peuple était menaçante pour ceux qui possédaient un nom, un prestige, une fortune. L'abdication du tsar, si elle devait avoir lieu, comme on le prétendait, livrerait le pays à l'anarchie. Il était inconcevable, en effet, que des inconnus, étrangers au monde de la politique et des affaires, fussent à même, du jour au lendemain, de diriger une nation soulevée contre ses idoles. Déjà, Tania croyait percevoir, dans les propos et les manières de ses domestiques, un relâchement de la discipline, une morgue, une mauvaise volonté, qui présageaient la querelle ouverte. Cependant beaucoup de gens, autour d'elle, se félicitaient de l'éveil libéral russe. Les bourgeois cossus déclaraient que la révolution était un devoir civique. Malinoff écrivait des poèmes pour célébrer la victoire du prolétariat sur les forces obscures de l'autocratie. Eugénie Smirnoff s'était commandé un chapeau orné de petites fleurs rouges. Tania regrettait de ne pouvoir participer en rien à cet enthousiasme. Plus que jamais, en ces heures d'incertitude et de violence, l'absence de Michel lui était pénible. Elle pensait constamment à lui. Elle ne se jugeait plus coupable à son égard. Il lui semblait qu'une loi de prescription avait joué pour sa faute, que tout était depuis longtemps pardonné, oublié, que Michel l'aimait comme aux premiers jours de leur mariage. Elle se plaisait à imaginer son retour, la façon dont il la regarderait avant de la serrer dans ses bras, les paroles qu'il lui dirait après l'avoir baisée sur la bouche.

Toute sa peau devenait chaude et moite. Elle avait envie d'ouvrir ses lèvres. Auprès de lui, elle n'aurait peur de personne : ni des domestiques, ni des ouvriers, ni des soldats. Il était fort, raisonnable, courageux et clair comme un héros de chevalerie. Il avait l'étoile de la chance sur la poitrine. Il éclipsait le misérable petit Volodia, avec son œil de verre et ses joues tendres. Pourquoi Michel n'essayait-il pas de s'évader et de la rejoindre ? Un besoin d'être nue et faible, de s'abandonner, de se plier, la rendait impatiente. Elle souffrait. Elle allait se déchirer comme une étoffe. Seule, seule... Elle gémit un peu. Son visage brûlait. Elle referma la porte sur le vide. Elle remonta l'escalier avec ce vide à côté d'elle. Elle se coucha avec ce vide dans son lit. Puis, elle se releva, courut vers la chambre des enfants. Derrière le battant, elle entendit le ronflement de la nounou, Marfa Antipovna. Longtemps, elle hésita à entrer pour voir Serge et Boris assoupis, la face baignée d'un songe calme. Mais elle ne se sentait pas suffisamment maternelle pour se pencher au-dessus d'eux-

et les bénir d'un signe de croix. Ce n'était pas de ses fils que pouvait venir la consolation, mais de son mari. Elle retourna dans sa chambre, la bouche sèche, les yeux écarquillés. Rejetant son peignoir, allumant le lustre, elle se regarda dans la glace. Sa chemise de nuit crème, ornée de dentelles sur la gorge et aux épaules, lui parut grotesque. Pour qui ? Pour quoi ? Elle se mit nue, croisa les mains derrière la nuque pour hausser la masse douce des seins. Elle avait la chair de poule. Sa peau était blanche, grumeleuse. Elle imagina des soldats ivres qui la trouvaient ainsi, la renversaient sur le tapis, la violaient, lui donnaient des gifles. Ensuite, ils cassaient les vitres, les glaces, vidaient les tiroirs et s'en allaient, rigolards et puants, tandis qu'elle demeurait écartelée dans la lumière offensante. Un fourmillement montait de son ventre. De la sueur perlait à la racine de ses cheveux. Elle appela :

« Michel ! Michel, mon chéri... »

Puis, elle se tut. Des bruits de roulements feutrés, de trépidations monotones, venaient de la ville. Il semblait à Tania qu'elle était en communication avec l'univers entier. Les tranchées étaient à portée de sa main droite. Le camp de prisonniers dressait ses barbelés sur sa main gauche. Ekaterinodar, avec son père et sa mère, se figeait à ses pieds, paisible, nocturne. Pétrograd gisait entre ses seins, avec des orateurs échevelés, des troupiers saouls, des camions pavoisés de drapeaux rouges. La Russie avait pénétré dans les frontières de son corps. Elle était la Russie, remuante, souffreteuse, fiévreuse. Quelque chose se passait en elle, une maladie, une sorte de mort.

De nouveau, elle crut entendre le carillon de l'entrée. Quel spectre s'amusait ainsi à troubler son repos ? Elle s'agenouilla, récita une prière. Autour d'elle, la chambre aux boiseries bleu pâle, aux panneaux brodés de cigognes japonaises, se désintéressait visiblement de son sort. Sa solitude était incorruptible. Peu à peu, Tania se calmait. Elle se coucha enfin, éteignit la lumière. Mais longtemps elle ne put dormir, et guetta, dans l'ombre, le choc d'un pas sur le trottoir, le tintement d'une sonnette, le son d'une voix familière qui criait :

« C'est moi, Tania. Ouvre. Ouvre !... »

XV

Dès le début des troubles politiques, la troupe de *La Sauterelle* partie de Moscou pour une tournée de représentations dans les hôpitaux, se trouva bloquée à Pskov, par suite de l'interruption du trafic ferroviaire. Dans la vieille et calme cité, résidence du général Roussky, commandant le front nord, la discipline impériale subsistait dans son intégrité, et la révolution de Pétrograd n'était connue que par les dépêches des gazettes locales. Ayant donné deux spectacles au bénéfice des blessés, les acteurs ne savaient plus à quoi employer leurs loisirs. Logés à l'hôtel, inactifs et inquiets, ils dépensaient vainement leur argent de poche et pestaient contre les insurgés qui les contraignaient à végéter dans un trou de province, au lieu de poursuivre un itinéraire triomphal à travers le pays. Thadée Kitine multipliait les démarches auprès des autorités civiles et militaires, mais se heurtait toujours à la même incompréhension. Les rares trains en service étaient réservés par priorité au transport des armées et du ravitaillement. Il fallait attendre. Or, cette perte de temps coûtait cher à la compagnie théâtrale. Tout ce que le directeur de *La Sauterelle* put obtenir de l'administration des chemins de fer fut l'autorisation d'entreposer gratuitement ses décors dans les hangars. Prychkine, de son côté, eut la chance d'attendrir le gérant de l'hôtel, qui accorda une diminution appréciable sur le prix des chambres.

Pour tromper leur ennui, les comédiens inspectaient les couvents et les églises innombrables de Pskov, les anciennes fortifications, la cathédrale de la Trinité aux cinq coupoles bleues semées d'étoiles d'or. Il leur arrivait aussi de dîner chez des notables de la ville. De ces promenades et de ces visites, ils rapportaient des informations qui faisaient frémir. La révolution s'était installée à Pétrograd, à Moscou et dans la plupart des grands centres russes. Un gouvernement provisoire, soutenu par le Soviet, avait été formé, avec le prince Lvoff comme Premier ministre. La majorité de ses collaborateurs étaient les représentants des groupes progressistes. Le travailliste Kérensky, même, faisait partie du ministère. Le comité de la Douma exigeait l'abdication de Nicolas II et l'avènement du prince héritier, sous la régence du grand-duc Michel. De son côté, le tsar avait quitté le Grand Quartier général de Mohilev pour rentrer à Tsarskoïé-Sélo. Mais les troupes mutinées refusaient de laisser passer le train impérial. Il était obligé de rebrousser chemin et roulait, croyait-on, dans la direction de Pskov. De tous ces renseignements, Lioubov ne retenait qu'une chose : il lui serait probablement impossible de jouer devant le tsar, comme elle en avait formé le projet. Ce contretemps lui semblait être une injustice du sort, une mesure vexatoire dirigée contre sa propre personne. Un dépit virulent l'animait contre les révolutionnaires et contre le monarque, qui, les uns par leur intransigeance, l'autre par sa faiblesse, la privaient d'un plaisir auquel elle avait droit.

Le 2 mars au matin, en s'éveillant après une nuit agitée, Lioubov se sentit plus malheureuse et plus seule encore que de coutume. Un jour pluvieux entrait par les fenêtres aux doubles carreaux. Les murs beiges, à rayures verticales mauves, figuraient assez bien les barreaux d'une prison. Une odeur de cigare éteint, de linges moites flottait dans la chambre. Prychkine nouait sa cravate devant la glace, encadrée de coquillages, du lavabo.

— Quelle heure est-il ? demanda Lioubov.

— Midi moins cinq, dit Prychkine. Il est temps que tu te lèves.

— Pour ce qu'il y a à faire dans cette sale ville !.

— On pourra toujours se promener un peu, jouer aux cartes..

— Merci bien pour tes suggestions originales. Je préfère encore dormir.

Elle éprouvait le besoin d'irriter Prychkine, qui acceptait trop facilement cette situation intolérable.

— Eh bien, dors, dit Prychkine, et il pencha la tête, de droite et de gauche, pour admirer la structure ferme et rose de ses joues.

— Et toi, que vas-tu faire ?

— Sortir.

— Avec qui ?

— Avec les amis.

— Et Lisa ?

— Probablement.

— Je ne veux pas que tu te pavanes avec cette petite putain, dit Lioubov.

— C'est une camarade.

— Elle n'a aucun talent.

— D'accord.

— Sauf celui de voler les maris des autres. Tu crois que je ne vois pas son manège ? Toujours à plisser les yeux, à remuer les lèvres, comme si elle suçait un bonbon trop doux.

— Je t'assure, dit Prychkine avec hauteur, que je ne me soucie guère de Lisa, en ce moment !

— Pourquoi, en ce moment ?

— Parce que le sort de la Russie est en jeu. Dans les heures graves que nous traversons, toutes mes idées sont politiques.

Son visage se figea dans une expression noble et douloureuse. Les sourcils noués, les lèvres pincées dans un rictus amer, que ponctuait joliment un grain de beauté marron, il considérait le bout de ses souliers comme il eût fait d'une dalle mortuaire.

— Le plus clair de tout cela, dit Lioubov, c'est que je ne jouerai pas devant le tsar.

— Non, dit Prychkine, tu ne joueras pas devant le tsar.

— A cause d'une révolution idiote !...

Des larmes tremblaient dans sa gorge. Elle ébouriffa ses cheveux à pleins doigts :

— Ah ! ils sont beaux, tes révolutionnaires ! Je les déteste ! Je les déteste !

— Pourquoi dis-tu que ce sont *mes* révolutionnaires ?

— Parce que tu as toujours prétendu que le régime tsariste était périmé. Tu es content, maintenant ? Tu as ce que tu désires ? Un clapier de province. Pas moyen de bouger. Et le tsar qui va abdiquer, peut-être, avant que j'aie joué devant lui. Oh ! je te félicite ! Je te remercie ! Je te baise les mains !

Subitement, une idée réconfortante lui traversa l'esprit. Peut-être le tsar refuserait-il de se soumettre ? S'il s'arrêtait à Pskov, sans renoncer à la couronne, nul doute qu'on organiserait une représentation en son honneur. Elle paraîtrait à ses yeux, belle, émue, reconnaissante. Elle serait applaudie par ces mains augustes gantées de cuir blanc. Son cœur défaillit d'espoir. Elle murmura :

— Et s'il n'abdiquait pas !

— Eh bien ?

— Nous pourrions tout de même jouer devant lui.

— S'il n'abdiquait pas, dit Prychkine en boutonnant son gilet, il aurait autre chose à faire que patronner des galas de bienfaisance.

— Je n'ai pas de chance, je suis malheureuse ! gémit Lioubov.

— Ne ramène pas tout à toi, dit Prychkine. C'est ridicule.

— Et à qui veux-tu que je le ramène ? s'écria-t-elle.

Elle se leva du lit, brisée, mécontente. Le plancher était froid sous ses pieds nus. Sa bouche pâteuse lui faisait horreur.

— Quand le tsar abdique, qui est-ce qui le remplace ? demanda-t-elle encore.

— Cela dépend.

— Un autre tsar ?

— Ou un gouvernement républicain.

— Si c'est un autre tsar qui remplace Nicolas II, si c'est le grand-duc Michel, par exemple, peut-être que… ?

— Ne compte pas t'exhiber devant le grand-duc Michel, grommela Prychkine, exaspéré.

— Et devant qui, alors ? Pas devant le gouvernement

provisoire, ou devant le Soviet ? Ça me dégoûterait. Tous ces types sans éducation...

— Devant personne, dit Prychkine.

Lioubov cacha sa tête dans ses mains et rugit :

— Ils me rendront folle !

Son désespoir était sincère. Tout allait mal depuis qu'elle avait quitté Moscou. Elle s'était enrhumée dans le train. Prychkine faisait une cour assidue à Lisa. L'empereur était sur le point d'abdiquer. Elle se regarda dans la glace et se jugea laide, vulgaire. Sa peau avait un reflet jaunâtre. Des cernes bleus entouraient ses paupières. Sur ses lèvres gercées, le fard de la veille formait de fines croûtes roses. Elle murmura :

— Sacha ! Je n'en peux plus ! Il faut me consoler !

Prychkine poussa un soupir excédé et leva les yeux au ciel :

— Encore !

— Oui, oui, tout le monde est contre moi. Si seulement j'avais joué d'abord devant lui, et puis il aurait abdiqué, cela me serait égal. Mais comme ça !... Je n'aurai plus jamais l'occasion de jouer devant un empereur !... Est-ce que tu comprends ce que cela veut dire ? Sacha, je suis ta petite chatte. Prends-moi dans tes bras.

Prychkine enlaça les épaules de Lioubov, mais elle se dégagea lestement.

— Je vais me laver les dents d'abord, dit-elle.

S'étant lavé les dents, la figure, elle revint à lui et renversa la tête. Elle souriait, haletante, quêteuse, elle tendait sa poitrine, dont les pointes sombres transparaissaient sous la chemise de nuit. Prychkine lorgna sa montre.

— Nous avons le temps, chuchota-t-elle.

Après avoir fait l'amour, Prychkine expliqua à Lioubov que l'art était au-dessus de la politique et que le prestige des acteurs traversait tous les régimes sans pâlir. Pour sa part, il estimait que le tsar avait des torts incontestables et qu'il était temps de le remplacer, mais il déplorait que cette révolution s'accompagnât de désordres graves qui gênaient les comédiens dans l'exercice de leur profession. Lioubov, comblée et chaude, l'écoutait avec extase

Prychkine l'excitait beaucoup lorqu'il devenait sérieux. Elle avait envie de lui mordre le menton.

— Je crois fermement, dit Prychkine, que, guidée par un gouvernement populaire, la Russie appareillera vers un noble destin. Après ces heures d'angoisse, le public comprendra mieux l'admirable sérénité de l'art. Il viendra en foule applaudir ceux qui, sans jamais faillir à leur mission, se sont donné pour tâche de distraire et d'éduquer leurs semblables...

Lioubov espéra que Prychkine la caresserait encore. Mais il était fatigué. Il se leva pour se rhabiller, se recoiffer devant la glace. Lioubov, alanguie, les yeux mi-clos, se léchait les lèvres. Elle éprouvait brusquement la nécessité de dire quelque chose de méchant au sujet de Lisa, comme pour mieux écraser sa rivale. Elle murmura :

— Lisa, elle, est réactionnaire. Elle a une photographie du tsar épinglée dans sa chambre.

— J'ai toujours considéré Lisa comme une idiote, répliqua Prychkine majestueusement.

Lioubov sourit avec fierté. Il lui sembla qu'un rayon de soleil était entré dans la chambre. Se dressant d'un bond, elle courut vers son mari et l'embrassa violemment dans le cou.

Il devait être trois heures, lorsque Lioubov et Prychkine se présentèrent au buffet de la gare où ils avaient coutume de prendre leurs repas. Les autres acteurs de *La Sauterelle* avaient déjà fini de déjeuner et s'étaient dispersés dans la ville. Une odeur de sauce refroidie et de cornichons salés emplissait l'air tiède de la salle. Le menu était morne : un *bortsch* graisseux, des boulettes de viande farcies de mie de pain. Quelques mouches noires se promenaient autour des assiettes. Les garçons bâillaient. Au fond de la pièce, une vendeuse de cartes postales et une vendeuse de journaux discutaient avec animation. Le patron de l'établissement s'avança vers Prychkine et lui dit à l'oreille :

— Il paraît que ça y est !

— Quoi ?

— Le tsar a abdiqué. Son train s'est arrêté ici. Le général Roussky est venu le voir et lui a exposé la situation. Tous les généraux de groupe d'armées ont télégraphié pour confirmer que seule l'abdication pouvait rétablir la paix intérieure. L'empereur attend la visite des représentants du gouvernement provisoire pour leur remettre l'acte officiel.

— Le plus tôt sera le mieux, dit Prychkine.

Le patron s'épongeait la nuque avec une serviette. Il avait un visage gonflé de sang rose, aux petits yeux de cochon, aux moustaches molles. Il soupira :

— Oui... Oui... Quelle affaire !

— Alors ? Tout est fini ? demanda Lioubov d'une voix blanche.

Une pellicule amère se formait dans sa gorge. Des aiguilles piquaient ses narines. L'effondrement de son ambition agissait sur elle comme une maladie. Elle croyait avoir pris son parti de cette abdication inconsidérée, et voici qu'elle ne pouvait plus dominer son émoi.

— Tu ne vas pas recommencer ! dit Prychkine avec impatience.

— Tout..., tout ce que j'avais espéré ! hoquetait Lioubov.

— Voulez-vous voir le train impérial ? demanda le patron. On l'aperçoit très bien des fenêtres du buffet.

Ils se levèrent, s'approchèrent des croisées larmoyantes et tachetées de suie. Dans un éclairage trouble de dégel, les quais s'allongeaient à perte de vue, avec leurs files de wagons ruisselants, leurs dépôts lépreux et leurs tristes salles d'attente. Les rails luisaient dans la bruine. Une locomotive lâchait vers le ciel sa grasse fumée, son sifflet plaintif. C'était là que le train impérial avait abouti, après avoir roulé, de-ci de-là, telle une bête traquée. Depuis son départ de Mohilev, Nicolas II n'était plus qu'un monarque errant, refusé par tous, privé de renseignements, isolé dans son compartiment luxueux comme dans un cercueil. Le front collé à la vitre, Lioubov avisa un petit homme, en capote grise, qui arpentait l'asphalte du quai, devant elle. Il avait un regard songeur, de grosses moustaches châtain, une barbe en forme de cœur. Ses traits étaient tirés par la fatigue. Sa peau paraissait verdâtre. Personne ne l'accompagnait.

— C'est le tsar ! murmura le patron. Il est sorti prendre l'air.

Une contraction subite serra le ventre de Lioubov. Son cœur chancela. Elle dit faiblement :

— Ça, le tsar ?...

— Mais oui

Le tsar s'éloignait, à pas réguliers, dans la brume. On ne voyait plus que son dos, coupé diagonalement par la courroie du baudrier, et ses bottes noires qui brillaient en zigzag à hauteur des chevilles. Avec cet homme seul, c'était toute une légende, tout un passé qui s'enfonçaient dans la grisaille, se dissipaient dans le vague et l'abstrait. Bientôt, il disparut, avalé par un néant de vapeurs. La locomotive poussa un mugissement désespéré. La gare provinciale trembla au passage d'un convoi. Lioubov revint à sa place et les larmes jaillirent de ses yeux. Un vieux monsieur, qui dînait à la table voisine, se souleva de son siège et dit d'une voix enrouée :

— Je vous comprends, madame. Je suis de tout cœur avec vous.

— Deux *bortsch* et deux côtelettes ! cria un garçon, qui portait une grosse soupière fumante sur un plateau noir.

XVI

L'empereur ayant abdiqué en faveur de son frère Michel, celui-ci, sur les conseils de Rodzianko, qui craignait une recrudescence de troubles en cas d'acceptation, refusa la couronne et exhorta le peuple à se soumettre au gouvernement provisoire. Le 4 mars 1917, les deux documents, le manifeste du tsar et l'acte de renonciation du grand-duc, furent promulgués dans le journal officiel. Le gouvernement provisoire ayant été implicitement reconnu par ses déclarations, toutes les troupes reçurent l'ordre de lui prêter serment. Ce fut dans un petit village, aux environs d'Alt-Bevershof, où les hussards d'Alexandra se trouvaient au repos, qu'Akim apprit la chute de la monarchie et l'établissement d'un pouvoir républicain légal. Le jour fixé pour la prestation de serment, il se réveilla à l'aube, dans la chaumière qu'il partageait avec deux officiers de son escadron. Sans déranger ses camarades qui dormaient encore, il se leva, s'habilla, sortit dans la cour.

La matinée promettait d'être belle. Des touffes d'herbe crevaient la neige mince. Quelques nuages crémeux se boursouflaient aux premiers rayons du soleil. De jeunes pousses, d'un vert fragile, ponctuaient la masse des arbres. Des ruisselets froids et vifs bavardaient à ras de terre. Le taureau communal mugissait dans son étable. Une eau noire coulait des toits. Le printemps venait. Mais le calme et la pureté du paysage, loin d'apaiser Akim, augmentaient encore son mécontentement. Il eût souhaité qu'une tempête de feu répondît à son désarroi, que la nature se révoltât contre les événements, comme il se révoltait lui-même, qu'un signe naturel quelconque marquât la réprobation de Dieu devant la folie des hommes. Mais Dieu feignait l'indifférence, et laissait tomber ses lumières, ses couleurs et ses chants admirables sur un monde qui ne les méritait plus.

Depuis la veille, Akim essayait en vain de définir sa ligne de conduite. Son adoration pour le tsar, sa haine des révolutionnaires lui commandaient de refuser un gouvernement qui ne devait son succès qu'à la trahison du monarque par son entourage. Tous ceux qui comprenaient que cette catastrophe intérieure était voulue par les Allemands, tous ceux pour qui l'honneur, la fidélité, la patrie, n'étaient pas des mots vides de sens, ne pouvaient que mépriser les ordres des aventuriers qui avaient renversé le trône. Un officier de Sa Majesté n'avait pas le droit de se transformer, du jour au lendemain, en officier du gouvernement provisoire. Il valait mieux donner sa démission, quitter l'armée. Mais que deviendrait l'armée, privée subitement de ses cadres ? Cette question compliquait le problème. Car il y avait le devoir envers l'empereur, et le devoir envers l'armée russe. Il ne fallait pas que le départ des chefs précipitât la désorganisation de la troupe. Il ne fallait pas que, par souci de confort moral, les gradés abandonnassent leurs hommes à la contagion de l'anarchie. Dans les conjonctures présentes, cette fuite en face des responsabilités équivaudrait à une désertion devant l'ennemi. Que faire, donc ? Rester auprès de ces soldats rustauds, décontenancés, incapables de réfléchir ? Souffrir dans la discipline nouvelle ? Se sacrifier pour éviter le pire ? La tête éclatait par ce combat d'idées. Aucune réponse ne s'imposait au-delà du chaos.

La gorge nouée, les yeux secs, les joues dures comme des plaques de bois, Akim marchait droit devant lui, sans rien voir et sans rien entendre. Il aurait voulu aboutir ainsi dans un autre pays, dans un autre temps. Comme il arrivait à la lisière du village, la silhouette du maréchal des logis chef Stépendieff se dressa brusquement devant lui.

Akim s'arrêta et regarda violemment le visage de l'homme qui lui barrait la route.

— Déjà levé ? demanda-t-il d'une voix courte.

— Comment dormir avec ces histoires, Votre Haute Noblesse ? Les chevaux eux-mêmes ne dorment pas. Toute la cervelle est à l'envers. On voudrait comprendre...

— Quoi ?

— Eh bien, mais ce qui est arrivé au tsar ! Pourquoi il nous a laissés, à qui on va prêter serment... Toujours, la Russie a vécu avec un tsar. Et, aujourd'hui, on nous dit que ce n'était pas bien, qu'il ne faut plus de tsar. Et le tsar s'en va. Les gars me posent tous des questions, et je ne sais pas leur répondre. Ils me traitent de bûche. Et c'est vrai, je suis une bûche. J'ai beau penser, penser, ça ne s'arrange pas dans ma tête. Ça tourne, et ça ne s'arrange pas. Peut-être pourriez-vous m'expliquer, Votre Haute Noblesse ?...

Akim se troubla. Une immense pitié se levait en lui pour ce gros sous-officier, barbu et balourd, qui s'efforçait de savoir dans quel sens coulait le courant. Il le devinait ahuri, bouleversé, perdu, tel un chien privé de maître, et dont la laisse traîne sur le sol. Avant même d'avoir réfléchi, il se sentit tenu, non de l'agiter par des prévisions pessimistes, mais de le réconforter, comme on trompe un malade dans l'espoir de hâter sa guérison. Il murmura :

— Il ne faut pas t'affoler... Tout cela..., hum..., tout cela est sans importance... Le tsar, vois-tu ? était fatigué, mal conseillé... Il a préféré, comment dire ?... pour quelque temps... se retirer, se reposer, laisser le pouvoir à d'autres...

— Les copains racontent qu'on l'a mis en prison, ou qu'il est mort et qu'on ne veut pas l'avouer.

— Ce sont des sottises.

— Oui, n'est-ce pas ? dit Stépendieff d'un air suppliant.

— Des sottises, reprit Akim avec force. Puisque le tsar a jugé bon d'abdiquer en faveur du grand-duc Michel, et que le grand-duc Michel s'est désisté en faveur du gouvernement provisoire, nous devons tous, par respect de la volonté impériale, obéir aux ordres de ce gouvernement.

— Mais qu'est-ce que c'est que ce gouvernement ? Et

qu'est-ce que c'est que ce Soviet des ouvriers et soldats qui siège à Pétrograd ?

— Des gens..., des gens honorables..., des patriotes...

Akim ne put en dire davantage et baissa la tête. Stépendieff se grattait la barbe, délicatement, du bout des doigts :

— Oui... Oui... Tout de même, c'était mieux quand il y avait le tsar. On savait qui commandait, pour qui on souffrait, pour qui on mourait, non ?

— Si.

— C'est comme leur affaire de rubans rouges ? Chez les dragons, à côté, tous les hommes ont accroché des rubans rouges à leur uniforme. Paraît que c'est un signe de patriotisme. Est-ce qu'il faut que nous aussi...

— Non ! s'écria Akim. Je défends !... Pas vous... Pas vous...

Des larmes brouillaient son regard. Il tourna les talons et s'éloigna rapidement dans la direction de la chaumière.

A dix heures du matin, les hussards d'Alexandra, en tenue de campagne, sous le commandement du colonel Kolenkine, s'acheminèrent, en colonne par trois, vers le lieu prévu pour le rassemblement de la 5e division de cavalerie. Akim chevauchait à la tête de ses hommes. Les capotes grises avaient été brossées avec soin. Les bonnets de fourrure, qui, depuis peu, avaient remplacé les casquettes, étaient posés réglementairement sur les crânes. Les lances, les fusils s'alignaient d'une façon correcte. Mais tous les visages exprimaient une même perplexité. Dans son dos, Akim devinait des paroles chuchotées sur un ton plaintif :

— C'est pas tout ça, les gars, mais nous autres, du 2e escadron, on nous appelait les hussards de Sa Majesté Impériale, les hussards de l'impératrice. Comment va-t-on nous nommer, maintenant ?

— Les hussards du gouvernement provisoire, peut-être ?

— Les hussards de Kérensky !

— De Mme Kérensky !

Il y eut des rires étouffés. Akim sentit que son cœur se crispait d'angoisse. Il avait pris parti, ce matin, en écoutant les doléances de Stépendieff. Quelle que fût son opinion personnelle, il n'avait pas le droit d'abandonner les hussards. Il prêterait serment pour rester avec eux, pour sauver ce qui pouvait être sauvé encore de l'armée russe. Tous les officiers de son régiment avaient résolu d'agir comme lui. Mais au prix de quelles souffrances ?

La lente chenille grise traversait une forêt aux arbres nus, au sol de neige et de terre noire. Une fine buée montait de la croupe des chevaux. L'air était frais et transparent. Au débouché de la forêt, s'étendait un champ vaste et plat, glacé par endroits de croûtes blanches. Les dragons et les uhlans s'étaient déjà rangés en ligne sur le lieu du rassemblement... Devant eux, se dressait le petit autel de campagne, drapé d'une nappe bleue à franges d'argent. Comme les hussards d'Alexandra arrivaient à la hauteur des autres régiments et se préparaient pour le salut fraternel, Akim remarqua que dragons et uhlans avaient orné leurs uniformes de rubans rouges. L'aigle de leurs étendards était, lui aussi, enveloppé d'un chiffon écarlate. Un murmure parcourut la masse des hussards. Akim serra les dents, comme pour contenir un cri. Le sang battait ses tempes. Il baissa les paupières pour ne plus voir cette troupe déshonorée par les couleurs de l'insurrection. Un à un, les escadrons vinrent s'aligner sur la gauche des uhlans, et le colonel Kolenkine, éperonnant son cheval, alla rejoindre les commandants des deux autres unités, qui avaient mis pied à terre et fumaient des cigarettes, à quelque distance de leurs hommes.

A ce moment, des voix gouailleuses s'élevèrent parmi les uhlans et les dragons au repos :

— Regardez les hussards ! Ils n'ont pas osé s'enrubanner de rouge !

— Ils ont peur de leurs officiers !

— Ils ne veulent pas servir sous le drapeau de la révolution !

— Et leurs bottes ! Visez leurs bottes, camarades !

Les hussards d'Alexandra portaient des rosettes de métal argenté sur la face extérieure de leurs bottes.

— Ils ont encore les yeux du tsar sur leurs bottes !

gueula un uhlan en brandissant son sabre. Retirez les yeux du tsar, bande de laquais !

Akim blêmit et glissa la main sur son étui de revolver Derrière lui, les hussards vociféraient :

— Venez donc les prendre, s'ils vous gênent !

— Traîtres ! Parjures ! Vermines rouges !

Quelqu'un glapit :

— Sabre au clair !

Les lames étincelèrent. Les dragons et les uhlans rompirent les rangs, et leur cohorte grise, dans un mouvement demi circulaire, s'avança au trot vers les hussards. Les figures étaient bloquées par la haine. Une détermination farouche poussait les hommes et les chevaux.

— Vous êtes fous ! A vos rangs. Fixe ! Fixe ! criaient les officiers débordés.

Les hussards, ayant dégainé à leur tour, se préparaient à recevoir l'attaque. Akim, ivre de rage, leva son revolver en hurlant :

— Dispersez-vous ! Je vais tirer ! Je tire !

L'arrivée des colonels commandant les trois unités évita le désastre. Subitement dessoûlés, les uhlans et les dragons regagnèrent leurs places. Il y eut encore des imprécations, des menaces, mais le moment critique était passé. Sur ces entrefaites, un régiment de cosaques, qui complétait la 5e division de cavalerie, déboucha dans les champs et vint s'établir à la gauche des hussards. Les cosaques, eux non plus, ne portaient pas de rubans rouges.

— Ils sont raisonnables, au moins, disaient les hussards.

— Pas comme ces bandits de uhlans et de dragons.

— Dommage qu'ils ne soient pas venus jusqu'à nous. On leur aurait montré ce qu'on sait faire.

— Silence dans les rangs ! rugit Akim.

Mais il était fier de ses hommes.

Un groupe de cavaliers se dirigeait vers le point de rassemblement. Les épaulettes étincelaient au soleil. Les chanfreins, marqués de blanc, se balançaient comme un vol de mouettes. C'était le général commandant la 5e division de cavalerie, qu'accompagnaient des officiers de son état-major. Un ordre retentit, de proche en proche :

— Sabre au clair ! Lance en main !

Comme mus par un déclic, les hommes rectifièrent leur position et présentèrent les armes au général qui passait. Devant chaque régiment, le général criait :

— Salut, mes braves !

Et les hommes répondaient, tous ensemble, dans un mugissement caverneux qui faisait vibrer le sol :

— Bonne santé, Votre Excellence.

Ayant passé devant le front des troupes, le général prit place à la droite de l'autel, et les porte-étendard des quatre régiments, sortant des rangs, se postèrent aux quatre coins de la table sacrée. Comme il n'y avait pas un souffle de vent, l'étoffe des drapeaux, brodés d'or lourd, frappés de dates glorieuses, pendait tristement sur les hampes. Un petit aumônier blondasse, aux cheveux longs, à la barbe bouclée, revêtit son étole, posa sur la nappe bleue une croix d'argent et le livre des Évangiles. Après une courte prière, les colonels s'avancèrent chacun vers son unité, tirèrent de leur poche une feuille de papier blanc. Un silence menaçant drapa l'assistance. Les cœurs battaient dans une gangue de pierre. Les visages s'arrêtaient de vivre. Akim regardait droit devant lui, avec force, avec intolérance, le colonel Kolenkine, qui dépliait la page du manifeste impérial. La figure hâlée et brusque du colonel exprimait la gravité, la souffrance. Sa barbiche tremblait. Ses yeux couraient d'un homme à l'autre, hésitaient à se fixer sur un point. Enfin, il redressa les épaules, comme pour vaincre une résistance, et dit d'une voix nette :

— Voici le manifeste que Sa Majesté l'Empereur a signé le 2 mars 1917, à trois heures de l'après-midi, et que le gouvernement provisoire ordonne de communiquer aux troupes.

Une légère ondulation parcourut la muraille compacte des hussards. Akim sentit que sa paupière gauche vibrait nerveusement. La salive devenait rare sous sa langue.

« Par la grâce de Dieu, lut le colonel Kolenkine, nous, Nicolas II, empereur de toutes les Russies, roi de Pologne, grand-duc de Finlande,... à tous nos fidèles sujets, faisons savoir :

« En ces jours de lutte grandiose contre l'ennemi

extérieur, qui, depuis trois ans, s'efforce d'asservir notre patrie, Dieu a trouvé bon d'envoyer à la Russie une nouvelle et terrible épreuve. Des troubles intérieurs menacent d'avoir une répercussion fatale sur la conduite ultérieure de cette guerre. Les destinées de la Russie, l'honneur du peuple, tout l'avenir de notre chère patrie exigent que les hostilités soient menées, à tout prix, jusqu'à une fin victorieuse. L'ennemi tenace fait ses derniers efforts, et l'heure approche où notre vaillante armée, de concert avec nos glorieux alliés, l'abattra définitivement... »

Le colonel Kolenkine reprit sa respiration. Son cheval courbait l'encolure et frottait ses naseaux contre les muscles de son poitrail. Akim se mordit les lèvres. Il lui semblait qu'autour de lui le paysage, les visages se pétrifiaient dans une exactitude irréelle.

« En ces jours graves pour l'existence de la Russie, reprit le colonel, notre conscience nous commande de faciliter à notre peuple une union étroite et l'organisation de toutes ses forces pour obtenir une rapide victoire. C'est pourquoi, d'accord avec la Douma d'Empire, nous avons trouvé bon d'abdiquer le trône de Russie et de renoncer au pouvoir suprême... »

Les mots terribles tombèrent sur Akim comme une pelletée de terre. C'était donc vrai. Un règne s'achevait. Par quelques paroles banales. Et des siècles d'histoire n'avaient plus de prolongement. Il tressaillit, regarda Kolenkine. Une trace brillante descendait des yeux à la barbe du colonel. Sa voix s'enrouait. Akim entendit encore, comme à travers une épaisseur de coton :

« Ne voulant pas nous séparer de notre fils bien-aimé, nous léguons notre héritage à notre frère, le grand-duc Michel Alexandrovitch, que nous bénissons à l'instant de son accession au trône... Nous faisons appel à tous les fils loyaux de la patrie, nous leur demandons d'accomplir leur devoir... Que Dieu prête aide à la Russie !... »

« NICOLAS. »

Le désespoir, la colère d'Akim étouffaient, à l'étroit dans son corps. Des gourmettes tintèrent. Un cheval hennit. Quelques soldats tournèrent la tête et le regardèrent avec surprise. Akim admirait que le colonel Kolenkine eût encore le courage de lire l'acte de renonciation du grand-duc Michel :

« ... En invoquant la bénédiction de Dieu, je demande à tous les citoyens de l'État russe de se soumettre au gouvernement provisoire muni des pleins pouvoirs, établi par l'initiative de la Douma, en attendant qu'une Assemblée constituante, élue au plus tôt au suffrage universel, direct, égal et secret, ait, en statuant sur la forme du gouvernement, exprimé la volonté du peuple. »

Ayant replié les feuillets, le colonel Kolenkine les glissa dans la poche de sa capote et secoua le front, comme pour se débarrasser de leur souvenir. Sa belle face rude luisait. Il dit :

— Je pense que tout le monde a compris. Pour des raisons de haute politique, notre empereur bien-aimé, qui... qui a régné jusqu'ici pour la gloire de la Russie, a préféré abdiquer au profit du grand-duc Michel, et le grand-duc Michel..., hum..., aussi pour des raisons de haute politique..., a transmis ses pouvoirs au gouvernement provisoire. C'est donc, selon la volonté de l'empereur, à ce gouvernement provisoire que vous êtes tenus d'obéir. Dans quelques instants, nous lui prêterons serment, d'après la formule, qu'il a lui-même établie. Mais n'oubliez pas que le devoir du soldat est de faire la guerre, et non de participer aux troubles de la population civile. Laissez les gens de l'arrière préparer pour vous la forme du nouveau régime. Et pendant qu'ils travailleront de la plume et de la langue, continuez à travailler bravement du sabre, de la lance et du fusil. Hum... Le... le tsar vous en saura gré...

Il cria encore d'une voix cassée, débile :

— Vive le tsar ! et pencha la tête.

On ne voyait plus son visage. Les jambes de son cheval trempées jusqu'aux fanons, fumaient légèrement. Deux corneilles se posèrent derrière les rangs des hussards pour becqueter le crottin. Akim, vidé de ses dernières forces, le cœur arraché, les poumons creux, tirait sur les brides de sa jument. Une eau froide coulait entre ses sourcils. Sa figure lui faisait mal, comme après une gifle. L'aide de camp du colonel Kolenkine vint se placer aux côtés de son chef et hurla :

— Hussards ! Pour le serment !

Toutes les têtes se découvrirent. Tenant leurs bonnets de fourrure dans la main gauche, les hommes levèrent leur main droite, le pouce, l'index et le médius unis, comme pour un signe de croix. Akim leva la main, lui aussi. Elle lui parut être de plomb. Une répugnance atroce fermentait dans sa poitrine. Il lui semblait que, par ce geste, il trahissait le tsar, comme Judas avait trahi le Christ. Il reniait son passé, sa foi, sa raison de vivre. Il rejoignait la horde méprisable de ceux qui, après avoir servi l'empereur, se détournaient de lui et bafouaient sa mémoire. Un œil inexorable le fixait pour l'éternité dans cette pose honteuse d'apostat. Il ne pourrait plus déchirer l'image. Elle était gravée dans le livre du temps. Elle survivrait à sa chair, à sa voix, à son âme. Et, cependant, il le fallait. « Mon Dieu, pardonnez-moi et protégez le tsar et la Russie. Prenez mon sang, mais que le peuple russe ne faillisse pas à son devoir. » Ses lèvres tremblaient. Son menton sautillait, d'une façon grotesque. Il renifla ses larmes et fronça les sourcils. L'aide de camp, d'une voix vigoureuse et claire, lisait le texte du serment :

« ... Je m'engage à me soumettre au gouvernement provisoire, qui dirige présentement les destinées de l'État russe, jusqu'au jour où la volonté du peuple se sera exprimée par l'entremise d'une Assemblée constituante. »

Cette nouvelle formule, banale et nue, glissait sur les soldats, sans que leur visage exprimât autre chose que l'indécision. Plus tard, à la chancellerie, on les ferait tous signer sur un registre. Et, ainsi, les hussards d'Alexandra cesseraient d'être un régiment de l'empereur.

L'aide de camp s'étant tu, l'aumônier marmonna une courte messe, retira son étole, lia son attirail et disparut dans les rangs. Le général commanda :

— 5e division. Marche de parade !

Les trompettes des quatre régiments se formèrent en carré. Et, successivement, les dragons, les uhlans, les hussards, les cosaques, défilèrent par escadrons, par sotnias, devant le général. Les trompettes sonnaient. Les étendards brillaient. Les robes des chevaux luisaient au soleil, telle de la soie. C'était une revue comme tant d'autres. Mais Akim croyait suivre une procession funèbre. Et, lorsqu'il fit tête droite, en passant devant son chef, il lui sembla que sa figure se détachait de lui et roulait quelque part dans la boue.

Dès son retour au cantonnement, Akim apprit qu'un télégramme, émanant du Soviet des ouvriers et soldats de Pétrograd, et portant le titre : Ordre du jour n° 1, venait d'arriver à l'état-major. Ce document prescrivait la création, dans chaque régiment, de comités élus, destinés à juger les différends entre les supérieurs et leurs subordonnés, engageait les hommes à ne se soumettre aux instructions des officiers que si elles étaient conformes à la pensée générale du Soviet, décrétait que le contrôle des armes n'appartenait plus aux gradés, mais aux soldats, abolissait enfin le salut militaire, les titres honorifiques et la discipline.

Le planton qui avait remis la dépêche à Akim se tenait sur le seuil de la chaumière, le bonnet à la main, l'air faraud.

— Eh bien ? Qu'attends-tu ? demanda Akim, en chiffonnant le télégramme entre ses doigts nerveux.

— Il me faut une signature de décharge, Votre Haute Noblesse..., pardon, monsieur le lieutenant-colonel...

— La voilà, hurla Akim.

Et il lui lança la boulette de papier à la tête.

L'homme s'enfuit en riant. Akim s'assit devant la table, posa son front dans ses mains et se mit à pleurer.

Achevé d'imprimer en janvier 1984
sur presse CAMERON
dans les ateliers de la S.E.P.C.
à Saint-Amand-Montrond (Cher)
pour le compte de France Loisirs
123, boulevard de Grenelle, Paris

Numéro d'éditeur : 8858. - Numéro d'impression : 048.
Dépôt légal : janvier 1984.